上海市重点图书
中国文学海外译介研究丛书
张　帆　孙国亮　主编

上海文学海外译介传播研究

（德语译介卷）

孙国亮　等 著

上海大学出版社
·上海·

图书在版编目(CIP)数据

上海文学海外译介传播研究. 德语译介卷 / 孙国亮等著. —上海：上海大学出版社，2022.1

ISBN 978-7-5671-4414-9

Ⅰ. ①上… Ⅱ. ①孙… Ⅲ. ①中国文学—德语—文学翻译—研究②中国文学—当代文学—国际交流—研究 Ⅳ. ①I206.7

中国版本图书馆 CIP 数据核字（2022）第 024176 号

本书由上海文化发展基金会图书出版专项基金资助出版

策划编辑 江振新 徐雁华
责任编辑 徐雁华 江振新
封面设计 缪炎栩
技术编辑 金 鑫 钱宇坤

SHANGHAI WENXUE HAIWAI YIJIE CHUANBO YANJIU (DEYU YIJIE JUAN)

上海文学海外译介传播研究(德语译介卷)

孙国亮 等 著

上海大学出版社出版发行

（上海市上大路99号 邮政编码200444）

（http：//www.shupress.cn 发行热线021-66135112）

出版人 戴骏豪

*

南京展望文化发展有限公司排版

上海华业装潢印刷厂有限公司印刷 各地新华书店经销

开本710mm×1000mm 1/16 印张22.5 字数318千

2022年2月第1版 2022年2月第1次印刷

ISBN 978-7-5671-4414-9/I·648 定价 68.00元

总序

“中国文化走出去”是塑造中国形象，建构中国话语，提升中国文化软实力的重要途径。2014 年 10 月 15 日，习近平总书记在文艺工作座谈会上指出：“国际社会对中国的关注度越来越高，他们想了解中国，想知道中国人的世界观、人生观、价值观，想知道中国人对自然、对世界、对历史、对未来的看法，想知道中国人的喜怒哀乐，想知道中国历史传承、风俗习惯、民族特性，等等。这些光靠正规的新闻发布、官方介绍是远远不够的，靠外国民众来中国亲自了解、亲身感受是很有限的。而文艺是最好的交流方式，在这方面可以发挥不可替代的作用，一部小说，一篇散文，一首诗，一幅画，一张照片，一部电影，一部电视剧，一曲音乐，都能给外国人了解中国提供一个独特的视角，都能以各自的魅力去吸引人、感染人、打动人。”[1] 因此，如何向世界展示中国文化共情共性的魅力，使其润物细无声地浸润感染世界人民的审美、思想和灵魂，是文化走出去的时代使命。

21 世纪以来，“中国图书对外推广计划”“经典中国国际出版工程”“国家社科基金中华学术外译项目”“丝路书香工程”“中国当代作品翻译工程”“亚

[1] 习近平：《在文艺工作座谈会上的讲话》，载《光明日报》2015 年 10 月 15 日。

洲经典著作互译计划”“当代少数民族文学对外翻译工程”等陆续实施，确保了中国文化“海外推广计划”的顺利实施，图书的翻译数量和质量明显提升，“走出去”跨出实质性第一步；但至关重要的第二步——如何在译入国“走进去”“扎下根”却不简单。目前，我们的翻译输出与海外传播接受之间存在巨大差距，效果不尽如人意。一个根本原因在于，“翻译固然是当代文学海外传播的关键因素，但是翻译并不必然提升中国文学的世界地位，还需要海外中国文学评论和研究的有力助推。如果说翻译是当代文学‘走出去’的必要条件，海外中国文学的评论和研究则是当代文学‘走进去’和‘走下去’的重要途径”[1]。这一论断无疑具有战略性和启示性价值，告诉学界应当适时转移研究的着力点，花大力气重点关注中国文化在海外各国的译介、传播与接受状况，即玛丽·L. 普拉特所强调的文化“接触区”——“文化融合发生的空间，在这个空间里两种不同的文化相遇并以一种极度不平衡的方式互相影响”，不同文化个体可以在“接触区”打破文化边界的束缚进行有效互动。一旦“接触区”建立起来，个体可以通过与不同文化他者的沟通来获取全新视角[2]。所以，我们只有对中国文化在译入国的传播接受现状了然于胸，才能知己知彼，有的放矢，在定量和定性分析的基础上，根据不同国家、民族、文化、制度等有针对性地规划设计译介篇目、传播策略和推广手段，这直接关乎中国形象在世界的形塑和中国话语在全球话语系统的构建。这是当下亟待解决的重要课题，也是“中国文学海外译介研究丛书”的研究宗旨和目标。

事实上，近年来，莫言、刘慈欣、余华等越来越多的中国作家在国际文坛强势“在场”，世界文坛对中国当代文学的译介和评判标准正在悄然发生变化——由单调滞后的猎奇性、争议性解读逐渐向多元同步的文学性、审美性研

[1] 姜智芹在“中国当代文学海外传播的回顾与前瞻”会议的发言。间引自项江涛：《助力中国当代文学海外传播行稳致远》，载《中国社会科学报》2022 年 1 月 3 日。

[2] Mary L. Pratt: Imperial Eyes: *Travel Writing and Transculturation*. London & New York: Routledge, 1992, P. 4.

究过渡，不断丰富拓展西方读者的“期待视野”，修正有关中国的刻板印象，进而趋向全面而正确的“中西互视”，中国当代文学国际话语权不断提升。正如古拉斯·奇塔姆慨叹，中国科幻小说在迈进西方的新旅程中已经征服了世界[1]。同时，这也意味着西方评论界、媒体界与文学界霸权主义立场的松动。中国文化使西方读者体悟到一种独特的中国现代性、一条别样的发展之路，激发关乎未来世界模式和人类命运共体的全新想象。

目前，西方世界在经济危机、民主空壳化、社会分裂等的笼罩下，对中国文学与文化的关注抑或暴露出西方文明借助他者以自我更新的强烈诉求。“西方人是时候应该走出从意识形态角度评判中国文学的思想桎梏，中国文学不再是夹室般的存在，她早已摆脱‘闭关自锁’的状态，进入世界文学的语境”[2]，进而以人类共情的“中国故事”超越时空、种族、文化、意识形态、社会制度等壁垒，在更高层面积极构建“人类命运共同体”，最终达至费孝通先生所说的“各美其美，美人之美，美美与共，天下大同”的臻美境界。

张　帆

2022 年 1 月

[1] Nicolas Cheetham: Die neue Reise in den Westen. Wie Science-Fiction aus China die Welt eroberte, in: Cixin Liu: *Die wandernde Erde*, übersetzt von Karin Betz, Marc Hermann, Johannes Fiederling. München: Heyne Verlag, 2019.

[2] Kai Marchal: *Wer China verstehen will, muss lesen.* Zeit-Online. 13.05.2018.

序言

德国作为世界第一翻译出版大国，在译入和译出图书总量上，近年来一直雄居世界第一位。就译介中国图书而言，德国也是中国实施文化输出战略第一个十年接受资助出版最多的国家[1]。德国汉学的研究实力和学术贡献度自不待言，在全球范围内仅次于美国，一度形成“无汉学系不大学”的盛况[2]。因此，中国文学在德语国家的译介与传播研究显得尤为切要。

然而，首要难题是，中国文学的德语外译研究并不像英语世界有较多现成有效的数据库资源可以利用[3]。德译中国文学如漫天繁星，数据零散，即使耗心竭力，抉发整理，亦难免遗珠之憾，是学者不愿置喙的苦差事。滥觞于 1987 年的中国现当代文学德语译介研究，目前“多依赖个人感悟和经验总结”，微观细部深描有余，而理论分析和建构不足，尤其是“实证研究几乎还

[1] 诸葛蔚东、崔爽、李锐：《“中国图书对外推广计划”在西方主要国家实施状况分析》，载《出版参考》2015 年第 15 期，第 41 页。

[2] 王维江：《20 世纪德国的汉学研究》，载《史林》2004 年第 5 期，第 11 页。

[3] 比如，美国亚洲研究协会的《亚洲研究文献目录》（*Bibliography of Asian Studies*）、俄亥俄州立大学的现代中国文学与文化资源中心（MCLC Resource Center）书目资源、联机计算机图书馆中心（Online Computer Library Center）等，尤其是目前能够提供全球图书馆收藏数据的 OCLC，拥有 176 个国家和地区的 83 685 个图书馆成员，世界上最大的、综合性最强的联机联合目录数据库 WorldCat 拥有独一无二的书目记录 4 亿多条、馆藏记录 25 亿多条，覆盖 491 种语言。

是一片空白”[1]。黄伟宗在《当代文坛报》1987年第11、12期和1988年第1期连载《一个新的领域正在冒出地平线——评外国学者对中国现当代文学的研究和评论》，首次提出将中国现当代文学海外译介（包括德语译介）作为新的研究领域。以此发端，俞宝泉在《国际论坛》1988年第1期发表《中国文学在民主德国》，杨武能在1989年的《文艺报》上发表《中国现当代文学在联邦德国》，分别梳理了中国现当代文学在民主德国、联邦德国的译介情况。然而，中国文学的德语译介研究自20世纪90年代沉寂了10年有余，直至国家启动“中国文化走出去”战略，其德语译介和传播研究才缓慢展开。

众所周知，“中国当代文学在英语国家和德语国家的翻译存在着差别”[2]，我们绝难笼统地用“欧美世界”的中国文学译介状况来大而化之地评估其德语译介。事实上，德国汉学在形成之初就有“借中国智慧，释自我焦虑”的诉求，使得中国文学德语译介相较英美语境而言，整体更具共情共性的文学共同体色彩。

近年来，我们借鉴波鸿鲁尔大学卫礼贤翻译中心和德国图书销售交易协会的部分数据，加之访学期间在德国国家图书馆、柏林自由大学东亚研究中心、慕尼黑大学汉学系、海德堡大学汉学系、弗莱堡大学汉学系等搜集的图书、期刊、报纸、音像等资料，已经初步对中国现当代文学在德国的译介进行量化统计，勾勒不同时期德译中国现当代文学的样貌。

然而，中国文学博大而多元，我们在研究过程中常常扪心自问：笼而统之的数据呈现和分析，是否会陷于大而无当的空谈？所以，我们想沉潜到地域文学层面，分国别、语种细化研究文学外译，因为地域文学是国家文学的组成部分，聚焦和研究有代表性的地域文学的海外译介传播状况，正是当下中国文化或文学“走出去”向深度和精度掘进的必由之路。课题研究团队的

[1] 冯小冰：《80年代中国现当代文学德译回顾——基于数据库的量化研究》，载《德语人文研究》2016年第1期，第28页。

[2] 顾彬：《海外中国当代文学与文学史写作》，载《山西大学学报（哲学社会科学版）》2014年第1期，第26页。

成员大多身居上海，在上海求学、工作数载，就地缘文化和情感认同而言，也希望将上海文学作为中国文化走向德语世界的重要一极呈现给学界和文界。客观而言，上海尽得开埠风气之先，无可辩驳地成为中国现当代文学独树一帜的高地；而文学作为城市无可争议的精神地标，其价值绝不在史学资料铺陈和社会史建构之下。上海文学在中国传统文明的内部孕育与西方文明的外部催生下，在精英文化和通俗文化之间摇曳生姿，呈现出多元开放的世界格局。毫不夸张地说，上海文化是离世界最近的文化，上海在中国文化“走出去”的历程中拥有独特地位，上海文学在中外文明的互渗中漂洋过海，走向世界，其规模之巨、速度之快、影响之大，即使在热推中国文化“走出去”的今天，亦独树一帜。像鲁迅的《阿 Q 正传》问世之初就被广泛译介传播，仅 20 世纪 20 年代就有英译、法译、日译、德译、俄译等版本出版，至今已被翻译成 30 多种文字，被改编成话剧、电影、芭蕾舞等多种艺术形式，在世界各地传播“中国故事”。正如美国作家罗兹・墨菲所言：“假如你想了解中国，那么你必须先了解上海，因为上海是打开近代中国的一把钥匙。”[1] 如今，上海文学正一以贯之地阔步走向世界。“过去五年间，上海作家出国（境）交流、访问共计 43 批 135 人次，上海作协接待来访国外作家和国际友人 29 批 209 人次，组织翻译出版长篇小说 3 部、中篇小说集 3 部、诗歌集 1 部。上海国际文学交流品牌活动‘上海写作计划’，五年来先后接纳了五大洲 30 多个国家 54 位作家来沪生活写作；上海书展品牌活动‘上海国际文学周’，五年间邀请到了包括四位诺贝尔文学奖得主在内的数十位国际知名作家，前后举办 200 多场活动；新创办的上海国际诗歌节连续举办三年，邀请数十位国内外知名诗人会聚上海共话诗歌创作，成为上海国际文化交流的又一节庆活动。在世界各地重要的国际性文学活动和文学阅读平台上，上海作家的身影越来越多，与世界文学对话的意识觉醒，能力增强，提升了上海作家作品在国际

[1] 墨菲：《上海——现代中国的钥匙》，上海社会科学院历史研究所编译，上海：上海人民出版社，1986 年，第 4-5 页。

上的影响力。”[1] 上海文学走向世界，成为传播中华文化的排头兵，既为繁荣世界文化做贡献，又让世界了解中国，了解上海，更好地阐释“中国梦”的思想内涵和价值观念，推动人类命运共同体的构建。

近年，我们着手爬梳和研究上海文学德语译介和传播；参照“大上海文学”概念，除了将标签鲜明、学界共识的“上海作家”纳入研究范围外，亦将与上海结缘，曾在上海生活创作过的著名作家纳入“上海作家”的范畴，比如沈从文、丁玲、艾青等，这也符合海纳百川的上海文学格局。除此之外，有两点需要说明：第一，为秉持著作的原创性，鲁迅、郭沫若等国内已有德语译介成果发表的名家不再重复研究，因为译介传播资料的客观性和单一性，一旦前人已有涉足，后人即无法绕开，即使资料稍有丰富，亦难以整体超越。第二，有个别作家的德语译介文本选择和接受阐释政治色彩浓厚，如沙叶新、白桦等，尽管已经费心尽力成文，但亦忍痛割舍。故本书最终辑录 30 位作家，既有“五四”经典作家茅盾、巴金、郁达夫、林语堂、张恨水；亦有 20 世纪二三十年代文坛中坚丁玲、沈从文、徐志摩、叶圣陶、萧红、刘呐鸥、穆时英、施蛰存、冯至、戴望舒；还有四五十年代的名家张爱玲、苏青、艾青、夏衍、傅雷、茹志鹃；赓续新时期的戴厚英、陈丹燕、马原、王安忆、余秋雨；以及新世纪前后的安妮宝贝、棉棉、韩寒、郭敬明。这些微观个案的德语译介和阐释研究均系国内首发，既量化梳理其作品的译介历程，又针对影响译介效果的关键因素及具体的评价策略展开定性的个案分析：一来展示上海文学在德语世界的译介接受状况，为学界提供上海文学德译专门化和系统化研究的参考依据，助力上海文化“走出去”。二来让上海作家倾听异声，大体了解其在德语世界是如何被认识评价的，从而反躬自身，更好地提升创作水准。

当然，我们在研究中也深切体会到“文化过滤与误读”是文学译介过程中客观存在的，德语世界对中国文学“译介热”的初衷想必不是弘扬中国文化，

[1] 施晨露：《上海文学进行时：走向高峰走向社会走向世界》，载《上观新闻》2018 年 12 月 17 日。

而是为了开阔本国视听、增益国民见闻、累积民族智识；因此，作品译介难免受到本国意识形态的宰制，致使德国对中国当代文学的“翻译数量在这一时期（80年代中期）的激增很大程度上是由于政治语境的变化而导致的研究需要”[1]。与此同时，德语世界的译介接受目前呈现出两大变化趋势:其一，颇受德国汉学传统理念的影响，厚古薄今，对从事中国现当代文学译介研究的学术性存有偏见，致使上海文学德语译介尚未得到足够重视；其二，德国学院派汉学的转向——定位于中国语言文学和历史研究的传统“汉学”被新派的“中国学”取代，更多的汉学家转换角色，成为政府资政、资商的智囊。他们不再通过文学曲折隐晦地“发现”中国，而是直接经由互联网大数据直观介入中国，试图以理性的数据和案例取代感性的文学形象来“深描”中国。可是，这种来自多渠道的、冷冰冰的、碎片化的“客观”数据，无疑撕裂了中国的整体形象，缺乏文学言有尽而意无穷的审美感染力和潜移默化、润物无声的效果，反而滋生出诸多不应有的误解与误读。但是，我们的研究尽量保持了德语评价的原汁原味。我想，从跨文化学术对话交流这一点出发，除了必要的批评与反批评，目前对德国汉学应以内省的、超越的眼光去审视，并反观我们在文化“走出去”中如何规避误识，更好地、有针对性地建构和提升文化形象工程。

近年来，中德文化关系迈入高水平发展阶段。2014年，习近平主席出访德国，与德国总理默克尔会谈时提出应加强中德人文交流，得到德方的积极响应。2016年第四轮中德政府磋商期间，李克强总理与默克尔总理共同发表联合声明，强调人文交流对建立和维护充满信任的友好关系具有核心意义。同年9月二十国集团领导人杭州峰会期间，习近平主席与默克尔总理就推进中德两国人文交流、适时建立中德高级别人文交流机制达成一致意见。2022年，恰逢中德建交50周年，作为中德全方位战略伙伴关系的重要支柱，文学文化交流与合作对增进两国人民的理解和友谊发挥着不可替代的作用。

---

[1] 毕文君:《小说评价范本中的知识结构——以中国八十年代小说的域外解读为例》，载《当代作家评论》2015年第1期，第171页。

因此，如何更好地在德国这个对中国文学一直兴趣盎然的国度持续推进我们的文学外译事业，则需要细致分析和反思译介过程中存在的问题，在检验、调整、改变、完善中把握译介规律，从而推动上海文学乃至中国文学更快地“走出去”，更好地“走进去”，更深地“扎下根”。事实上，就德译上海文学及其接受阐释而言，德语世界对中国文学的认知已由单调滞后的猎奇性、争议性解读逐渐向多元同步的文学性、审美性研究过渡，不断丰富拓展德语读者的“期待视角”，修正有关中国的刻板印象，也确证德语文坛对中国当代文学的评判标准正在悄然发生变化，表征中国当代文学国际话语权在提升。

我敬以这本小书，作为对中德建交 50 周年的献礼！

孙国亮

2022 年 1 月

目录

第一章
“五四”经典作家的译介传播

第一节　“世界文学家”茅盾在德国的译介研究

中国文学大师茅盾与上海有着不解之缘，他于1916年入职上海商务印书馆，在这座多元开放、兼容并包的城市前后工作、生活近20年之久，并在此地完成了由沈雁冰向茅盾的蜕变。上海堪称茅盾“感情最深、投入最多、发表作品最集中的地方”[1]，《子夜》《春蚕》《林家铺子》《幻灭》等诸多经典作品均诞生于这一时期。茅盾在上海所进行的蓬勃而热烈的文学活动不仅一举奠定了其在国内文坛的不凡地位，而且为其吸引了众多来自海外的关注目光。德国作为“世界第一翻译出版大国”[2]，共译介茅盾作品35部/篇（包括再版与重复收录）。这一规模在所有中国现当代作家中位居前列。但令人遗憾的是，相较于茅盾作品在德国的译介体量与影响，国内相关研究则比较逊色，专门性研究迄今罕见[3]。本节依据德国国家图书馆、波鸿鲁尔大学卫礼贤翻译中心、梅茨勒出版社《世界文学德译文学目录》以及德国主要汉学期刊的数据信息，梳理茅盾作品在德国的译介历程以及相关研究情况。

---

[1] 罗昕：《“茅盾的文学黄金岁月在上海”：上海纪念茅盾先生诞辰120周年、抵沪100周年》，载《东方早报》2016年8月9日。

[2] 陈巍：《从德国“国际译者之家”看中国文学走出去》，载《文艺报》2017年4月12日。

[3] 在综述性或整体性的茅盾外译研究中涉及个别德译本的研究有李岫的《茅盾研究在国外》、庄钟庆的《茅盾作品在国外》、顾文艳的《中国现代文学在德语世界传播的历史叙述》等。

一、茅盾作品在德国的译介

茅盾是最早一批被译介到德国的中国现代作家之一。20 世纪 30 年代，专于中国古代文学经典翻译的德国著名翻译家弗兰兹·库恩[1]将目光投向茅盾。1933 年，由上海开明书局出版的茅盾现实主义长篇小说《子夜》令其心潮澎湃，“它非同寻常地向我们显示，在今天的中国，东西方文化之间的融合过程是进展到了何种程度”[2]。库恩首次意识到中国五四新文学的价值所在，反思从前将译介范围限定在中国古典文学作品不免使得“介绍的面太窄了”[3]。1938 年，由库恩执笔翻译的《子夜》在德累斯顿威廉·海纳出版社出版[4]，是“该书的第一个欧洲译本，也是包括十九章在内的整个原作的完整译本。只有在书的开头部分，由于编辑的原因，删去了大约 10 页偏重于经济理论闲谈的场面”[5]。此外，库恩“常常以其创造性的才能，大段大段地对原书加以概述或总结，并进行了章节方面的移置和调动，虽然这并没有损害读者的理解和兴趣。

《子夜》封面

---

[1] 弗兰兹·库恩，中国古典文学翻译专家，译有《红楼梦》《水浒传》《三国演义》等。

[2] 库恩:《德文版〈子夜〉前记》，郭志刚译，载李岫编:《茅盾研究在国外》，长沙：湖南人民出版社，1984 年，第 125 页。

[3] 参见马汉茂:《〈红楼梦〉的德译者》，载《读书》1984 年第 10 期，第 104 页。

[4] Mao Dun: *Schanghai im Zwielicht*, übersetzt von Franz Kuhn, Dresden: Heyne, 1938.

[5] 库恩:《德文版〈子夜〉前记》，郭志刚译，载李岫编:《茅盾研究在国外》，长沙：湖南人民出版社，1984 年，第 125 页。

还有各章的标题，以及可以帮助读者领略全书概貌的、置于各章之前的人物表”[1]，这些均出自库恩之手。库恩将小说名译为“Schanghai im Zwielicht”，Zwielicht 既有暮光亦有曙光之意。鉴于小说德译本发行之时正值纳粹横行跋扈、德国社会风雨飘摇之际，这一带有双关意味的小说译名，体现出译者“对茅盾作品的理解之余，也暗藏了个人在黑暗历史时期留存的一线微弱的希望”[2]。

按照胡天石的说法，《子夜》德译本发行后“大有洛阳纸贵之风”[3]。这一措辞虽略带夸张之嫌，但并非空穴来风。首先，《子夜》德译本初版发行当年，即有 4 000 册销售量，次年加印 2 000 册[4]。其次，库恩翻译的《子夜》在随后几十年间三度再版：1950 年柏林维格科夫出版社首次将其再版[5]，1979 年经德国汉学家沃尔夫冈·顾彬等人校正后，由柏林奥伯鲍姆出版社二度再版[6]，1983 年法兰克福苏尔坎普出版社三度再版[7]。此外，柏林人民与世界出版社于 1966 年出版了由德国汉学家乔安娜·赫茨费尔德等人翻译的《子夜》[8]。关于两个译本的比对，顾彬直言：“库恩的译本具有高度的文学素养，它能够自始至终吸引住读者。1966 年人民与世界出版社出版的新译本，在这一点上是不能和它媲美的，虽然它的译文的准确值得称赞。”[9] 两个译本共计发行五次，足见《子夜》在德国的经典性与影响力。

---

[1] 顾彬：《德文版〈子夜〉后记》，郭志刚译，载李岫编：《茅盾研究在国外》，长沙：湖南人民出版社，1984 年，第 206 页。

[2] 顾文艳：《中国现代文学在德语世界传播的历史叙述》，载《中国比较文学》2019 年第 3 期，第 176 页。

[3] 胡天石：《〈子夜〉德译本记谈》，载《世界图书》1981 年第 8 期，第 6 页。

[4] Vgl. Hatto Kuhn: *Dr. Franz Kuhn (1884–1961) Lebensbeschreibung und Bibliographie seiner Werke*, Wiesbaden: Franz Steiner Verlag, 1980, S. 70. 转引自顾文艳：《中国现代文学在德语世界传播的历史叙述》，载《中国比较文学》2019 年第 3 期，第 176 页。

[5] Mao Dun: *Schanghai im Zwielicht: Roman aus dem gegenwärtigen China*, übersetzt von Franz Kuhn, Berlin: Wigankow, 1950.

[6] Mao Dun: *Schanghai im Zwielicht*, übersetzt von Franz Kuhn, rev. von Ingrid und Wolfgang Kubin, Berlin: Oberbaum Verlag, 1979.

[7] Mao Dun: *Schanghai im Zwielicht*, übersetzt von Franz Kuhn, rev. von Ingrid und Wolfgang Kubin, Frankfurt am Main: Suhrkamp Verlag, 1983.

[8] Mao Dun: *Schanghai im Zwielicht*, übersetzt von Johanna Herzfeldt u.a., Berlin: Verlag Volk und Welt, 1966.

[9] 顾彬：《德文版〈子夜〉后记》，郭志刚译，载李岫编：《茅盾研究在国外》，长沙：湖南人民出版社，1984 年，第 206 页。

虽然德国汉学界高度肯定茅盾为中国现代长篇小说“作出了虽然较晚，却是奠基性的贡献”[1]，他“迈出了从诠释被奴役的个体到对整个社会进行分析的一步”[2]，成功创作出“符合时代的体制宏伟的长篇小说”[3]；但除《子夜》外，茅盾仅有《虹》一部长篇小说被译介到德国，该小说“触及了时代的话题，描写一个年轻女子从追求爱情到投身革命的轨迹”[4]，1963 年由柏林人民与世界出版社出版[5]。

而在短篇小说方面，最受德国汉学界与出版界推崇的茅盾作品无疑是《春蚕》，在这篇社会批判小说中，“每个人都沦为了牺牲品，也包括压迫者自身”[6]。单以“春蚕”为题的茅盾德译文集即有四部：1955 年莱比锡岛屿出版社出版的《春蚕：短篇小说两篇》[7]，收录奥地利著名翻译家约瑟夫·卡尔玛翻译的《春蚕》和《秋收》；德国汉学家弗里茨·格鲁纳主编的《春蚕：短篇小说集》[8]，收录茅盾《春蚕》《秋收》《小巫》《林家铺子》《右第二章》《儿子开会去了》《大鼻子的故事》《水藻行》《有志者》《拟〈浪花〉》等 12 个短篇，1975 年由柏林人民与世界出版社出版，1987 年两次再版[9]。此外，《春蚕》还被收录在《林家铺

《春蚕：短篇小说集》封面

---

[1] 顾彬：《二十世纪中国文学史》，范劲等译，上海：华东师范大学出版社，2008 年，第 105 页。
[2] 顾彬：《二十世纪中国文学史》，范劲等译，上海：华东师范大学出版社，2008 年，第 107 页。
[3] 顾彬：《二十世纪中国文学史》，范劲等译，上海：华东师范大学出版社，2008 年，第 105 页。
[4] 顾彬：《二十世纪中国文学史》，范劲等译，上海：华东师范大学出版社，2008 年，第 114 页。
[5] Mao Dun: *Regenbogen*, übersetzt von Marianne Bretschneider, Berlin: Verlag Volk und Welt, 1963.
[6] 顾彬：《二十世纪中国文学史》，范劲等译，上海：华东师范大学出版社，2008 年，第 108 页。
[7] Mao Dun: *Seidenraupen im Frühling. Zwei Erzählungen*, übersetzt von Josef Kalmer, Leipzig: Insel Verlag, 1955.
[8] Mao Dun: *Seidenraupen im Frühling: Erzählungen und Kurzgeschichten*, übersetzt von Fritz Gruner u.a., Berlin: Verlag Volk und Welt, 1975.
[9] Mao Dun: *Seidenraupen im Frühling. Erzählungen und Kurzgeschichten*, übersetzt von Fritz Gruner u.a., Berlin: Verlag Volk und Welt, 1987.

子:小说集》[1]和《小巫:小说集》[2]两部德译茅盾文集以及四部德译中国现当代文学作品合辑中，它们分别是德国汉学家维尔纳·贝汀等人主编的《三月雪花:中国小说集》[3]、安德利亚斯·多纳特主编的《中国讲述:短篇小说14则》[4]、西维亚·纳格尔主编的《完婚》[5]和尤塔·弗罗因德主编的《中国故事》[6]。

除前述单行译本与德译中国现当代文学作品合辑外，德国汉学期刊、文学杂志成为茅盾作品在德国译介的另一主要阵地。《东方舆论》1938年第12期收录茅盾长篇小说《子夜》节译[7]。1919年,《东方舆论》在德国汉堡创刊,全方位报道、研究东亚文化、艺术、文学、经贸、政治等内容，是20世纪上半叶德国最具影响力的汉学杂志之一，该刊物在1942年第13期推介茅盾短篇小说《自杀》[8]。德国东方学家瓦尔特·多纳特教授评价该作表现了“惯常传统与崭新当下之间的对比冲突,以及由此产生的个体意识中的悲剧性或悲喜剧性纠葛”[9]。时隔近70年,《自杀》一文又通过德国权威汉学期刊《袖珍汉学》与读者见面[10],可见茅盾小说历久弥新的经典魅力。《袖珍汉学》专注介绍中国文学、哲学、历史与文化，多次刊登茅盾短篇译文，如1990年第2期推介《诗与散文》[11],女主角桂在与青年丙的聚散离合中“日渐成熟”,有望在将来“走上一条自己的道路”[12]。1992年第1期刊载《一个女性》[13],这个故事“说明了社会能

[1] Mao Dun: *Der Laden der Familie Lin*, übersetzt von Joseph Kalmer, Berlin: Verlag Volk und Welt, 1953.

[2] Mao Dun: *Die kleine Hexe. Erzählungen*, übersetzt von Johanna Herzfeldt, Leipzig: Philipp Reclam jun., 1959.

[3] Werner Bettin u.a. (Hrsg.): *Märzschneeblüten*, Berlin: Verlag Volk und Welt, 1959.

[4] Andreas Donath (Hrsg.): *China erzählt*, Frankfurt am Main: Fischer Verlag, 1964.

[5] Sylvia Nagel (Hrsg.): *Die Eheschließung*, Berlin/Weimar: Aufbau Verlag, 1988.

[6] Jutta Freud (Hrsg.): *Chinesische Geschichten*, München: Wilhelm Heyne Verlag, 1990.

[7] Mao Dun: Zündholzfabrikant Tschou, übersetzt von Franz Kuhn, in: *Ostasiatische Rundschau*, Nr. 12/1938.

[8] Mao Dun: Der Selbstmord, übersetzt von W. Schmahl, in: *Ostasiatische Rundschau*, Nr. 13/1942.

[9] Walter Donat: Nachwort, in: Mao-Tun: *Chinesische Novellen*, übersetzt von Wolfgang Schmahl, Berlin und Buxtehude: Hermann Hübener Verlag, 1946, S. 63–64.

[10] Mao Dun: Der Selbstmord, übersetzt von Ima Schweiger, in: *minima sinica*, Nr. 2/2001.

[11] Mao Dun: Poesie und Prosa, übersetzt von Silvia Kettelhut und Michaela Pyls, in: *minima sinica*, Nr. 2/1990.

[12] Dorothee Ballhaus: *Die moderne Frau im Frühwerk des Schriftstellers Mao Dun*, Bochum: Studienverlag Dr. N. Brockmeyer, 1989, S. 31.

[13] Mao Dun: Eine Frau, übersetzt von Silvia Kettelhut, in: *minima sinica*, Nr. 1/1992.

够在何种程度上摧残个人行为和思维”，尽管琼华“个性独立现代，但她仍然不能摆脱并不接纳其实际个性的社会环境”[1]。2003年第1期收录《幻灭》[2]，讲述了“新女性静的爱情故事，她对自己的学业、爱情和革命都深感失望”[3]。

无论《自杀》《诗与散文》，抑或《一个女性》《幻灭》，均为茅盾刻画女性人物的典范之作。顾彬对茅盾作品中的女性话语建构十分推崇，指出茅盾惯以“平凡女性为榜样，‘以爱情的名义’示范性地呈现出女性意识的多个层面”[4]。德国女汉学家桃乐茜·巴尔豪斯则站在女性角度，认为：“尽管茅盾非常关注女性问题，但不可否认的是，他也只能在一定程度上体谅其女主人公，因为他不是女人。他的描述，无论读起来显得多么体贴，仍然是来自外部的观点。反观丁玲《莎菲女士的日记》则展现了一个女人是如何感知重重困难的”[5]。

在综合性文学杂志方面，德国文学艺术与批评杂志《季节女神》1985年第2期收录茅盾的《夏夜一点钟》[6]，译者为海德·布雷森多夫。《季节女神》创刊于1955年，以德国文豪弗里德里希·席勒在18世纪末创办的同名杂志为典范，“不戴有色眼镜，不为潮流所趋”[7]，在德语文坛深具影响力。另一本德国老牌文学与文化杂志《意义与形式》在1991年第5期刊登茅盾文论《中国文学内的性欲描写》[8]。茅盾作品得以在德国经典文学杂志上发表，印证了其作品在德国的译介热度及其跨越国界的文学价值。

---

[1] Dorothee Ballhaus: *Die moderne Frau im Frühwerk des Schriftstellers Mao Dun*, Bochum: Studienverlag Dr. N. Brockmeyer, 1989, S. 55.

[2] Mao Dun: Desillusion, übersetzt von Nicola Dischert, in: *minima sinica*, Nr. 1/2003.

[3] Jiaxin Zheng: *Zeit, Geschichte und Identität in weiblichen Bildungsromanen der Moderne. Deutschland und China*, Baden-Baden: Ergon Verlag, 2019, S. 168.

[4] 顾彬：《二十世纪中国文学史》，范劲等译，上海：华东师范大学出版社，2008年，第111页。

[5] Dorothee Ballhaus: *Die moderne Frau im Frühwerk des Schriftstellers Mao Dun*, Bochum: Studienverlag Dr. N. Brockmeyer, 1989, S. iii.

[6] Mao Dun: In einer Sommernacht um Eins, übersetzt von Heide Brexendorff, in: *Die Horen*, Nr. 2/1985.

[7] Christian Eger: Ein großes Literaturblatt bleibt auf Kurs, in: *Die Horen*, http://www.die-horen.de/die-horen.html, 2020-02-01.

[8] Mao Dun: Erotik in der chinesischen Literatur, übersetzt von Rainer Schwarz, in: *Sinn und Form*, Nr. 5/1991.

茅盾作品在德国的译介迄今已逾 80 年，具体情况见下图：

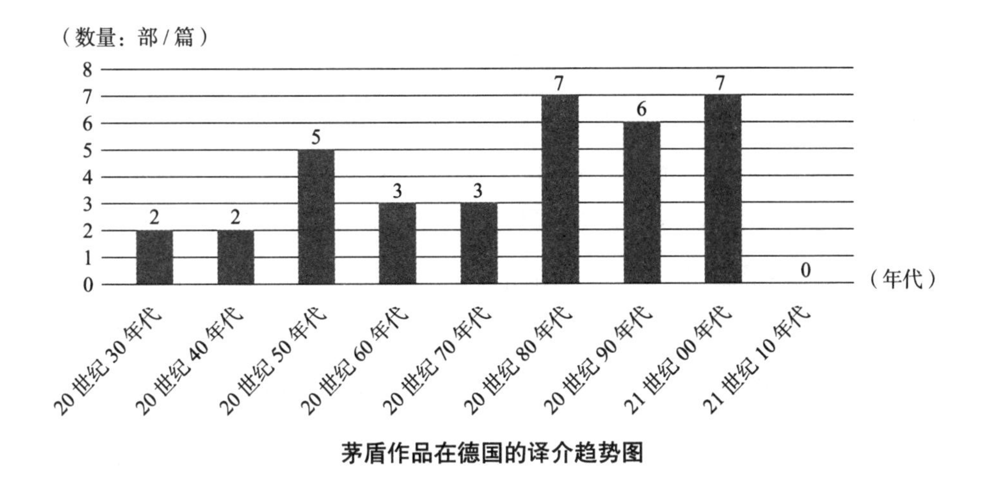

茅盾作品在德国的译介趋势图

二、茅盾作品德语译介趋势探讨

茅盾作品德语译介的几次高峰均与当时国际政治形势不无关系。20 世纪 50 年代，民主德国对同属社会主义阵营的中国“产生了特别浓厚的兴趣。对中国革命取得胜利以及人民共和国宣告成立的欢欣鼓舞这种感受在起初的几年特别明显……文学翻译从一开始在双边的文化交流中就起着举足轻重的作用”[1]。在中华人民共和国成立 10 周年之际，民主德国更是隆重推出《三月雪花：中国小说集》，旨在“反映 6 亿人如何在一场席卷一切、终其一生的斗争中觉醒，意识到自己的力量”[2]。借着这股东风，茅盾多部新作被翻译成德语并经由民主德国的出版社出版。可惜好景不长，60 年代初，中苏关系破裂导致民主德国不再介绍翻译中国当代文学，茅盾作品德语译介势头随之有所回落。直至 20 世纪 80 年代，处于裂变与革新中的中国重新引起民主德国和联邦德国

[1] 尹虹：《对民主德国中国文学翻译的回顾》，李雪涛译，载马汉茂等主编：《德国汉学：历史、发展、人物与视角》，李雪涛等译，郑州：大象出版社，2005 年，第 604 页。

[2] Werner Bettin, Fritz Gruner, Erich A. Klien (Hrsg.): *Märzschneeblüten. Chinesische Erzählungen*, Berlin: Verlag Volk und Welt, 1959, Rückseite.

的关注，“除了‘中国经济’这个主题，中国的文学也在德语读者中激起了反响”[1]，德译中国现当代文学在这一时期达到繁荣巅峰。茅盾作品德语译介也由70年代的3部/篇激增至80年代的7部/篇。

20世纪90年代中后期以来，中国现当代文学德语译介热潮开始退却，“其他的时代主题比如对两德统一进程的反思、欧洲一体化的影响和全球化的快速发展在德国社会的讨论中占据了主导地位”，并且“全球化带来的后果已经显示了出来，图书市场越来越向美国集中，越来越受制于美国”[2]。这一趋势在21世纪愈演愈烈，2004年甚至仅有一部德译中国文学作品问世[3]。时至今日，已有10余年未见茅盾作品在德国被翻译与传播，如此长时间的枯水期在其整个德译史中前所未见。

三、结语

茅盾德语译介迄今已逾80年，他是最早被译介到德国的中国现代作家之一。正如德国汉学家顾彬所言，“‘西方的’二手资料很早就给予茅盾很大的注意”[4]，甚至“唯独在西方”，茅盾“还能保持住以往的地位。中文参考文献虽然没有直接地否定他一度的地位，但它现在越来越多地强调了一点：茅盾首先是共产党人和社会学家，然后才是文学批评家和作家”[5]。尽管茅盾“属于世界文学家之列”，但其作品在德国的译介与研究尚不充分，这一窘境“不只是德国汉学界的责任，同样也是至今仍囿于从欧洲中心这一角度观察问题的德国出版界的责任”[6]。

高鸽　文

[1] 雷丹：《对异者的接受还是对自我的关照？——对中国文学作品的德语翻译的历史性量化分析》，李双志译，载马汉茂等主编：《德国汉学：历史、发展、人物与视角》，李雪涛等译，郑州：大象出版社，2005年，第595页。

[2] 雷丹：《对异者的接受还是对自我的关照？——对中国文学作品的德语翻译的历史性量化分析》，李双志译，载马汉茂等编：《德国汉学：历史、发展、人物与视角》，李雪涛等译，郑州：大象出版社，2005年，第595页。

[3] 参见高立希：《我的三十年——怎样从事中国当代小说的德译》，载《外语教学理论与实践》2015年第1期，第11页。

[4] 顾彬：《二十世纪中国文学史》，范劲等译，上海：华东师范大学出版社，2008年，第106页。

[5] 顾彬：《二十世纪中国文学史》，范劲等译，上海：华东师范大学出版社，2008年，第106页。

[6] 顾彬：《德文版〈子夜〉后记》，郭志刚译，载李岫编：《茅盾研究在国外》，长沙：湖南人民出版社，1984年，第205页。

第二节　德国汉学视域下巴金的译介研究

巴金是德国汉学界译介研究最多的中国现当代作家之一。自20世纪50年代至今，共有七部中长篇小说、七篇短篇小说、一部散文集、十篇散文和一部日记（选译）被译成德语，多部作品被重译、转载或再版，就译介实绩和传播影响而言，堪称中国现当代作家之翘楚。然而，目前对于巴金在英、美、法、俄、日、韩等国家的翻译接受研究，学界已有丰硕成果[1]，却唯独缺失巴金在“世界第一翻译出版大国”德国[2]的整体译介研究。尽管偶有提及巴金作品在德译介情况，但均置于中国现当代文学在欧美传播与研究的宏观范畴[3]，“多依赖个人感悟和经验总结”，“实证研究几乎还是一片空白”[4]，影响了可信度和有效性。本节旨在依据德国权威报纸杂志、卫礼贤翻译中心图书目录以及德国国家图书馆的文献资料等，力求全面系统地梳理巴金作品在德国的译介历程与研究现状。

一、巴金作品在德国的译介

1954年，巴金长篇小说《憩园》由奥地利作家、翻译家约瑟夫·卡尔默

[1] 如高方、吴天楚：《巴金在法国的译介与接受》，载《小说评论》2015年第5期；李逸津：《俄罗斯对巴金作品的译介与研究》，载阎纯德：《汉学研究（第十集）》，北京：学苑出版社，2007年；王苗苗：《英语世界的巴金研究》，北京：中国社会科学出版社，2019年；近藤光雄：《巴金研究在日本》，载《大连大学学报》2020年第2期；何宇：《巴金在韩国的传播与接受研究》，南京大学硕士学位论文，2014年；等等。

[2] 陈巍：《从德国“国际译者之家”看中国文学走出去》，载《文艺报》2017年4月12日。

[3] 如宋绍香在《走向现实的新中国文学——欧洲中国现代文学译介、研究管窥》（载《国外社会科学》2012年第3期）中提及1981年德国法兰克福《莱茵河畔》与苏尔坎普出版社分别发表、出版巴金小说《寒夜》德译版；马祖毅、任荣珍的《汉籍外译史》（武汉：湖北教育出版社，1997年）在“中国文学翻译在德国”这一节中曾提及巴金的《家》《寒夜》与《砂丁》已被译为德语；孙国亮、李斌在《中国现当代文学在德国的译介研究概述》（载《文艺争鸣》2017年第10期）统计了巴金著作被译为德语的数量。

[4] 冯小冰：《80年代中国现当代文学德译回顾——基于数据库的量化研究》，载《德语人文研究》2016年第1期，第28页。

《三月雪花：中国小说集》封面

译为德语，德国知名出版社卡尔·汉泽尔出版社出版，开启了巴金作品在德译介的先河[1]。1959年，柏林人民与世界出版社推出《三月雪花：中国小说集》作为庆祝中华人民共和国与民主德国建交十周年的贺礼，文集共囊括鲁迅、胡适、茅盾、巴金、赵树理、萧平等十多位中国知名作家的15篇小说，由德国汉学家埃伯哈德·埃勒翻译的巴金短篇小说《奴隶底心》因“描述中国古代家庭中奴隶的悲惨境遇”[2]而被收录其中。

是年，巴金代表作长篇小说《家》由德国汉学家约翰娜·赫茨菲尔德翻译，民主德国格赖芬出版社出版，该书封面题词赞誉“巴金是新中国最重要的小说家之一”，“出神入化地刻画了旧家庭的衰败与新的人际关系的美好”，足以“列入世界文学伟大现实主义家庭小说”[3]。译者在跋中将巴金誉为“中国最受欢迎的作家之一”[4]，并阐明小说德文题目“官员之家”（Das Haus des Mandarins）的由来：“这部作品于1956年在中华人民共和国再版并被翻拍成电影。1958年，该电影在民主德国以‘官员之家’为名放映，小说沿袭了德语电影的标题。”[5]

20世纪50年代，巴金共有两部长篇小说与一篇短篇小说在德国译介出版，译介数量微不足道，但鉴于整个50年代中国现当代文学德译作品仅有35

---

[1] Ba Jin: *Garten der Ruhe*, übersetzt von Joseph Kalmer. München: Carl Hanser Verlag, 1954.

[2] Werner Bettin, Erich Alvaro Klien, Fritz Gruner: *Märzschneeblüten. Chinesische Erzählungen*. Berlin: Volk und Welt, 1959, S. 11.

[3] Ba Jin: *Das Haus des Mandarins*, übersetzt von Johanna Herzfeldt. Rudolstadt: Greifenverlag, 1959, Klappentext.

[4] Johanna Herzfeldt: Schlusswort der Übersetzung, in: Ba Jin: *Das Haus des Mandarins*, übersetzt von Johanna Herzfeldt. Rudolstadt: Greifenverlag, 1959, S. 337.

[5] Johanna Herzfeldt: Schlusswort der Übersetzung, in: Ba Jin: *Das Haus des Mandarins*, übersetzt von Johanna Herzfeldt. Rudolstadt: Greifenverlag, 1959, S. 337.

部的现实[1]，便显得难能可贵。然而，20 世纪六七十年代国际形势风云变幻，国内形势动荡，巴金作品德语译介陷入停滞，直到改革开放后的 1980 年，才重新焕发活力并迎来高潮。福尔克尔·克勒普施翻译的短篇小说《苏堤》收录于《期待春天：中国现代短篇小说集（第一卷 1919—1949）》，他将巴金小说主题概括为“追求个人幸福与承担社会责任之间的矛盾冲突”，一方面对“巴金可以引起激情四溢的年轻人的共鸣”加以肯定，另一方面则指出“巴金作品中强烈的情感表达会让读者感到尴尬，尤其是西方读者”[2]。

同年，弗洛里安·赖辛格重译《家》，顾彬为此书作跋。这是继民主德国推出《官员之家》后，由隶属于联邦德国的柏林奥伯鲍姆出版社出版的另一译本。新版并未沿用旧名“官员之家”，而是直译为“家”。顾彬在跋中阐明《家》作为“激流三部曲”的开端之作大获成功的原因：“首先，巴金通过三对恋人（觉新—梅、觉慧—鸣凤、觉民—琴）的命运，揭示中国传统封建家庭对生命的摧残与压迫。其次，他将希望寄托于青年人，视他们为唯一的反抗者。此外，巴金并未与人物保持距离，而是与他们悲欢与共、同仇敌忾，这也是小说情感炽烈的原因……最后是巴金对中国传统文学的借鉴，尤其是《红楼梦》对这部作品中代际冲突的表现与女性角色的塑造影响至深。”[3]

《家》封面

[1] 参见孙国亮、李斌：《中国现当代文学在德国的译介研究概述》，载《文艺争鸣》2017 年第 10 期，第 104 页。

[2] Ba Jin: Su-Deich, übersetzt von Volker Klöpsch, in: Volker Klöpsch und Roderick Ptak (Hg.): *Hoffnung auf Frühling. Moderne chinesische Erzählungen*. Erster Band 1919－1949. Frankfurt am Main: Suhrkamp Verlag, 1980, S. 188.

[3] Wolfgang Kubin: Nachwort, in: Ba Jin: *Die Familie, aus dem Chinesischen von Florian Reissinger*, mit einem Nachwort von Wolfgang Kubin. Berlin: Oberbaumverlag, 1980, S. 420.

1981年是巴金作品在德译介的“丰收年”。德国汉学家赫尔穆特·福斯特-拉奇翻译的小说《砂丁》由法兰克福苏尔坎普出版社出版[1]：“巴金的初衷是创作一部像左拉《萌芽》那样的作品，《砂丁》讲述了木匠学徒为给心爱的女孩赎身，将自己卖身为锡矿矿工而为此丧命的故事。”[2]福尔克尔·克勒普施（中文名：吕福克）在德国知名报纸《时代周刊》发表《哭泣与斗争：中国作家巴金的三部作品》，评价“《砂丁》是巴金跳脱自己熟悉的资产阶级环境，转而迈向无产阶级工人世界的一次尝试，是向批判社会的现实主义致敬的一部作品”[3]。《寒夜》由扎比内·佩舍尔与芭芭拉·施皮尔曼合译，亦由法兰克福苏尔坎普出版社出版。顾彬在跋中考证，该书是“巴金基于1944—1945年在国民党临时政府所在地重庆的亲身经历而著”[4]，讲述了“一个知识分子对当前形势感到万念俱灰而走向毁灭的故事，巴金借这部作品表达了对国民政府的严厉谴责”[5]。

时隔四年，《寒夜》由彼得·克莱汉坡从英文转译为德文，1985年经柏林人民与世界出版社出版[6]，这是继1981年联邦德国出版第一个译本之后由民主德国推出的另一个译本。此外，巴金短篇小说《我的眼泪》由汉学家托马斯·坎彭翻译，发表于德国著名文学杂志《季节女神》，坎彭在译作前言中高度评价巴金与《寒夜》：“巴金在过去几十年中虽常常因卷入各种运动风波遭到打击，但他仍是继郭沫若与茅盾之后中国最具声望的作家”，“《寒夜》是作者最后一部、但也许是最好的一部小说”[7]。

[1] Ba Jin: *Shading*, übersetzt Von Helmut Forster-Latsch, unter Mitarbeit von Marin-Luise Latsch und Zhao Zhenquang. Frankfurt am Main: Suhrkamp Verlag, 1981.

[2] Helmut Martin: Ein Nachwort zu Ba Jin, in: Ba Jin: *Gedanken unter der Zeit. Ansichten — Erkundungen — Wahrheiten 1979 bis 1984*, aus dem Chinesischen übertragen von Sabine Peschel. Köln: Eugen Diederichs Verlag, 1985, S. 198.

[3] Volker Klöpsch: Weinen und Kämpfen. Drei Bücher des chinesischen Schriftstellers Ba Jin, in: *Die Zeit*, 07.10.1983, Nr. 41, S. 61.

[4] Wolfgang Kubin: Nachwort, in: Ba Jin: *Kalte Nächte*, übersetzt von Sabine Peschel und Barbara Spielmann. Frankfurt am Main: Suhrkamp Verlag, 1981, S. 293-294.

[5] Helmut Martin: Ba Jins Memoiren-Gedanken unter der Zeit, in: Helmut Martin (Hg.): *Chinesische Literatur am Ende des 20. Jahrhunderts. Chinabilder II. Neuanfänge in den 80er und 90er Jahren*. Dortmund: Projekt Verlag, 1996, S. 200.

[6] Ba Jin: *Nacht über der Stadt*, aus dem Englischen von Peter Kleinhempel. Berlin: Verlag Volk und Welt, 1985.

[7] Ba Jin: Meine Tränen, übersetzt von Thomas Kampen, in: *Die Horen*, Bd. 2, 1985, S. 67.

《砂丁》封面

《寒夜》封面

1985年，荟萃巴金晚年思想的代表作《随想录》德译删节版由科隆欧根·迪德里希出版社出版，巴金亲自作序："这五卷书不仅是我数十年来生活与工作的经验总结，而且不加修饰、真诚坦率地讲述了萦绕在我内心深处并使我不断前进的事物。我希望德国读者能够通过阅读这部作品了解它们，并加深对我们思想与感情的理解。"[1] 主编赫尔穆特·马丁（中文名：马汉茂）强调《随想录》在德国的出版意义非凡，"巴金对往事的回忆以及真相的探索，对于德国读者如何看待德国历史亦具有借鉴意义"[2]，并称誉"巴金是民国时期知名作家中唯一敢站出来，对中国当代文学现状发表令人瞩目的评论且毫不妥协的勇者……而他正是凭借毫无保留的自我批判与毫不妥协的态度，赢得年轻读

---

[1] Ba Jin: Vorwort Ba Jins zu dieser Ausgabe, in: Ba Jin: *Gedanken unter der Zeit. Ansichten — Erkundungen — Wahrheiten 1979 bis 1984*, aus dem Chinesischen übertragen von Sabine Peschel. Köln: Eugen Diederichs Verlag, 1985.

[2] Vgl. Helmut Martin: Ein Nachwort zu Ba Jin, in: Ba Jin: *Gedanken unter der Zeit. Ansichten — Erkundungen — Wahrheiten 1979 bis 1984*, aus dem Chinesischen übertragen von Sabine Peschel. Köln: Eugen Diederichs Verlag, 1985, S. 196.

《随想录》封面

者与青年作家的喜爱与敬重”[1]。略显遗憾的是，为便于德国读者理解，编译者对该作进行了删减，并根据主题重新编排[2]。需要提及的是，德国著名文学期刊《腔调》提前刊载德译《〈青年作家〉创刊词》[3]，即收录于原版《随想录》中的《作家》，为图书出版宣传热身。

1988年，西尔维娅·纳格尔主编《〈结婚〉：20世纪中国短篇小说集》，收录鲁迅、叶圣陶、巴金、茅盾、赵树理、王蒙与老舍的13篇短篇小说（其中，包括她亲自翻译巴金作品《能言树》《废园外》与《雨》），“借此展现20世纪上半叶中国文学佳作迭出的盛况”[4]。这些作品“描述了农民为生存进行的艰苦斗争……革命爆发前知识分子的生存困境，人们对30年代反动派恐怖主义、社会主义改造初期官僚主义的不满，展现了青年对根深蒂固的封建习俗的反抗和20世纪初女性或饱受包办婚姻折磨、或迫于生计沦为娼妓的绝望处境”[5]。

20世纪90年代，受政治、文学等各种因素影响，中国现当代文学德语译介整体式微，译介数量由80年代的525部 / 篇骤降至341部 / 篇[6]。“全球化

---

[1] Helmut Martin: Ein Nachwort zu Ba Jin, in: Ba Jin: *Gedanken unter der Zeit. Ansichten — Erkundungen — Wahrheiten 1979 bis 1984*, aus dem Chinesischen übertragen von Sabine Peschel. Köln: Eugen Diederichs Verlag, 1985, S. 195.

[2] Vgl. Helmut Martin: Ein Nachwort zu Ba Jin, in: Ba Jin: *Gedanken unter der Zeit. Ansichten — Erkundungen — Wahrheiten 1979 bis 1984*, aus dem Chinesischen übertragen von Sabine Peschel. Köln: Eugen Diederichs Verlag, 1985, S. 202.

[3] Ba Jin: Geleitwort für die Zeitschrift *Junge Autoren*, übersetzt von Monika Basting, in: *Akzente: Zeitschrift für Literatur*, Heft 2, 1985.

[4] Sylvia Nagel (Hg.): *Die Eheschließung. Chinesische Erzählungen des 20. Jahrhunderts*. Berlin/Weimar: Aufbau-Verlag, 1988, Vorwort.

[5] Sylvia Nagel (Hg.): *Die Eheschließung. Chinesische Erzählungen des 20. Jahrhunderts*. Berlin/Weimar: Aufbau-Verlag, 1988. Vorwort.

[6] 孙国亮、李斌：《中国现当代文学在德国的译介研究概述》，载《文艺争鸣》2017年第10期，第104页。

带来的后果已经显示了出来，图书市场越来越向美国集中，越来越受制于美国”[1],但在“中国现代文学经典几乎无一例外地淡出德国译介视野”[2]的大背景下，巴金作品的德语译介既有新作，也有转载再版，可谓其作品经典性与影响力的有力证明。

1990年，德国出版《中国讲述：短篇小说14则》，收入西尔维娅·纳格尔翻译的《雨》[3]。两部德语版中国现当代文学合辑《中国故事集》[4]与《中国小说集》[5]，均收入弗洛里安·赖辛格翻译的长篇小说《家》的节选片段。“出版《中国小说集》的初衷，是通过文学与传记作品揭示20世纪中国人民的生活经历与情感世界”[6]，“中国拥有几千年的历史，它的力量、它的美丽壮阔与异域风情无不使西方读者着迷”[7]。巴金的作品无疑让德国读者看到了一个古老中国的衰落，青春中国的新生。随后，《论说真话》[8]《作家》[9]两篇散文入选文集《咬文嚼字派的瓦解——中国现代作家作品》与《黑色眼睛寻找光明——80年代中国作家》。90年代，巴金共有六篇作品首译为德语：《家庭的环境》[10]由英戈·舍费尔翻译收录于德国杂志《新中国》（1990年第6期），《对注定失败的

---

[1] 雷丹：《对异者的接受还是对自我的关照？——对中国文学作品的德语翻译的历史性量化分析》，李双志译，载马汉茂等编：《德国汉学：历史、发展、人物与视角》，李雪涛等译，郑州：大象出版社，2005年，第595页。

[2] 孙国亮、李斌：《中国现当代文学在德国的译介研究概述》，载《文艺争鸣》2017年第10期，第106页。

[3] Ba Jin: Regen, übersetzt von Sylvia Nagel, in: *China Erzählt. 14 Erzählungen*, ausgewählt und mit einer Nachbemerkung von Andreas Donath. Frankfurt am Main: Fischer Taschenbuch Verlag, 1990.

[4] Ba Jin: Vor dem Familienfest, übersetzt von Florian Reissinger, in: Jutta Freund (Hg.): *Chinesische Geschichten*. München: Wilhelm Heyne Verlag, 1990.

[5] Ba Jin: Die Familie, übersetzt von Florian Reissinger, in: Andrea Wörle (Hg.): *Chinesische Erzählungen*. München: Deutscher Taschenbuch Verlag, 1990.

[6] Andrea Wörle: Nachwort, in: Andrea Wörle (Hg.): *Chinesische Erzählungen*. München: Deutscher Taschenbuch Verlag, 1990, S. 273.

[7] Andrea Wörle (Hg.): *Chinesische Erzählungen*. München: Deutscher Taschenbuch Verlag, 1990.

[8] Ba Jin: Über die Wahrheit, in: Helmut Martin, Christiane Hammer (Hg.): *Die Auflösung der Abteilung für Haarspalterei*. Reinbek bei Hamburg: Rewohlt Verlag, 1991.

[9] Ba Jin: Gleitwort für die Zeitschrift *Junge Autoren*, in: Helmut Martin (Hg.): *Schwarze Augen suchen das Licht. Chinesische Schriftsteller der achtziger Jahre*. Bochum: Brockmeyer, 1991.

[10] Ba Jin: Mein Zuhause, übersetzt von Ingo Schäfer, in: *das neue China*, Nr. 6, 1990.

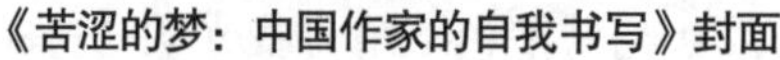
《苦涩的梦：中国作家的自我书写》封面

《中国小说集》封面

制度的抗议——从一个四川地主家庭的毁灭开始》[1]（原文标题为《谈家》）由鲁特·凯恩翻译收录于《苦涩的梦：中国作家的自我书写》（1993 年），《小狗包弟》《鸟的天堂》《独立思考》与《忆鲁迅先生》[2] 均收录于《二十世纪中国散文选译》（1998 年）。

21 世纪以降，弗洛里安·赖辛格翻译的《家》由柏林奥伯鲍姆出版社再版[3]。德国汉学家亚历山大·泽希提希（中文名：大春）翻译的《春天里的秋天：巴金小说选》由中国外文出版社出版，译者坦承："在巴金百年华诞之际，将《春天里的秋天》连同《狗》和《鬼》译成德文呈现给德语地区的读者，对

---

[1] Ba Jin: Mein Protest, diesem todgeweihten System entgegengeschleudert: Von dem Zusammenbruch einer Gutsherrensippe in Sichuan, in: Helmut Martin (Hg.): *Bittere Träume. Selbstdarstellungen chinesischer Schriftsteller*. Bonn: Bouvier, 1993.

[2] Ba Jin: Niao de tiantang, Yi Lu Xun xiansheng, Duli sikao, Xiao gou Baodi, in: Martin Woesler (Hg.): *Ausgewählte chinesische Essays des 20. Jahrhunderts in Übersetzung*. Bochum: MultiLingua Verlag, 1998.

[3] Ba Jin: *Die Familie*, aus dem chinesischen von Florian Reissinger, mit einem Nachwort von Wolfgang Kubin. 2., durchges. Auflage. Berlin/St. Petersburg: Oberbaumverlag, 2002.

我来说是极大的乐趣。”[1]

《春天里的秋天：巴金小说选》封面

2005年巴金逝世，德国各大主流报纸杂志纷纷撰文寄托哀思。《法兰克福汇报》刊登《阅读时代的终结——一个民族的梦想和梦魇：论中国作家巴金之死》[2]，报道最后一位中国现代文学大师与世长辞。德国记者、汉学家约翰尼·埃林在《世界报》发文《20世纪中国伟大的文学巨匠巴金逝世》，将巴金奉为“中国最知名的现代作家，也是20世纪最后一位文学大师，与鲁迅、茅盾、胡适、老舍齐名，是中国最广为传阅的作家之一”[3]。德国《明镜》周刊刊文《巴金逝世》，赞颂巴金是“进入中国文学的一扇大门”，“在反映中国的理想与危机方面无人能与之比肩”[4]。德国汉学家埃娃·穆勒（中文名：梅薏华）撰写《巴金讣告“有梦想的人是幸福的”》，刊于德国《东亚文学杂志》第39期，她积极评价巴金在跌宕起伏的百岁人生中取得的辉煌成就，“正是巴金对祖国摆脱积贫积弱的现状、打破封建教条主义从而建立人人平等的新社会的渴望驱使他笔耕不辍，积极参与政治活动”[5]。

---

[1] Alexander Saechtig: Nachwort, in: Ba Jin: *Herbst im Frühling*, übersetzt von Alexander Saechtig. Beijing: Verlag für fremdsprachige Literatur, 2005, S. 353.

[2] Mark Siemons: Die Zeit des Lesens ist vorüber. Traum und Albtraum einer Nation: Zum Tod des chinesischen Schriftstellers Ba Jin, in: *Frankfurter Allgemeine Zeitung*, 19.10.2005, Nr. 243, S. 39.

[3] Johnny Erling: Ba Jin, der große alte Mann der chinesischen Literatur, ist tot, in: *Die Welt*, 18.10.2005, in: https://www.welt.de/print-welt/article171573/Ba-Jin-der-grosse-alte-Mann-der-chinesischen-Literatur-ist-tot.html

[4] Vgl. Ba Jin ist tot, in: *Der Spiegel*, 18.10.2005, in: https://www.spiegel.de/kultur/literatur/chinesische-literatur-ba-jin-ist-tot-a-380380.html

[5] Eva Müller: „Glücklich der Mensch, der Träume hat“. Nachruf auf Ba Jin, in: *Hefte für ostasiatische Literatur*, Nr. 39, 2005, S. 9.

《第四病室》封面

因巴金的陨落，德国汉学界再次追忆这位文学大师的作品，掀起一波翻译、研究巴金作品的浪潮。2006 年，由安特耶·鲍尔、托马斯·布雷茨克等人合译的《狗》刊发于《东亚文学杂志》第 40 期[1]，“巴金逝世是翻译这篇作品的原因，该作以社会责任感和中国人在政治与现实层面所遭受的苦难为标志，是典型的巴金作品”[2]。露特·克雷梅留斯以《一位文人的日常生活——巴金〈上海日记〉节选》为题翻译巴金在 1962 年 11 月撰写的日记，“这 30 篇日记记录了巴金每日的工作、发生的事情、拜访者与被拜访者、寄信者与来信者等大量关于巴金的个人信息……揭示了 20 世纪 60 年代初上海文人的日常生活”[3]。2008 年，由福尔克尔·克勒普施翻译的《苏堤》[4]再次收录于《2009 年岛屿出版社年鉴——中国》。2009 年，由亚历山大·泽希提希翻译并出版的《从郭沫若到张洁：20 世纪中国叙事艺术的杰作》，涵盖民国以来优秀的叙事作品，“借此希望德国读者概览 20 世纪和 21 世纪初的中国文学，鼓励他们接触更多中国现当代文学作品”[5]。收录其中的巴金小说《雾》，“深刻体现了 1919 年席卷全国的反抗精神，揭露了许多具有改革精神的城市青年在与传统决裂

---

[1] Vgl. Ba Jin: Ein Hundeleben, übersetzt von Antje Bauer, Thomas Breetzke, in: *Hefte für ostasiatische Literatur*, Nr. 40, 2006, S. 74.

[2] Ba Jin: Ein Hundeleben, übersetzt von Antje Bauer, Thomas Breetzke, in: *Hefte für ostasiatische Literatur*, Nr. 40, 2006, S. 75.

[3] Ruth Cremerius: Literatenalltag — Ein Auszug aus den Shanghai-Tagebüchern von Ba Jin, in: Michael Friedrich (Hg.): *Han-Zeit. Festschrift für Hans Stumpfeldt aus Anlass seines 65. Geburtstages.* Wiesbaden: Harrassowitz, 2006, S. 82.

[4] Ba Jin: Der Su-Deich, übersetzt von Volker Klöpsch, in: Christian Lux und Hans-Joachim Simm (Hg.): *Insel-Almanach auf das Jahr 2009. China.* Frankfurt am Main: Insel Verlag, 2008.

[5] Alexander Saechtig: Zwischen Instrumentalisierung und Eigenständigkeit: Die chinesische Literatur des 20. Jahrhunderts, in: *Meisterwerke chinesischer Erzählkunst des 20. Jahrhunderts. Von Guo Moruo bis Zhang Jie*, übersetzt und herausgegeben. von Alexander Saechtig. Frankfurt am Main/München/London/New York: Weimarer Schiller-Presse 2009, S. 19–20.

时遇到的一系列问题”[1]。此外，亚历山大·泽希提希翻译的巴金小说《第四病室》[2]也由中国外文出版社出版，至此巴金作品在德译介暂时告一段落。

综而观之，巴金作品德语译介历程几近一个甲子，其作品在德译介的数量和变化趋势见下图：

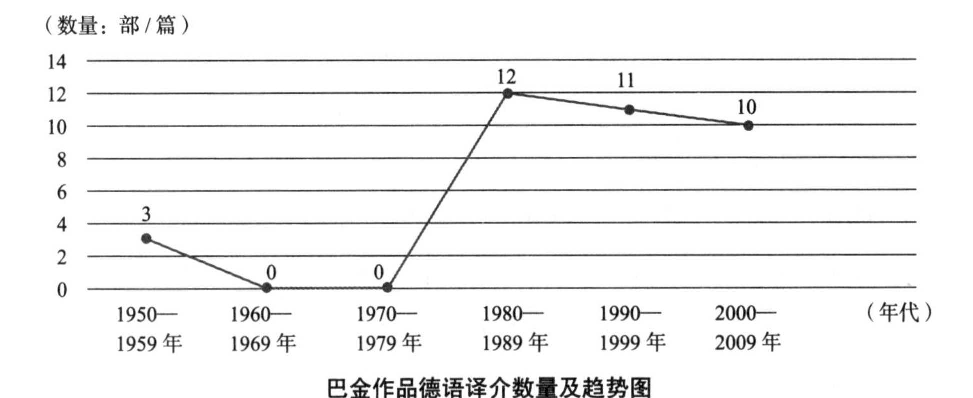

巴金作品德语译介数量及趋势图

二、巴金在德国的评价与阐释

20 世纪 80 年代早期，巴金相继获得意大利但丁国际荣誉奖、法国荣誉勋章、美国文学艺术研究院名誉院士等国际奖项和赞誉，引发德国主流报纸和权威汉学杂志的热评与推介，亦成为德国汉学研究青睐的对象。

第一，德国汉学界将巴金奉为“中国知识分子的良知”。这一美誉源自赫尔穆特·马丁为庆祝巴金八十华诞而发表于《世界报》的评论文章《中国知识分子的良知》[3]，代表着德国汉学界对巴金关切国家命运、坚守人性

[1] Alexander Saechtig: Zwischen Instrumentalisierung und Eigenständigkeit: Die chinesische Literatur des 20. Jahrhunderts, in: *Meisterwerke chinesischer Erzählkunst des 20. Jahrhunderts. Von Guo Moruo bis Zhang Jie*, übersetzt und herausgegeben. von Alexander Saechtig. Frankfurt am Main/München/London/New York: Weimarer Schiller-Presse, 2009, S. 9.

[2] Ba Jin: *Krankenzimmer*, Nr. 4, übersetzt von Alexander Saechtig. Beijing: Verlag für Fremdsprachige Literatur, 2009.

[3] Helmut Martin: Chinas intellektuelles Gewissen — Zum 80. Geburtstag des nonkonformistischen Schriftstellers Ba Jin. Ohne Abstriche die Wahrheit sagen, in: *Die Welt*, 24.11.1984.

道德、关怀呵护后辈与支持出版事业给予的高度评价。2004 年 11 月 25 日《法兰克福汇报》刊文《充满希望的悲惨命运——典范人生：中国作家巴金迎来百年华诞》赞誉巴金为中国的“世纪作家”，“不仅因为他年届百岁，更因为其作品自民国以来就以反映中国人的理想、忧患以及中国在现代世界中自我定位的撕裂感为己任”[1]。“巴金紧跟时代步伐，不论是《萌芽》，还是《憩园》、‘抗战三部曲’之一的《火》，抑或艺术手法最为成熟的《寒夜》，无一不表达了知识分子在战争结束前后的希望与绝望。其笔下的主人公，不管是对自身幸福的追求，还是对民族、国家的希望，都转化为他自身的梦想与动力。”[2] 巴金晚年撰写“集思想、回忆、探索、真话于一体的《随想录》”，“敦促中国知识分子重拾道德，坚守道德底线”[3]，在当时获得了“真正意义”[4]。露特·克雷梅留斯称颂巴金如同“旷野中孤独的呐喊者”，“不断提醒人们不要忘记‘文化大革命’，呼吁人们对每个人承担的责任进行探讨。他不想报复，因为担心类似的悲剧再次发生，便通过写作对抗集体性遗忘”[5]。

值得注意的是，巴金作为声名显赫的作家，“其对出版事业所做的贡献常常被人忽视”。德国汉学家约翰娜·赫茨菲尔德强调：“正因他在文化生活出版社发挥着重要作用，给许多作者提供发表作品的平台，包括他们创作和翻译的外国文学作品。1957 年，他在上海创办的文学杂志《收获》至今仍处于行业领先地位，不仅鼓励期刊作者向广大读者展示自己的作品，还支持他们，为

[1] Mark Siemons: Vom tragischen Schicksal der Hoffnung. Ein exemplarisches Leben: Der chinesische Schriftsteller Ba Jin wird hundert Jahre alt, in: *Frankfurter Allgemeine Zeitung*, 25.11.2004, Nr. 276, S. 39.

[2] Eva Müller: „Glücklich der Mensch, der Träume hat“. Nachruf auf Ba Jin, in: *Hefte für ostasiatische Literatur*, Nr. 39, 2005, S. 11.

[3] Helmut Martin: Ein Nachwort zu Ba Jin, in: Ba Jin: *Gedanken unter der Zeit. Ansichten — Erkundungen — Wahrheiten 1979 bis 1984*, aus dem Chinesischen übertragen von Sabine Peschel. Köln: Eugen Diederichs Verlag, 1985, S. 195.

[4] Peter Bonsen: Schriftsteller im „Kuhstall“. Ba Jins „punktuelle Autobiographie“, in: *Rhein-Neckar-Zeitung*, Samstag/Sonntag, 31.05.1986, Nr. 122, S. 49.

[5] Ruth Cremerius: Literatenalltag — Ein Auszug aus den Shanghai-Tagebüchern von Ba Jin, in: Michael Friedrich (Hg.): *Han-Zeit. Festschrift für Hans Stumpfeldt aus Anlass seines 65. Geburtstages*. Wiesbaden: Harrassowitz, 2006, S. 113.

他们辩护”[1]，“为广大读者推介了许多宝贵的中国新文学作品”[2]。巴金倡议建立中国现代文学馆，“文学馆的铜铸件门把手印有巴金手印，象征着他对此项目的大力支持和诚挚欢迎每一位进入中国文学殿堂的人”[3]。正是巴金作为知识分子的反躬自省、孜孜不倦的创作精神以及对工作的兢兢业业使他扬名海内外，“因作品中体现的道德操守与热情，被尊为20世纪中国最伟大的作家之一”[4]，成为中国良知的代表。

第二，巴金作品中的自传因素和人物形象塑造引起关注。在“激流三部曲”中，几乎所有人物均在巴金的现实生活中能找到对应的人物原型，“这些原型是他塑造人物的基础，在此基础上巴金添加其他人物的特征，直到这些人物拥有‘生命’，能够按照虚构的个性行事”[5]。典型代表是琴，原型是巴金的一位表姐，“热心地读了不少传播新思想的书刊”[6]，最终却没有成长为革命者和致力于妇女解放的斗士，而是沦为性情孤僻的老处女。“巴金在书中改写琴的命运，在她身上汇集了许多他后来在上海、南京和法国巴黎遇到的‘新女性’的特点，使琴成为20世纪二三十年代中国进步青年的女性代表，在读者心目中可与觉慧相媲美的人物形象。”[7]觉新的原型是巴金的长兄，因不得不遵从长辈旨意，放弃自己热爱的事业、心爱的姑娘，甚至自己的性命[8]。“巴金通过对自己、家人与朋友的观察，在‘激流三部曲’中塑造了那个时代的中国青

[1] Eva Müller: „Glücklich der Mensch, der Träume hat“. Nachruf auf Ba Jin, in: *Hefte für ostasiatische Literatur*, Nr. 39, 2005, S. 11.

[2] Johanna Herzfeldt: Schlusswort der Übersetzerin, in: Ba Jin: *Das Haus des Mandarins*, übersetzt von Johanna Herzfeldt. Rudolstadt: Greifenverlag, 1959, S. 338.

[3] Johnny Erling: Ba Jin, der große alte Mann der chinesischen Literatur, ist tot, in: *Die Welt*, 18.10.2005.

[4] Barbara Hoster: Ba Jin (1904–2005), in: *China Heute*, Nr. 6, 2005, S. 207.

[5] Olga Lang: Die chinesische Jugend zur Zeit der 4.-Mai-Bewegung. Ba Jins Romantrilogie „Reißende Strömung“, in: Wolfgang Kubin (Hg.): *Moderne chinesische Literatur*. Frankfurt am Main: Suhrkamp Taschenbuch Verlag, 1985, S. 329.

[6] 巴金：《巴金选集（第十卷）》，成都：四川文艺出版社，2010年，第98页。

[7] Vgl. Olga Lang: Die chinesische Jugend zur Zeit der 4.-Mai-Bewegung. Ba Jins Romantrilogie „Reißende Strömung“, in: Wolfgang Kubin (Hg.): *Moderne chinesische Literatur*. Frankfurt am Main: Suhrkamp Taschenbuch Verlag, 1985, S. 341.

[8] Vgl. Olga Lang: Die chinesische Jugend zur Zeit der 4.-Mai-Bewegung. Ba Jins Romantrilogie „Reißende Strömung“, in: Wolfgang Kubin (Hg.): *Moderne chinesische Literatur*. Frankfurt am Main: Suhrkamp Taschenbuch Verlag, 1985, S. 330.

年，使许多读者在阅读这部作品时看到了自己的影子。”[1]他创作这部作品并非给自己的家族立传，而是为了记录一般官僚地主家庭史[2]。彼得·邦森在《“牛棚”中的作家——巴金“分门别类的自传”》中指出，巴金通过《随想录》“为中国文学创立了全新的文体：有意带有主观色彩写作风格的‘分门别类的自传’”[3]，囊括巴金的笔记、讲话、对漫长人生的回忆和对中国当代社会、文学的评论[4]。巴金曾表明自己的创作初衷是“只想反映我熟悉的生活，倾吐我真挚的感情”[5]。顾彬指出巴金写作的一个极为重要的特点是将生活与文艺糅合，这也是他的文学创作如此多产的原因之一[6]。

自传色彩使得巴金作品中的人物形象极具感染力，对当时女性命运的悲悯使他在“激流三部曲”中“以高超的艺术手法塑造了许多具有反抗精神的年轻女性”[7]，“体现了女性为摆脱封建礼教强加在她们身上的桎梏所做的艰苦斗争”[8]：高淑英为躲避父母安排的婚姻逃到上海，重获自由[9]；淑华则是一个天生的革命家，她心直口快、嫉恶如仇、敢于反抗；许倩茹虽不是主要人物，却十分真实，她剪掉头发参加学生运动，后经父母同意到北京读书[10]。《寒夜》的精彩之处在于“巴金彻底颠覆了读者对男女性别角色的认知，塑造了一个

---

[1] Olga Lang: Die chinesische Jugend zur Zeit der 4.-Mai-Bewegung. Ba Jins Romantrilogie „Reißende Strömung", in: Wolfgang Kubin (Hg.): *Moderne chinesische Literatur*. Frankfurt am Main: Suhrkamp Taschenbuch Verlag, 1985, S. 329.

[2] 参见巴金：《巴金选集（第十卷）》，成都：四川文艺出版社，2010 年，第 95 页。

[3] Peter Bonsen: Schriftsteller im „Kuhstall". Ba Jins „punktuelle Autobiographie", in: *Rhein-Neckar-Zeitung*, Samstag/Sonntag, 31.05.1986, Nr. 122. S. 49.

[4] Vgl. Peter Bonsen: Schriftsteller im „Kuhstall". Ba Jins „punktuelle Autobiographie", in: *Rhein-Neckar-Zeitung*, Samstag/Sonntag, 31.05.1986, Nr. 122. S. 49.

[5] 巴金：《随想录》，北京：人民文学出版社，2018 年，第 35 页。

[6] 参见顾彬：《二十世纪中国文学史》，范劲等译，上海：华东师范大学出版社，2008 年，第 122 页。

[7] Olga Lang: Die chinesische Jugend zur Zeit der 4.-Mai-Bewegung. Ba Jins Romantrilogie „Reißende Strömung", in: Wolfgang Kubin (Hg.): *Moderne chinesische Literatur*. Frankfurt am Main: Suhrkamp Taschenbuch Verlag, 1985, S. 340.

[8] Volker Klöpsch: Weinen und Kämpfen. Drei Bücher des chinesischen Schriftstellers Ba Jin, in: *Die Zeit*, 07.10.1983, Nr. 41, S. 61.

[9] Vgl. Olga Lang: Die chinesische Jugend zur Zeit der 4.-Mai-Bewegung. Ba Jins Romantrilogie „Reißende Strömung", in: Wolfgang Kubin (Hg.): *Moderne chinesische Literatur*. Frankfurt am Main: Suhrkamp Taschenbuch Verlag, 1985, S. 340.

[10] Vgl. Olga Lang: Die chinesische Jugend zur Zeit der 4.-Mai-Bewegung. Ba Jins Romantrilogie „Reißende Strömung", in: Wolfgang Kubin (Hg.): *Moderne chinesische Literatur*. Frankfurt am Main: Suhrkamp Taschenbuch Verlag, 1985, S. 342.

完全摆脱父权家长制的女性形象。妻子作为银行职员的收入远远高于丈夫，这使她能够打破封建壁垒，追求自己的幸福”[1]。在对老一辈人物的刻画中，“最成功的是高老太爷，他具有巴金祖父的许多特征，是一个内涵丰富、矛盾复杂的人物，既有教养又十分庸俗，既充满热情又十分残忍，临终前变得善解人意、宽容仁厚，让人既爱又恨”[2]。对于从小生长于深宅大院的巴金而言，“有些反面人物的塑造不够生动，过于脸谱化，如冯乐山、周伯涛等人物形象单薄、不够立体”[3]。

第三，中德名家名作的比较研究开始出现。顾彬认为《家》拥有同时期其他文学作品不具备的乐观精神：“与鲁迅、茅盾、丁玲等人的作品不同，这部作品不满足于停留在表现人们在衰败世界中的陌生感，从辩证的角度看，毁灭的反面是青年人身上体现的反抗精神。上面提及的作家，即便是五四运动时期的鲁迅，也不敢在刻画青年时表现出如此乐观的态度，而在身为共产党员的茅盾的《子夜》中，起义工人也只是民族工业和资产阶级衰败背景下的次要力量。”[4]奥尔加·朗将“激流三部曲”与《红楼梦》作比较，虽然“‘激流三部曲’在哲学维度、心理分析、人物描写等层面上不及《红楼梦》……但这两部具有自传性质的家庭小说是旧社会的写照……描述的皆是中国封建地主官僚家庭的生活，拥有诸多共同之处”[5]；然而，两位主人公的命运却截然相反：“《红楼梦》中人物的抗争是无意识的、被动的，如贾宝玉追随道家和佛家的神秘召唤离家出走，消极避世……而‘激流三部曲’中具有反抗精神的年轻人在外积

[1] Volker Klöpsch: Weinen und Kämpfen. Drei Bücher des chinesischen Schriftstellers Ba Jin, in: *Die Zeit*, 07.10.1983, Nr. 41, S. 61.

[2] Olga Lang: Die chinesische Jugend zur Zeit der 4.-Mai-Bewegung. Ba Jins Romantrilogie „Reißende Strömung“, in: Wolfgang Kubin (Hg.): *Moderne chinesische Literatur*. Frankfurt am Main: Suhrkamp Taschenbuch Verlag, 1985, S. 335.

[3] Olga Lang: Die chinesische Jugend zur Zeit der 4.-Mai-Bewegung. Ba Jins Romantrilogie „Reißende Strömung“, in: Wolfgang Kubin (Hg.): *Moderne chinesische Literatur*. Frankfurt am Main: Suhrkamp Taschenbuch Verlag, 1985, S. 335.

[4] Wolfgang Kubin: Nachwort, in: Ba Jin: *Die Familie*, aus dem Chinesischen von Florian Reissinger. Mit einem Nachwort von Wolfgang Kubin. Berlin: Oberbaumverlag, 1980, S. 426.

[5] Olga Lang: Die chinesische Jugend zur Zeit der 4.-Mai-Bewegung. Ba Jins Romantrilogie „Reißende Strömung“, in: Wolfgang Kubin (Hg.): *Moderne chinesische Literatur*. Frankfurt am Main: Suhrkamp Taschenbuch Verlag, 1985, S. 343.

极闯荡，追求丰富多彩、充满意义的生活。”[1]

福尔克尔·克勒普施认为：“中国现代文学中最成功的家庭小说《家》可以与托马斯·曼所著的家庭小说《布登勃洛克一家》相提并论。”[2]维尔纳·罗斯在《与〈布登勃洛克一家〉截然相反——一部来自20世纪30年代的中国家庭小说》中指出：“虽然《家》也刻画了一个家庭的分崩离析，但与《布登勃洛克一家》不同的是，在这部作品中，家庭的解体意味着升华与解放：当第二代沉迷赌博、吸食鸦片、挥霍家财时，第三代积极汲取新思想，为新中国崛起而奋斗。”[3]

德国汉学家托马斯·齐默尔（中文名：司马涛）在《他者的构想——对老舍与巴金早期域外作品研究》一文中，梳理中国域外文学的发展变化过程，着重分析巴金与老舍域外文学的异同，并将巴金的域外小说奉为“当时最成熟的作品”。他高度评价两者在域外文学上取得的突破性成就：他们摒弃了对国外经历的回忆，采用完全虚构的创作手法；他们不再以描写中国留学生的命运为主，而是基于自己的观察描写异域风情和外国人的生活，但中国人的出现也会增加故事的戏剧性。齐默尔赞誉“巴金的域外小说是当时最成熟的作品”[4]。德国汉学家马丁·韦斯勒（中文名：吴漠汀）指出：“巴金并不是一位基于意识形态调整自己文学作品的自我批评者，他终其一生都在为言论自由和文学自治而奋斗。只要有机会，他总可以在不置身于危险的境地中表达自己的想法。”[5]

---

[1] Olga Lang: Die chinesische Jugend zur Zeit der 4.-Mai-Bewegung. Ba Jins Romantrilogie „Reißende Strömung", in: Wolfgang Kubin (Hg.): *Moderne chinesische Literatur*. Frankfurt am Main: Suhrkamp Taschenbuch Verlag, 1985, S. 344.

[2] Volker Klöpsch: Weinen und Kämpfen. Drei Bücher des chinesischen Schriftstellers Ba Jin, in: *Die Zeit*, 07.10.1983, Nr. 41, S. 61.

[3] Werner Ross: Umgekehrt wie die „Buddenbrooks". Ein Familienroman aus dem China der dreißiger Jahre, in: *Frankfurter Allgemeine Zeitung*, 30.05.1981, BuZ5.

[4] Thomas Zimmer: Entwürfe des Fremden. Exotistische Versuche im Frühwerk von Lao She und Ba Jin, in: *minima sinica*, Nr. 1, 2005, S. 130.

[5] Martin Woesler: *Der kritische politische Essay in China. Zhou Zuoren, Ba Jin und Zhu Ziqing in neuem Licht*. Bochum: Europäischer Universitätsverlag, 2005, S. 28.

此外，德国汉学界对巴金的创作手法和语言等方面存在争议性评价。福尔克尔·克勒普施指出“高度情感化”是巴金作品的特色，“继英国作家塞缪尔·理查逊的感伤小说之后，我不记得还有哪部作品如此催人泪下。但西方读者在评价这种感伤时会有所保留。不同文化背景下，情感表达的界限会发生变化。一代又一代的中国人在阅读‘黛玉葬花’一幕时会洒下泪水，但西方观众也许会对这种感伤付之一笑”[1]。顾彬更是语不惊人死不休，“他的作品的那种呼吁式调子今天在更多情况下是吓走而不是吸引人”[2]。福尔克尔·克勒普施批评“巴金不像老舍等人对语言拥有高超的驾驭能力，可以通过对话直接刻画人物性格”[3]；顾彬甚至认为：“茅盾、丁玲或老舍这样的叙事者都是真正的文体家，清楚地了解自己所做的事情。然而巴金（1904—2005）却不一样，他经久不衰的声誉和他作为作家的实际语言能力毫不成比例（这方面简直无缘由可讲）。他的中文更多地是以一种情感冲击力为特征，而不在于对修辞的讲究，这种炽烈情感一直以来都紧紧攫住青年读者。”[4]如此个人化的评价显然颇具争议性，但正如巴金坦陈：“我写文章，尤其是短篇小说的时候，我只感到一种热情要发泄出来，我没有时间想到我应该采用什么样的形式。我是为了申诉，为了纪念才拿笔写小说的。”[5]这恰恰暗合与彰显出德国汉学家的胆识和灼见。巴金作品在德国汉学界享有极高的国际声望，吸引着一代又一代的读者，“（巴金）在20世纪成为中国最广为传阅的作家之一，有生之年便已成为经典大家”[6]。一方面“他报道自身生活，把自身生活变成了文学”，另一方面“他善于营造抒情气氛和乐于使用对话的形式……也许就是充溢于字里行

---

[1] Volker Klöpsch: Weinen und Kämpfen. Drei Bücher des chinesischen Schriftstellers Ba Jin, in: *Die Zeit*, 07.10.1983, Nr. 41, S. 61.

[2] 顾彬：《二十世纪中国文学史》，范劲等译，上海：华东师范大学出版社，2008，第202页。

[3] Volker Klöpsch: Weinen und Kämpfen. Drei Bücher des chinesischen Schriftstellers Ba Jin, in: *Die Zeit*, 07.10.1983, Nr. 41, S. 61.

[4] 顾彬：《二十世纪中国文学史》，范劲等译，上海：华东师范大学出版社，2008年，第121页。

[5] 巴金：《巴金文集（第十卷）》，北京：人民文学出版社，1961年，第142页。

[6] Volker Klöpsch: Weinen und Kämpfen. Drei Bücher des chinesischen Schriftstellers Ba Jin, in: *Die Zeit*, 07.10.1983, Nr. 41, S. 61.

间的那份坦诚正直，才如此触动了读者的心弦”[1]。

巴金作品在德译介起步较早且持续较久，俨然成为20世纪中国现当代文学德语译介史的晴雨表。巴金作品译者如托马斯·坎彭、福尔克尔·克勒普施、约翰娜·赫茨菲尔德、弗洛里安·赖辛格、扎比内·佩舍尔、亚历山大·泽希提希等皆是德国汉学界的中流砥柱；发表巴金作品和研究成果的报刊，如《法兰克福汇报》《世界报》《时代周刊》《东亚文学杂志》《袖珍汉学》等皆为德国一流媒体；评论巴金及其作品的汉学家中更是不乏顾彬、赫尔穆特·马丁、福尔克尔·克勒普施、埃娃·穆勒、托马斯·齐默尔等资深学者。毫不夸张地说，巴金作品在德国的译介实绩与接受影响，堪称中国文学走向世界的典范。

张帆、牛金格　文

[1] 顾彬：《二十世纪中国文学史》，范劲等译，上海：华东师范大学出版社，2008年，第121页。

第三节　郁达夫在德语国家的译介与接受研究

郁达夫以其“自叙传”小说开中国现代抒情小说之先河，在散文、诗歌及文艺理论研究上亦颇有建树，对中国现代文学的生成与发展影响深远。作为创造社的创建者之一，郁达夫的生活轨迹与文学创作在上海的社会与文学图景中均留下了诸多印痕。郁达夫的文学创作、文艺思想与德语文学及德奥哲学渊源深厚，因而自20世纪80年代以来一直广受德语国家汉学界关注。本节将以扎实的文献整理为基础，系统爬梳与分析郁达夫在德语国家长达40余年的译介与接受史。

一、郁达夫作品在德语国家的译介

奥地利女汉学家安娜·冯·罗涛舍尔是德语国家最先注意到郁达夫的学者。1947年，由其翻译改编的小说集《沉沦》[1]（收录了《沉沦》《南迁》与《银灰色的死》这三部短篇小说）在维也纳出版。或许因为罗涛舍尔致力于以通俗读物的形式传播中国文学与文化[2]，因此她对小说内容与结构进行了大幅修改，以增强其可读性。由此，该书更多的是以郁达夫小说为基础的创作，而非忠实原文的译作。遗憾的是，该小说集并未在读者中引发热烈反响，亦未引起德奥学界关注。此后30余年，郁达夫作品德语译介一度陷入停滞状态。这一状况的形成有以下三方面原因：其一，德国汉学学科在二战时期在一定程度

[1] Yo Ta Fu: *Untergang*, übersetzt und bearbeitet von Anna von Rottauscher. Wien: Amandus Edition, 1947.

[2] Vgl. Hartmut Walravens: Anna von Rottauscher, geb. Susanka (29. Dez. 1892, Wien — 12. Juni 1970): Leben und Werk, in: *Oriens Extremus*, Nr. 2, 1994, S. 235f.

上成为纳粹意识形态喉舌，它在战后的自我调整与转向尚需时日[1]；其二，民主德国官方对汉学研究实行严格的意识形态管控[2]，郁达夫这样一位以“忧郁”与“颓废”情调著称的现代作家，难以进入其译介及研究范围；其三，联邦德国在冷战初期追随美国采取对华敌对政策，造成两国关系僵化[3]，也在一定程度上消解了其汉学界对中国现当代文学的研究兴趣。及至20世纪70年代末与80年代，随着中国与两德关系不断改善及改革开放政策的推行，“德国公众对于中国的兴趣也随之重新高涨”，“除了‘中国经济’这个主题，中国的文学也在德国读者中激起了反响”[4]，其汉学界涌现出空前绝后的中国现当代文学译介高峰[5]，郁达夫作品德语译介与研究亦重新开启。

1980年，由德国汉学家福尔克尔·克勒普施与罗德里希·普塔克主编的两卷本小说集《期待春天：中国现代短篇小说集（第一卷1919—1949）》在德国著名的苏尔坎普出版社出版，其上卷收录了1919—1949年间14位中国作家的20部短篇小说，其中包括郁达夫的《一个人在途上》[6]。小说译者凯·默勒在译文前概览了郁达夫从生于破落乡绅之家到日本求学，到成为创造社、左联发起人，再到抗战时期出走新加坡，最后身死异国的人生经历，并援引茅盾对郁达夫的评价，简述了郁达夫创作的主要特点：

> 根据茅盾的说法，郁达夫（1896—1945）以唯美主义与颓废情欲著称。他是这样一位作家，以自我暴露为创作准则，即使这种暴露意味着揭示其弱点、龌龊与迷惘，在那才刚开始反思两千年严苛孔教的时代里，很

[1] 参见王维江：《20世纪德国的汉学研究》，载《史林》2004年第5期，第11-12页。

[2] 参见范劲：《民主德国的中国文学研究——一个系统论视角》，载《中国文学研究》2019年第1期，第179-182页。

[3] 陈锋：《中德关系30年》，载《德国研究》2002年第3期，第20页。

[4] 马汉茂等编：《德国汉学：历史、发展、人物与视角》，李雪涛等译，郑州：大象出版社，2005年，第648页。

[5] 孙国亮、李斌：《中国现当代文学在德国的译介研究概述》，载《文艺争鸣》2017年第10期，第105页。

[6] Yu Dafu: Allein unterwegs, übersetzt von Kay Möller, in: Volker Klöpsch, Roderich Ptak (Hrsg.): *Hoffnung auf Frühling. Moderne chinesische Erzählungen*. Erster Band: 1919 bis 1949. Frankfurt a. M.: Suhrkamp, 1980, S. 123-132.

容易成为‘时代的冒犯者’。……它（《沉沦》）已经反映出郁达夫创作的主要特点：强烈的自传倾向、对于人物心理细致入微到令人尴尬的分析。与此同时，他描写病态的现实，极力渲染一位现代主义者与革命者处在一个封建环境中的痛苦。孤立与流亡在他作品中反复出现，自杀也是其频繁运用的母题。……那漂泊无定、永远失败的主人公正是作者自己……[1]

显而易见，默勒的评价深受国内郁达夫批评的影响，而他将“流亡”与“漂泊”视为郁达夫创作的重要主题则表明，他对郁达夫作品仍缺乏总体性考察。1983 年，旨在“通过德语翻译使欧洲了解不为人知的、遥远的东方文学”[2]的《东亚文学杂志》创刊，并在首期发起了一项征集在译与已译出的中国文学作品目录的活动。在 1983 年列出的译介目录中，赫尔穆特·布朗与鲁特·凯恩计划出版郁达夫德译小说集[3]。在 1985 年的续编目录中，阿尔穆特·里希特计划译出《过去》，且由苏尔坎普出版社出版；海纳·弗吕奥夫翻译《给一个文学青年的公开状》与《一封信》；伊尔瓦·蒙舍恩翻译《怀乡病者》与《马缨花开的时候》；玛利亚·夏洛特·科赫翻译《日记九种》[4]。此后，上述计划无一实现，德语国家并未有新的郁达夫德译作品问世。直到 1985 年，以外国文学选集特刊为特色的德国文学杂志《季节女神》推出特刊《牛鬼蛇神：20 世纪中国文学、艺术与政治文化》，才又刊登了两篇郁达夫散文作品，包括写给郭沫若、成仿吾的信《北国的微音》[5]及为《达夫全集》所写的序言[6]。郁达夫的两篇德译

[1] Volker Klöpsch, Roderich Ptak (Hrsg.): *Hoffnung auf Frühling. Moderne chinesische Erzählungen*. Erster Band: 1919 bis 1949. Frankfurt a. M.: Suhrkamp, 1980, S. 122.

[2] *Vorstellung zu Hefte für ostasiatische Literatur*. https://www.iudicium.de/katalog/0933-8721.htm (abgerufen am 12.7.2021).

[3] Wolf Baus: Geplante bzw. abgeschlossene Übersetzungen chinesischer Literatur, in: *Hefte für ostasiatische Literatur*, Nr. 1, 1983, S. 118.

[4] Wolf Baus und Volker Klöpsch: Geplante bzw. abgeschlossene Übersetzungen chinesischer Literatur (II), in: *Hefte für ostasiatische Literatur*, Nr. 3, 1985, S. 110f.

[5] Yu Dafu: „Diese paar seichten Wellen ...“: Schwache Klänge aus dem Norden, übersetzt von Heiner Frühlauf, in: *die horen*, Nr. 138, 1985, S. 59-64

[6] Yu Dafu: Vorrede zu „Yu Dafus Gesammelte Werke“, in: *die horen*, Nr. 138, 1985, S. 64-66.

作品同老舍的《正红旗下》、郭沫若的《学生时代》、巴金的《我的眼泪》等自传性散文及郭沫若、徐志摩表达时代感受的诗歌一道，被置于“步入20世纪”的栏目下。就对郁达夫的生平介绍而言，编者较为详细地梳理了郁达夫与文学相关的社会活动：

> 1921年，他与郭沫若、成仿吾等人一同建立了颇具影响力的文学团体创造社，其最初具有革命性的浪漫主义与后来的共产主义倾向均对20年代的中国文学产生了重要影响。……1923年晚秋，郁达夫决定不再参与创造社刊物的出版工作中，到北京担任教职。到1932年为止，他以上海为中心，以文学杂志编者或合作人的身份，积极参与各项文学活动。……1933年，他移居杭州，过上了远离文学圈子的生活，以游历与撰写游记为主。[1]

就文学创作而言，编者仅提及郁达夫于1921年出版的小说集《沉沦》，称其“以对叙事者‘我’的情感世界进行毫无保留的揭露，以不顾禁忌对情欲想象的袒露，以中国文学中前所未有的主观主义引发巨大轰动”[2]。由此可见，编者在选取郁达夫作品时，更看重其中所蕴含的时代精神与感受，而非文学性。相比之下，德国汉学家顾彬在推介郁达夫时，更注重作品本身。由其编辑出版的《东亚文学杂志》1987年第6期刊载了两篇郁达夫自叙传小说，即《青烟》[3]与《灯蛾埋葬之夜》[4]，分别由顾彬带领的“现代中国文学工作小组”成员译出[5]。顾彬对郁达夫的文学成就给出了极高评价：

[1] Heiner Frühauf: Vorstellung zu Yu Dafu, in: *die horen*, Nr. 138, 1985, S. 59.

[2] Heiner Frühauf: Vorstellung zu Yu Dafu, in: *die horen*, Nr. 138, 1985, S. 59.

[3] Yu Dafu: Blauer Dunst, übersetzt von Martina Niembs, in: *Hefte für ostasiatische Literatur*, Nr. 6, 1987, S. 17–23.

[4] Yu Dafu: Die Nacht, in der die Motte begraben wurde, übersetzt von Irmgard Wiesel, in: *Hefte für ostasiatische Literatur*, Nr. 6, 1987, S. 24–30.

[5] Vgl. Wolfgang Kubin: Vorstellung zu Yu Dafu, in: *Hefte für ostasiatische Literatur*, Nr. 6, 1987, S. 30.

> 郁达夫仍可算得是中国现代文学中未被发现的作家之一。尽管西方已经出版了一系列关于郁达夫的论文，但是还没有一项研究强调、凸显其特殊价值。到目前为止，所有的研究都错误地将作者与主人公相等同。而郁达夫绝非西方浪漫主义内心性的盲目追随者。他的成就在于，批判性地探讨了中国20世纪二三十年代背景下的现代人，并以其小说探究了深受苦闷、肺结核以及自恋情绪折磨的知识分子。他同主人公保持距离的重要手段是反讽。[1]

顾彬对于郁达夫的推介已然超出知识普及的层面，更关注作品的文学性，并提出了独到见解。1989年《季节女神》再度推出中国文学专刊，并译出郁达夫重要小说代表作《春风沉醉的晚上》[2],进一步表明德语国家对于郁达夫作品的关注。

整个20世纪80年代，德语国家共翻译并出版郁达夫作品六篇，这与同时期中国现当代作品德译总数396部/篇[3]相比，着实微少。《期待春天：中国现代短篇小说集（第一卷1919—1949）》上卷扉页上的介绍性文字或可说明郁达夫作品德译在这一时期遇冷的原因："本文集所收录的小说在彰显现代中国文学的艺术水平及其多样化表现形式的同时，也传递出中国的普遍问题、中国人的个体经验与愿望，因而能使我们深入了解至今为西方所不知的现在中国的发展历程。"[4]这表明80年代德语国家译介中国现当代文学的两个重要动因：一是从文学层面上介绍自中华人民共和国成立以来的中国文学；二是以中国文学为媒介，考察中国的现代化进程。郁达夫作品强烈的主观性与退居次要地位的现实感，使其难以成为窥视中国社会发展进程的文学媒介，而他在中国现代文学史上的特殊地位又使得德语国家难以将其忽略。从顾彬与《季节女神》对郁达夫的推介来看，到80年代后期，德语国家逐渐关注并重视郁达夫的文学

---

[1] Wolfgang Kubin: Vorstellung zu Yu Dafu, in: *Hefte für ostasiatische Literatur*, Nr. 6, 1987, S. 30.

[2] Yu Dafu: Berauschende Frühlingsnächte, übersetzt von Gudrun Fabian, in: *die horen*, Nr. 156, 1989, S. 183–190.

[3] 孙国亮、李斌：《中国现当代文学在德国的译介研究概述》，载《文艺争鸣》2017年第10期，第105页。

[4] Volker Klöpsch, Roderich Ptak (Hrsg.): *Hoffnung auf Frühling. Moderne chinesische Erzählungen. Erster Band: 1919 bis 1949*. Frankfurt a. M.: Suhrkamp, 1980.

创作本身，这一趋势一直延续至今，使郁达夫及其作品仍受关注。

90年代郁达夫作品德译的主要阵地是顾彬及其妻子共同创办的《袖珍汉学》杂志，共刊登10篇郁达夫德译作品，包括郁达夫早期小说《血泪》[1]（1991）、《茫茫夜》[2]（1997）与《银灰色的死》[3]（1994），中后期小说《过去》[4]（1990）、《怀乡病者》[5]（1994）、《马缨花开的时候》[6]（1993）、《灯蛾埋葬之夜》[7]（1992）与《纸币的跳跃》[8]（1997）及两篇书信[9]（1993）（《一封信》与《给一个文学青年的公开状》）。除《灯蛾埋葬之夜》外，其余9篇均为新译。在同样由顾彬及其妻子创办的《东方向》杂志中，也刊载了郁达夫的短篇小说《微雪的早晨》[10]（1995）。除1994年《袖珍汉学》第2期刊载两篇详细介绍郁达夫小说创作及其流亡南洋的经历的研究论文外，郁达夫的上述德译本前后均无作者或作品介绍。除此之外，德国汉学家赫尔穆特·马丁（中文名：马汉茂）在其于1993年主编的杂文选《苦涩的梦：中国作家的自我书写》中收录了郁达夫的自传体散文《雪夜》（标题改译作“早期自传：浪游者与日本的诱惑”）[11]。马汉茂称郁达夫早年作品具有一种“前所未有的主观主义”，认为《雪夜》中对“我”的性经历的描述正是这种“主观主义”[12]的体现。德国汉学家马丁·韦斯

---

[1] Yu Dafu: Blut und Tränen, übersetzt von Heike Münnich und Ute Leukel, in: *minima sinica*, Nr. 1, 1991, S. 97–108.

[2] Yu Dafu: Grenzenlose Nacht, übersetzt von Klaus Hauptfleisch und Frank Stahl, in: *minima sinica*, Nr. 1, 1997, S. 71–100.

[3] Yu Dafu: Der silbergraue Tod, übersetzt von Oliver Corff und Frank Stahl, in: *minima sinica*, Nr. 2, 1994, S. 41–54.

[4] Yu Dafu: Passè, übersetzt von Almuth Richter und Barbara Hoster, in: *minima sinica*, Nr. 2, 1990, S. 79–96.

[5] Yu Dafu: Heimwehkrank, übersetzt von Ylva Monschein unter Mitarbeit von Frank Stahl, in: *minima sinica*, Nr. 1, 1994, S. 98–103.

[6] Yu Dafu: Wenn die Lantana blühn, übersetzt von Ylva Monschein unter Mitarbeit von Frank Stahl, in: *minima sinica*, Nr. 2, 1993, S. 91–97.

[7] Yu Dafu: Die Nacht, in der die Motte begraben wurde, übersetzt von Irmgard Wiesel, in: *minima sinica*, Nr. 2, 1999, S. 131–137.

[8] Yu Dafu: Der Tanz der Geldscheine, übersetzt von Almuth Richter und Frank Stahl, in: *minima sinica*, Nr. 2, 1997, S. 104–108.

[9] Yu Dafu: Zwei Briefe, übersetzt von Heiner Frühauf, in: *minima sinica*, Nr. 1, 1993, S. 70–84.

[10] Yu Dafu: Schneemorgen, übersetzt von Chang Hsien-chen, in: *Orientierungen*, Sonderheft, 1995, S. 111–124.

[11] Yu Dafu: Frühe Autobiographie: von Parias und japanischen Verlockungen, in: Helmut Martin (Hrsg.): *Bittere Träume: Selbstdarstellungen chinesischer Schriftsteller*. Bonn: Bouvier, 1993, S. 340–345.

[12] Yu Dafu: Frühe Autobiographie: von Parias und japanischen Verlockungen, in: Helmut Martin (Hrsg.): *Bittere Träume: Selbstdarstellungen chinesischer Schriftsteller*. Bonn: Bouvier, 1993, S. 340.

勒（中文名：吴漠汀）在其翻译编选的《20世纪中文散文集》中收录了散文《方岩纪静》[1]。除德语国家对郁达夫作品的译介外，90年代中国国家外宣机构也致力于郁达夫在德语国家的推介。1990年，隶属于国家外文局的外文出版社出版发行了首部郁达夫德语小说集《迟桂花》[2],其中包括《沉沦》《春风沉醉的晚上》《薄奠》《烟影》《微雪的早晨》《杨梅烧酒》《迟桂花》《唯命论者》《出奔》等郁达夫代表性短篇小说与详细的郁达夫生平年表。该书封底简介充分肯定郁达夫在中国文学史上的地位，称其“对于中国新文学的发展而言至关重要”，“以其作品表达了对旧社会的不满与反抗,刻画了中国二三十年代的社会状况”[3]。从目前可搜集到的文字材料来看，该文集在当时未有显著反响。

《迟桂花》德译本封面

进入21世纪，德语国家的中国现当代文学译介大幅退潮，译介总数从80年代的396篇、90年代的274篇直降至78篇[4]。在此背景下，仍有14篇郁达夫作品被重译或首译为德语作品，足见德语国家对郁达夫的关注与重视。《袖珍汉学》2000年第1期刊载了郁达夫写于1929年、较少受重视的作品《在寒风里》中[5]。马克·赫尔曼（中文名：马海默）重译的《沉沦》[6]发表在《袖

[1] Yu Dafu: Die Stille des Fangbergs, übersetzt von Martin Woelser, in: Martin Woelser (Hrsg.): Ausgewählte chinesische Essays des 20 Jahrhunderts in *Übersetzung*. Bochum: MultiLingua Verlag, 1998, S. 15–20.

[2] Yu Dafu: *Die späte Lorbeerblüte. Erzählungen*, übersetzt von Yang Enlin. Beijing: Verlag für fremdsprachige Literatur, 1990.

[3] Yu Dafu: *Die späte Lorbeerblüte. Erzählungen*, übersetzt von Yang Enlin. Beijing: Verlag für fremdsprachige Literatur, 1990, Klappentext auf der hinteren Klappe.

[4] 孙国亮、李斌：《中国现当代文学在德国的译介研究概述》，载《文艺争鸣》2017年第10期，第105页。就21世纪而言，该文统计至2016年。

[5] Yu Dafu: Im kalten Herbstwind, übersetzt von Ulrike Dembach, in: *minima sinica*, Nr. 1, 2000.

[6] Yu Dafu: Versinken, übersetzt von Marc Hermann, in: *minima sinica*, Nr. 1, 2002, S. 93–135.

珍汉学》2002年第1期上。言及重译的原因，他指出安娜·冯·罗涛舍尔的译本“太过自由，而杨恩林（音）的翻译在内容上错误不少，语言也十分生硬”[1]。2007年，马海默又重译《南迁》[2]，收录在由他与克里斯蒂安·施韦尔曼主编的顾彬纪念文集《重获快乐：中国文学与生活世界研究及其在东西方的接受》中。马海默在小说译文的导言中指出：“今天看来，若是批判性地评价其中（指郁达夫1921年发表的小说集《沉沦》）几篇小说的文学质量，它们无疑比不上郁达夫后期的一些小说，但从接受史与心态史的角度看，它们又非常有意思。”[3]同马海默观点相类，德国郁达夫研究学者亚历山大·泽希提希并不认为早年为郁达夫赢得文学声名的小说集《沉沦》代表其文学成就，因而在他选编的小说集《20世纪中国叙事名著》[4]中选取了郁达夫写于1927年的《过去》。2013年，泽希提希重译《银灰色的死》《沉沦》《南迁》《春风沉醉的晚上》《烟影》《纸币的跳跃》等作品，新译《零余者》《人妖》与《东梓关》，并将其连同此前的《过去》一道结集成小说集《郁达夫：名作精选》。该书封面勒口上的文字称该小说集“选取了郁达夫最著名、最美丽的作品，这些作品

《郁达夫：名作精选》封面

---

[1] Marc Hermann: Anmerkung zu Versinken, in: *minima sinica*, Nr. 1, 2002, S. 91.

[2] Yu Dafu: Nach Süden, übersetzt von Marc Hermann, in: Marc Hermann, Christian Schermann (Hrsg.): *Zurück zur Freude. Studien zur chinesischen Literatur und ihrer Rezeption in Ost und West. Festschrift für Wolfgang Kubin.* Sankt Augustin: Institut Monumenta, 2007, S. 281－320.

[3] Marc Hermann: Einleitung zu Nach Süden, in: Marc Hermann, Christian Schermann (Hrsg.): *Zurück zur Freude. Studien zur chinesischen Literatur und Lebenswelt und ihrer Rezeption in Ost und West. Festschrift für Wolfgang Kubin.* Sankt Augustin: Institut Monumenta Serica, 2007, S. 281.

[4] Alexander Saechtig (Hrsg.): *Meisterwerke chinesischer Erzählkunst des 20. Jahrhunderts: von Guo Moruo bis Zhang Jie.* Offenbach a. M.: Weimarer Schiller-Presse, 2009.

使郁达夫有理由在世界文学中占据一席之地”[1]。封底处则提及郭沫若对郁达夫的赞誉，当时日本文艺圈对郁达夫的推崇，评价郁达夫为“极具天赋的人类心灵发现者，至今仍以高超的现代叙事结构吸引着读者”[2]。

二、郁达夫及其作品在德语国家的研究与接受

1964年，柏林科学院出版了布拉格学派著名汉学家雅罗斯拉夫·普实克主编的英文论文集《中国现代文学研究》，收录了普实克与其学生介绍和评述中国现代文学的论文。普实克在论述开头提及出版该论文集的主要原因是“欧洲尚缺乏对中国新文学特征、问题与作品进行分析的研究”，并指出，除了鲁迅之外，欧洲亦没有“针对茅盾、郭沫若、郁达夫等新文学重要作家的详细研究”[3]。1975年，同属布拉格学派的汉学家高利克在瑞士亚洲协会的刊物《亚洲研究》上发表了一篇探讨郁达夫无政府主义思想的论文[4]。除此之外，80年代以前的德语国家并未有其他涉及郁达夫的研究或评论。直至八九十年代掀起的中国现当代文学译介热潮，郁达夫才真正进入德语国家的视野。自此，在对布拉格学派与北美汉学研究成果的批判性吸收的基础上，德语国家逐渐形成了自己的郁达夫批评，主要从以下三方面探讨郁达夫的小说创作、自传性书写、文艺理论与文学史价值等诸多问题。

（一）浪漫、颓废与忧郁——五四新文学与郁达夫的主观性

顾彬在其1985年主编的论文集《中国现当代文学》中提到，“20世纪中国

---

[1] *Yu Dafu: Meistererzählungen*, übersetzt und hrsgherausgegeben von Alexander Saechtig. South San Francisco: Long River Press, 2013, Klappentext auf der vorderen Klappe.

[2] *Yu Dafu: Meistererzählungen*, übersetzt und hrsgherausgegeben von Alexander Saechtig. South San Francisco: Long River Press, 2013, Klappentext auf der hinteren Klappe.

[3] Jaroslav Prusek (Hrsg.): *Studies in Modern Chinese Literature*. Berlin: Akademie-Verlag, 1964.

[4] Mariá Gálik: Yü Ta-fu's anarchistische Vorstellungen im gesellschaftlichen Leben und in der Literatur, in: *Asiatische Studien: Zeitschrift der Schweizerischen Asiengesellschaft*, Nr. 29, 1975.

文学在这里几乎不为人知”[1]，而文集所收录的各篇“关于20世纪中国文学的最为重要的研究”[2]无疑有助于打破德语国家对于中国现当代文学知之甚少的状况。文集中有德国本土学者和布拉格学派及北美汉学界对中国现当代文学的总体性概述或对重要作家的专论。其中《郁达夫的主观性与叙事艺术》一文是对普实克《茅盾与郁达夫》的节译，删去了对茅盾的评述以及部分带有明显马克思主义倾向的论断，在很大程度上影响了郁达夫在德语国家的批评与接受。

在普实克看来，“个人的、主观的、自传性的要素在文学作品中的渗透是当时（五四新文化运动时期）所有作家的特点”，而郁达夫“首先关注的是人的内心生活……他的作品有一种整体性的主观色彩，因而实际上是一种自我观察”[3]。郁达夫文学创作的主观性首先表现在他“一再运用日记、笔记与信件等形式写作”上，因为“这些形式都是非文学的表现手法，尤其适合进行直接的交流，是为自己所写或与亲密的圈子进行交流的手段”，它们构成了郁达夫书写“内在自我，表现自我情绪、精神状态与思绪历程”[4]的文学手段。与此同时，郁达夫对于内心世界与内在情感的呈现并非借助呼喊式的直抒胸臆或简单的白描，而是通过复杂的艺术手段与叙事手法。“叙事与对精神危机的描述交替出现”与“自然描写”在叙事中的穿插，能增强“类似于日记的内心记录的表现力与生命力”，以“制造强烈反差的方式使缺乏真正主题的叙事之流显得生动”，这是郁达夫表现内心世界的重要手段之一，即“用文学化的方式改写笔记或日记”[5]。在叙事上，普实克指出郁达夫的自传性散文复杂的时间维度与同一化的情感色彩：

---

[1] Wolfgang Kubin (Hrsg.): *Moderne chinesische Literatur*. Frankfurt a. M.: Suhrkamp, 1985, S. 9.

[2] Wolfgang Kubin (Hrsg.): *Moderne chinesische Literatur*. Frankfurt a. M.: Suhrkamp, 1985, Titelblatt.

[3] Jaroslav Prusek (Hrsg.): Yu Dafu: Subjektivität und Erzählkunst, in: Wolfgang Kubin (Hrsg.): *Moderne chinesische Literatur*. Frankfurt a. M.: Suhrkamp, 1985, S. 216, S. 203.

[4] Jaroslav Prusek (Hrsg.): Yu Dafu: Subjektivität und Erzählkunst, in: Wolfgang Kubin (Hrsg.): *Moderne chinesische Literatur*. Frankfurt a. M.: Suhrkamp, 1985, S. 203.

[5] Jaroslav Prusek (Hrsg.): Yu Dafu: Subjektivität und Erzählkunst, in: Wolfgang Kubin (Hrsg.): *Moderne chinesische Literatur*. Frankfurt a. M.: Suhrkamp, 1985, S. 206.

（郁达夫）将一系列叙述过去经历的层面穿插到当下经历的单一叙述层面，决定了小说的叙事结构。每一层面都包含其特有的情感色彩，并分别指涉过去的某一时刻及不同的关系模式。经由这一结构，一种多线叙事的网络得以形成，我们可将其视为郁达夫心理散文的基本结构。……郁达夫不是通过复杂的情节来呈现他的各个母题，并使之形成一个高度结构化与统一的作品，而是对回忆进行分层叙事，并将其编织进对当下经历的叙事中。因此，除了被情绪冲动、自然描写、回忆、思绪、梦境与想象画面赋予生机与打断的多线交错的自传性叙事线外，郁达夫还运用了一种更为复杂的手法，将个人经历加工为一个结构精密的复杂整体，这使其作品完全可称得上是小说。[1]

德国汉学家鲍吾刚也在其系统梳理中国文学中的自传性自我描述的专著中分析了郁达夫作品中的主观性。他称郁达夫为“中国文学主观主义最突出的先驱”，是“情欲的发现者，以一定的狂热激情描写性欲，以此揭示出私人袒露所蕴含的爆炸性力量，并将其作为一种广义上的内在经历展现给读者”[2]。鲍吾刚同样注意到郁达夫为表现内在性与个体的主观性而采取的有别于中国传统叙事模式的手法。通过对郁达夫早期代表小说《沉沦》的考察，他发现，即使采用第三人称，郁达夫小说的叙事视角仍“十分主观化，非常贴近主人公”[3]。这种“对主观化叙事视角的极端强调，在形式上是对中国文学而言十分重要的突破，主要表现在‘内心独白’的手法上”，郁达夫的“内心独白”是“对心理片断的精心排列，因而不同于意识流中的无序陈列”；这种手法“不仅出现在

[1] Jaroslav Prusek (Hrsg.): Yu Dafu: Subjektivität und Erzählkunst, in: Wolfgang Kubin (Hrsg.): *Moderne chinesische Literatur*. Frankfurt a. M.: Suhrkamp, 1985, S. 216, S. 209f.

[2] Wolfgang Bauer: *Das Antlitz Chinas. Die autobiographische Selbstdarstellung in der chinesischen Literatur von ihren Anfängen bis heute*. Wien: Karl Hanser Verlag, 1990, S. 605.

[3] Wolfgang Bauer: *Das Antlitz Chinas. Die autobiographische Selbstdarstellung in der chinesischen Literatur von ihren Anfängen bis heute*. Wien: Karl Hanser Verlag, 1990, S. 605.

公开发表的自传作品中，也运用在具有一定陌生化效果的虚构作品中”，因其以“一种持续的孤独与感伤为基础，它表现的不是瞬间的情绪，而是对于自我的全方位描述”[1]。亚历山大·泽希提希则从热奈特的叙事话语理论出发，指出郁达夫作品中无论是第一或第三人称叙事者，其聚焦模式几乎始终是固定式内聚焦，尽可能拉近叙事者（或叙述自我）与主人公（或经验自我）之间的距离，从而达到让读者透过主人公的主观性视角“观看”与“体验”的效果[2]。

普实克在郁达夫的主观主义中识别出日本与西方文学的多重影响。郁达夫创作中的主观主义带有一种自然主义的客观倾向。他认为，郁达夫“不仅致力于尽可能客观、真实地描述现实，也努力追求客观真理及对其的真正理解”。“如果我们将茅盾比作解剖中国社会病体的外科医生的话，那么，这一比喻也适用于郁达夫”，“只不过，与茅盾不同的是，郁达夫解剖的是他自己的精神与心理世界”[3]。正因如此，在郁达夫这里，“他没有什么生活经历、习惯、弱点或激情是可耻的、不体面的，因而是不可以正大光明说出来的”[4]。然而，这种内心世界的自然主义并不来自法国，而是接受了法国自然主义的日本文学，也即“转向自传体与自叙体的文学”[5]。在这一点上，泽希提希走得更远，他系统对比郁达夫小说在叙事手法（以主人公为焦点的固定式内聚焦、碎片化）、主题和题材（对于私密生活与心境的表现、热衷于性经历与性欲的描写）、作家与主人公关系（叙事者与主人公合二为一）、艺术观（反对艺术的功利性，将真实与文学性相关联）上与日本私小说的相似之处，得出郁达夫是“第一位中

---

[1] Wolfgang Bauer: *Das Antlitz Chinas. Die autobiographische Selbstdarstellung in der chinesischen Literatur von ihren Anfängen bis heute.* Wien: Karl Hanser Verlag, 1990, S. 610f.

[2] Vgl. Alexander Saechtig: *Schreiben als Therapie. Die Selbstheilungsversuche des Yu Dafu nach dem Vorbild japanischer shishosetsu-Autoren.* Wiesbaden: Harrassowitz, 2005, S. 108–119.

[3] Jaroslav Prusek (Hrsg.): Yu Dafu: Subjektivität und Erzählkunst, in: Wolfgang Kubin (Hrsg.): *Moderne chinesische Literatur.* Frankfurt a. M.: Suhrkamp, 1985, S. 202.

[4] Jaroslav Prusek (Hrsg.): Yu Dafu: Subjektivität und Erzählkunst, in: Wolfgang Kubin (Hrsg.): *Moderne chinesische Literatur.* Frankfurt a. M.: Suhrkamp, 1985, S. 202.

[5] Jaroslav Prusek (Hrsg.): Yu Dafu: Subjektivität und Erzählkunst, in: Wolfgang Kubin (Hrsg.): *Moderne chinesische Literatur.* Frankfurt a. M.: Suhrkamp, 1985, S. 218.

国的私小说作家”[1]的结论。

与此同时，普实克也从两方面指出了欧洲浪漫主义对郁达夫创作的影响：一方面，他的作品“毫无疑问正是欧洲浪漫主义作家作品中贯穿的‘人世悲哀’的体现”，“在形式上，可以在郁达夫对各种充满情绪爆发的经历描述中，发现大量与欧洲浪漫主义经典《少年维特之烦恼》的相似之处”[2]。顾彬在《郁达夫（1896—1945）：维特与内在性的尽头》中进行了更为详细的文本分析，指出《沉沦》与《少年维特之烦恼》的三个重要相似之处，即“自然观、想象力与自我中心主义导致的后果”[3]。顾彬认为《沉沦》的中心主题是“孤独、感情与异化”[4]。郁达夫的小说主人公处于传统与现代激烈交锋的过渡时期，“异化成为时代的重要主题”[5]，感性的觉醒使之意识到其自身异化的处境，因而自觉地与世界隔绝。自然虽然可以短暂消解自我，从而也消解异化[6]，但由于郁达夫笔下的自然仍是主观化的自然，缺少与外部世界的联系，因此主人公最终还是在自我中心主义导致的与世隔绝中跳海自杀。另一方面，普实克从浪漫主义历史发生的角度看待西方浪漫主义在五四时期的影响，强调“无论是在欧洲，还是亚洲，浪漫主义情绪都是在反抗封建制度斗争的基础上形成的”[7]。

如果说普实克视郁达夫主观主义美学的底色为社会批判的话，那么，顾彬

[1] Alexander Saechtig: *Schreiben als Therapie. Die Selbstheilungsversuche des Yu Dafu nach dem Vorbild japanischer shishosetsu-Autoren.* Wiesbaden: Harrassowitz, 2005, S. 235.

[2] Jaroslav Prusek (Hrsg.): Yu Dafu: Subjektivität und Erzählkunst, in: Wolfgang Kubin (Hrsg.): *Moderne chinesische Literatur.* Frankfurt a. M.: Suhrkamp, 1985, S. 219.

[3] Wolfgang Kubin: Yu Dafu (1896–1945): Werther und das Ende der Innerlichkeit, in: Günter Debon, Adrian Hsia (Hrsg.): *Goethe und China, China und Goethe. Bericht des Heidelberger Symposions.* Frankfurt a. M./New York: Peter Lang, S. 180.

[4] Wolfgang Kubin: Yu Dafu (1896–1945): Werther und das Ende der Innerlichkeit, in: Günter Debon, Adrian Hsia (Hrsg.): *Goethe und China, China und Goethe. Bericht des Heidelberger Symposions.* Frankfurt a. M./New York: Peter Lang, S. 163.

[5] Wolfgang Kubin: Yu Dafu (1896–1945): Werther und das Ende der Innerlichkeit, in: Günter Debon, Adrian Hsia (Hrsg.): *Goethe und China, China und Goethe. Bericht des Heidelberger Symposions.* Frankfurt a. M./New York: Peter Lang, S. 157.

[6] Vgl. Wolfgang Kubin: Yu Dafu (1896–1945): Werther und das Ende der Innerlichkeit, in: Günter Debon, Adrian Hsia (Hrsg.): *Goethe und China, China und Goethe. Bericht des Heidelberger Symposions.* Frankfurt a. M./New York: Peter Lang, S. 175.

[7] Jaroslav Prusek (Hrsg.): Yu Dafu: Subjektivität und Erzählkunst, in: Wolfgang Kubin (Hrsg.): *Moderne chinesische Literatur.* Frankfurt a. M.: Suhrkamp, 1985, S. 220.

则将郁达夫笔下的颓废主义式的忧郁病者视作对时代精神的讽喻。在《年轻的忧郁病者》一文中，顾彬认为，郁达夫的小说始终围绕三个主题展开，即“忧郁、神经衰弱（包括肺结核病）和行动障碍问题”[1]。在他看来，郁达夫的所有作品都“弥漫着一种相同的情绪，始终围绕着一种基本感觉和对这种感觉的演绎，也就是内心空虚”[2]，这种内在空虚徒有激情的外壳，致使他笔下的主人公在堕落中找寻精神刺激，在暴力幻象中掩饰自身软弱，逃避行动[3]。在顾彬看来，郁达夫的小说人物并非他本人，而是“当时时代精神”的化身，是其批判“现代人”与五四“新人物”[4]的文学形象。顾彬在其《二十世纪中国文学史》中延续了这一观点，认为郁达夫的作品是“对时代精神，也就是自恋与自我中心主义、自我膨胀与自怜的戏仿”[5]。

（二）诗与真——郁达夫的自叙传小说与自传书写

作为自叙传小说的代表作家，郁达夫作品中的主观主义很大程度上得益于其创作的自传倾向，郁达夫生平经历与其文学创作、郁达夫本人与其笔下人物之间的关联由此成为德语国家研究的一个重点。

普实克将“对个人经历的文学化加工”视为“郁达夫创作的基本艺术原则”[6]，将郁达夫叙事作品视作“作者或其代言人的个人经历或回忆”，把“郁达夫的整个艺术发展过程视为一种创造性的艺术追求，即将个人经历以越渐艺术化与统一化的方式重塑为整体的努力”[7]。他认为，在郁达夫作品中，作者与小说人物高度统一，并从叙事学角度对此进行了描述：

---

[1] Wolfgang Kubin: Der junge Mann als Melancholiker, in: *minima sinica*, Nr. 2, 1994, S. 21.

[2] Wolfgang Kubin: Der junge Mann als Melancholiker, in: *minima sinica*, Nr. 2, 1994, S. 20.

[3] Vgl. Wolfgang Kubin: Der junge Mann als Melancholiker, in: *minima sinica*, Nr. 2, 1994, S. 24.

[4] Wolfgang Kubin: Der junge Mann als Melancholiker, in: *minima sinica*, Nr. 2, 1994, S. 21.

[5] Wolfgang Kubin: *Die chinesische Literatur im 20. Jahrhundert*. München: K. G. Saur, 2005, S. 59.

[6] Jaroslav Prusek (Hrsg.): Yu Dafu: Subjektivität und Erzählkunst, in: Wolfgang Kubin (Hrsg.): *Moderne chinesische Literatur*. Frankfurt a. M.: Suhrkamp, 1985, S. 209.

[7] Jaroslav Prusek (Hrsg.): Yu Dafu: Subjektivität und Erzählkunst, in: Wolfgang Kubin (Hrsg.): *Moderne chinesische Literatur*. Frankfurt a. M.: Suhrkamp, 1985, S. 215f.

> 与欧洲经典现实主义或茅盾小说不同，郁达夫作品中的叙事者不是身份未知的、全知全能的第一人称，而总是作者自己，或是以第三人称进行叙述的作者的化身。因此，我们可以说，郁达夫的小说具有明显的主观色彩，因为他所有小说几乎总是以作者本人，或者说他自身的代言人为主人公，小说情节也通常以作者的个人经历为基础，叙事主题是他自己的心理历程，一切均以主观化的视角被叙述。对于小说人物及其所处的环境，我们所知或所见的，并不比作者或作为作者化身的主人公多。[1]

在此基础上，泽希提希进一步注意到叙事者与郁达夫作品主观性之间的关联，提出了“在郁达夫那里，作者、叙事者与主人公相互重叠”[2]的观点。为得出这一结论，泽希提希首先对郁达夫作品中被叙述的事件与其生平经历进行对比，指出两者的相似性；其次，通过考察郁达夫笔下诸多主人公形象的共性（在文学创作上有所抱负、与社会疏离、受神经衰弱折磨），并将其同郁达夫在文学活动中所显示出的个性特征进行对比，指出两者在性格特征与性情上的相似性；再次，通过阐述郁达夫关于“文学作品，都是作家的自叙传”的创作观，进一步论证郁达夫作品中作者与人物间的同一性；最后，通过对小说文本的叙事聚焦与叙事时间的分析，确定小说叙事者与主人公间的重合[3]。除此之外，基于菲利普·勒热讷的自传契约理论，泽希提希断定郁达夫的创作在两个层面上同读者建立起自传契约，从而实现作者、叙事者与主人公的三重统一[4]。一方面，尽管作为书本样态的郁达夫小说（集）在

---

[1] Jaroslav Prusek (Hrsg.): Yu Dafu: Subjektivität und Erzählkunst, in: Wolfgang Kubin (Hrsg.): *Moderne chinesische Literatur.* Frankfurt a. M.: Suhrkamp, 1985, S. 214.

[2] Alexander Saechtig: *Schreiben als Therapie. Die Selbstheilungsversuche des Yu Dafu nach dem Vorbild japanischer shishosetsu-Autoren.* Wiesbaden: Harrassowitz, 2005, S. 202.

[3] Vgl. Alexander Saechtig: *Schreiben als Therapie. Die Selbstheilungsversuche des Yu Dafu nach dem Vorbild japanischer shishosetsu-Autoren.* Wiesbaden: Harrassowitz, 2005, S. 57–146.

[4] Vgl. Alexander Saechtig: *Schreiben als Therapie. Die Selbstheilungsversuche des Yu Dafu nach dem Vorbild japanischer shishosetsu-Autoren.* Wiesbaden: Harrassowitz, 2005, S. 202–210.

封面上不带有“自传”字样，但诸如“于质夫”“Y 君”的姓名构成了对于作者本人的指涉与暗示；另一方面，从郁达夫的总体创作来看，不同主人公所经历的事件之间具有一定的前后关联性，而这种关联性又暗合了郁达夫自身的生平轨迹，从而暗示了小说事件的现实性。根据勒热讷的理论，在一部文学作品中，文本的自传倾向与匿名倾向互不相容，由此，郁达夫叙事作品在其双重暗示中事实上已然同读者订立自传契约，因而可以作为作者的自传来看待。

在对泽希提希专著所作出的评论中，顾彬认为作者以其分析与论述对“读者为何很难同郁达夫作品保持距离”的问题作出了出色的回答[1]，但不认同他所得出的结论。在他看来，“没有一个自传作者能够将叙述与生活融合为一”，因为“每一份关于自我的报告，都是一种择取、一种陌生化”[2]。因此，顾彬强烈反对将郁达夫作品中的主人公等同于他本人的观点。在对《沉沦》的分析中，他列举了叙事者与主人公相区分的三种形式：“① 叙事者时不时将自己同主人公拉开距离，如作出‘Sentimental，too sentimental’的评价等；② 文本中给出的信息大多数情况下与主人公的自我理解并不一致；③ 叙事者采用了呼号与重复的手法，以便加强主人公的情绪表达，但又常常通过前置或后置的‘觉得’来使之中性化。”[3]顾彬在否定郁达夫小说中叙事者与主人公统一的同时，也否定了作者对主人公的同情与理解。在他看来，

> 叙事者以一种批判的姿态看待主人公，并不完全将其塑造为环境与社会的受害者，认为主人公更多的是因其自身想象而失去现实联系的牺牲品。因此，作者并不同情主人公，而是与之保持距离，这就排除了读

[1] Vgl. Wolfgang Kubin: Rezension zu Alexander Saechtig: Schreiben als Therapie. Die Selbstheilungsversuche des Yu Dafu nach dem Vorbild japanischer shishosetsu-Autoren, in: *Orientierungen. Zeitschrift zur Kultur Asiens*, Nr. 1, 2014, S. 145.

[2] Wolfgang Kubin: Rezension zu Alexander Saechtig: Schreiben als Therapie. Die Selbstheilungsversuche des Yu Dafu nach dem Vorbild japanischer shishosetsu-Autoren, in: *Orientierungen. Zeitschrift zur Kultur Asiens*, Nr. 1, 2014, S. 144.

[3] Wolfgang Kubin: *Die chinesische Literatur im 20. Jahrhundert*. München: K. G. Saur, 2005, S. 59.

者将其与主人公相等同的可能性。歌德则不同，在他笔下，维特尝试以其内在性摆脱外部世界加诸其上的硬壳，通过情感进行体验并保持自我，这样一个人物在他所处的环境中遭受挫败时，就唤起了叙事者与读者的同情。[1]

留德学者方维规既不否定郁达夫小说人物同其本人的关联性，也不认为两者相互重合。在他看来，郁达夫“创造了一个特殊的人物关系网络——一个或多或少与他的‘自我’发生关联的人物系统”，借此，他“一方面为自己画像，另一方面又以对自我的期待进行自我审查”，“在生活与作品表面的一致性背后，是现实与文学表现、自我与自我期待等一系列矛盾错综缠绕的线团”。“文学创作对郁达夫而言具有一种解放功能，使其精神超越事实上的自我，获得他所期待的品质”[2]。

德国学者海纳·弗吕奥夫在其对比分析郁达夫1918年以七言绝句形式创作的《自述诗》与1935年以散文体写就的《自传》的文章中指出，如果说郁达夫叙事作品中的自传性在学界已达成不言自明的共识，那么其自传作品中的虚构性则尚未引起广泛关注[3]。在他看来，无论是探讨郁达夫小说中的自传性，抑或是研究其自传作品中的虚构性，首先都要厘清郁达夫创作体系中的自传概念[4]。对郁达夫而言，“自传就是对经历的记录”[5]。郁达夫所说的“经历”不仅指“个人经历”，也“来自别人生活的场景”，甚至包括“阅读中产生的想

[1] Wolfgang Kubin: Yu Dafu (1896－1945): Werther und das Ende der Innerlichkeit, in: Günter Debon, Adrian Hsia (Hrsg.): *Goethe und China, China und Goethe. Bericht des Heidelberger Symposions.* Frankfurt a. M./New York: Peter Lang, S. 177.

[2] Fang Weigui: *Selbstreflexion in der Zeit des Erwachens und Widerstands. Moderne chinesische Literatur* 1919 －1949. Wiesbaden: Harrassowitz, 2006, S. 350.

[3] Vgl. Heiner Frühauf: Von Menschen und Büchern. Autobiographie und die Suche nach ästhetischer Erfahrung im Werk Yu Dafus, in: *Drachenboot. Zeitschrift für moderne chinesische Literatur und Kunst*, Nr. 2, 1988, S. 104.

[4] Vgl. Heiner Frühauf: Von Menschen und Büchern. Autobiographie und die Suche nach ästhetischer Erfahrung im Werk Yu Dafus, in: *Drachenboot. Zeitschrift für moderne chinesische Literatur und Kunst*, Nr. 2, 1988, S. 104.

[5] Heiner Frühauf: Von Menschen und Büchern. Autobiographie und die Suche nach ästhetischer Erfahrung im Werk Yu Dafus, in: *Drachenboot. Zeitschrift für moderne chinesische Literatur und Kunst*, Nr. 2, 1988, S. 104.

法”[1]。这种“拓展了的自传观”赋予了郁达夫《自传》更多的想象性,《自传》甚至被弗吕奥夫称为“一部关于主人公郁达夫的戏剧化小说”[2]。对比《自述诗》与《自传》间的差异，弗吕奥夫认为并未公开发表的前者更具可靠性，而后者更多的是“主要表现了他在 1935 年的思想与生存境况”[3]。他指出，两者最大的差别在于对中学时期经历的描述：

> 在《自序诗》中，郁达夫回到家乡是‘奉祖母、母亲之命避难家居’，辛亥革命由此成为他尽孝道的契机。而《自传》则用了整整一章节描述了革命阴影下发生的诸多事件，描写了他在书斋中如何以激动的心情关注革命动向。他对革命的热情之所以保持在‘大风圈外’，是因为他的家乡富阳离革命之地太过遥远。1935 年政治觉醒的郁达夫宁愿将自己塑造成思想进步、但是因为阻碍无法实现斗争愿望的青年，而不愿将自己呈现为顺从、听话、自愿从革命前沿撤离的孝子。[4]

就郁达夫在自传书写中的自我想象与自我塑造而言，弗吕奥夫的评价与方维规对叙事作品中自传性的论述有异曲同工之处，两者都揭示出郁达夫对生活和艺术的态度：“着迷于生活与艺术的相互渗透，沉醉于一种生活想象，这种生活想象使事实在文学折射与变形中成为艺术品。”[5] 这种人生观与艺术观深深根植于郁达夫的哲学思想与文艺理念中。

---

[1] Heiner Frühauf: Von Menschen und Büchern. Autobiographie und die Suche nach ästhetischer Erfahrung im Werk Yu Dafus, in: *Drachenboot. Zeitschrift für moderne chinesische Literatur und Kunst*, Nr. 2, 1988, S. 104.

[2] Heiner Frühauf: Von Menschen und Büchern. Autobiographie und die Suche nach ästhetischer Erfahrung im Werk Yu Dafus, in: *Drachenboot. Zeitschrift für moderne chinesische Literatur und Kunst*, Nr. 2, 1988, S. 104, 108.

[3] Heiner Frühauf: Von Menschen und Büchern. Autobiographie und die Suche nach ästhetischer Erfahrung im Werk Yu Dafus, in: *Drachenboot. Zeitschrift für moderne chinesische Literatur und Kunst*, Nr. 2, 1988, S. 105.

[4] Heiner Frühauf: Von Menschen und Büchern. Autobiographie und die Suche nach ästhetischer Erfahrung im Werk Yu Dafus, in: *Drachenboot. Zeitschrift für moderne chinesische Literatur und Kunst*, Nr. 2, 1988, S. 107.

[5] Heiner Frühauf: Von Menschen und Büchern. Autobiographie und die Suche nach ästhetischer Erfahrung im Werk Yu Dafus, in: *Drachenboot. Zeitschrift für moderne chinesische Literatur und Kunst*, Nr. 2, 1988, S. 112.

（三）艺术、人生与国家——郁达夫的哲学思想与艺术理念

德语国家关于郁达夫哲学思想与艺术理念的研究主要包括高利克的论文《郁达夫的社会无政府主义及文学无政府主义思想》及贝亚特·鲁施的专著《郁达夫的艺术与文学理论（1896—1945）》，其余研究或未涉及该论题，或仅略微提及。

在高利克看来，郁达夫的社会无政府主义首先受到《庄子》中《盗跖篇》的影响。不同的是，"庄子的目标广阔，尝试将人从所有传统标准和价值中解放出来，而郁达夫则希望使人挣脱国家的束缚"[1]。尽管"郁达夫社会无政府主义的两个基本前提是公平与自由"，但除却"取消一切国家形式"[2]外，郁达夫对于其社会无政府主义并没有明确的定义与构想。就文学无政府主义而言，高利克认为，郁达夫将驱动艺术和生活的原动力视作"生"，一如伯格森的"冲动"，这一伟大原则"在生活中、在生命体与人的存在当中获得表达"，而"当这种生命冲动找寻到具体的表现形式时，就进行了创造，形成了艺术与文学"[3]。基于这样的艺术与人生观，郁达夫打破了艺术与生活的界限，不仅主张"艺术是生活，生活是艺术"，更称"艺术是生活上层建筑的一种形式，能在未来社会创造出一个没有国家、没有威权，自由、公平与真实的世界"[4]。以此，郁达夫为其社会无政府主义寻得了一种泛美主义的艺术乌托邦，但这种乌托邦想象"不是，也不可能是一种社会政治理想"，而是"一种艺术理想的实现与象征"[5]。

---

[1] Mariá Gálik: Yü Ta-fu's anarchistische Vorstellungen im gesellschaftlichen Leben und in der Literatur, in: *Asiatische Studien: Zeitschrift der Schweizerischen Asiengesellschaft*, Nr. 29, 1975, S. 125.

[2] Mariá Gálik: Yü Ta-fu's anarchistische Vorstellungen im gesellschaftlichen Leben und in der Literatur, in: *Asiatische Studien: Zeitschrift der Schweizerischen Asiengesellschaft*, Nr. 29, 1975, S. 125.

[3] Mariá Gálik: Yü Ta-fu's anarchistische Vorstellungen im gesellschaftlichen Leben und in der Literatur, in: *Asiatische Studien: Zeitschrift der Schweizerischen Asiengesellschaft*, Nr. 29, 1975, S. 128.

[4] Mariá Gálik: Yü Ta-fu's anarchistische Vorstellungen im gesellschaftlichen Leben und in der Literatur, in: *Asiatische Studien: Zeitschrift der Schweizerischen Asiengesellschaft*, Nr. 29, 1975, S. 128.

[5] Mariá Gálik: Yü Ta-fu's anarchistische Vorstellungen im gesellschaftlichen Leben und in der Literatur, in: *Asiatische Studien: Zeitschrift der Schweizerischen Asiengesellschaft*, Nr. 29, 1975, S. 129.

鲁施虽然也肯定诸多无政府主义者，如施蒂纳、道森、王尔德等对郁达夫的影响，但并不简单地将其社会或文艺理想视为无政府主义，而更关注其思想背后的历史文化与社会心理根源。对于郁达夫艺术与社会理想形成的历史背景，鲁施作出了如下观察：

> 真正的权力掌握在地方军阀手中，他们彼此征伐，眼看就要在不久的将来令中国分裂为各个省份。在此情形下，郁达夫不寄希望于任何军阀的观念或远见，转而企盼一种乌托邦的实现，也因此使自己成为边缘化了的现代知识分子。在《艺术与国家》一文中，他谴责国家是一种压迫体系，因而致力于追求自我与一种反对国家的艺术乌托邦。他思想的中心是作为个体的人和他们的需求。在一个国家中，他所描述的人在多方面遭到异化……作为国家权力的外部世界如此利用个体以实现其目的，以至于个体最终同自我异化。[1]

在郁达夫的艺术理论中，艺术在两个层面上构成遭受苦难的个体的救赎：一方面，艺术通过为个体欲望创造包容空间，也通过实现美来使其接受者进入一种沉醉状态，为在世界上遭受苦难的个体提供慰藉；另一方面，从社会层面上来看，艺术通过肯定与支持自我及其发展成为对抗国家的重要力量，情感与美是反抗传统的工具，艺术通过真实表现自然与个体的需求而成为改变自我与社会的动力[2]。正因为如此，鲁施强调，郁达夫明确反对“为艺术而艺术”，以其创作与艺术理论“推动了20年代作家群体的政治化”[3]。

在鲁施看来，郁达夫之所以赋予艺术在人类发展中如此重要的地位，是基于他以“生”，也即生命冲动为一切存在根本动力的生命哲学。郁达夫将“生”

[1] Beate Rusch: *Kunst- und Literaturtheorie bei Yu Dafu (1896–1945)*. Dortmund: Projekt Verlag, 1994, S. 20.
[2] Beate Rusch: *Kunst- und Literaturtheorie bei Yu Dafu (1896–1945)*. Dortmund: Projekt Verlag, 1994, S. 38.
[3] Beate Rusch: *Kunst- und Literaturtheorie bei Yu Dafu (1896–1945)*. Dortmund: Projekt Verlag, 1994, S. 39.

视为“接连不断的变化，新形式不断形成与被创造之流”，而生活与艺术都是“生”的表现形式，因此生活就是艺术，艺术就是生活；又因为推动生活的不断改变与流动的根本力量——“生”存在于“人本身及人对自我个体性的追求中”，所以“所有人都是创造者和艺术家”[1]。然而，日常生活中的食物与服装虽然也是对自我的表达，但不是“生”的纯粹表达，只有艺术与文学才是能够呈现“生”的本真表达的“纯粹的象征”，艺术家与作家也因其分辨、应用这种象征的能力而超脱于常人[2]。艺术家“完全投身于他的艺术冲动，以塑造自我与他人生活的镜像”，“他不受各种规则的束缚，也处处留心着，以将‘肮脏的’社会要素从艺术中剔除”[3]。艺术家之所以能够成为表达“生”的“媒介”，是因为他能在“艺术冲动”中实现“自我扩张”，通过“弃绝自我”与“自然和世界”融为一体，通过“自我塑造的过程”实现“自我更新”[4]。

基于对郁达夫艺术理念的分析，鲁施指出：“郁达夫每一部作品中的自传性特征或可理解为他在文学中重塑世界的诉求。”[5]以此，鲁施为郁达夫创作的主观性与自传性作出了哲学性与理论性的注解。然而，“自我的发现”不仅仅是郁达夫在五四新文化运动后为文学做的“新定位”，也是为“痛苦地发觉自我与世界的二元性”[6]的个体和处于传统与现代更迭之际的中国开出的药方。为此，鲁施称郁达夫的艺术与文学理论见证了“五四时期那一代人所经历的既狂热又苦痛的新开端”[7]，道出了郁达夫在中国文学史与思想史上的重要意义。

除却个别孤例外，可以说，郁达夫作品在德语国家的译介与接受真正开始于 20 世纪 80 年代。1985 年，随着顾彬主编的系统介绍中国现当代文学的研究论文集的出版，尤其是其中普实克关于郁达夫创作的文章的出现，使得 80 年

---

[1] Beate Rusch: *Kunst- und Literaturtheorie bei Yu Dafu (1896–1945)*. Dortmund: Projekt Verlag, 1994, S. 43.

[2] Beate Rusch: *Kunst- und Literaturtheorie bei Yu Dafu (1896–1945)*. Dortmund: Projekt Verlag, 1994, S. 43f.

[3] Beate Rusch: *Kunst- und Literaturtheorie bei Yu Dafu (1896–1945)*. Dortmund: Projekt Verlag, 1994, S. 46.

[4] Beate Rusch: *Kunst- und Literaturtheorie bei Yu Dafu (1896–1945)*. Dortmund: Projekt Verlag, 1994, S. 53.

[5] Beate Rusch: *Kunst- und Literaturtheorie bei Yu Dafu (1896–1945)*. Dortmund: Projekt Verlag, 1994, S. 59.

[6] Beate Rusch: *Kunst- und Literaturtheorie bei Yu Dafu (1896–1945)*. Dortmund: Projekt Verlag, 1994, S. 59.

[7] Beate Rusch: *Kunst- und Literaturtheorie bei Yu Dafu (1896–1945)*. Dortmund: Projekt Verlag, 1994, S. 59.

代后期以来的郁达夫作品译介主要以小说为主。从 20 世纪 90 年代至今，在中国现当代文学译介逐渐退潮的情况下，仍有 26 篇郁达夫作品获得译介，足见德语国家对郁达夫的关注。

进入 21 世纪以来出版的两部关于中国文学的学术工具书充分说明了德国汉学界对于郁达夫文学史地位与文学成就的认可。2004 年出版的《中国文学词典》在梳理与概述郁达夫的生平与创作后，对其作出了如下评价："没有哪一位作家像郁达夫那样，极端与坚定地贯彻了五四运动的精神，并以卓越的文学创作反映了这种思想。"[1] 马海默主编的《生平与作品：中国作家传记手册》也对郁达夫的文学史地位作出了充分肯定："郁达夫在中国文学上的地位是毋庸置疑的……他的作品中既有精妙的片段，也有在语言上与思想上的不成熟……即便如此，代表自我发现与解放的郁达夫同另两个五四运动的重要成就一道，标志着中国文学进入了世界文学（他大量接受了欧洲浪漫主义与颓废主义文学）。"[2]

值得注意的是，尽管德语国家充分肯定了郁达夫，并对其作出了相对深入的研究，但德语出版界却对郁达夫兴趣寥寥。郁达夫作品的重要译者与研究者泽希提希在他的译著《郁达夫：名作精选》的后记中提到，"对待郁达夫这样当之无愧属于世界文学，也应为德语读者所知的中国著名作家……德语出版社并不感兴趣"[3]。由此，有必要从传播学的角度，以中国现当代文学在德语国家译介与接受的整体语境下，对郁达夫在德语国家的译介与接受作进一步探讨，以阐明与揭示"中国文学走出去"在目标语国遭遇的问题与困难。

陈雨田　文

[1] Ruth Keen, Fritz Gunther: Yu Dafu, in: Volker Klöpsch, Eva Müller (Hrsg.): *Lexikon der chinesischen Literatur*. München: C.H. Beck, 2004, S. 374.

[2] Marc Hermann u.a. (Hrsg.): *Biographisches Handbuch chinesischer Schriftsteller: Leben und Werk*. Berlin/New York: Walter de Gruyter, 2011, S. 333.

[3] Alexander Saechtig: Statt eines Nachworts, in: Yu Dafu: *Yu Dafu: Meistererzählungen*, übersetzt und herausgegeben von Alexander Saechtig. South San Francisco: Long River Press, 2013, S. 244.

第四节 “中西文化调和人”林语堂在德国的译介与接受 *

一、作为留德学人和海派文人代表的林语堂

林语堂与德国的渊源可追溯至1922年，27岁的林语堂受好友胡适资助在莱比锡大学攻读博士学位，师从莱比锡汉学学派巨擘奥古斯特·康拉迪（中文名：孔好古）教授。1923年，林语堂的博士论文《论古汉语之语音学》通过论文答辩[1]。同年，林语堂返回中国。短暂的留德经历对林语堂的人生哲学与审美旨趣产生了持续影响，他吸收尼采的哲学思想，既有对人生悲剧本质的认知，亦倡导张扬快乐的人生观，并模仿《查拉图斯特拉如是说》创作《萨天师语录》，德国海德堡大学汉学家哥德林德·米勒（中文名：顾德林）评价林语堂用“少有的咄咄逼人语气”敲打中国的社会基石，“将力量和斗争英雄化”[2]。林语堂欲以作品进行尼采式的文学尝试与文化批判，借用尼采“重估一切”的精神提倡反思、重估和扬弃中国传统文化，进而重振古代文化。此外，林语堂还醉心于德国浪漫主义诗人海因里希·海涅的诗作及其“政论文字”，回国后借五四新诗运动的余波，择选彰扬自由、平等、解放等现代意识的海涅诗歌加以译介，以这种方式参与和推动新文化运动。

回国后，林语堂先后辗转于北京、厦门和武汉，1927年来到上海，于当

---

* 本成果受北京语言大学校级项目资助（中央高校基本科研业务费专项资金）。

[1] Archiv der Philosophischen Fakultät der Uni Leipzig, 1923. Zit. n. Tong Shiqian: *Lin Yutangs Studienjahre in Deutschland und ihr Einfluss auf sein Werk und Leben*, Aachen: Shaker Verlag, 2013, S. 39.

[2] Vgl. Gotelind Müller: Lin Yutang-Die Persönlichkeit im Spiegel des Werks, in: Martin Erbes, Gotelind Müller, Wu Xingwen und Qing Xianci (Hrsg.): *Drei Studien über Lin Yutang (1895–1976)*, Bochum: Brockmeyer, 1989, S. 25.

地积极开展文学与文化实践。德国研究者与读者论及林语堂的文学创作旨趣及审美理念，必绕不开林语堂所提倡和践行的幽默、闲适与性灵；而论及林语堂的文学创作主张，则绕不开林语堂旅居上海期间创作的三大“论语”派杂志。1932年，林语堂创办了中国第一本提倡幽默文学的半月刊《论语》，刊载多篇文风幽默的时事短评，言语充满戏谑嘲讪而不尖利刻薄，读者“会意而啼笑皆非、妙悟而破涕为笑”。1934—1935年，林语堂在上海创办半月刊《人间世》，刊载抒发性灵、不拘一格的散文小品，在文学独立自由精神的指导下，以人性与个体为基础价值，主张“以自我为中心，以闲适为笔调”，采取疏离于政治的自由主义立场。林语堂认为，文学并不是政治的武器，以“闲适”为散文的美学追求定调，即是避免散文在当时的文化启蒙运动中沦为言说政治、改造文化的工具。在德国汉学家顾彬看来，林语堂所选择的语言及其幽默的文字表现形式的背后实则“隐藏一些政治的动作”[1]，并非纯粹的疏离现实。相反，林语堂怀抱着“隐秘的立场”，以幽默文学为曲笔批判现实，幽默正是其以“道德与人道的态度”[2]温和地改造国民灵魂、更新中国文化的方式，寓含着丰厚的艺术价值与文化改造力量。

1935年，林语堂创办半月刊《宇宙风》，以畅谈人生为主旨，以言必尽情为戒约，尽管林语堂于次年前往美国，但杂志至1947年停刊，始终保持着较高的文化品位与文学水准。此外，林语堂在上海期间亦担任英文周报《中国评论》的专栏主笔、英文月刊《天下》的编辑和翻译刊物《西风》的顾问编辑。可以说，20世纪30年代是林语堂创作生涯的真正开端，上海则是林语堂享誉华洋文坛的起点。

---

[1] Wolfgang Kubin: *Vom Terror zur Humanität: Lin Yutangs Vorschlag zur Erneuerung der chinesischen Nation*，载林语堂故居编：《跨越与前进：从林语堂研究看文化的相融 / 相涵国际学术研讨会论文集》，台北：林语堂故居，2007年，第159页。

[2] Wolfgang Kubin: *Vom Terror zur Humanität: Lin Yutangs Vorschlag zur Erneuerung der chinesischen Nation*，载林语堂故居编：《跨越与前进：从林语堂研究看文化的相融 / 相涵国际学术研讨会论文集》，台北：林语堂故居，2007年，第159页。

二、林语堂作品在德国的译介

在德国研究者笔下，“中西文化调和者”是林语堂的重要身份。林语堂出身牧师家庭，多年旅居海外，自诩“两脚踏中西文化，一心评宇宙文章”，其思想与视域兼备穿越华洋的跨界性与中英双语的跨语性。1936年离开上海后，林语堂的文化追求亦发生转向，从创办《论语》时期的“西化”“欧化”论转为主张“中西文化调和”，致力于向西方介绍和阐释东方智慧，用温和的语调与柔性的表达向西方传递中国传统文化。诺贝尔文学奖终身评选人、汉学家马悦然如是肯定林语堂在向西方文坛传播中国文化方面的重要作用：“林语堂先生的著作对西方人之了解和欣赏中国优秀文化的影响非常大，他们从他的著作所得的收获可能比中国读者所得的大得多。”[1]值得一提的是，马悦然的汉学家之路正是缘起于林语堂，其英文版《生活的艺术》激发了马悦然对中国道家与禅宗的兴趣，进而催生出学习中文、研读中国古籍的动机，并最终成为一位杰出的汉学家[2]。德国作家、编辑弗里茨·弗勒林亦将林语堂盛誉为“中国现代文学界最重要的史诗诗人和思想最丰盈的思想家之一”[3]。

德国汉堡大学汉学系主任米夏埃尔·弗里德里希（中文名：傅敏怡）曾言，其父辈论及中国文化与智慧，言必称林语堂，甚至建议在德国设立林语堂学院[4]。中国问题研究专家、杜伊斯堡-埃森大学东亚研究所教授托马斯·黑贝雷尔[5]评

---

[1] 马悦然：《想念林语堂先生（序言）》，载林语堂故居编：《跨越与前进：从林语堂研究看文化的相融/相涵国际学术研讨会论文集》，台北：林语堂故居，2007年，第3页。

[2] 参见覃江华：《马悦然与中国文学在海外的译介和经典化》，载《中国翻译》2020年第1期，第71页。

[3] Fritz Fröhling: Nachwort, in: *Lin Yutang: Festmahl des Lebens: Eine Geschichte und Gedanken aus China*, übersetzt von Ursula Löffler und Wilhelm E. Süskind, Freiburg im Breisgau: Hyperion-Verlag, 1961, S. 138.

[4] 参见 https://www.bjnews.com.cn/detail/155713725014384.html。

[5] 托马斯·黑贝雷尔自2009年起兼任杜伊斯堡-埃森大学鲁尔都市孔子学院的联合负责人。2013年起担任中国政治与社会领域教授，研究重点为中国政治、社会和体制变革过程，拥有50多年中国问题研究经验，是德国重要的中国问题专家之一。

价林语堂是"为数不多的知道如何用英语令人印象深刻而又通俗地解释中国和中国思想及行为的中国文学家之一"[1]。"林语堂深谙西方科学和哲学知识，熟稔中国古代篇章古籍，能够巧妙、恰当而精炼地阐释道家哲学。"[2]德国汉学家顾彬评价林语堂"是一个崇尚古人、推崇旧时代理想的保守派代表，以中国传统理念为依归，且总是从悠闲雅致的角度描述中国"[3]。顾德林在《林语堂——镜照于作品中的品格》一文中亦表示："本世纪（20世纪）几乎没有哪位中国作家像林语堂那般在西方广为人知。在许多针对西方人创作的有关中国的通俗读物中，林语堂在塑造局部中国图景方面发挥了决定性作用，他在长篇小说中描画，在翻译中夯实。"[4]这些评价足以显出林语堂海外文名之隆。

相较于大多数中国作家在德国文学市场的"水土不服"，林语堂因长于外语写作，许多作品首版以英文发行，再从英文译至德文，其作品、翻译及著述被德国读者广泛接受。20世纪90年代，国内掀起林语堂翻译热，大量作品被翻译成中文出版，德国的林语堂译介潮则主要集中于20世纪五六十年代。经检索，1940—1970年间，林语堂共计有18部作品在德国获得译介，分别为《吾国与吾民》《京华烟云》《风声鹤唳》《生活的艺术》《唐人街》《讽颂集》《朱门》《孔子的智慧》《人生的盛宴》《武则天传》《信仰之旅》《古文小品译英》《杜十娘》《中国传奇》《辉煌的北京》《老子的智慧》《红牡丹》和《中国艺术理论》，其中《唐人街》《京华烟云》《吾国与吾民》及《生活的艺术》等作品深受德国读者青睐，数次再版。此外，德国汉学家福尔克尔·克勒普

[1] Thomas Heberer: Lin Yutangs „Mein Land und mein Volk". Eine Einführung, in: Lin Yutang: *Mein Land und mein Volk*, Esslingen: Drachenhaus Verlag, 2015, S. 40.

[2] Peter Gottwald: *Zen im Westen-neue Lehrrede für eine alte Übung*, Münster: Lit Verlag, 2003, S. 39.

[3] Wolfgang Kubin: *Vom Terror zur Humanität: Lin Yutangs Vorschlag zur Erneuerung der chinesischen Nation*，载林语堂故居编：《跨越与前进：从林语堂研究看文化的相融／相涵国际学术研讨会论文集》，台北：林语堂故居，2007年，第154页。

[4] Gotelind Müller: Lin Yutang-Die Persönlichkeit im Spiegel des Werks, in: Martin Erbes, Gotelind Müller, Wu Xingwen, Qing Xianci (Hrsg.): *Drei Studien über Lin Yutang (1895–1976)*, Bochum: Studienverlag Brockmeyer, 1989, S. 9.

施翻译了林语堂的讽喻性杂文《论踢屁股》[1]，译文刊载于《东亚文学杂志》第20期。瑞士东亚学教授托马斯·弗勒利希（中文名：费瑞奥）[2]翻译了林语堂在1965年发表的游记文章《瑞士风光》，收录于译文集《走出"欧洲的花园"——中国人的瑞士之旅》。

三、林语堂作品在德国的接受

如果说上海是林语堂文学生涯的开端与"跳板"，那么北京可谓寄寓着林语堂的创作理想与心灵归属。不论是长篇小说《京华烟云》与《风声鹤唳》，抑或是展现中国人生活方式的《生活的艺术》以及地方志式著作《辉煌的北京》，皆以北京为叙述背景或想象主体，反映了作者"以北京想象中国"的叙述策略[3]。

《京华烟云》封面

[1] Lin Yutang: Treten und Getretenwerden, in: Wolf Naus u.a. (Hrsg.): *Hefte für Ostasiatische Literatur*, Nr. 20, Mai 1996, S. 30–32.

[2] Lin Yutang: Eine Landschaft in der Schweiz, übersetzt von Thomas Fröhlich, in: Raoul David Findeisen, Thomas Fröhlich, Robert H. Hassmann (Hrsg.): *Aus dem „Garten Europas". Chinesische Reisen in der Schweiz*, Zürich: Neue Züricher Zeitung Buchverlag, 2000, S. 139–145.

[3] 沈庆利：《以北京想象中国——论林语堂的北京书写》，载《北京师范大学学报（社会科学版）》2019年第1期，第77页。

1939年，《京华烟云》[1]由译者李诺·罗西译成德文出版，作品向德国读者充分展现北京的古都韵味，被顾彬定调为“展现北京叙事艺术的京味儿小说”[2]。1944年，《京华烟云》被提名诺贝尔文学奖，林语堂因此成为第一个被推举预选的中国作家，之后又有三次被提名为诺贝尔文学奖候选人，其“活泼的、机智的和富于幽默感的想象力”[3]受到评审委员会的欣赏和赞叹。虽最终无缘奖项，但频繁提名的事实已是林语堂作品影响力的有力确证。《京华烟云》被汉学家高本汉赞誉为“报道中国人民生活与精神非常宝贵的著作”[4]。威廉·埃米尔·米尔曼在《通向世界文学的小径》一书中评价林语堂在《京华烟云》中“目光敏锐地洞彻到东西方文化价值冲突的矛盾所在”，展现“在‘进步的’文化变革中，理论信条与现实意见之间的猛烈碰撞……凸显了任何激进的文化变革中均不可避免的社会常态——空洞与虚伪”[5]。米尔曼以为，林语堂作品中寓含的人生智慧和对人性及社会的体察并非东方智慧与西方理性哲学的简单融合，而是其苦痛的历史经验所产生的“超然结果”，是“从内战和逃亡苦难中自救的幸存者的智慧”[6]。德国读者评价《京华烟云》“充满诗意的原著将读者引至那个逝去的世界，给人丝绸般的感觉”[7]。

《风声鹤唳》[8]德译本出版于1953年，德国读者对小说表达了充分的赞誉与喜爱：“语堂详细描画了战争期间的日常生活，即便是一些恐怖的事情也没有遗漏，使我们对中国有了新的认识。我喜欢作者的语言旋律和德文译者李诺·罗西的翻译，使我们沉浸在故事中，将我们带回过去，拉近与小说人物

[1] Lin Yutang: Peking: *Augenblick und Ewigkeit (Band 1/2)*, aus dem Englischen übersetzt von Lino Rossi, Frankfurt am Main: S. Fischer, 1939.

[2] Wolfgang Kubin: *Die chinesische Literatur im 20. Jahrhundert*, München: K. G. Saur Verlag, 2005, S. 122.

[3] 马悦然：《想念林语堂先生（序言）》，载林语堂故居编：《跨越与前进：从林语堂研究看文化的相融／相涵国际学术研讨会论文集》，台北：林语堂故居，2007年，第2页。

[4] 马悦然：《想念林语堂先生（序言）》，载林语堂故居编：《跨越与前进：从林语堂研究看文化的相融／相涵国际学术研讨会论文集》，台北：林语堂故居，2007年，第2页。

[5] Wilhelm Emil Mühlmann: *Pfade in die Weltliteratur*, Königstein/Ts.: Athenäum, 1984, S. 301f.

[6] Wilhelm Emil Mühlmann: *Pfade in die Weltliteratur*, Königstein/Ts.: Athenäum, 1984, S. 303.

[7] https://www.lovelybooks.de/autor/Lin-Yutang/Peking-Augenblick-und-Ewigkeit-Band-2-1456346660-w.

[8] Lin Yutang: *Blatt im Sturm*, aus dem Amerikanischen übersetzt von L. Rossi, Frankfurt am Main: Fischer, 1953.

《风声鹤唳》封面

《生活的艺术》封面

《讽颂集》封面

的距离，犹如朋友一般……林语堂在作品中不加修饰地真实呈现中国人的日常生活，巧妙展现当时饱受战争摧残的中国，以至于爱情故事的情节缺少一些新意，但瑕不掩瑜。林语堂的作品没有被再版重印，没有被新一代的读者所接受，这是非常遗憾的……相信在 21 世纪他仍然会找到喜爱自己的读者。”[1]

《生活的艺术》被德国作家弗里茨·弗勒林评价为林语堂“最为优美和丰富的作品”[2]。在这部作品中，林语堂描绘了中国人高逸退隐、闲适旷达、陶情遣兴、古典精雅的生活方式与人生哲学。顾彬评价作品中文版译名并不妥当，他认为林语堂意欲透过该书批判欧洲不重视生活的态度，旨在强调生活的重要性，而中译名并未体现出这层意涵。该书于 1938 年在美国发行并荣登畅销书榜，1963 年以直译名“微笑生活的智慧”[3] 在德国发行，后于 1997 年和 2004 年再版。顾德林评论林语堂在作品中表现出较强的读者主体意识，以“文化调和人”的身份面对西方读者并为之竖起一面闲适静雅的中国之镜，西方成为

---

[1] https://www.lovelybooks.de/autor/Yutang-Lin/Blatt-im-Sturm-1525322928-w/.

[2] Fritz Fröhling: Nachwort, in: *Lin Yutang: Festmahl des Lebens: Eine Geschichte und Gedanken aus China*, übersetzt von Ursula Löffler und Wilhelm E. Süskind, Freiburg im Breisgau: Hyperion-Verlag, 1961, S. 138.

[3] Lin Yutang: *Weisheit des lächelnden Lebens: Das Geheimnis erfüllten Daseins*, aus dem Amerikanischen übersetzt von Wilhelm Emil Süskind, Reinbek bei Hamburg: Rowolt, 1963.

被反复批判和矫正的对象，中国人以“生活艺术家”的身份重新登场，对当时的西方中国观产生了重大影响[1]。《生活的艺术》之所以为德国读者所喜爱和接受，弗里茨·弗勒林亦给出相似的解释：“我们生活在神经衰弱的时代，生活在充斥着无聊、空虚和乏味的刺激的冰河时代。——这个时代打着哈欠，不知道如何自处，林语堂希望将这个时代‘引诱’至幸福喜乐，见证美好，徘徊至奇妙之境……《生活的艺术》一书展现的是另外一个中国，一个汲取了远东千万年智慧源泉的国度，但它更应该被理解为向西方世界传递的一种信号，一种对思想人性化与生活人性化的呼唤。”[2]

《吾国与吾民》是林语堂在西方文坛的成名作与代表作。1933年10月，林语堂受赛珍珠的建议与启发，决心用英文撰写一本向西方系统介绍中国的作品。该书初版于1935年在美国发行且大获成功，四个月间即印行七版。同年由德国译者威廉·苏斯金德译成德文，在德国图书市场同样极为畅销。学者汀生将之归因于两个原因：一方面，作品的德译本出版之时的德国文坛极其贫弱化，大量作家出逃海外，德国读者借海外作品为其精神生活补给养料；另一方面，自希特勒执政后，有关东方文化的研究热潮再次兴起，早已畅销美国的《吾国与吾民》故此成为德国读者大众的宠儿[3]。2015年，德译本《吾国与吾民》获龙屋出版社再版发行，并收录

《吾国与吾民》封面

[1] Vgl. Gotelind Müller: Lin Yutang-Die Persönlichkeit im Spiegel des Werks, in: Martin Erbes, Gotelind Müller, Wu Xingwen und Qing Xianci (Hrsg.): *Drei Studien über Lin Yutang (1895–1976)*, Bochum: Brockmeyer, 1989, S. 71.

[2] Fritz Fröhling: Nachwort, in: *Lin Yutang: Festmahl des Lebens: Eine Geschichte und Gedanken aus China*, übersetzt von Ursula Löffler und Wilhelm E. Süskind, Freiburg im Breisgau: Hyperion-Verlag, 1961, S. 139ff.

[3] 汀生：《海外文坛动态：林语堂的著作在德国》，载《艺术与生活》1940年第2期，第42页。

于“风土人情——具象中国”系列丛书中。相较旧版，新版加入了托马斯·黑贝雷尔撰写的弁言。他赞誉该作品“语言轻快，生动形象的文字与细腻的知识分子的幽默使该书相当通俗易懂。中国如此难以理解，一本旨在促进认识和理解中国的作品应当保有一定程度的质朴与生动。这恰恰是林语堂成功做到的”[1]，“即便在今天，该书依然是许多中国专家理解中国社会和中国人思想及行为的核心书籍”[2]。德国地理学家海因里希·施米特黑纳评价该书是“解码中国人性格特征的钥匙……凡是从事中国国情、中国人和东亚政治研究的人，阅读林语堂这部著述都会有所收获”[3]。

抛开德国研究者与读者对《吾国与吾民》“跨文化性”与“文化媒介”功用的肯定，德国汉学界亦不约而同地关注到林语堂潜隐于作品中的“矛盾性”。德国汉学家顾德林评价《吾国与吾民》中表述的观点没有体现出清晰的思想主线，“他在儒家、道家和西方思想之间摇摆不定，但未将它们合并为一个整体，似乎只是依据目的突出最适当的一个。许多观点相互限囿，这本书似乎半生不熟，只做到了部分严谨”[4]。托马斯·黑贝雷尔亦以为，林语堂通过《吾国与吾民》传递的中国女性观是“自相矛盾的”：一方面驳斥西方对中国女性的负面评述只是“西方批评的一种说辞”，另一方面又在书中勾画形塑了一个明显落后于时代的中国女性形象，并表露出弱化中国女性成就的书写趋向[5]。值得一提的是，当时中国大陆或台湾的文学作品在德国的平均销量一般仅为两千至五千册，而身为“版税大王”的林语堂的作品销量在德国却达上万册，其作品在很

[1] Thomas Heberer: Lin Yutangs „Mein Land und mein Volk“. Eine Einführung, in: *Lin Yutang: Mein Land und mein Volk*, Esslingen: Drachenhaus Verlag, 2015, S. 28.

[2] Thomas Heberer: Lin Yutangs „Mein Land und mein Volk“. Eine Einführung, in: *Lin Yutang: Mein Land und mein Volk*, Esslingen: Drachenhaus Verlag, 2015, S. 7.

[3] Schmitthenner: Bücherbesprechungen vom Werk Mein Land und mein Volk von Lin Yutang, in: *Geographische Zeitschrift*, 12 (1937), S. 464–465, hier S. 465.

[4] Gotelind Müller: Lin Yutang-Die Persönlichkeit im Spiegel des Werks, in: Martin Erbes, Gotelind Müller, Wu Xingwen und Qing Xianci (Hrsg.): *Drei Studien über Lin Yutang (1895–1976)*, Bochum: Brockmeyer, 1989, S. 64.

[5] Thomas Heberer: Lin Yutangs „Mein Land und mein Volk“. Eine Einführung, in: *Lin Yutang: Mein Land und mein Volk*, Esslingen: Drachenhaus Verlag, 2015, S. 32.

大程度上影响了德国读者对中国女性的整体印象[1]。此外，林语堂潜隐于作品背后的矛盾情感与创痛同样被德国研究者敏锐察觉到。德国汉学家沃尔夫冈·鲍尔（中文名：鲍吾刚）在《中国与幸福的希望》一书中声称，林语堂的《生活的艺术》虽然宣扬闲适、淡然的生活方式与思想格局，但却让他感受到一种“逼仄的压抑感”。他认为，作家对闲适生活方式的宣扬实则是以“喜悦的方式”对人们长久以来的悲苦境遇豁然视之，是对儒家思想所代表的理想与乌托邦的绝望及放弃，犹如一种自我保护机制，成为作家隐而不彰的情感疗愈方式，“生活的艺术”亦因此沦为“生存的艺术”[2]。

究其思想的矛盾性，顾德林认为与其一生辗转旅寄，徘徊、挣扎于中西文化之间的出身及生活经历紧密相关。林语堂的文学作品在某种意义上是对他身份认同的补偿[3]，试图既扎根于传统，又能从传统内部对中西方文化进行深入反思与考察，在不丧失自我身份的前提下进行中西方之间的文化调和。林语堂的思想与文化困境也许是彼时留洋知识分子皆要面对的复杂难题，但林语堂无疑是其时致力于传播中国文化的中国学人中“最成功的一人”[4]。正如赛珍珠对林语堂的评价：“他并非一般的中国人，但也寻常，他是独一无二的。他中国人的灵魂深入骨髓，远比那个年代受西式教育的大多数人更加‘中国人’。为了让西方世界理解中国，他比任何人做得都多，不只让中国被理解，还让中国为西方所喜爱。”[5]

陈悦　文

---

[1] Ruth Keen: Information is all that counts: An introduction to Chinese Women' Writing in German translation, in: *Modern Chinese Literature*, Vol. 4 (1988), pp. 225–234, here p. 231.

[2] Wolfgang Bauer: *China und die Hoffnung auf Glück*, München: Carl Hanser Verlag, 1971, S. 504f.

[3] Vgl. Gotelind Müller: Lin Yutang-Die Persönlichkeit im Spiegel des Werks, in: Martin Erbes, Gotelind Müller, Wu Xingwen und Qing Xianci (Hrsg.): *Drei Studien über Lin Yutang (1895–1976)*, Bochum: Brockmeyer, 1989, S. 10.

[4] 林太乙：《林语堂传》，西安：陕西师范大学出版社，2002 年，第 291 页。

[5] Pearl S. Buck: Buchempfehlung für Weisheit des lächelnden Lebens von Lin Yutang, in: *Lin Yutang: Festmahl des Lebens: Eine Geschichte und Gedanken aus China*, übersetzt von Ursula Löffler und Wilhelm E. Süskind, Freiburg im Breisgau: Hyperion-Verlag, 1961, Umschlagrückseite.

第五节　通俗文学大师张恨水在德国的译介研究

张恨水一生勤于笔耕，作品产量颇丰，是当之无愧的20世纪中国通俗文学大师。文学史家一般认为《春明外史》《金粉世家》《啼笑因缘》《八十一梦》为其"四大代表作"。其与上海的关系可追溯至1913年春初次赴沪谋生，后于1918年初与20世纪30年代三度抵沪。张恨水四次上海之行与其重要作品《啼笑因缘》《夜深沉》等在沪发表,为上海文学事业做出了杰出贡献[1]。张恨水作品的外译活动始于民国时期，历经大半个世纪，但成果甚微，迄今仅涉及英、日两个语种[2]。据查证，1990年德国汉学家赫尔穆特·马丁（中文名：马汉茂）与卢茨·比格（中文名：毕鲁直）主编的《中国论文集（第56卷）·张恨水作品〈八十一梦〉:徘徊于传统与乌托邦间的社会批评》[3],系德国最早且较为翔实的张恨水研究资料。1998年德国维尔茨堡大学东亚文化史教授罗兰·阿尔滕布尔格撰写文章《愿者上钩：张恨水小说〈啼笑因缘〉和矛盾的批评》[4]，收录于《秋水·庆祝高利克先生六十五寿辰论文集》。除上述文章外再无张恨水本人或其作品研究的文章，其相关信息更多是以章节或片段形式载于文学史或辞典类书籍。

一、张恨水作品在德国的译介

2004年德国汉学家福尔克尔·克勒普施（中文名：吕福克）与埃娃·穆

---

[1] 参见陈子善：《海上文学百家文库（张恨水卷）编后记》，上海：上海文艺出版社，2010年，第485–487页。

[2] 参见谢家顺、宋海东：《国际化：张恨水作品海外传播及其路径探究》，载《新文学史料》2018年第3期，第155–159页。

[3] Eva Wagner: *Zhang Henshuis „Einundachzig Traume": Gesellschaftskritik Zwischen Tradition und Utopie.* (Chinathemen, Bd. 56) Bochum: Brockmeyer Verlag, 1990.

[4] Roland Altenburger: Willing to Please: Zhang Henshuis Novel »Fate in Tears and Laughter« and Mao Duns Critique, in: Raoul D. Findeisen, Robert H. Gassmann (Hrsg.): *Autumn Floods. Essays in Honour of Marián Gálik.* Bern/Berlin/Frankfurt am Main/New York/Paris/Wien: Peter Lang Verlag, 1998, S. 185–194.

勒主编《中国文学辞典》，收录“张恨水”注释词条：“张恨水原名张心远，安徽潜山人，深受中国古典文学熏陶，较早接触到西方文学。父亲的去世打破了他赴英留学的计划，辗转去苏州上学，20世纪20年代供职于北京、上海、重庆等地的多家报社。”[1]2011年旅德华裔学者黄伟平在《中国文学史（第九卷）之中国作家集：生平与作品》中撰文介绍张恨水：“1914年张恨水开始其写作生涯。1924年章回小说《春明外史》在北京开始连载，使其名声大噪。1927年长篇小说《金粉世家》一经刊载便深受读者欢迎。张恨水对读者兴趣的精准把握是其小说能够无一例外获取成功的秘诀。20世纪30年代初于上海问世的《啼笑因缘》当属其最有影响力的小说，这部作品集‘言情’‘社会责任’‘武侠’等主题为一体，反映了当时的社会现实。抗战期间张恨水创作了一系列批判性作品，如《八十一梦》《巷战之夜》《弯弓集》等，以宣传抗战思想。20世纪50年代张恨水投身于改编中国民间故事，改编《梁山伯与祝英台》《白蛇传》《孟姜女》《孔雀东南飞》等作品。”[2]

20世纪末、21世纪初，张恨水代表作品《啼笑因缘》与《八十一梦》受到德国汉学界关注。1998年，德国维尔茨堡大学教授罗兰·阿尔滕布尔格在文章《愿者上钩：张恨水小说〈啼笑因缘〉和矛盾的批评》开头对《啼笑因缘》的内容作了简要概述：“小说主人公是一位名叫樊家树的年轻男子，故事围绕他和下述三位性格迥异的女性人物展开。何丽娜性情奔放、生活西化，是不折不扣的‘摩登女郎’；关秀姑个性保守、老实淳朴，是武艺高强的侠女；沈凤喜出身于大鼓世家，靠卖唱为生，向往富足舒适的生活。对于丽娜的直接与秀姑的委婉，樊家树皆不为所动，只钟情于他的‘灰姑娘’——凤喜。在军阀刘国柱的威逼利诱下，可怜的凤喜被霸占、虐待，走

[1] Folke Peil: Zhang Henshui, in: Volker Klöpsch, Eva Müller (Hrsg.): *Lexikon der chinesischen Literatur.* München: Verlag C. H. Beck, 2004, S. 393.

[2] Marc Hermann, Weiping Huang, Henriette Pleiger, Thomas Zimmer: *Geschichte der chinesischen Literatur, Bd. 9: Biographisches Handbuch chinesischer Schriftsteller. Leben und Werke.* Berlin/New York: Walter de Gruyter GmbH & Co. KG, 2011, S. 357f.

向悲剧。”[1] 针对小说形式，罗兰·阿尔滕布尔格作出如下解释：“假设将张恨水本人置于小说男主人公的情境，便可从三位女性人物身上读取作者创作《啼笑因缘》时心中纠结交错的三种写作立场。由此，丽娜代表五四文学作品中从西方传入的新文学；侠女秀姑象征传统的章回小说，‘纯粹’且真实，但并不符合时代要求；凤喜意指娱乐消遣小说，体现文化生产中的无限商业化原则。”[2] 作者认为，张恨水借凤喜的悲惨命运表达其对通俗作家作品销售中固有矛盾的担忧。1933 年 2 月茅盾发表文章《封建的小市民文艺》，评论武侠小说《江湖奇侠传》改编电影《火烧红莲寺》。罗兰·阿尔滕布尔格在文章中记述道：“茅盾在文章末段将其与张石川同名改编故事片《啼笑因缘》进行比较。在茅盾看来，《火烧红莲寺》封建色彩浓重，而《啼笑因缘》受五四思想影响，属半封建形式，从思想进步的男主人公樊家树身上便可窥探一二。”[3]1999 年，德国汉学家施寒微在《中国古今文学通史》中写道：“《啼笑因缘》连载完结后，读者对悲剧结局表示不满，要求作者继续写下去。张恨水撰文《对读者一个总答复》回应：‘不愿它自我成之，自我毁之。所以归结一句话，我是不能续，不必续，也不敢续。’由于不同版本的续作接连出现，有些甚至以张恨水之名发表，加上日本 1931 年侵占东北，1932 年侵略上海的一系列事端，张恨水决定将抗击日本入侵作为素材创作续本。”[4]

1990 年，埃娃·瓦格纳将张恨水小说《八十一梦》中的《楔子：鼠齿下的剩余》与《第十梦：狗头国一瞥》译为德语，将译文嵌入论文《张恨水

[1] Roland Altenburger: Willing to Please: Zhang Henshuis Novel »Fate in Tears and Laughter« and Mao Duns Critique, in: Raoul D. Findeisen, Robert H. Gassmann (Hrsg.): *Autumn Floods. Essays in Honour of Marián Gálik*. Bern/Berlin/Frankfurt am Main/New York/Paris/Wien: Peter Lang Verlag, 1998, S. 185.

[2] Roland Altenburger: Willing to Please: Zhang Henshuis Novel »Fate in Tears and Laughter« and Mao Duns Critique, in: Raoul D. Findeisen, Robert H. Gassmann (Hrsg.): *Autumn Floods. Essays in Honour of Marián Gálik*. Bern/Berlin/Frankfurt am Main/New York/Paris/Wien: Peter Lang Verlag, 1998, S. 186.

[3] Roland Altenburger: Willing to Please: Zhang Henshuis Novel »Fate in Tears and Laughter« and Mao Duns Critique, in: Raoul D. Findeisen, Robert H. Gassmann (Hrsg.): *Autumn Floods. Essays in Honour of Marián Gálik*. Bern/Berlin/Frankfurt am Main/New York/Paris/Wien: Peter Lang Verlag, 1998, S. 191f.

[4] Helwig Schmidt-Glintzer: *Geschichte der chinesischen Literatur. Von den Anfängen bis zur Gegenwart*. München: Verlag C. H. Beck, 1999, S. 495f.

作品〈八十一梦〉：徘徊于传统与乌托邦间的社会批评》附录一并发表。埃娃·瓦格纳撰写论文所参考文本系1980年版《八十一梦》，书中仅有九梦，分别为《第五梦：号外号外》《第八梦：生财有道》《第十梦：狗头国一瞥》《第十五梦：退回去了廿年》《第三十二梦：星期日》《第三十六梦：天堂之游》《第四十八梦：在钟馗帐下》《第五十五梦：忠实分子》与《第七十二梦：我是孙悟空》。文章重点分析《狗头国一瞥》与《天堂之游》，对上述其余文章只作概览性陈述。埃娃·瓦格纳在论文中分析道："张恨水《狗头国一瞥》所描述狗头国人的'嗜糖现象'（实指对外国货的渴求）真切反映了现实生活，具体可从三个方面解析：第一，狗头国人对糖果的依赖意指中国民众的鸦片烟瘾；第二，张恨水笔下狗头国病患讨外国人巴掌治病的行径是当时崇洋媚外社会现象的写照；第三，张恨水明写狗头国金融操纵者、运输管理员的滥用职权，暗讽宋子文、孔祥熙在重庆对财政大权的掌控。"[1]

二、张恨水作品在德国的评价

埃娃·瓦格纳认为："张恨水的《狗头国一瞥》在一定程度上受到老舍《猫城记》的影响。因为《猫城记》初版时间为1933年，早于《狗头国一瞥》，加上两位作家彼此相识，且两部作品形式相似。但《狗头国一瞥》并非老舍《猫城记》的简单复刻版，张恨水有自己的创作架构与刻画重点：首先，两位作家在作品中对涉外商业的态度截然不同，张恨水反对与外国进行商业往来，他认为此举是殖民主义与帝国主义横行的助力器。其次，老舍避开对贫苦困境的直接描写，重点书写猫国的腐朽，以唤起人民的社会责任意识；与老舍不同，张恨水采用直接描写，刻画出富人作为剥削者无情牺牲底层人

[1] Eva Wagner: *Zhang Henshuis „Einundachzig Traume": Gesellschaftskritik Zwischen Tradition und Utopie.* (Chinathemen, Bd. 56) Bochum: Brockmeyer Verlag, 1990, S. 55–61.

民的残酷现实。”[1]

2004年，付嘉玲（音译）在其博士论文《海派叙事文学》中写道：“张恨水是社会言情小说的成功代表作家，他赋予了才子佳人小说新的生命力，可归为海派作家。”[2]2005年，顾彬对张恨水作出如下评价：“张恨水是通俗文学的重要代表作家，他创作了91部言情、武侠、侦探等不同体裁的文学作品，是中国作家中靠作品销售赚大钱的第一人。张恨水在政治上具有革命性，他将写作当作反抗帝国主义的武器，用作品唤醒中国读者的民族意识；在文学上他保持传统，保守叙事，具有反现代意识。”[3]埃娃·瓦格纳在论文中说：“张恨水是否归属鸳鸯蝴蝶派或礼拜六派的问题引起多方探讨，不少评论人员持肯定意见，张恨水也因这些标签受到非议。”[4]针对上述问题，张恨水于1944年在重庆《新民报》载文：“我毫不讳言地，我曾受民初蝴蝶鸳鸯派的影响。但我拿稿子送到报上去登的时候，上派已经没落。礼拜六杂志，风行一时了。现代人不知，以为蝴蝶鸳鸯派就是礼拜六派，其实那是一个绝大的错误。后者，比前派思想前进得多，文字的组织也完密远过十倍。……二十年来，对我开玩笑的人，总以鸳鸯蝴蝶派或礼拜六派的帽子给我戴上，我真是受之有愧。”[5]

国民接受度极高的张恨水著作等身，是老舍笔下妇孺皆知的老作家、真正的文人和真正的职业写家[6]。但目前还未出现张恨水作品德译本，对其作品的研究也仅限于《啼笑因缘》与《八十一梦》两部小说。德语国家对张恨水的关注度远远不够，其极具文学价值的作品值得进行翻译研究与深入考察。

李英　文

---

[1] Eva Wagner: *Zhang Henshuis „Einundachzig Traume": Gesellschaftskritik Zwischen Tradition und Utopie.* (Chinathemen, Bd. 56) Bochum: Brockmeyer Verlag, 1990, S. 64f.

[2] Fu Jialing: *Die haipai-Erzählliteratur.* Wiensbaden: Harrassowitz Verlag, 2004, S. 69－75.

[3] Wolfgang Kubin: *Geschichte der chinesischen Literatur, Bd. 7: Die chinesische Literatur im 20. Jahrhundert.* München: K · G · Saur Verlag, 2005, S. 162f.

[4] Eva Wagner: *Zhang Henshuis „Einundachzig Traume": Gesellschaftskritik Zwischen Tradition und Utopie.* (Chinathemen, Bd. 56) Bochum: Brockmeyer Verlag, 1990, S. 109－119.

[5] 张占国、魏守忠编：《张恨水研究资料》，天津：天津人民出版社，1986年，第279页。

[6] 张占国、魏守忠编：《张恨水研究资料》，天津：天津人民出版社，1986年，第110页。

第二章
20 世纪二三十年代现代作家的译介传播

第一节　丁玲在德国的译介与接受

丁玲在国际上被称为“中国革命的女儿”“共产党文学圈内的主要核心作家”“中国的女权主义者”[1]，是国外学界研究最多的中国作家之一[2]，其代表作品先后被译成 20 多种文字。国外对丁玲作品的翻译和研究始于 20 世纪 30 年代，即便在 50 年代末至丁玲平反复出前、国内丁玲研究的空白时期，国外研究也未中断[3]。其中，德国对丁玲作品的翻译与研究亦颇具规模。

一、丁玲作品在德国的译介

冯小冰等将中国当代小说的德译历程概括为：“经历了 80 年代的译介高潮之后，于 90 年代开始回落，从新千年开始，又有所回暖，虽未重现 80 年代的辉煌，却也再次迎来一个增长期。”[4] 丁玲作品在德国的译介情况符合上述概括：现已搜集到丁玲德译作品（24 篇）主要集中在 20 世纪 80 年代的 14 篇、90 年代的 5 篇，进入 21 世纪，德译丁玲作品 4 篇。

---

[1] 孙瑞珍、王中忱编：《丁玲研究在国外》，长沙：湖南人民出版社，1985 年，第 17 页。

[2] Vgl. Liu Xiaoqing: *Writing as Translating: Modern Chinese Women's Writing in the Early Twentieth Century*. University of California, 2012.

[3] 参见孙瑞珍、王中忱编：《丁玲研究在国外》，长沙：湖南人民出版社，1985 年，第 1–2 页。

[4] 冯小冰、王建斌：《中国当代小说在德语国家的译介回顾》，载《中国翻译》2017 年第 5 期，第 34 页。

（一）20 世纪 50 年代：意识形态导向下的丁玲作品德译

丁玲作品的德译本最早出现于 1952 年，即阿图尔·奈斯特曼由俄文版翻译成德语的长篇小说《太阳照在桑干河上》，经柏林狄茨出版社出版[1]。《太阳照在桑干河上》是丁玲的代表作之一，是中国现代文学史上反映土地改革运动的优秀长篇小说，也是延安整风运动后的创作成就之一。丁玲在经历了延安文艺座谈会对她的批判后，其文学创作进入过渡期，转入社会主义现实主义写作，《太阳照在桑干河上》是其中典范。小说一经出版便受到广泛关注，次年被译为俄文，在苏联杂志《旗帜》上发表，1951 年荣获斯大林文学奖。作为以社会主义意识形态为主导的杰出文学作品，该小说迅速传入苏联和民主德国。如德国汉学家高立希所言："20 世纪五六十年代，德国出版社翻译出版中国文学作品的选择标准经常不是依据某一部作品的文学价值，而是以它的社会背景、历史背景等为选择标准……因为德国人当然想了解中国人究竟是什么样的人，中国究竟是什么样的国家。"[2] 出版该译著的狄茨出版社主要出版马列主义经典作家的著作、传记和国际共运史方面文献，具有举足轻重的地位。这样一家出版社翻译出版《太阳照在桑干河上》，其背后的主要推动力在于意识形态上的认同和导向。

《太阳照在桑干河上》封面

然而这部译著在德国石沉大海，并未引发丁玲翻译的热潮，与同时代苏联的丁玲

[1] Ding Ling: *Sonne über dem Sanggan*. Berlin: Dietz Verlag, 1952.

[2] 高立希：《我的三十年——怎样从事中国当代小说的德译》，载《外语教学理论与实践》2015 年第 1 期，第 8 页。

译介盛况形成鲜明对比。直到80年代，丁玲作品在德国才得到大范围的译介。

（二）20世纪80年代：德译丁玲作品作为管窥中国的窗口

Ding Ling

Das Tagebuch der Sophia

Bibliothek Suhrkamp

《莎菲女士的日记》封面

1978年开始的改革开放不仅使中国经济迅速发展，也为世界打开了了解中国文学的大门。在这一潮流下，从80年代开始，丁玲作品的德译出现爆发式增长。

20世纪80年代的德译丁玲作品均为短篇小说，主要为丁玲在中华人民共和国成立之前发表的作品。1980年，《莎菲女士的日记》德文版由法兰克福苏尔坎普出版社出版（1987年新版增加了顾彬撰写的后记）。同年，该出版社出版《期待春天：中国现代短篇小说集（第一卷1919—1949）》，收录两篇丁玲短篇小说，即顾彬翻译的《夜》[1]和苏珊·魏格林翻译的《在医院中》[2]。

《在医院中》的译者苏珊·魏格林称“丁玲是现代中国最重要的女作家”[3]，盛誉其代表作《莎菲女士的日记》“与歌德的《少年维特之烦恼》有异曲同工之妙”[4]。魏格林认为，丁玲早期的短篇小说关注女性解放和个人的自我定位，后来随着她向共产党的靠拢，其作品主题也逐渐改变。40年代初，她

---

[1] Ding Ling: Die Nacht (übersetzt von Wolfgang Kubin), in: Volker Klöpsch und Roderich Ptak (Hrsg.): *Hoffnung auf Frühling: Moderne chinesische Erzählungen* (Erster Band: 1919 bis 1949). Frankfurt am Main: Suhrkamp, 1980, S. 395−406.

[2] Ding Ling: Im Krankenhaus (Übersetzerin: Susanne Weigelin), in: Volker Klöpsch und Roderich Ptak (Hrsg.): *Hoffnung auf Frühling: Moderne chinesische Erzählungen* (Erster Band: 1919 bis 1949). Frankfurt am Main: Suhrkamp, 1980, S. 362−394.

[3] Susannne Weigelin: Ding Ling, in: Volker Klöpsch und Roderich Ptak (Hrsg.): *Hoffnung auf Frühling: Moderne chinesische Erzählungen* (Erster Band: 1919 bis 1949). Frankfurt am Main: Suhrkamp, 1980, S. 361.

[4] Susannne Weigelin: Ding Ling, in: Volker Klöpsch und Roderich Ptak (Hrsg.): *Hoffnung auf Frühling: Moderne chinesische Erzählungen* (Erster Band: 1919 bis 1949). Frankfurt am Main: Suhrkamp, 1980, S. 361.

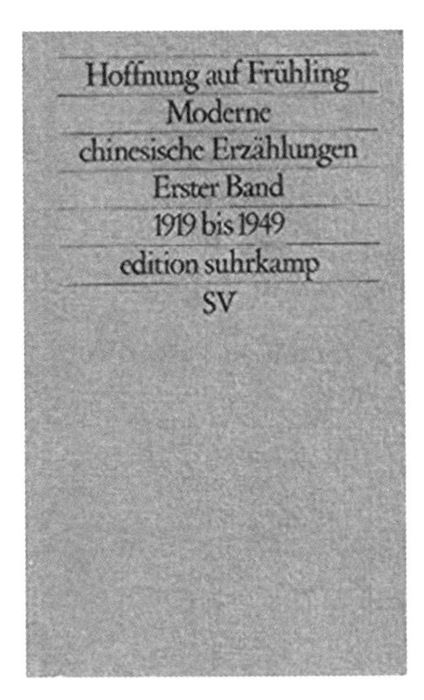

《期待春天：中国现代短篇小说集（第一卷 1919—1949）》封面

《蓝色海洋中的黍粒：短篇小说集》封面

开启批判官僚陋习、妇女歧视和功利主义的文学观。“她主要关注集体与个人的关系。50 年代，在对她的批判中，《在医院中》被视为证明她资产阶级落后性的重要证据。”[1]

1985 年，安娜·盖斯特拉赫翻译丁玲短篇小说《庆云里中的一间小房里》，刊登在《时序（第二卷）》[2]。在译文前，译者对丁玲及其作品作了简要介绍，称丁玲是“如今中国最有名的在世女作家”[3]，她将丁玲 50 余年的文学创作生涯分为三个阶段：主观现实主义的早期阶段（1927—1930）、30 年代的无产阶级文学与后期的社会主义现实主义（以长篇小说《太阳照在桑干河上》为

[1] Susannne Weigelin: Ding Ling, in: Volker Klöpsch und Roderich Ptak (Hrsg.): *Hoffnung auf Frühling: Moderne chinesische Erzählungen* (Erster Band: 1919 bis 1949). Frankfurt am Main: Suhrkamp, 1980, S. 361.

[2] Ding Ling: Ein kleines Zimmer in der Qingyun-Gasse (übersetzt von Anna Gerstlacher), in: Helmuth F. Fraun, Ruth Keen (Hrsg.): *Die Horen*, Jg. 30, Bd. 2, 1985 (Sonderheft der Literaturzeitschrift), S. 122–129.

[3] Ding Ling: Ein kleines Zimmer in der Qingyun-Gasse (übersetzt von Anna Gerstlacher), in: Helmuth F. Fraun, Ruth Keen (Hrsg.): *Die Horen*, Jg. 30, Bd. 2, 1985 (Sonderheft der Literaturzeitschrift), S. 122.

代表），《庆云里中的一间小房里》属于早期阶段的文学创作成果。

1987年，杨恩林（音译）和康拉德·赫尔曼翻译出版了丁玲短篇小说集《蓝色海洋中的黍粒：短篇小说集》[1]，该文集全然不同于当时德国其他的丁玲译介作品，其独特性主要在于三个方面：

第一，选稿的全面性。按照顾彬的观点，丁玲的作品大体可分为三个阶段：在上海的早期著作（1927—1930年）主题集中在"意志和幻想的分裂，它以特殊的方式构成了女性的内心世界"[2]，《莎菲女士的日记》等短篇小说产生于这一时期。丈夫胡也频被国民党杀害使丁玲开始转向第二个创作阶段（1932—1942），她从爱情中走出来逐渐投身革命，并将这一转变赋予其作品中的女主人公们。在写作手法上，她从内部视角扩展到了外部观察。"这时的人物不再是意志薄弱、独处一室、顾影自怜的女性，而是积极主动、自觉投身社会的女性形象了。"[3]长篇小说《母亲》（1932—1933）是这一阶段的代表作。到其文学创作的最后一个阶段，丁玲失去了本色。该阶段可分为两个部分：从1942年其文学创作遭到批判到1956年为止，丁玲始终坚持社会主义现实主义；直到1979年平反后，她才重新返回到女性主义立场上来[4]。

当时德国对中国现当代文学普遍进行挑拣式译介，而且当时中国文学在德国汉学界处于边缘地位，针对某一中国作家的专著更是凤毛麟角[5]。《蓝色海洋中的黍粒》作为丁玲的个人文集，全面梳理和收录了丁玲全部创作时期的10篇代表作，包括《梦珂》《阿毛姑娘》《自杀日记》《庆云里中的一间小房里》《从夜晚到天亮》《我在霞村的时候》《夜》《杜晚香》《牛棚小品》和《三访唐园》，这种尊重丁玲创作阶段完整性的选稿具有深刻的时代意义，在当时德国

[1] Ding Ling: *Hirsekorn im blauen Meer: Erzählungen* (übersetzt von Yang Enlin und Konrad Herrmann). Köln: Pahl-Rugenstein, 1987.

[2] 顾彬：《二十世纪中国文学史》，范劲等译，上海：华东师范大学出版社，2008年，第114页。

[3] 顾彬：《二十世纪中国文学史》，范劲等译，上海：华东师范大学出版社，2008年，第114－115页。

[4] 顾彬：《二十世纪中国文学史》，范劲等译，上海：华东师范大学出版社，2008年，第114－115页。

[5] Vgl. Alexander Saechtig: *Schriftstellerische Praxis in der Literatur der DDR und der Volksrepublik China während der fünfziger und frühen sechziger Jahre*. Hildesheim, Zürich, New York: Georg Olms Verlag, 2017, S. 42－43.

的汉学作品中是极为独特而重要的。

第二，对丁玲评判的客观性和公正性。该文集后记中详细介绍了丁玲生平，包括成长环境、她的母亲、感情生活、职业生涯、文学创作、与其他作家和名人的关系、政治理念与政治斗争、为争取女性权利所做的努力等，并附有纪年式的生平资料。译者将丁玲的主要作品融在生平中一同分析，如"《阿毛姑娘》在很大程度上与丁玲住在杭州西湖边时的经历有关。王剑虹与瞿秋白的关系也被编入了故事中。"[1]"她将自己（关于电影明星梦）的经历编写进了中篇小说《梦珂》。"[2]"《莎菲女士的日记》中，她直截了当地描述了一个有些敏感、患肺结核的女士的矛盾情感。其中也掺杂了她朋友王剑虹的形象。"[3]

对于丁玲的争议作品，译者进行了客观公正的分析。丁玲在一夜之间"一气呵成"的文章《三八节有感》"指出在解放区涉及离婚的问题上存在着不平等"。这篇文章在1957年被称为"反党的大毒草"，成为她被政治中伤的借口，然而译者强调："事实上，丁玲在她的作品中始终为争取女性权利和平等而发声。她的短篇小说的主人公大多为女性，例如梦珂、莎菲女士、阿毛、杜晚香等。"[4]

第三，强调作品的文学审美而非社会功能。当时德国对于中国文学作品的译介更强调其社会学功能，即通过文学作品了解中国。与之截然不同的是，该文集坚持从文学审美的角度观察丁玲及其作品，这在当时的中国文学德译作品中实属清流。译者在文末这样评价丁玲："丁玲的文字全都发自肺腑。自她1927年开始发表作品以来，她始终为女性权利平等摇旗呐喊。……从1919年起，丁玲从事政治斗争超过65年。她将自己的全部力量

[1] Yang Enlin: Nachwort, in: Ding Ling: *Hirsekorn im blauen Meer: Erzählungen* (übersetzt von Yang Enlin und Konrad Herrmann). Köln: Pahl-Rugenstein, 1987, S. 294.

[2] Yang Enlin: Nachwort, in: Ding Ling: *Hirsekorn im blauen Meer: Erzählungen* (übersetzt von Yang Enlin und Konrad Herrmann). Köln: Pahl-Rugenstein, 1987, S. 295.

[3] Yang Enlin: Nachwort, in: Ding Ling: *Hirsekorn im blauen Meer: Erzählungen* (übersetzt von Yang Enlin und Konrad Herrmann). Köln: Pahl-Rugenstein, 1987, S. 295.

[4] Yang Enlin: Nachwort, in: Ding Ling: *Hirsekorn im blauen Meer: Erzählungen* (übersetzt von Yang Enlin und Konrad Herrmann). Köln: Pahl-Rugenstein, 1987, S. 309–310.

投入对一个更好、更公正的社会的建设中。"[1] 如此客观公平地对丁玲作品进行选译，对丁玲作分析介绍，正是彼时德国汉学界对中国现当代文学所缺乏的译介态度。

（三）20世纪90年代：政治语境下丁玲德译作品骤减

20世纪80年代末开始，中国在西方的形象被刻意歪曲和妖魔化，因而进入90年代，中国文学在西方的译介数量也随之骤减。该时期仅有五篇德译丁玲作品面世，其中包括三篇短篇小说、一部长篇小说、一篇小品文。

1990年，安德烈娅·沃尔勒编著的《中国小说集》收录了丁玲的短篇小说《我在霞村的时候》，该小说由《蓝色海洋中的黍粒》的译者杨恩林和康拉德·赫尔曼翻译。编者在前言中说明，观察和理解一个国家最好的机会，在于阅读该国家的作家作品。编者在后记中进一步解释道："小说集试图借助文学和传记作品书写20世纪中国人的经历和生活感触。根据文学和历史、政治意义而挑选了这些作品和作家。"[2] 小说集按照中国历史发展顺序分为两大部分，第一部分的文章出自1918—1941年，"那是一段充斥着内在与外在凶残战争的时期，但同时也出现了中国现代文学的第一次高峰。这种文学的兴起与20年代席卷中国的思想革新运动息息相关"[3]。该部分以丁玲"满载革命热情"[4] 的短篇小说《我在霞村的时候》结束。同年出版的《中国讲述：短篇小说14则》由安德利亚斯·多纳特编著，该文集收录了狄安娜·多纳特翻译的丁玲短篇小说《惘然的心》。[5]

1991年，丁玲的长篇小说《母亲》由米夏埃拉·赫尔曼译自中文，更名为

---

[1] Yang Enlin: Nachwort, in: Ding Ling: *Hirsekorn im blauen Meer: Erzählungen* (übersetzt von Yang Enlin und Konrad Herrmann). Köln: Pahl-Rugenstein, 1987, S. 315.

[2] Andrea Wörle (Hrsg.): *Chinesische Erzählungen*. München: Deutscher Taschenbuch Verlag, 1990, S. 273.

[3] Andrea Wörle (Hrsg.): *Chinesische Erzählungen*. München: Deutscher Taschenbuch Verlag, 1990, S. 274.

[4] Andrea Wörle (Hrsg.): *Chinesische Erzählungen*. München: Deutscher Taschenbuch Verlag, 1990, S. 274.

[5] Ding Ling: Das verstörte Herz (übersetzt von Diana Donath), in: Andreas Donath (Ausgewählt): *China erzählt. 14 Erzählungen*. Frankfurt: Fischer Taschenbuch Verlag, 1990, S. 115–122.

《一个女人的季节》封面

《中国故事集》封面

“一个女人的季节”，由赫尔德出版社出版[1]。顾彬在小说后记中结合自己与丁玲的个人接触和丁玲的生平，分析了丁玲各阶段的主要作品。顾彬认为，丁玲在其早期文学创作中探寻现代女性所面临的问题，即女性意识在想象与现实、感觉与意志之间的分裂；而其 30 年代开始的文学转型并非是与早期的极端女性主义的决裂，反而是继续和进一步发展对“现代青年女性”心理的批判阐释[2]。

1992 年，由尤塔·弗罗因德主编的《中国故事集》[3]出版。该文集既包括鲁迅、巴金、丁玲、沈从文等中国作家的作品，也收录了多布林、卡夫卡、黑塞等德语作家的作品，其中包括顾彬译自中文的丁玲短篇小说《夜》，转引自法兰克福苏尔坎普出版社 1980 年出版的《期待春天：中国短篇小说集（第一卷 1919—1949）》[4]。

---

[1] Ding Ling: *Jahreszeiten einer Frau* (übersetzt von Michaela Hermann). Freiburg: Herder, 1991.

[2] Wolfgang Kubin: Nachwort, in: Ding Ling: *Jahreszeiten einer Frau* (übersetzt von Michaela Hermann). Freiburg: Herder, 1991, S. 135.

[3] Jutta Freund (Hrsg.): *Chinesische Geschichten*. München: Heyne Verlag, 1992.

[4] Ding Ling: Die Nacht (übersetzt von Wolfgang Kubin), in: Volker Klöpsch und Roderich Ptak (Hrsg.): *Hoffnung auf Frühling: Moderne chinesische Erzählungen* (Erster Band: 1919 bis 1949). Frankfurt am Main: Suhrkamp, 1980, S. 395–406.

1993年，赫尔穆特·马丁（中文名：马汉茂）编著的《苦涩的梦：中国作家的自我书写》中收录了马利斯·努特鲍姆翻译的丁玲的《混乱的错觉》[1]。1999年，《东方向》杂志上发表了里瓦·科诺尔和巴斯蒂安·布勒尔译自中文的《三八节有感》[2]。

（四）进入21世纪：丁玲作品德译形势回暖

进入21世纪后，随着全球化、互联网的发展以及中国的迅速崛起和文化"走出去"战略，中国文学再次得到西方世界的关注。在21世纪的第一个十年，共有4篇德译丁玲中短篇小说在德国发表。

2002年，《东亚文学杂志》上发表了卡斯滕·施托姆翻译的丁玲短篇小说《杨妈的日记》[3]。在译文后，译者施托姆撰短文介绍丁玲主要生平，浅析《杨妈的日记》，并简单罗列了一些重要的丁玲译作和研究成果。他认为"丁玲是共和国时期除冰心外最具独特风格的女作家"[4]。在《莎菲女士的日记》之后，丁玲继续创作了几部日记体短篇小说，使之成为自己的独特写作形式，《杨妈的日记》便是其中之一。在施托姆看来，这篇小说的"独特之处在于，作者试图代入一个对她来说陌生的社会角色，并模仿一个底层人民的思想和感受。与20世纪二三十年代许多开明人士塑造的新女性形象不同，在她勾画的杨妈形象中，我们可以看到共产主义思想的影响"[5]。抛去政治语境、意识形态等枷锁，中国现当代文学作品在德国的译介氛围变得愈发轻松、自由。德国译者与研究者得以将视线更多地放在作品本身，

---

[1] Ding Ling: Wirre Illusionen: Wie eine Blinde, die die Angel auswirft (übersetzt von Marlies Nuttebaum), in: Helmut Martin (Hrsg. in Zusammenarbeit mit Stefan Hase-Bergen): *Bittere Träume. Selbstdarstellungen chinesischer Schriftsteller*. Bonn: Bouvier Verlag, 1993, S. 334–339.

[2] Ding Ling: Gedanken zum Tag der Frau. Aus dem Chinesischen von Livia Knaul und Bastian Broer, in: *Orientierungen*, Nr. 2, 1999 (11. Jg), S 139–144.

[3] Ding Ling: Das Tagebuch von Mutter Yang (übersetzt von Carsten Storm), in: Wolf Baus, Volker Klöpsch, Otto Putz, Asa-Bettina Wuthenow (Hrsg.): *Hefte für ostasiatische Literatur*, Nr. 32, 2002, S. 53–58.

[4] Ding Ling: Das Tagebuch von Mutter Yang (übersetzt von Carsten Storm), in: Wolf Baus, Volker Klöpsch, Otto Putz, Asa-Bettina Wuthenow (Hrsg.): *Hefte für ostasiatische Literatur*, Nr. 32, 2002, S. 57.

[5] Ding Ling: Das Tagebuch von Mutter Yang (übersetzt von Carsten Storm), in: Wolf Baus, Volker Klöpsch, Otto Putz, Asa-Bettina Wuthenow (Hrsg.): *Hefte für ostasiatische Literatur*, Nr. 32, 2002, S. 57–58.

欣赏其文学美学，而非受制于透过小说审视中国、甚至歪曲中国的思想。

另一份重要的汉学期刊《袖珍汉学》，分别于2002年和2007年发表了米夏埃拉·林克翻译的中篇小说《一九三〇年春上海》[1]和狄安娜·多纳特翻译的《一天》[2]。2008年，柏林自由大学现代中国文学工作组节译了《莎菲女士的日记》中12月28日的内容，发表于《岛屿出版社2009年鉴：中国》[3]。

整体而言，受社会、文化等多方面影响，德国汉学界对丁玲的翻译热潮集中在20世纪80年代，现有的译作已基本涵盖了丁玲各阶段的代表作：既有早期的女性主义作品，也有延安时期的社会主义现实主义创作，更有丁玲平反后的复出作品，其中尤以早期作品为主，晚期作品较少。一些经典作品，如《太阳照在桑干河上》《莎菲女士的日记》等得到多次重译。

值得注意的是，除1952年出版的长篇小说《太阳照在桑干河上》译本和1987年的《蓝色海洋中的黍粒：短篇小说集》外，在德国发表、出版的丁玲作品译本几乎全部为中华人民共和国成立之前的作品。亚历山大·泽希提希（中文名：大春）在其著作中说："相对于民国时期的文学和'文化大革命'之后的文学流派，西方世界至今对新中国文学的关注较少。"[4]究其根源，在于意识形态的差异性。

二、丁玲作品在德国的接受

德国汉学家顾彬认为"中国文学评论界……低估了丁玲和萧红的作品"[5]。

---

[1] Ding Ling: Shanghai 1930. [1930 nian chun Shanghai] (übersetzt von Michaela Link), in: *minima sinica*, Nr. 2, 2002, S. 136－142.

[2] Ding Ling: Ein Tag. Aus dem Chinesischen von Diana Donath, in: *minima sinica*, Nr. 2, 2007(19. Jg.), S. 51－63.

[3] Ding Ling: Das Tagebuch der Sophia, 28. Dezember. [Auszug] (übersetzt vom Arbeitskreis Moderne chinesische Literatur am Ostasiatischen Seminar der FU Berlin), in: *Insel-Almanach auf das Jahr 2009. China [in Zeichen: nian jian]* (Zusammengestellt von Christian Lux und Hans-Joachim Simm). Frankfurt am Main: Insel Verlag, 2008, S. 214－216.

[4] Alexander Saechtig: *Schriftstellerische Praxis in der Literatur der DDR und der Volksrepublik China während der fünfziger und frühen sechziger Jahre*. Hildesheim, Zürich, New York: Georg Olms Verlag, 2017, S. 42.

[5] 顾彬：《二十世纪中国文学史》，范劲等译，上海：华东师范大学出版社，2008年，第106页。

《丁玲研究在国外》封面

Birgit Häse
Einzug in die Ambivalenz

opera sinologica 10
Harrassowitz Verlag

《进入暧昧》封面

与之相对的是，德国汉学界对丁玲的文学作品始终给予重视，甚至当丁玲在国内受到错误批判时，德国汉学界仍不乏客观冷静地为丁玲辩护。1982年，柏林自由大学举办的“中国女性与文学”专题研讨会上（顾彬为策划人），丁玲是最热门的研讨对象之一。会上宣读了四篇关于丁玲的文章，都偏重丁玲早期在上海创作的作品，包括《梦珂》《一个男人和一个女人》。讨论丁玲早期作品的三位学者，即加州大学的汤尼·白露、自由大学的安娜·盖斯特拉赫及顾彬，大都研究丁玲对女性心理的描写以及她笔下女主角的反叛性。慕尼黑大学的托马斯·哈尼施论及丁玲延安时期的作品《我在霞村的时候》时，认为《文学评论》和《文艺讨论》对丁玲小说的重估和批评都有失公允[1]。

相较于丁玲作品的译介，德国汉学界对于丁玲及其作品的研究更为持久，20世纪80年代至今，德国汉学界对于丁玲的研究始终未曾中断，并且日趋深入。

1985年，《丁玲研究在国外》中刊载了顾彬关于丁玲作品的两篇分析文章，

[1] 钟玲：《记〈中国女性与文学〉会议》，载《明报月刊》1982年第10期，第65页。

分别为《关于〈莎菲女士的日记〉》[1]和《丁玲延安时期的短篇小说〈夜〉》[2]。

20 世纪 90 年代德国汉学家施寒微的《中国古今文学通史》[3]中囊括丁玲的六部不同体裁的作品和一部短篇小说集；赫尔穆特·马丁在《从女性主义到大众文学：女作家丁玲》[4]一文中，结合丁玲生平论述其文学风格的转变过程。该文著于丁玲去世后，最初以标题“抗议中的一生：记中国女作家丁玲之逝”缩减版刊登于《德国时代周报》[5]。

进入 21 世纪，布丽吉特·黑泽在其专著《进入暧昧：1979—1989 年期刊〈收获〉中的中国女作家短篇小说》[6]中对《莎菲女士的日记》等三篇短篇小说进行了细致分析。同年的《传记中的中国》刊载托马斯·哈尼施的文章《忆一段女性主义过往——丁玲对萧也牧的批评》[7]，其中不仅分析丁玲的《莎菲女士的日记》《三八节有感》《太阳照在桑干河上》这三篇代表作，并且包括丁玲作品在中国的接受、丁玲的改变、丁玲与萧也牧的关系等。该文章将丁玲及其文学作品与历史和政治背景结合起来，为读者呈现了一段饱满、立体的丁玲创作生涯。顾彬在《二十世纪中国文学史》中将丁玲及其作品融入中国文学发展史的脉络进行介绍分析，并重点阐释了丁玲的《母亲》和《莎菲女士的日记》两部作品。目前所知对丁玲最新的研究成果出现在 2017 年亚历山大·泽希提希

---

[1] 顾彬：《关于〈莎菲女士的日记〉》，载孙瑞珍、王中忱编：《丁玲研究在国外》，长沙：湖南人民出版社，1985 年，第 198－207 页。

[2] 顾彬：《丁玲延安时期的短篇小说〈夜〉》，载孙瑞珍、王中忱编：《丁玲研究在国外》，长沙：湖南人民出版社，1985 年，第 261－270 页。

[3] Helwig Schmidt-Glintzer: *Geschichte der chinesischen Literatur*. Bern, München, Wien: Scherz Verlag, 1990.

[4] Helmut Martin: Vom Feminismus zur Massenliteratur: Die Schriftstellerin Ding Ling, in: ders.: *Traditionelle Literatur Chinas und der Aufbruch in die Moderne*. Dortmund: Projekt Verlag, 1996, S. 373－376.

[5] Helmut Martin: Leben im Protest. Zum Tode der chinesischen Schriftstellerin Ding Ling, in: *Die Zeit*, Nr. 12, 14. März, 1986.

[6] Brigit Häse: *Einzug in die Ambivalenz: Erzählungen chinesischer Schriftstellerinnen in der Zeitschrift Shouhuo zwischen 1979 und 1989*. Wiesbaden: Harrassowitz, 2001.

[7] Thomas Harnisch: Reminiszenzen an eine feministische Vergangenheit — Ding Lings Kritik an Xiao Yemu, in: Christina Neder, Heiner Roetz, Ines-Susanne Schilling (Hrsg.): *China in seinen biographischen Dimensionen*. Wiesbaden: Harrassowitz, 2001, S. 225－238.

的《民主德国与中国50年代至60年代早期的写作实践》[1]中。泽希提希在书中提出关于丁玲乃至中国文学的独特见解，指出德国汉学界对包括丁玲在内的中国作家的研究存在的问题，并予以弥补。

纵览德国汉学界对丁玲作品的研究分析，主要集中为三大主题：一是丁玲作品中的女性主义；二是丁玲及其作品的政治性，尤其是社会主义现实主义；三是上述两个主题的转向与融合。

（一）丁玲作品中的女性主义

《二十世纪中国文学史》指出，1919年之后的妇女解放运动尽管不断发展，但“对妇女从男权统治中解放出来的问题进行最激进和最具有艺术说服力的表现的，恐怕就是丁玲了”[2]。而对于这样一位重要的作家，“虽然评论文献数量可观，但至今仍有一些重要的原作没有得到翻译，用中文写成的关于她的学术文章大部分是不堪讨论的”[3]。

顾彬曾经指出：“丁玲的早期作品（1927—1931）是以反映人们（尤其是妇女）的主观意识与社会相冲突为主要特征的。这里的问题不仅在于丁玲怎样在远离大都市的延安和山区抓住了个人与社会之间的关系，而且在于她是如何刻画这里的妇女和了解她们的问题的。”[4]在这段时期丁玲的作品中，“女性的真正伙伴只是一个女人”。顾彬认为，丁玲的作品主要触及三个问题：女性的性、女性意识和女性团体，即对男性凌驾于女性之上的批判，并为女性的自我意识建立基础。在这个过程中，一般总是爱情危及了这两种行动，使“现代青年女性”（modern girl）陷入歇斯底里和神经衰弱的境地[5]。

[1] Alexander Saechtig: *Schriftstellerische Praxis in der Literatur der DDR und der Volksrepublik China während der fünfziger und frühen sechziger Jahre*. Hildesheim, Zürich, New York: Georg Olms Verlag, 2017.

[2] 顾彬：《二十世纪中国文学史》，范劲等译，上海：华东师范大学出版社，2008年，第106页。

[3] 顾彬：《二十世纪中国文学史》，范劲等译，上海：华东师范大学出版社，2008年，第106页。

[4] 顾彬：《丁玲延安时期的短篇小说〈夜〉》，载孙瑞珍、王中忱：《丁玲研究在国外》，长沙：湖南人民出版社，1985年，第261页。

[5] 参见顾彬：《二十世纪中国文学史》，范劲等译，上海：华东师范大学出版社，2008年，第115页。

德国评论家与译者普遍认为丁玲的早期作品属于女性主义创作，称“起初她的短篇小说关注女性解放和个人的自我定位”[1]。“丁玲的文学创作从一开始就关注女性问题和个体的自我定位。她的早期作品尤以女性知识分子为核心，她们努力寻求身份独立，基于不理想的人际关系，意识到自己的女性身份，并试图以这种自我定位对抗被传统束缚的社会”[2]。“聚焦于探寻自身新定义的年轻女性，她们必须与外在的阻碍和内心的纠结作斗争”[3]。“她的早期作品反复涉及大城市年轻女性的真实性缺失”[4]，如此等等。丁玲最有代表性的女性主义文学作品即1928年在上海发表的《莎菲女士的日记》，该文在德国也同样引起广泛讨论。

顾彬在《关于〈莎菲女士的日记〉》一文中提道：“这部日记是中国文学中第一篇、也是迄今为止绝无仅有的一篇有关一位中国妇女的自述。……在这篇作品中，一位中国妇女破天荒地描述了自己内心深处的情感，并置它于深刻表现妇女所遭受的压迫和主要在性道德方面所受到的约束的社会环境中。……《莎菲女士的日记》不仅仅批判了一九四九年以前对性道德的约束，也谴责了当时由男人所代表的那种资本主义社会。作品中不断重视的主题是那导致自我毁灭、以寻死告终的完全与时代疏远的感情。”[5]顾彬从病态、疏远、性爱与死亡、社会约束与常规等几个方面分别解析《莎菲女士的日记》，探讨其创新性和深刻的社会批判性。

施寒微在《中国古今文学通史》中评价丁玲是难得的始终保持创造力的作家：“从20年代末到新中国时期始终保持创造力的作家并不多，而她

---

[1] Susannne Weigelin: Ding Ling, in: Volker Klöpsch und Roderich Ptak (Hrsg.): *Hoffnung auf Frühling: Moderne chinesische Erzählungen* (Erster Band: 1919 bis 1949). Frankfurt am Main: Suhrkamp, 1980, S. 361.

[2] Ding Ling: Ein kleines Zimmer in der Qingyun-Gasse (übersetzt von Anna Gerstlacher), in: Helmuth F. Fraun, Ruth Keen (Hrsg.): *Die Horen*, Bd. 2, Jg. 30, 1985 (Sonderheft der Literaturzeitschrift), S. 122.

[3] Helwig Schmidt-Glintzer: *Geschichte der chinesischen Literatur*. Bern, München, Wien: Scherz Verlag, 1990, S. 533.

[4] Alexander Saechtig: *Schriftstellerische Praxis in der Literatur der DDR und der Volksrepublik China während der fünfziger und frühen sechziger Jahre*. Hildesheim, Zürich, New York: Georg Olms Verlag, 2017, S. 207.

[5] 顾彬：《关于〈莎菲女士的日记〉》，载孙瑞珍、王中忱：《丁玲研究在国外》，长沙：湖南人民出版社，1985年，第198-199页。

是其中之一。”他强调丁玲的女性主义特色是受其母亲影响，因为丁玲的母亲曾为争取女性权利而奋斗，丁玲受其影响，“有意识地以女性题材开启其文学生涯”[1]。丁玲早期的短篇小说《莎菲女士的日记》与《梦珂》都让她名声大噪。“《莎菲女士的日记》是丁玲最受关注的一部作品。”[2]丁玲早期短篇小说的典型女性形象：年轻女性，没有家庭，在无名的大城市追求西方的生活方式，给自己起外文名字如莎菲、琳娜或伊莎，承受着健康问题。“在《莎菲女士的日记》中，患肺结核的女主人公讲述了她在北京冬天的生活和对爱与理解的追寻。其中最重要的是她狂热的感情——对于一个迷人却无德的男人的感情，这种感情同时伤害了她的自尊心。”[3]

1984年，柏林乌特·席勒出版社出版了安娜·盖斯特拉赫的硕士论文《觉醒的女性——丁玲：莎菲女士的日记》[4]。该书对《莎菲女士的日记》进行了深入透彻的分析，是目前所知的对丁玲作品阐释得最为详尽的著作。其先介绍丁玲和《莎菲女士的日记》，随后梳理中国的日记文学，找出《莎菲女士的日记》中的自传元素。在第五章“以写作抗争”中，作者分析了丁玲的写作动机。作者认为“无论在欧洲还是在中国，文学都是男人的特权”[5]。在对传统女作家进行分析的基础上，作者结合丁玲生平，探寻丁玲的写作动机，除了最初的文学天赋、老师的支持帮助以及后来的资金基础，丁玲写作的一个重要原因在于她的孤独感与不安全感：“丁玲在回顾过去时曾言，她把女性的写作视为与社会的争论，以及对自身境况的克服。”[6]盖斯特拉赫认为，丁玲的文学作品“非常个人化，因为写作对于她而言，意味着表达出女性深藏的心理。最有趣

[1] Helwig Schmidt-Glintzer: *Geschichte der chinesischen Literatur.* Bern, München, Wien: Scherz Verlag, 1990, S. 533.

[2] Helwig Schmidt-Glintzer: *Geschichte der chinesischen Literatur.* Bern, München, Wien: Scherz Verlag, 1990, S. 533.

[3] Helwig Schmidt-Glintzer: *Geschichte der chinesischen Literatur.* Bern, München, Wien: Scherz Verlag, 1990, S. 533–534.

[4] Anna Gerstlacher: *Frauen im Aufbruch. Ding Ling: Das Tagebuch der Sophia* (Herausgeber: Wolfgang Arlt). Berlin: Verlag Ute Schiller, 1984.

[5] Anna Gerstlacher: *Frauen im Aufbruch. Ding Ling: Das Tagebuch der Sophia* (Herausgeber: Wolfgang Arlt). Berlin: Verlag Ute Schiller, 1984, S. 25.

[6] Anna Gerstlacher: *Frauen im Aufbruch. Ding Ling: Das Tagebuch der Sophia* (Herausgeber: Wolfgang Arlt). Berlin: Verlag Ute Schiller, 1984, S. 27.

的书不是那些试着沉默的，而是那些让我们得以一窥最隐秘角落的书”。写作对于丁玲而言是“表达自己感情与孤独的途径”[1]。第六章是该书的主体部分，即对《莎菲女士的日记》的阐释，包括女性之间的关系、情侣关系、莎菲女士与其他人物的关系等，随后将莎菲界定为“新女性的典型”，最后，基于“房间”和“疾病”这两个意象，分析小说所呈现的女性困境。最后一章整理了《莎菲女士的日记》在中国的接受情况。

黑泽在著作《进入暧昧》中也分析了《莎菲女士的日记》。她提出：“在五四运动之后投入写作的女性脱离了传统的价值观，并摆脱了传统家庭的困境。然而在她们的作品中主要书写的不是这种解放，而是这种角色观念的转变给女性生活所产生的影响。其核心在于变化的社会中对女性的定位，例如1928年丁玲发表的《莎菲女士的日记》。”[2]黑泽认为，《莎菲女士的日记》的创新性不仅在于女性主义的内容，将“一个全新的女性人物引入了中国文学”[3]，还在于其体裁的选择：“丁玲为这篇小说选择了在当时中国还未为人知的虚构日记体裁，这种体裁使她得以在很大程度上局限于女主人公的内心世界描写。”[4]这种书写形式恰恰满足了五四运动对文学提出的要求，即以新的文学形式处理新的内容。

小说的女主人公莎菲是与传统决裂的女人，也不由他人的需求决定自己的行为，这些都是莎菲作为新青年进步、“现代”的部分，然而莎菲仍保留了一些“未从传统行为观念中解放出来的部分，这一部分妨碍了自我中心的、以需求为导向的行为”[5]。莎菲性格中的这两部分决定了这个人物的矛盾性。按照美

---

[1] Anna Gerstlacher: *Frauen im Aufbruch. Ding Ling: Das Tagebuch der Sophia* (Herausgeber: Wolfgang Arlt). Berlin: Verlag Ute Schiller, 1984, S. 28.

[2] Brigit Häse: *Einzug in die Ambivalenz: Erzählungen chinesischer Schriftstellerinnen in der Zeitschrift Shouhuo zwischen 1979 und 1989.* Wiesbaden: Harrassowitz, 2001, S. 41.

[3] Brigit Häse: *Einzug in die Ambivalenz: Erzählungen chinesischer Schriftstellerinnen in der Zeitschrift Shouhuo zwischen 1979 und 1989.* Wiesbaden: Harrassowitz, 2001, S. 45.

[4] Brigit Häse: *Einzug in die Ambivalenz: Erzählungen chinesischer Schriftstellerinnen in der Zeitschrift Shouhuo zwischen 1979 und 1989.* Wiesbaden: Harrassowitz, 2001, S. 42.

[5] Brigit Häse: *Einzug in die Ambivalenz: Erzählungen chinesischer Schriftstellerinnen in der Zeitschrift Shouhuo zwischen 1979 und 1989.* Wiesbaden: Harrassowitz, 2001, S. 44.

国学者白露的理解，“莎菲”这一名字本身也体现了这种矛盾性。小说中莎菲因为生病而与外界隔绝，盖斯特拉赫认为，这恰恰为莎菲提供了了解自身矛盾性与自身需求所需的时间[1]。在这种观点的基础上，黑泽进一步提出，莎菲的房间强化了她远离社会的处境，不禁让人联想到传统中女性被排除在公共空间之外。与她的病一样，房间为莎菲提供了发现自我的可能性。她把这种新的自我视为依赖于周围、受社会影响的转变。因此她必须战胜这种病，离开这个房间和这个她没有朋友的城市，开启新的生活[2]。莎菲女士作为一个矛盾的个体，逐渐了解自己的需求，并积极地满足它们，进而得到了人格的发展。这是五四运动后新青年的彷徨与前进的写照，在当时“因为对现代女性的心理描写而得到积极响应和接受”[3]。然而在之后左联的文学批判中，《莎菲女士的日记》却恰恰因为“女性自我的主题限定和对感情的描写而被谴责为典型的五四运动文学，已经不符合时代”[4]。因此丁玲逐渐改变了写作主题和政治态度。

德国汉学界对于丁玲作品的关注多集中于《莎菲女士的日记》，这很大程度上源于该作品在德国引起的巨大轰动。赫尔穆特·马丁这样描写1980年《莎菲女士的日记》德译版在德国出版时德国人的反应：“这本小册子在我们这里引起了惊人的反响：很显然，没人能够想象出这样一位现代的中国女人，敢于直率地书写性问题。”[5]赫尔穆特·马丁将该小说与《太阳照在桑干河上》看作丁玲文学创作中的两个转折点。同时，赫尔穆特·马丁也指出，“这一德译本出版的时间和政治位置都绝非偶然”，1980年出版的“《莎菲女士的日记》是1928年中国女性反抗社会压抑的证明，表达了一名患肺病的年轻女性的浪

[1] Anna Gerstlacher: *Frauen im Aufbruch. Ding Ling: Das Tagebuch der Sophia* (Herausgeber: Wolfgang Arlt). Berlin: Verlag Ute Schiller, 1984, S. 88–92.

[2] Brigit Häse: *Einzug in die Ambivalenz: Erzählungen chinesischer Schriftstellerinnen in der Zeitschrift Shouhuo zwischen 1979 und 1989.* Wiesbaden: Harrassowitz, 2001, S. 45.

[3] Anna Gerstlacher: *Frauen im Aufbruch. Ding Ling: Das Tagebuch der Sophia*, S. 98–100.

[4] Brigit Häse: *Einzug in die Ambivalenz: Erzählungen chinesischer Schriftstellerinnen in der Zeitschrift Shouhuo zwischen 1979 und 1989.* Wiesbaden: Harrassowitz, 2001, S. 48.

[5] Helmut Martin: Vom Feminismus zur Massenliteratur: Die Schriftstellerin Ding Ling, in: ders: *Traditionelle Literatur Chinas und der Aufbruch in die Moderne.* Dortmund: Projekt Verlag, 1996, S. 373.

漫激情与自我认知”[1]。

除了《莎菲女士的日记》之外，丁玲在延安时期的作品《夜》也是一部女性主义作品，顾彬认为，以《夜》为代表的“丁玲延安时期的作品对于了解中国的妇女问题和现代中国文学的转变具有重大的意义”[2]。该作品相较于《三八节有感》，“丁玲克制自己而不流露自己的立场，只是站在妇女一边，如实地记叙了她们的真实情况”[3]。顾彬分析小说中的景色、人物、心理等描写，并提出该小说除了女性主义的意义之外，还有深刻的社会意义，“丁玲没有简单地掩饰而是明确地把社会发展进程与个人的要求结合起来，这无疑是丁玲给人最深的印象和最大的成就之一。我个人认为，在1949年以后的文学中，除王蒙《组织部新来的年轻人》以外，没有作品可与之相比”[4]。

与借助短篇小说表达自己对女性的关注不同，丁玲在《三八节有感》一文中直抒胸臆，指出当时解放区在离婚等问题上对女性的不平等对待。实际上，如《蓝色海洋中的黍粒：短篇小说集》后记所言，该文与众多其他文学作品都是丁玲为女性平等而斗争的有力武器，“丁玲在她的作品中始终为争取女性权利和平等而发声。她短篇小说的主人公大多为女性”[5]。“自1927年开始发表作品以来，她一直为女性权利平等摇旗呐喊。从《梦珂》到《杜晚香》，她始终发表肺腑之言，即便是曾经被诬蔑为‘毒草’的小品文《三八节有感》也在为她的女同志们辩护。丁玲反对作家的男女之分，反对轻视女性。她强调：一个作家首先是一个作家，一个人首先是一个人。因此强调‘女性’这个词是虚假

[1] Helmut Martin: Vom Feminismus zur Massenliteratur: Die Schriftstellerin Ding Ling, in: ders: *Traditionelle Literatur Chinas und der Aufbruch in die Moderne*. Dortmund: Projekt Verlag, 1996, S. 373.

[2] 顾彬：《丁玲延安时期的短篇小说〈夜〉》，载孙瑞珍、王中忱：《丁玲研究在国外》，长沙：湖南人民出版社，1985年，第261页。

[3] 顾彬：《丁玲延安时期的短篇小说〈夜〉》，载孙瑞珍、王中忱：《丁玲研究在国外》，长沙：湖南人民出版社，1985年，第266页。

[4] 顾彬：《丁玲延安时期的短篇小说〈夜〉》，载孙瑞珍、王中忱：《丁玲研究在国外》，长沙：湖南人民出版社，1985年，第270页。

[5] Ding Ling: *Hirsekorn im blauen Meer: Erzählungen* (übersetzt von Yang Enlin und Konrad Herrmann). Köln: Pahl-Rugenstein, 1987, S. 310.

而伪善的。”[1]

赫尔穆特·马丁曾言，丁玲的早期作品具有极高的文学价值，西方学界这样评价丁玲的早期作品：“这位已逝女作家的早期作品尚未得到充足翻译，而这些早期作品将在文学中长存。”[2]

（二）丁玲作品的社会主义现实主义转向

相较于女性主义作品，德国汉学界对丁玲的社会主义现实主义作品的讨论更多，主要集中在《太阳照在桑干河上》和《三八节有感》，此外还有《我在霞村的时候》《法网》《水》《在医院中》《夜》等。究其原因，仍在于德国读者与评论家阅读中国作家作品时的出发点，即通过阅读中国文学作品了解中国。顾彬认为，丁玲的社会主义现实主义作品“深入洞察了理想与现实的巨大反差对青年人造成的戕害”[3]。

托马斯·哈尼施在论文《忆女性主义的过往——丁玲对萧也牧的批判》[4]中分析了丁玲从女性主义向社会主义现实主义的转变。作者认为丁玲曾获斯大林文艺奖的杰出小说《太阳照在桑干河上》成为她从女性主义转向社会主义现实主义创作的标志。因为该小说借地主和教师之口表达了批判党的观点，因而丁玲被怀疑对党的忠诚性。1957年，丁玲再次受到批判，就连她的早期作品《莎菲女士的日记》也遭受了最严厉的批判。平反后，丁玲在一次与外国大学生的讨论活动中给出的回答，表明了她对1942年所写的《三八节有感》的态度。作者认为，这一发言表明了丁玲“仍然不赞同自己之前的‘女性主义视

---

[1] Ding Ling: *Hirsekorn im blauen Meer: Erzählungen* (übersetzt von Yang Enlin und Konrad Herrmann). Köln: Pahl-Rugenstein, 1987, S. 315.

[2] Helmut Martin: Vom Feminismus zur Massenliteratur: Die Schriftstellerin Ding Ling, in: ders: *Traditionelle Literatur Chinas und der Aufbruch in die Moderne*. Dortmund: Projekt Verlag, 1996, S. 375.

[3] 顾彬：《二十世纪中国文学史》，范劲等译，上海：华东师范大学出版社，2008年，第106页。

[4] Thomas Harnisch: Reminiszenzen an eine feministische Vergangenheit — Ding Lings Kritik an Xiao Yemu, in: Christina Neder, Heiner Roetz, Ines-Susanne Schilling (Hrsg.): *China in seinen biographischen Dimensionen*. Wiesbaden: Harrassowitz, 2001, S. 225–238.

角'，并且坚持走公共政治路线"[1]。

黑泽在其《进入暧昧》中解释了丁玲作品主题转向的原因：丁玲加入的中国左翼作家联盟，被视为"政治战斗组织"，为此应该建立一种"群众文艺"，其任务在于争取宣传阵地，吸引广大民众。因而丁玲慢慢改变了主题风格和文风，如《一九三〇年春上海》，除了爱情主题外还出现了革命主题[2]。其丈夫胡也频被捕、遇害后，丁玲也参与了政治活动，担任左联杂志《北斗》的主编。

丁玲政治态度的转变及其对左联纲领的适应体现在其 1933 年发表的短篇小说《法网》中。黑泽认为在《法网》中，女性的心理描写已不再重要，女性在婚姻中遭受的压迫也不再重要，按照左联的要求，文学要让群众明确自己的历史使命，为他们指明未来的道路。"小说并未将婚内暴力等问题归因于两性之间的权力关系……丁玲指明了——也是中国共产党员的观点——女性从压迫中解放出来的唯一机会：如果无产阶级得到解放，作为这个阶级一分子的女性也就得以自由。性别差异的问题被纳入阶级范畴中。同时这也意味着，如果阶级社会被推翻了，性别问题也就迎刃而解，自然不再需要以此为主题。因此在这篇小说中，女性不再作为性别个体出现，而是作为无性别的、去主体性的阶级成员。"[3]

施寒微在《中国古今文学通史》中指出，丁玲作品的这种转向最早体现在她的长篇小说《水》中。该小说描绘了 1931 年农民在洪灾时的苦难与反抗。施寒微认为，在抗日战争期间为共产党工作的丁玲"致力于追求一种贴近农民群众的新文学体裁"[4]。

---

[1] Thomas Harnisch: Reminiszenzen an eine feministische Vergangenheit — Ding Lings Kritik an Xiao Yemu, in: Christina Neder, Heiner Roetz, Ines-Susanne Schilling (Hrsg.): *China in seinen biographischen Dimensionen*. Wiesbaden: Harrassowitz, 2001, S. 227.

[2] Vgl. Brigit Häse: *Einzug in die Ambivalenz: Erzählungen chinesischer Schriftstellerinnen in der Zeitschrift Shouhuo zwischen 1979 und 1989*. Wiesbaden: Harrassowitz, 2001, S. 48.

[3] Brigit Häse: Einzug in die Ambivalenz: *Erzählungen chinesischer Schriftstellerinnen in der Zeitschrift Shouhuo zwischen 1979 und 1989*. Wiesbaden: Harrassowitz, 2001, S. 52.

[4] Helwig Schmidt-Glintzer: *Geschichte der chinesischen Literatur*. Bern, München, Wien: Scherz Verlag, 1990, S. 535.

亚历山大·泽希提希认为，丁玲的风格转变与当时国家的文学政策有关，作家将国家政策加工为文学作品，使其更容易被群众了解、接受。讨论解放区土地改革的《太阳照在桑干河上》是发挥这一作用的典型作品。该文尽管具有浓重的意识形态色彩，但在泽希提希看来，小说中仍然体现出丁玲本人的矛盾性："该小说以毛泽东在延安文艺座谈会上提出的文艺方针为导向，然而除极为典型的人物形象之外，丁玲也集中塑造了如文采这样的年轻'知识分子'干部，他在理想与现实之间摇摆，直到小说末尾才找到融入人民群众的途径。丁玲对这个人物的同情，体现出作者自身曾经历过的矛盾，尽管这种主题与当时的主流思想相违背。"[1] 虽然如此，《太阳照在桑干河上》仍然是出色的群众文艺作品，德国文学批评家"称赞女作家对农民的移情，尤其在其语言的特性中显示了这一点"[2]。这种利用"群众语言"书写的社会主义现实主义，更早地出现在丁玲的《水》中。这部作品被夏志清视为"社会主义现实主义的短篇散文"。

《水》类似无产阶级文学，相较于之前关注女性社会地位问题的作品，《水》增加了对国家问题的关注。"与20世纪二三十年代其他书写农民的作品相比，《水》显示出一个中国作家描绘人民大众巨大力量的早期尝试，……为了塑造'群众'这一形象，丁玲在这一早期短篇小说中使用了一种独特的、近乎现代主义的叙事技巧，她让单个的农民讲话，而非让一个叙述者引领人物话语。小说中经常出现非固定人物的单独叫喊，这样使所有的人物确实融入了一个群众群体中。整篇小说会给读者一种印象，仿佛面前是一部戏剧剧本。"[3]

从《水》到《太阳照在桑干河上》，丁玲的主题随历史变化而发生转变。

---

[1] Alexander Saechtig: *Schriftstellerische Praxis in der Literatur der DDR und der Volksrepublik China während der fünfziger und frühen sechziger Jahre*. Hildesheim, Zürich, New York: Georg Olms Verlag, 2017, S. 168.

[2] Alexander Saechtig: *Schriftstellerische Praxis in der Literatur der DDR und der Volksrepublik China während der fünfziger und frühen sechziger Jahre*. Hildesheim, Zürich, New York: Georg Olms Verlag, 2017, S. 192.

[3] Alexander Saechtig: *Schriftstellerische Praxis in der Literatur der DDR und der Volksrepublik China während der fünfziger und frühen sechziger Jahre*. Hildesheim, Zürich, New York: Georg Olms Verlag, 2017, S. 207–208.

《水》中农民作为“群众”出现，而在长篇小说《太阳照在桑干河上》中出现了党员干部，且因其唤醒农民的阶级意识的功能而占据中心地位。

福尔克尔·克勒普施（中文名：吕福克）与罗德里希·普塔克编著的《期待春天：当代中国短篇小说集（第一卷 1919—1949）》旨在反映“中国的普遍问题”和“个人的经历和心愿”，其中以丁玲的《在医院中》和《夜》再现当时中国的政治现实。编者认为，《在医院中》表明“当崇高的理想遭遇光秃秃的日常现实，实践起来就充满了困难”[1]，《夜》的主人公根本没有真正理解中国共产党的价值体系[2]。显然，两位编者对于《在医院中》和《夜》的解读有失偏颇，过分歪曲、误解小说中的政治冲突。

德国汉学界对于丁玲的社会主义现实主义作品表现出更浓厚的兴趣，主要原因在于他们渴望通过文学作品了解中国。不容忽视的是，他们在选择作品时更倾向于寻找对中国有批判性的作品，并强调其中的政治冲突，以顺应他们对中国政治的原有偏见。

（三）丁玲作品中女性主义与社会主义现实主义的结合

丁玲的文学创作在从女性主义转向社会主义现实主义时，并非完全抛弃了原有的写作风格，而是将两者结合起来。顾彬指出，在丁玲后来的创作阶段中，女性在共产主义革命中看到了消除压迫和克服意志薄弱的希望。“丁玲在从 1927 年至 1942 年之间创作的作品留下了可观的精神遗产。她很早就认识到了那些东西，只是后来不敢直接表达出来，文学批评围绕它们进行讨论，那就是：性别决定一切，男性即使在社会主义条件下依然是家长，女人的性照旧通过婚姻被俘获，并最终只能在女人和女人之间得以实现。”[3] 也就是说，即便在后期书写社

---

[1] Volker Klöpsch, Roderich Ptak: Einleitung, in: Volker Klöpsch und Roderich Ptak (Hrsg.): *Hoffnung auf Frühling: Moderne chinesische Erzählungen* (Erster Band: 1919 bis 1949). Frankfurt am Main: Suhrkamp, 1980, S. 15.

[2] Vgl. Volker Klöpsch, Roderich Ptak: Einleitung, in: Volker Klöpsch und Roderich Ptak (Hrsg.): *Hoffnung auf Frühling: Moderne chinesische Erzählungen* (Erster Band: 1919 bis 1949). Frankfurt am Main: Suhrkamp, 1980, S. 19.

[3] 顾彬：《二十世纪中国文学史》，范劲等译，上海：华东师范大学出版社，2008 年，第 115 页。

会主义，丁玲本质上仍在写女性，即社会主义背景下的女性。她始终探讨的是女性的权利与地位，不论在何种社会背景下，女性均未获得完全的平等。

黑泽在其《进入暧昧》中也提出，丁玲对于社会现实的描写集中体现在对女性的书写中。《莎菲女士的日记》中，莎菲发展了，意识到了自己作为女性的强项，并因此可以改变自己的人生。而《法网》中的阿翠和小玉子固守其由性别决定的牺牲者角色，这是由传统的女性形象得出的，并且她们认为这是不能改变的。被杀、被关押但却是无私的，这与传统观念中的好妻子形象相符，但同时作为人物却与情节不再有紧密的相关性，在第六章就退出了小说内容。如小说所展现的那样，女性在这条道路上没有自己的作用。她们跟男人一样是阶级社会的受害者[1]。

同样以女性角色交代社会现象的有《杨妈的日记》，该作品秉承了《莎菲女士的日记》的日记体裁。

泽希提希认为，包括丁玲在内的中国现代“第一代作家”在1949年中华人民共和国成立之后都面临着作品“断裂”的风险，而“丁玲在自己的作品中，成功地在表达个人所关心的事情时，与国家的新形势紧密结合起来”，因而避免了创作的断层，成为少有的保持创作连贯性的作家之一[2]。面对中华人民共和国成立后的政治变化，丁玲的创作风格又不同于其他作家——以周立波为例，“丁玲与周立波的显著不同在于，相对于纯粹的党政问题，丁玲更关注其原有的主题，即女性的社会地位问题。……这里显示了丁玲与周立波这类作家明显的不同，主要在于，丁玲对其原本的主题，即女性的社会地位问题，比对纯粹的党政问题更感兴趣”[3]。丁玲在按照国家文学政策探讨农民命运的同

[1] Brigit Häse: *Einzug in die Ambivalenz: Erzählungen chinesischer Schriftstellerinnen in der Zeitschrift Shouhuo zwischen 1979 und 1989.* Wiesbaden: Harrassowitz, 2001, S. 51–52.

[2] Vgl. Alexander Saechtig: *Schriftstellerische Praxis in der Literatur der DDR und der Volksrepublik China während der fünfziger und frühen sechziger Jahre.* Hildesheim, Zürich, New York: Georg Olms Verlag, 2017, S. 204.

[3] Alexander Saechtig: *Schriftstellerische Praxis in der Literatur der DDR und der Volksrepublik China während der fünfziger und frühen sechziger Jahre.* Hildesheim, Zürich, New York: Georg Olms Verlag, 2017, S. 207.

时，始终没有放弃自己“原本的主题——女性的社会地位”，例如《太阳照在桑干河上》将“作家始终关注的主题，即两性问题”，与农民问题紧密结合起来，如丁玲对大地主钱文贵的侄女黑妮的处理。因为阻碍黑妮成为独立女性的，不仅仅是大地产阶级遗留下来的观念和传统，还有农民的偏见和一些迷信思想[1]。

泽希提希指出，丁玲在50年代仍在书写女性的社会作用。“探讨这一主题的最后一部文学著作是作家在1954年开始但未完成的长篇小说《在严寒的日子里》”[2]，该小说因作家的坎坷经历而被迫中断，后来作者重新修改和继续创作，但可惜未能完成。在1955年发表的篇章中，作家再次探讨女性的状况，如王桂英，一个年轻女性带着一个刚刚出世的孩子，她的丈夫刘万福作为八路军参与和国民党军队的战斗。桂英的婆婆支持儿子的决定，而桂英作为带着小孩子的女性，并不支持丈夫参战。然而，值得注意的是，作家在50年代修改此小说时，却转变了焦点。“可能她不得不做出改变，以符合当时人们对特定人物的普遍印象。”[3]刘万福仍然是八路军的一员。1979年版本中，桂英的阶级意识迅速形成，且决定成为一个独立自主的女性，由此缓和了桂英与丈夫的冲突。泽希提希认为这一修改违反了丁玲一直以来的风格，“作家为何决定修改这两个人物，原因并不清楚。夫妻的这种‘无冲突的离别’并非典型的丁玲风格，桂英也没有政治意识被唤醒的明显的发展过程”[4]。

丁玲作品在德国的译介与接受具有明显的时代特征，译者和评论者对作品

[1] Vgl. Alexander Saechtig: *Schriftstellerische Praxis in der Literatur der DDR und der Volksrepublik China während der fünfziger und frühen sechziger Jahre*. Hildesheim, Zürich, New York: Georg Olms Verlag, 2017, S. 210.

[2] Alexander Saechtig: *Schriftstellerische Praxis in der Literatur der DDR und der Volksrepublik China während der fünfziger und frühen sechziger Jahre*. Hildesheim, Zürich, New York: Georg Olms Verlag, 2017, S. 214.

[3] Alexander Saechtig: *Schriftstellerische Praxis in der Literatur der DDR und der Volksrepublik China während der fünfziger und frühen sechziger Jahre*. Hildesheim, Zürich, New York: Georg Olms Verlag, 2017, S. 215.

[4] Alexander Saechtig: *Schriftstellerische Praxis in der Literatur der DDR und der Volksrepublik China während der fünfziger und frühen sechziger Jahre*. Hildesheim, Zürich, New York: Georg Olms Verlag, 2017, S. 216.

的选择、诠释无不深受他们的意图和时代的影响。我们可以看到，即便对于丁玲的同一部作品，一些评论者和译者刻意曲解并利用之，一些评论者则客观公正地读懂丁玲创作中自我与集体的巧妙融合。虽然丁玲的作品在德国的译介仅在20世纪80年代达到高峰，但是德国汉学界对于丁玲的研究始终未曾停歇，而且随着时间的推移，我们看到德国汉学界对于丁玲作品的解读越来越客观。然而，不容忽视的是，对丁玲作品的译介与研究往往集中于个别热门作品，一些德国学者已经指出这一问题，期待德国汉学界对于丁玲作品更为广泛和客观的研究。

徐冠群　文

第二节　儿童文学家叶圣陶在德国的译介传播

中国现代作家叶圣陶第一次进入德国读者的视野是在 20 世纪 60 年代，他的长篇小说，也是他的代表作品《倪焕之》被德国汉学家赫尔穆特·李伯曼翻译成德语，译名“钱塘潮”，由柏林吕腾-洛宁出版社在 1962 年出版[1]。此后，叶圣陶多部作品在德国汉学杂志《袖珍汉学》和《东方向》翻译和发表：弗里德里克·沃尔法特翻译的短篇故事《傻子》和《瞎子和聋子》[2]，乌特·拉舒斯基翻译的短篇故事《马铃瓜》[3]，凯特琳·伯德翻译的短篇故事《游泳》[4]，比尔吉特·拉姆西翻译的散文《晨》[5]，萨宾·罗施曼翻译的散文《寒晓的琴歌》[6] 除此之外，叶圣陶的另一部小说《一生》也在德国出版，由慕尼黑大学汉学教授罗德里希·普塔克翻译，收录于《期待春天：中国现代短篇小说集(第一卷 1919—1949)》[7]。德国汉学家和汉语学者不仅将叶圣陶的作品翻译和引入德国，而且对他的作品进行了系统性的分析和研究。与其他译介到德国的中国作家不同，叶圣陶在德国被关注和研究的，不仅有他

《倪焕之》封面

---

[1] Ye Shengtao: *Die Flut des Tjäntang*. Übersetzt von Helmut Liebermann. Berlin: Rütten & Loening, 1962.

[2] Ye Shengtao: *Zwei Märchen von Ye Shengtao*, übersetzt von Friederike Wohlfahrth, in: Orientierungen 2/1993, S. 49–66.

[3] Ye Shengtao: *Melonen*, übersetzt von Ute Laschewski, in: *minima sinica*, Nr. 1, 1991, S. 75–96.

[4] Ye Shengtao: *Der Angeber*, übersetzt von Katrin Bode, in: *minima sinica*, Nr. 1, 1999, S. 105–115.

[5] Ye Shengtao: *Am Morgen*, übersetzt von Birgit Ramsey, in: *minima sinica*, Nr. 7.1, 1995, S. 84–99.

[6] Ye Shengtao: *Geigenspiel in der kalten Morgendämmerung*, übersetzt von Sabine Löschmann, in: *minima sinica*, Nr. 1, 1997, S. 101–103.

[7] Ye Shengtao: *Ein Leben*, übersetzt von Roderich Ptak, in: Hoffnung auf Frühling. Moderne chinesische Erzählungen. Erster Band: 1919 bis 1949, hg. von Volker Klöpsch u. Roderich Ptak, Frankfurt a.M.: Suhrkamp, 1980, S. 40–45.

的文学作品，还有他的教育家身份、教学经历和作品中所表达的教育理念。

一、教育家叶圣陶

1912年，刚刚中学毕业的叶圣陶在苏州一所小学担任国文教员，自此开启了他的教育生涯。之后，叶圣陶在上海多所学校任教：1915年，任上海商务印书馆附设尚公学校高小教员；1921年，任上海中国公学中学部国文教员；1925年，在上海立达学园教授诗歌，同时兼教于松江景贤女子中学上海分校；1933年，在上海与夏丏尊一起创办开明书店函授学校[1]。叶圣陶在上海的这段时期也是他一生中最活跃的时期：在教育领域，他编写课本，与同事进行教育改革；在出版领域，他创办杂志报纸，担任出版社编辑；在文学领域，他撰写大量散文和童话，最有影响力的童话集《稻草人》和长篇小说《倪焕之》就是在这一时期发表的[2]。在上海生活和任教的经历对叶圣陶的文学创作和教育理念产生了深刻影响，可以说，他虽然出生于苏州，却是一名地道的上海作家、上海教育家。在《二十和三十年代的上海文坛》一文中，罗德里希·普塔克教授不仅将叶圣陶视为上海作家，而且认为他是“上海新文化运动的先驱”[3]。德国汉学家海克·佛里克评价叶圣陶在上海的这段教学经历时说：“叶圣陶在小学、中学和大学执教近20年，对公立学校的语文教学有深刻洞见。他的教学经历也反映在他编写的课本、公开发表的语言研究以及文学作品中。”[4]佛里克认为，叶圣陶的文学创作跟他的教学经历和教育理念分不开，他写小说和童话故事，在一定程度上是为了表达他的教育理念，传播他的教育思想，“叶圣陶

[1] 钟边：《叶圣陶生平》，载《中国编辑》2014年第1期，第26、28页。
[2] 钟边：《叶圣陶生平》，载《中国编辑》2014年第1期，第26、28页。
[3] Ylva Monschein, Roderich Ptak: Die Shanghaier literarische Szene in den zwanziger und dreißiger Jahren. in: Englert, Siegfried; Reichert, Folker (Hrsg.): *Shanghai: Stadt über dem Meer.* Heidelberger Bibliotheksschriften, Bd. 17. Heidelberg: Heidelberger Verlagsanstalt. S. 122–145.
[4] Heike Frick: *Rettet die Kinder!— Kinterliteratur und kulturelle Erneuerung in China*, 1902–1946. Münster: Lit, 2002, S. 167.

一直围绕妇女、儿童和教育问题进行文学创作。对他来说社会关切很重要：他想通过文学推进思想和社会变革。他自己创作的儿童文学作品以及他对儿童文学的思考全都体现了这一观念”[1]。

在《“救救孩子！”——中国儿童文学和文化新发展，1902—1946》和《解放孩子——民国时期中国的儿童教育理念》两部作品中，海克・佛里克对叶圣陶的文学创作以及他的作品中所阐述的教育理念进行了深入分析：首先，叶圣陶作品中经常表达的一个观点是“人是可教化的”，“强调人是可教化的，强调同情心作为连接人的主体与外部世界的纽带而体现出的道德价值，这既是他（叶圣陶）的文学观，也是他的社会观”[2]。佛里克还把叶圣陶的教育理念与孔子的教育理念相对比，“叶圣陶比孔子更进一步，他认为学校和教学活动应当符合孩子实际的生活状况，应当以孩子的需求为核心。同时，他抨击传统教育，主张把孩子作为独立的个体来看待，认为教育个体比教育机构更重要”[3]。其次，对孩子天性的关注、对孩子想象力的赞美以及对于爱和美的感受是叶圣陶作品的一个重要特点，“‘爱’和‘美’是构建叶圣陶社会理想的最重要的两个支柱……在他对儿童文学的论述和他早期创作的童话故事中，‘爱’和‘美’是不可或缺的元素，而孩子则被视为‘天然的造物’”[4]。“在他所有儿童文学作品以及所有对儿童天性的解读中，叶圣陶始终强调孩子想象力和感情世界的重要性”[5]。“叶圣陶认为，孩子的天性与自然、美、创作灵感紧密联系在一起，孩子爱美的事物，是自然的美丽和自然的纯洁最好的象征……在他早期创作的童话故事中，叶圣陶总是把孩子的天性与自然相结合，在《小白船》中，他用对自然风景的描写来刻画孩子天真无邪的心灵”[6]。再次，叶圣陶的作品除了

[1] Heike Frick: *Rettet die Kinder!— Kinterliteratur und kulturelle Erneuerung in China*, 1902–1946. Münster: Lit, 2002, S. 162.

[2] Heike Frick: *Rettet die Kinder!— Kinterliteratur und kulturelle Erneuerung in China*, 1902–1946. Münster: Lit, 2002, S. 164.

[3] Heike Frick: *Rettet die Kinder!— Kinterliteratur und kulturelle Erneuerung in China*, 1902–1946. Münster: Lit, 2002, S. 164.

[4] Heike Frick: *Rettet die Kinder!— Kinterliteratur und kulturelle Erneuerung in China*, 1902–1946. Münster: Lit, 2002, S. 177.

[5] Heike Frick: *Rettet die Kinder!— Kinterliteratur und kulturelle Erneuerung in China*, 1902–1946. Münster: Lit, 2002, S. 177.

[6] Heike Frick: *Rettet die Kinder!— Kinterliteratur und kulturelle Erneuerung in China*, 1902–1946. Münster: Lit, 2002, S. 179.

有文学性和理论性的一面，还有实用性的一面——为语言学习服务，为课堂服务，“显然，叶圣陶努力创作一种新型儿童文学，以此作为课堂改革的基础。他在语言学习上的经验和观点不仅体现在他为编写新式课本而写作的文章里，也体现在很多其他不是作为课文而写作的文章里，例如《文心》《作文论》。语言对他来说有双重功能：语言不仅是日常交际不可或缺的工具，而且有助于提升学习积极性和主动性……他在文学课和作文课方面发表的作品既符合教育学要求，也为语言教学的现代化作出了贡献”[1]。最后，叶圣陶作品中包含了对社会变革的诉求，“叶圣陶认为，文学和艺术是实现社会变革的重要手段……在《文艺谈》一文中，叶圣陶把人比作植物，把文学和艺术比作雨露，强调文学和艺术在社会变革过程中的作用”[2]，“在叶圣陶看来，理想社会的构建既要注重社会结构的重组，也要注重普通人生活上的转变，在这方面，文学尤其是儿童文学发挥了重要作用，因为文学可以反映人们的内心世界，反映他们最迫切的愿望、想法和感觉。文学可以让人们更好地理解彼此”[3]。

对佛里克来说，叶圣陶首先是一名教育家，其次才是作家，他是从教育走向写作，并且这里的“走向”不是抛弃前者选择后者，而是将两者结合在一起：写作是为了教育，教育是写作的起点。与其他教育家不同，叶圣陶没有发表过教育理论专著，他所有的教育思想和教育理念都是从他的文学作品中提炼出来的，而佛里克分析叶圣陶的文学作品正是为了研究他的教育理念，他也更倾向于把叶圣陶与同时期的其他中国教育家——例如陶行知——放在一起介绍给德国读者，而不是与其他同时期的中国作家。出于意识形态的原因，佛里克极力规避和否认叶圣陶作品中的马克思主义思想和革命思想。这里需要指出的是，虽然佛里克否认叶圣陶作品中的马

[1] Heike Frick: *Rettet die Kinder!— Kinterliteratur und kulturelle Erneuerung in China*, 1902–1946. Münster: Lit, 2002, S. 171–172.

[2] Heike Frick: *Rettet die Kinder!— Kinterliteratur und kulturelle Erneuerung in China*, 1902–1946. Münster: Lit, 2002, S. 174.

[3] Heike Frick: *Rettet die Kinder!— Kinterliteratur und kulturelle Erneuerung in China*, 1902 –1946. Münster: Lit, 2002, S. 174–175.

克思主义思想，却一直强调西方教育思想，尤其是美国教育家约翰·杜威的教育思想对叶圣陶的影响，他认为叶圣陶的教育理念既容纳了中国传统教育思想，又结合了杜威的实用主义思想和‘从孩子出发’的教育理论，“在叶圣陶看来，教育并不仅仅意味着传授知识，而是要在理解和运用知识的基础上将理论与实践结合在一起。在‘课堂应贴近生活’这个观点上，叶圣陶和杜威如出一辙”[1]。

二、小说家和童话作家叶圣陶

如果说佛里克给德国读者展示了一个教育家叶圣陶，那么顾彬则呈现了一个小说家和童话作家叶圣陶。在《二十世纪中国文学史》中，顾彬有意淡化叶圣陶的教育家身份，着重分析他作为小说家和童话作家的写作风格，并且与佛里克的归类手法不同，顾彬把叶圣陶作为民国时期的代表作家来介绍，把他与同时期的中国作家相对比，例如谈到叶圣陶的短篇故事《马铃瓜》时，顾彬将叶圣陶视为鲁迅的追随者：“叶圣陶以马铃瓜为主题表示他是鲁迅的间接追随者。1922 年鲁迅在一篇回忆性作品《社戏》中把偷吃罗汉豆作为故乡主题，并且同样地以儿童视线描写了当时的时代。在鲁迅那里豆并非作品的主导线索，而叶圣陶却把瓜提升为了贯穿始终的叙事准则。”[2] 在将叶圣陶与鲁迅和冰心的对比中，顾彬对叶圣陶的文学创作给予了高度评价：

首先是叶圣陶在刻画小说人物时展现出的沉着而又细腻的文笔，“把两者（叶圣陶和冰心）联系起来的，是令他们从那个时代脱颖而出的沉静笔调，将两者区分开的，是他们平和的言说方式的深度。叶圣陶是一位高明的叙事者，冰心是一位朴实无华的‘爱的哲学’的传播者”[3]。“相比于冰

[1] Heike Frick: *Rettet die Kinder!— Kinterliteratur und kulturelle Erneuerung in China*, 1902－1946. Münster: Lit, 2002, S. 191.

[2] 顾彬：《二十世纪中国文学史》，范劲等译，上海：华东师范大学出版社，2008 年，第 68 页。

[3] 顾彬：《二十世纪中国文学史》，范劲等译，上海：华东师范大学出版社，2008 年，第 63 页。

心，叶圣陶是一位冷静的小说家。他的无情节的‘mood pieces’表明了这一点，那是些无确定结局的情绪图画……他在事实性和情绪之间、在幽默与讽刺之间几近完美地运用其笔墨。他一再地设计出经典性的人物组合：出走女子、贫寒教师、无助学童。简言之，叶圣陶思考和写作的中心是处在边缘的人们及其特别的社会处境。这种细腻、从容、往往带有距离感的写作方式并没有给作者带来应有的国际声誉。”[1] 认为叶圣陶没有获得应有的国际声誉，在世界文坛没有受到应有的重视，认为叶圣陶应当被重新发现，这个观点顾彬在他的论文《惊恐不安的人：德国式忧郁和中国式彷徨——叶圣陶小说〈倪焕之〉》中也多次强调：“作为一名作家，叶圣陶受到了不公正的忽视”[2]，“叶圣陶是一名富有同情心的作者，他偏爱创作有同情心的人物形象，这在20世纪中国文坛是一个例外，也正因如此，叶圣陶在今天值得被重新关注”[3]。

其次，叶圣陶是中国现代儿童文学的奠基人，是中国白话文童话故事的先行者，凭借他的“儿童视角”，叶圣陶与鲁迅和冰心一起创造了中国新式儿童文学。“叶圣陶凭借他的叙事才能为中国现代叙事艺术的建立和发展作出了巨大贡献。此外，他以儿童为主题进行创作，推动了中国儿童文学的发展”[4]，“鲁迅、郁达夫、冰心和叶圣陶在语言、形式和思想观念上建立了现代中国叙事艺术……只有叶圣陶在他题材范围较广的作品中把他的所有同时代作家都连结到了一起，他与鲁迅在精神上的接近尤为明显。他和鲁迅，也和冰心一样有着共同的‘儿童的眼光’。这种能力不仅使他们能够观察儿童，将之化为文学素材，而且还能够从儿童的眼光去唤醒过去，看到未来。冰心和叶圣陶在

[1] 顾彬：《二十世纪中国文学史》，范劲等译，上海：华东师范大学出版社，2008年，第65页。

[2] Wolfgang Kubin: Der Schreckensmann. Deutsche Melancholie und chinesische Unrast. Ye Shengtaos Roman Ni Huanzh, in: *minima sinica*, Nr. 1, 1996, S. 61－73.

[3] Wolfgang Kubin: Der Schreckensmann. Deutsche Melancholie und chinesische Unrast. Ye Shengtaos Roman Ni Huanzh, in: *minima sinica*, Nr. 1, 1996, S. 61－73.

[4] Wolfgang Kubin: *Geschichte der chinesischen Literatur Band 9*, Berlin: Walter de Gruyter GmbH & Co. KG, 2011, S. 329.

1936 年之后似乎是自然而然地选择了儿童文学道路。他们此举的意义不仅是为中国创造了一种新的文学体裁，更是把儿童引入了严肃文学领域，这正是鲁迅在他们之前就已经着手的事业”[1]。

除了对叶圣陶整体的文学创作进行概括性的评价外，顾彬还针对叶圣陶的代表性作品进行单独分析和评价，例如短篇小说《马铃瓜》，“《马铃瓜》是他一篇了不起的短篇小说，肯定也是 20 世纪中国最好的短篇小说之一……《马铃瓜》的创作时间在《一生》和《倪焕之》之间，但既没有表现出前一部作品的严厉，也没有后者的苦涩语调。这篇作品所表现出来的幽默就像是出自一位头脑清醒的同时代者，他在对历史的回顾中了解到，新旧之间并不像它们表面上看起来那样泾渭分明”[2]。此外，顾彬用一整篇论文来分析叶圣陶的长篇小说《倪焕之》，他在《惊恐不安的人：德国式忧郁和中国式彷徨——叶圣陶小说〈倪焕之〉》一文中指出，《倪焕之》至今未被外国学者充分理解，小说的重要意义也未得到应有的关注，“在小说《倪焕之》中，叶圣陶为处于彷徨中的同时代人提供了一个典型人物形象，教师倪焕之——一个至今未被关注的人物。无论黑舍尔、布鲁塞卡，还是安德逊，都没有理解小说的真正意义。这部小说的意义在于对时代精神进行讽刺性的描写，并且发现了革命和忧郁之间的关系”[3]。

虽然顾彬和佛里克是从两个不同的角度来介绍叶圣陶，但与佛里克一样，顾彬也认为叶圣陶受到了西方思想的影响，“叶圣陶曾说到，他如果没有读过英语文学作品的话，可能就不会写作”[4]，此外，顾彬也把研究重点放在叶圣陶 1949 年之前的经历和作品，规避和忽视叶圣陶在新中国时期的成就，例如参

[1] 顾彬：《二十世纪中国文学史》，范劲等译，上海：华东师范大学出版社，2008 年，第 67 页。
[2] 顾彬：《二十世纪中国文学史》，范劲等译，上海：华东师范大学出版社，2008 年，第 68 页。
[3] Wolfgang Kubin: Der Schreckensmann. Deutsche Melancholie und chinesische Unrast. Ye Shengtaos Roman Ni Huanzh, in: *minima sinica*, Nr. 1, 1996, S. 61–73.
[4] 顾彬：《二十世纪中国文学史》，范劲等译，上海：华东师范大学出版社，2008 年，第 66 页。

与编纂《新华字典》[1]，而这本字典对汉语发展和汉语教育的意义不亚于《杜登词典》在德语国家的意义。

对佛里克来说，“教育”是解读叶圣陶的关键词，他的作品蕴含着教育意义，他的写作体现了“文以载道”的文学传统；对顾彬来说，叶圣陶是民国时期杰出作家中的一员，是与鲁迅和冰心一起开拓中国新文学的领军人物。虽然两人对叶圣陶的解读不一致，但其实可以相互结合、相互补充：如果说“教育”是解读叶圣陶的关键词，那么这其实也是解读鲁迅和冰心，解读整个民国时期作家的关键词，因为在民国时期，新式文学和新式教育是紧密联系、共同发展的。在鲁迅和冰心的文章中，人们也能体会到教育意味，然而教育并不是他们写作的全部，对叶圣陶来说也是如此——教育是他写作的起点，但不是他写作的终点，至少不是唯一的终点。

甄江立　文

[1] 刘庆隆：《叶圣陶和新华字典》，载《语文建设》2000年第11期，第47-48页。

第三节　沈从文在德国的译介研究

中国现代文学巨匠沈从文曾两度入选诺贝尔文学奖最终候选人名单，在世界范围内拥有不凡的影响力，其作品被译成英、法、德、日、瑞、意、西等40多个国家的语言，广为传播，并被数十个国家或地区选入大学教材[1]。德国迄今共译介沈从文小说25部/篇，具体而言，20世纪80年代13部/篇、20世纪90年代9部/篇、21世纪以来3部/篇，译介规模不可谓不庞大。然而，国内学界的沈从文外译研究尚处方兴未艾之际，现有成果仍以英语世界为主，例如徐敏慧《沈从文小说英译述评》《汉学家视野与学术型翻译：金介甫的沈从文翻译研究》，以及邹小娟、李源琪《沈从文作品的英语译介探究——以〈湘西散记〉为例》等。针对沈从文作品德语译介展开的专门性研究十分罕见，大都是在沈从文外译述评中被泛泛提及，例如汪壁辉《沈从文海外译介与研究》、彭颖《社会历史语境下的沈从文文学作品外译述论》等，或是侧重对德译沈从文作品进行编年史式的罗列，例如张晓眉《沈从文文学在欧美国家传播及研究述评》等。本节依据搜集的沈从文德译著作、相关德国汉学期刊以及德译中国文学选集等资料，力争尽可能全面地呈现沈从文作品在德国的译介与研究概貌。

一、沈从文作品在德国的译介

相较于鲁迅或老舍等其他中国现代经典作家，沈从文作品的德语译介起步较晚。1980年，德国汉学家福尔克尔·克勒普施与罗德里希·普塔克主编《期待春天：中国现代短篇小说集（第一卷1919—1949）》收录沈从文自传体短

[1] 数据参见王顺勇：《淳而真的沈从文》，北京：北京工业大学出版社，2016年，第199页；谢世诚主编：《民国文化名流百人传》，南京：南京出版社，2013年，第159页。

篇《我的教育》，由此拉开了沈从文作品在德国的译介序幕。该小说“如实反映了沈从文驻扎怀化的那段跌宕起伏的经历”，“青年士兵兼第一人称叙述者很快便从上级的举措中猜到，每次为‘保护’群众而临时驻扎的部队，实际上都是通过压榨农民以达到敛财的目的”[1]。译者赫尔穆特·马丁在其《沈从文及其小说〈我的教育〉》一文中评论道：“沈从文从自身经历出发所勾勒的画面——在毫无愧疚之情或怜悯之心的野蛮行径下，手无寸铁的个体相继沦为死亡的祭品——定会令西方读者受到冲击。”[2] 他亦高度肯定该小说超越文学层面的价值，即“从历史或政治角度对国共内战以及专横跋扈的地方军阀进行补充性研究，没什么比沈从文记录中华民国首个 20 年的文学报告更合适了”[3]。沈从文早年的军旅生涯成为其日后创作的重要素材来源，例如“沉迷养鸡以逃避世事的部队伙夫会明的故事同样萦绕着军旅氛围，恐怖故事《夜》也以部队为背景，在沈从文 30 年代的其他小说集中还有很多故事关涉军队生活的方方面面，或是论及 1911 年辛亥革命前后情况对比”[4]。

然而，沈从文真正“在德国获得较高的关注”，正如赫尔穆特·马丁所言，“尤其是与汉学家乌尔苏拉·里希特的倾力投入不无关系，她在 20 世纪 80 年代中期将沈从文中短篇小说编译成册，从而使更多德国读者得以接触沈从文作品”[5]。乌尔苏拉·里希特翻译的《沈从文：中国小说选》共收录沈从文《萧萧》《牛》《丈夫》《菜园》《灯》《三三》《月下小景》《贵生》与《王嫂》九个短篇，1985 年由法兰克福岛屿出版社出版。需要特别指出的是，上述作品均由沈

[1] Helmut Martin: Shen Congwen und seine Erzählung “Meine Erziehung”, in: Helmut Martin: *Taiwanesische Literatur — Postkoloniale Auswege. Chinabilder III*, Projekt Verlag, S. 271.

[2] Helmut Martin: Shen Congwen und seine Erzählung “Meine Erziehung”, in: Helmut Martin: *Taiwanesische Literatur — Postkoloniale Auswege. Chinabilder III*, Projekt Verlag, S. 272.

[3] Helmut Martin: Shen Congwen und seine Erzählung “Meine Erziehung”, in: Helmut Martin: *Taiwanesische Literatur — Postkoloniale Auswege. Chinabilder III*, Projekt Verlag, S. 272.

[4] Helmut Martin: Shen Congwen und seine Erzählung “Meine Erziehung”, in: Helmut Martin: *Taiwanesische Literatur — Postkoloniale Auswege. Chinabilder III*, Projekt Verlag, S. 273.

[5] Helmut Martin: Chinesischer Regionalismus: Die Welt der Bergträumme in West-Hunan, in: Shen Congwen: *Türme über der Stadt. Eine Autobiographie aus den ersten Jahren der chinesischen Republik*, aus dem Chinesischen von Christoph Eiden in Zusammenarbeit mit Christiane Hammer, Horlemann Verlag, 1994, S. 189.

从文亲自“从 1982 年北京人民文学出版社出版的两卷《沈从文小说选集》中圈出”[1]，译者在后记中详细记述了其于 1983—1984 年数次前往北京拜访沈从文夫妇的场景，为我们留下了弥足珍贵的资料[2]。乌尔苏拉·里希特的“德译本十分驯雅出色，是识者公论”[3]，《沈从文：中国小说集》一经出版便在德国获得热烈反响，不仅先后两次再版，而且文集选篇被多部中国现当代文学作品合辑收录，例如安德利亚斯·多纳特主编《中国讲述：短篇小说 14 则》收录《牛》，认为“沈从文不顾现实主义传统，再现了农夫及其驮畜的对话，概因根据苗族万物有灵论的观念，一切自然现象与物象皆有自己的生命”[4]；再如尤塔·弗罗因德主编《中国故事集》与安德烈娅·沃尔勒主编《中国小说集》皆收录《王嫂》，该短篇“述及一个女人的宿命论”[5]。1988 年柏林人民与世界出版社编辑出版沈从文文

[1] Ursula Richter: Nachwort, in: Shen Congwen: *Erzählungen aus China*, aus dem Chinesischen von Ursula Richter, Frankfurt am Main: Insel Verlag, 1985, S. 265.

[2] 乌尔苏拉·里希特第一次见到沈从文是在 1983 年 9 月，彼时，沈从文刚刚经历中风，身体仍旧十分虚弱。她看见“一位年长的男子躺在床上，胸前盖着一条被子，雪白的头发垂在他瘦削的脸颊上，嘴角缠绕着许多皱纹，鼻梁上架着一副厚厚的近视眼镜，那就是沈从文”。乌尔苏拉·里希特继续忆道：“他安静且友好地望着我。他的夫人张兆和女士介绍我们认识。沈从文微笑着看向他床榻边的一张椅子，用其温暖且微微颤抖的手与我握了握以示欢迎。他尝试着讲话，发起声来却是那么吃力与孱弱，我不得不很快结束了此次拜访，并请求几周后再来。”［Ursula Richter: Nachwort, in: Shen Congwen: *Erzählungen aus China*, aus dem Chinesischen von Ursula Richter, Frankfurt am Main: Insel Verlag, 1985, S. 264−265.］在随后的几次拜访中，沈从文的身体状况愈发好转，对于译者的请求，即为其德译文集选出十来个短篇并用毛笔字写下中文书名，均欣然应允。据其夫人张兆和女士所言，沈从文自中风后，虽然“左侧偏瘫了，但右手还能握住毛笔……每天还是会练两三个小时的书法”。［Ursula Richter: Nachwort, in: Shen Congwen: *Erzählungen aus China*, aus dem Chinesischen von Ursula Richter, Frankfurt am Main: Insel Verlag, 1985, S. 266.］对于译者的另一个请求，即为《沈从文：中国小说集》作序，沈从文起初是拒绝的。张兆和女士解释道：“自从 1983 年和 1984 年他两度获得诺贝尔奖的非官方提名以来，世界各国的翻译家络绎不绝地前来，仅去年就有 30 多位，大家都请他作序。沈从文已经没有力气再给所有人作序了，而且他也不想偏袒谁。”对此，译者自然是完全可以理解的，“但在热络的交谈后，沈从文心情大好……提出倘若我确实不介意序文长短，他大概可以写上几句”。［Ursula Richter: Nachwort, in: Shen Congwen: *Erzählungen aus China*, aus dem Chinesischen von Ursula Richter, Frankfurt am Main: Insel Verlag, 1985, S. 273−274.］于是，便有了沈从文《致我的德国读者》这样一篇宝贵的前言。

[3] 汪珏：《沈从文先生四帖》，《吉首大学学报（社会科学版）》1991 年第 Z1 期，第 153 页。

[4] Helmut Martin: Chinesischer Regionalismus: Die Welt der Bergträumme in West-Hunan, in: Shen Congwen: *Türme über der Stadt. Eine Autobiographie aus den ersten Jahren der chinesischen Republik*, aus dem Chinesischen von Christoph Eiden in Zusammenarbeit mit Christiane Hammer, Horlemann Verlag, 1994, S. 185.

[5] Helmut Martin: Chinesischer Regionalismus: Die Welt der Bergträumme in West-Hunan, in: Shen Congwen: *Türme über der Stadt. Eine Autobiographie aus den ersten Jahren der chinesischen Republik*, aus dem Chinesischen von Christoph Eiden in Zusammenarbeit mit Christiane Hammer, Horlemann Verlag, 1994, S. 186−187.

集《〈边城〉及其他小说》，将彼时已有的德译沈从文作品网罗其中，包括《沈从文：中国小说集》全部短篇、福尔克尔·克勒普施与赫尔穆特·马丁合作翻译的《我的教育》，以及乌尔苏拉·里希特翻译的《边城》节选。

《边城》在1985年内共发行两个版本，其一由乌尔苏拉·里希特翻译，法兰克福苏尔坎普出版社出版；其二由德国汉学家福斯特-拉驰与玛丽·路易斯-拉驰共同翻译，科隆契丹出版社出版。上述两个版本在翻译技巧与策略上有着明显不同，对此，安德利亚·普夫阿特在其发表于《东方向》的论文中指出："乌尔苏拉·里希特的版本大量运用注释，不仅对相应段落，而且也对中国文化本身进行了详细说明。拉驰夫妇则假定读者已经具备了相对全面的前知，他们极少使用注释这一外在于文本的手段，诸如唢呐、风水等术语均不加解释地出现在译文中。"[1] 在文体特征方面，"里希特一般使用冗长复杂、让人难以一眼看透的句子，并承袭汉语结构，大量使用关系从句。拉驰夫妇则倾向于紧凑、易读的句子，他们往往使用名词或分词结构代替从句，使其译文更加清晰易懂，也更符合德语语言习惯，但与原始文本相去甚远"[2]。《边城》的语言具有浓厚的泥土气息，湘西方言、俗语、歌谣、警句杂糅其中，上述种种"在两个德语版本中基本都被保留了下来。它们大都并非独立存在，而是被以补充性文字标记出来。例如里希特惯以'你知道这句谚语……'引出下文，拉驰夫妇亦采用类似的方法。点名某些段落是传统的、固定的习惯用语是有必要的，否则在德国读者看来，这些段落会显得相当奇怪，例如福斯特-拉驰译本直译'像豹子一样勇敢，像锦鸡一样美丽'，将人与锦鸡相提并论，这种表达在德语中并不常见，本就存在的异国情调又被无意义地扩大化了"[3]。总而言

[1] Andrea Puffarth: Grenzstadt. Die Übersetzungen von Ursula Richter (Frankfurt/M. 1985) und Helmut Forster-Latsch/Marie-Luise Latsch (Köln: Cathy-Verlag 1985) im Vergleich, in: *Orientierungen*, Nr. 1, 1992, S. 110.

[2] Andrea Puffarth: Grenzstadt. Die Übersetzungen von Ursula Richter (Frankfurt/M. 1985) und Helmut Forster-Latsch/Marie-Luise Latsch (Köln: Cathy-Verlag 1985) im Vergleich, in: *Orientierungen*, Nr. 1, 1992, S. 111.

[3] Andrea Puffarth: Grenzstadt. Die Übersetzungen von Ursula Richter (Frankfurt/M. 1985) und Helmut Forster-Latsch/Marie-Luise Latsch (Köln: Cathy-Verlag 1985) im Vergleich, in: *Orientierungen*, Nr. 1, 1992, S. 112.

之，“里希特的主要目的在于引领西方读者进入一个异域世界，而拉驰夫妇的译本对于原始文本的处理更加自由，因此也在文体方面更胜一筹，但由于缺乏对中国文化的注解，非汉学专业读者阅读起来具有一定难度”[1]。

此外，沈从文《从文自传》由德国汉学家克里斯托弗·艾登与克里斯蒂娜·汉莫共同翻译，译名“城上群塔：中华民国初年自传”，1994年由德国霍勒曼出版社出版。该译本“不仅用词准确，而且贴合作家惬意闲谈的语气”[2]，德国汉学家沃尔夫·鲍斯称《从文自传》为“一个乐观的局外人的自传”[3]。他在书评中写道：“作家满怀深情且淡然自若地回顾自己的青年时代……文中没有任何瞬间有刻意讨巧之嫌，比起叙事野心，让人感触更深的是叙述之乐。我推想，沈从文用写作追溯其青年时代，是对自我和某些知识分子的清算。他自1922年来到北京，十年来一直在知识分子圈子里游走，作为‘乡下人’，他感觉受到嘲笑和孤立。尽管其文并不带有挑衅意味，但反知识分子的怨恨情绪犹如一条主线贯穿始终。”[4]德国汉学家顾彬则将《从文自传》视为“西方教育小说在中国的变种”，沈从文的教育“并不是来自学校，而正是那从残忍场景中也能了解到的生活本身，正如他所说，帮助了他个性的形成”[5]。对于德国读者而言，“沈从文的自传超出了文学之外，还是重要的历史见证。譬如……看待辛亥革命。沈从文却展现了一幅兵痞的反面图景，他们不管是站在哪一边，都是既无纪律性又无端正态度，跟人们设想的他们任务的高度严肃性毫不相称”[6]。

除上述单行本外，兴办于20世纪80年代的多种德国汉学期刊构成了沈从文

[1] Andrea Puffarth: Grenzstadt. Die Übersetzungen von Ursula Richter (Frankfurt/M. 1985) und Helmut Forster-Latsch/ Marie-Luise Latsch (Köln: Cathy-Verlag 1985) im Vergleich, in: *Orientierungen*, Nr. 1, 1992, S. 112–113.

[2] Wolf Baus: Shen Congwen: Türme über der Stadt. Eine Autobiographie aus den ersten Jahren der chinesischen Republik. Bonn: Horlemann Verlag, 1994, in: *Hefte für ostasiatische Literatur*, Nr. 17, 1994, S. 104.

[3] Wolf Baus: Shen Congwen: Türme über der Stadt. Eine Autobiographie aus den ersten Jahren der chinesischen Republik. Bonn: Horlemann Verlag, 1994, in: *Hefte für ostasiatische Literatur*, Nr. 17, 1994, S. 105.

[4] Wolf Baus: Shen Congwen: Türme über der Stadt. Eine Autobiographie aus den ersten Jahren der chinesischen Republik. Bonn: Horlemann Verlag, 1994, in: *Hefte für ostasiatische Literatur*, Nr. 17, 1994, S. 104.

[5] 顾彬：《二十世纪中国文学史》，范劲等译，上海：华东师范大学出版社，2008年，第126页。

[6] 顾彬：《二十世纪中国文学史》，范劲等译，上海：华东师范大学出版社，2008年，第127页。

作品的另一重要译介阵地。德国汉学家鲁普雷希特·迈尔主编《中国讯刊》在十年内向德国读者推介了沈从文七个短篇，即由他翻译的《柏子》（1982年第2期）和《生》（1983年第5期），沃尔夫·鲍斯翻译的《福生》（1985年第10期）、《往事》（1985年第11期）、《雨后》（1986年第12期）和《静》（1987年第16期），以及德籍学者汪珏与苏珊娜·艾特-霍恩菲克合作翻译的《龙朱》（1991年第18期）。鲁普雷希特·迈尔赞叹沈从文作品“文字鲜活简朴，而余韵不尽”[1]。汪珏以生动的文字再现了这位德国著名“沈迷”翻译《柏子》与《生》的情景：“至今我还记得他的笑声，一面向我叙述柏子带着两条泥腿扑倒在女人床上，楼板上的脚印……种种细节，一面连呼：‘妙极了，妙极了！’……此后他还译了《生》，却只有叹息低徊。”[2]沃尔夫·鲍斯是沈从文作品的“翻译高手”，从其译文中“就可以想见其功力，不能领略文中的意境、气氛的重要，是无法表达出如《雨后》《静》，这些文章里的真味的”[3]。《雨后》颇受沃尔夫·鲍斯偏爱，被其称作“沈从文最明快、最乐观的短篇小说之一”[4]，时隔多年，该作复又被《东亚文学杂志》2011年总第51期收录，印证了沈从文小说经久不衰的魅力。

顾彬主编《袖珍汉学》收录沈从文《凤凰》（1992年第1期）、《看虹录》（1992年第2期）与《长河》（1998年第2期）节译[5]。《长河》被视为《边城》的“对照物”，因为“《边城》刻画的是如田园诗般的湘西过往与古朴纯真的湘西人民，《长河》则展现了20世纪30年代的现代湘西，即已遭文明‘蹂躏’、人际关系逐渐恶化的湘西”[6]。此外，《东亚文学杂志》于2009年刊登沈从文《都市一

---

[1] 汪珏：《沈从文先生四帖》，《吉首大学学报（社会科学版）》1991年第Z1期，第153页。

[2] 汪珏：《沈从文先生四帖》，《吉首大学学报（社会科学版）》1991年第Z1期，第153页。

[3] 汪珏：《沈从文先生四帖》，《吉首大学学报（社会科学版）》1991年第Z1期，第154页。

[4] Shen Congwen: Nach dem Regen, aus dem Chinesischen von Wolf Baus, in: *Hefte für ostasiatische Literatur*, Nr. 11, 2011, S. 102.

[5] Shen Congwen: Fenghuang, aus dem Chinesischen von Jutta Strebe, in: *minima sinica*, Nr. 1, 1992; Shen Congwen: Der Regenbogen, aus dem Englischen von Simone Lakämper, in: *minima sinica*, Nr. 2, 1992; Shen Congwen: Langer Strom, aus dem Chinesischen von Corinna Sagura, in: *minima sinica*, Nr. 2, 1998.

[6] Fang Weigui: *Selstreflexion in der Zeit des Erwachens und des Widerstands — Moderne Chinesische Literatur 1919 –1949*, Wiesbaden/New York: Harrassowitz, 2006, S. 156.

妇人》，译者芭芭拉·布瑞指出“沈从文惯于描绘乡村田园风光，展现中国西南山区人民自然原始的人性，上述种种，在这篇小说是感受不到的”[1]，强调了该短篇的独特性。《东亚文学杂志》于2014年刊登沈从文《七个野人与最后一个迎春节》，德国汉学家汉斯·库纳推测“该小说或是取材自口头流传于沈从文家乡湘西的一则苗族传说……拓荒者的入侵令定居于此的苗族与土家族节节退败，冲突与动乱此起彼伏，其中规模最大的几次在清政府长期且巨大的军事投入下才得以镇压，文中所述的事件唤起了人们对这些历史冲突的回忆”[2]。

回顾40年间沈从文作品的德译历程，20世纪80年代中期至90年代中期是其无可争议的高峰，1985—1994年，沈从文共有7部译著/文集与11篇译文在德国面世，译介体量在全体中国现当代作家中名列前茅。随着自20世纪90年代中后期以来中国现当代文学德语译介的整体式微，沈从文作品在德国的译介形式只余汉学期刊译文，但在“中国现代文学经典几乎无一例外地淡出德国译介视野”的大背景下[3]，沈从文仍有4篇小说被译介到德国，可谓其经典性与影响力的有力证明。

二、德国的沈从文研究

在德国，对于沈从文的研究以汉学家为主体，主要从以下几个角度，对他进行广泛且深入的研究：

其一是沈从文作品富含的民族志特征。作为出身湘西的苗族作家，沈从文作品侧重描写湘西生活，同时植入大量湘西民间文化元素。正如顾彬所言，“抒情性图景‘永远的湘西’”是德国研究者首先关注到的特征，“特别是在

---

[1] Shen Congwen: Eine Frau aus der Großstadt, aus dem Chinesischen von Barbara Buri, in: *Hefte für ostasiatische Literatur*, Nr. 1, 2009, S. 93.

[2] Shen Congwen: Die Sieben Wilden und das letzte Frühlingsfest, aus dem Chinesischen von Hans Kühner und anderen, in: *Hefte für ostasiatische Literatur*, Nr. 1, 2014, S. 68.

[3] 孙国亮、李斌：《中国现当代文学在德国的译介研究概述》，《文艺争鸣》2017年第10期，第106页。

《湘行散记》（1936）和散文集《湘西》（1938）中摹写的那样。沈从文沿着河流寻访家乡，描写各种地点，叙述了湘西人的日常事务，刻画了可以用'爱情与偷情'来概括的种种命运"[1]。与此同时，作家"发展了一种沉静的眼光，去观察家乡、细节和表面看来日常性的东西"[2]。《边城》的背景即"茶峒百姓的日常生活"，该小说将"尚未经历巨变的中国偏远地区的生活图景介绍给当代读者，它是如此生动鲜活，就连在时间上与空间上都与之存在距离的西方读者也倍感亲近熟悉"[3]。安克·海涅曼亦将"沈从文与他的故乡——湘西，还有生活在那里的少数民族——苗族之间的地域性与民族志的密切关联"，视为其"许多作品的标签"，正是这种关联"赋予其小说一种有别于其他作家作品的独特印记"[4]。沈从文以"民族志的细节装点其虚构故事，借此将民族志与文学作品联系起来"，他使苗族浪漫化、理想化，通过这种方式"使苗族社会充当其诉求的投影，尤其是对于恋爱关系的诉求"。由此，沈从文不仅"成功挣脱了令他感到压抑的现实环境"，而且"向读者传递了某种积极信息，进而赢得了读者对苗族文化的青睐"[5]。沈从文在湘西山野间度过的"青年时代成为其日后作为文人的宝库，他不仅从中取材，而且从中汲取了种种感性印象，如气息、声响等"[6]。诸如此类的民族志元素在沈从文作品中并非可有可无，而是每每起到推动乃至决定情节发展的作用，例如在《神巫之爱》中，沈从文"将神巫置于故事中心，且使傩戏与情节走向相互交织"[7]。沈从文作品的民族志特征也使

---

[1] 顾彬：《二十世纪中国文学史》，范劲等译，上海：华东师范大学出版社，2008年，第127–128页。

[2] 顾彬：《二十世纪中国文学史》，范劲等译，上海：华东师范大学出版社，2008年，第130页。

[3] Ursula Richter: Nachwort, in: Shen Congwen: *Die Grenzstadt*, aus dem Chinesischen von Ursula Richter, Frankfurt am Main: Suhrkamp Verlag, 1985, S. 147.

[4] Anke Heinemann: *Die Liebe des Schamanen von Shen Congwen. Eine Erzählung des Jahres 1929 zwischen Ethnographie und Literatur*, Bochum: Brockmeyer Verlag, 1992, S. 1.

[5] Anke Heinemann: *Die Liebe des Schamanen von Shen Congwen. Eine Erzählung des Jahres 1929 zwischen Ethnographie und Literatur*, Bochum: Brockmeyer Verlag, 1992, S. 267.

[6] Wolf Baus: Shen Congwen: Türme über der Stadt. Eine Autobiographie aus den ersten Jahren der chinesischen Republik, in: *Hefte für ostasiatische Literatur*, Nr. 17, 1994, S. 105.

[7] Anke Heinemann: *Die Liebe des Schamanen von Shen Congwen. Eine Erzählung des Jahres 1929 zwischen Ethnographie und Literatur*, Bochum: Brockmeyer Verlag, 1992, S. 265.

其“出身偏远山区这一在大城市中饱受轻视的个人背景‘转亏为盈’”，并“以此在五四运动中确立了自己的独特地位”[1]。

同时，安克·海涅曼指出，沈从文的诸多作品皆围绕一个基本思想展开，即“宣扬自然与人道的生活，也就是一种能够使人与自身、与环境和谐相处的生活，一种灵魂与肉体、理智与情感不相矛盾的生活。沈从文注意到苗族人使这种生活成为现实，因此他将苗族构建为与汉族社会相对立的形象，间接表达了其社会批判”[2]。对此，乌尔苏拉·里希特亦有同感，在她看来，“满腔热血、心系自然的苗族人沈从文毫不掩饰其对干巴巴的书本知识、傲慢无礼且装腔作势的城里人及其对汉族人秉承重男轻女伦理的反感之情。在《边城》中，汉族女子矫揉造作的行为举止与苗族女孩翠翠浑然天成的自然魅力形成鲜明对比，作家意欲借此表明，相较于深受儒家思想影响的汉族人，生活在乡间的年轻苗族男女彼此之间的相处更加自由且不受拘束”[3]。

其二是沈从文作品中的现代性内涵。沈从文以“乡下人”自居，其对现代文明进程持之以恒的深刻反思引起了德国学者的普遍关注。顾彬认为沈从文“以其作品去对抗现代性”，对他而言，“备受称赞的文明只是一种‘都市病’‘知识病’和‘文明病’……乡村才代表了一种都市里业已消失的激情”,正是“都市里不可避免的‘禁欲主义’导致了中国人的疲软”[4]。在此基础上，顾彬进而指出，“沈从文把他家乡那些未经开化的人看作中华民族重新崛起的示范”[5]，而于更大处落墨，“研究原始部落及其生命力与自然性”，亦“可使现代文明焕发勃勃生机”。沈从文作品的现代性内涵不仅表现在其

[1] Anke Heinemann: *Die Liebe des Schamanen von Shen Congwen. Eine Erzählung des Jahres 1929 zwischen Ethnographie und Literatur*, Bochum: Brockmeyer Verlag, 1992, S. 268.

[2] Anke Heinemann: *Die Liebe des Schamanen von Shen Congwen. Eine Erzählung des Jahres 1929 zwischen Ethnographie und Literatur*, Bochum: Brockmeyer Verlag, 1992, S. 268–269.

[3] Ursula Richter: Nachwort, in Shen Congwen: *Die Grenzstadt*, aus dem Chinesischen von Ursula Richter, Frankfurt am Main: Suhrkamp Verlag, 1985, S. 146.

[4] 顾彬：《二十世纪中国文学史》，范劲等译，上海：华东师范大学出版社，2008 年，第 124 页。

[5] 顾彬：《二十世纪中国文学史》，范劲等译，上海：华东师范大学出版社，2008 年，第 124 页。

着力呈现“中心、大都市、文明和汉人文化的反义词”[1]，而且在于其“试图探讨那些在现代化进程中行将湮灭的东西”[2]，以小说对抗“存在的被遗忘”，正如作家本人所言：“我希望我的工作，在历史上能负一点儿责任，尽时间来陶冶，给他证明什么应消灭，什么宜存在。”[3]基于此，德籍学者汪珏认定沈从文既“不是写实的小说家，也不就是乡土小说家”，因为“‘实’会改变，正如政治社会环境人事会改变一样”，沈从文“最好最成功的作品，所写的是不为时空局限的‘恒’，变动无常中的恒，人性之恒、生命之恒、天道之恒”，他也因此在中国文学史上获得“独特不群”的地位[4]。对此见解，顾彬亦表示赞同，他写道：“由于沈从文只是到了北京（1922 年冬）后才开始写作的，他必然是通过回忆来书写，他以此重构了一种过去，他从亘古不变的生命循环角度去观察这个过去。在他那里，生命和命运的脉搏以其美妙的规律性不断轮回。乡村的‘常’和都市的‘变’，那就是他的模式。”[5]另外，德国学者特别注意到沈从文自始至终所秉持的“漠然旁观”的姿态[6]，即其逆现代洪流而行的另一明证。乌尔苏拉·里希特评价道：“尽管沈从文与丁玲、胡也频等左翼作家关系密切，但他始终反对所有将其作品进行归类的企图，也从不顺应任何现代潮流趋势。”[7]在“如何赋予人类生存以意义”的重大问题上，“沈从文似乎并不想以‘五四’启蒙运动或者 30 年代唯物主义思想的风格去作解决”，对他而言，“一种意义显然只存在于自然，而不是在社会中……甚至根本不能对这样一个意义作出反思”[8]。而“正是这样一种同任

[1] 顾彬：《二十世纪中国文学史》，范劲等译，上海：华东师范大学出版社，2008 年，第 125 页。
[2] 顾彬：《二十世纪中国文学史》，范劲等译，上海：华东师范大学出版社，2008 年，第 125 页。
[3] 沈从文：《从文自传》，北京：人民文学出版社，1997 年，第 124 页。
[4] 汪珏：《沈从文先生四帖》，《吉首大学学报（社会科学版）》1991 年第 Z1 期，第 157 页。
[5] 顾彬：《二十世纪中国文学史》，范劲等译，上海：华东师范大学出版社，2008 年，第 124 页。
[6] 顾彬：《二十世纪中国文学史》，范劲等译，上海：华东师范大学出版社，2008 年，第 127 页。
[7] Ursula Richter: Nachwort, in: Shen Congwen: *Die Grenzstadt*, aus dem Chinesischen von Ursula Richter, Frankfurt am Main: Suhrkamp Verlag, 1985, S. 145.
[8] 顾彬：《二十世纪中国文学史》，范劲等译，上海：华东师范大学出版社，2008 年，第 126 页。

何仓促解释都保持距离的态度”[1]，体现了其对生命庄严的维护及其作品的现代性内涵。

此外，在德国学者看来，沈从文的叙事手段具有显著的现代性特征。“作为片段性文学的代表”，沈从文被视为一个纯然的“现代叙事者：他习惯于不去交代具体地点，这种无地点性既是外在的也是精神上的，因此就为偶然的意外留下许多空间。就是回忆的仪式也通过重复原则获得了一种现代特征：唯一的一个回顾性的、一再被重新去讲述的故事好像一起头就被打断，然后又再次捡起，好像确乎存在一个唯一的情节，它只是不能被实现而已”[2]。而且，沈从文“学会了从现代社会科学的角度去观察、阐释自己的家乡……尤其是其很多小说完全摆脱了传统的善恶模式，也在此意义上产生了现代效果”[3]。在《从文自传》中，“特别是在描画非人事件时所透射出来的简洁语调”，甚至“远远超出了现代，它实际上是伴随后现代才开始在文学中落脚的，即当艺术和道德最终无可挽回地开始分离时”。[4]

其三，沈从文作品的情欲叙事及其自杀主题备受德国汉学家关注。在沈从文小说中，“人类往往在某种情色氛围中和谐地融入了郁郁葱葱的自然”[5]，他“不以文明与否作为伦理与生活方式的塑造标尺或评判准绳，其标准是美，而美正体现在对待天然性欲的态度上”[6]。沈从文并非鼓励纵欲，而是将情欲视为健康体魄、整全人格与张扬个性的象征。赫尔穆特·马丁在《中国乡土文学：湘西山民世界》一文中指出：“由于性欲遭到压抑而导致的畸形发展以及

[1] 顾彬：《二十世纪中国文学史》，范劲等译，上海：华东师范大学出版社，2008 年，第 126 页。

[2] 顾彬：《二十世纪中国文学史》，范劲等译，上海：华东师范大学出版社，2008 年，第 125-126 页。

[3] Helmut Martin: Chinesischer Regionalismus: Die Welt der Bergstämme in West-Hunan, in: Shen Congwen: *Türme über der Stadt. Eine Autobiographie aus den ersten Jahren der chinesischen Republik*, aus dem Chinesischen von Christoph Eiden in Zusammenarbeit mit Christiane Hammer, Horlemann Verlag, 1994, S. 182.

[4] 顾彬：《二十世纪中国文学史》，范劲等译，上海：华东师范大学出版社，2008 年，第 126 页。

[5] Helmut Martin: Chinesischer Regionalismus: Die Welt der Bergstämme in West-Hunan, in: Shen Congwen: *Türme über der Stadt. Eine Autobiographie aus den ersten Jahren der chinesischen Republik*, aus dem Chinesischen von Christoph Eiden in Zusammenarbeit mit Christiane Hammer, Horlemann Verlag, 1994, S. 185.

[6] Fang Weigui: *Selstreflextion in der Zeit des Erwachens und des Widerstands — Moderne Chinesische Literatur 1919-1949*, Wiesbaden/New York: Harrassowitz, 2006, S. 150.

诸多人际关系的灾难这一主题，反复出现在沈从文20世纪二三十年代的作品中”，例如“《萧萧》讲述了童养媳出嫁后充当女佣的故事；而在《丈夫》中，生性胆怯的农民终究将其在城里花船上做皮肉生意的妻子带回了乡下；还有《贵生》，由于他的延宕，心仪女子最终被地主家纳为小妾，单纯鲁莽的贵生便一把火烧掉了心上人的父母家”[1]。由于情欲而引发的祸事同样发生在《夫妇》中，一对年轻夫妇因情难自禁而被众人羞辱批判，因为“一旦被发现，象征着自然与未开化的乡间野合便会引起公愤，只有在婚姻制度里，情爱才是被允许的”[2]。即便是《边城》,描述的也是“性爱的觉醒和毁灭的故事”[3],而且“为了使其神话更具神话色彩并使边城更富魅力，作家还饶有兴致地向我们展示了在河街吊脚楼里接客的那群特殊女性”[4],旨在以象征情欲的妓女形象颂扬湘西山民质朴真实的人性美及其由内而外散发的炙热情感。另外，在沈从文作品中，“很多女性人物皆以‘招祸者’的身份出现，例如30来岁的‘女巫’或是美丽未婚的落洞女子——按照沈从文的说法，她们由于情绪受到抑制而患上了精神疾病。其故事表明，恋人交往中所激发的本能情欲是唯一正确的生活方式，否则人们只会在误解与狂乱中迷失自我。例如《月下》便是关于某项地方风俗引发的悲剧性后果的故事，根据这项风俗，女人不得与初恋情人结婚，而只得与其后的伴侣结婚”[5]。赫尔穆特·马丁继而追根溯源，点明“沈从文深受英国心理学家霭理士《性心理学》的影响”[6],后者主张了解性是人类了解自己真实天

---

[1] Helmut Martin: Chinesischer Regionalismus: Die Welt der Bergstämme in West-Hunan, in: Shen Congwen: *Türme über der Stadt. Eine Autobiographie aus den ersten Jahren der chinesischen Republik*, aus dem Chinesischen von Christoph Eiden in Zusammenarbeit mit Christiane Hammer, Horlemann Verlag, 1994, S. 183–184.

[2] Frank Stahl: *Die Erzählungen des Shen Congwen: Analysen und Interpretation*, 1996, Peter Lang, S. 143.

[3] 顾彬：《二十世纪中国文学史》，范劲等译，上海：华东师范大学出版社，2008年，第129页。

[4] Fang Weigui: *Selstreflextion in der Zeit des Erwachens und des Widerstands — Moderne Chinesische Literatur 1919 –1949*, Wiesbaden/New York: Harrassowitz, 2006, S. 158.

[5] Helmut Martin: Chinesischer Regionalismus: Die Welt der Bergstämme in West-Hunan, in: Shen Congwen: *Türme über der Stadt. Eine Autobiographie aus den ersten Jahren der chinesischen Republik*, aus dem Chinesischen von Christoph Eiden in Zusammenarbeit mit Christiane Hammer, Horlemann Verlag, 1994, S. 184.

[6] Helmut Martin: Chinesischer Regionalismus: Die Welt der Bergstämme in West-Hunan, in: Shen Congwen: *Türme über der Stadt. Eine Autobiographie aus den ersten Jahren der chinesischen Republik*, aus dem Chinesischen von Christoph Eiden in Zusammenarbeit mit Christiane Hammer, Horlemann Verlag, 1994, S. 183.

性的唯一途径，也是通往人道生活方式的重要一环，故沈从文“在文学作品中讨论自然冲动及其受到的人为遏制”[1]。

除对情欲氛围的旖旎勾勒外，沈从文亦对沉郁压抑的自杀主题颇为青睐，主人公或因为爱情抗争、或因反抗社会压迫、或因为理想献身而走向死亡。作家大量的死亡书写引起了德国汉学家的注意，自杀被视作“沈从文作品万变不离其宗的一个主题”，例如《自杀的故事》，“作者以此讽刺20世纪初在中国知识分子群体中泛滥的维特式自怜自艾，在文学上很是成功”[2]。当然，沈从文的自杀叙事“往往只是被用来营造某种戏谑的时髦情调，以此作为其笔下主人公的一种微弱抗议，面对处于变革之中的中国，他们已然束手无策。这种自我毁灭的思想过程，其悲剧性余波最终表现在沈从文的自杀未遂上”[3]。

沈从文“那带有浓厚自传色彩且糅合了叙事散文与杂文的独特文体，在民国作家中独树一帜……除乡土主题外，战争故事、国家内部分裂，以及对于一去不复返的往日绝望且狂热的怀念皆是其书写的对象”[4]，而且“在其抒情更胜叙事的创作基调中，沈从文小说无论在整体上或是在细节上，构思都十分巧妙：文字游戏、独具匠心的起名方式、意犹未尽的留白、模棱两可的并列句、典故、象征以及温和的嘲讽贯穿其中”[5]。这样一位“似乎仍有很多故事可讲的天生的小说家”在新中国成立后完全转向了文物研究，对此，德国学者结合彼时的时代背景作了带有政治倾向的解读。就内在意识而言，沈从文“从小到大从未屈从于任何胁迫，为了徜徉在家乡的青山绿野之间，在大自然这所学校里

---

[1] Fang Weigui: *Selstreflextion in der Zeit des Erwachens und des Widerstands — Moderne Chinesische Literatur 1919 –1949*, Wiesbaden/New York: Harrassowitz, 2006, S. 146.

[2] Helmut Martin: Shen Congwen und seine Erzählung "Meine Erziehung", in: Helmut Martin: *Taiwanesische Literatur — Postkoloniale Auswege. Chinabilder III*, Projekt Verlag, S. 272–273.

[3] Helmut Martin: Shen Congwen und seine Erzählung "Meine Erziehung", in: Helmut Martin: *Taiwanesische Literatur — Postkoloniale Auswege. Chinabilder III*, Projekt Verlag, S. 272–273.

[4] Helmut Martin: Chinesischer Regionalismus: Die Welt der Bergstämme in West-Hunan, in: Shen Congwen: *Türme über der Stadt. Eine Autobiographie aus den ersten Jahren der chinesischen Republik*, aus dem Chinesischen von Christoph Eiden in Zusammenarbeit mit Christiane Hammer, Horlemann Verlag, 1994, S. 185–187.

[5] Ursula Richter: Nachwort, in: Shen Congwen: *Erzählungen aus China*, aus dem Chinesischen von Ursula Richter, Frankfurt am Main: Insel Verlag, 1985, S. 269.

学习，他经常逃学。中学尚未毕业，还是半大小子的他加入了军队，1922年又两手空空来到北京，靠打零工勉强度日……他所有的知识和技艺都是自学而成。虽然在20世纪二三十年代与左翼先锋作家过从甚密，但他并未向其风格靠拢”[1]。可见沈从文惯于坚持己见，绝不随波逐流。由此可见，“同政治离得稍远一点”（沈从文：《新废邮存底·五》）确是他始终坚守的信念。

综上所述，沈从文作品德语译介至今已有四十载，沈从文以其极富民族特色的叙事风格与深沉悠远的文学意境获得了德国汉学家几乎众口一词的赞叹。顾彬更是多次公开表示，沈从文理应获得诺贝尔文学奖。在德国，对于沈从文的研究也在展开，无论是对湘西元素的提炼，抑或是对作品内容与作家思想的剖析，均颇为深入透彻，可为国内沈从文研究提供有益的参照与补充。

孙国亮、高鸽　文

[1] Ursula Richter: Nachwort, in: Shen Congwen: *Erzählungen aus China*, aus dem Chinesischen von Ursula Richter, Frankfurt am Main: Insel Verlag, 1985, S. 270–271.

第四节　德国汉学家视野中的现代唯美派诗人徐志摩

中国现代文学史上的一代才子，浑身洋溢着浪漫主义气息的文人徐志摩，虽因空难英年早逝，创作生涯只有短短10年，却给世人留下不少脍炙人口的文学珍品，成为中国现代文坛不可忽视的存在。他的创作包括4部诗集，集外诗作60余首，集外译诗40余首；4部散文集，集外散文30余篇；此外还有1部小说集、1部剧作和译著10余种。国内有关徐志摩诗作的评论文章初见于20世纪20年代，而直到近年，仍有关于他的文艺风格、翻译思想、文学史意义等多方面的研究成果问世。其人其作不仅是中国现代文学研究的重点，亦引起不少国外研究者的兴趣，因为在中西文化交流融合的时代背景下，徐志摩身上汇集了东西方不同的思想观念，他与鲁迅、胡适、郭沫若等人一样，在现代中外文化交流中扮演了开山者角色。在创作的同时，他也对人生、艺术等有着深入思考。经过梳理发现，国内学界对徐志摩海外译介研究主要集中于英语国家，而对于徐志摩作品在德国的译介、接受及影响研究几为空白。徐志摩作品在德国的译介与接受问题都存有巨大的研究空间与价值。本节整理徐志摩作品在德国的译介现状，分析以这位作家及其作品为研究对象的德语著述文章，有助于了解他者视野，从而给国内的徐志摩研究、中国现代新诗研究等提供启示和借鉴。

一、徐志摩作品德语译介概述

西方世界对徐志摩作品的译介，为学界所熟知的是1936年由哈罗德·阿克顿和陈世骧合编的《中国现代诗选》，这是中国第一部新诗英译选集，收录了徐志摩的十首诗作。迄今可考的徐志摩德译诗作则更早于此，可追溯到诗人去世的那一年，当时正在北京大学教授德国文学的诗人文岑茨·洪德豪森在

德文協和報

CHINA-DIENST

Eine Halbmonatsschrift für die Förderung der deutsch-chinesischen Beziehungen

ISOCHROM

der Gut- und Schlechtwetterfilm

SUPERPAN

《德文协和报》

《德中新闻报》（1931年12月6日）上发表了一篇简短的讣告，并附上了徐志摩的一首轻灵优美的诗歌《雪花的快乐》。

在洪德豪森的启发下，德国翻译家兼诗人埃尔加·冯·兰多于1933年重译了这首诗，并在接下来的一年里陆续翻译了十余首徐志摩诗歌，均发表于在上海出版的半月刊《德文协和报》上。

由于当时的受众范围所限，接触到德译徐志摩诗歌的读者为数不多，但兰多的翻译工作对于徐志摩作品在德译介研究无疑具有开创性意义。

此后数十年间，徐志摩作品德译工作趋于沉寂，直到1985年，德国汉学家顾彬主编《太阳之都的消息：中国现代诗歌1919—1984》一书，汇集了他本人翻译的数位中国现当代作家的诗作，其中也包含徐志摩的《为谁》《再别康桥》等十余首诗歌。在译诗导言中，顾彬强调了徐志摩笔下全身心投入对爱、自由和美的追求，敢于尝试“灵魂的冒险”的新人形象对中国现代文学发展的贡献[1]。

德国学者露特·克雷梅留斯对徐志摩在德译介传播的贡献尤为显著，她在博士论文中，全面研究了徐志摩的四部诗集，并且提供了121首诗歌的德文译本。该论文后经克雷梅留斯修订整理，于1996年以“徐志摩的诗歌代表作”为名出版。此书以全面的视角呈现了徐志摩的诗歌创作，它们并非按照创作时间顺序排列，而是以诗歌形式与内容进行划分和阐释。第一部分侧重于对形式和风格的细致分析，涉及诗歌类型、格律、韵律、声音和形象等方

[1] Wolfgang Kubin: *Nachrichten von der Hauptstadt der Sonne. Moderne chinesische Lyrik 1919–1984*. Frankfurt: Suhrkamp Verlag, 1985, S. 43.

面，徐志摩以风格多样的创作形式与手段尝试着自己的诗歌才华，而不拘泥于某种特定的风格，克雷梅留斯由此认为他是一个极具创新精神的诗人。第二部分侧重于主题方面，与形式上的多样性不同，徐志摩的主题选择比较有限，主要围绕“爱情”“自然”和“社会问题”这几个主题，表达了对爱、美、自由和真理的信仰。

徐志摩的众多诗作中，除《雪花的快乐》《为谁》等脍炙人口的诗篇数次被译为德语外，德国读者最为熟悉的当属《再别康桥》一诗，继兰多、顾彬、克雷梅留斯等人的翻译之后，顾正祥与卡特琳娜·潘格里兹主编的《我住在大洋东边：20 世纪中国诗选》，以及布丽吉特·拉特和斯拉夫卡·鲁德·波鲁斯卡主编的《诗歌中的旅行》这两本书中，都单单只收译了徐志摩的这一首诗，足见其在徐志摩作品海外译介中的代表性意义。此外，该诗还由乌尔里希·埃尔克曼等人以单篇译本的形式发表于报刊或网络平台。这首最能代表徐志摩才情和诗性的名篇，想象丰富、韵律谐和、意境优美、神思飘逸，成为徐志摩诗歌作品在德国传播的典型。

《太阳之都的消息：中国现代诗歌 1919—1984》封面

二、徐志摩作品在德国的评价与阐释

徐志摩的一生虽然短暂，但他经历丰富、思想活跃、影响深远。中学毕业后，他先后在上海、天津和北京求学，又赴美、英留学，在英国剑桥的两年深受西方教育理念熏陶及欧美浪漫主义和唯美派诗人影响。回国后，与胡适、闻一多等人先在北京成立新月社，时局动荡之下，又与社员齐聚申城，创建新月书店，创办《新月》月刊，旗帜鲜明地开启了中西诗艺融合的时代，以“新诗”传递对人生的理解与生命的把握，坚持自由、平等、博爱的人道主义情怀和简单朴素的信仰。与此相应，在德国，对于徐志摩的研究也脱离了惯常的带有猎奇或政治倾向的中国文学接受模式，相对简单纯粹，研究者主要从诗歌的艺术性角度进行评介与阐释，涉及以下三个方面：

其一是精巧的韵律。德国汉学界对徐志摩的认识首先是他作为新格律诗的代表性人物，在诗歌创作中对唯美艺术的追求。研究者指出徐志摩诗歌精巧的韵律体现在诗歌的诗节通常都比较匀称，反映出“一种高度的形式意识”[1]，同时还富于节奏美和韵律美，展现了“精心构思”的“轻灵”[2]。例如《雪花的快乐》采用了多种韵脚形式，以尾韵、叠句、头韵、行中韵等互相交织的诗节加强了轻扬飞逸的效果，“语词表面上的轻盈在此已变成了精心设计的形式”[3]。又如《再别康桥》，这首诗共七段，每段四句，诗人运用了“行中韵、头韵、准押韵和反复等手法”，实现了一种“高度艺术技巧的表达”[4]。克雷梅留斯尤其推崇徐志摩诗歌格律的独特性，她承认“由于语言本身的特殊性，任何以重音为基础的汉语诗歌的韵律都可能是任意的”[5]，并以此反驳了齐里尔·比尔希关于徐志摩诗歌模仿英语诗歌韵律的论点。由于翻译徐志摩诗歌有一定难度，她在翻译的时候尽可能忠实于每句诗的“结构和字数”，而在一定程度上忽视了韵律和格律，因为她认为“遵循韵律和保持一定格律的强迫性，通常会导致对原诗的偏离”[6]。

其二是唯美的意境。德国研究者注意到徐志摩诗歌还有另一大特点，就

---

[1] 顾彬：《二十世纪中国文学史》，范劲等译，上海：华东师范大学出版社，2008 年，第 87 页。

[2] 顾彬：《二十世纪中国文学史》，范劲等译，上海：华东师范大学出版社，2008 年，第 88 页。

[3] 顾彬：《二十世纪中国文学史》，范劲等译，上海：华东师范大学出版社，2008 年，第 89 页。

[4] 顾彬：《二十世纪中国文学史》，范劲等译，上海：华东师范大学出版社，2008 年，第 90 页。

[5] Ruth Cremerius: *Das poetische Hauptwerk des Xu Zhimo(1897–1931)*. Hamburg: Gesellschaft für Natur- und Völkerkunde Ostasiens, 1996, S. 59.

[6] Ruth Cremerius: *Das poetische Hauptwerk des Xu Zhimo(1897–1931)*. Hamburg: Gesellschaft für Natur- und Völkerkunde Ostasiens, 1996, S. 6.

是善于通过丰富的想象和形象新颖的比喻把各种事物关联起来，构建意境优美的图画，引人进入一个瑰丽的想象空间。徐志摩诗歌中常常见到太阳、蓝天、云朵以及飞翔于其间的鸟儿，“构成了徐志摩理想化的风景”[1]。《再别康桥》中，诗人在云间飘逸，享受着“被风尽情地拥抱，恣意地亲吻着明亮的星辰”这种“凡人难以企及的幸福”[2]。在1925年首次出版的《志摩诗集》中，月亮一次次出现，它的“灵动和美丽让池底的鱼儿也醉了”，它的光芒四射的、完美的圆润带有神秘和神圣的成分，把徐志摩的诗歌世界变成“一个天马行空的，透明、空灵、抽象的球体”[3]，而这种理想化的风景描写又常常被批评为“五颜六色的肥皂泡”，虽然美丽、悦目，但由于“肥皂泡毫无瑕疵的圆润实则是一种短暂的、不稳定的和谐”[4]，梦幻终将破灭，因而在唯美的意境中透着悲伤、忧郁的气息。

其三是独特的意象。德国研究者对徐志摩诗歌和散文中频繁出现的“奔驰的火车”和“飞翔的梦想”等意象进行了重点论述与深入分析。顾彬认为徐志摩多次以行进中的火车为主题，表现了“与中国传统的闲适原则背道而驰的狂躁性形象”[5]。在徐志摩生活的时代，许多人在沉闷的现实中承受着难以排遣的痛苦，无法体验甚至想象畅行与飞翔的兴奋感和自由感。徐志摩诗歌中大量出现火车、飞机等向前运动的工具，反映了徐志摩远离现实中“充满消沉和对生存的倦怠的空气”[6]的愿望。他歌颂运动、变化和事物的转瞬即逝，尤其对飞翔主题情有独钟，他宣称“是人没有不想飞的。老是在这地面上爬着够多厌烦”[7]，为了忘却现实中的烦恼，他将目光投向高空，任思绪飞升，借助飞机、飞鸟、流星等多重飞翔意象，以一种“永不满足的、渴望的状态活在尘世

[1] Ricarda Päusch: *Fliegen und Fliehen. Literarische Motive im Werk Hsü Chih-mos*. Dortmund: Projekt Verlag, 1995, S. 47.
[2] Ricarda Päusch: *Fliegen und Fliehen. Literarische Motive im Werk Hsü Chih-mos*. Dortmund: Projekt Verlag. 1995, S. 55.
[3] Ricarda Päusch: *Fliegen und Fliehen. Literarische Motive im Werk Hsü Chih-mos*. Dortmund: Projekt Verlag. 1995, S. 58.
[4] Ricarda Päusch: *Fliegen und Fliehen. Literarische Motive im Werk Hsü Chih-mos*. Dortmund: Projekt Verlag. 1995, S. 55.
[5] 顾彬：《二十世纪中国文学史》，范劲等译，上海：华东师范大学出版社，2008年，第87页。
[6] 顾彬：《二十世纪中国文学史》，范劲等译，上海：华东师范大学出版社，2008年，第88页。
[7] 徐志摩：《想飞：巴黎的麟爪》，上海：复旦大学出版社，2004年，第88页。

间”[1]，而他的诗歌也因此获得了“开阔与飘逸的特质”[2]。里卡达·派施将徐志摩的轻盈“如空气般的诗歌”与“美丽却无能的天使”雪莱的诗歌联系起来，又将其与中国古诗代表人物、“诗仙”李白相提并论，体现徐志摩无与伦比的浪漫诗风和才情魅力，而又在单纯的理想主义之下如“天上的浮云般四处飘荡”[3]，无处生根的无奈。

徐志摩不仅是著名诗人，同时还是一位散文大家，并创作了戏剧、小说等其他文体作品。在德国，对于徐志摩作品的译介与接受侧重于翻译和研究其诗歌创作，对其散文研究较少涉及，而对其戏剧、小说等其他体裁的作品的研究则几乎为零，也鲜见对徐志摩进行总体性研究的作品。这些缺失或许会成为未来德国汉学界徐志摩研究的走向。

徐林峰　文

[1] Ricarda Päusch: *Fliegen und Fliehen. Literarische Motive im Werk Hsü Chih-mos*. Dortmund: Projekt Verlag. 1995, S. 58.
[2] Ricarda Päusch: *Fliegen und Fliehen. Literarische Motive im Werk Hsü Chih-mos*. Dortmund: Projekt Verlag. 1995, S. 44.
[3] Ricarda Päusch: *Fliegen und Fliehen. Literarische Motive im Werk Hsü Chih-mos*. Dortmund: Projekt Verlag. 1995, S. 58.

第五节 新感觉派小说在德语世界的译介影响

刘呐鸥：德国汉学视野下中国都市文学作家

20世纪30年代，我国阶级斗争日趋激烈，上海是“五卅”运动和“四一二”反革命政变的发生地，血腥的政治事件极大地冲击了上海文人。一部分具有政治信仰的知识分子义无反顾地投身革命，而另一部分文人则选择在政治上保持中立。然而，两无依傍的“第三种人”却迷失在时代的洪流中[1]，他们迷茫焦虑地寻找着自己前进的方向。同时，在这一时期，雄厚的经济实力和庞大的人口基础，令上海跃升成为一座大都市。在上海，这一群漂泊无定的文人身处突然膨胀的物质文明，体验充斥欲望的都市生活，敏锐地觉察到现代跳动的脉搏。西方现代主义的影响，上海现代生活的直接冲击，就这样造就了新感觉派的崛起，深受现代思潮影响和痴迷日本新感觉派的刘呐鸥是新感觉派的重要代表作家之一。

刘呐鸥，出生于1905年，毕业于日本庆应大学。当时，正值日本文坛各种流派涌动，追求“感觉现实”的日本新感觉派引起了刘呐鸥的注意。深受日本新感觉派的影响，刘呐鸥在回国后，带着大量的日本文艺书籍来到上海，创立《无轨列车》杂志，这也标志着中国新感觉派小说实践的开始。作为新感觉派的代表作家，刘呐鸥崇尚主观，表现自我，以感觉现实的方式表现快节奏的都市欲望生活。此外，不幸的封建婚姻塑造了刘呐鸥的女性观，女性成为他眼中罪恶的化身。刘呐鸥因其充满现代性的作品备受争议，也受到许多德国汉学家的关注。本部分通过梳理刘呐鸥作品在德国的译介研究文本，以德语研究文

---

[1] 参见王文英：《新感觉派论》，载《上海社会科学院学术季刊》1998年第3期，第184页。

献为基础，探析刘呐鸥作品在德国的接受情况。

一、刘呐鸥作品在德国的译介

刘呐鸥作品在德国的译介始于2004年，歌德学院（中国）院长克莱门斯·特雷特博士翻译刘呐鸥的小说《两个时间的不感症者》，发表于《东亚文学杂志》2004年总第37期。刘呐鸥以浮华的十里洋场为背景，描述一女两男迷醉混乱的都市两性关系。小说中，层出不穷的典型都市景观，如赛马场、舞厅、咖啡厅、百货大楼，渲染了上海的现代氛围，将现代的都市生活描摹得淋漓尽致。在这样一座摩登都会，主人公H在人头攒动的赛马场邂逅了一位妙龄女郎，另一位男士T的出现则使这场浪漫邂逅成为戏剧化的三角恋。然而，随着故事的发展，女郎奔赴下一场约会，将两位不知所措的男士留在原地。整部小说充斥着无聊的消遣式对话，男男女女受荷尔蒙和虚荣感的支配，沉浸于快餐式的爱情。正如柯理博士的评价："与其他新感觉派的作家相同，刘呐鸥的小说关注上海的现代氛围，描述城市的外表和带给人的感受，小说中的主角则沦为受本能和欲望支配的人。"[1]

《东亚文学杂志》2004年总第37期封面

遗憾的是，在此之后刘呐鸥的作品再未被译介到德国。

[1] Vgl. Clemens Treter: Männer ohne Gespür für die Zeit, in: Kühner, Hans; Traulsen, Thorsten; Wuthenow, Asa-Bettina (Hrsg.): *Hefte für ostasiatische Literatur 37*. München: Indicium Verlag, 2004, S. 95.

二、刘呐鸥作品在德国的研究

刘呐鸥充分借鉴日本新感觉派的创作手法，以上海为故事背景，创作了众多具有现代性的小说。他将上海这一座摩登都市作为审美对象，将主观感受与客观现实相融合，展现对都市生活的认知与体验。此外，母亲的操纵、失败的婚姻和都市迷乱的两性关系塑造了他对女性的矛盾认知。纵览德国汉学家对刘呐鸥的研究，主要以刘呐鸥的女性观和都市文学为重点。

（一）厌恶与沉迷：辗转于男人之间的摩登女郎

17 岁的刘呐鸥，在母亲的安排下，与表姐黄素贞结婚。然而，对于母亲安排的这段婚姻，刘呐鸥深感痛恨，更是将妻子视为受欲望支配的吸血鬼，由此建立女人与性和欲望之间的联系。同时，他不受拘束的性格也和古板规矩的母亲大相径庭，使得这对母子的关系越发疏远。此外，他虽出生于台湾，留学于日本，但最终定居于上海。上海迷情的现代生活让刘呐鸥养成了放浪的生活作风[1]，这也让他一方面迷恋摩登的现代女郎，欣赏女性的曼妙身材，另一方面，他又将女性视为罪恶的化身，认为她们徒有外表，毫无内涵，将男人视为玩物。对女性的复杂观感由此推动了刘呐鸥的文学创作。

德国汉学家对刘呐鸥的女性观研究始于 1994 年，汉学家拉尔夫・约翰发表学术论文《新感觉派：1928—1936 年上海现代派作家小说研究》。拉尔夫・约翰关注到新感觉派独特的写作手法和创作对象，并着重分析刘呐鸥的两部作品《流》和《两个时间的不感症者》：“在人物塑造和情节结构上，刘呐鸥总是倾向于塑造呆板天真的男性和摩登性感的女性……而在对大城市的

[1] 参见胡仟慧：《刘呐鸥小说的女性嫌恶症分析》，载《文学教育（下）》2021 年第 1 期，第 9 页。

描述中，作者反复强调性是一种刺激，也是一种消费品。”[1] 在刘呐鸥的小说中，男性的权威总是被颠覆，女性拥有完全的主导权，这一点也得到汉学家伊奈斯·苏珊·席林的肯定：“刘呐鸥偏爱描写超现代的、完全独立的女性，在他的作品中，男性往往是可笑的木偶，他们允许自己被女性欺骗。”[2] 席林在论文《上海 30 年代现代实验小说：穆时英作为新感觉派代表作家》中，进一步从这一角度评介刘呐鸥小说《热情之骨》：“在这部短篇小说中，刘呐鸥将这一点发挥到了极致，主人公（一个年轻的中国女人）甚至比追求她的外国人更为现代，她试图在经济上利用这个男人，并在最后取笑这个男人是多么老土和多愁善感。”[3]

2004 年，慕尼黑大学的付嘉玲博士（音译）发表博士论文《海派叙事文学》，她以《两个时间的不感症者》与《礼仪和卫生》为研究对象，分析刘呐鸥的写作手法，评价小说中的女性形象，写道：“刘呐鸥所描述的城市景观，大多是男性视角下的女性景观……小说中的现代女性并没有被现代生活所束缚，她们寻找机会满足自己的欲望，几乎把一切（包括爱情）视作游戏，她们欺骗背叛了自己的恋人或丈夫。”[4] 付嘉玲看到刘呐鸥所塑造的女性罪恶的一面，她们凭借自己的外貌与身材周旋于男人之间。在他的小说中，女性为欲望而生。2006 年，北京师范大学文学院教授方维规也在德语文章《觉醒与反抗时期的自我反省：1919—1949 年的中国现代文学》中，评述刘呐鸥对女性与欲望的理解：“都市文明的诱惑力也推动了性欲的发展，因为女性裸露的身体使得男性心烦意乱。”[5]

---

[1] Ines-Susanne Schilling, John Ralf: *Die Neuen Sensualisten (xin ganjuepai). Zwei Studien über Shanghaier Modernisten der zwanziger und dreißiger Jahre*, Bochum: N. Brockmeyer, 1994, S. 307.

[2] Ines-Susanne Schilling, John Ralf: *Die Neuen Sensualisten (xin ganjuepai). Zwei Studien über Shanghaier Modernisten der zwanziger und dreißiger Jahre*, Bochum: N. Brockmeyer, 1994, S. 53.

[3] Ines-Susanne Schilling, John Ralf: *Die Neuen Sensualisten (xin ganjuepai). Zwei Studien über Shanghaier Modernisten der zwanziger und dreißiger Jahre*, Bochum: N. Brockmeyer, 1994, S. 53.

[4] Jialing Fu: Die haipai-Erzählliteratur, in: Hans van Ess, Roderich Ptak, Thomas O.Höllman (Hrsg.): *Studien zur Geistesgeschichte und Literatur in China.* Band 4. Wiesbaden: Otto Harrassowitz Verlag, 2004, S. 93–112.

[5] Weigui Fang: *Selbstreflexion in der Zeit des Erwachens und des Widerstands: moderne chinesische Literatur 1919 –1949*, Wiesbaden: Harrassowitz Verlag, 2006, S. 493–494, 498.

（二）迷茫与迷恋：享乐主义下的都市生活

作为都市文学的开山作家，刘呐鸥以曼妙的女性为主角，聚焦摩登女郎快餐式的都市爱情，描绘出都市的“色彩和空气”。他笔下的女性不仅是他对女性观感的文学映照，更是现代都市的化身。美丽魅惑的女性象征着都市生活的诱惑与迷醉，而摩登女郎毫不留情的抽身背叛则是都市的疏离与冷漠的体现。刘呐鸥利用主观感受表现都市生活的风驰电掣，女人与都市相互映照的手法更是让他在半个多世纪的都市文学发展中独领风骚[1]。

对刘呐鸥的都市景观研究始于1992年，柏林经济技术交流与培训中心主任弗尔克·派尔发表论文《中国通俗文学：上海小说家程乃珊作品研究》，追溯海派文学的发展脉络，其中评介了刘呐鸥的都市文学：“刘呐鸥等作家提取上海城市人群颓废、堕落与病态的行为，表现物欲生活中人际关系的冷漠……表现作者对大都市生活的悲观与无望。”[2]由此，弗尔克·派尔抓住刘呐鸥都市文学的特点，令人迷恋的物质生活下是人与人之间疏远的距离，是都市男女的迷茫与绝望。汉学家伊奈斯·苏珊·席林则从作家的角度剖析这种矛盾情绪：“刘呐鸥的小说总是与他对大城市的热爱产生共鸣，他迷恋大城市令人兴奋、快节奏的氛围，崇尚颓废的审美、美女和放荡不羁的生活……他对现代大都市的外在感知和矛盾态度（既令人愉悦又令人厌恶）是后来作品的重要主题。”[3]拉尔夫·约翰则结合社会背景指出：“新感觉派的作家观察到城市的现代氛围和社会混乱。他们的目光投向孤独、失望的人们，他们困于肤浅的现代社会，徒劳地试图逃离繁忙的日常生活。许多人被上海的匿名性和失败的人际

---

[1] 参见傅建安：《刘呐鸥小说与新时期都市书写》，载《南方文坛》2010年第2期，第68页。

[2] Folke Peil: *Chinesische Populärliteratur: (tongsu wenxue): das Werk der Shanghaier Erzählerin Cheng Naishan*, Bochum: N. Brockmeyer, 1992, S. 20–30.

[3] Ines-Susanne Schilling, John Ralf: *Die Neuen Sensualisten (xin ganjuepai). Zwei Studien über Shanghaier Modernisten der zwanziger und dreißiger Jahre*, Bochum: N. Brockmeyer, 1994, S. 31.

关系所击垮。他们希望用现代娱乐的刺激来解决他们的问题。”[1]

不同于上述几位汉学家对刘呐鸥都市文学矛盾情绪的研究，付嘉玲博士关注到新感觉派都市文学的物欲主题，“新感觉派的作品试图通过将现代产品和艺术融合在一起，形成一个新的文学乌托邦，具有强烈的物质性……新感觉派小说的人物将现代生活简化为消费和享乐，他们将欲望的满足视为幸福”。

自2004年《两个时间的不感症者》译介以来，刘呐鸥作品在德国的译介停滞，而对刘呐鸥作品的研究也在2006年以后逐渐沉寂。汉学家伊奈斯·苏珊·席林曾坦言：“刘呐鸥除了描绘大都市的风景外，只写过几篇单独的小说，而这几篇小说也与《都市风景线》非常相似。刘呐鸥之所以能被视为新感觉派的创始人，更多的是因为他的组织活动，以及他用他对日本新感觉派的热情感染周边的作家……无论从数量上还是质量上，刘呐鸥的文学作品都无法与施蛰存和穆时英相比。”[2]可能这也是近年来刘呐鸥译介与研究在德国沉寂的原因，德国汉学家对新感觉派的热情更多倾注在另外两位代表人物的作品上。

余丽慧　文

穆时英：中国文坛的现代派之星

20世纪30年代，中国文坛新感觉派因其向西方和日本文学借鉴艺术手法的先锋姿态名噪一时，随后由于政治意识形态的介入和民族危机的加深而销声匿迹[3]。穆时英是新感觉派代表作家之一，与新感觉派命运类似，穆时英自作品发表起就在中国文坛饱受争议。直到20世纪80年代，社会进步思潮培育出包容

[1] Ines-Susanne Schilling, John Ralf: *Die Neuen Sensualisten (xin ganjuepai). Zwei Studien über Shanghaier Modernisten der zwanziger und dreißiger Jahre*, Bochum: N. Brockmeyer, 1994, S. 218.

[2] Ines-Susanne Schilling, John Ralf: *Die Neuen Sensualisten (xin ganjuepai). Zwei Studien über Shanghaier Modernisten der zwanziger und dreißiger Jahre*, Bochum: N. Brockmeyer, 1994, S. 24.

[3] 马占俊：《穆时英研究概述》，载《时代文学（下半月）》2011年第11期，第219页。

度更高的人文土壤，穆时英作为重新书写中国文学史的重要一环，再一次回到中国学者视野，而穆时英研究之所以在国内得到复兴，一大原因在于海外对穆时英的关注[1]。2011年，马占俊发表文章《穆时英研究概述》，梳理截至当时的穆时英研究的代表性成果。在海外译介与研究方面，马占俊指出："在从穆时英逝世后到新时期这段时间内，尽管大陆地区对穆时英的研究处于空白阶段，但是海外学者对穆时英的关注一直未曾间断……改革开放以来，海外对穆时英和中国新感觉派的关注仍在持续，并且随着文化交流的不断加深，许多研究资料得以在大陆地区出版。"[2]总体而言，国内学界研究穆时英作品在海外的译介与接受情况仍停留在较粗浅的层面，本部分主要以《中国通俗文学》《二十世纪中国文学史》等德语文献为依据，概述穆时英作品在德国的译介与接受情况。

穆时英作品在德国的译介始于1994年，波鸿布洛克迈耶尔出版社出版的《新感觉派：关于二三十年代上海现代派作家的两部研究》，收录伊奈斯·苏珊·席林与拉尔夫·约翰各自完成的德语专著。其中，伊奈斯·苏珊·席林在《30年代上海的现代主义实验小说：新感觉派代表作家穆时英》中翻译穆时英《公墓》《断了条胳膊的人》等作品片段和小说集《南北极》《公墓》及《白金的女体塑像》前言部分，并在文后另附伊奈斯·苏珊·席林本人翻译的穆时英三部短篇小说《上海的狐步舞》《白金的女体塑像》及《骆驼·尼采主义者与女人》的完整德语译文。[3]拉尔夫·约翰在论著《新感觉派：1928—1936年上海现代派作家小说研究》中翻译穆时英短篇小说《上海的狐步舞》《夜总会里的五个人》《PIERROT》片段，这些作品中文原文均出自严家炎主编《新感觉派小说选》[4]中收录的穆时英小说。除此之外，拉尔夫·约翰还在文中翻译穆时英

[1] 马占俊：《穆时英研究概述》，载《时代文学（下半月）》2011年第11期，第220页。

[2] 马占俊：《穆时英研究概述》，载《时代文学（下半月）》2011年第11期，第220页。

[3] Ines-Susanne Schilling: Modernistisch-experimentelle Prosa aus dem Shanghai der dreßiger Jahre. Mu Shiying (1912–1940) als Vertreter der Neuen Sensualisten, in: Ines-Susanne Schilling, Ralf John: *Die Neuen Sensualisten (xin ganjuepai). Zwei Studien über Shanghaier Modernisten der zwanziger und dreissiger Jahre*, Bochum: Brockmeyer, 1994, S. 146–179.

[4] 严家炎：《新感觉派小说选》，北京：人民文学出版社，1985年。

小说集《公墓》序言，但这篇序言是从英文版本转译而来的[1]。2004年，德国奥托·哈拉索维茨出版社出版汉斯·范埃斯、罗德里希·普塔克和托马斯·霍尔曼主编的《中国精神史与文学研究》系列文集第四卷，即付嘉玲（音译）的德语论著《海派叙事文学》。除上述三本德语论著之外，迄今为止没有穆时英作品的单行本译著在德国出版，各类德语报刊也未曾出现过穆时英作品的德语译文。

在穆时英研究方面，德语学者的落脚点可归结为穆时英身上的三个标签，即“新感觉派”“海派”和“现代派”。

海派作家与新感觉派作家是20世纪二三十年代中国文学史的重要组成部分，不少有关中国文学史的德语论著均关注到这一群体。穆时英常在新感觉派作家研究或海派作家研究中被提及，但篇幅较少。1992年，波鸿布洛克迈耶尔出版社出版弗尔克·派尔德语论著《中国通俗文学：上海小说家程乃珊作品研究》。该论著全面介绍了20世纪初至20世纪80年代海派文学的发展变化。其中，作者将新感觉派与京派作家进行比较，指出新感觉派与京派作家的显著差异在于“大都市小说”的创作。新感觉派作家多用意识流写作、文学速写、蒙太奇手法等技巧，描绘上海的快速变化、堕落颓废的城市生活以及疏离淡漠的人际关系。而京派作家如沈从文、芦焚等人就很少书写城市小说[2]。文中简略介绍了穆时英的两部都市文学作品《上海的狐步舞》及《南北极》。2006年，德国奥托·哈拉索维茨出版社出版汉斯·范埃斯、罗德里希·普塔克和托马斯·霍尔曼主编的《中国精神史与文学研究》系列文集第七卷，即魏桂芳（音译）的德语论著《觉醒与抗争时期的自我反省：1919—1949年的中国现代文学》。作者在评介张爱玲日据时期的写作时，将张爱玲置于海派文学语境中进行考察。上海当时至少有三个重叠的文学流派，即新感觉派、新言情小说和新鸳鸯蝴蝶派。其中，新感觉派作品几

[1] Ralf John: Die “Neue Sensibilität” (Xin ganjue pai). Zu Erzählungen einer Gruppe Shanghaier Modernisten, in: Ines-Susanne Schilling, Ralf John: *Die Neuen Sensualisten (xin ganjuepai). Zwei Studien über Shanghaier Modernisten der zwanziger und dreissiger Jahre*, Bochum: Brockmeyer, 1994, S. 355.

[2] Folke Peil: *Chinesische Populärliteratur: (tongsu wenxue): das Werk der Shanghaier Erzählerin Cheng Naishan*, Bochum: N. Brockmeyer, 1992, S. 27.

乎无一例外受到上海城市文化的强烈影响，穆时英与刘呐鸥尤甚，两者在文学创作方面以日本新感觉派作为榜样[1]。魏桂芳将张爱玲与新感觉派进行比较，作者认为，张爱玲的写作目的在于展示日新月异的时代背景下，金钱如何毁灭人性；在上海这个大都市里，日常生活如何遭到变形和异化。而在刘呐鸥与穆时英的作品中，城市文明的诱惑力仅仅表现为性欲。魏桂芳认为张爱玲的观察视角具有伦理的力量，因此更胜一筹[2]。除此之外，顾彬在《二十世纪中国文学史》中还关注到穆时英的政治立场。顾彬认为，日军在侵华战争时期企图采取一系列措施达到对文化领域的控制，包括书报检查、诱导艺术内容、建立作家组织等，而穆时英就身陷其中[3]。综上，上述几部德语论著都偏向于在研究新感觉派或海派作家群体时简单提及穆时英，没有针对穆时英本人的专题论述。

鉴于新感觉派在中国文坛繁荣时间较为短暂，上述德语文献并未给予这一流派过多笔墨，连带穆时英本人也并未获得太多关注。与此不同，2004 年付嘉玲德语论著《海派叙事文学》则将新感觉派作为海派文学三大流派之一进行专题论述。作者明晰“新感觉派”的概念起源、产生背景及作品风格，认为“新感觉派作家尝试将‘摩登’的产品和艺术融合成一个新的、极具物质性的文学乌托邦”，而穆时英正是新感觉派中将人物对物质需求的渴望表现到极致的作家之一[4]。在对穆时英进行专题评介之前，作者首先总结新感觉派创作特点：“如果将 20 世纪前 20 年新鸳鸯蝴蝶派报纸杂志与 30 年代新感觉派作品作比较，就会发现，新感觉派毫无疑问更具有商业性质，同时在与当时已成体系的文学市场打交道时也显得更为专业。”[5] 穆时英小说《南北

[1] Weigui Fang: *Selbstreflexion in der Zeit des Erwachens und des Widerstands: moderne chinesische Literatur 1919–1949*, Wiesbaden: Harrassowitz Verlag, 2006, S. 491.

[2] Weigui Fang: *Selbstreflexion in der Zeit des Erwachens und des Widerstands: moderne chinesische Literatur 1919–1949*, Wiesbaden: Harrassowitz Verlag, 2006, S. 496.

[3] 顾彬：《二十世纪中国文学史》，范劲等译，上海：华东师范大学出版社，1998 年，第 185 页。

[4] Jialing Fu: *Die haipai-Erzählliteratur*, in: Hans van Ess, Roderich Ptak, Thomas O.Höllman (Hrsg.): *Studien zur Geistesgeschichte und Literatur in China*. Band 4. Wiesbaden: Otto Harrassowitz Verlag, 2004, S. 94.

[5] Jialing Fu: *Die haipai-Erzählliteratur*, in: Hans van Ess, Roderich Ptak, Thomas O.Höllman (Hrsg.): *Studien zur Geistesgeschichte und Literatur in China*. Band 4. Wiesbaden: Otto Harrassowitz Verlag, 2004, S. 97.

极》就是其中典型，由于当时读者群体对不同文学主题的好奇和期待，穆时英与其他一些作家在一段时间内拿当时十分热门的“无产阶级文学”概念做文章。穆时英小说集《南北极》中出现了许多工人俚语，用很多笔墨描绘工人阶级的生活与想法[1]。然而，穆时英笔下的工人阶级实际上与左翼作家联盟理想化的“人民群众”大相径庭：“穆时英描绘的工人形象并不是那些渴望获得教育、乐于为新思想与新革命献身的求知者，而是被本能驱使着在社会底层漂泊的边缘人群。”[2]不同于左翼作家将政治宣传与艺术表达等同的做法，以穆时英为代表的新感觉派通过文学创作新技巧与读者群体产生连结，创造了完全独特的小说风格。因此作者认为，事实上所有新感觉派作家十分看重叙述技巧，很少向所谓的“大众审美”妥协[3]。具体到穆时英个人，论著较为全面地介绍了穆时英的家庭、教育经历和工作状况。在创作方面，作者重点评述穆时英的《上海的狐步舞》及《白金的女体塑像》两篇文章，认为穆时英进行创作时重视描写女性身体，善于进行语言实验和破除既定叙述规则，频繁描写空间地点，善于剖析主人公内心世界，追求对感官世界的描绘[4]。

除海派作家与新感觉派作家身份之外，穆时英得到德语文学界关注的另一大原因，在于其作品体现出的现代性，伊奈斯·苏珊·席林与拉尔夫·约翰的两部德语论著均以此为出发点。

伊奈斯·苏珊·席林以西方文学研究中“现代派”概念为基础，不考虑政治因素，解读穆时英的文学创作。核心问题是探讨穆时英在哪些方面可被视作现代派作家，以及为何在探讨30年代中国文学史时需要强调这一点。由于

[1] Jialing Fu: *Die haipai-Erzählliteratur*, in: Hans van Ess, Roderich Ptak, Thomas O.Höllman (Hrsg.): *Studien zur Geistesgeschichte und Literatur in China*. Band 4. Wiesbaden: Otto Harrassowitz Verlag, 2004, S. 98.

[2] Jialing Fu: *Die haipai-Erzählliteratur*, in: Hans van Ess, Roderich Ptak, Thomas O.Höllman (Hrsg.): *Studien zur Geistesgeschichte und Literatur in China*. Band 4. Wiesbaden: Otto Harrassowitz Verlag, 2004, S. 101.

[3] Jialing Fu: *Die haipai-Erzählliteratur*, in: Hans van Ess, Roderich Ptak, Thomas O.Höllman (Hrsg.): *Studien zur Geistesgeschichte und Literatur in China*. Band 4. Wiesbaden: Otto Harrassowitz Verlag, 2004, S. 101.

[4] Jialing Fu: *Die haipai-Erzählliteratur*, in: Hans van Ess, Roderich Ptak, Thomas O.Höllman (Hrsg.): *Studien zur Geistesgeschichte und Literatur in China*. Band 4. Wiesbaden: Otto Harrassowitz Verlag, 2004, S. 107–112.

“现代主义”或“现代派”概念在东西方都很难得到统一的界定，该论著不是依据具体的条目标准列举穆时英与所谓“现代派”的异同之处，而是通过探究穆时英八部代表作品包含的世界观，理解穆时英与现代派之间的一致性[1]。

该论著正文共分为三大部分，分别介绍新感觉派、现代派以及穆时英与现代派的一致性。作者在第一部分全面介绍新感觉派产生的时代背景、成员意识形态以及新感觉派成型与发展的重要事件。文中提及穆时英进入新感觉派作家圈的契机：1929年刘呐鸥、施蛰存等作家创办《新文艺》，穆时英在这本杂志上发表了自己的第一部小说，从而与这一作家群体产生联系[2]。但伊奈斯·苏珊·席林没有提及该部作品的名称，根据《中国文学家辞典·现代　第四分册》的记载，这部短篇小说为穆时英的《咱们的世界》。伊奈斯·苏珊·席林将新感觉派分为两个门类：以刘呐鸥为代表的“都市文学”以及以施蛰存为代表的“心理分析小说”，而穆时英是两者之间的纽带，因为这两种文学思潮都汇聚在穆时英的短篇小说中[3]。

伊奈斯·苏珊·席林在论著中全面且细致地记述穆时英的一生，作者按照大致的时间顺序陈述穆时英的家庭出身、教育经历、生活习惯、婚姻状况、政治立场、香港生活以及死亡之谜等，同时介绍了其一些作品的出版情况和海外文学对穆时英的影响[4]。

以西方现代派创作风格及特点为基础，作者将穆时英与现代派的一致性总

---

[1] Ines-Susanne Schilling: Modernistisch-experimentelle Prosa aus dem Shanghai der dreßiger Jahre. Mu Shiying (1912–1940) als Vertreter der Neuen Sensualisten, in: Ines-Susanne Schilling, Ralf John: *Die Neuen Sensualisten (xin ganjuepai). Zwei Studien über Shanghaier Modernisten der zwanziger und dreissiger Jahre*, Bochum: Brockmeyer, 1994, S. 4–7.

[2] Ines-Susanne Schilling: Modernistisch-experimentelle Prosa aus dem Shanghai der dreßiger Jahre. Mu Shiying (1912–1940) als Vertreter der Neuen Sensualisten, in: Ines-Susanne Schilling, Ralf John: *Die Neuen Sensualisten (xin ganjuepai). Zwei Studien über Shanghaier Modernisten der zwanziger und dreissiger Jahre*, Bochum: Brockmeyer, 1994, S. 24–25.

[3] Ines-Susanne Schilling: Modernistisch-experimentelle Prosa aus dem Shanghai der dreßiger Jahre. Mu Shiying (1912–1940) als Vertreter der Neuen Sensualisten, in: Ines-Susanne Schilling, Ralf John: *Die Neuen Sensualisten (xin ganjuepai). Zwei Studien über Shanghaier Modernisten der zwanziger und dreissiger Jahre*, Bochum: Brockmeyer, 1994, S. 30.

[4] Ines-Susanne Schilling: Modernistisch-experimentelle Prosa aus dem Shanghai der dreßiger Jahre. Mu Shiying (1912–1940) als Vertreter der Neuen Sensualisten, in: Ines-Susanne Schilling, Ralf John: *Die Neuen Sensualisten (xin ganjuepai). Zwei Studien über Shanghaier Modernisten der zwanziger und dreissiger Jahre*, Bochum: Brockmeyer, 1994, S. 59–72.

结为以下几个方面：

第一，文学审美独立性及创作元素对立性。与当时占据中国文学界主要地位的左翼作家联盟不同，以穆时英为代表的新感觉派作家始终坚持将文学与政治分开，认为文学不应为政治宣传服务。“穆世英显著的政治独立性和对文学实验无条件的献身精神即可被视为与西方现代主义的相似之处。”[1]此外，西方现代派作品中的对立性也在穆时英的创作中有所体现。一方面，从小说主题本身来看，穆时英短篇小说如《南北极》中描绘下层阶级与上层阶级之间、城市社会与乡村社会之间的冲突[2]；另一方面，穆时英作品在创作手法上呈现出客观与主观视角之间的对立。“穆时英对于资产阶级的描绘……以及对上层阶级懒散、堕落生活的细致描述与19世纪欧洲自然主义大都市小说呈现出极高的一致性。在这些由左拉、莫泊桑、陀思妥耶夫斯基和托尔斯泰等人创作的大都市小说中，经常会出现工人阶级面临的令人印象深刻的社会现实的画面。”[3]但与尽可能追求真实、还原社会面貌的欧洲自然主义不同，穆时英没有最大限度地体现客观性。“穆时英放弃了全知视角的叙述者，而是从第一人称视角进行叙述，同时不断表现这一视角的局限性和主观性。”[4]如果我们将穆时英的作家身份考虑进去，则会揭示第三层对立性，即穆时英本人资产阶级身份与其作品中频繁出现的无产阶级角色之间的对立。穆时英出身于条件优渥的高知资产阶级家庭，是那个年代鲜有的大学生。因

[1] Ines-Susanne Schilling: Modernistisch-experimentelle Prosa aus dem Shanghai der dreßiger Jahre. Mu Shiying (1912–1940) als Vertreter der Neuen Sensualisten, in: Ines-Susanne Schilling, Ralf John: *Die Neuen Sensualisten (xin ganjuepai). Zwei Studien über Shanghaier Modernisten der zwanziger und dreissiger Jahre*, Bochum: Brockmeyer, 1994, S. 74.

[2] Ines-Susanne Schilling: Modernistisch-experimentelle Prosa aus dem Shanghai der dreßiger Jahre. Mu Shiying (1912–1940) als Vertreter der Neuen Sensualisten, in: Ines-Susanne Schilling, Ralf John: *Die Neuen Sensualisten (xin ganjuepai). Zwei Studien über Shanghaier Modernisten der zwanziger und dreissiger Jahre*, Bochum: Brockmeyer, 1994, S. 74.

[3] Ines-Susanne Schilling: Modernistisch-experimentelle Prosa aus dem Shanghai der dreßiger Jahre. Mu Shiying (1912–1940) als Vertreter der Neuen Sensualisten, in: Ines-Susanne Schilling, Ralf John: *Die Neuen Sensualisten (xin ganjuepai). Zwei Studien über Shanghaier Modernisten der zwanziger und dreissiger Jahre*, Bochum: Brockmeyer, 1994, S. 76.

[4] Ines-Susanne Schilling: Modernistisch-experimentelle Prosa aus dem Shanghai der dreßiger Jahre. Mu Shiying (1912–1940) als Vertreter der Neuen Sensualisten, in: Ines-Susanne Schilling, Ralf John: *Die Neuen Sensualisten (xin ganjuepai). Zwei Studien über Shanghaier Modernisten der zwanziger und dreissiger Jahre*, Bochum: Brockmeyer, 1994, S. 77.

此，穆时英理应更擅长书写资产阶级小说，但令人惊讶的是，穆时英却将无产阶级描绘成性格复杂、命运多舛的人物。穆时英小说中的角色无法被简单定义为好人或坏人，读者对于这些人物的态度通常是哀叹怜悯与幸灾乐祸并存、厌恶与理解并存、同情与批判并存 [1]。在穆时英的作品中，世界被直观地看作一个矛盾体。他表现对立，但不解决对立，对立的存在虽然得到承认，但仍旧具有使人困惑和毁灭性的力量。穆时英作品的这种内涵与西方现代派呈现出极高的一致性，因为西方现代文学的重要主题之一正是好与坏之间模糊的、流动的边界 [2]。

第二，日常生活中的精神病理学症状。穆时英短篇小说中反复出现的主题元素是"惯常中的反常征兆"，这与西方现代主义文学作品中描述的"日常生活的精神病理学"保持一致 [3]。伊奈斯·苏珊·席林在论述时选择穆时英三部短篇小说《公墓》《断了条胳膊的人》《白金的女体塑像》，分别概述三部作品的主要情节，分析作品中各自体现的俄狄浦斯情结、恐惧与病态迷恋现象、性与潜意识行为等心理活动，同时交代穆时英叙述过程中的常用技巧，即自由间接引语、内心独白和意识流写作。

第三，以现代都市为主题。穆时英的生活与创作均以上海这一大都市为依托。不仅如此，穆时英作品的叙述技巧也与欧美大都市文学一致。作者通过分析《上海的狐步舞》与《夜总会里的五个人》两部作品，分别阐释两部作品呈现的蒙太奇手法与语言节律。这种语言节律一方面体现在与城市快节奏同频的

[1] Ines-Susanne Schilling: Modernistisch-experimentelle Prosa aus dem Shanghai der dreßiger Jahre. Mu Shiying (1912–1940) als Vertreter der Neuen Sensualisten, in: Ines-Susanne Schilling, Ralf John: *Die Neuen Sensualisten (xin ganjuepai). Zwei Studien über Shanghaier Modernisten der zwanziger und dreissiger Jahre*, Bochum: Brockmeyer, 1994, S. 82.

[2] Ines-Susanne Schilling: Modernistisch-experimentelle Prosa aus dem Shanghai der dreßiger Jahre. Mu Shiying (1912–1940) als Vertreter der Neuen Sensualisten, in: Ines-Susanne Schilling, Ralf John: *Die Neuen Sensualisten (xin ganjuepai). Zwei Studien über Shanghaier Modernisten der zwanziger und dreissiger Jahre*, Bochum: Brockmeyer, 1994, S. 82–83.

[3] Ines-Susanne Schilling: Modernistisch-experimentelle Prosa aus dem Shanghai der dreßiger Jahre. Mu Shiying (1912–1940) als Vertreter der Neuen Sensualisten, in: Ines-Susanne Schilling, Ralf John: *Die Neuen Sensualisten (xin ganjuepai). Zwei Studien über Shanghaier Modernisten der zwanziger und dreissiger Jahre*, Bochum: Brockmeyer, 1994, S. 85.

高速语言，另一方面体现在语言或情节的重复与变体[1]。例如作品《夜总会里的五个人》围绕五个主人公的日常生活展开，五个主人公的“丧失经历”就是作品反复出现的情节变体。

第四，城市背景下流动的人物特质。“没有什么是静止和不变的，从此基本观点出发，人的性格在现代派视角下也不是统一或确定的……穆时英笔下的人物没有确定的、坚定的人物性格。他们屈服于自己内心最深处潜意识的欲望，也很难理解自己发生了什么。”[2] 穆时英作品《PIERROT》中男主角在寻找个人身份、幸福与社会地位的过程中，思考关于个人主义、自由以及孤独感的问题；短篇小说《骆驼·尼采主义者与女人》则是通过主观自画像与外在行为表现之间的差异对比，展示男主人公扭曲却生动的画像[3]。

第五，穆时英与虚无主义之间的斗争。价值损失与意义损失将我们直接卷入虚无主义的漩涡，而虚无主义被认为是现代思潮的核心元素[4]。伊奈斯·苏珊·席林从爱情与忠诚、家庭生活、基督教信仰等角度，解释这些重要的伦理价值在穆时英作品中如何被摧毁，成为始终无法实现的幻影[5]。值得一提的是，伊奈斯·苏珊·席林提出了自己与文学研究家严家炎先生不同的观点。严家炎认为：“新感觉派有一部分作品（主要是刘呐鸥、穆时英的一些作品）存在着

---

[1] Ines-Susanne Schilling: Modernistisch-experimentelle Prosa aus dem Shanghai der dreßiger Jahre. Mu Shiying (1912–1940) als Vertreter der Neuen Sensualisten, in: Ines-Susanne Schilling, Ralf John: *Die Neuen Sensualisten (xin ganjuepai). Zwei Studien über Shanghaier Modernisten der zwanziger und dreissiger Jahre*, Bochum: Brockmeyer, 1994, S. 106–107.

[2] Ines-Susanne Schilling: Modernistisch-experimentelle Prosa aus dem Shanghai der dreßiger Jahre. Mu Shiying (1912–1940) als Vertreter der Neuen Sensualisten, in: Ines-Susanne Schilling, Ralf John: *Die Neuen Sensualisten (xin ganjuepai). Zwei Studien über Shanghaier Modernisten der zwanziger und dreissiger Jahre*, Bochum: Brockmeyer, 1994, S. 116.

[3] Ines-Susanne Schilling: Modernistisch-experimentelle Prosa aus dem Shanghai der dreßiger Jahre. Mu Shiying (1912–1940) als Vertreter der Neuen Sensualisten, in: Ines-Susanne Schilling, Ralf John: *Die Neuen Sensualisten (xin ganjuepai). Zwei Studien über Shanghaier Modernisten der zwanziger und dreissiger Jahre*, Bochum: Brockmeyer, 1994, S. 117–126.

[4] Ines-Susanne Schilling: Modernistisch-experimentelle Prosa aus dem Shanghai der dreßiger Jahre. Mu Shiying (1912–1940) als Vertreter der Neuen Sensualisten, in: Ines-Susanne Schilling, Ralf John: *Die Neuen Sensualisten (xin ganjuepai). Zwei Studien über Shanghaier Modernisten der zwanziger und dreissiger Jahre*, Bochum: Brockmeyer, 1994, S. 127.

[5] Ines-Susanne Schilling: Modernistisch-experimentelle Prosa aus dem Shanghai der dreßiger Jahre. Mu Shiying (1912–1940) als Vertreter der Neuen Sensualisten, in: Ines-Susanne Schilling, Ralf John: *Die Neuen Sensualisten (xin ganjuepai). Zwei Studien über Shanghaier Modernisten der zwanziger und dreissiger Jahre*, Bochum: Brockmeyer, 1994, S. 128–130.

相当突出的颓废、悲观乃至绝望、色情的倾向……一方面反映了作者（穆时英）本身的虚无思想和阴暗心理；另一方面也表明了当时这个流派在哲学、心理学和文艺思想上无批判地接受西方现代主义所带来的严重消极影响。”[1] 但伊奈斯·苏珊·席林认为，严家炎的问题在于他没有对悲观主义与虚无主义进行区分，因此误以为穆时英作品一味呈现绝望感，事实上穆时英作品的开放性结尾正是在暗示，他与生活无意义感之间的斗争以及他对个人意义的寻找不会结束[2]。同时，严家炎未能理解作品的虚构性，因此才将穆时英作品中的虚无思想等同于穆时英本人的。伊奈斯·苏珊·席林就这一部分论述做出总结：“穆时英小说中与虚无感的斗争到最后基本没有定论，这一点尤其符合现代主义世界观，因为这对于中国思想来说是极其少见的。”[3]

第六，语言多样性及穆时英的笔调。穆时英创作语言也呈现出与西方现代派作家相似的特点，例如语言风格与叙述者角色特点保持一致、多用比喻、常用如“朦胧”和“暗暗”等特定表达、堆叠通感以及多用英语或法语外来词[4]。

从上述几点而言，穆时英显然可以被看作是成长在中国文化与政治背景下的现代派作家。伊奈斯·苏珊·席林在论著末尾总结道：“很显然，穆时英将外国元素与中国元素如此完美地结合在一起，以至于他的作品并不会让人觉得仅仅是以新感觉派的模式依附在异国文化躯壳上……穆时英富有创造性的做法使得当时国际文学界认为他是富有革新精神的创作者。”[5]

---

[1] 严家炎：《中国现代小说流派史》，北京：人民文学出版社，1995 年，第 162–164 页。

[2] Ines-Susanne Schilling: Modernistisch-experimentelle Prosa aus dem Shanghai der dreßiger Jahre. Mu Shiying (1912–1940) als Vertreter der Neuen Sensualisten, in: Ines-Susanne Schilling, Ralf John: *Die Neuen Sensualisten (xin ganjuepai). Zwei Studien über Shanghaier Modernisten der zwanziger und dreissiger Jahre*, Bochum: Brockmeyer, 1994, S. 131.

[3] Ines-Susanne Schilling: Modernistisch-experimentelle Prosa aus dem Shanghai der dreßiger Jahre. Mu Shiying (1912–1940) als Vertreter der Neuen Sensualisten, in: Ines-Susanne Schilling, Ralf John: *Die Neuen Sensualisten (xin ganjuepai). Zwei Studien über Shanghaier Modernisten der zwanziger und dreissiger Jahre*, Bochum: Brockmeyer, 1994, S. 133.

[4] Ines-Susanne Schilling: Modernistisch-experimentelle Prosa aus dem Shanghai der dreßiger Jahre. Mu Shiying (1912–1940) als Vertreter der Neuen Sensualisten, in: Ines-Susanne Schilling, Ralf John: *Die Neuen Sensualisten (xin ganjuepai). Zwei Studien über Shanghaier Modernisten der zwanziger und dreissiger Jahre*, Bochum: Brockmeyer, 1994, S. 134–140.

[5] Ines-Susanne Schilling: Modernistisch-experimentelle Prosa aus dem Shanghai der dreßiger Jahre. Mu Shiying (1912–1940) als Vertreter der Neuen Sensualisten, in: Ines-Susanne Schilling, Ralf John: *Die Neuen Sensualisten (xin ganjuepai). Zwei Studien über Shanghaier Modernisten der zwanziger und dreissiger Jahre*, Bochum: Brockmeyer, 1994, S. 144.

拉尔夫・约翰的论著同样涉及对穆时英与现代派精神一致性的探究。拉尔夫・约翰以学者李欧梵关于中国现代派的论断为引子展开论述，李欧梵认为，30年代上海现代派作家并没有创作出真正的现代派文学[1]。但拉尔夫・约翰认为这个论断并不完全正确，原因在于李欧梵没有将新感觉派作家考虑在内，而穆时英在他看来就非常贴合欧洲先锋派的理念[2]。为了证明穆时英与现代派的一致性，作者将20世纪初表现主义文学流派的特征与穆时英作品的特点进行比较，探究两者的共通点。

在艺术表现方面，穆时英与表现主义作家一样，都通过对句法结构的破碎处理以及各种情节碎片的排列而艺术化地表达他们对于异化、城市居民的恐惧以及传达自己的都市感知[3]。在主题方面，穆时英的作品包含对敏感与刺激的追求、颓废的色情表现、脱离生活实际以及浓重的孤立意味，这些都与表现主义一贯传达的衰败、颓废主题一致[4]。因此，拉尔夫・约翰评价道："穆时英是（西方语境下）新感觉派作家中最具有现代主义特质的作家。"[5]

除此之外，拉尔夫・约翰还在论著中引述其他中文作家如沈从文、黑婴对穆时英的评价，比较穆时英与郁达夫、茅盾、王蒙等作家在创作手法方面的异同，并在论著结尾总结自己对穆时英的评价。作者认为，新感觉派的确丰富了

---

[1] Vgl. Lee, Leo Ou-fan: Modernism in Modern Chinese Literature: A Study (somewhat comparative) in Literacy History. in: *Tamkang Review*, Vol. 10, No.3 and 4, S. 281–307.

[2] Ralf John: Die „Neue Sensibilität“ (Xin ganjue pai). Zu Erzählungen einer Gruppe Shanghaier Modernisten, in: Ines-Susanne Schilling, Ralf John: *Die Neuen Sensualisten (xin ganjuepai). Zwei Studien über Shanghaier Modernisten der zwanziger und dreissiger Jahre*, Bochum: Brockmeyer, 1994, S. 316.

[3] Ralf John: Die „Neue Sensibilität“ (Xin ganjue pai). Zu Erzählungen einer Gruppe Shanghaier Modernisten, in: Ines-Susanne Schilling, Ralf John: *Die Neuen Sensualisten (xin ganjuepai). Zwei Studien über Shanghaier Modernisten der zwanziger und dreissiger Jahre*, Bochum: Brockmeyer, 1994, S. 317–318.

[4] Ralf John: Die „Neue Sensibilität“ (Xin ganjue pai). Zu Erzählungen einer Gruppe Shanghaier Modernisten, in: Ines-Susanne Schilling, Ralf John: *Die Neuen Sensualisten (xin ganjuepai). Zwei Studien über Shanghaier Modernisten der zwanziger und dreissiger Jahre*, Bochum: Brockmeyer, 1994, S. 318–319.

[5] Ralf John: Die „Neue Sensibilität“ (Xin ganjue pai). Zu Erzählungen einer Gruppe Shanghaier Modernisten, in: Ines-Susanne Schilling, Ralf John: *Die Neuen Sensualisten (xin ganjuepai). Zwei Studien über Shanghaier Modernisten der zwanziger und dreissiger Jahre*, Bochum: Brockmeyer, 1994, S. 321.

二三十年代由现实主义和新浪漫主义掌控的中国文坛[1]。但穆时英并不可称作“新感觉派最成功的作家”，穆时英的缺点一方面体现在，他与上海大都市之间明显的自相矛盾的关系让读者感到十分迷惑；另一方面，穆时英几乎所有的小说都刻画了夜总会的场景，容易使读者产生倦怠[2]。

穆时英共有三部作品《上海的狐步舞》《白金的女体塑像》及《骆驼·尼采主义者与女人》由伊奈斯·苏珊·席林完整译成德文，并以附录形式收录进论著中，另有其他少数作品以节选的形式被译为德语。在研究方面，穆时英多以“海派”或“新感觉派”作家身份被提及，但研究程度并不深入。两部较为全面的德语论著出自伊奈斯·苏珊·席林与拉尔夫·约翰，两者均从“现代主义”概念切入，从创作主题、叙述技巧等多方面探析穆时英与现代派之间的一致性。

周舟　文

现代还是传统？德国汉学界对施蛰存小说的阐释

20世纪二三十年代，作家施蛰存完成了他一生中最重要的四部短篇小说集——《上元灯》《将军底头》《梅雨之夕》和《善女人行品》。施蛰存将弗洛伊德的精神分析实验性地运用在这些作品中，开创了民国文坛颇具风格的心理小说类型。其中四个短篇《夜叉》[3]《魔道》[4]《鸠摩罗什》[5]《梅雨之

---

[1] Ralf John: Die „Neue Sensibilität“ (Xin ganjue pai). Zu Erzählungen einer Gruppe Shanghaier Modernisten, in: Ines-Susanne Schilling, Ralf John: *Die Neuen Sensualisten (xin ganjuepai). Zwei Studien über Shanghaier Modernisten der zwanziger und dreissiger Jahre*, Bochum: Brockmeyer, 1994, S. 375.

[2] Ralf John: Die „Neue Sensibilität“ (Xin ganjue pai). Zu Erzählungen einer Gruppe Shanghaier Modernisten, in: Ines-Susanne Schilling, Ralf John: *Die Neuen Sensualisten (xin ganjuepai). Zwei Studien über Shanghaier Modernisten der zwanziger und dreissiger Jahre*, Bochum: Brockmeyer, 1994, S. 376–377.

[3] Shi Zhecun: Ye-tscha — Gespenster, übersetzt von B.S. Liao, in: *Sinica* 13, Nr. 3/4 (1938), S. 142–154.

[4] Shi Zhecun: Hexenpfade, übersetzt von Marc Hermann, in: *minima sinica*, 2/2009, S. 112–135.

[5] Shi Zhecun: Kumārajīva, übersetzt von Ralf John, in: *minima sinica*, 2/1997, S. 61–103.

夕》[1]陆续被译为德文。在德国媒体和汉学家视野中，施蛰存的现代小说备受关注，德国汉学家卢茨·比格和青年学者拉尔夫·约翰则侧重阐释小说传统元素和作家回归传统的创作理念。现代与传统交织，是德国汉学界解读施蛰存的两条主线。

一、施蛰存小说在德国的译介与研究

1938年，法兰克福大学的中国留学生廖宝贤[2]将施蛰存短篇小说《夜叉》译成德语，发表在《汉学》杂志。这是施蛰存作品首次被译成欧洲文字，比第一部英译本[3]还要早八年。彼时国内因抗日战争，人民民族情绪高涨。施蛰存所属新感觉派文学圈与日本有千丝万缕之联系[4]，压力之下，他回归传统，而后被迫退出文坛。中华人民共和国成立后，现代派文学长期被压抑，施蛰存沦为“被遗忘的人”[5]，在德国亦无人问津。

20世纪80年代是国内文学大考古时代，曾经风靡一时的新感觉派作家被重新发掘并纳入流派史[6]，作为这一流派的重要代表，施蛰存也回归大众

---

[1] Shi Zhecun: Ein Abend in der Regenzeit, übersetzt von Marc Hermann, in: *Kosmopolis*, Nr. 11–12, 2004, S. 35–45.

[2] 廖宝贤，近代中国留学生，主修经济专业，1939年以论文《银本位的含义与中国币制的演进》获德国法兰克福大学博士学位。参见：邹进文：《近代中国经济学的发展：以留学生博士论文为中心的考察》，北京：中国人民大学出版社，2016年，第30页。

[3] 第一个英译本是短篇 The waning Moon, in: *Contemporary Chinese Short Stories*, edited and translated by Yuan Chia-hua and Robert Payne, London, New York: Noel Carrington Transatlantic Arts Co., Ltd, 1946, S. 41–47. 参见：Ralf John: *Zum Erzählwerk des Shanghaier Modernisten Shi Zhecun (geb. 1905). Komparatistische Untersuchungen und kritische Würdigung einer sinisierten „Literarischen Psychologie“*, Frankfurt a.M. et al.: Peter Lang, 2000, S. 7.

[4] 新感觉派起源于日本，而后传入中国，另外两位代表作家——刘呐鸥、穆时英都与日本有密切往来。

[5] Lutz Bieg: Shi Zhecun und seine Erzählung Große Lehrerin Huangxin, oder die bewußte Rückwendung zur Tradition, in: *Das andere China*. Festschrift für Wolfgang Bauer zum 65. Geburtstag, hg. von Helwig Schmidt-Glintzer, Wiesbaden: Harrassowitz, 1995, S. 435.

[6] 1985年严家炎《新感觉派小说选》出版，他在该书的长篇序言中首次将以刘呐鸥、施蛰存、穆时英为代表的二三十年代上海作家群体纳入流派史，冠之以“新感觉派”的称号。德国学者拉尔夫·约翰称严家炎此作“是西方施蛰存研究的开端”。参见：Ralf John: *Zum Erzählwerk des Shanghaier Modernisten Shi Zhecun (geb. 1905). Komparatistische Untersuchungen und kritische Würdigung einer sinisierten „Literarischen Psychologie“*, Frankfurt a.M. et al.: Peter Lang, 2000, S. 10.

视野。紧接着，80 年代末 90 年代初在美国兴起了一股研究民国海派文学的风潮[1]，德国汉学界直至 90 年代中期才开始关注施蛰存。1994 年德国出版了第一部新感觉派研究文集《新感觉派：关于二三十年代上海现代派作家的两部研究》，收录伊奈斯·苏珊·席林与拉尔夫·约翰的论文[2]，两篇论文皆以新感觉派为研究对象，仅用部分篇幅介绍施蛰存。同年，德国慕尼黑大学的中国留学生张东书（音译）博士论文《心灵创伤：中国现代文学中的心理分析（1919—1949）》[3]出版，专章探讨弗洛伊德和施尼茨勒对施蛰存心理小说的影响。张东书曾专访施蛰存，广泛阅读其自传性散文与创作心得，挖掘了大量事实和文献，他的研究与同期在美国出版的三篇博士论文[4]一道，改变了西方汉学界对施蛰存知之甚少的局面，“为施蛰存研究奠定了较为坚实的基础”[5]。

由此，在德国出现了对施蛰存小说的专门研究，重心由现代转移到传统，代表性成果是卢茨·比格于 1995 年发表在《别样的中国：鲍吾刚 65 岁生日纪念文集》中的文章《施蛰存和他的〈黄心大师〉或有意识地回归传统》[6]，拉尔夫·约翰于 2000 年出版的专著《上海现代派作家施蛰存（1905 年生）的小说作品：对一种“中国化文学心理学”的比较性考察和批判性评论》。[7]后者是

---

[1] 参见顾彬：《二十世纪中国文学史》，范劲等译，上海：华东师范大学出版社，2008 年，第 149 页。

[2] Ines-Susanne Schilling u. Ralf John: *Die Neuen Sensualisten (xin-ganjuepai). Zwei Studien über Shanghaier Modernisten der zwanziger und dreißiger Jahre*, Bochum: Brockmeyer, 1994.

[3] Dongshu Zhang: Seelentrauma. *Die Psychoanalyse in der modernen chinesischen Literatur (1919–1949)*, Frankfurt a. M. et al.: Peter Lang, 1994.

[4] Shih Shu-mei: *Writing between Tradition and the West: Chinese Modernist Fiction 1917–1937*, Ph. D. Diss. Los Angeles: University of California, 1992. Zhang Jingyuan: *Sigmund Freud and modern Chinese Literature (1919–1949)*. Ph. D. Diss. Ithaca: Cornell University, 1989. Randolph Trumbull: *The Shanghai Modernists*, Diss., Stanford University, 1989.

[5] Lutz Bieg: Shi Zhecun und seine Erzählung „Große Lehrerin Huangxin“, oder die bewußte Rückwendung zur Tradition, in: *Das andere China*. Festschrift für Wolfgang Bauer zum 65. Geburtstag, hg. von Helwig Schmidt-Glintzer, Wiesbaden: Harrassowitz, 1995, S. 436.

[6] Lutz Bieg: Shi Zhecun und seine Erzählung „Große Lehrerin Huangxin“, oder die bewußte Rückwendung zur Tradition, in: *Das andere China*. Festschrift für Wolfgang Bauer zum 65. Geburtstag, hg. von Helwig Schmidt-Glintzer, Wiesbaden: Harrassowitz, 1995.

[7] Ralf John: *Zum Erzählwerk des Shanghaier Modernisten Shi Zhecun (geb. 1905). Komparatistische Untersuchungen und kritische Würdigung einer sinisierten „Literarischen Psychologie“*, Frankfurt a.M. et al.: Peter Lang, 2000.

《20世纪中国大师级叙事作品：从郭沫若到张洁》封面

迄今为止对施蛰存小说阐释最系统深入的德语专著。此后，对施蛰存及其作品的原创性研究后继无人。1997年，拉尔夫·约翰将施蛰存的短篇历史小说《鸠摩罗什》[1]译成德语，刊于《袖珍汉学》1997年第2期，这是施蛰存小说的第二部德译本，也是20世纪90年代唯一的德译本，与第一部德译本《夜叉》相隔59年。

进入21世纪，德国汉学家马克·赫尔曼（中文名：马海默）将施蛰存的两个短篇《梅雨之夕》[2]和《魔道》[3]翻译成德语，分别刊于《世界都市》2004年11—12期（合订本）和《袖珍汉学》2009年第2期。2009年，《魔道》的第二个德译本[4]由亚历山大·泽希提希执笔译成，收录于其主编的《20世纪中国大师级叙事作品：从郭沫若到张洁》。

通过梳理施蛰存作品在德国的译介与研究，可以看出德国汉学界对施蛰存作品关注明显不足：不仅译介数量远低于同期的英语世界，而且研究相对滞后、成果少。对这位上海作家的冷淡也反映在欧根·法伊费尔的《中国文学史传记》、施寒微的《中国古今文学通史》均只提及施蛰存其名，无更多论述。不过，德国汉学界普遍认可施蛰存在中国现代小说史上的先驱地位。

---

[1] Shi Zhecun: Kumārajīva, übersetzt von Ralf John, in: *minima sinica*, Nr. 2, 1997, S. 61−103.

[2] Shi Zhecun: Ein Abend in der Regenzeit, übersetzt von Marc Hermann, in: *Kosmopolis*, Nr. 11−12, 2004, S. 35−45.

[3] Shi Zhecun: Hexenpfade, übersetzt von Marc Hermann, in: *minima sinica*, Nr. 2, 2009, S. 112−135.

[4] Shi Zhecun: Des Teufels Weg, übersetzt von Alexander Saechtig, in: *Meisterwerke chinesischer Erzählkunst des 20. Jahrhunderts. Von Guo Moruo bis Zhang Jie*, übersetzt und herausgegeben von Alexander Saechtig, Frankfurt a.M. et al.: Weimarer Schiller Presse, 2009, S. 212−235.

二、萨德弟子：德国媒体视野中的施蛰存小说风格

2003年施蛰存逝世之际，德国《法兰克福汇报》刊登文章《萨德弟子：中国最后的文学先驱——施蛰存逝世》[1]以示悼念。德国媒体认为，施蛰存对西方现代主义文学的深度效仿对后世中国文坛产生了令人不可忽视的影响。悼文标题的两个关键词"萨德弟子"和"中国最后的文学先驱"即是对施蛰存创作风格和文学地位的盖棺论定，这与德国汉学界的评价一致。

法国作家萨德以描写性虐待而闻名，其小说因对色情和暴力场面描写之细致，在欧洲一度被列为禁书。最早提出施蛰存受萨德影响的是李欧梵，他在《上海摩登：一种新都市文化在中国1930—1945》中回忆自己第一次在上海见到施蛰存时，问他有哪些书需要帮忙从美国找，"让我惊讶的是，他毫不犹豫地说，要一本新的《名利场》杂志（后来他读后觉得失望），以及萨德的任何一本书"[2]。李欧梵认为，施蛰存的短篇《石秀》是中国现代文学史上第一次把萨德的虐待狂理论与历史小说结合的作品。在德国汉学界，这篇小说被反复阐释，顾彬在《二十世纪中国文学史》中谈海派文学，就以《石秀》的结尾段落为例评价新感觉派创作水平，字里行间颇有贬义，他认为施蛰存对嗜血场面和人物变态心理的大肆渲染恰恰反映了其创作贫乏："廉价的寻刺激似乎在很大程度上取代了高水平的虚构能力。"[3]不过，顾彬不代表大多数德国学者的观点，实际上，大部分德国学者对《石秀》持肯定或赞扬态度，汉学家马海默认为《石秀》继承了原小说《水浒传》的精神："心理

---

[1] Zhou Derong: Sade-Schüler. Chinas letzter Avantgardist: Zum Tod von Shi Zhecun, in: *Frankfurter Allgemeine Zeitung*, 21.11.2003.

[2] 李欧梵：《上海摩登：一种新都市文化在中国1930—1945》，毛尖译，杭州：浙江大学出版社，2017年，第202页。

[3] 顾彬：《二十世纪中国文学史》，范劲等译，上海：华东师范大学出版社，2008年，第152页。

分析叙事并未打破原小说框架，而是以极恰当的方式融入小说的萨德主义暴力和隐秘的厌女氛围之中。”[1] 此外，他还强调了施蛰存在中国心理小说创作中的先锋地位：“施蛰存可能是第一位认真接受弗洛伊德理论，并且借用这一理论狂热地进行性描写的中国作家。”[2] 张东书认为施蛰存在以鲁迅为代表的现实派和以郁达夫为代表的浪漫派文学之外走出了一条新路子，他指出在鲁、郁二人的作品中人的灵魂还是完整而有尊严的，“但施蛰存运用弗洛伊德的心理学说将人内心深处最为丑陋阴暗的东西挖掘出来，人的原始欲望与道德、宗教形成尖锐冲突。通过借鉴西方文学手法，施蛰存为中国读者打开了一个新视野”[3]。

鉴于此，德国汉学界公认施蛰存对中国现代小说的开创性贡献，《法兰克福汇报》将其誉为“中国现代小说的鼻祖”，将他的小说《梅雨之夕》和《将军底头》称为“公认的经典之作”[4]。李欧梵评价施蛰存《善女人行品》中刻画女性心理的短篇系列“在婉约的语言背后仍然隐现着一股压抑的性欲”，“无论在构思或人物描写上的细致都可圈可点”，认为“施蛰存是张爱玲的先驱者”[5]。顾彬虽然对以施蛰存为代表的新感觉派的创作水平评价不高，但高度认可他们对80年代中国文坛的深远影响，认为要是没有他们开现代小说之先河，“后来享誉世界的新中国作家如王安忆（1954—　）、格非（1964—　）、余华（1960—　）和苏童（1963—　）等的作品简直是不可想象的”[6]。

---

[1] Marc Hermann: Zum Leben und Werk von Shi Zhecun, in: *Geschichte Der Chinesischen Literatur: Band 9: Biographisches Handbuch Chinesischer Schriftsteller: Leben und Werke*, De Gruyter Sauer, 2011, S. 230.

[2] Marc Hermann: Zum Leben und Werk von Shi Zhecun, in: *Geschichte Der Chinesischen Literatur: Band 9: Biographisches Handbuch Chinesischer Schriftsteller: Leben und Werke*, De Gruyter Sauer, 2011, S. 230.

[3] Dongshu Zhang: *Seelentrauma. Die Psychoanalyse in der modernen chinesischen Literatur (1919 –1949)*, Frankfurt a. M. et al.: Peter Lang, 1994, S. 175.

[4] Zhou Derong: Sade-Schüler. Chinas letzter Avantgardist: Zum Tod von Shi Zhecun, in: *Frankfurter Allgemeine Zeitung*, 21.11.2003.

[5] 李欧梵：《现代性的追求：李欧梵文化评论精选集》，北京：生活·读书·新知三联书店，2000年，第113页。

[6] 顾彬：《二十世纪中国文学史》，范劲等译，上海：华东师范大学出版社，2008年，第150页。

三、对施蛰存小说传统元素及回归传统的多元阐释

在德国汉学视野中，“萨德弟子”——施蛰存的现代小说备受关注，实际上，在他一生创作的60多个短篇中，现实主义小说占据了相当数量。德国学者也发现了这一点，“与刘呐鸥和穆时英的小说相比，施蛰存早期的作品更加偏向现实主义风格”[1]。在德国，将施蛰存传统小说作为研究对象的成果只有两项，即前文提及的卢茨·比格的文章和拉尔夫·约翰的专著。而这两位学者对施蛰存传统小说或其小说传统元素的评价截然不同。

拉尔夫·约翰将施蛰存的《春阳》《周夫人》《在巴黎大戏院》分别与施尼茨勒的《蓓尔达·迦兰》《贝亚特夫人和她的儿子》《中尉古斯特尔》的主题、叙事视角和叙事技巧进行对比，得出施尼茨勒的小说对心理叙事技巧的使用更纯熟、更具连贯性，而施蛰存的不地道恰恰显示出“这一在西方文学土壤中生长起来的现代叙述手段，与只是部分地摆脱了传统叙事方式的中国文学不兼容”[2]。在奥地利文学心理学中，“判断心理描写‘真实性’最重要的指标是文本语义和逻辑的无序性”[3]，按照这一标准，拉尔夫·约翰对施蛰存《在巴黎大戏院》的男主人公内心描写进行了如下评论：

> 两篇小说（施蛰存《在巴黎大戏院》与施尼茨勒《中尉古斯特尔》）在内容的变化程度和联想的跳跃性上有差别。我们继续看《在巴黎大戏院》：青年男子的思想始终围绕一个问题（主题）进行：‘她爱我，她爱我

---

[1] Ines-Susanne Schilling u. Ralf John: *Die Neuen Sensualisten (xin-ganjuepai). Zwei Studien über Shanghaier Modernisten der zwanziger und dreißiger Jahre*, Bochum: Brockmeyer, 1994, S. 39.

[2] Ralf John: *Zum Erzählwerk des Shanghaier Modernisten Shi Zhecun (geb. 1905). Komparatistische Untersuchungen und kritische Würdigung einer sinisierten „Literarischen Psychologie“*, Frankfurt a.M. et al.: Peter Lang, 2000, S. 175.

[3] Ralf John: *Zum Erzählwerk des Shanghaier Modernisten Shi Zhecun (geb. 1905). Komparatistische Untersuchungen und kritische Würdigung einer sinisierten „Literarischen Psychologie“*, Frankfurt a.M. et al.: Peter Lang, 2000, S. 169.

吗？’他的回忆也仅限于当天所经历的相同事情……施蛰存小说人物的思想不够丰富，从一个意识流到另一个意识流的跳跃不够陡、延伸不够远。简而言之，内容偏离不够远，偏离次数较少。总的看来，人物的个性没有得到充分体现，由于人物思想不够丰富，读者很难捕捉到他们的本质。[1]

在这里，拉尔夫·约翰将奥地利文学心理学的评价标准直接套用在施蛰存小说上，通过比较人物思想偏离主题的距离与频率来评价心理描写是否"真实"。如此操作看似"科学"，却忽视了两个重要问题。一是受众问题：假若施蛰存的描写达到与施尼茨勒同等的无序与跳跃，中国读者能否接受？二是作家创作动机问题：施蛰存模仿施尼茨勒的最终目的是什么？是与施尼茨勒写得一模一样吗？2004年德国学者克莱门斯·特雷特针对拉尔夫·约翰的论著撰写了一篇书评，发表在《东方学文献》2004年第1期上。他指出："这里将对西方叙事方法的实践引向了错误的道路（尽管作者只是以施蛰存为例进行探究），他暗含这种假设：中国文学对西方'世界文学'的模仿还不到位，还没有达到西方文学给出的标准。"[2]尽管拉尔夫·约翰在文中一再呼吁中国与德国文艺界重视施蛰存小说价值，但他屡屡给出"不成熟""不兼容""囿于传统"等评价[3]，却暴露了他将西方文学心理学当作不可撼动的标杆、俯视中国传统文学的姿态。

实际上，施蛰存在30年代后期对西方现代小说已产生怀疑："曹雪芹描写一个林黛玉，不会应用心理分析法，也没有冗繁地记述对话，但林黛玉之心理，

---

[1] Ralf John: *Zum Erzählwerk des Shanghaier Modernisten Shi Zhecun (geb. 1905). Komparatistische Untersuchungen und kritische Würdigung einer sinisierten „Literarischen Psychologie"*, Frankfurt a.M. et al.: Peter Lang, 2000, S. 171–172.

[2] Clemens Treter: Rez. zu (John, Ralf: zum Erzählwerk des Shanghaier Modernisten Shi Zhecun. Komparatistische Untersuchungen und kritische Würdigung einer sinisierten „Literarischen Psychologie"), in: *Orientalistische Literaturzeitung* 99, Nr. 1, 2004, S. 112–115.

[3] Ralf John: *Zum Erzählwerk des Shanghaier Modernisten Shi Zhecun (geb. 1905). Komparatistische Untersuchungen und kritische Würdigung einer sinisierten „Literarischen Psychologie"*, Frankfurt a.M. et al.: Peter Lang, 2000, S. 175.

林黛玉之谈吐，每一个看过《红楼梦》的人都能想象得到，揣摹得出。”[1]1937年6月，施蛰存的最后一篇小说《黄心大师》在朱光潜主编的《文学杂志》上发表。随后，他发表文学评论《关于〈黄心大师〉的几句话》，阐述新创作理念：“我希望用这种理想中的纯中国式的白话文来写新小说，一面排除旧小说中的俗套滥调，另一面也排除欧化的句法。”[2]美国学者史书美认为，这篇文章标志着施蛰存创作由现实转向传统[3]。西方学界对他回归传统有不同阐释，拉尔夫·约翰认为这是施蛰存迫于左联压力的自保行为，其内心仍然渴望走现代文学道路[4]，所以他毫不在意施蛰存后期文学理念和创作实践。而卢茨·比格认为除了政治原因，作家的民族意识觉醒同样不可忽视[5]。与拉尔夫·约翰不同，他格外关注施蛰存后期对民族文学道路的探索。

卢茨·比格在《施蛰存和他的〈黄心大师〉或有意识地回归传统》中向德国汉学界介绍《黄心大师》，指出该小说的形式和内容皆为人称道，中国的美学大师朱光潜称它“融合了‘西方文学的精致’与‘中国古典叙事艺术的优点’，为中国今后的小说树立了一个典范，很有可能会‘创造一番新的天地’”[6]。实际上，由于抗战全面爆发，施蛰存回归传统的创作理念最终未付诸实践。卢茨·比格对施蛰存民族文学理念的结局怀有无限遐想：

一种可能的设想，如果施蛰存有意识回归传统的努力，不被后来的政

---

[1] 施蛰存：《小说中的对话》，载《宇宙风》1937年第39期，第112页。

[2] 施蛰存：《关于〈黄心大师〉的几句话》，载《中国文艺》1937年第1卷第2期，第320页。

[3] 史书美：《现代的诱惑：书写半殖民地中国的现代主义（1917－1937）》，何恬译，南京：江苏人民出版社，2007年，第387页。

[4] Ralf John: *Zum Erzählwerk des Shanghaier Modernisten Shi Zhecun (geb. 1905). Komparatistische Untersuchungen und kritische Würdigung einer sinisierten „Literarischen Psychologie“*, Frankfurt a.M. et al.: Peter Lang, 2000, S. 32－33.

[5] Lutz Bieg: Shi Zhecun und seine Erzählung „Große Lehrerin Huangxin“, oder die bewußte Rückwendung zur Tradition, in: *Das andere China. Festschrift für Wolfgang Bauer zum 65. Geburtstag*, hg. von Helwig Schmidt-Glintzer, Wiesbaden: Harrassowitz, 1995. S. 445－446.

[6] Lutz Bieg: Shi Zhecun und seine Erzählung „Große Lehrerin Huangxin“, oder die bewußte Rückwendung zur Tradition, in: *Das andere China. Festschrift für Wolfgang Bauer zum 65. Geburtstag*, hg. von Helwig Schmidt-Glintzer, Wiesbaden: Harrassowitz, 1995. S. 442－443.

治局势，如中日战争、解放战争……所打断，他将取得怎样的成就呢？这是一个很难回答的问题。如果施蛰存1937年《关于〈黄心大师〉的几句话》中所论及的对小说创作、对创造一种‘新小说’和‘纯中国式的白话文’的尝试能在和平年代、在不一样的政治环境下进行下去，他是否可以取得同时期川端康成那样的文学成就呢？川端康成早期也是新感觉派成员，在30年代后期也转向传统文学，1968年荣获诺贝尔文学奖。[1]

在这里，卢茨·比格以川端康成回归传统获得成功作类比，暗含对施蛰存回归传统两种态度：一是认可，施蛰存的文学之路与川端康成十分相似，因而他的传统理念可能指向成功；二是遗憾，不管如何，历史已成为定局，施蛰存的民族文学理念最终无法化为行动。与拉尔夫·约翰相比，卢茨·比格不拘泥西方现代文学之标准，充分尊重其民族文学理念，显示其更开放、包容的视角。

张晗　文

[1] Lutz Bieg: Shi Zhecun und seine Erzählung „Große Lehrerin Huangxin“, oder die bewußte Rückwendung zur Tradition, in: *Das andere China. Festschrift für Wolfgang Bauer zum 65. Geburtstag*, hg. von Helwig Schmidt-Glintzer, Wiesbaden: Harrassowitz, 1995, S. 446.

第六节 “三十年代文学洛神”萧红在德国的译介研究

被誉为“三十年代文学洛神”的萧红是饮誉世界的中国现代女作家。早在20世纪70年代，葛浩文的《萧红评传》为欧美汉学界瞩目，萧红作品亦被广泛译介与传播。迄今，国内学界对萧红海外译介研究主要聚焦在韩语和英语世界，对德语译介缺乏系统抉发与爬梳。本节拟依据德语国家主流报纸杂志、德国卫礼贤翻译中心等的文献，呈现萧红及其作品在德国的译介与接受情况。

一、萧红作品在德国的译介

萧红作品在德译介发端于1980年，由德国汉学家罗德里希·普塔克与福尔克尔·克勒普施（中文名：吕福克）主编的《期待春天：中国现代短篇小说集（第一卷1919—1949）》收录萧红短篇小说《逃难》，译者普塔克在译文前言中概述萧红颠沛流离的一生及其作品风格，指出《逃难》与长篇小说《马伯乐》均刻画了“滑稽可笑的流亡者”，“并通过夸张手法将其塑造为漫画式人物”[1]。

次年，鲁特·凯恩在《新中国》1981年第6期发表译文《饿》及评论文章《女作家萧红》，阐述德译萧红作品的重要性与必要性：“继丁玲之后，我们又认识一位女作家……她塑造的那些受压迫的女人既不是1949年后中国文学作品中光彩夺目的女主角，也不是丁玲早期作品中具有解放意识的女知识分子”；但“萧红对细节与琐事的敏锐洞察力，为我们了解二三十年代的中国提

[1] Xiao Hong: Flucht, übersetzt von Roderich Ptak, in: Volker Klöpsch, Roderich Ptak (Hg.): *Hoffnung auf Frühling. Moderne chinesische Erzählungen. Nur erster Band 1919–1949*. Frankfurt am Main: Suhrkamp Verlag, S. 313.

《新中国》1981 年第 6 期封面

供了宝贵素材”[1]。

1983 年，德国《东亚文学杂志》创刊，首期刊载萧红代表作短篇小说《牛车上》，主人公五云嫂既是女佣也是逃兵的妻子，更是旧时代女性悲惨命运的典型代表[2]。该译文收录在汉学家安德利亚斯·多纳特编选出版的《中国讲述：短篇小说 14 则》中[3]。1991 年，鲁特·凯恩的《自传与文学：中国女作家萧红的三部作品》出版[4]，探讨萧红作品中的自传元素、叙事结构与叙事策略，代表着德国汉学家系统研究萧红作品的肇始。

1985 年，萧红作品在德译介规模与传播影响迈入新的阶段。鲁特·凯恩翻译的短篇小说集《小城三月》由科隆卡泰出版社出版，收录萧红的五篇小说（《手》《桥》《牛车上》《朦胧的期待》和《小城三月》），“这五部作品都是关于女人的故事，被剥夺幸福的女人，不曾有机会‘撑起半边天’，她们受压迫的命运即是 30 年代中国历史的写照”[5]。德国汉学家埃尔克·容克斯在《挺进荒原：中国女性文学 1920—1942》中评价《小城三月》几乎完全以女

[1] Ruth Keen: Die Schriftstellerin Xiao Hong, in: *Das Neue China*, Nr. 6, 1981, S. 12.

[2] Vgl. Ruth Keen: Nachwort, in: *Xiao Hong: Frühling in einer kleinen Stadt*, übersetzt und mit einem Nachwort von Ruth Keen. Köln: Cathay Verlag, 1985, S. 114.

[3] Xiao Hong: Auf dem Ochsenkarren, übersetzt von Ruth Keen, in: *China Erzählt*, ausgewählt und mit einer Nachbemerkung von Andreas Donath. Frankfurt am Main: Fischer Taschenbuch Verlag, 1990.

[4] Ruth Keen: *Autobiographie und Literatur. Drei Werke der chinesischen Schriftstellerin Xiao Hong*. München: Minerva publikation, 1984.

[5] Ruth Keen: Nachwort, in: Xiao Hong: *Frühling in einer kleinen Stadt*, übersetzt und mit einem Nachwort von Ruth Keen. Köln: Cathay Verlag, 1985, S. 108.

性生活为背景，“它直接带领我们走向荒原”[1]，即男性文化之外的妇女文化，“由此打破女性失语的被动状态，使被压抑的得以彰显，被遮蔽的变得可见”[2]。

时隔四年，令萧红名声大噪的小说《生死场》德译本由卡琳·哈赛尔布拉特翻译，顾彬作跋，德国赫尔德出版社推出[3]。鲁特·凯恩将《生死场》诠释为“由短小场景构成的电影剧本，章节标题为舞台指示。镜头掠过村庄周围的田野，记录人们在田间劳作的场景，追随他们的足迹来到乡间小路上，然后逐渐淡出人们的视野”[4]。P. 彼得·芬内评价这部作品“描写了20世纪二三十年代生活在贫困潦倒和愚昧无知魔咒之下的满洲里乡民，他们没有精神生活，更遑论高雅文化，只有物质才能充实他们的存在”[5]。彼得拉·马戈尔以德国语言学家维尔纳·科勒的翻译等值理论为理据，研究《生死场》第七章目的语与原语之间的关系，称赞原作与翻译“十分成功”[6]。顾彬则将《生死场》的核心内容概括为“暴力”与“死亡”，两者

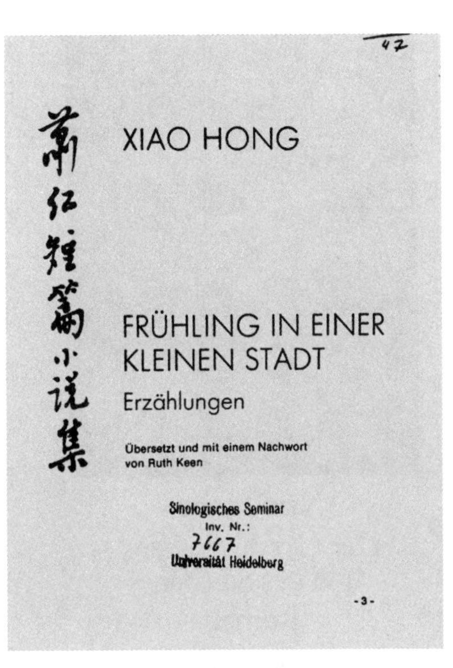

《小城三月》封面

---

[1] Elke Junkers: Vorstöße in die wilde Zone, Chinesische Frauenliteratur 1920–1942 (Xiao Hong u. a.), in: Kurt Morawietz (Hg.): *Die Horen. Wilde Lilien. Chinesische Literatur im Umbruch*, 2. Bd., 1989, S. 199.

[2] Elke Junkers: Vorstöße in die wilde Zone, Chinesische Frauenliteratur 1920–1942 (Xiao Hong u. a.), in: Kurt Morawietz (Hg.): *Die Horen. Wilde Lilien. Chinesische Literatur im Umbruch*, 2. Bd., 1989, S. 201.

[3] Xiao Hong: *Der Ort des Lebens und des Sterbens*, aus dem Chinesischen von Karin Hasselblatt, mit einem Nachwort von Wolfgang Kubin. Freiburg: Verlag Herder, 1989.

[4] Ruth Keen: Chinesen und Japaner, Macht und Ohnmacht, Frauen und Männer: Ein chinesischer Roman aus den 30er Jahren, in: *Neue Zürcher Zeitung*, 26.10.1989.

[5] P. Peter Venne: Rezension von Xiao Hong: Der Ort des Lebens und des Sterbens, in: *China Heute*, Nr. 4, 1989, S. 108.

[6] Petra Magor: Übersetzungskritik, in: *Orientierungen*, Nr. 1, 1996, S. 119.

《生死场》封面

分别代表“男人”和“比男人更恐怖的日本人”[1]。鲁特·凯恩撰写评论《中国人与日本人、力量与软弱、男人与女人：一部30年代的中国小说》，坦承“《生死场》德译本的出版让更多读者认识这位才华横溢的女作家，她和丁玲皆属中国现代文学最负盛名的女作家”[2]。

1989年，《东亚文学杂志》第9期刊载鲁特·凯恩德译《呼兰河传》第一章，并贴切地概述该小说的特点：“作品虽共由七章组成，且描述的都是萧红家乡呼兰县城的人们及其日常生活，但彼此之间却是独立的，主题的连贯性则由儿童叙事者‘我’、时间、空间保持。”[3]“虽然《呼兰河传》是章回体小说，叙事者与被叙事者保持一定距离，遵循古典叙事传统，但萧红引入第一人称叙事者以及字里行间的讽刺意味，表明她受到中国现代文学大师的影响。”[4]

1990年，萧红作品在德国的译介达到高潮，其代表作《呼兰河传》德译单行本问世，顾彬和译者鲁特·凯恩共同作跋，两人以更宏阔的视角全面分析萧红作品的人物、内容与手法，是对萧红德译作品的总结式回顾。

---

[1] Wolfgang Kubin: Nachwort, in: Xiao Hong: *Der Ort des Lebens und des Sterbens*, aus dem Chinesischen von Karin Hasselblatt, mit einem Nachwort von Wolfgang Kubin. Freiburg: Verlag Herder, 1989, S. 144.

[2] Ruth Keen: Chinesen und Japaner, Macht und Ohnmacht, Frauen und Männer: Ein chinesischer Roman aus den 30er Jahren, in: *Neue Zürcher Zeitung*, 26.10.1989.

[3] Xiao Hong: Erzählungen vom Hulan-Fluss (Auszug), aus dem Chinesischen von Ruth Keen, in: *Hefte für ostasiatische Literatur*, Nr. 9, 1989, S. 110.

[4] Xiao Hong: Erzählungen vom Hulan-Fluss (Auszug), aus dem Chinesischen von Ruth Keen, in: *Hefte für ostasiatische Literatur*, Nr. 9, 1989, S. 110.

古德隆·法比安在《东方向》发表《论萧红〈呼兰河传〉的体裁》，“汉学家对如何界定《呼兰河传》的体裁一直未能达成共识，正是这些不同的声音，促使我思考以作品的内容与形式特点界定该小说的体裁”[1]。曼弗雷德·欧斯特在德国《时代周刊》发表评论《萧红小说：中国童年》，将《呼兰河传》誉为“20世纪中国最伟大的小说之一”[2]。福尔克尔·克勒普施亦在德国《世界报》发表文章称赞萧红是“本世纪（20世纪）中国最伟大的作家之一”[3]。汉学家达格玛·余·德姆斯基则在《小城风情画》一文中慨叹：“《呼兰河传》德语版的问世，振奋人心。”[4]

《呼兰河传》封面

继《牛车上》《呼兰河传》第一章之后，《东亚文学杂志》1994年第17期登载芭芭拉·富克斯翻译的萧红散文《感情的碎片》。德国汉学杂志《袖珍汉学》2000年第2期刊登普塔克节译的《马伯乐》。《马伯乐》是萧红生前出版的最后一部长篇讽刺小说，《袖珍汉学》刊登的译文虽非完整版，却弥补了《马伯乐》在德国译介的空白。2009年，《呼兰河传》德译本再版，为萧红作品德语译介画上完满的句号，其主要作品的德语翻译已悉数完成。

---

[1] Gudrun Fabien: Xiao Hongs Geschichten vom Hulanfluss: Ein Beitrag zum Problem der Gattung, in: *Orientierungen*, Nr. 2, 1990, S. 83–84.

[2] Manfred Oster: Xiao Hongs Roman. Chinesische Kindheit, in: *Die Zeit*, 12.04.1991.

[3] Volker Klöpsch: Im Laden des Totengräbers. Xiao Hongs Berichte aus der Mandschurei, in: *Die Welt*, 27.4.1991, S. 20.

[4] Dagmar Yu-Dembski: Genrebild einer kleinen Stadt, in: *Das Neue China*, Nr. 1, 1991, S. 40.

萧红作品在德国的具体译介情况见下图：

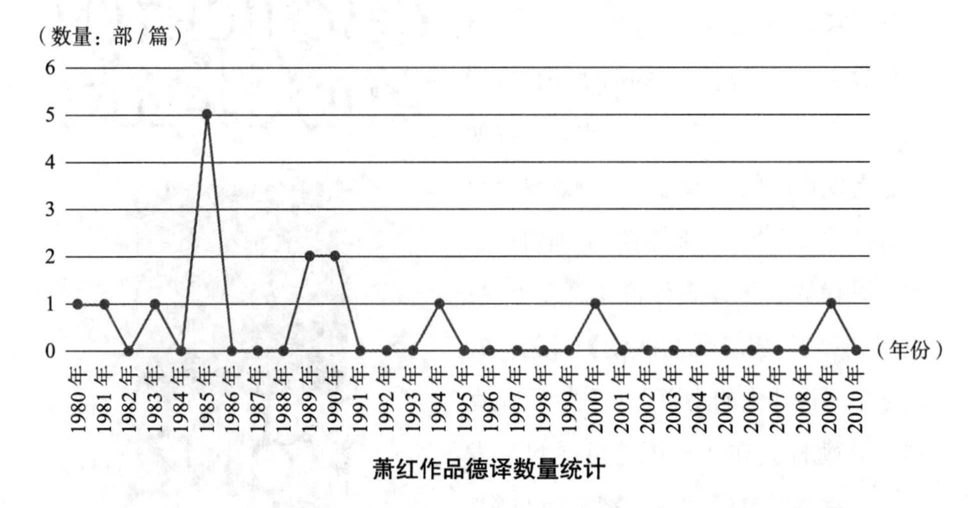

萧红作品德译数量统计

从数量来看，萧红共有15篇作品在德国翻译出版；从时间向度上看，集中在20世纪80年代中后期和90年代初期。

二、萧红作品在德国的研究综论

萧红作品的研究文献主要刊载于德国主流报纸《世界报》《时代周刊》，权威杂志《东方向》《袖珍汉学》《新中国》《亚洲》及德国汉学论著。德国汉学家结合萧红凄苦坎坷却富有抗争精神的生活经历，围绕萧红非同凡响却被严重低估的文学创作、对鲁迅人道主义精神的传承以及作品形式的扑朔迷离，对其作品进行抽丝剥茧式的探析。

其一，对萧红文学地位的重新谱写。德国汉学家顾彬在《二十世纪中国文学史》中不吝笔墨赞美萧红，字里行间流露出对萧红的敬佩与惋惜："让人称奇和赞叹的是，一位英年早逝的女作家在战争和艰难的个人生活的处境下竟能有这样的成就。她的名声姗姗来迟。她在中国文学史上所占的巨大分量只是在现在才清楚地显露出来。"[1] 事实上，早在20世纪80年代初，德国汉学界萧红

[1] 顾彬：《二十世纪中国文学史》，范劲等译，上海：华东师范大学出版社，2008年，第225页。

研究第一人鲁特·凯恩所著《自传与文学：中国女作家萧红的三部著作》（作为"柏林中国研究丛书"之一）就已重估萧红在20世纪中国文学的价值。"早在1976年，萧红通过葛浩文的专著《萧红评传》在西方广为人知。鲁特·凯恩的新作是第二部用西方语言撰写的有关萧红的论著。基于新发掘的一手材料以及目前萧红在中国的盛名，这项研究其实早就应该着手进行。"[1]

德国汉学家通过重读萧红作品抉发其文学史地位。"《小城三月》中收录的短篇小说均具有成熟的故事情节，不论是结构还是风格，均可视为作者的最佳作品。"[2]其中，"《手》是萧红最知名的故事之一，不仅具有巧妙的结构，而且塑造了一位跃然纸上的主人公形象"；在《桥》中，横亘在乳娘黄良子与主人住所之间的那座桥象征着两个阶级的"不可逾越性"，"新桥虽已建好，但黄良子的孩子却跌下水沟摔死，克服阶级对立的幻想最终化为泡影"[3]；《朦胧的期待》主要描写佣人李妈对勤务兵金立之单方面的相思与依恋，"萧红从未在其他任何一部作品中如此深刻地描写女性对爱与认可的渴求"[4]。小说的"主人公皆为女性，她们是中国社会的缩影，对她们形象的精准刻画至今读来仍印象深刻"[5]。萧红在字里行间对边缘弱势群体，尤其是女性抱有深切的同情。"《生死场》问世后，当时的文学评论家将萧红誉为抗日作家，然而这种赞美并不贴切。《生死场》中并没有革命的激昂，最富有感染力的段落都用于表现作品主题和对乡民的刻画，尤其是女人与失败者。"[6]客观地说，鲁迅、胡风等人将

---

[1] Roderich Ptak: Rezension von Ruth Keen: Autobiografie und Literatur. Drei Werke der chinesischen Schriftstellerin Xiao Hong, München (Minerva) 1984 (Berliner Chinastudien 3), in: *Asien*, Nr. 14, 1985, S. 124.

[2] Ruth Keen: Xiao Hong. 2.6.1919–22.1.1942: Hulanhe Zhuan; Shengsi chang; Xiaocheng sanyue, in: Walter Jens (Hg.): *Kindlers Neues Literatur Lexikon*, Bd. 17, München: Kindler, 1992, S. 908.

[3] Ruth Keen: Nachwort, in: Xiao Hong: *Frühling in einer kleinen Stadt*, übersetzt und mit einem Nachwort von Ruth Keen. Köln: Cathay Verlag, 1985, S. 114.

[4] Ruth Keen: Nachwort, in: Xiao Hong: *Frühling in einer kleinen Stadt*, übersetzt und mit einem Nachwort von Ruth Keen. Köln: Cathay Verlag, 1985, S. 115.

[5] Ruth Keen: Xiao Hong. 2.6.1919–22.1.1942: Hulanhe Zhuan; Shengsi chang; Xiaocheng sanyue, in: Walter Jens (Hg.): *Kindlers Neues Literatur Lexikon*, Bd. 17, München: Kindler, 1992, S. 907–908.

[6] Ruth Keen: Xiao Hong. 2.6.1919–22.1.1942: Hulanhe Zhuan; Shengsi chang; Xiaocheng sanyue, in: Walter Jens (Hg.): *Kindlers Neues Literatur Lexikon*, Bd. 17, München: Kindler, 1992, S. 907.

《生死场》看作“左翼文学”和“抗战文学”的力作，既赋予萧红小说积极意义，也极大限制了其文学价值的广阔空间。“《呼兰河传》以毫无成见的孩童视角、讽刺的手法与超然的距离，勾勒中国的社会风貌，揭露其沉疴所在：长期缺乏同情心的漠然、作壁上观的心态，以及过于强调家庭等级制度、阻碍个人自由发展的儒家传统。”[1]“萧红在世的30余年，中国的政治、社会与意识形态发生巨变。战争、饥荒与自然灾害导致数百万人陷入贫困。与旧社会割裂、与西方价值观碰撞之后是普遍的精神迷失，这些都在萧红的人生和作品中打下深深的烙印。”[2]由此可见，萧红是在坚持启蒙立场，揭发民间的愚昧、落后、野蛮的深刻性上和展示中国民间生得坚强、死得挣扎这两方面都达到了极致。

其二，萧红的文学谱系和启蒙价值备受关注。首先，人道主义精神与鲁迅一脉相承。鲁特·凯恩指出，萧红是“出于对鲁迅人道主义精神的认同，才投身描写‘奴隶社会’的牺牲者与受害者”[3]。“受鲁迅人道主义精神影响，萧红的作品超越了阶级斗争。她的主人公——那些贫困交加、走投无路的人，在无知无助中为他们自己说话。”[4]其次，延续了鲁迅小说的启蒙主题[5]。“对呼兰河畔小城的童年叙事乍看是《追忆似水年华》的中国版，实则是对鲁迅笔下‘吃人社会’中受压迫和被剥削者承受苦难的精湛描写。”[6]“显然，作者（萧红）从她的老师鲁迅那里学到了很多：人们没有振作精神，没有填平泥坑，反倒乐得好奇观看；人们也没有去消除危险和病灶，反而自欺欺人。”[7]这与鲁迅所刻画的中国常人形象阿Q有异曲同工之妙，阿Q在假想中克敌制胜，而呼

[1] Ruth Keen: Xiao Hong. 2.6.1919–22.1.1942: Hulanhe Zhuan; Shengsi chang; Xiaocheng sanyue, in: Walter Jens (Hg.): *Kindlers Neues Literatur Lexikon*, Bd. 17, München: Kindler, 1992, S. 906.

[2] Ruth Keen, Wolfgang Kubin: Nachwort, in: Xiao Hong: *Geschichten vom Hulanfluß*, mit einem Nachwort von Ruth Keen und Wolfgang Kubin, unter Mitarbeit von Ruth Keen. Frankfurt am Main: Suhrkamp Verlag, 1990, S. 277.

[3] Ruth Keen: Nachwort, in: Xiao Hong: *Frühling in einer kleinen Stadt*, übersetzt und mit einem Nachwort von Ruth Keen. Köln: Cathay Verlag, 1985. S. 113.

[4] Xiao Hong: Auf dem Ochsenkarren, übersetzt von Ruth Keen, in: *Hefte für ostasiatische Literatur*, Nr. 1, 1983, S. 31.

[5] Vgl. Ruth Keen, Wolfgang Kubin: Nachwort, in: Xiao Hong: *Geschichten vom Hulanfluß*, mit einem Nachwort von Ruth Keen und Wolfgang Kubin, unter Mitarbeit von Ruth Keen. Frankfurt am Main: Suhrkamp Verlag, 1990. S. 279.

[6] Manfred Oster: Xiao Hongs Roman. Chinesische Kindheit, in: *Die Zeit*, 12.04.1991.

[7] 顾彬：《二十世纪中国文学史》，范劲等译，上海：华东师范大学出版社，2008年，第224页。

兰河县城的居民为心安理得地食用瘟猪，便自欺欺人，称其是在泥坑中溺死的猪[1]。对鲁迅笔下鞭挞的看客之“奴性”亦刻画得惟妙惟肖：“他们连自己的命运都无法看清，遑论掌握命运，他们在权贵面前卑躬屈膝，对别人的不幸隔岸观火，如《孔乙己》和冯歪嘴子、团圆媳妇等作品中的人物只有在面对别人的苦难时才会感到快乐。”[2]此外，在绝望与虚妄中存有希望的种子，最具代表性的是《呼兰河传》结尾，即便遭受命运一连串的打击，冯歪嘴子依然没有放弃希望，长出小牙的孩子暗暗指向鲁迅《狂人日记》结尾中“救救孩子”的呼喊[3]。最后，创作手法深谙鲁迅精髓。“鲁迅的抒情语调与儿童视角的表现手法显然对萧红影响深远。”[4]然而，“就对读者的影响而言，萧红对这些手法的运用绝不逊色于她的导师”[5]。她在作品中“运用孩童天真无邪的视角观察世界，却借助其对社会与道德约束的懵懂无知对社会的弊病究根问底，如《牛车上》《小城三月》《手》。此外，儿童在观察日常事物时也与之保持一定的距离，最典型的莫过于《呼兰河传》的后三章内容”[6]。

其三，萧红创作风格的独异性是持续研究的主题[7]。“《商市街》根据外在形式无法明确划分体裁归属（这是一部小说还是散文集？），这是萧红显著的写作特点。称为‘小说’的《呼兰河传》与《生死场》同样无法明确归类。相

---

[1] Vgl. Ruth Keen, Wolfgang Kubin: Nachwort, in: Xiao Hong: *Geschichten vom Hulanfluß*, mit einem Nachwort von Ruth Keen und Wolfgang Kubin, unter Mitarbeit von Ruth Keen. Frankfurt am Main: Suhrkamp Verlag, 1990, S. 280–281.

[2] Ruth Keen, Wolfgang Kubin: Nachwort, in: Xiao Hong: *Geschichten vom Hulanfluß*, mit einem Nachwort von Ruth Keen und Wolfgang Kubin, unter Mitarbeit von Ruth Keen. Frankfurt am Main: Suhrkamp Verlag, 1990, S. 279–280.

[3] Vgl. Ruth Keen, Wolfgang Kubin: Nachwort, in: Xiao Hong: *Geschichten vom Hulanfluß*, mit einem Nachwort von Ruth Keen und Wolfgang Kubin, unter Mitarbeit von Ruth Keen. Frankfurt am Main: Suhrkamp Verlag, 1990, S. 283.

[4] Ruth Keen, Wolfgang Kubin: Nachwort, in: Xiao Hong: *Geschichten vom Hulanfluß*, mit einem Nachwort von Ruth Keen und Wolfgang Kubin, unter Mitarbeit von Ruth Keen. Frankfurt am Main: Suhrkamp Verlag, 1990, S. 281.

[5] Ruth Keen, Wolfgang Kubin: Nachwort, in: Xiao Hong: *Geschichten vom Hulanfluß*, mit einem Nachwort von Ruth Keen und Wolfgang Kubin, unter Mitarbeit von Ruth Keen. Frankfurt am Main: Suhrkamp Verlag, 1990, S. 281.

[6] Ruth Keen, Wolfgang Kubin: Nachwort, in: Xiao Hong: *Geschichten vom Hulanfluß*, mit einem Nachwort von Ruth Keen und Wolfgang Kubin, unter Mitarbeit von Ruth Keen. Frankfurt am Main: Suhrkamp Verlag, 1990, S. 281.

[7] 这与萧红独特的“小说观”不无关系，她曾与聂绀弩谈及：“有一种小说学，小说有一定的写法，一定要具备几种东西，一定要写得像巴尔扎克或契诃夫的作品那样。我不相信这一套，有各式各样的作者，有各式各样的小说。”间引自季红真：《萧红传》，北京：北京十月文艺出版社，2000 年，《叛逆者的不归之路（作者自序）》第 12–13 页。

较于戏剧化的情节与主题的连贯性，对风景与人物情感世界的描写显然更为重要。”[1]而《呼兰河传》“因同时包含自传内容和虚拟元素，无法明确地将其归为小说或者自传”[2]。古德隆·法比安指出，“每一章单独成篇，可以独立存在”，“乍看确实只是松散地排列在一起”[3]，因而有阐释家认为这部作品并非小说，或并非严格意义上的小说。

1990年，《呼兰河传》德译本的出版进一步引发对萧红作品体裁的热议。曼弗雷德·欧斯特强调：“即使《呼兰河传》披着德语的外衣，人们对其体裁依然充满困惑。这部居于小说和自传之间的非正统散文作品，一经出版就让中国的文学评论家感到一头雾水。德国读者甚至怀疑这部作品是一部极其独特的传记，虽然作者的生命只有短短30年。”[4]古德隆·法比安根据德国著名作家阿尔弗雷德·德布林“小说与情节无关”的理论宣称，驳斥《呼兰河传》并非小说的论断，继而通过分析该作品的叙事结构、叙事方式、主题关联、人物角色与社会批判性等，层层递进，推演出《呼兰河传》是小说的结论：“或者更确切地说，是一部具有社会批判性、强调环境和社会意义的小说，是一部拥有全知视角叙事者与第一人称叙事者的混合体。在社会批判方面，回忆和讽刺发挥着独一无二的作用。”[5]顾彬和鲁特·凯恩持相似观点：“我们认为这是一部描述环境的小说：情节并置和人物群像优先于结构或聚焦于一个或几个主角。事实和回忆并非萧红的个人报道，而是旨在更加生动地勾勒乡村生活，就此而言这部作品并非自传。”[6]

---

[1] Ruth Keen: Nachwort, in: Xiao Hong: *Frühling in einer kleinen Stadt*, übersetzt und mit einem Nachwort von Ruth Keen. Köln: Cathay Verlag, 1985, S. 110.

[2] Ruth Keen: *Autobiographie und Literatur. Drei Werke der chinesischen Schriftstellerin Xiao Hong*. München: Minerva publikation, 1984, S. 27.

[3] Gudrun Fabien: Xiao Hongs Geschichten vom Hulanfluß. Ein Beitrag zum Problem der Gattung, in: *Orientierungen*, Nr. 2, 1990, S. 85.

[4] Manfred Oster: Xiao Hongs Roman. Chinesische Kindheit, in: *Die Zeit*, 12.04.1991.

[5] Gudrun Fabien: Xiao Hongs Geschichten vom Hulanfluß. Ein Beitrag zum Problem der Gattung, in: *Orientierungen*, Nr. 2, 1990, S. 105.

[6] Ruth Keen, Wolfgang Kubin: Nachwort, in: Xiao Hong: *Geschichten vom Hulanfluß*, mit einem Nachwort von Ruth Keen und Wolfgang Kubin, unter Mitarbeit von Ruth Keen. Frankfurt am Main: Suhrkamp Verlag, 1990, S. 283.

当然，赞美之余，德国汉学家亦指出萧红的局限性："不管是在作品还是现实生活中，萧红从未克服过自身的矛盾性。虽被外界视为独立自主的女知识分子，但她一直停留在传统的女性角色里"[1]；因此，"萧红塑造的女性角色也因自卑怯懦而深受其扰，她们出身于社会底层，大多是传统女人的形象，往往沦为男人的背景，面对事态的进展常常束手无策，只能听天由命或自甘堕落"[2]。普塔克不无惋惜地慨叹："与中国三四十年代那些以为女性争取平等的社会地位为终极目标的女作家截然不同，萧红更加传统，她进行创作主要是为了书写自己从童年开始的不幸生活。"[3] 这是萧红的不幸，却是文学的万幸，在其貌似通俗的文字和卑微的生命哲学中拥有着无法复刻的艺术价值，从而给中国现代文学史带来崭新素质与历史性超越。

综而观之，自 1980 年萧红作品初登德国文坛以来，其代表作品在 30 余年内相继被译为德语，多篇被转载或再版。就译介时长、译介体量与研究深度与广度而言，无不彰显德国汉学家对这位中国现代女作家的珍视与钟爱，萧红也因此成为中国文学在德译介与接受层面的现象级女作家。德国汉学家摒弃对萧红感情生活的猎奇性，聚焦作品本身，相关研究富有创见，不仅为萧红正名，而且重新评价其被严重低估的文学价值，亦可为国内萧红研究提供新的参照视野。

孙国亮、牛金格　文

---

[1] Ruth Keen: Nachwort, in: Xiao Hong: *Frühling in einer kleinen Stadt*, übersetzt und mit einem Nachwort von Ruth Keen. Köln: Cathay Verlag, 1985, S. 113.

[2] Ruth Keen: Autobiographie und Literatur. *Drei Werke der chinesischen Schriftstellerin Xiao Hong*. München: Minerva publikation, 1984, S. 103.

[3] Roderich Ptak: Rezension von Keen Ruth: Autobiografie und Literatur. Drei Werke der chinesischen Schriftstellerin Xiao Hong, München (Minerva) 1984 (Berliner Chinastudien 3), in: *Asien*, Nr. 14, 1985, S. 125.

第七节　冯至：学者、诗人和德语文学传播者

冯至，原名冯承植，中国现代诗人、翻译家和学者。1923 年，冯至进入北京大学德文系学习；1925 年与友人在北京成立沉钟社，在社刊《沉钟》上翻译里尔克、歌德、荷尔德林和霍夫曼等一批德语作家的作品。“沉钟”这一名字取自 20 世纪德国剧作家豪普特曼的同名剧作《沉钟》。这部具有神秘主义和浪漫色彩的童话寓言剧揭示了艺术创作与日常生活之间的悲剧性对立[1]，以彰显沉钟社将艺术进行到底的决心。1930—1935 年，冯至留学海德堡，并完成博士论文《诺瓦利斯小说中自然与精神的类比》。回国后，冯至执教于同济大学。1939—1946 年，冯至在西南联大继续担任德语教授。在战争阴云下，冯至却迎来了研究和创作的旺盛期，在此期间他发表多篇学术论文，创作代表诗集《十四行集》、散文集《山水》和历史小说《伍子胥》。冯至一直致力于德语文学研究直至去世。

早在少年时期，冯至已受新文化运动的影响走上文学道路。作为具有国际性影响的德语文学研究者和文学家，兼具双重身份与双重任务的冯至始终浸润在德语文学的滋养中。他为里尔克、歌德、尼采和海涅等德语作家在中国的传播与译介发挥了重要作用；同时，他又经历了中国与德国政局剧烈变化的 20 世纪；晚年的冯至作为中德文化的传播者，受到德国政府多次表彰，成为两国文化友好交流的典型代表，被赋予政治上的象征意义。本节将从冯至的身份多重性着手，勾勒他在德国的多维接受版图，梳理他的作品在德国的接受历程。

冯至正式进入西方汉学研究的视野，或可追溯至他的学生许芥昱于 1963

[1] 参见丰卫平：《论格尔哈特·豪普特曼〈汉蕾娜升天记〉〈沉钟〉和〈碧芭在跳舞〉对日常生活的呈现》，载《德语人文研究》2021 年第 1 期。

年在美国编译出版的《二十世纪中国诗选》[1]。该书摘选冯至诗作 16 首，并简要介绍了其创作历程与诗学理念。1972 年，学者朱利亚在专著《中国现代诗歌导论》[2] 中，从结构与内容两方面分析冯至诗作的传统性与现代性，对冯至诗歌的浪漫主义与现实主义色彩进行评述。1979 年，华裔学者张错在美国出版研究传记《冯至》[3]。这三位华裔学者的推介无疑促进了德国汉学界对冯至的研究，在随后的 80 年代，冯至作品在德国的接受正式起步。

一、冯至文学作品在德国的译介

八九十年代，冯至诗歌翻译零散登载在德国汉学杂志《东亚文学杂志》上。据学者统计，《东亚文学杂志》译介的 292 篇作品中，冯至作品有 10 篇，排在第 5 位，这 10 篇均为《十四行集》中的诗歌 [4]。汉学家顾彬在 1985 年编撰了第一本德文版中国现代诗歌选集《太阳之都的消息：中国现代诗歌 1919—1984》[5]。该书收录 1919—1984 年间如冰心、郭沫若、徐志摩、闻一多、鲁迅、冯至、卞之琳和艾青等诗人的代表性作品。其中，冯至作品共计 18 首，均出自《十四行集》。1987 年，借冯至荣获联邦德国"文学艺术奖"的东风，顾彬

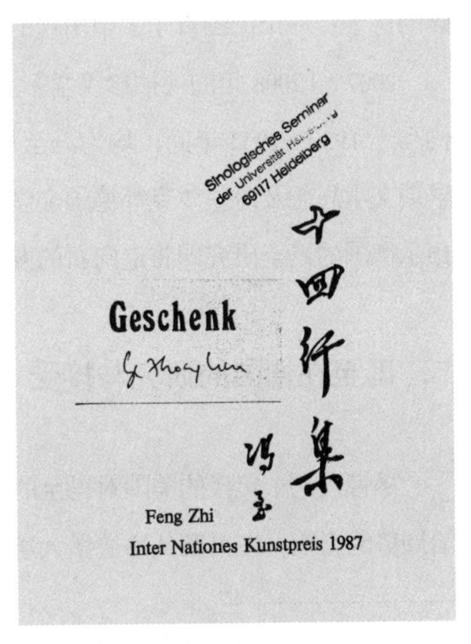

《十四行集》封面

[1] Kai-Yu Hsu: *Twentieth Century Chinese Poetry: An Anthology*. Doubleday, 1963.

[2] Julia Chang Lin: *Modern Chinese Poetry: An Introduction*. Seattle: University of Washington Press, 1972.

[3] Dominic Cheung: *Feng Chih*. New York: Twayne, 1979.

[4] 参见孙国亮、李斌：《德国〈东亚文学杂志〉对中国现当代文学的译介与阐释》，载《小说评论》2019 年第 4 期。

[5] Wolfgang Kubin: *Nachrichten von der Hauptstadt der Sonne. Moderne chinesische Lyrik (1919–1984)*. Frankfurt: Suhrkamp, 1985.

补译了其余9首，《十四行集》德译本正式出版。该版译文在2004年和2011年分别被再次选载：2004年，《文学之路》上刊载了第1、2、4、13首[1]；2011年，《新中国》上则发表了第5首[2]。

1990年，汉学家芭芭拉·霍斯特在《东方向》上发表冯至组诗《北游》的德译本[3]，将译介对象转向冯至早年作品。1992年，诗人、翻译家绿原与德国学者韦斯勒编译出版《中国现代诗歌》[4]，其中收录由中国学者吴秀芳（音译）翻译的冯至晚年诗作《梦中喜剧》和《大观园》。

2004年，《袖珍汉学》上登载了新的冯至作品译文。译者将目光投向冯至的散文：《怀爱西卡卜》[5]。之所以选择此文，似非学术价值的考虑，而是因为冯至对爱西卡卜村的描述与德国通俗小说家霍斯特·克鲁格的自传式小说《破碎的房子：一个德国青年》中出现的“某个像爱西卡卜的地方”[6]相似。

2007和2008年的《袖珍汉学》上登载了冯至致杨晦多篇书信的译文[7]，它们写于1930—1933年间，均为冯至早年赴欧洲后所作。这些书信是研究冯至早期文学思想及对里尔克等德国文学家接受史的重要一手文献，它的翻译发表预示德国的冯至研究即将走向新的发展层面。

二、冯至在德国的研究与接受

尽管六七十年代的美国对冯至的研究已方兴未艾；但受复杂变幻的国际政治局势的影响，在冯至从海德堡大学毕业后的近半个世纪中，无论是作品翻译

---

[1] Feng Zhi: *Sonette*, übersetzt von Wolfgang Kubin, in: *Literaturstraße*, Bd. 5, 2004.

[2] Feng Zhi: *Sonette*, übersetzt von Wolfgang Kubin, in: *das neue China*, Heft 4, 2011.

[3] Barbara Hoster: Feng Zhi und sein Gedichtzyklus „Reise nach Norden“, in: *Orientierungen*, Heft 1, 1990.

[4] Lü Yuan/Winfried Woesler (Hrsg.): *Chinesische Lyrik der Gegenwart*. Stuttgart: Reclam, 1992.

[5] Feng Zhi: *Erinnerung an Eichkamp*, übersetzt von Ursula Stadler, in: *minima sinica*, Heft 2, 2004.

[6] Vgl. Feng Zhi: *Erinnerung an Eichkamp*, übersetzt von Ursula Stadler, in: *minima sinica*, Heft 2, 2004, S. 133.

[7] Feng Zhi: Als ginge ich über eine dünne Eisdecke. Briefe an Yang Hui, Teil, übersetzt von Zhang Huiwen, in: *minima sinica*, Heft 2, 2007. Feng Zhi: Als ginge ich über eine dünne Eisdecke. Briefe an Yang Hui, Teil, übersetzt von Zhang Huiwen, in: *minima sinica*, Heft 1, 2008.

抑或学术研究，德国汉学界对此都几近空白，直至 80 年代才正式起步。德国汉学界对冯至的研究和接受主要包括以下三个层面：

（一）对冯至译介工作的研究

冯至作为中国德语文学研究的先驱，20 世纪 20 年代起就在《沉钟》上向中国知识分子译介德语文学，对海涅、歌德、席勒、里尔克和荷尔德林等德国文学家在中国的传播作出巨大贡献。部分学者从冯至的学术成果入手，研究他对德国文学的译介情况。

1983 年，汉学家卢茨·比格在论文《从拉萨尔和维特到孔萨利克和黑塞》[1] 中首次将冯至正式引入德国文学研究界的视野中。作者指出“革命诗人”海涅在中国的译介更应归功于冯至。早在 1926 年，冯至就翻译了海涅的《哈尔茨山游记》[2]。

卢茨·比格发表该论文之前一年，在海德堡举行了“中国—歌德”研讨会。这是“第一个将中国与国际日耳曼学联系起来，而且将汉学与德国文学联系起来”[3] 的歌德相关研讨会。出版于 1985 年的会议论文集是“歌德与中国的相互关系”这一主题的总结性成果，其中收录了杨武能教授文章《歌德与中国现代文学》[4]，他特别考察了郭沫若与冯至的歌德研究，并指出《少年维特之烦恼》传入中国后，对中国新文学在叙事策略及方法上的影响。

关于冯至与歌德的中国接受史这一话题，还应关注到中国学者任彤（音

---

[1] Lutz Bieg: Von Lassalle und Weerth zu Konsalik und Hesse, in: *ASIEN: The German Journal on Contemporary Asia*, Heft 8, 1983.

[2] Vgl. Lutz Bieg: Von Lassalle und Weerth zu Konsalik und Hesse, in: *ASIEN: The German Journal on Contemporary Asia*, Heft 8, 1983, S. 122.

[3] Günther Debon u. Adrian Hsia (Hrsg.): *Goethe und China — China und Goethe: Bericht des Heidelberger Symposions*. Bern, Berlin, Frankfurt, New York, Paris, Wien: Peter Lang, 1985, S. 9.

[4] Yang Wuneng: Goethe und die chinesische Gegenwartsliteratur, in: Debon, Günther Debon u. Hsia, Adrian (Hrsg.): *Goethe und China — China und Goethe: Bericht des Heidelberger Symposions*. Bern, Berlin, Frankfurt, New York, Paris, Wien: Peter Lang, 1985.

《歌德与他的〈浮士德〉在中国》封面

译）在2006年完成的博士论文《20世纪中国知识分子对歌德接受的发展》[1]。2008年，作者在此基础上出版专著《歌德与他的〈浮士德〉在中国》[2]。该研究旨在梳理和探析中国对歌德和《浮士德》的接受史及背后的社会文化心理。在第二章，作者关注到冯至作为研究者和文学家的双重身份，总结冯至在从事歌德研究中的态度及研究重点，并以冯至诗歌为例，分析歌德对冯至诗歌创作的影响和启发。

2004年，斯洛伐克汉学家高利克的英文论文《浅谈里尔克作品在中国文学和批评中的接受》[3]在德国出版。高利克回溯里尔克在中国的接受史，指出冯至可能是中国第一个向读者介绍里尔克的学者，他对里尔克的推介改变了中国对里尔克的态度，并大大推动了里尔克在中国的接受[4]。

2007年，中国学者叶隽在《文学之路》上发表论文《冯至50年代对席勒的接受:对未知强大的感知以及时间中的迁变》[5]。该文复现了席勒在中国的接受史，同时以50年代为时间原点，参考中国推介国外思想资源的四个标准，探讨德国文化随着中国现当代社会状况的变化，最终论证50年代冯至对席勒接收的矛盾与偏颇。此外，作者还从文学的社会功能性角度，对席勒和歌德在

[1] Tong Piskol: *Die Entwicklung des Goethe-Verständnisses der chinesischen Intellektuellen im 20. Jahrhundert. Dissertation.* Freie Universität Berlin. 2006.

[2] Tong Piskol: *Goethe und sein Faust in China: eine Analyse der chinesischen Interpretationen und Biographien zu Goethe und der chinesischen Faust-Rezeption.* Saarbrücken: VDM Verlag Dr. Müller, 2007.

[3] Marián Gálik: Prelimilary Remarks on the Reception of Rilkés Works in Chinese Literature and Criticism, in: Monika Schmitz-Emans (Hrsg.): *Transkulturelle Rezeption und Konstruktion.* Heidelberg: Synchron, 2004.

[4] 参见杨玉英：《马利安·高利克的汉学研究》，北京：学苑出版社，2015年，第289−290页。

[5] Ye Jun: Die Wahrmehmung fremder Größe und ihr Wandel im Laufe der Zeit. Zur Schillerrezeption von Feng Zhi in den 1950er Jahren, in: *Literaturstraße*, Heft 8, 2007.

中国的接受史进行了比较及原因探析。

2018年，中国学者刘晗（音译）在慕尼黑大学完成的博士论文《译者在接受中的地位：弗里德里希·荷尔德林诗歌在中国的翻译和接受研究》[1]是关于荷尔德林在中国接受史的专门研究。冯至是将荷尔德林推介至中国的第一人，作者简要考证了冯至在20年代对荷尔德林的译介历程和翻译诗篇。

（二）对冯至文学作品的研究

如前所述，冯至不仅是德语文学研究者，本身亦是现代诗人和作家。德国对冯至诗歌的研究主要集中在《十四行集》上，就具体的研究视角而言，又可归纳总结为：在德国文学的主体性立场上，追索冯至诗歌中的德国文学元素；从跨文化视角出发，兼论冯至诗歌中对中国文学传统及西方现代性的双重吸收。

就第一个视角而言，最早的成果当属冯至本人发表的德语论文。1982年，冯至亦受邀参加海德堡的"中国–歌德"研讨会。随后出版的论文集中收录了他本人所写的两篇论文,其中第一篇《关于歌德诗歌的思考》[2]介绍了他在进行歌德研究过程中所获得的文学见解和经验，亦是对"歌德创作实践和美学原则的概括"[3]。

关于冯至诗歌与歌德的相互关系，高利克亦有两篇相关论文。在此有必要说明，尽管高利克以英语写作为主，但他的部分书稿在德国出版，多年来亦致力于中德跨文化研究，曾多次参加在德国举行的相关研讨会，其成果不仅得到中国学者的肯定，往往也是德国学者研究冯至的案头书目。1997年，美国比较文学学者奥德里奇的八十寿诞纪念文集中收录了高利克的论文《冯至及其献

[1] Han Liu: *Die Position des Übersetzers in der Rezeption: eine Studie über die Übersetzung und Rezeption der Dichtung Friedrich Hölderlins in China*. Dissertation. Universität München, 2018.

[2] Feng Zhi: Gedanekn zu Goethes Gedichten, in: Günther Debon u. Adrian Hsia (Hrsg.): *Goethe und China — China und Goethe: Bericht des Heidelberger Symposions*. Bern, Berlin, Frankfurt, New York, Paris, Wien: Peter Lang, 1985.

[3] 王邵军：《生命在沉思：冯至》，石家庄：花山文艺出版社，1992年，第189页。

给歌德的十四行诗》[1]，该文对比分析了歌德的《幸福的憧憬》对冯至十四行集第 13 首（即《献给歌德的十四行诗》）的深远影响，并认为第 13 首是世界文学中“对歌德生平及其哲学的最精炼表达”[2]；在此基础上，作者对冯至的宇宙观进一步予以深入分析，指出他对“宇宙之爱”的坚信以及诗歌中传递的泛神论思想。高利克的另一篇论文《冯至与歌德的〈浮士德〉——从靡非斯托非勒斯到海伦》[3] 由杨治宜译为中文，发表于《国际汉学》，文章分析了冯至对浮士德、海伦和靡非斯托非勒斯的解读，并通过冯至的研究重点反窥他的宇宙观、爱情观及女性观，指出冯至对“永恒女性”这一诗性概念的把握，勾勒冯至在多年歌德研究中对爱与美的认同与背离。

此外，冯至对里尔克的推崇与接受同样受到学者的关注。1986 年，高利克的论文集《中西文学关系的里程碑 1898—1979》在德国出版，在其中一篇论文《冯至的〈十四行集〉：与德国浪漫主义、里尔克和凡·高的文学间关系》[4] 中，高利克分析了冯至诗的宇宙观与同时代其他中国作家的区别，以及其中独特的西方文化因素。同年，德国学者翻译了张错专著《冯至》中的部分内容，发表在德国汉学杂志《文化交流杂志》上，题名为《冯至、里尔克与十四行诗的中文形式》[5]。该文从十四行诗独特的结构入手，剖析冯至对它进行的中文“移植”，此外兼论冯至在十四行诗中对奥尔菲斯这一神话原型的捕捉和化用。

1992 年，德国汉学教授夏瑞春出版论文集《远东桥梁：20 世纪德中文学

[1] Marián Gálik: Feng Zhi and His Goethean Sonnet, in: Masayuki Akiyama and Yiu-nam Leung (Hrsg.): *Crosscurrents in the Literatures of Asia and the West. Essays in Honor of A. Owen Aldridge*. Newark: University of Delaware Press, 1997.

[2] 高利克著、刘燕编：《从歌德、尼采到里尔克：中德跨文化交流研究》，福州：福建教育出版社，2017 年，第 105 页。

[3] 高利克：《冯至与歌德的〈浮士德〉——从靡非斯托非勒斯到海伦》，杨治宜译，载《国际汉学》2005 年第 1 辑。

[4] Marián Gálik: Feng Chih's Sonnets: the Interlitrary Relations with German Romanticism, Rilke and van Gogh, in: Marián Gálik: *Milestones in Sino-Western literary confrontation (1898–1979)*. Wiesbaden: Harrassowitz, 1986.

[5] Dominic Cheung: Feng Zhi, Rilke und die chinesische Form des Sonnets, übersetzt von Klaus Sonnendecker, in: *Zeitschrift für Kulturaustausch*, 36. Jg, Heft 3, 1986.

关系》，其中收录了陈梅华的文章《冯至诗歌中的德国悲剧色彩》[1]。文章高屋建瓴地指出："中国传统文学与德国浪漫主义和动荡时期的文学在结构和本质上的亲缘性，对它们在中国的接受起到了重要作用。"[2] 主题的吸引、意象的交汇、风格的重叠，都是现当代中国文学吸收德国文学的前提。正因为德国的浪漫主义精神与歌德的诗学思想在传统中国中找到了落地的土壤，才有了冯至诗歌中的邂逅。作者对比分析了《蚕马》《北游》等早期诗歌与德国浪漫主义诗歌，同时观照中国本土的文学和哲学传统，探寻冯至在创作历程中从吸收提克和莱瑙到追随歌德的转变过程。该文以整体概括具体，从文学思想史的宏观角度解读德国浪漫主义精神究竟在何种程度、以何种形式在冯至的诗歌中得到风格和主题上的表达。

对于中德跨文化研究视角，冯至本人发表在"中国-歌德"研讨会论文集中的另一篇论文：《杜甫与歌德》[3]。文章主要对杜甫与歌德两位诗人在创作理念及美学、哲学等方面进行比较。冯至本人的文章虽非德国学者对他的研究成果，但从其收录出版亦可窥知德国汉学界对冯至研究的期待及重心。

冯至的主要译者顾彬在诗集《太阳之都的消息：中国现代诗歌 1919—1984》中对诗人进行了简要介绍，并对冯至诗歌作出以下论断：①《十四行集》代表冯至文学创作的最高水平。这一论断既是预言，也为后来者起到定调的作用。②《十四行集》显示出里尔克及西方哲学的影响。③《十四行集》明显受到鲁迅——尤其是其"道路哲学"的影响[4]。

---

[1] Goatkoei Lang-Tan: Der Geist der deutschen Dramatik in der Dichtung Feng Zhis, in: Adrian Hsia, Sigfrid Hoefert (Hrsg.): *Fernöstliche Brückenschläge: Zu deutsch-chinesischen Literaturbeziehungen im 20. Jahrhundert*. Bern, Berlin, Frankfurt, New York, Paris, Wien: Peter Lang, 1992.

[2] Goatkoei Lang-Tan: Der Geist der deutschen Dramatik in der Dichtung Feng Zhis, in: Adrian Hsia, Sigfrid Hoefert (Hrsg.): *Fernöstliche Brückenschläge: Zu deutsch-chinesischen Literaturbeziehungen im 20. Jahrhundert*. Bern, Berlin, Frankfurt, New York, Paris, Wien: Peter Lang, 1992, S. 94.

[3] Feng Zhi: Du Fu und Goethe, in: Günther Debon u. Adrian Hsia (Hrsg.): *Goethe und China — China und Goethe: Bericht des Heidelberger Symposions*. Bern, Berlin, Frankfurt, New York, Paris, Wien: Peter Lang, 1985.

[4] Vgl. Wolfgang Kubin: *Nachrichten von der Hauptstadt der Sonne. Moderne chinesische Lyrik (1919–1984)*. Frankfurt: Suhrkamp, 1985, S. 94.

《太阳之都的消息：中国现代诗歌 1919—1984》的出版推动了冯至诗歌在德国的研究。1986 年，汉学家陈梅华发表于德国汉学杂志《亚洲》的论文《中国现代诗歌中的传统结构与东西碰撞》[1]，以冯至的十四行诗为例，分析其中的死亡与转变主题对歌德诗歌思想的联系及吸收。在对具体诗歌深入分析的基础上，作者试图论证，冯至通过一系列“转变”的动词，传递死亡以及向新生命转化的主题。其中，在对第 16 首诗的解读中，作者留意到诗歌中东西方哲学的碰撞，歌德在《西东合集》中展现的“死而后生”思想将冯至与道家禅宗思想联系起来，冯至通过“路”的隐喻，以主体和客体融合的形式表达了这种联系[2]。

对于所谓“路”的哲学，顾彬随后作出了更详尽和深入的剖析。1987 年出版的德译本《十四行集》中，顾彬作序《给我狭窄的心，一个大的宇宙》，该文与随后在汉学杂志《龙舟》上发表的《路的哲学：论冯至的十四行诗》[3]一文基本一致，是顾彬翻译和研究冯至文学创作的总结性成果。顾彬指出，冯至的十四行诗很难一一辨明是受德国诗歌还是中国诗歌的影响，但在他诗歌创作的原则中，德国文学无疑是重要来源。顾彬梳理了前人研究的结论，提出“德国形象和中国情调”这一公式。他虽然也强调冯至对里尔克的吸收，但在这篇论文中，顾彬还提出一个被前人忽略的事实，即这些十四行诗显然受到鲁迅的影响。冯至作为一个“形而上”的诗人，他以简单的语言达到超越表象世界的目的，从日常事物中发掘哲学真理。在对鲁迅的“道路哲学”的诗性深化中，诗人通过描写不同层面的道路，最终将其深化和内化为内心的路、个体与人类的路和世间存在者的路等。“路”的哲学不仅是对鲁迅思想的化用，“道路”预示的生命、死亡以及生与死的转化亦是歌德在某些诗歌中传递的主题。

[1] Goatkoei Lang-Tan: Traditionelle Strukturen und west-östliche Begegnungen in der modernen Lyrik Chinas, in: *ASIEN: The German Journal on Contemporary Asia*, Heft 20, 1986.

[2] Vgl. Goatkoei Lang-Tan: Traditionelle Strukturen und west-östliche Begegnungen in der modernen Lyrik Chinas, in: *ASIEN: The German Journal on Contemporary Asia*, Heft 20, 1986, S. 81–82.

[3] Wolfgang Kubin: Die Philosophie des Weges: Die Sonette des Feng Zhi, in: *Drachenboot*, Heft 2, 1987.

此外，冯至对于交流与永恒孤独、回归与告别等主题的诗性处理，都体现了作者对中西思想史融会贯通的尝试。顾彬不再拘泥于从唐宋或浪漫主义的卷帛中寻找冯至诗歌思想的蛛丝马迹，而是在同时代的中国作家身上挖掘其思想来源，无疑是研究思路上的拓展和创新。

目前为止，对冯至文学创作的研究主要集中于《十四行集》。这一作品从形式上源于西方诗歌传统，在内容与美学思想上汲取德国文学精髓，在德国汉学界是天然的学术热点。1990年，霍斯特不落窠臼，将目光投向《北游》组诗，在译文前对它的写作时期及特点进行评述。作者指出，在冯至早年创作中还没有受到惯于描绘城市腐烂丑恶的表现主义的影响，作品以“孤独的旅行者”这一角色把“诗性主体在城市中的探险经历和梦境感官串联起来”[1]，诗歌充满阴郁无望的情绪，勾勒出逼仄狭隘的情感世界。此外，作者观察到这本诗集在一次次再版中的变化，尤其是1955年进行的大范围修订，如以中文替换外语词汇、删除情色和死亡等“消极”元素、简化阴郁迷惘的情绪，种种变化表明诗人试图赋予这个组诗更乐观的基调，它的变化“雄辩地见证了20世纪中国诗歌的时代性，但在艺术上却失去了说服力，未能达到早期版本的诗性厚度和情感凝聚力”[2]。尽管霍斯特对它评价不高，但《北游》德译版的出现，表明德国汉学界对冯至的研究不再囿于《十四行集》或作者与歌德、里尔克的相互关系，开始向更广泛的领域拓展。

2004年，中国诗人、学者和翻译家张枣在哥廷根大学完成博士论文《诗歌现代性的追寻：1919年后的中国新诗》[3]。作为一位中国先锋诗人，张枣从自身的创作经验出发，梳理中国新诗写作在技巧上的探索和经验，着重考察了中国现代诗歌中的“现代性”技巧及诗性美学。第五章以“传统与先

[1] Barbara Hoster: Feng Zhi und sein Gedichtzyklus Reise nach Norden, in: *Orientierungen*, Heft 1, 1990, S. 128.

[2] Barbara Hoster: Feng Zhi und sein Gedichtzyklus Reise nach Norden, in: *Orientierungen*, Heft 1, 1990, S. 130.

[3] Zhang Zao: *Auf die Suche nach poetischer Modernität: Die Neue Lyrik Chinas nach 1919*. Dissertation. Universität Tübingen, 2004.

锋：卞之琳与冯至诗歌中的‘物化’”为题，探析冯至诗歌中的“物化”。张枣指出，它既包括对激进主体性的背离，例如《北游》和《十四行集》中既吸收西方思想、又保留中国诗歌传统的努力；同时也有对传统和历史自觉的皈依，如《十四行集》中生命转变这一思想所蕴含的天人关系。此外，张枣还论述了冯至诗歌中对“水”这一意象的使用。在这一层面，冯至并没有追随西方象征主义，把审美主体理解为一个超验秩序的控制者，相反，冯至吸纳了宋明新儒学的天人观，诗性主体并不站在外部世界的对面，它同样也是宇宙万物和现象之一。这种和谐共生的美学思想无疑又是对中国传统辩证观的继承。

2011年，中国学者蔡英（音译）在慕尼黑大学完成博士论文《中国诗歌现代化中的德国因素：冯至及其十四行诗》[1]。作者结合文本与文学史，认为《十四行集》中既展现了唐诗宋词的传统，同时又触及以诺瓦利斯和里尔克为代表的德国诗歌特性，从而管中窥豹地反映出中国现代诗歌中西方性与东方传统的交锋以及中国现代诗人对“西方性”的渴望。作者提出“谁是西方文学现代主义在中国的典型代表”这一问题，回顾了冯至对诺瓦利斯和里尔克的接受与传播，指出时代的审美趣味、政治环境以及传统美学旨趣决定了中国文学家对西方性或现代性的理解和接受。东西方文学在审美上的重合导致双向的文学接受、解读与误读，个性化审美趣味最终演变为共性的审美倾向。

2012年，中国学者张慧文（音译）完成博士论文《跨越时代与大陆的文化转移：冯至小说〈伍子胥〉》[2]。该论文对小说《伍子胥》进行了文化阐释学视野下的专门研究。作者试图回答：在传统遗产与西方思想的冲击中，如何保持处理经典的洞察力和文化自觉，如何以创造性的方式应对深刻的文化动荡，

---

[1] Ying Cai: *Der deutsche Beitrag zur Modernisierung der chinesischen Dichtung: Feng Zhis Die Sonette*. Dissertation. Universität München, 2011.

[2] Zhang Huiwen: *Kulturtransfer über Epochen und Kontinente: Feng Zhis roman „Wu Zixu“ als Begegnung von Antike und Moderne, China und Europa*. Berlin, Boston: De Gruyter, 2012.

并在此基础上完成自我的重新定位。作者将《伍子胥》视为中国文学史上的转折点，观照该书所蕴含的时间与空间上的文化转移：它在传统上继承了儒、道、《诗经》和《史记》等文化源流，在西方性上征用了文艺复兴、浪漫主义、歌德和尼采等思想精华。作者分析了书中对待中国典籍的矛盾态度，转而又以克尔凯郭尔、尼采、霍夫曼斯塔尔和格奥尔格为例，在西方文化思想参照系中寻找《伍子胥》中的德国文学与哲学特质。在参考冯至的其他著作、日记和信件基础上，作者论述了冯至与但丁、歌德、荷尔德林、诺瓦利斯和里尔克的文学神交。最终，作者还原《伍子胥》的潜层思想史谱系，重建了其中的文化转移版图。作者以《伍子胥》一书为线索，意图对那些与时代号角相悖的不和谐因素进行观照。作者将它作为研究对象，举重若轻、以小窥大地梳理冯至思想中西方与传统元素的交锋，此为德国冯至研究的一大深化和突破。

此外，汉学研究者亚历山大·莱波尔德发表于2011年的博士论文《四川五君子：后朦胧诗人张枣、欧阳江河、柏桦、孙文波和翟永明》[1]以20世纪中国现代诗歌的承继关系为切入点，对20世纪下半叶中国代表诗人进行研究。其中第二章以冯至和戴望舒为例论述20世纪上半叶诗歌的特点。在这部分，作者的论述仍然强调的是冯至诗歌中对里尔克和歌德的吸收，同时又在中国现代诗歌发展脉络这一层面，指出冯至诗歌中对激进主体性的告别和对文化根源的思考。

（三）回忆散文

1993年，冯至辞世。1995年，德国汉学家汉斯·迈尔出版回忆文集《再见中国：经历1954—1994》[2]，作者在书中回忆了与冯至的交往与友谊。这一人物小记既是对一段历史的追溯与总结，同时也为20世纪80年代以来德国汉学界的冯至研究画上暂时性的句号。

---

[1] Alexandra Leipold: *Die Fünf Meister aus Sichuan: die posthermetischen Lyriker Bai Hua, Zhang Zao, Zhong Ming, Ouyang Jianghe und Zhai Yongming*. Hamburg: Disserta Verlag, 2011.

[2] Hans Mayer: *Das Wiedersehen in China: Erfahrungen 1954–1994*. Frankfurt: Suhrkamp, 1995.

三、冯至获得的德国政府荣誉

对于冯至在德国的接受这一话题，冯至在两国的文化教育交流活动中受到的各项表彰奖励，也是关键一环。从政治角度而言，它可以管窥两国数十年的外交文教关系；从学术史而言，又是德国汉学与中国德语文学研究的重要组成。

抗战结束后，冯至在50年代多次访问民主德国。自70年代后期，耄耋之年的冯至再次有了国际学术交流的机会。1979年，冯至随中国社会科学院访问联邦德国，从图宾根启程重游海德堡大学；1982年，他再赴海德堡参加“中国—歌德”研讨会。凭借自身对德语文学的深入研究以及传播，1983年，冯至被联邦德国授予歌德奖章。接下来数年，冯至不断获得德国授予的各项荣誉：1985年，冯至被民主德国高教部授予“格林兄弟文学奖”。1987年，冯至被联邦德国授予文学艺术奖及“大十字勋章”，并受到总统魏茨泽克的接见。1988年，冯至再获得联邦德国语言文学科学院颁发的“宫多尔夫外国日耳曼学奖”。上述颁奖典礼的颂词均强调两国在文化研究、高等教育、民间活动各个方面欣欣向荣的交流局面及重要价值；关注和褒奖冯至对里尔克、歌德、海涅以及德国文学整体的译介作用。

总体而言，冯至在德国的研究与接受已初具成果。无论是对其文学作品的翻译，抑或学术思想的研究引入，又或他作为杰出德语文化传播者在德国政府层面受到的各项表彰，均已超过大部分中国现当代文学家。但冯至的文学作品远远未走向德国大众图书市场，除了少数汉学研究者外，冯至在德国仍然不为大多数人所知。在新的时代起点，中国现当代文学家的译介不仅是德国汉学界的工作，亦是中国日耳曼学者的任务。如何顺应时代发展、把握时代脉络、捕捉当下热点，更好地发展中国文学作品的外译事业，将其从汉学家的书架扩展至大众图书市场，正需要当代德语文学研究者不断反思和努力。

陈丽竹　文

第八节　戴望舒：德国汉学视野下的“雨巷诗人”

戴望舒是中国现代派代表诗人之一。其诗作上承传统脉络，兼受法国象征主义影响，追求感伤含蓄的意境和语言的音乐美。代表作《雨巷》以其抑扬顿挫的音韵美与丰富的古典美学情致，使戴望舒声名大噪，有了“雨巷诗人”之称。

戴望舒的生平经历与文学创作都和上海这座城市紧密相连。1923年，他考入上海大学文学系，两年后转入上海震旦大学学习法语。1927年夏，戴望舒在沪写下成名作《雨巷》。五年后，他留学法国，先后就读于巴黎大学、里昂中法大学，并于1935年再次回到上海。在港、沪之间几度辗转后，1950年，戴望舒病逝于北京。年轻时的戴望舒先后参与了文学刊物《璎珞》《无轨列车》《现代》和《新诗》的创办或编辑工作，以上海为据点，以趋时求新的追求将中国现代主义诗歌推向鼎盛[1]。在沪文学事业的繁荣与留学的经历，让戴望舒的诗作融汇中西文学资源，传统文学的延续性与西方文学的异质性在他的作品中交锋、共融。这一吸收中西古今传统的努力，拓宽了现代主义诗歌这一流派的航道，对中国现当代诗歌的发展和演进作出了重要贡献。

目前，国内已出版多个版本的戴望舒作品集，针对其人其作的研究亦相对成熟。在接受研究方面，学界主要关注戴望舒对西方象征主义的吸收与接受，本节试图梳理戴望舒及其作品在德国的译介过程，最终呈现戴望舒及其作品在德国的接受与译介概貌。

[1] 参见颜敏、王嘉良：《中国现当代文学史（上册）》，上海：上海教育出版社，2009年，第248页。

一、戴望舒作品在德国的译介历程及背景

尽管在中国现代文学史上有重要地位，但戴望舒作品在德国的译介与接受却始于他病逝的20余年后。文学译介受到国际政治局势影响，20世纪60年代中苏关系的交恶使得中德文化交流受阻，德国汉学界放弃对中国现当代文学的关注，“重新皈依中国古典文学的乌有之乡”[1]。种种原因，导致中国现当代文学在德国的译介及研究相对缓慢以致停滞。

70年代中期，随着中德关系缓和，双方在教育、文化上的合作增加，德国汉学界对中国现当代文学的研究热情有所回升：1974年，由汉学家傅吾康主编的《中国手册》[2],在“新诗”词条的“象征派与颓废派”子词条中，出现了对戴望舒的介绍。该介绍篇幅短小，仅寥寥数行，围绕“象征主义”这一核心展示戴望舒的诗歌风格、创作理念及其作品。据笔者考察，本书或可视为德国对戴望舒及其诗歌作品接受的开端。1976年，为庆祝波鸿大学东亚研究所创始人、汉学家霍夫曼的生日，顾彬、林克等主持出版纪念刊物《中国：文化、政治与经济》，其中收录了顾彬的文章《戴望舒：唯美主义与放弃》[3]。

《20世纪二三十年代中国诗歌中“诗性主体”的结构》封面

[1] 孙国亮、李斌：《中国现当代文学在德国的译介研究概述》，载《文艺争鸣》2017年第10期，第105页。

[2] Wolfgang Franke (Hrsg.): *China-Handbuch*. Düsseldorf: Bertelsmann-Universitätsverlag, 1974, S. 975.

[3] Wolfgang Kubin: Dai Wang-shu (1905－1950): Ästhetizismus und Entsagung, in: Hans Link (Hrsg.): *China. Kultur, Politik und Wirtschaft. Festschrift für Alfred Hoffmann zum 65. Geburtstag*. Tübingen und Basel: Horst Erdmann-Verlag, 1976, S. 71－88.

这篇写于戴望舒逝世25周年之际的论文不仅对戴望舒的生平及创作进行评述，还全文翻译或节译其代表诗作《雨巷》《我底记忆》《夕阳下》《山行》《十四行诗》《狱中题壁》和《我用残损的手掌》等，重新评估了戴望舒诗作的特征及文学价值。

80年代中后期至90年代，随着外部环境的变化，德国汉学的研究阵地由传统的文史哲拓展到“经世致用”的时政商贸分析，中国现当代文学的德语译介再次陷入颓势。这一时期值得一提的研究者是克鲁斯曼-伦，她于90年代初出版了两本有关戴望舒研究的专著，即《文学象征主义在中国：戴望舒作品中的理论接受与抒情创作》[1]和《20世纪二三十年代中国诗歌中“诗性主体”的结构》[2]。围绕中国象征主义诗歌，她对戴望舒诗作的艺术形式、创作理念、诗学语言进行了充分考察，是德国戴望舒研究的重要成果。

2001年，德国汉学杂志《袖珍汉学》发表古茨的论文《戴望舒在西班牙》[3]，该文注意到戴望舒与洛尔迦在创作上的相似点，从生平作品、西班牙之行、现代主义等多方面探讨戴望舒与这位西班牙作家的互动关系，总结“现代主义”的主要特征及在中国的影响。

总体而言，90年代至今，对中国现代文学的研究译介几乎淡出了德国汉学界的视野，对戴望舒及其作品的研究，除以上提到的，再无专门研究，亦无报道或书评。戴望舒作品在德国的译介较为迟滞，尚无全面的德译作品出版，研究热度在数十年间持续低迷，尽管如此，顾彬、克鲁斯曼-伦等人以西方文化为基点，关注了戴望舒与西方文学的互动关系，相关研究具有一定深度。

---

[1] Ingrid Krüßmann-Ren: *Literarischer Symbolismus in China. Theoretische Rezeption und lyrische Gestaltung bei Dai Wangshu (1905–1950)*. Bochum: Brockmeyer, 1991.

[2] Ingrid Krüßmann-Ren: *Zur Struktur des „Lyrischen Ich“ in der chinesischen Dichtung der zwanziger und dreißiger Jahre des 20. Jahrhunderts: Analysen der Theoriebildungen zu dieser Redesituation in der chinesischen Literaturwissenschaft und empirische Untersuchungen bei Dai Wangshu (1905–1950) und einigen Zeitgenossen*. Frankfurt am Main, Berlin, Bern, New York, Paris, Wien: Lang, 1993.

[3] Erol Güz: Dai Wangshu in Spain, in: *minima sinica*, Heft 1, 2001, S. 100–138.

二、戴望舒作品在德国的研究关键词：西方性

留学欧洲期间，戴望舒翻译了大量法国及西班牙诗人的诗歌，深受象征主义、现代主义等文学思潮的影响并将其吸收内化，运用到自己的诗歌创作中，形成翻译与创作的良性互动。

对于德国学者而言，戴望舒诗作中“象征主义”“现代主义”等来自西方文学世界的标签颇为醒目，它无疑影响甚至决定了戴望舒在德国被接受与研究的重心与目的。顾彬在《戴望舒：唯美主义与放弃》中开篇即表明，“要批判性地审视这位在西方的影响下试图重塑中国文学的诗人的作品，并确定其特殊性和价值”[1]；莱波尔德认为，“无论是在形式上还是内容上，在他的诗中都不能忽视对西班牙和法国模式的接近”[2]。克鲁斯曼-伦则明确提出西方学者的西方视角：“在我看来，西方文学家只能用‘西方的尺度’来衡量——而不应该害怕无视‘中国的尺度’。”[3]戴望舒诗歌与西方性之间的亲缘关系，例如与波德莱尔、洛尔迦等西方诗人的比较研究、象征主义创作理念及特征在诗歌中的体现及影响，成为相关研究的关键词。

（一）戴望舒对西方性的吸收

戴望舒翻译阿波利奈尔、波德莱尔、魏尔伦、艾吕雅等人的诗作；其中，24首波德莱尔诗译被收录于1947年出版的《恶之华掇英》中。他还阅读和翻译西班牙古典或现代作家，如塞万提斯、阿拉尔孔、伊巴涅斯、洛尔迦、阿

---

[1] Wolfgang Kubin: Dai Wang-shu (1905–1950): Ästhetizismus und Entsagung, in: Hans Link (Hrsg.): *China. Kultur, Politik und Wirtschaft. Festschrift für Alfred Hoffmann zum 65. Geburtstag.* Tübingen und Basel: Horst Erdmann-Verlag, 1976, S. 71.

[2] Alexandra Leipold: *Die Fünf Meister aus Sichuan: die posthermetischen Lyriker Bai Hua, Zhang Zao, Zhong Ming, Ouyang Jianghe und Zhai Yongming.* Hamburg: Disserta Verlag, 2011, S. 32f.

[3] Ingrid Krüßmann-Ren: *Literarischer Symbolismus in China. Theoretische Rezeption und lyrische Gestaltung bei Dai Wangshu (1905–1950).* Bochum: Brockmeyer, 1991, S. 46.

尔贝蒂、阿莱桑德雷等的作品。戴望舒从法国象征主义、西班牙现代派中获取宝贵的艺术经验，对格律音韵的融会、对孤独主题的吸收、对注重暗示象征的创作手法的借鉴等，使戴望舒成为中国象征主义诗歌之集大成者。

顾彬和莱波尔德将研究重点放在戴望舒与法国象征派的关系上。顾彬认为，在其诗作中，"我们发现了现代西方诗歌的基本特征。如《山行》《夕阳下》《十四行诗》中词与物的差异；《雨巷》《我底记忆》中对内容的脱离以及对形式音韵的强调；《山行》《十四行诗》中对事物的挖掘；《十四行诗》中对丑陋与不和谐的描写；通过语言构建的想象的现实；等等"[1]。

顾彬认为，《雨巷》中对女性的美学设计既具古典情怀，亦有对象征主义意象和暗示手法的借鉴。诗中那位没有被认识，也没有被表现，甚至没有被主题化的女性呈现出高度的抽象性。莱波尔德在分析该诗时认为，尽管对象是有形的，但诗歌本身的象征意义仍然是不确定的、神秘的和异化的[2]。她的美脱离具象物质的基础，通过自然的填充，以丁香为媒介得以传递。这一距离感体现了现代社会对人的异化，寂寥愁闷的诗人放弃与社会重新建立联系的努力，诗性主体与诗中女子"远离—接近—远离"的关系被塑造为不可逾越的审美游戏。《我底记忆》一诗更明显地展现出这种抽象性。诗中提到的记忆地点具有任意性，图像丧失自身的特殊性和不可逆性，它将自身从具体事物中抽离，仅仅追求纯粹无物的"美"本身。又如《夕阳下》一诗融合印象主义、表现主义及浪漫主义的特征，诗人将日落与意识的消失相结合，将自我从现实中抽离，个体的分裂与事物的空洞造成语词排列的任意性和自由度，从而获得了形而上的超越体验。诗性主体对超验现实的寻找同样体现在《山行》中。莱波尔德认为，如果现代中国诗歌倾向于试图再现某种心理

---

[1] Wolfgang Kubin: Dai Wang-shu (1905–1950): Ästhetizismus und Entsagung, in: Hans Link (Hrsg.): *China. Kultur, Politik und Wirtschaft. Festschrift für Alfred Hoffmann zum 65. Geburtstag.* Tübingen und Basel: Horst Erdmann-Verlag, 1976, S. 72.

[2] Alexandra Leipold: *Die Fünf Meister aus Sichuan: die posthermetischen Lyriker Bai Hua, Zhang Zao, Zhong Ming, Ouyang Jianghe und Zhai Yongming.* Hamburg: Disserta Verlag, 2011, S. 33.

状态，是通过字音、节奏和格律的整体印象，那么其主题和内容就会越来越退居幕后[1]。尽管诗中运用了传统诗歌主题，但处理方式却是反传统的：诗人打破传统语法词句，将一连串不相干的图像进行任意组合，得到一幅超现实主义的画卷。《十四行诗》中同样将内容的模糊性与语法的模糊性相匹配，任意的、流动的图像和语言同样反映出诗人这一时期远离现实、退守语言领域的创作理念。

顾彬察觉到欧洲之行为戴望舒的创作注入现实主义能量。现实中政治局势的变化以及法国、西班牙诗人在政治上的左翼倾向使戴望舒逐渐远离了纯粹审美化的写作方式，这一转变体现在《狱中题壁》和《我用残损的手掌》等后期诗作中。古茨也将此归因于诗人的西班牙之行。在《戴望舒在西班牙》一文中，对于戴望舒与西班牙文学的关系，古茨并未从具体的诗歌分析切入，而是以戴望舒的《论诗零札》为起点，研究他的诗歌理念。在《论诗零札》中，戴望舒强调诗情的美学价值，重视诗歌本身的美感和生命力。戴望舒把诗歌定义为真实而必须通过想象力来过滤的产物。古茨认为，这一理念的相近性，使戴望舒与洛尔迦找到了创作中的共鸣。

作为深深扎根于安达卢西亚的通俗诗人，洛尔迦重拾通俗诗歌的传统并将之回馈给人民，这无疑吸引和刺激了戴望舒。古茨对比了两位诗人的创作发展历程，认为他们在最后阶段都回溯传统，并从中汲取养分。如戴望舒《灾难的岁月》，语言明快，感情丰沛，“已经远离了不必要的装饰和过度研究的表达方式，但它仍然注入了一种超越现实的想象力”；洛尔迦的后期诗作同样“拒绝陈词滥调，反复借鉴安达卢西亚语言中丰富而多彩的词汇”[2]。古茨认为，两人都来自曾经文化鼎盛、在20世纪显出疲态的文明；他们将目光投向外界，最终又回归自身的文化土壤。

---

[1] Vgl. Alexandra Leipold: *Die Fünf Meister aus Sichuan: die posthermetischen Lyriker Bai Hua, Zhang Zao, Zhong Ming, Ouyang Jianghe und Zhai Yongming*, Hamburg: Disserta Verlag, 2011, S. 33f.

[2] Erol Güz: Dai Wangshu in Spain, in: *minima sinica*, Heft 1, 2001, S. 129.

（二）戴望舒与西方性之裂隙

克鲁斯曼-伦在其研究中反其道而行之，从主题选择、诗歌意象和语言形式等方面入手，辨明同为象征主义代表的戴望舒与波德莱尔，在创作中的相异之处。

克鲁斯曼-伦认为,戴望舒诗歌的特殊性在于“中国式的象征主义”[1]。他的诗歌中展现出抒情性的弥散感，对“徘徊”“彷徨”和“迷惘”等词的过度使用，早期诗歌中“受挫”的体验，表现了诗人漫无目的地寻找。克鲁斯曼-伦对比分析了戴望舒《古神祠前》和波德莱尔《高翔》，她指出，这两首诗都使用了拍打翅膀的形象，但在抽象程度上有所不同：戴望舒的诗中，思想的形象通过动物与它生长的翅膀相连；而波德莱尔则不需要这种额外的载体。戴望舒诗歌的亲和力同样体现在《寂寞》《我的素描》和《印象》中诗性主体的孤独体验中。“正如人们在他的任何一首诗中都察觉不到凌驾于普通人之上的自高自大，戴望舒为自己的孤独而痛苦。我没有发现任何迹象表明他同时也在欣赏孤独。”[2]在分析戴望舒和波德莱尔对于感伤情绪的处理时，作者引入《雨巷》和《致一位过路的女子》：戴望舒描述的是梦中的邂逅，波德莱尔则是与哀悼中的女人的真实的、转瞬即逝的邂逅；一个发生在雨巷，另一个发生在大城市；戴望舒的诗充满哀而不伤的平静，而波德莱尔的伤感则是震惊的、突然的。同样，对于“梦”这一主题，对于法国象征主义诗人而言，“梦”指向一种非现实内容的生产；戴望舒在《雨巷》《有赠》和《寻梦者》中虽然同样表达了对梦境的偏好，但其着眼点并不在于抽象的寻梦之旅，而是寻梦的具体对象。若说梦境连通了现实与另一个神秘维度，那么“日落”也代表从光明到黑暗的过渡，它作为一天中蜕变的转折点，同样在象征主义诗歌中被神秘化。波德莱尔在《黄昏的和

[1] Ingrid Krüßmann-Ren: *Literarischer Symbolismus in China. Theoretische Rezeption und lyrische Gestaltung bei Dai Wangshu (1905–1950)*. Bochum: Brockmeyer, 1991, S. 45.

[2] Ingrid Krüßmann-Ren: *Literarischer Symbolismus in China. Theoretische Rezeption und lyrische Gestaltung bei Dai Wangshu (1905–1950)*. Bochum: Brockmeyer, 1991, S. 50.

谐》《精神的黎明》《黄昏》和《晨曦》中刻画了粗鄙丑陋的日落都市；戴望舒在《夕阳下》和《印象中》反映了诗性主体无力而悲伤的心灵之境。

克鲁斯曼-伦认为，总体而言，戴望舒对于夕阳、梦境等意象的使用，仍然带有中国传统诗歌的痕迹。她指出，“戴望舒还在过去的神话和传统符号中寻求庇护”[1]。例如在《夜蛾》中，诗人借鉴传统的内涵，将飞蛾视为生者与死者之思想精神的物质表现，并进一步将其解释为诗性主体的象征。但波德莱尔在运用传统的时候，并不满足于简单沿用，而是将之破坏、吸纳、变形，赋予其全新的内涵。在《我底记忆》一诗中，人格化使记忆成为个人财产，成为诗性主体熟悉和谐的“伙伴”；波德莱尔在《烦厌》中同样有“回忆”的主题，但波德莱尔笔下的回忆是粉碎性的、沉重的、令人疲倦的。两位诗人在同一主题上表现出具体使用的差异性，戴望舒以眼泪与叹息表达对生活感到忧郁；波德莱尔则是对存在感到彻底绝望。

在表达形式上，对于诗性主体和诗人自我，波德莱尔的诗歌是“非个人化”的，这意味着诗人自我与诗性主体的分离；比起有意识地去个人化，戴望舒在《我的素描》和《赠克木》中强调了诗性自我的普适性。在语言层面，克鲁斯曼-伦认为，戴望舒的语言更加具体和缺乏抽象层次，波德莱尔则往往指涉脱离物质的抽象概念。当戴望舒写到“美丽”时，在具体可见的“人”之中得以窥见其诗歌中的人性和现实主义风格；而波德莱尔则倾向于描写作为抽象原则、无生命的“美”。

总体而言，克鲁斯曼-伦得出结论：相比以波德莱尔为代表的法国象征主义诗人，戴望舒在自我认知中表现得更加谦虚，更具现实性和人民性，他注重保持诗性主体与诗人自我的一致，在运用象征主义符号或理念时并未放弃自身依傍的传统。正是自我认知的差异性，为戴望舒的象征主义打上了属于中国的烙印。

陈丽竹　文

---

[1] Ingrid Krüßmann-Ren: *Literarischer Symbolismus in China. Theoretische Rezeption und lyrische Gestaltung bei Dai Wangshu (1905–1950)*. Bochum: Brockmeyer, 1991, S. 58.

第三章
20 世纪四五十年代现当代作家的译介传播

第一节　张爱玲："中国的葛丽泰·嘉宝"的德译与传播

张爱玲在西方的推介始于美国华裔学者夏志清，其《中国现代小说史》推崇张爱玲为"今日中国最优秀最重要的作家"[1]，一举奠定了张爱玲在欧美汉学界的显赫地位和评价基调。据 OCLC 世界图书馆在线目录数据库（Online Computer Library Center）馆藏量数据统计，在中国现当代女作家中张爱玲以 10 部作品和 4 167 家馆藏量位列榜首，远超名列第二的张洁[2]。就张爱玲在西方的译介与接受而言，德语国家的译介虽不及英语国家深广，但自 20 世纪 80 年代末期以来方兴未艾。本节通过爬梳德语国家对张爱玲作品的译介与研究状况，概述德国汉学研究刊物、主流媒体等对张爱玲其人其作的评价，呈现张爱玲作品在德语国家的译介和接受概貌。

一、张爱玲作品在德语国家的译介历程

1955 年，张爱玲以英文写就的小说《秧歌》在美国出版。次年，其德文

---

[1] 夏志清：《中国现代小说史》，刘绍明等译，香港：香港中文大学出版社，2001 年，第 335 页。

[2] 参见何明星：《独家披露中国现当代女作家作品之欧美影响力》，载《中国出版传媒商报》2014 年 3 月 7 日第 9 版。

版付梓，成为首部译介到德语国家的张爱玲作品，标志着张爱玲在德语国家译介的开端[1]。然而此后张爱玲作品德语译介陷入长达近30年的停滞状态，究其原因，50年代《秧歌》在世界范围内的迅速传播——五年内有二十余种语言的译作——并非得益于学界或读者对张爱玲作品文学性的认可与推崇，而是冷战背景下美国新闻处大力推行“反共小说”译书计划的结果[2]。1983年，旨在“通过德语翻译使欧洲了解不为人知的、遥远的东方文学”[3]的《东亚文学杂志》创刊，并在首期发起了一项征集在译与已译的中国文学作品目录的活动。杂志主编、德国汉学家沃尔夫·鲍斯指出，汇总的译介目录以中国当代作家的中短篇小说为主，且译者并非以作品的文学价值或文学史地位为依据选择其翻译对象，而是从自身经历出发，找寻能引起共鸣的作品[4]。在列出的译介目录中，有汉学家莫妮卡·莫奇与施任重（音译）合译《金锁记》与《半生缘》，莫妮卡·莫奇独译《倾城之恋》《鸿鸾禧》与《桂花蒸　阿小悲秋》[5]。遗憾的是，这一翻译计划公布后的近十年内，德语国家并没有张爱玲德译作品出版。由此可见，张爱玲在80年代尚未受到广泛认可与关注。20世纪80年代堪称中国文学德译黄金十年[6]，但张爱玲作品却不在其列。及至80年代后期，大陆兴起“重写文学史”思潮，重估张爱玲及其作品的文学史价值与地位，渐次引发张爱玲研究、阅读与接受热潮，助推“张爱玲热”走出国门，方才促成张爱玲作品德语译介的首次高潮。

1992年，由顾彬夫妇创办的《袖珍汉学》第2期刊登《茉莉香片》德译

---

[1] Zhang Ailing: *Das Reispflanzerlied. ein Roman aus dem heutigen China*, übersetzt von Gabriele Eckerhard. Düsseldorf: Diederichs, 1956.

[2] 参见王梅香：《不为人知的张爱玲：美国新闻处译书计划下的〈秧歌〉与〈赤地之恋〉》，载《欧美研究》2015年第1期，第106页。

[3] *Vorstellung zu Hefte für ostasiatische Literatur*. https://www.iudicium.de/katalog/0933-8721.htm (abgerufen am. 12.7.2021).

[4] Vgl. Wolf Baus: Geplante bzw. abgeschlossene Übersetzungen chinesischer Literatur, in: *Hefte für ostasiatische Literatur*, Nr. 1, 1983, S. 107-108.

[5] Wolf Baus: Geplante bzw. abgeschlossene Übersetzungen chinesischer Literatur, in: *Hefte für ostasiatische Literatur*, Nr. 1, 1983, S. 118.

[6] 参见孙国亮、李斌：《德国东亚文学杂志对中国现当代文学的译介与阐释》，载《小说评论》2019年第4期，第44页。

本，开启了张爱玲作品在德国译介的新篇章。1993年，德国汉学家赫尔穆特·马丁（中文名：马汉茂）主编随笔散文集《苦涩的梦：中国作家的自我书写》，收录张爱玲散文《双声》[1]。译者黑利贝尔特·朗将《秧歌》与短篇小说集《传奇》视为张爱玲的代表作，误认为两者均是张爱玲“流亡香港”时所作，并称1966年发表的《怨女》为其最著名的作品，赞扬张爱玲“坚决同中国文学中的左派划清界限”[2]。显然，黑利贝尔特·朗意识形态化的政治误读，仍带有冷战思维的烙印。1995年张爱玲逝世，将“张爱玲热”[3]推向高潮，亦激发德国汉学界对张爱玲的译介和研究热情。1995年，伍尔夫·贝格里希翻译的《金锁记》[4]刊于《东方向》的文学特刊。1995年9月21日，《世界报》报道了张爱玲逝世的消息；同年11月，《东亚文学杂志》第19期的“中国文学报道”专栏刊文哀悼张爱玲，赞誉“张爱玲是20世纪中国最重要的女作家之一”，《金锁记》是其“最丰富与成功的作品”[5]，并对其创作做了简要介绍，但将50年代误识为张爱玲创作的鼎盛期。次年，《东亚文学杂志》第21期的“中国文学报道”专栏报道了季季、关鸿主编的文集《永远的张爱玲：弟弟、丈夫、亲友笔下的传奇》出版，并称该书“披露了张爱玲近乎与世隔绝的生活中一些不为人知的细节”[6]。《东亚文学杂志》还刊发张爱玲作品《年青的时候》[7]和《封锁》[8]，主编兼译者沃尔夫·鲍斯首次系统梳理了张爱玲从出生到40年代的年少成名，再到50年代移居香港，最后定居美国等各个时期的生平与

---

[1] Zhang Ailing: Shanghai international 1941: Café-Plauderei über Intimkontakte und den kindlichen Charme der Japaner, übersetzt von Heribert Lang, in: *Bittere Träume: Selbstdarstellungen chinesischer Schriftsteller*, hrsg. von Helmut Martin. Bonn: Bouvier, 1993, S. 323–333.

[2] Zhang Ailing: Shanghai international 1941: Café-Plauderei über Intimkontakte und den kindlichen Charme der Japaner, übersetzt von Heribert Lang, in: *Bittere Träume: Selbstdarstellungen chinesischer Schriftsteller*, hrsg. von Helmut Martin. Bonn: Bouvier, 1993, S. 323.

[3] 参见李天福、林小琪：《“张爱玲热”的传播学解析及当代启示》，载《当代文坛》2011年第2期，第147页。

[4] Zhang Ailing: Das goldene Joch, übersetzt von Wulf Begrich, in: *Orientierungen: Zeitschrift zur Kultur Asiens*, Nr. 7 (Literatur-Sonderheft), 1995, S. 1–61.

[5] Vgl. Volker Klöpsch: Nachrichten zur Literatur aus China, in: *Hefte für ostasiatische Literatur*, Nr. 19, 1995, S. 135.

[6] Wolf Baus: Nachrichten zur Literatur aus China, in: *Hefte für ostasiatische Literatur*, Nr. 21, 1996, S. 130.

[7] Zhang Ailing: In der Jugendzeit, übersetzt von Wolf Baus, in: *Hefte für ostasiatische Literatur*, Nr. 23, 1997, 56–71.

[8] Zhang Ailing: Ausgangssperre, übersetzt von Wolf Baus, in: *Hefte für ostasiatische Literatur*, Nr. 25, 1998, S. 92–105.

创作，回顾其作品从40年代在上海日占区的风靡一时，到新中国成立后几十年间的寂寂无闻，再到八九十年代重获关注的接受历程[1]，以翔实的资料，对此前德国汉学界的误识起到了勘误厘定、正本清源的作用。

与90年代相比，21世纪初德语国家译介与研究张爱玲作品的热情有所消退，仅有两篇散文，即《公寓生活记趣》[2]和《谈音乐》[3]刊载于《袖珍汉学》。2007年，华裔导演李安以小说《色·戒》为蓝本的电影在国际上大获成功，成为推动张爱玲在德语国家译介的重要契机，直接促成了德国乌斯坦出版公司对张爱玲作品（集）译介出版的一系列计划。据张爱玲作品重要德语译者汪珏回忆：

> 报载李安将拍摄张爱玲的《色·戒》之后，影片尚未杀青，尚未推出，尚未造成轰动之前，出版社已经筹划要翻译印行《色·戒》了。社方外国文学的负责人茉尼卡·柏斯在我们会晤时告诉我：她细读了市面上买得到的一两篇德译和几种英译张爱玲作品，觉得应该把张爱玲的小说作系列推出，并且重新德译。她说：张爱玲的著作值得郑重介绍给读者。因为："它们是文学！"[4]

汪珏与另一位德国译者苏珊·霍恩菲克建议出版社推出包括《色·戒》在内的短篇小说集及《秧歌》《怨女》《半生缘》等长篇小说，并着手编译第二本小说集。

2008年，小说集《〈色·戒〉及其他短篇》由乌斯坦旗下的克拉森出版社出版。除《色·戒》外，小说集还包括《封锁》《留情》《等》《倾城之恋》

[1] Vgl. Zhang Ailing: In der Jugendzeit, übersetzt von Wolf Baus, in: *Hefte für ostasiatische Literatur*, Nr. 23, 1997, S. 71ff.
[2] Zhang Ailing: Amüsantes aus dem Wohnalltag, übersetzt von Michaele Pyls, in: *minima sinica*, Nr. 1, 2001, S. 84–91.
[3] Zhang Ailing: Gedanken zur Musik, übersetzt von Cheng Shaoyun, in: *minima sinica*, Nr. 1, 2005, S. 66–80.
[4] 汪珏：《在德国译介〈色戒〉，张爱玲真的"几乎不能被翻译"吗？》，载 https://www.sohu.com/a/291537937_100016892。

等选自《传奇》的小说四篇。其中，苏珊·霍恩菲克与汪珏合译《色·戒》、《留情》与《倾城之恋》，沃尔夫·鲍斯翻译《封锁》和《等》。该书扉页高度评价张爱玲的文学成就，称其“意象丰富、精辟透彻的语言和对人与人之间关系的无情审视使之成为中国现代文学的开路人”，认为该书的出版将使“德国读者更为立体地了解这位女作家，了解她何以在英美国家被热烈推崇为从事文学创作的葛丽泰·嘉宝，何以被奉为中国现代文学经典中最吸引人的女作家之一”[1]。该小说集一经出版，便受到《镜报》《日报》《法兰克福汇报》《新苏黎世报》等德语重要媒体的热评，《新中国》与《东方向》分别刊登了克里斯蒂娜·哈默尔[2]与顾彬[3]等学者撰写的书评。汉堡有声书出版社同年发行了有声书，次年便由同属于乌斯坦出版集团的利斯特出版社发行了口袋书版本。德国的出版社“对于图书出版一般都是先做高端市场，也就是出精装本，高端市场销售好了，再做平装本市场”[4]，可见小说集《〈色·戒〉及其他短篇》在德语图书市场上销量不俗。

《〈色·戒〉及其他短篇》出版次年，利斯特出版社继而推出小说《秧歌》的德译单行本，由汉学家苏珊·霍恩菲克转译自英文版。该书扉页上写道：“张爱玲成功地呈现出无情的政治意志面前人性所面临的困境，她的小说讲述了一个超历史的、关于饥饿与死亡的故事，也是一个关于爱和希望的故事。”[5]或许是旧作重译的缘故，德国媒体对这部具有政治争议的土改小说兴致寥寥，仅《法兰克福汇报》[6]《新苏黎世报》[7]与《日报》[8]这三家媒体发表书评，推介该

---

[1] Zhang Ailing: *Gefahr und Begierde: Erzählungen*, übersetzt von Susanne Hornfeck u.a. Saterland: Claassen, 2008, Titelblatt.

[2] Christine Hammer: Rezension zu Gefahr und Begierde, in: *Das neue China: Zeitschrift für China und Ostasien*, Nr. 4, 2008, S. 43f.

[3] Wolfgang Kubin: Rezension zu Gefahr und Begierde, in: *Orientierungen: Zeitschrift zur Kultur Asiens*, Nr. 1, 2010, S. 146f.

[4] 黄振伟、阿来：《著名作家阿来：国内亟待建立经纪人出版代理制》，载《财经时报》2006 年 5 月 7 日。

[5] Zhang Ailing: *Das Reispflanzerlied*, übersetzt von Susanne Hornfeck. Berlin: Claassen, 2009, Titelblatt.

[6] Anja Hirsch: Und immer verdunkelt sich die Welt, in: *Frankfurter Allgemeiner Zeitung*, 17.10.2009, Frankfurter Allgemeine Zeitung, Nr. 241, 17.10.2009, S. Z5.

[7] Ludger Lütkehaus: Die Konterrevolution des Hungers, in: *Neue Zürcher Zeitung*, Nr. 285, 08.12.2009, S. 45.

[8] Ulrike Baureithel: Unter einer alten Sonne, in: *Tageszeitung*, 11.01.2010. https://www.tagesspiegel.de/kultur/unter-einer-alten-sonne/1661294.html.

《秧歌》封面

书。这三篇书评均撕掉了《秧歌》作为“反共文学”的俗套标签，转而抉发小说探讨人性与政治、时代变迁与个体命运等普遍主题。

时隔两年，张爱玲的又一部短篇小说集《〈金锁记〉及其他短篇》由乌斯坦出版社出版，收录《金锁记》《红玫瑰，白玫瑰》《桂花蒸　阿小悲秋》《沉香屑：第一炉香》和《浮花浪蕊》这五篇小说。多位译者或汉学家参与了该小说集的翻译与校对：小说《金锁记》由伍尔夫·贝格里希翻译，汉学家马克·赫尔曼校订；马克·赫尔曼与晓莉·格罗斯-卢肯合译《红玫瑰，白玫瑰》；苏珊·霍恩菲克和汪珏合译《浮花浪蕊》；沃尔夫·鲍斯独译《桂花蒸 阿小悲秋》和《沉香屑：第一炉香》。该书封面勒口处援引夏志清的评价——“张爱玲是40年代最有天赋、最重要的中国女作家，她所作的中篇小说《金锁记》甚至是整个中国文学史上最杰出的小说”，并概括总结出五部短篇小说的共性：“在这部及其他四部杰出小说中，张爱玲生动呈现出一个处于变革中的中国。”[1]

张爱玲接受与译介热潮在2011年后趋于退潮。除2017年乌斯坦出版公司发行了电子书《〈色·戒〉及其他短篇》《秧歌》《〈金锁记〉及其他短篇》外，2012—2019年间，德语出版界没有推出新的张爱玲作品（集），只有作为德国汉学研究重镇的几种杂志刊登了三篇张爱玲的德译作品：2013年《袖珍汉学》第1期发表《年青的时候》[2]，2014年《袖珍汉学》第1期刊载散文《自己的文

[1] Zhang Ailing: *Das goldene Joch: Erzählungen*, übersetzt von Susanne Hornfeck u.a. Berlin: Ullstein, 2011, Klappentext.

[2] Zhang Ailing: Jugend, übersetzt von Xiaoli Große-Ruyken/Marc Hermann, in: *minima sinica*, Nr. 1, 2013, S. 91–111.

《〈金锁记〉及其他短篇》封面

《同学少年都不贱》封面

章》[1],《东亚文学杂志》第 56 期刊登沃尔夫·鲍斯译的《天才梦》[2]。直到 2020 年,德语图书市场上才再次出现了张爱玲的德译作品《同学少年都不贱》[3],这部张爱玲生前所作且不愿付梓印刷的中篇小说,译者仍是苏珊·霍恩菲克和汪珏,由乌斯坦出版公司发行精装版。出版公司在介绍该书时着意强调了小说未在张爱玲生前获准出版的原因,是其中包含了她自身的经历。德国图书网站“采珠人”与“德意志广播电台文化频道”官网对此书进行了报道和介绍。与此前汉学界对张爱玲一致的好评与激赏不同,著名书评人卡塔丽娜·博尔夏特直言张爱玲“紧缩的叙事破坏了小说的美感”[4]。

---

[1] Zhang Ailing: Meine Werke, übersetzt von Marc Hermann, in: *minima sinica*, Nr. 1, 2014, S. 121–131.

[2] Zhang Ailing: Traum vom Genie, übersetzt von Wolf Baus, in: *Hefte für ostasiatische Literatur*, Nr. 56, 2014, S. 70–73.

[3] Zhang Ailing: *Die Klassenkameradinnen*, übersetzt von Susanne Hornfeck und Wang Jue, Berlin: Ullstein, 2020.

[4] Katharina Borchardt: Langsame Entfremdung im Exil, in: *Deutschlandfunk Kultur*, 16.6.2020. https://www.deutschlandfunkkultur.de/eileen-chang-die-klassenkameradinnen-langsame-entfremdung.950.de.html?dram: article_id=478546.

张爱玲在德语国家的译介历程已逾60年，虽已初具规模，但仍有很大发展空间。据笔者统计，目前共有德译张爱玲中短篇小说12篇，长篇小说1部，散文5篇，以张爱玲在20世纪40年代的小说创作为评介重点，对其散文作品与后期创作的关注颇为有限，这显然对张爱玲作品在德语国家的研究和接受产生了重要影响。

二、张爱玲作品在德语国家的研究与接受

就笔者所能搜集到的资料来看，德语国家的张爱玲研究始于三篇硕士论文，分别是《女作家张爱玲：短篇小说与散文（1943—1945）》[1]、《张爱玲及其叙事艺术——以〈金锁记〉为例》[2]和《张爱玲——一位中国现代女作家：短篇小说〈留情〉的翻译与分析》[3]。这三篇研究虽然广度深度有限，却表明德国汉学界于80年代末和90年代初便对张爱玲萌生了兴趣。1996年，汉学家赫尔穆特·马丁的论文自选集《中国传统文学与现代派的觉醒》出版发行，其中《张爱玲写作经验中的矛盾与绝望》一文系统梳理了张爱玲的生平与创作轨迹，结合时代背景探讨了张爱玲文学创作力衰微的原因。在他看来，张爱玲一方面无法适应随新中国成立而来的一系列历史巨变，另一方面由于其移居美国而无法自视为中国文学和文化传统的代表，因而陷入了创作甚至生存困境[4]。1999年，德籍华裔学者黄伟平的博士论文《作为姿态与觉醒的忧郁：张爱玲叙事作品研究》[5]是德国汉学界首部针对张爱玲叙事作品的系统研究著作。黄伟平评

[1] Sabine Schloßer: *Die Schriftstellerin Zhang Ailing: Kurzgeschichten und Essays (1943–1945)*. Bochum: Ruhr-Universität Bochum, 1989.

[2] Nhu-Thien Mac: *Zhang Ailing und ihre Erzählkunst anhand des Kurzromans Jinsuo Ji (Das goldene Joch)*. Berlin: Freie Universität Berlin, 1991.

[3] Constanze Elisabeth Dangelmaier: *Zhang Ailing — Eine Schriftstellerin des modernen China. Übersetzung und Analyse ihrer Kurzgeschichte Liuqing*. München: Universität München, 1994.

[4] Vgl. Helmut Martin: Like a Film abruptly torn off: Tension and Despair in Zhang's writing experience, in: *ders.: Traditionelle Literatur Chinas und Aufbruch in die Moderne*. Dortmund: Projekt-Verlag, 1996, S. 329–331.

[5] Huang Weiping: *Melancholie als Geste und Offenbarung. Zum Erzählwerk Zhang Ailings*. Bonn: Universität Bonn, 1999.

价“张爱玲是除鲁迅与郁达夫外，中国现代文学中少数以忧郁为文学主题的作家之一”[1],称她“以忧郁者的感知力和洞察力描绘出不同阶级的群体在动荡时代中的生存境况”[2]。她的作品既是旧时代的挽歌，又是现代人命运的悲歌;既哀悼已逝的过往，揭示现代人“无法摆脱的存在孤独，一切人类努力都毫无意义”[3],又关怀世俗男女的命运遭际与情爱纠葛,悲悯现代人无法逃脱的悲剧宿命,即“个体命运与世界秩序总处于不可调和的矛盾中”[4]。另外,黄伟平视张爱玲作品中的“哀悼”与“忧郁”主题为其悲观主义人生观与宿命论在文学创作中的投射[5]。

进入21世纪，德国汉学界对张爱玲的研究无论在广度还是深度上均有所突破。2001年，黄伟平的博士论文由著名学术出版社彼得·朗出版[6]，次年，旨在介绍东方学最新研究动态的《东方文学报》刊登了德国汉学家伊尔瓦·蒙舍恩对该专著的评述[7]。伊尔瓦·蒙舍恩在总体上肯定了黄伟平的研究方法、论证过程及研究结论后指出，该研究仅聚焦于张爱玲作品及生平中的忧郁特征而忽视了她某些“林语堂式的幽默讽刺散文透露出一种相对平和与超然的世界观”[8]。2003年,《袖珍汉学》刊载了刘再复的《评张爱玲的小说与夏志清的〈中国现代小说史〉》德文版内容概要[9]。刘再复肯定了夏志清对张爱玲的高度评价，认同张爱玲在中国文学史上的重要地位，但在对张爱玲作品的具体阐释上却与夏志清观点相左，指出张爱玲的天才之处恰

[1] Huang Weiping: *Melancholie als Geste und Offenbarung. Zum Erzählwerk Zhang Ailings*. Bern u.a.: Peter Lang, 2001, S. 50.

[2] Huang Weiping: *Melancholie als Geste und Offenbarung. Zum Erzählwerk Zhang Ailings*. Bern u.a.: Peter Lang, 2001, S. 9.

[3] Huang Weiping: *Melancholie als Geste und Offenbarung. Zum Erzählwerk Zhang Ailings*. Bern u.a.: Peter Lang, 2001, S. 205.

[4] Huang Weiping: *Melancholie als Geste und Offenbarung. Zum Erzählwerk Zhang Ailings*. Bern u.a.: Peter Lang, 2001, S. 207.

[5] Vgl. Huang Weiping: *Melancholie als Geste und Offenbarung. Zum Erzählwerk Zhang Ailings*. Bern u.a.: Peter Lang, 2001, S. 11f.

[6] Huang Weiping: *Melancholie als Geste und Offenbarung. Zum Erzählwerk Zhang Ailings*. Bern u.a.: Peter Lang, 2001.

[7] Ylva Monschein: Rezension zu Melancholie als Geste und Offenbarung: Zum Erzählwerk Zhang Ailings, in: *Orientalistische Literaturzeitung*, Nr. 97, 2002, S. 648–652.

[8] Ylva Monschein: Rezension zu Melancholie als Geste und Offenbarung: Zum Erzählwerk Zhang Ailings, in: *Orientalistische Literaturzeitung*, Nr. 97, 2002, S. 652.

[9] Liu Zaifu: Zur Erzählkunst von Zhang Ailing und zur Geschichte des modernen chinesischen Romans von C. T. Hsia, übersetzt von Suiz-Zhang Kubin/Wolfgang Kubin, in: *minima sinica*, Nr. 1, 2003, S. 155–160.

恰不在于其“历史感”，而在于其超越历史意识与道德评判的“哲学感”[1]；正是张爱玲对“生活表象之下那些深藏在人性底层的神秘的永恒的秘密”[2]的揭露，以及使之成为可能的文学手法与表现力成就了她在文学史上独树一帜的地位，而非其作品中的政治性。《袖珍汉学》特意翻译刊载刘再复重述张爱玲文学价值与文学史意义的文章，想必是要突破政治意识形态旧说，唤起德国汉学界对于张爱玲作品内涵的关注。在此意义上，《袖珍汉学》于2006年第2期又刊登了曾常年旅居德国的中国学者方维规的《传统和现代之间——张爱玲的苍凉美学》，文章分析阐述了张爱玲对20世纪40年代上海世俗生活与男欢女爱的描写背后文明与人性反思的悲凉底色[3]。2013年，马克·赫尔曼的专著《身体与（非）道德——张爱玲作品中的道德与意识形态批判》是德国汉学界张爱玲研究的又一力作。作者认为张爱玲笔下的人物践行一种身体哲学意义上的非道德，以一种犬儒主义的姿态扎根于世俗生活的土壤，反抗传统道德与社会意识形态对现实世界的抽象化与扭曲。“张爱玲作品中非道德的主人公们肯定他们身体化的自我之本真状态，未经历意识形态上的分裂，也因此有力量赢得‘更高的道德’，即一种个性化的伦理感知力。”[4]

德国汉学界的张爱玲研究无疑为张爱玲在德语国家的接受奠定了基础，伴随着电影《色·戒》在德语国家出版界引发的张爱玲译介热潮，众多德语国家的老牌报纸杂志纷纷对张爱玲德译作品发表评论，并主要从以下三方面对张爱玲及其作品进行了接受与阐释。

---

[1] 刘再复：《评张爱玲的小说与夏志清的〈中国现代小说史〉》，载刘绍铭等：《再读张爱玲》，济南：山东画报出版社，2004年，第34页。

[2] 刘再复：《评张爱玲的小说与夏志清的〈中国现代小说史〉》，载刘绍铭等：《再读张爱玲》，济南：山东画报出版社，2004年，第37页。

[3] Fang Weigui: Zwischen Tradition und Moderne. Die „Ästhetik des Desolaten“ von Zhang Ailing, in: *minima sinica*, Nr. 2, 2006, S. 67–124.

[4] Marc Hermann: *Leib und (A-)Moral: Ideologie- und Moralkritik im Werk Von Zhang Ailing.* Wiesbaden: Harrassowitz Verlag, 2013, S. 1.

（一）“中国的葛丽泰·嘉宝”：德语图书市场上的张爱玲神话

2009年，中国作为主宾国亮相法兰克福书展。为配合这一主题，《时代报》网络版发布了《中国文学：我们首先应该阅读哪些作家？》一文，将李洱、杨炼、陈江洪、张爱玲和阎连科列为当下最值得阅读的五位中国作家。作者乌苏拉·梅尔茨介绍张爱玲的导语显然略显夸张：“人们称她为亚洲的弗吉尼亚·伍尔夫和中国的葛丽泰·嘉宝。自李安的电影《色·戒》大获成功以来，这位伟大的女作家在德国被再度发现。”[1]“亚洲的弗吉尼亚·伍尔夫”寓意张爱玲的文学成就，而“中国的葛丽泰·嘉宝”则暗指张爱玲大起大落的传奇人生。作者虽然也对张爱玲的创作有所评述，但更关注其坎坷传奇的一生。

梅尔茨开篇写到，“在德国，两年以前张爱玲的名字在汉学界之外几乎无人知晓”[2]，这与李安电影上映后张爱玲在德国的盛名形成强烈的反差，意在引发震惊的“间离效果”。梅尔茨主观地将“逃避审查”认定为张爱玲离沪赴港，并最终移民美国的关键原因，丝毫没有注意到张爱玲的《十八春》当时在国内仍获连载的事实。这种政治上的叛逆者形象无疑迎合了部分德语国家读者对于中国的刻板印象。描述张爱玲在美国的生活时，梅尔茨称“这位从照片上看年轻时肖似葛丽泰·嘉宝，曾经明艳迷人的张爱玲几乎切断了同世界的所有联系”[3]。好莱坞影星葛丽泰·嘉宝臻于完美的美貌、令人瞩目的电影艺术成就、古怪的个性、急流勇退的惊人之举、离群索居的生活方式等使之成为电影史上

---

[1] Ursula März: Literatur aus China: Welche Autoren sollte man dringend lesen, in: *Zeit online*, 12.10.2009. https://www.zeit.de/kultur/literatur/2009－10/literaturland-china/komplettansicht?utm_referrer=https%3A%2F%2Fwww.google.de%2F.

[2] Ursula März: Literatur aus China: Welche Autoren sollte man dringend lesen, in: *Zeit online*, 12.10.2009. https://www.zeit.de/kultur/literatur/2009－10/literaturland-china/komplettansicht?utm_referrer=https%3A%2F%2Fwww.google.de%2F.

[3] Ursula März: Literatur aus China: Welche Autoren sollte man dringend lesen, in: *Zeit online*, 12.10.2009. https://www.zeit.de/kultur/literatur/2009－10/literaturland-china/komplettansicht?utm_referrer=https%3A%2F%2Fwww.google.de%2F.

当之无愧的传奇[1]，将张爱玲比之葛丽泰·嘉宝，事实上是赋予了“张爱玲形象”诸如美貌、才华、神秘、个性等一系列消费主义文化语义。最后，对于张爱玲之死的场景化描写，又在一定程度上满足了读者的猎奇欲望，也增添了张爱玲生平的戏剧性与神秘性：

> 几位警察撬开了洛杉矶一间公寓的门。邻居很久没有见到那位年事已高的中国女人，就报了警。警察发现了裹在白色床单中的张爱玲尸体，此时她已死亡至少一周。除了几件家具，房间里几乎是空的，连张写字台都没有。[2]

梅尔茨“神话张爱玲”式的书写一时间成为时髦，诸多散见于德国报刊的评论均受此影响，如德国《日报》称张爱玲为“一位从事文学创作的葛丽泰·嘉宝”，“长久以来在美国受到狂热的推崇”[3]；《秧歌》一书末页“曾经在……中国遭受几十年之久的贬抑”与“被全世界盛赞为文学界的沧海遗珠”[4]的夸张对照等。张爱玲神话的创造在一定程度上能够推动张爱玲及其作品在德语国家的传播，但从长远来看，这样的大众传媒造神运动是否能够持续地吸引读者的眼球，是否会造成张爱玲接受的“平面化与庸俗化”[5]，仍有待考察。

（二）“性别斗争”与女性命运——张爱玲笔下的都市市民生活

张爱玲的“大部分小说，包括她全部的成功之作，不仅以婚恋生活为题

[1] 参见毛尖：《遇见》，合肥：安徽文艺出版社，2018年，第115—123页。

[2] Ursula März: Literatur aus China: Welche Autoren sollte man dringend lesen, in: *Zeit online*, 12.10.2009. https://www.zeit.de/kultur/literatur/2009-10/literaturland-china/komplettansicht?utm_referrer=https%3A%2F%2Fwww.google.de%2F.

[3] Susanne Messmer: Die Gefühle sind gnadenlos, in: *Die Tageszeitung*, 7.6.2008. https://taz.de/Die-Gefuehle-sind-gnadenlos/!841855/.

[4] Zhang Ailing: *Das Reispflanzerlied*, übersetzt von Susanne Hornfeck. Berlin: Claassen, 2009, Rückdeckel.

[5] 朱文斌：《“张爱玲神话”及其反思》，载《文艺研究》2011年第1期，第57页。

材，而且创作旨趣也在婚恋问题本身”[1]。在《自己的文章》中，她坦陈自己偏爱“男女间的小事情”，“我以为人在恋爱的时候，是比在战争或革命的时候更朴素，也更放恣的”[2]。张爱玲诸多作品的译者苏珊·霍恩菲克显然意识到了爱情与婚姻在张爱玲创作中的重要地位。在她看来，张爱玲诸多作品标题中虽含有“爱情”字眼，但作品“多半写爱情的失败，或在日常生活的泥沼中实践这种崇高情感的艰难之处”，因此“张爱玲作品的主题不是爱情，而是性别斗争”[3]。苏珊·梅斯梅尔也将张爱玲笔下的爱情称为“丑陋失败的爱情”，这种爱情“还在萌芽中，就被社会习俗、令人生厌的日常生活，或自私自利的算计和对生活保障或突破的渴望扼杀”[4]。她在《毫不仁慈的感情》中写道：“冗长纠葛的性别之战，尽管暧昧不清，却充斥交汇着热血、汗水与泪水的暗流：这便是推动张爱玲所有故事无情展开的动力。”[5]张爱玲的男女婚恋故事多以20世纪40年代的大都市上海或香港为背景，故梅斯梅尔评价张爱玲是“最早细致描写现代都市的中国作家之一”；张爱玲笔下的都市性不单单喻指性别之战这一文化现象本身，也不仅仅作为其背景而隐现，而是“一种隐喻”[6]，象征着上海这座近代半殖民城市中现代与传统间激烈的碰撞与复杂的纠葛。路德格尔·吕特克豪斯更为明晰地指出了“性别斗争中爱情、性欲、激情和算计的纠葛如那个时代一般，混乱不清”[7]，揭示出张爱玲笔下错综复杂的人性变异背后由传统文明向现代文明过渡的混乱时代。

---

[1] 钱振纲：《婚恋现象的现代审视——论张爱玲小说的思想价值》，载《北京师范大学学报（社会科学版）》1995年第2期，第53页。

[2] 张爱玲：《流言》，广州：花城出版社，1997年，第176页。

[3] Susanne Hornfeck: Nachwort zu Gefahr und Begierde, in: Zhang Ailing: *Gefahr und Begierde*, übersetzt von Susanne Hornfeck u.a. Berlin: List, 2009, S. 244.

[4] Susanne Messmer: Die Gefühle sind gnadenlos, in: *Die Tageszeitung*, 7.6.2008. https://taz.de/Die-Gefuehle-sind-gnadenlos/!841855/.

[5] Susanne Messmer: Die Gefühle sind gnadenlos, in: *Die Tageszeitung*, 7.6.2008. https://taz.de/Die-Gefuehle-sind-gnadenlos/!841855/.

[6] Susanne Messmer: Die Gefühle sind gnadenlos, in: *Die Tageszeitung*, 7.6.2008. https://taz.de/Die-Gefuehle-sind-gnadenlos/!841855/.

[7] Ludger Lütkehaus: Liebe in Zeiten der Undurchsichtigkeit, in: *Neue Zürcher Zeitung*, 23.9.2008. https://www.nzz.ch/liebe_in_zeiten_der_undurchsichtigkeit-1.887564.

夏志清评价张爱玲小说中的女性主题，称“自从《红楼梦》以来，中国小说恐怕没有一部对闺阁下过这样一番写实的功夫”[1]。从另一角度看，张爱玲对动荡时代婚恋与男女关系的刻画，事实上主要是对女性命运的书写。卡塔丽娜·博尔夏特观察到，在张爱玲的文学世界中，“常常是男性无法适应新的时代而追求传统女人做妻子”[2]。这与德国汉学家顾彬的观点不谋而合，在他看来，张爱玲塑造的女性形象反而“更多时候是主体，而非客体，这就意味着，她们是行动者，无论是在好的层面还是在坏的层面上”[3]。苏珊·霍恩菲克也认为，张爱玲的作品中“有一种坚定的女性的声音”[4]，一种“女性对抗父权制恶劣的诡计以自我保全的视角”[5]。《明镜》周刊视小说集《〈色·戒〉及其他短篇》为女性故事集：“《〈色·戒〉及其他短篇》中的五个小说以中日战争为背景，微雕了爱情中的自我欺骗与背叛，讲述了女性在不得不自己掌握命运时所经历的生存故事。”[6]苏珊·梅斯梅尔发掘出张爱玲笔下非英雄式的女性主体：“她所有小说中的女性人物所做的决定几乎都不是英雄式的，她们必须自己做出决定，也必须同由此产生的后果作斗争。她们常常是已然僵化的传统、丑恶的阶级与性别等级秩序的受害者，又常常以可怕的方式进行报复。”[7]德国学者余德美则一针见血地指出：“张爱玲的女性肖像常激起读者介于同情与拒斥之间的情感，它同时也是对一个解体中的社会的描述。”[8]

---

[1] 夏志清：《中国现代小说史》，刘绍明等译，香港：香港中文大学出版社，2001年，第341页。

[2] Katharina Borchardt: Schriftstellerin Eileen Chang wiederentdeckt: Eine moderne Frau, in: *Tageszeitung*, 23.1.2012. https://taz.de/Schriftstellerin-Eileen-Chang-wiederentdeckt/!5102495/.

[3] Wolfgang Kubin: Rezension zu Gefahr und Begierde, in: *Orientierungen: Zeitschrift zur Kultur Asiens*, Nr. 1, 2010, S. 146.

[4] Susanne Hornfeck: Nachwort zu Gefahr und Begierde, in: Zhang Ailing: *Gefahr und Begierde*, übersetzt von Susanne Hornfeck u.a. Berlin: List, 2009, S. 241.

[5] Ludger Lütkehaus: Liebe in Zeiten der Undurchsichtigkeit, in: *Neue Zürcher Zeitung*, 23.9.2008. https://www.nzz.ch/liebe_in_zeiten_der_undurchsichtigkeit-1.887564.

[6] Unbekannter Autor: Shanghai in Krieg und Liebe, in: *Spiegel*, Nr. 31, 2008, S. 132.

[7] Susanne Messmer: Chinas Greta Garbo: In den USA wird Eileen Chang verehrt, in: *Tageszeitung*, 27.10.2007. https://taz.de/Chinas-Greta-Garbo/!5192733/#: ~: text=1952%20verlie%C3%9F%20sie%20die%20Volksrepublik, Greta%20Garbo%20Chinas%20kultisch%20verehrt.

[8] Dagmar Yu-Dembski: Leben in Melancholie, in: *Das Neue China: Zeitschrift für China und Ostasien*, Nr. 1, 2012, S. 38.

（三）古典与现代之间：张爱玲小说的艺术特色

就张爱玲的小说艺术特色而言，德语国家的文学评论界尤其关注其作品中传统与现代、中国与西方文化的并置与中西兼备的创作手法。德国汉学家、作家与记者提尔曼·斯彭格勒如此评论张爱玲纯熟的文学技法："在她的表达中，一种精湛的技巧纵横驰骋，这种精湛的技巧来自她对中国古典语言与现代西方短篇故事的借鉴，就好像她此前生来就同时浸淫于不同的文学传统中。"[1] 苏珊·霍恩菲克在德译小说集《〈色·戒〉及其他短篇》的后记中提到，"她善用中国传统文学的遗产,将其置入新的语境中表达新的意义"[2]。在《〈金锁记〉及其他短篇》一书的后记中，她更加完整地概括了张爱玲小说创作上中西融合的倾向：

> 在《金锁记》中，张爱玲施展了她所有蒙太奇式的、意象丰富的技法，在叙事上更注重同时性，而不是循序渐进的连贯性……她自己称为'参差对照'的手法，即令语言上的不协调并置出现，并由此开掘出新的意义层面上的手法，也在这里达到了完善。她的风格，不仅仅是因为颜色在她的作品中具有重要意义，也被称作'如画'的风格。与此相异，中国传统叙事手段包括以读者为对象的框架结构，或者先通过仆人们的闲言碎语来介绍人物，再充分展开她那令人不安的'闺房现实主义'的手法。[3]

---

[1] Tilman Spengler: Gegen alle Konventionen, in: *Zeit online*, 31.7.2008. https://www.zeit.de/2008/32/L-Chang?utm_referrer=https%3A%2F%2Fmeine.zeit.de%2Fanmelden%3Furl%3Dhttps%253A%252F%252Fwww.zeit.de%252F2008%252F32%252FL-Chang%26entry_service%3Dpur.

[2] Susanne Hornfeck: Nachwort zu Gefahr und Begierde, in: Zhang Ailing: *Gefahr und Begierde*, übersetzt von Susanne Hornfeck u.a. Berlin: List, 2009, S. 248.

[3] Susanne Hornfeck: Nachwort zu Das goldene Joch: Erzählungen, in: Zhang Ailing: *Das goldene Joch: Erzählungen*, übersetzt von Susanne Hornfeck u.a. Berlin: Ullstein, 2011, S. 362f.

这里所提及的蒙太奇、叙事的同时性、象征意象、语言上的不协调等，在技法上十分接近西方现代主义；“以读者为对象的框架结构”或指涉张爱玲小说中古典话本小说的痕迹；而“未见其人，先闻其声”的人物出场方式，又使人联想起《红楼梦》的人物刻画手法。

就张爱玲的现代性而言，德语文学评论界对她作品中的心理描写也颇为关注。就此，卡塔丽娜·博尔夏特评价道：

> 张爱玲的心理感知力与语言技巧扣人心弦。另外，张爱玲还擅长通过对空间中细节寥寥几笔的描写，不动声色地呈现她笔下女性角色的精神状态……直到今天，迄今为止由中文译成德语的作品中还没有一部能在个体心理描写的细腻程度上超越张爱玲的小说。[1]

此外，张爱玲小说中的叙事层次也受到了一定的关注。在对几部以香港为背景的小说的分析中，桑德拉·里希特认为：“通过压抑的情节，通过对空虚的精神、贪欲、种族主义和被社会所蔑视的异族婚姻不加掩饰的心理化呈现，也通过内外叙事视角交替叙事，张爱玲的小说打破了毛姆式的殖民主义幻象。”[2] 乌苏拉·梅尔茨也将张爱玲“亚洲弗吉尼亚·伍尔夫”的名声归功于“现代的叙述方式和对叙述时间层次的处理”[3]。

张帆、陈雨田　文

---

[1] Katharina Borchardt: Die Nöte der chinesischen Frauen, in: *Neue Zürcher Zeitung*, 18.1.2012. https://www.nzz.ch/die_noete_der_chinesischen_frauen-1.14389084#register.

[2] Sandra Richter: Eileen Chang: das goldene Joch. Party im subtropisch schwülen Weihrauchkessel, in: *Frankfurter Allgemeine Zeitung*, 13.1.2012. https://www.faz.net/aktuell/feuilleton/buecher/rezensionen/belletristik/eileen-chang-das-goldene-joch-party-im-subtropisch-schwuelen-weihrauchkessel-11605151.html.

[3] Ursula März: Aus der Zeit gefallen, in: *Deutschlandfunk Kultur*, 5.12.2011. https://www.deutschlandfunkkultur.de/aus-der-zeit-gefallen.950.de.html?dram: article_id=140762.

第二节 苏青：德国汉学家眼中的“现代先锋女性”

苏青是上海日据时期名噪一时的女作家，从20世纪三四十年代至今，她在文坛由“文学明星”转变为“失踪者”，而后再次“浮出历史地表”[1]。在起起伏伏的苏青研究史中，除了国内学界的研究，苏青作品也受到海外学者的关注。然而，国内鲜有文章研究苏青作品在海外的译介接受情况。程亚丽的文章《毁誉浮沉六十载——苏青研究述评》[2]，概述三四十年代至今的苏青研究，在论及新中国成立至80年代中期这一阶段的苏青研究时，程亚丽提及海外学者对苏青的译介情况，她指出：“海外学者把苏青当作一个文学史问题进行研究，开始于七十年代。”[3]美国康奈尔大学教授、汉学家耿德华于1980年出版的《不受欢迎的缪斯》[4]一书“内容亦是讨论沦陷区文学的，对苏青也作了介绍，但仍拘泥于道德气节之说，没有多少新意”，因此她认为“这一阶段对于苏青的研究还主要停留在对苏青本人的道德认识上，其作品并没有得到足够重视”[5]。与此同时，张爱玲在海外获得的青睐一定程度上带动了海外学者对苏青的研究热情[6]。这是国内仅有的一篇论及苏青在海外的译介接受情况的文章。本节主要以德国汉学杂志《东方向》《中国文学辞典》等德语文献为依据，概述苏青作品在德国的译介与接受情况。

苏青作品在德国的译介始于1990年，德国汉学家海克·明尼希在德国汉学杂志《东方向》1990年下半年刊发表评述文章《不做男人手中的风筝——

[1] 程亚丽：《毁誉浮沉六十载——苏青研究述评》，载《聊城大学学报（社会科学版）》2003年第2期，第97页。
[2] 程亚丽：《毁誉浮沉六十载——苏青研究述评》，载《聊城大学学报（社会科学版）》2003年第2期，第97—100页。
[3] 程亚丽：《毁誉浮沉六十载——苏青研究述评》，载《聊城大学学报（社会科学版）》2003年第2期，第98页。
[4] Edward M. Gunn: *UNWELCOME MUSE Chinese Literature in Shanghai and Peking 1937–1945*. New York: Columbia University Press, 1980.
[5] 程亚丽：《毁誉浮沉六十载——苏青研究述评》，载《聊城大学学报（社会科学版）》2003年第2期，第98页。
[6] 程亚丽：《毁誉浮沉六十载——苏青研究述评》，载《聊城大学学报（社会科学版）》2003年第2期，第98页。

作家苏青》[1]，海克·明尼希在文中翻译了苏青《谈女人》《再论离婚》等作品的片段，文后另附海克·明尼希本人翻译的苏青长篇小说《结婚十年》第一章的德语译文。值得一提的是，海克·明尼希将苏青出生年份记载为1917年，在此之后出版的其他德语著作中，对苏青出生年份的记载均与此文一致；而国内学界对苏青出生年份的记载大多是依据《二十世纪中国女性文学史》[2]中记录的1913年。

2004年，德国奥托·哈拉索维茨出版社出版汉斯·范埃斯、罗德里希·普塔克和托马斯·霍尔曼主编《中国精神史与文学研究》系列文集的第四卷，即德国慕尼黑大学汉学系学生付嘉玲（音译）的德语论著《海派叙事文学》，论著大约用十页篇幅评介苏青，多处翻译1994年上海书店出版社出版的《苏青文集》中部分作品的节选片段，包括小说《结婚十年》《续结婚十年》以及散文《第十一等人》《做媳妇的经验》等[3]。

在有关中国文学史的德语文献中，苏青多以两种形式出现：一是以独立的词条被收入作家条目，例如2011年德古意特出版社出版马克·赫尔曼等主编《中国文学史·第九卷》，该书简略介绍了苏青的生平、代表作品及中国读者对其作品的接受程度，文章指出："苏青的小说《结婚十年》受到热烈欢迎……小说中对于性的公开表达在当时被许多读者认为是伤风败俗的，苏青也因此被文学批评界视为反叛者和破除禁忌者。"[4]与其相类似，福尔克尔·克勒普施和埃娃·穆勒共同编纂的《中国文学辞典》，介绍了苏青作品中"爱情、母系、男人、女人、性"的文学主题以及其饱受争议的写作风格："正如在散文《谈女人》与《谈男人》中表现的那样，苏青展现了她针对性别展开的敏锐的心理

[1] Heike Münnich: Kein Papierdrachen in der Hand eines Herrn. Die Schriftstellerin Suqing (1917–1982), in: *Orientierungen*, Nr. 2, 1990, S. 107–116.

[2] 盛英：《二十世纪中国女性文学史（上册）》，天津：天津人民出版社，1995年，第519页。

[3] Jialing Fu: Die haipai-Erzählliteratur, in: Hans van Ess, Roderich Ptak, Thomas O.Höllman (Hrsg.): *Studien zur Geistesgeschichte und Literatur in China*. Band 4. Wiesbaden: Otto Harrassowitz Verlag, 2004, S. 123–131.

[4] Marc Herrmann, Weiping Huang, Henriette Pleiger, Thomas Zimmer: *Geschichte der chinesischen Literatur. Biographisches Handbuch chinesischer Schriftsteller*. Band 9. Leben und Werke. München: De Gruyter Saur, 2011, S. 241.

研究。因为她的书写毫不掩饰、毫无禁忌且时常具有讽刺意味，直到近些年苏青在中国仍旧充满争议。”[1]

而德国学者在研究张爱玲的过程中，“顺带”关注到张爱玲的亲密友人苏青。例如汉学家顾彬在《二十世纪中国文学史》中描述张爱玲的小说具有“传统和现代、娱乐和先锋”的统一性时提到，“类似情况也出现在与她（张爱玲）同时代的苏青身上”；他认为“她（苏青）是一位以写日常事务、尤其是爱情见长的畅销小说家。但是对‘现代女性在从家务到自主的路上’的主题的幽默处理使其作品在今天仍具有现实意义和阅读价值”[2]。但无论如何，德国汉学界对苏青的研究难以与张爱玲研究相媲美。

概括而言，德语文学界对苏青作品的评价主要围绕以下三个方面：

第一，苏青自传体的书写风格受到关注。“苏青是一位仅对自己真实生活情况进行文学加工的女作家”[3]，这种叙事方式尤其体现在她的著名长篇小说《结婚十年》中，也在一定程度上造就了小说的成功。“这种虚构与自传交叉出现的写法，也许最初并不会令读者感到惊讶，但当作者把自己的名字用在文章中时，读者的好奇心就被激发了”。同样地，“另外两部小说，即《歧途佳人》与《朦胧月》，它们虽然是以全知视角展开，读者却仍旧能从中看出苏青自己生活的印迹”[4]。苏青惯用写作表达自己对生活的思考，因此自传体风格对于苏青来说有着别样的意义，“海派作家中没有任何一个人像苏青一样，如此直接、毫不避讳地指明，写作对于她来说就是一个出气筒，让她得以抒发自己因可怜的境遇而闷闷不乐的心情”[5]。在明尼希看来，苏青与其作品之间呈现出一种联

---

[1] Volker Klöpsch und Eva Müller: *Lexikon der chinesischen Literatur*. München: C.H Becke, 2004, S. 287.

[2] 顾彬：《二十世纪中国文学史》，范劲等译，上海：华东师范大学出版社，1998 年，第 229 页。

[3] Marc Herrmann, Weiping Huang, Henriette Pleiger, Thomas Zimmer: *Geschichte der chinesischen Literatur. Biographisches Handbuch chinesischer Schriftsteller. Leben und Werke. Band 9*. München: De Gruyter Saur, 2011, S. 241.

[4] Jialing Fu: Die haipai-Erzählliteratur, in: Hans van Ess, Roderich Ptak, Thomas O.Höllman (Hrsg.): *Studien zur Geistesgeschichte und Literatur in China. Band 4*. Wiesbaden: Otto Harrassowitz Verlag, 2004, S. 125.

[5] Jialing Fu: Die haipai-Erzählliteratur, in: Hans van Ess, Roderich Ptak, Thomas O.Höllman (Hrsg.): *Studien zur Geistesgeschichte und Literatur in China. Band 4*. Wiesbaden: Otto Harrassowitz Verlag, 2004, S. 123.

结感，这种联结感与其说是因为苏青对自己的作品充满自豪感，不如说是在探求写作真谛的过程中产生的[1]。

第二，苏青作品中对于生活琐事的细致描写也引发德语评论家的讨论。苏青非常擅长描绘日常生活中的细枝末节，如“买小菜应该挨到收摊时去塌便宜货”，“把人家送来的沙利文糖果吃完了，纸匣子应该藏起来”云云[2]；“她非常擅长将大量众人皆知的日常细节记录下来，这使得她的文章具有令人毛骨悚然的真实性”[3]。除了对日常生活的描写之外，苏青的文章中还大量充斥着极具戏剧性却无意义的争吵，这些内容并没有探究精神层面的大问题，而是“直接指向生活的根基，这种生活充满了无趣、无助、屈辱与顺从”[4]。但是，尽管苏青的作品中常会有自然而然的情感流露，作品主题也相对局限，海克·明尼希却并不认为苏青作品应被打上“消遣文学”的标签，因为当时“消遣文学”的特征是迎合传统价值，而“苏青追求家庭生活的彻底改变。为了迎合传统，一位女性可能会遇到压制其自然行为、自我独立、自我认知和自我表达需求的诸多问题，这些问题被苏青毫无顾虑地一一指明”，这显然不符合“消遣文学”的本质特点[5]。

第三，苏青作品中关于女性身份的思考得到海克·明尼希等人的重点关注。苏青的创作集中在上海被日军侵占时期，这一时期，国民党推行“新生活运动”，该运动对女性提出在社会参与、家庭责任、服饰穿戴等各方面的要求。然而，女性虽被赋予了参与社会生活的权利，与此同时却被更严格地要求“忠于家庭”。南京大学历史学系李超指出：“‘新生活运动’开始以后，妇女会又

---

[1] Heike Münnich: Kein Papierdrachen in der Hand eines Herrn. Die Schriftstellerin Suqing (1917–1982), in: *Orientierungen*, Nr. 2, 1990, S. 108.

[2] 苏青：《苏青文集（上册）》，上海：上海书店出版社，1994年，第144页。

[3] Jialing Fu: Die haipai-Erzählliteratur, in: Hans van Ess, Roderich Ptak, Thomas O.Höllman (Hrsg.): *Studien zur Geistesgeschichte und Literatur in China. Band 4*. Wiesbaden: Otto Harrassowitz Verlag, 2004, S. 125.

[4] Jialing Fu: Die haipai-Erzählliteratur, in: Hans van Ess, Roderich Ptak, Thomas O.Höllman (Hrsg.): *Studien zur Geistesgeschichte und Literatur in China. Band 4*. Wiesbaden: Otto Harrassowitz Verlag, 2004, S. 126.

[5] Heike Münnich: Kein Papierdrachen in der Hand eines Herrn. Die Schriftstellerin Suqing (1917–1982), in: *Orientierungen*, Nr. 2, 1990, S. 109.

把大量精力投入到指导妇女从事家政中去，在当时抗日救亡的大环境下，此举固然对稳定后方有重要作用，但是也同时挫伤了妇女进一步走出家庭的积极性。”[1] 苏青充满女性意识的写作却没有因此受到阻碍。海克·明尼希在评述文章中指出：“苏青生活在国民党统治和日据时期的上海城，但她没有被当时日益加剧的不利于女性发展的社会风气所影响。她不断呼吁女性，为了自己和孩子努力谋生，从而不必被迫扮演男性和父权社会为她们安排的角色。”[2]

爱情与婚姻是苏青作品的重要主题，因此其作品中表现的两性、母子、婆媳关系是苏青研究的重点。小说《结婚十年》的男主角崇贤长年不顾家，与寡妇交往密切，在怀青生了几个孩子之后，两人最终感情破裂；直到《续结婚十年》，怀青对婚姻的幻想再次被摧毁。海克·明尼希认为，“苏青已经放弃了与男性合作的机会”[3]。然而，在这种情况下，性关系却始终是女性生活的重要组成部分，这恰恰需要男性的参与，“对苏青作品的批判似乎都源于其中对于色情内容的描写，事实上，性的议题在两性框架内本就是被讨论的重点”[4]。“在性的方面，苏青在散文中的姿态充满战斗性，而在小说中却常常将其描绘成一种矛盾，两者之间的对比使得愿望和现实之间的冲突变得明晰”[5]。

除此之外，海克·明尼希也论及苏青笔下女人与孩子之间的矛盾关系。在她看来，苏青能够辩证地看待孩子在女人生命中扮演的角色，“一方面，孩子会限制女人的自由行动，但另一方面，女人的婚姻可能在女人有了孩子之后便获得意义，因为（有男性参与的）婚姻生活可以缓解女性作为母亲的压力”[6]，

---

[1] 李超：《国民党“新生活运动”与女性形象》，载《现代妇女》2010年第10期，第48页。

[2] Heike Münnich: Kein Papierdrachen in der Hand eines Herrn. Die Schriftstellerin Suqing (1917–1982), in: *Orientierungen*, Nr. 2, 1990, S. 107.

[3] Heike Münnich: Kein Papierdrachen in der Hand eines Herrn. Die Schriftstellerin Suqing (1917–1982), in: *Orientierungen*, Nr. 2, 1990, S. 110.

[4] Heike Münnich: Kein Papierdrachen in der Hand eines Herrn. Die Schriftstellerin Suqing (1917–1982), in: *Orientierungen*, Nr. 2, 1990, S. 110.

[5] Heike Münnich: Kein Papierdrachen in der Hand eines Herrn. Die Schriftstellerin Suqing (1917–1982), in: *Orientierungen*, Nr. 2, 1990, S. 114.

[6] Heike Münnich: Kein Papierdrachen in der Hand eines Herrn. Die Schriftstellerin Suqing (1917–1982), in: *Orientierungen*, Nr. 2, 1990, S. 112.

另外，“孩子还可以将女性从她们被迫忍受的被疏远和被孤立的感受中解脱出来”[1]。诚然，苏青对女性身份的刻画也并非总是符合当代价值观的期待。苏青曾提出，女性必须首先接受自己的生理特点，满足自我生理需求后，再去追求在男性世界中的平等[2]；对此，付嘉玲指出：“这样的观点虽然放到现代可能会遭到攻击，但在当时，如此直率的承认与表达使得女性在日常生活中的私密需求获得了读者的关注。”[3]

综上所述，苏青在德国的译介与接受非常有限。在译文方面，只有部分作品的节选片段被译成德语，这些译文通常出现在评述文章的引文中，尚无苏青完整作品的德译本。尽管苏青作品在德国的译介十分稀少，但仍有德国学者对苏青及其作品进行评述和研究，尤其是苏青的自传体写作风格及其女性写作意识。

周舟　文

---

[1] Heike Münnich: Kein Papierdrachen in der Hand eines Herrn. Die Schriftstellerin Suqing (1917–1982), in: *Orientierungen*, Nr. 2, 1990, S. 112.

[2] 苏青：《苏青文集（下册）》，上海：上海书店出版社，1994年，第146页。

[3] Jialing Fu: Die haipai-Erzählliteratur, in: Hans van Ess, Roderich Ptak, Thomas O.Höllman (Hrsg.): *Studien zur Geistesgeschichte und Literatur in China. Band 4*. Wiesbaden: Otto Harrassowitz Verlag, 2004, S. 131.

第三节　艾青：德国汉学家眼中“吹芦笛的诗人”

艾青，原名蒋正涵，出生于浙江金华，是中国新诗发展史上的代表诗人。1933年，因左翼美术运动在上海入狱的艾青，以一首长诗《大堰河——我的保姆》一举成名，被评论家胡风称为“吹芦笛的诗人”，由此也开启了中国新诗的“艾青时代”[1]。他的诗歌以劳苦百姓的现实生活为主题，忠实记录着时代的悲哀与心酸，充满诗人恳切的爱与同情，艾青也因此成为思想性突出的七月诗派的先驱诗人。此外，艾青倡导诗歌的真实性与形象思维，强调诗歌的自由体和散文美，进一步推动中国新诗的发展。

然而，艾青的文学之路并非一帆风顺。1957年，艾青被错划为右派，他的文学创作因此中断，直至1976年，艾青才重新执笔，回归自己的文学道路。1979年，艾青终于得以平反，并出任中国作家协会副主席，出访欧洲和亚洲的许多国家，艾青诗歌也被译成多种语言。但与此同时，国内鲜有文章研究艾青诗作的译介历程。2010年，北塔发表文章《艾青诗歌的英文翻译》[2]，概述艾青诗歌的英文译介历程，指出艾青诗歌的引文翻译存在讹译、漏译和风格翻译的问题，并认为艾青作品的译介随着改革开放和艾青海外关系的恢复进入繁荣时期。2013年，杨四平发表文章《艾青在海外的接受》，并指出无论是17年时期，还是新时期，政治性接受都是艾青海外接受的主调，而人民性是贯穿艾青海外接受的主题[3]。但两篇文章都只是概括性地描述艾青作品的海外接受情况。本节以艾青作品的德语译文和相关文献为基础，梳理艾青作品在德国的译介历程，从而探析艾青作品在德国的接受情况。

[1] 汪东发、张鑫：《艾青的诗学成就及其对中国新诗的美学构建》，载《湖南社会科学》2004年第2期，第119页。
[2] 北塔：《艾青诗歌的英文翻译》，载《中国现代文学研究丛刊》2010年第5期，第71页。
[3] 杨四平：《艾青在海外的接受》，载《长沙理工大学学报（社会科学版）》2013年第5期，第45页。

1979 年，艾青以中国作家协会副主席的身份出访德国。在这次出访中，艾青创作了《墙》《死亡的纪念碑》与《慕尼黑》等多首与德国密切相关的诗歌：

慕尼黑

慕尼黑像巴伐利亚啤酒店的主妇，
身体健康而有风韵，
谁见到她都要钟情，
但是慕尼黑的名声不好，
大家都在咒骂她，
把她看作灾祸的象征，
因为她曾经和一个纵火犯鬼混，
那是个十足的流氓，
比魔鬼还要恶三分。
还有一个带伞的英国人，
还有一个窄额头的法国人，
三个人一边喝啤酒，
一边把邻居出卖了，
接着是整个欧罗巴，
升起了熊熊大火。
连慕尼黑她自已，
也卷到大火里面，
慕尼黑，
是从瓦砾堆里爬出来的。
眼睛里流着眼泪，
嘴里念念有词，

她能埋怨谁呢，

花了整整三十五年，

才医治了战争的创伤，

但她已失去了青春。

如今巴伐利亚的啤酒，

依然招引了四面八方的客人，

第二代的慕尼黑，

比母亲更美丽、也更殷勤，

但愿她不再与魔鬼交朋友，

把门户看得紧，

接受母亲的教训，

生活得更聪明。[1]

《慕尼黑》这首短诗写于 1979 年 5 月 30 日在慕尼黑市政府的晚宴后，是艾青受到德国人民友好情谊感染下的产物[2]。这首诗歌以慕尼黑协定签订的情景为主题，将过去的慕尼黑比作巴伐利亚啤酒店的主妇，将希特勒看作流氓，巧妙地隐去与希特勒同流合污的英国前首相和法国前总理的姓名，以两代人的形象刻画慕尼黑，既表达对过去慕尼黑的批判，又暗含对现在慕尼黑的肯定与劝告。虚实相生的手法也使这首具有浓烈政治色彩的诗歌别具韵味。

与《慕尼黑》不同，《死亡的纪念碑》诞生于艾青激烈的愤慨与痛心。在德国参观达豪集中营时，艾青义愤填膺地写下这首短诗。在诗中，艾青想象慕尼黑达豪集中营曾经发生过的惨不忍睹的景象，“请你仔细看一看，这是一些挂在铁丝网上的尸体，一个个都瘦骨嶙峋，伸出了无援的手，发出了绝望的叫喊，抗议和控诉，像拉响了的汽笛，尖厉地震响在蓝天下，震响在每个人的

[1] 艾青：《艾青诗选》，四川：天地出版社，2017 年，第 242 页。

[2] 钟光贵：《论诗歌创作的想象》，载《新疆师范大学学报（社会科学版）》1985 年第 2 期，第 87 页。

耳边”[1]。短短几行诗句，受难者的绝望与痛苦跃然纸上，写尽诗人的痛心与同情。诗歌最后几行“这些声音，越过了时间的坚壁，一直通向未来的世纪，永远——永远”[2]，表达了诗人对后世不忘历史负重前行的希望。

墙

一堵墙，像一把刀，

把一个城市切成两半，

一半在东方，

一半在西方。

墙有多高，

有多厚，

有多长，

再高、再厚、再长，

也不可能比中国的长城，

更高、更厚、更长。

它也只是历史的陈迹，

民族的创伤，

谁也不喜欢这样的墙。

三米高算得了什么，

五十厘米厚算得了什么，

四十五公里长算得了什么，

再高一千倍，

再长一千倍，

[1] 左怀建：《论艾青晚期诗歌中的异域都市想象》，载《浙江工业大学学报（社会科学版）》，2016年第2期，第156页。

[2] 左怀建：《论艾青晚期诗歌中的异域都市想象》，载《浙江工业大学学报（社会科学版）》，2016年第2期，第156页。

又怎能阻挡，

天上的云彩、风、雨和阳光，

又怎能阻挡，

飞鸟的翅膀和夜莺的歌唱，

又怎能阻挡，

流动的水与空气，

又怎能阻挡，

千百万人的，

比风更自由的思想，

比土地更深厚的意志，

比时间更漫长的愿望。[1]

短诗《墙》是艾青1979年出访德国，参观柏林墙后，有感而发创作的一首诗歌。与《死亡的纪念碑》相同，艾青通过这首诗歌表达自己对德国人民曾经的苦难的追忆与怜爱。诗歌中艾青将柏林墙比作分割城市的一把刀，看作是“历史的陈迹”和“民族的创伤”。彼时柏林墙尚未倒塌，德国仍然处于分裂，但艾青通过诗歌传达着他对未来的希望和对他国人民的同情。因此，艾青或许不应该被狭隘地定义为中国诗人，他的诗歌具有国际性和人类性，表达的是对海内外底层人民的深切同情，而不仅仅是对中国劳苦大众的偏爱。

艾青对德国底层人民的同情和具有国际性意义的诗歌也因此引起多位德国汉学家的关注。1979年，欧洲汉学家协会会长布伦希尔德·施泰格发表文章《中国诗人艾青之德国之行：莱茵河的诗》，并翻译艾青的诗歌《墙》，发表于《现实中国》[2]。施泰格坦言：“我们翻译成德语的诗歌……展示了在联邦共和国

[1] 艾青：《艾青诗选》，北京：作家出版社，2018年，第256页。

[2] Vgl. Brunhild Staiger: Deutschlandbesuch des chinesischen Lyrikers Ai Qing — Gedichte vom Rhein in: *China Aktuell*, Nr. 4, 1979, S. 20.

的哪些印象对诗人产生了持久的影响，以及他在这些短诗中成功地捕捉到的重要的东西。在这些诗歌朴实无华的语言和明显的非政治性的背后，有一种政治话题性，这是艾青最近所有诗歌的特征。”[1]

1985 年，艾青荣获法国文学艺术最高勋章，再次引起德国汉学家的注意。特里尔大学汉学系教授卡尔・海因茨波尔（中文名：卜松山）在《季节女神》发表艾青四首诗歌《启明星》《树》《泉》和《下雪的早晨》的德语译文[2]，同年，德国波恩大学汉学系沃尔夫冈・顾彬教授也注意到这位才华横溢的中国诗人，并翻译了艾青的三首诗歌《手推车》《我的父亲》和《伞》，收录于由顾彬主编的《太阳之都的消息：中国现代诗歌 1919—1984》，并在“前言”中写道：“艾青是本世纪中国最著名的诗人之一，他总是为中国共产党唱赞歌，只有在用平实的语言描述北方的单调时才会闪现他的诗歌才华。”[3] 在著作中，顾彬追溯艾青的创作历程，将艾青早期的作品划分为实验性诗歌，赞扬艾青在北方下放期间创作的诗歌以简单直接的语言写出生命与自然的贫瘠[4]。在顾彬看来，艾青能看到人民的困境，平实易懂的诗歌语言也使他受到读者的欢迎。

1988 年，德国汉学家曼弗雷德・莱查特和舒欣・莱查特译介《艾青诗选》中的四十首诗歌，并收录于《时间的天平上》。曼弗雷德・莱查特在“后记”中将艾青誉为“充满激情和同情心，富有战斗力和勇气的时代见证者和创造者”[5]，并分析艾青一生的创作思想和诗歌理念，认为艾青是一位政治诗人，他的诗歌反映国家的尖锐矛盾和人民的迫切需求，写尽时代的感情和希望。

1992 年，中国人民大学德语系教授张意翻译艾青的两首诗歌《鱼化石》

---

[1] Brunhild Staiger: Deutschlandbesuch des chinesischen Lyrikers Ai Qing — Gedichte vom Rhein in: *China aktuell*, Nr. 4, 1979, S. 20.

[2] Vgl. Karl-Heinz Pohl: Vier Gedichte: „Morgenstern“, „Bäume“, „Quelle“, „An einem verschneiten Morgen“, in: *Die Horen* 138 Bd. 2, 1985, S. 173–177.

[3] Wolfgang Kubin: *Nachrichten von der Hauptstadt der Sonne. Moderne chinesische Lyrik 1919–1984*. Frankfurt: Suhrkamp-Verlag, 1985, S. 14.

[4] Vgl. Wolfgang Kubin: *Nachrichten von der Hauptstadt der Sonne. Moderne chinesische Lyrik 1919–1984*. Frankfurt: Suhrkamp-Verlag, 1985, S. 153.

[5] Manfred Reichardt, Shuxin Reichardt: *Auf der Waage der Zeit*. Berlin: Verlag Volk und Welt, 1988, S. 105.

《太阳之都的消息：中国现代诗歌 1919—1984》封面

《时间的天平上》封面

和《墙》，收录于著名诗人绿原和德国奥斯纳布吕克大学温·沃斯勒合作主编的《当代中国抒情诗选》。在“前言”中，绿原评价道：“艾青为诗歌的新方向铺平了道路。”[1] 绿原认为，艾青作为中国最著名的诗人之一，他从中国现代诗歌的典范中汲取力量，通过自己的审美经验，为后来诗人提供许多灵感，并将中国新诗真正引向现代诗的道路[2]。

1996 年，中国诗人艾青因病逝世。德国汉学家彼得·霍夫曼在《东亚文学杂志》发表文章《燃烧的生命：中国诗人艾青的去世》，痛惜艾青的逝世，回忆艾青诗歌创作的历程，并以诗歌《大堰河——我的保姆》为例剖析艾青的创作风格：“艾青的诗歌，一方面用同情的笔触描述人民的苦难和中国地区的贫瘠，另一方面，太阳、光芒等自然的意象又象征着对未来社会主义社会的希

[1] Lü Yuan, Winfried Woesler (Hrsg.): *Chinesische Lyrik der Gegenwart*. Chinesisch/Deutsch. Ausgewählt. Stuttgart: Philipp Reclam jun., 1992, S. 14.

[2] Vgl. Lü Yuan, Winfried Woesler (Hrsg.): *Chinesische Lyrik der Gegenwart*. Chinesisch/Deutsch. Ausgewählt. Stuttgart: Philipp Reclam jun., 1992, S. 14.

望。即便他诗歌的政治特征越来越明显，但在社会现实意义上来说，他的诗歌仍然保留了一种特殊的力量。”[1] 文后另附霍夫曼翻译的艾青的十首诗歌《大堰河——我的保姆》《煤的对话》《我爱这土地》《乞丐》《秋》《在智利的纸烟盒上》《礁石》《女射手》《拣贝》和《镜子》。

1999 年，汉学家佩特拉·格罗斯霍特福德和安妮·格罗宁合作翻译艾青散文《了解作家，尊重作家》，刊登在《东方向》1999 年第 2 期上 [2]。

自 1979 年以来，艾青的作品不断被译介到德国，德国汉学家也逐渐关注到中国这位“吹芦笛的诗人”，也在编撰中国文学史时提及艾青的创作与影响。2005 年，顾彬教授在《二十世纪中国文学史》中评价艾青：“很难公正地评价艾青，他一方面是形式的创新者，另一方面是毛泽东和斯大林的讴歌者……艾青是世界主义者，或许我们应该从国际诗歌的角度理解艾青。”[3] 在顾彬看来，艾青的诗歌与中国政治思想联系过于紧密，但他为中国新诗发展做出的贡献是无法否认的，他对底层人民真切的爱与同情也是应该被正视的 [4]。与顾彬批判性的评价不同，汉学家马克·赫尔曼、图宾根大学汉学系教授托马斯·齐默尔（中文名：司马涛）等主编的《中国文学史·第九卷》介绍艾青的创作生平，并指出：“他的诗歌情感丰富，英勇而可悲。此外，艾青对中国现代诗歌新的韵律和抒情形式的出现做出了重大贡献。”[5]

自 1996 年艾青逝世以后，除少数汉学家编撰文学史时提及艾青外，艾青似乎在德国渐渐沉寂。但在 2011 年，正值艾青逝世 15 周年，艾青诗歌的首位

---

[1] Peter Hoffmann: Ein Leben im Feuer. Zum Tod des chinesischen Lyrikers Ai Qing, in: Kühner, Hans; Traulsen, Thorsten; Wuthenow, Asa-Bettina (Hrsg.): *Hefte für ostasiatische Literatur* 21. München: Indicium Verlag, 1996, S. 101.

[2] Petra Großholtforth, Anne Gröning: Ai Qing: Die Schriftssteller verstehen und respektieren, in: *Orientierung* Nr. 2, 1999, S. 136–139.

[3] Wolfgang Kubin: *Geschichte der Chinesischen Literatur: Die Chinesische Literatur im 20. Jahrhundert.* Band 7. München: K. G. Saur Verlag GmbH, 2005, S. 230.

[4] Vgl. Wolfgang Kubin: *Geschichte der Chinesischen Literatur: Die Chinesische Literatur im 20. Jahrhundert.* Band 7. München: K. G. Saur Verlag GmbH, 2005, S. 230.

[5] Marc Herrmann, Weiping Huang, Henriette Pleiger, Thomas Zimmer: *Geschichte der chinesischen Literatur. Biographisches Handbuch chinesischer Schriftsteller. Leben und Werke.* Band 9. München: De Gruyter Saur, 2011, S. 4.

德语译者、欧洲汉学家协会会长布伦希尔德·施泰格在歌德学院中德文化网站上发文《纪念诗人艾青逝世15周年》，在文中，他称艾青为新诗的代表人物，写道："艾青用阴郁的画面描绘了中国农村贫困群众的处境，但没有煽动性或倾向性的意图，而是充满了深切的同情心、人道主义和爱国主义。他的诗歌语言简洁明了，表现出对唯美主义和形式主义的厌恶。"[1]

艾青作为中国新诗的代表人物，始终坚持以同情与爱刻画劳动人民的辛酸与苦难，随着时代的发展，艾青诗歌的政治特征也越发明显。但正如顾彬所言，"艾青是一位世界主义者"[2]，他爱国爱人民，但不是狭隘的民族主义者，他的诗歌闪烁人性的光辉，关怀各国底层人民的苦难生活。鉴于此，德国汉学家对艾青的评价主要分为两类：一部分汉学家看到艾青对新诗的贡献，赞扬他的诗歌英勇、富有情感，贴近人民的生活，欣赏艾青诗歌所展现的"人民性"；另一部分汉学家则关注到艾青与政治紧密联系的一面，指出艾青诗歌的政治特性。遗憾的是，除少数汉学家在编撰文学史时涉及对艾青的介绍与研究，目前并没有德国汉学家对艾青进行专题性、系统性的研究。

佘丽慧　文

---

[1] Brunhild Staiger: *Zum 15. Todestag des Lyrikers Ai Qing.* https://web.archive.org/web/20131101034347/http://www.goethe.de/ins/cn/lp/kul/mag/lit/de7573587.htm, 2021-09-09.

[2] Wolfgang Kubin: *Geschichte der Chinesischen Literatur: Die Chinesische Literatur im 20. Jahrhundert.* Band 7. München: K. G. Saur Verlag GmbH, 2005, S. 230.

第四节　夏衍：德语世界中的《赛金花》解读

夏衍，本名沈乃熙，他是“中国革命文化运动卓越的活动家、组织者和领导者，享有盛誉的戏剧作家、报刊评论家、报告文学家、杂文作家和外国文学翻译家，人民电影事业的奠基人和拓荒者”[1]。作为中国新文化运动的先驱者和忠诚的共产主义战士，夏衍曾向国外学习先进文化和思想。就夏衍与德国之间的联系而言，国内虽未对此进行专题研究，但部分学者在研究夏衍对西方文学艺术的译介时，关注到德国文学对他的影响。

2000年，王立明发表文章《夏衍与外国文学》[2]，梳理总结夏衍在文学翻译领域的成绩，这也是最早对夏衍翻译成就进行专题研究的学术文章之一。文章指出，当夏衍从日本留学回到上海后，在上海翻译的第一本书就是德国早期马克思主义者倍倍尔的《妇女与社会主义》，“夏衍把它译介到中国来，对于中国早期妇女运动的发展产生过很大影响”[3]。德国作家雷马克的短篇小说《战后》也被王立明列进夏衍翻译的译著之中[4]。除此之外，夏衍在影剧创作及编导方面对海外剧本的译介工作得到关注，王立明指出：“夏衍所导的第一部戏剧是德国米尔顿的《炭坑夫》……公演时深得广大进步人士的喜爱，连演三天，场场爆满。”[5] 21世纪以来，国内学界对夏衍翻译情况的研究热情有所上升。中国计量大学郭兰英是近年来对夏衍翻译相关问题研究较为深入的学者，在2014年与2017年分别主持浙江省哲学社会科学研究项目“夏衍外国文学翻译研究”及国家社科基金项目“夏衍翻译与高尔基在中国的传播”。2012年，郭

---

[1] 陈坚：《〈夏衍全集〉序》，载周巍峙主编：《夏衍全集（第一卷）》，杭州：浙江文艺出版社，2005年，第1页。
[2] 王立明：《夏衍与外国文学》，载《锦州师范学院学报（哲学社会科学版）》2000年第1期，第65—69页。
[3] 王立明：《夏衍与外国文学》，载《锦州师范学院学报（哲学社会科学版）》2000年第1期，第67页。
[4] 王立明：《夏衍与外国文学》，载《锦州师范学院学报（哲学社会科学版）》2000年第1期，第67页。
[5] 王立明：《夏衍与外国文学》，载《锦州师范学院学报（哲学社会科学版）》2000年第1期，第68页。

兰英发表文章《夏衍对西方文学的译介及其现代意义》[1]，一方面综述当时国内外对夏衍翻译的研究成果，另一方面通过总结夏衍的翻译成就，探求夏衍翻译对现代社会的意义。与王立明的文章相比，郭兰英除提及德语译著《妇女与社会主义》和《战后》之外，还分别补充了两部译著的出版信息及夏衍当时采用的译者笔名，同时指明两本译著对当时社会的革命与战争的意义。另外，郭兰英指出夏衍德语文学方面的翻译作品包括译著两部、译文三篇，并且指出夏衍的德国文学翻译基本上是通过日语版本转译为汉语版本的[2]。2016年，郭兰英发表文章《文学翻译的关涉联立：译者、译场与译境——以夏衍翻译为例》[3]，补充和细化夏衍翻译的成就和特点。就德国文学翻译而言，郭兰英以表格的形式清晰列出夏衍共译德国文学类长篇小说一部、短篇小说（集）一部，史论类论著一部、论文两篇[4]。

郭兰英在《夏衍对西方文学的译介及其现代意义》中提到，“日本汉学家阿布幸夫曾经将《日本回忆：夏衍自传》翻译成日文于1987年由东方书店出版发行。他还曾撰写了《沈端先的翻译》研究论文（收录于夏衍研究资料），可以说是域外夏衍翻译研究的重要成果”[5]。但这远不足以概括夏衍作品在海外的表现，且仍局限在夏衍的翻译成就上。夏衍著作颇丰，迄今却未有对夏衍作为文学创作者及其作品在海外表现的专题研究。本节主要以《中国文学史》《二十世纪中国文学史》等德语文献及相关德语论著为依据，概述夏衍作品在德国的译介与接受情况。

依据《中国文学史·第九卷》[6]中收录的夏衍词条，夏衍文学作品在德国

---

[1] 郭兰英：《夏衍对西方文学的译介及其现代意义》，载《中文学术前沿》2012年第1期，第71—77页。

[2] 郭兰英：《夏衍对西方文学的译介及其现代意义》，载《中文学术前沿》2012年第1期，第75页。

[3] 郭兰英：《文学翻译的关涉联立：译者、译场与译境——以夏衍翻译为例》，载《外语与翻译》2016年第1期，第17—24页。

[4] 郭兰英：《文学翻译的关涉联立：译者、译场与译境——以夏衍翻译为例》，载《外语与翻译》2016年第1期，第19页。

[5] 郭兰英：《夏衍对西方文学的译介及其现代意义》，载《中文学术前沿》2012年第1期，第71页。

[6] Marc Hermann, Weiping Huang, Henriette Pleiger, Thomas Zimmer: *Geschichte der chinesischen Literatur. Biographisches Handbuch chinesischer Schriftsteller. Band 9*. Leben und Werke. München: De Gruyter Saur, 2011, S. 301.

民主德国排演的《上海屋檐下》第二幕剧照（摄于20世纪50年代）

的译介开始于1960年。亨舍尔出版社在该年度出版由瓦尔特·埃克勒本翻译的夏衍的三幕悲喜剧《上海屋檐下》[1]。然而，夏衍旧居中陈列的资料显示，早在20世纪50年代，该剧目已在民主德国排演。近四十年后，德国海德堡大学汉学研究所于1990年排演夏衍的著名话剧《赛金花》。

1994年，德国弗朗茨·施泰纳出版社出版由沃尔夫冈·鲍尔、傅海波、沃尔弗拉姆·瑙曼及汉学家施寒微共同主编的《慕尼黑东亚研究》系列文集第70卷，即德国波恩大学哲学系学生斯特凡·冯·明登的博士论文《赛金花的奇特故事——对义和团运动时期一则传奇之产生及传播的历史哲学研究》。该德语论著将夏衍所著话剧剧本《赛金花》视为重点研究对象，多处翻译夏衍《懒寻旧梦录》《夏衍剧作集》等著述中的内容，并在全文最后另附斯特凡·冯·明登本人翻译的夏衍七幕剧《赛金花》全文剧本[2]。译本原文为1984年中国戏剧出版社出版的《夏衍剧作集》第一卷中收录的《赛金花》剧本，除引入部分对舞台设置的解释及一些次要情节之外，译者在翻译时没有删减原文内容[3]。

---

[1] Vgl. Xia Yan: *Unter den Dächern von Shanghai.* Stück in 3 Aufzügen, übersetzt von Walter Eckleben, Berlin [Ost] : Henschelverlag, 1960.

[2] Stephan von Minden: Die merkwürdige Geschichte der Sai Jinhua. Historisch-philologische Untersuchung zur Entstehung und Verbreitung einer Legende aus der Zeit des Boxeraufstands, in: Wolfgang Bauer, Herbert Franke, Wolfram Naumann, Helwig Schmidt-Glintzer (Hrsg.): *Münchener Ostasiatische Studien, Band 70.* Stuttgart: Franz Steiner, 1994.

[3] Stephan von Minden: Die merkwürdige Geschichte der Sai Jinhua. Historisch-philologische Untersuchung zur Entstehung und Verbreitung einer Legende aus der Zeit des Boxeraufstands, in: Wolfgang Bauer, Herbert Franke, Wolfram Naumann, Helwig Schmidt-Glintzer (Hrsg.): *Münchener Ostasiatische Studien, Band 70.* Stuttgart: Franz Steiner, 1994, S. 320.

汉学家顾彬在《二十世纪中国文学史》中梳理民国时期中国现代戏剧的表现。他在文中提及上海艺术剧社及中国左翼戏剧家联盟，但并未提到对这两个组织都极其重要的夏衍本人，仅简单介绍夏衍的两部剧目，认为“夏衍的《赛金花》（1936）和《上海屋檐下》（1937）巧妙地反映了爱国主义和社会现状等主题”[1]。与之相似，由赫尔穆特·彼得斯等编纂的《中国名人名言》对夏衍的介绍也极为简练：“夏衍，1900—1995 年，是多部电影脚本及戏剧剧本编剧，也从事电影戏剧理论方面的研究。”[2] 直到 2011 年，德古意特出版社出版马克·赫尔曼等主编的《中国文学史》，夏衍形象才在德语文献中相对丰满起来。该书较为完整地介绍夏衍生平，包括教育经历、政治活动等，列举其代表性著作，评价其作品“极具社会政治性，他的报告文学作品《包身工》尤其反映当时身处反人性工作环境的上海工人阶级的生活状况”[3]。除此之外，文中还关注到夏衍在电影艺术方面的成就。文章指出：“夏衍是中国新戏剧艺术与电影艺术的重要开拓者，在理论与实践方面对当代中国电影发展做出过杰出贡献。”[4]

《赛金花》演出海报

在夏衍诸多文学创作中，得到德国学者重点关注的作品是多幕历史讽喻剧《赛金花》。历史上赛金花确有其人，是清末北京名妓。“赛金花原本是个

[1] 顾彬：《二十世纪中国文学史》，范劲等译，上海：华东师范大学出版社，1998 年，第 174 页。

[2] Helmut Peters, Zhang Guangming (Hrsg.): *Chinesische Weisheiten*. Düsseldorf: Institut für Außenwirtschaft GmbH, 2008, S. 210.

[3] Marc Hermann, Weiping Huang, Henriette Pleiger, Thomas Zimmer: *Geschichte der chinesischen Literatur. Biographisches Handbuch chinesischer Schriftsteller. Leben und Werke. Band 9*. München: De Gruyter Saur, 2011, S. 301.

[4] Marc Hermann, Weiping Huang, Henriette Pleiger, Thomas Zimmer: *Geschichte der chinesischen Literatur. Biographisches Handbuch chinesischer Schriftsteller. Leben und Werke. Band 9*. München: De Gruyter Saur, 2011, S. 301.

烟花女子，后嫁给清末状元洪钧为妾，曾随同洪钧出洋，成为清政府出使俄国、德国、奥地利、荷兰四国的公使夫人。洪钧任满回国后病故，她便脱离洪家，重理旧业，成为名噪南北官场的妓女。”[1] 传说赛金花曾在八国联军侵华时期与德军统帅瓦德西有过接触，甚至用一些周旋技巧说服瓦德西令其部队在北京停止烧伤抢掠等无耻行为。文学史上有诸多对赛金花形象的艺术处理，如曾朴《孽海花》、樊增祥《彩云曲》等，夏衍七幕话剧《赛金花》是其中十分重要的一部著作。该剧本以庚子事件中赛金花与瓦德西方面的传说为线索展开情节，从不同侧面描绘八国联军入侵北京后，上至清政府，下至地方官吏和顺民在侵略者面前摇尾乞怜、投降求荣的丑态，以此讽刺当时日军侵华背景下国民党政府腐败无能、丧权辱国的现实[2]。赛金花这一形象在中国历史上充满争议，就夏衍文本中的角色而言，一方面，她因与德军统帅瓦德西之间的交情，使一些普通百姓甚至朝臣免遭于难；另一方面，她又被认为伤风败俗、有损国体，例如，赛金花在解决西太后与德国公使克林德夫人之间的矛盾时，“巧妙地降伏了克林德夫人，让她同意为死去的克林德公使造座最大的牌坊，上面刻上皇帝写的悼文并由皇帝亲自设祭”[3]，这是中华民族的耻辱。赛金花复杂的人物形象受到众多评论家的批评，“四十年来，一直众说纷纭，毁誉不一，至今未有公论，是现代文学史上颇有争议的文学人物之一”[4]。“尤其是在政治纷争白热化的年代里，《赛金花》俨然成了政治斗争的玩偶和道具，自1936年至20世纪80年代初，在中国现代话剧作品中，它被折腾得最为厉害”[5]。这一情形在海外也是如此，德国汉学界主要有两部论著值得一提，分别是1994年德国弗朗茨·施泰纳出版社出版的斯特凡·冯·明登的博士论

[1] 周正言：《赛金花》，载吴伟斌、张兵主编：《文学人物鉴赏辞典》，上海：复旦大学出版社，1989年，第935页。
[2] 周正言：《赛金花》，载吴伟斌、张兵主编：《文学人物鉴赏辞典》，上海：复旦大学出版社，1989年，第935页。
[3] 王文英：《赛金花剧情提要》，载董健主编：《中国现代戏剧总目提要》，南京：南京大学出版社，2003年，第723页。
[4] 周正言：《赛金花》，载吴伟斌、张兵主编：《文学人物鉴赏辞典》，上海：复旦大学出版社，1989年，第935页。
[5] 刘方政、黄云：《〈赛金花〉的评价问题及与“两个口号”论争的纠葛》，载《山东社会科学》2013年第6期，第135页。

文《赛金花的奇特故事——对义和团运动时期一则传奇之产生及传播的历史哲学研究》及2013年收录进苏黎世大学开放资源库的卡特林·恩辛格的博士论文《女性与旅居：以瑞士籍华裔女作家赵淑侠为例建构旅居女性主体身份》。这两部论著虽并未将夏衍及其著作《赛金花》作为直接研究对象，但均在研究过程中涉及夏衍及其剧作。

斯特凡·冯·明登的论著包含对夏衍及剧本《赛金花》极其全面且细致的评述，柏林自由大学汉学系教授梅希特希尔德·洛伊特纳高度评价该部论著，认为这是“西方汉学家首次对妓女赛金花形象、生平、传说以及作为瓦德西情人的历史角色进行评判性溯源的研究”[1]。

针对赛金花与瓦德西之间充满争议的关系问题，主要有三种不同的看法[2]：

一是赛金花在“安抚”外国军官瓦德西事情上有功，值得尊重。

二是赛金花借用自己与瓦德西的关系，与敌人沆瀣一气，其不光彩的行为也损害了国家的名誉，因此不值得被纪念。

三是赛金花根本不认识瓦德西，理应被遗忘。

斯特凡·冯·明登这部论著通过梳理历史事件、文学作品及分析两者之间的特定关系重构“赛金花”这一“传说”的形成及传播过程。为了挖掘赛金花传说之“根”，作者按时间顺序研究20世纪以来记载赛金花故事的重要作品，尽可能确认作品来源，同时探寻作者在处理相关材料时的意图[3]。在这些文学作品中，夏衍剧作《赛金花》被作者视为重要研究材料。斯特凡·冯·明登在

[1] Mechthild Leutner: Die merkwürdige Geschichte der Sai Jinhua (Book Review), in: *Orientalistische Literaturzeitung*, Berlin: Akademie-Verlag, etc, 1999-11-01, S. 735.

[2] Stephan von Minden: Die merkwürdige Geschichte der Sai Jinhua. Historisch-philologische Untersuchung zur Entstehung und Verbreitung einer Legende aus der Zeit des Boxeraufstands, in: Wolfgang Bauer, Herbert Franke, Wolfram Naumann, Helwig Schmidt-Glintzer (Hrsg.): *Münchener Ostasiatische Studien, Band 70*. Stuttgart: Franz Steiner, 1994, S. 16.

[3] Stephan von Minden: Die merkwürdige Geschichte der Sai Jinhua. Historisch-philologische Untersuchung zur Entstehung und Verbreitung einer Legende aus der Zeit des Boxeraufstands, in: Wolfgang Bauer, Herbert Franke, Wolfram Naumann, Helwig Schmidt-Glintzer (Hrsg.): *Münchener Ostasiatische Studien, Band 70*. Stuttgart: Franz Steiner, 1994, S. 22.

“引言”部分介绍道：“夏衍用这部作品纪念赛金花，即便这部话剧直到今天仍可算作20世纪中国文学史中最具争议的作品，它却在后世的一切分歧争执及被意识形态合理化的蹂躏摧残中存活下来。”[1] 而夏衍这部话剧之所以对研究赛金花传说的流传如此重要，是因为“在赛金花去世前不久，夏衍将赛金花的传奇人生如此符合逻辑且贴近现实地改编成历史剧，以至于自此以后剧本中的这位主人公作为具有清晰轮廓的历史人物继续存活，而‘真正的’赛金花却几乎不可挽回地消失在各类轶事之中”[2]。

在论著第一部分，斯特凡·冯·明登按时间顺序分别列举以诗歌、小说、戏剧三大体裁创作的赛金花题材文学作品，并简单介绍诗歌《彩云曲》及小说《孽海花》两部作品。继曾朴的小说《孽海花》之后，夏衍的话剧作品《赛金花》使赛金花题材在文学上真正获得新的价值[3]。作者将夏衍编剧的《赛金花》与熊佛西编剧的《赛金花》两部作品进行比较，认为“夏衍历史戏剧《赛金花》艺术成就很高，其同僚熊佛西在这一点上不可与之相比”[4]。夏衍与熊佛西在创作时均借鉴《孽海花》中的信息，还参考在此期间出现的所谓赛金花“自白”。两部话剧均遭遇被禁演的命运，但不同的是，夏衍《赛金花》在上海与南京演出结束之后才被叫停，而熊佛西作品经过几次修改最

[1] Stephan von Minden: Die merkwürdige Geschichte der Sai Jinhua. Historisch-philologische Untersuchung zur Entstehung und Verbreitung einer Legende aus der Zeit des Boxeraufstands, in: Wolfgang Bauer, Herbert Franke, Wolfram Naumann, Helwig Schmidt-Glintzer (Hrsg.): *Münchener Ostasiatische Studien, Band 70*. Stuttgart: Franz Steiner, 1994, S. 23.

[2] Stephan von Minden: Die merkwürdige Geschichte der Sai Jinhua. Historisch-philologische Untersuchung zur Entstehung und Verbreitung einer Legende aus der Zeit des Boxeraufstands, in: Wolfgang Bauer, Herbert Franke, Wolfram Naumann, Helwig Schmidt-Glintzer (Hrsg.): *Münchener Ostasiatische Studien, Band 70*. Stuttgart: Franz Steiner, 1994, S. 23.

[3] Stephan von Minden: Die merkwürdige Geschichte der Sai Jinhua. Historisch-philologische Untersuchung zur Entstehung und Verbreitung einer Legende aus der Zeit des Boxeraufstands, in: Wolfgang Bauer, Herbert Franke, Wolfram Naumann, Helwig Schmidt-Glintzer (Hrsg.): *Münchener Ostasiatische Studien, Band 70*. Stuttgart: Franz Steiner, 1994, S. 54.

[4] Stephan von Minden: Die merkwürdige Geschichte der Sai Jinhua. Historisch-philologische Untersuchung zur Entstehung und Verbreitung einer Legende aus der Zeit des Boxeraufstands, in: Wolfgang Bauer, Herbert Franke, Wolfram Naumann, Helwig Schmidt-Glintzer (Hrsg.): *Münchener Ostasiatische Studien, Band 70*. Stuttgart: Franz Steiner, 1994, S. 54.

终仍未能在北京首演。至于禁演原因，斯特凡·冯·明登经考察文献后认为，是由于德国大使馆介入其中。两国对禁演规定的解释也有所不同，德国方面认为《赛金花》剧情“有碍邦交”，而中国方面给出的理由则是该戏剧“有辱国体”[1]。这些负面评价不可避免地影响到夏衍，并在之后的政治斗争中不断发酵，导致这部作品直到1984年才再次被正式收入中国戏剧出版社出版的《夏衍剧作集》第一卷。斯特凡·冯·明登在这一部分结尾处解释夏衍本人对再版的态度：“不但以后不再写这种‘戏作’，还把这个本子不再出版、不再上演，将它冻结了五十年之久。”[2]

通过研究赛金花相关文史资料来源，斯特凡·冯·明登认为赛金花故事就是在各类文学作品影响下逐渐形成的一则传说。夏衍这部话剧是该传说形成的“高潮”，因为这部作品不仅集所有相关历史元素于一身，还对“赛金花”文学造成巨大且持久的影响[3]。为了在论著第四部分具体解释这则传说的形成过程，作者重点关注促使作品诞生的文学之外的因素，例如时代背景、作者政治意图等。

在时代背景方面，《赛金花》的“国防戏剧”属性受到重点关注。“国防文学”概念与日本侵华战争紧密相关，有识之士希望通过文学创作激发读者爱国热情，唤醒公众国防意识。这类文学创作在当时有两个目的：一是让民众意识到抵抗日本侵略之必要性，二是揭露国家危难的重大原因在于政府官员软弱无能[4]。斯特凡·冯·明登在此提及赛金花剧本中义和团运动的时代背景与夏衍创作时

---

[1] Stephan von Minden: Die merkwürdige Geschichte der Sai Jinhua. Historisch-philologische Untersuchung zur Entstehung und Verbreitung einer Legende aus der Zeit des Boxeraufstands, in: Wolfgang Bauer, Herbert Franke, Wolfram Naumann, Helwig Schmidt-Glintzer (Hrsg.): *Münchener Ostasiatische Studien, Band 70*. Stuttgart: Franz Steiner, 1994, S. 55.

[2] 夏衍：《懒寻旧梦录》，北京：生活·读书·新知三联书店，1985年，第337页。

[3] Stephan von Minden: Die merkwürdige Geschichte der Sai Jinhua. Historisch-philologische Untersuchung zur Entstehung und Verbreitung einer Legende aus der Zeit des Boxeraufstands, in: Wolfgang Bauer, Herbert Franke, Wolfram Naumann, Helwig Schmidt-Glintzer (Hrsg.): *Münchener Ostasiatische Studien, Band 70*. Stuttgart: Franz Steiner, 1994, S. 157.

[4] Stephan von Minden: Die merkwürdige Geschichte der Sai Jinhua. Historisch-philologische Untersuchung zur Entstehung und Verbreitung einer Legende aus der Zeit des Boxeraufstands, in: Wolfgang Bauer, Herbert Franke, Wolfram Naumann, Helwig Schmidt-Glintzer (Hrsg.): *Münchener Ostasiatische Studien, Band 70*. Stuttgart: Franz Steiner, 1994, S. 217.

期（日本侵华战争时期）的相似性[1]：

一是外国军队入侵北方导致国家领土完整性遭到破坏。

二是中央政府向侵略者摇尾乞怜，依附外国霸权。

三是内忧外患加剧军事力量孱弱的局势。

与此同时，许多关于20世纪初的文献资料在20年代末得到出版，其中包括赛金花相关故事。因此，在诸多条件下，夏衍《赛金花》剧作应运而生[2]。

为了研究夏衍个人的创作意图，斯特凡·冯·明登仔细研读夏衍的文章《历史与讽喻——给演出者的一封私信》。斯特凡·冯·明登从创作契机、主题以及“讽喻史剧”形式三方面解读这封公开信，尤为关注夏衍对剧本中赛金花角色的矛盾态度。一方面，夏衍将赛金花当成是“这些奴隶里面的一个”，“只想将她写成一个当时乃至现在中国习见的包藏着一切女性所通有的弱点的平常的女性”；而另一方面，夏衍对她表示同情，“因为在当时形形色色的奴隶里面，将她和那些能在庙堂上讲话的人们比较起来，她多少的还保留着一些人性”[3]。斯特凡·冯·明登认为，夏衍将赛金花归入“奴隶”的论断与他在剧本中对这位女性的描绘自相矛盾。夏衍的表态也许更应被理解为政治自白，是当妓女无法作为进步角色存在时做出的自我道德辩护。夏衍更愿意将赛金花描绘成“平常女性”的说法，明显与他将“赛金花”直接定为标题的做法不符[4]。事实上，赛金花作为全剧唯一正面角色，当然是一位非凡女性。斯特凡·冯·明登认为，赛金花具有如此

---

[1] Stephan von Minden: Die merkwürdige Geschichte der Sai Jinhua. Historisch-philologische Untersuchung zur Entstehung und Verbreitung einer Legende aus der Zeit des Boxeraufstands, in: Wolfgang Bauer, Herbert Franke, Wolfram Naumann, Helwig Schmidt-Glintzer (Hrsg.): *Münchener Ostasiatische Studien, Band 70*. Stuttgart: Franz Steiner, 1994, S. 217–218.

[2] Stephan von Minden: Die merkwürdige Geschichte der Sai Jinhua. Historisch-philologische Untersuchung zur Entstehung und Verbreitung einer Legende aus der Zeit des Boxeraufstands, in: Wolfgang Bauer, Herbert Franke, Wolfram Naumann, Helwig Schmidt-Glintzer (Hrsg.): *Münchener Ostasiatische Studien, Band 70*. Stuttgart: Franz Steiner, 1994, S. 218.

[3] 夏衍：《历史与讽喻——给演出者的一封私信》，载会林、绍武编：《夏衍剧作集（第一卷）》，北京：中国戏剧出版社，1984年，第102页。

[4] Stephan von Minden: Die merkwürdige Geschichte der Sai Jinhua. Historisch-philologische Untersuchung zur Entstehung und Verbreitung einer Legende aus der Zeit des Boxeraufstands, in: Wolfgang Bauer, Herbert Franke, Wolfram Naumann, Helwig Schmidt-Glintzer (Hrsg.): *Münchener Ostasiatische Studien, Band 70*. Stuttgart: Franz Steiner, 1994, S. 225.

积极的形象特征正是因为夏衍在借鉴先前作品流传下来的赛金花形象时，没有持足够的批判态度[1]。

除探究夏衍《赛金花》剧本创作原因之外，斯特凡·冯·明登在论著最后一部分分析该戏剧从20世纪30年代到当代中国的影响史。鉴于大众对《赛金花》剧本的接受和批评与政治意识形态紧密相关，因此作者将整个影响过程分为三段，分别为：20世纪30—60年代、“文化大革命”时期及“文化大革命”之后。

在描述20世纪30—60年代的影响史时，作者按时间顺序梳理《赛金花》从首演获热烈反响到被禁演，再到重获积极评价的这一过程。他重点关注导致戏剧被禁演的“痰盂事件”（混入观众席的国民党军官在演出中将茶具、甚至痰盂扔向舞台，导致演出中断）之起因和发展，翻译引述包括来自鲁迅、艾思奇等作家针对这一事件的相关报道和评论，意在指明戏剧遭到禁演的真正原因并不在于夏衍描写政府官员“卑躬屈膝”的行为，而在于夏衍通过戏剧暗示，国难当头，赛金花作为妓女比那些高级官员更令人有好感[2]。斯特凡·冯·明登辛辣点评该剧遭禁演的事实，“官方制裁导致的结局是，在30年代最透彻理解夏衍戏剧的人，正是夏衍意在攻击的人”[3]。直到新中国成立以后，对《赛金花》剧作的正面评价才再度出现，但斯特凡·冯·明登认为，此时《赛金花》获赞理由不在于赛金花人物本身，而在于夏衍是共产主义斗士[4]。

---

[1] Stephan von Minden: Die merkwürdige Geschichte der Sai Jinhua. Historisch-philologische Untersuchung zur Entstehung und Verbreitung einer Legende aus der Zeit des Boxeraufstands, in: Wolfgang Bauer, Herbert Franke, Wolfram Naumann, Helwig Schmidt-Glintzer (Hrsg.): *Münchener Ostasiatische Studien, Band 70*. Stuttgart: Franz Steiner, 1994, S. 226.

[2] Stephan von Minden: Die merkwürdige Geschichte der Sai Jinhua. Historisch-philologische Untersuchung zur Entstehung und Verbreitung einer Legende aus der Zeit des Boxeraufstands, in: Wolfgang Bauer, Herbert Franke, Wolfram Naumann, Helwig Schmidt-Glintzer (Hrsg.): *Münchener Ostasiatische Studien, Band 70*. Stuttgart: Franz Steiner, 1994, S. 231.

[3] Stephan von Minden: Die merkwürdige Geschichte der Sai Jinhua. Historisch-philologische Untersuchung zur Entstehung und Verbreitung einer Legende aus der Zeit des Boxeraufstands, in: Wolfgang Bauer, Herbert Franke, Wolfram Naumann, Helwig Schmidt-Glintzer (Hrsg.): *Münchener Ostasiatische Studien, Band 70*. Stuttgart: Franz Steiner, 1994, S. 235.

[4] Stephan von Minden: Die merkwürdige Geschichte der Sai Jinhua. Historisch-philologische Untersuchung zur Entstehung und Verbreitung einer Legende aus der Zeit des Boxeraufstands, in: Wolfgang Bauer, Herbert Franke, Wolfram Naumann, Helwig Schmidt-Glintzer (Hrsg.): *Münchener Ostasiatische Studien, Band 70*. Stuttgart: Franz Steiner, 1994, S. 238.

“文革”期间，夏衍与《赛金花》剧作均成为政治斗争的牺牲品。斯特凡·冯·明登在这一部分引述多方文献，批判地探讨江青与夏衍作品的复杂关系。虽有文献认为，江青竞演“赛金花”一角失败导致这部作品遭到批斗，但意识形态斗争乃是根本[1]。值得一提的是，斯特凡·冯·明登认为，“文革”风暴使该剧获得巨大曝光度，并且从某种程度上来说，夏衍在“文革”之后获得平反也与赛金花一角重新得到审查紧密相关[2]。

“文革”结束之后，《赛金花》剧本的平反共经历以下几个阶段：

作者重点评述陈泽光发表的文章《论历史讽喻剧〈赛金花〉》。在这一阶段，文艺界认为剧本本身确实有一些缺陷，其中夏衍最大的错误在于没有意识到义和团运动反抗帝国主义侵略的进步性，仅描绘其消极表现[3]。即便有弊端，大众仍应在一定程度上恢复夏衍及其剧作名誉。斯特凡·冯·明登引用该文章最后一段以此证明：“夏衍同志是我国文艺界的老前辈，他为我国戏剧电影事业作出了卓越的贡献。《赛金花》是他的第一个剧本，它所取得的成绩和在对敌斗争中所起的作用，在当时的国防戏剧运动中，理应受到重视。尽管还存在某些问题和缺点，值得斟酌，但是在我国革命的戏剧运动开创的初期，是难以避免的，也是可以理解的，决不能说它‘是三十年代戏剧中的坏作品的代表’。应该为它恢复名誉。”[4]

20世纪80年代初，夏衍的平反使赛金花主题重回公众视野。但大众对赛

[1] Stephan von Minden: Die merkwürdige Geschichte der Sai Jinhua. Historisch-philologische Untersuchung zur Entstehung und Verbreitung einer Legende aus der Zeit des Boxeraufstands, in: Wolfgang Bauer, Herbert Franke, Wolfram Naumann, Helwig Schmidt-Glintzer (Hrsg.): *Münchener Ostasiatische Studien, Band 70*. Stuttgart: Franz Steiner, 1994, S. 238-247.

[2] Stephan von Minden: Die merkwürdige Geschichte der Sai Jinhua. Historisch-philologische Untersuchung zur Entstehung und Verbreitung einer Legende aus der Zeit des Boxeraufstands, in: Wolfgang Bauer, Herbert Franke, Wolfram Naumann, Helwig Schmidt-Glintzer (Hrsg.): *Münchener Ostasiatische Studien, Band 70*. Stuttgart: Franz Steiner, 1994, S. 249.

[3] Stephan von Minden: Die merkwürdige Geschichte der Sai Jinhua. Historisch-philologische Untersuchung zur Entstehung und Verbreitung einer Legende aus der Zeit des Boxeraufstands, in: Wolfgang Bauer, Herbert Franke, Wolfram Naumann, Helwig Schmidt-Glintzer (Hrsg.): *Münchener Ostasiatische Studien, Band 70*. Stuttgart: Franz Steiner, 1994, S. 249.

[4] 陈泽光：《论历史讽喻剧〈赛金花〉》，载《文学评论》1980年第2期，第108页。

金花真实情况缺乏了解，再加上赛金花故事再一次被政治挪用，公众无法对其进行批判性思考[1]。

直到 1985 年，潘冠杰在《戏剧界》杂志刊登连载电影小说《赛金花》，同时表达其对夏衍的支持与对赛金花的同情。斯特凡·冯·明登在论著中指出，“（潘）小说中赛金花角色与夏衍笔下赛金花形象如出一辙”[2]。自此之后，赛金花这一人物真正开始被重新评定。在改革开放背景下，社会包容度增加，意识形态斗争减弱，更多作家针对赛金花故事表达积极观点，对赛金花的讨论甚至逐渐开始向海外延伸[3]。

斯特凡·冯·明登在论著结尾处如此总结赛金花故事的发展：“多亏心胸宽广的同胞们共同合作，赛金花终于再次战胜固执的敌手，不论这段故事将来命运如何，她都将继续代表取得胜利的、永远美好且年轻的正义者形象。”[4]

除该部德语论著之外，2013 年，卡特林·恩辛格的博士论文《女性与旅居：以瑞士籍华裔女作家赵淑侠为例建构旅居女性主体身份》中，作者通过分析赵淑侠的生平经历，解读其长篇小说《赛金花》，探寻赵淑侠侨胞身份及女性身份在作品中的体现。卡特林·恩辛格将夏衍《赛金花》与曾朴《孽海花》、樊增祥《彩云曲》等作品一道看作赵淑侠长篇小说《赛金花》的历史文本基

---

[1] Stephan von Minden: Die merkwürdige Geschichte der Sai Jinhua. Historisch-philologische Untersuchung zur Entstehung und Verbreitung einer Legende aus der Zeit des Boxeraufstands, in: Wolfgang Bauer, Herbert Franke, Wolfram Naumann, Helwig Schmidt-Glintzer (Hrsg.): *Münchener Ostasiatische Studien*, *Band 70*. Stuttgart: Franz Steiner, 1994, S. 254–256.

[2] Stephan von Minden: Die merkwürdige Geschichte der Sai Jinhua. Historisch-philologische Untersuchung zur Entstehung und Verbreitung einer Legende aus der Zeit des Boxeraufstands, in: Wolfgang Bauer, Herbert Franke, Wolfram Naumann, Helwig Schmidt-Glintzer (Hrsg.): *Münchener Ostasiatische Studien*, *Band 70*. Stuttgart: Franz Steiner, 1994, S. 259.

[3] Stephan von Minden: Die merkwürdige Geschichte der Sai Jinhua. Historisch-philologische Untersuchung zur Entstehung und Verbreitung einer Legende aus der Zeit des Boxeraufstands, in: Wolfgang Bauer, Herbert Franke, Wolfram Naumann, Helwig Schmidt-Glintzer (Hrsg.): *Münchener Ostasiatische Studien*, *Band 70*. Stuttgart: Franz Steiner, 1994, S. 261.

[4] Stephan von Minden: Die merkwürdige Geschichte der Sai Jinhua. Historisch-philologische Untersuchung zur Entstehung und Verbreitung einer Legende aus der Zeit des Boxeraufstands, in: Wolfgang Bauer, Herbert Franke, Wolfram Naumann, Helwig Schmidt-Glintzer (Hrsg.): *Münchener Ostasiatische Studien*, *Band 70*. Stuttgart: Franz Steiner, 1994, S. 261.

础，通过比较各作品异同凸显赵淑侠版本《赛金花》的创作特点。

卡特林·恩辛格在介绍夏衍《赛金花》时重点关注到剧本中赛金花人物的局限性以及夏衍因此受到的批判。她指出，夏衍虽然通过赋予赛金花智慧、魅力、幽默等各种正面特质，使得该角色更鲜明，但赛金花的行为仍旧不值得称颂，因为赛金花缺少政治和社会自觉，她从未主动做过什么关键事情，只是在恰好的时机面前做出随机举动[1]。与赵淑侠版本的《赛金花》相比，夏衍与曾朴笔下的赛金花形象本质上是一个“坏女人”，而赵淑侠作品中的赛金花则是一个牺牲者，且体现出更加复杂的女性身份特征[2]。

综上所述，德国汉学界对夏衍作品的译介和接受呈现出较为集中的特点。在翻译方面，《上海屋檐下》及《赛金花》两部剧本在德国均有排演记录及完整译本；在研究方面，仅有《赛金花》被写入两部德语论著，其中斯特凡·冯·明登的博士论文对此的分析较为全面且细致，但夏衍其他作品并未受到关注，仍有很大的增补空间。

周舟　文

---

[1] Kathrin Ensinger: *Frauen und Diaspora: Zur Konstitution weiblicher Subjektivität in der Diaspora am Beispiel der sino-helvetischen Autorin Zhao Shuxia*, Zürich: Zurich Open Repository and Archive, 2013, S. 109.

[2] Kathrin Ensinger: *Frauen und Diaspora: Zur Konstitution weiblicher Subjektivität in der Diaspora am Beispiel der sino-helvetischen Autorin Zhao Shuxia*, Zürich: Zurich Open Repository and Archive, 2013, S. 194.

第五节 傅雷在德国的传播与影响

傅雷是我国近现代历史上著名的文学翻译家与文艺评论家。傅雷早年曾留学法国，主修文艺理论，游历西欧后回沪，自20世纪30年代开始从事翻译工作。他一生翻译的法国文学著作宏富，涵盖了巴尔扎克、罗曼·罗兰、伏尔泰等名家巨著，其独具傅译特色的翻译理念影响深远。随着20世纪80年代起《傅雷家书》(以下简称《家书》)的结集出版和持续畅销，这位翻译大师也逐渐从"幕后"走向"台前"，他的生平经历和家庭教育由此进入更为广泛的公共讨论视野。《家书》所展现的特殊时代背景、傅式家学渊源与人文精神内核，使其"突破了一般家信个人话语的狭小空间""具有相当的文化研究价值"[1]，成为傅雷译著之外最广为人知的作品。

然而，与华语世界方兴未艾的傅雷研究与阅读形成鲜明对的是，除了2001年《家书》韩文版问世以外，傅雷作品至今尚未有系统的英语或德语翻译。一方面，作为翻译巨匠的傅雷学贯中西，与包括钱锺书、杨绛夫妇在内的中国知识分子交往密切，他的名字对于德国汉学界来说并不陌生；而另一方面，以《家书》为代表的傅雷作品与相关研究，却并未得到德国汉学界与翻译界的足够重视。这之间的差异值得我们作进一步的探究和思考。本节通过对德语文献中有限的傅雷作品译介的梳理，兼纳海外汉学研究的部分成果，概论傅雷作品在德国的接受情况，并试图作相应的探讨和分析。

一、隐身的大师：傅雷文艺评论在德国的接受

纵观傅雷一生的创作，主要分成三个部分：三十多部法国文学鸿篇巨制

---

[1] 管乐、荣华：《全民阅读视野下〈傅雷家书〉的出版价值解读》，载《出版广角》2019年第15期，第90页。

的译作；原创的两篇短篇小说，大量文艺评论、杂文与美术史讲稿；逝世后由家属选编的《傅雷家书》和相关书信集。与之相对应的，傅雷其人其作在德国的译介与研究也主要涉及文艺批评、翻译理论及《家书》三个方面。对于傅雷在文艺批评方面所取得的成就，我国翻译家楼适夷在《家书》的初版代序中有过这样的总结："傅雷艺术造诣极为深厚，对无论古今中外的文学、绘画、音乐的各个领域，都有极渊博的知识。"[1] 在文学批评领域，早在1944年傅雷就发表过关于张爱玲小说的重要评论，对其作品的主题结构、语言文字和叙事技巧都极为推崇,但又不乏深刻和中肯的批评[2]。对于傅雷在这篇评论中所展现的独到的文学审美能力与洞察力，美国华裔学者刘绍铭甚至断言："在夏志清《中国现代小说史》出版以前，称得上张爱玲作品'解人'的，只有傅雷。"[3] 而傅雷在推介张爱玲上起到的举足轻重的作用，也引起了个别德国汉学家的注意。在1997年的德国《东亚文学杂志》上，德国汉学家、杂志主编沃尔夫·鲍斯（中文名：包惠夫）在考察张爱玲各个时期生平与创作时，就引用了傅雷写于1944年的评论文章，称之为张爱玲作品接受史上"首次极具分量的赞扬"[4]。

除了文学领域，海外学者对傅雷的音乐与美术评论亦有所涉猎。美国汉学家里夏德·克劳斯（中文名：高乐）在其论述中国现当代音乐的著作《钢琴与政治：中国中产阶级的西方音乐抱负与挣扎》中，以专章梳理了傅雷长子、世界知名钢琴演奏家傅聪的成长道路，并探讨了傅雷深厚的音乐学养对这位后来享誉国际乐坛的"钢琴诗人"的陶冶与雕琢[5]。而关于傅雷对傅聪音

[1] 楼适夷：《读家书，想傅雷》，载傅敏编：《傅雷家书》，南京：译林出版社，2018年，第17页。

[2] 傅雷在1944年的《论张爱玲的小说》中对张爱玲早期的小说和写作风格进行了评析，而张爱玲也在同年发表的《自己的文章》中，回应了傅雷的评论。参见傅雷：《傅雷谈艺录及其他》，北京：北京联合出版公司，2019年，第46—61页；张爱玲：《流言》，北京：北京十月文艺出版社，2012年，第91—97页。

[3] 刘绍铭：《爱玲说》，香港：香港中文大学出版社，2015年，第31页。

[4] Zhang Ailing: In der Jugendzeit, übersetzt von Wolf Baus, in: *Hefte für ostasiatische Literatur*, Nr. 23, 1997, S. 72.

[5] 参见 Richard Curt Kraus: *Pianos and Politics in China: Middle-Class Ambitions and the Struggle over Western Music*. Oxford: Oxford University Press, 1989.

乐事业的深远影响，也出现在国内音乐学学者朱世瑞的德语博士论文《中国当代专业音乐创作及其与本土文化及西方影响的关系》中[1]。这说明傅雷在音乐方面的丰富学养和深入探索，也已溢出个人和家庭的范畴：无论是他在译著《约翰·克利斯朵夫》和《贝多芬传》、所撰写的莫扎特、贝多芬和肖邦作品艺评以及《家书》中展现出对音乐作品和音乐家心灵历程的体察，还是在培育傅聪走上西方音乐道路所做的贡献，都使其一定程度上留名于中国现当代的音乐史书写。

此外，澳大利亚汉学家克莱尔·罗伯茨（中文名：罗清奇）于2010年出版的《艺术情谊：傅雷与黄宾虹》[2]，不仅是海内外第一本探讨傅雷与黄宾虹这位水墨画艺术大师友谊的著作，也是西方学者研究傅雷的首部专著。其中，作者整合大量史料，详细分析了傅雷在20世纪不同时期的艺术批评文章、与黄宾虹等艺术家的书信往来，以及傅雷在绘画领域的策展和收藏实践，既凸显傅雷在艺术与美学方面的深厚造诣，也首次从艺术史的角度对傅雷及其文艺评论的价值作出高度评价。

总体而言，海外学界对于傅雷在文学、音乐与艺术评论领域的作品及成就的研究，已经取得了初步的成果。但对德国研究学者而言，对于傅雷的研究似乎仍停留于翻译家的单一身份，其作为文学评论家、音乐鉴赏家与美术策展人的成就在德语研究文献中较少被提及，尚未被德国主流学界所发掘。

二、译者的圭臬：傅雷翻译理念在德国的引介

与傅雷的文艺批评作品在德国的冷清程度相比，作为法国文学翻译大师，

---

[1] Vgl. Shirui Zhu: *Entstehung und Entwicklung moderner professioneller chinesischer Musik und ihr Verhältnis zum eigenen Erbe und zum westlichen Einfluß*. Aachen: Shaker Verlag, 2000.

[2] 参见 Claire Roberts: *Friendship in Art: Fou Lei and Huang Binhong*. Hong Kong: Hong Kong University Press, 2010。该书的中文版已于2015年问世，参见罗清奇：《有朋自远方来：傅雷与黄宾虹的艺术情谊》，陈广琛译，上海：中西书局，2015年。

他的译著和翻译理念对中西方文学翻译和文化交流无疑有着更广泛的影响。傅雷提出“重神似不重形似”的翻译主张，强调译文的传神达意，反对按照外语原文的句法拼凑、堆砌文字。傅译的“神似说”借鉴了我国古典美学中关于“神”与“形”的概念，本质上是从文艺美学的视角把握文字翻译，将翻译活动纳入了美学的范畴，因而成为中国文学翻译的核心理念之一[1]。傅雷的翻译学说不仅“直接带动了法国文学作品的译介，使这个领域人才辈出”[2]，在德语的翻译实践和研究中也获得了较高的讨论度。2000年，我国知名德语文学翻译家杨武能在德国彼得·朗出版社出版的德语专著《歌德在中国（1889—1999）》中，举例分析了傅雷的翻译特色，对傅译赞誉有加[3]。杨武能从一名歌德译者的角度，对作为巴尔扎克译者的傅雷可谓惺惺相惜，足见傅译对一代翻译工作者的影响。2001年，杨武能又在权威学术期刊《歌德年鉴》上发表了论文《文学翻译的中国传统与我的歌德译者之路》，回顾和爬梳了我国从古代到近现代以来的文学翻译传统和流派，肯定了以傅雷为代表的“神似说”在我国文学翻译史上的地位[4]。

此后，有更多从事德语翻译的研究者从不同的角度面向德语受众介绍和阐释傅雷的翻译理念。例如，我国德语学者与翻译家桂乾元于2001年出版了关于德汉翻译与实践的德语专著《实用翻译学：中文特征与翻译示例》，在论述中引介了傅雷的“神似说”，认为其“传神达意”的翻译见解与标准之独到，在我国翻译史上别树一帜[5]。2003年，德语翻译学者顾牧发表《论对翻译源文的“废黜”》一文，充分肯定了傅雷“神似说”及其译者主体性的发挥，提倡在译文可读性与“可感知性”的基础上，对外语文本进行合理的解构与祛魅。

---

[1] 参见温育仙：《论傅雷的翻译思想及其翻译艺术》，载《名作欣赏》2017年第9期，第148页。

[2] 方华文：《20世纪中国翻译史》，西安：西北大学出版社，2008年，第259页。

[3] Vgl. Wuneng Yang: *Goethe in China (1889–1999)*. Frankfurt a. M.: Peter Lang, 2000, S. 70.

[4] Wuneng Yang: Die chinesische Tradition des literarischen Übersetzens und mein Weg als Goethe-Übersetzer, in: Jochen Golz, Bernd Leistner und Edith Zehm (Hrsg.): *Goethe-Jahrbuch*. Weimar: Hermann Böhlaus Nachfolger Weimar, 2001, S. 235.

[5] Qianyuan Gui: *Praktische Übersetzungswissenschaft: mit chinesischen Prägungen und Übersetzungsbeispielen (Stuttgarter Arbeiten zur Germanistik)*. Stuttgart: Heinz, 2001, S. 50.

而另一位德语翻译理论与汉学学者郑慧中则在其2009年出版的德语博士论文《严复（1854—1921）：翻译与现代性》中，从思想史的角度梳理了以著名思想家和翻译家严复为代表的中国近代翻译脉络，将傅雷的“神似说”视为对严复“信、达、雅”理念的批判性继承和发展，并对两者的翻译标准和策略作了详细比较与阐释[1]。此外，奥地利汉学学者和译者莱亚·包在梳理和借鉴严复、傅雷等翻译家的近现代翻译理念之余，对中国当代诗人王家新的诗歌创作和翻译实践展开论证分析[2]。

对于傅雷的翻译，我国翻译家方华文在《20世纪中国翻译史》中有这样的概括：傅雷的译作“语言精美、译文朴素，令广大读者为之倾倒”，从事翻译工作“态度认真，选材严谨”，“视文艺工作为崇高神圣的事业”，人格在翻译界和评论界都“深受敬重”[3]。而其优美典雅的中文译作和精益求精的中国近代知识分子治学精神，或许也是傅译引发更大共鸣和研究兴趣的原因之一。

三、觅得的知音：德国汉学家解读下的《傅雷家书》

与诗歌、小说等文学体裁相比，家书的文学性与文学价值往往更难以被界定，而《傅雷家书》的撰写又是出自一位首要为“翻译家”、而非传统意义上的“作家”之手，这就使得《家书》在某种程度上被排除在德国汉学界对中国文学的主流研究之外。在德国汉学界具有里程碑意义的学术论著《二十世纪中国文学史》中，德国汉学家顾彬对于傅雷和《家书》只寥寥几笔带过。顾彬将傅雷定义为“大翻译家”[4]，仅略略提及《家书》[5]，却并未对傅雷的文学翻译贡

[1] Vgl. Huizhong Zheng: *Yan Fu (1854–1921): Übersetzung und Moderne*. Hamburg: Diplomica Verlag, 2009.

[2] 参见 Lea Pao: *Übersetzen als Transformation: Wang Jiaxins chinesischer Paul Celan*. Wien: Diplomarbeit an der Universität Wien, 2013.

[3] 方华文：《20世纪中国翻译史》，西安：西北大学出版社，2008年，第256—257页。

[4] 顾彬：《二十世纪中国文学史》，范劲等译，上海：华东师范大学出版社，2008年，第264页。

[5] 顾彬：《二十世纪中国文学史》，范劲等译，上海：华东师范大学出版社，2008年，第291页。

献和文艺创作有所着墨。顾彬虽然注意到《家书》所流露的私人情感与当时高度政治化的背景格格不入，但他并未对此作进一步阐释，也未探究《家书》出版后长期畅销、被广泛阅读与讨论的文学现象[1]。

而德国汉学家尼古拉·福兰德（中文名：傅朗）则重新审视了傅雷与《家书》于中国文学史、翻译史乃至文化史的意义。他先后于2007年和2013年发表了两篇关于傅雷与《家书》的重要论文。其中，德语论文《〈傅雷家书〉：新中国的文化交流及东西方中介的对话策略》被收入德语地区汉学协会第十五届年会论文集。

就笔者所搜集到的资料来看，该论文或是德国汉学界首篇关于《家书》的系统研究成果。基于对《傅雷全集》和傅雷研究资料的阅读，傅朗在这篇论文中考察了傅雷的生平，并结合时代与政治背景，分别对1955—1957年、1957—1966年两个历史阶段的《家书》内容作了详尽分析和阐释，充分褒扬了傅雷作为翻译家和文化中介对东西方世界的深刻理解及其在跨文化交流中起到的积极作用[2]。

傅朗对傅雷和《家书》的研究脉络及观点发展，亦可从他几年后发表的中文论文《细读〈傅雷家书〉——文化脉络、国家领导权与译者的困境》中看得更加清晰。他从不同的层面探讨和总结了傅雷作为文学翻译者、艺术评论家及《家书》作者的跨文化传播策略，认为不能只从译作文本和文化背景两个方面去理解傅雷与《家书》，还应该兼顾社会交流和政治话语等诸多因素，以更全面和开阔的视野考察文学翻译、翻译家与文化的整体关系。

至此，从对傅雷与《家书》的分析中，作者给出了一个既不同于德国主流汉学家对傅雷译者身份的狭窄定义，也不同于中文读者对傅雷留有悲剧印象的

[1]《傅雷家书》自20世纪80年代初问世以来，不仅成为当时轰动性的文化事件，而且30多年来畅销不衰，还多次获得国家级图书奖项，并成为中学生必读文学作品。

[2] 参见 Nicolai Volland: Fu Lei jiashu: Kulturaustausch in der Volksrepublik China und die Strategien eines Mittlers zwischen zwei Welten, in: Antje Richter und Helmolt Vittinghoff (Hrsg.): *China und die Wahrnehmung der Welt*. Wiesbaden: Harrassowitz Verlag, 2007, S. 221–244.

“第三种解读”。傅朗认为，恰恰是傅雷有意识地采取了不同的策略，尤其通过与身在西方阵营的儿子傅聪写信这样间接的文化交流方式，使其保留了自身作为“译者的主体性”，从而无论在何种境遇下，都能“从妥协中获得足够空间去主动传播自己的信仰”，也由此取得了“最终的成功”。而《家书》至今依然高居不下的阅读和讨论热度，也从侧面印证了这一观点。从长远来看，傅雷及其作品经受住了政治运动与时代变幻的考验，不仅没有被遗忘，反而获得了更长久的生命力，取得了最后的胜利——其“真实的光不能永远湮灭，还是要为大家所认识，使它的光焰照彻人间，得到它应该得到的尊敬和爱”[1]。

傅朗的这种解读，在某种程度上与傅聪对其父亲的解读不谋而合，或许更贴近傅雷本人的世界观与艺术理念。世人往往把傅雷结束生命的选择，理解为不堪受辱的绝望举动；但是傅聪认为，父亲的离去是一种勇气和自主意志的表达：“这条不归路是他一早就决定的，他并不是受辱自杀，因为他早已超越了‘士可杀不可辱’的层次，他清楚地预见了结局，‘凛然踏上死亡之途’，‘带着一种庄严肃穆的心，自己选择这条路’。”[2]这样“向死而生、超越生死”的超然态度，傅雷也在其译著《约翰·克利斯朵夫》中借原著作者和小说人物的口吻表达过：“我自己也和我过去的灵魂告别了；我把它当做空壳似的扔掉了。生命是连续不断的死亡与复活。克利斯朵夫，咱们一齐死去，预备再生吧！”

虽然《家书》暂未获得德国汉学界和德语受众的广泛关注，但傅朗所提到的傅雷毕生建立起的在中西方“两个文化之间的对话”，至今仍在通过包括《家书》在内的傅雷作品的传播而持续着。这种跨语言跨文化的交流，还超越了时间乃至生死的边界，在德国找到了能理解傅雷、能与之共鸣的知己。

以《家书》为代表的傅雷作品英译本或德译本难觅踪迹，除了普遍存在的德国汉学界译者少、稿酬低的问题和德国出版界的商业考量之外，或与《家

[1] 楼适夷：《读家书，想傅雷》，载傅敏编：《傅雷家书》，南京：译林出版社，2018 年，第 15 页。

[2] 李斐然：《傅聪：故园无此声》，载《人物》2021 年 1 月 7 日。

书》特殊的书信文学体裁有关。相较于众多“嗷嗷待译”、更为“传统正典”的诗歌和小说，书信未必会成为德国汉学译者的第一选择。而傅家的书信往来中，原本就包含了相当比例的用法语和英语写就的信件，只是在面向国内读者时被选编翻译成了中文。这一语言问题也可能为《家书》外译的必要性打上问号。加之《家书》的中文版本繁芜丛杂，在一段时间内还曾存在著作权纠纷，这种种原因都可能使德国汉学家和出版社对翻译《家书》充满迟疑。

行笔至此，抛开种种现实因素和文化差异[1]，对于德国汉学家和海外译者而言，也许恰恰是回到对《家书》本身的阅读，回溯一位中国近现代知识分子的生平历程、家庭生活与艺术实践，发掘这本平凡又特殊的家信集中所蕴含的朴素情感、高尚心灵，能够帮助译者找到翻译《家书》的动力与初心，即像傅雷那样能够“从妥协中获得足够空间去主动传播自己的信仰”、毕生致力于“建立两个文化之间的对话”的矢志不渝的主体性。如若这般，德语读者能自由地翻阅和解读傅雷与《家书》，那将会是东西方文化交流的一大幸事。

童欣　文

[1]《傅雷家书》被作家叶永烈称为“一座建在纸上的傅雷纪念馆”，它在本土的畅销也与华语世界特有的缅怀傅雷的记忆文化有关。例如，2008 年，国内隆重举办了纪念傅雷诞辰 100 周年的各类文化活动；2013 年，傅雷夫妇归葬上海南汇故里；此后，傅雷故居、傅雷纪念馆等场所也先后落成于上海。参见叶永烈：《文化巨匠傅雷》，北京：人民出版社，2018 年，第 253 页；金圣华：《傅雷与他的世界》，北京：生活·读书·新知三联书店，1997 年。

第六节　茹志鹃在德国的译介与接受

茹志鹃是当代文坛享有盛名的优秀短篇小说家。她生于上海，一生大部分时间都安居于上海一条小小的弄堂，静静钻研创作，著有《百合花》《高高的白杨树》《剪辑错了的故事》等作品。1958年，她以战争年代人们的日常生活和思想情感为题材创作的短篇小说《百合花》，一经出版便广受好评。20世纪五六十年代，文学被打上政治烙印，成为政治意识形态的一部分，文学作品在政治意识形态的指引下，成为"英雄的文本、革命的文本、无性的文本"[1]。身处一体化的革命文学潮流，茹志鹃以其独特的艺术风格备受瞩目，茅盾誉之为"清新俊逸"[2]，评论家侯金镜称她的创作"色彩柔和而不浓烈，调子优美而不高亢"[3]。她始终坚持以细腻的女性视角，描绘普通人的日常生活和思想感情，发掘人在狂热的革命年代被遮蔽的精神世界，为当时充斥着宏大革命叙事的文坛注入了一股新的力量，其作品不仅在中国引发讨论，也在亚洲和欧洲受到关注。本节以茹志鹃作品德语译本和相关德语文献为基础，论述茹志鹃及其作品在德国的译介与接受情况。

茹志鹃作品在德国的译介始于1963年，汉学家君特·莱文翻译《静静的产院》，收录于他主编的短篇小说选集《一个夏夜》[4]，这是茹志鹃作品与德国读者的首次见面。

20世纪80年代，茹志鹃作品再次受到两位德国汉学家的关注。1983年，汉学家鲁道夫·瓦格纳翻译《草原上的小路》，收录于他主编的《中国文学与

---

[1] 李火秀：《与政治联姻——论茹志娟与杨沫五十年代的文学创作》，载《江西理工大学学报》2012年第4期，第105页。

[2] 茅盾：《谈最近的短篇小说》，载《人民文学》1958年第6期，第4页。

[3] 侯金镜：《创作个性和艺术特色——读茹志娟小说有感》，载《文艺报》1961年第3期，第17页。

[4] Vgl. Günter Lewin: *Eine Sommernacht*, Beijing: Verlag für fremdsprachige Literatur, 1963, S. 134−S. 152.

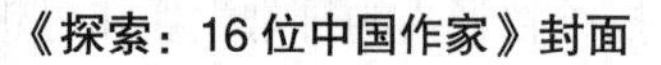
《探索：16 位中国作家》封面

《现代中国文学》封面

政治》并在前言中写道：“《草原上的小路》从普通人的视角出发，描绘普通人为中国现代化建设付出的努力……在小说中，茹志鹃没有描写官僚主义和特权阶级，而是专注于刻画小人物微小的行为细节。作品表现了作者对特殊年代国家职能部门的批判与对青年一代理想化的信任。”[1]1984 年，汉学家伊尔玛·彼得斯翻译茹志鹃短篇小说《剪辑错了的故事》，收录于柏林洪堡大学汉学系教授伊娃·穆勒、柏林洪堡大学汉学教师伊姆特劳德·费森·亨耶斯和汉学家弗里茨·格鲁纳主编的《探索：16 位中国作家》。彼得斯注意到这部小说独特的叙述顺序，坦言：“这部小说的时间顺序是错乱的，但我希望译文能够尽量连贯地叙述情节，避免读者陷入混乱。”[2]1985 年，汉学家沃特劳特-鲍尔萨赫斯也关注并翻译了小说《草原上的小路》，收录于《七位当代中国女作家：茹志

---

[1] Vgl. Rudolf G.Wagner (Hrsg.): *Literatur und Politik in der Volksrepublik China*. Frankfurt a. M.: Suhrkamp, 1983, S. 51–S87.

[2] Irma Peters: Eine falsch redigierte Geschichte, in: Irmtraud Fessen-Henjes, Fritz Gruner, Eva Müller(Hrsg.): *Erkundungen: 16 chinesische Erzähler*. Berlin: Verlag Volk und Welt, 1984, S. 55.

鹃、黄宗英、宗璞、谌容和张洁等的小说》[1]。

80 年代，德国汉学家不仅翻译茹志鹃的作品，而且还关注到茹志鹃作品特有的女性视角和政治主题。1985 年，汉学家芭芭拉·亨德里希克关注到这位视角独特的女作家，发表文章《茹志鹃：从女性视角看中国社会主义变革》，收录于顾彬主编的《现代中国文学》。芭芭拉·亨德里希克通过追溯茹志鹃创作的心路历程，剖析茹志鹃文学创作与政治之间的关系变化：从初期依附于政治意识形态的创作，到后期自我思考与政治主题相融合的写作方式[2]。此外，芭芭拉·亨德里希克重点分析茹志鹃作品中的女性主题和女性形象："多年来，茹志鹃认真描绘中国革命发展的图景，将自己的经历和思考与叙事方式的设计相融合。在新的文化政策和妇女运动萌芽的背景下，茹志鹃踌躇满志地将自己的写作延伸向对创作内容的独立表述。她构建的新女性形象正说明这一点。在茹志鹃的新作中，女性开始批判性地审视社会既定的要求是否考虑到女性利益。"[3]1989 年，芭芭拉·亨德里希克再次在《季节女神》发表文章《存在主义问题——不局限于教条主义的角度看茹志鹃新作》[4]。

亲历特殊年代变革的茹志鹃，以女性眼光观察世界，以女性视角刻画政治纷争，以女性话语诉说生活。但同时，身处一体化的革命文学秩序，注定茹志鹃无法摆脱革命与政治的影响，她的文学创作渗透着时代主流话语的印记[5]。这同时也体现在茹志鹃所塑造的独立而又传统的女性形象上。

---

[1] Vgl. Waltraut Bauersachs: *Sieben chinesische Schriftstellerinnen der Gegenwart. Erzählungen von Ru Zhijuan, Huang Zongying, Zong Pu, Shen Rong, Zhang Jie.* Beijing: Verlag für fremdsprachige Literatur, 1985, S. 11–S. 44.

[2] Vgl. Barbara Hendrischke: Ru Zhijuan: Chinas sozialistische Revolution aus weiblicher Sicht, in: Wolfgang Kubin(Hrsg.): *Moderne chinesische Literatur.* Frankfurt a. M.: Suhrkamp, 1985, S. 394–S. 411.

[3] Barbara Hendrischke: Ru Zhijuan: Chinas sozialistische Revolution aus weiblicher Sicht, in: Wolfgang Kubin(Hrsg.): *Moderne chinesische Literatur.* Frankfurt a. M.: Suhrkamp, 1985, S. 409.

[4] Vgl. Barbara Hendrischke: Existenzielle Fragen — nicht nur aus dogmatischer Sicht. Ru Zhijuan's neuere Texte, in: *Die Horen*, Nr. 156, 1989, S. 29–S. 40.

[5] 李火秀：《与政治联姻——论茹志娟与杨沫五十年代的文学创作》，载《江西理工大学学报》2012 年第 4 期，第 106 页。

2001年，德国德累斯顿工业大学东亚中心主任哈斯·比吉特在其著作《陷入矛盾情绪：1979—1989年〈收获〉杂志上中国女作家的小说》[1]中，深入剖析茹志鹃三篇小说《百合花》《静静的产院》和《草原上的小路》中的女性形象，认为茹志鹃塑造的女性虽然脱离家庭工作，积极参与现代化建设，但仍然是传统意义上的女性，“茹志鹃明确地刻画了以传统女性行为为导向的两个女性形象，并赋予角色不受性别影响的工作，来满足现代社会对女性的要求”[2]。2008年，顾彬在《二十世纪中国文学史》中提及茹志鹃，概述茹志鹃代表作《百合花》的主要内容，并将她的创作手法誉为“简单素朴，以小见大”[3]。

2015年，芭芭拉·亨德里希克重为茹志鹃撰文，回顾茹志鹃一生的创作历程，追溯茹志鹃写作的政治关联，文章收录于悉尼大学中文系教授萧虹主编的《中国妇女传记辞典》[4]。

茹志鹃作为20世纪五六十年代中国文坛享有盛誉的女作家，始终坚持以其独特的女性视角观察社会生活，描绘人们的精神世界，是中国女性文学研究的重要作家，同时，作为特殊年代的亲历者，茹志鹃的作品不免具有政治烙印。因而，德国学者对茹志鹃的研究常以女性文学研究和政治主题研究为主，正如茹志鹃作品的主要研究者芭芭拉·亨德里希克的评价：“茹志鹃作为一个在政治变革中不断思考、用文学完成政治任务的作家，对我来说，是一个尤为特殊的作家。”

佘丽慧　文

---

[1] Vgl. Häse Birgit: *Einzug in die Ambivalenz: Erzählungen chinesischer Schriftstellerinnen in der Zeitschrift Shouhuo zwischen 1979 und 1989.* Wiesbaden: Otto Harrassowitz, 2001. S. 69–S. 86.

[2] Häse Birgit: *Einzug in die Ambivalenz: Erzählungen chinesischer Schriftstellerinnen in der Zeitschrift Shouhuo zwischen 1979 und 1989.* Wiesbaden: Otto Harrassowitz, 2001. S. 69–S. 86.

[3] 参见顾彬：《二十世纪中国文学史》，范劲等译，上海：华东师范大学出版社，2008年，第271页。

[4] Vgl. Barbara Hendrischke: Ru Zhijuan, in: Lee, Lily Xiao Hong, Sue Wiles (ed.): *Biographical Dictionary of Chinese Women. The Twentieth Century*, 1912–2000. London: Routledge, 2015, P.432–P.435.

第四章
新时期文学的译介传播

第一节　戴厚英：德国汉学界的“争议”女作家

改革开放后，国内的文学作品如雨后春笋般涌现，20 世纪 80 年代迎来作品外译的高峰期，上海作家戴厚英及其代表作《诗人之死》和《人啊，人！》便于这一时期进入德国读者的视线。德国汉学家赫尔穆特·马丁（中文名：马汉茂）在《人啊，人！》德译本后记中对戴厚英作了较为详细的介绍：“戴厚英 1938 年出生于安徽省颍上县，是家中唯一的大学生。1960 年，在一场批判‘资产阶级人道主义’的大会上，华东师范大学中文系大四在读生戴厚英对老师钱谷融提出的‘文学即人学’思想进行了激烈的批判，慷慨激昂的批判使戴厚英‘一战成名’，毕业后便进入上海作协工作。1978 年，戴厚英开始从事创作，同期任复旦大学的文学理论课教师。1979 年和 1980 年相继完成《诗人之死》和《人啊，人！》两部代表作。”[1] 戴厚英起伏的人生及其作品的争议性吸引了海内外读者的目光，本节着重研究戴厚英及其作品在德国的接受情况。

一、戴厚英作品在德国的翻译

1973 年，柏林德中友好协会成立，旨在了解中国与促进德中交流。1974

[1] Martin Helmut: Nachwort, in: Dai Houying: *Die große Mauer. Roman.* Aus dem Chinesischen von Monika Bessert und Renate Stephan-Bahle. München: Karl Hanser Verlag, 1987, S. 372.

《人啊，人！》1981 年版封面

《人啊，人！》1989 年版封面

年，由德中友好协会创办的杂志《新中国》在法兰克福发行[1]。该杂志是戴厚英作品在德国译介的重要媒介之一。1985 年，《新中国》杂志刊登戴厚英小说《人啊，人！》第四章，德语译文由阿尔穆特 · 里希特翻译。1987 年，卡尔 · 汉泽尔出版社首发《人啊，人！》[2] 德译单行本，书名改译为《长城》。1989 年，德国袖珍书出版社将《人啊，人！》[3] 再版发行。

1987 年 5—6 月，戴厚英受联邦德国之邀，到访联邦德国、奥地利、瑞士三国[4]。其间戴厚英接受了德国汉学家伊尔瓦 · 蒙沙因（中文名：孟玉华）的采访，采访中孟玉华问道："书中长城脚下流浪故事的章节是否为小说情

[1] 德中友好协会于 2014 年 12 月宣布《新中国》杂志停刊。参见 http://www.chinaseiten.de/download.shtml.

[2] Dai Houying: *Die große Mauer. Roman.* Aus dem Chinesischen von Monika Bessert und Renate Stephan-Bahle. Mit einem Nachwort von Helmut Martin. München: Karl Hanser Verlag, 1987.

[3] Dai Houying: *Die große Mauer. Roman.* Übersetzt von Monika Bessert und Renate Stephan-Bahle. Mit einem Nachwort von Helmut Martin. München: Deutscher Taschenbuch Verlag, 1989.

[4] 参见戴厚英：《第一次当"外宾"——欧行记叙》，载《百花洲》1988 年第 1 期，第 48 页。

《新中国》1985 年第 1 期封面

《新中国》1987 年第 3 期封面

节的核心，正如德译名——《长城》所指？”戴厚英直白地答道：“我不知道为什么要将标题改掉，我不喜欢这个名字。尽管我很喜欢长城片段，也在其中表达了很多感想，但对我来说那并不是最重要的部分。我认为，中国的知识分子都经历了很多苦难，但同时我们有为这个国家和人民做点什么的责任意识。我们爱这个国家，爱它像长城一样蜿蜒不绝的激荡历史，我们想书写新篇章。我们面前还有很长的路要走，每个人都应该做些什么。这是我写这个篇章时眼前所浮现的画面。”[1]

针对德译本修改小说书名的原因，孟玉华在《新中国》杂志刊登的《长城》一文中作了如下说明：“1985 年，英国汉学家弗朗西丝 · 伍德（中文名：吴芳思）将小说书名《人啊，人！》译为《石墙》，两年后问世的德译本保留了该译法，将小说书名译为《长城》。此处，‘长城’指的并不是伟大的万里长

[1] Ylva Monschein: *Wir haben noch einen langen Weg vor uns. Interview mit Dai Houying*, in: *Das Neue China*, Vol. 14, Nr. 3, 1987, S. 41.

城工程，而在强调每一块石头都扮演着一个参与建设的角色，‘它们’相依相存，将命运和追求与人性紧密联系。”[1]

二、戴厚英作品在德国的译介

关于戴厚英第一部代表作《诗人之死》的介绍，往往只是一笔带过。1985年，阿尔穆特·里希特在《新中国》杂志发文称：“《诗人之死》中作者采用的是现实主义手法，作家开始书写自己曾经批判的人道主义。”[2] 戴厚英在《人啊，人！》后记中坦承：“二十年后的今天，我写起小说来了。我要在小说中宣扬的正是我以前批判过的某些东西，我想在小说中倾吐的，正是我以前要努力克制和改造的‘人情味’。这对我来说真是具有讽刺意味的事情。”[3]

马汉茂在《人啊，人！》德译本后记中写道：“作为‘文学理论领域新生力量’的戴厚英，被安排在上海作家协会当助理研究员，通过撰写文学批判性文章表现自己……‘文革’之后，戴厚英以人道主义为主题创作出《人啊，人！》和《诗人之死》。这两部作品的出版均遭到阻挠。1987 年 8 月，一则名为《阴谋与爱情》的评论文章刊登在《慕尼黑水星报》上，作者措辞激烈，与马汉茂在后记中所言高度一致：“长篇小说《人啊，人！》出自一个女人之手……她曾对上海的知识分子进行了批判和伤害。她的作品遭到抵制，是因为有些受害者对戴厚英的转变持怀疑态度。”[4]

马汉茂的后记为戴厚英的德国之行带来诸多不愉快，回国后戴厚英于1987 年 10 月 14 日写成《得罪了，马汉茂》一文，收录于《戴厚英全集》：“事与愿违，这次旅行是非常叫人不快的。不快的原因是：① 我没有准备去当出

---

[1] Ylva Monschein: *Dai Houying. Die große Mauer. Roman*, in: *Das Neue China*, Vol. 14, Nr. 3, 1987, S. 42.

[2] Almuth Richter: Mensch, oh Mensch. Auszug aus dem 4. Abschnitt des Romans, in: *Das Neue China*, Nr. 2, S. 24.

[3] 戴厚英：《人啊，人！》，广州：花城出版社，1980 年，第 351 页。

[4] Egbert Baque: Kabale und Liebe, chinesisch, in: *Merkur*, Heft 462, Jahrgang 41, 1987, S. 695.

版社的宣传工具。而出版社邀请我去的目的又恰恰是要把我当宣传工具，以达到使《人啊，人！》德译本畅销的目的。……② 也是主要的原因，是所谓‘著名汉学家’马汉茂为《人啊，人！》德译本写了一篇‘结束语’，这篇‘结束语’把他在中国所听到的对我的诽谤当做事实加以介绍，而且，这篇结束语竟然与《人啊，人！》的德译本装订成一册发行，这不但侵犯了我的版权而且损害了我的人格。……③ 由这些事情而引起的对于中国文学和文坛的许多思考自然也是叫人不快的。”[1] 德国之行戴厚英的“不配合”引发了不同的声音。《戴厚英全集》收录了两篇具有代表性的文章——朱园的《戴厚英在西德弄巧成拙》[2] 和黄凤祝的《戴厚英有权为自己辩护》。朱园从打造知名度出发，认为戴厚英在国外的多次辩解对自己作品的宣传实属不利，会影响销路；黄凤祝以个人权益为出发点，认为戴厚英是一个有原则的人，她看重事实和个人尊严，不是一个会“为五斗米折腰”的人，她有权为自己发声。

三、戴厚英作品在德国的评价

戴厚英创作《诗人之死》采用的是现实主义手法，而在《人啊，人！》的书写中有意识地进行了突破，不再追求情节的连贯与缜密、描述的具体和细腻，而是采取一切手段表达对“人”的认识和理想，吸收了“意识流”的某些表现方法，如写人物的感觉、幻想、联想和梦境[3]。1987 年 6 月 15 日，阿格内斯·许夫纳在《法兰克福汇报》发文评介戴厚英的《人啊，人！》：“《人啊，人！》是一部反映时代历史的小说，主要描写‘文革’背景下知识分子群体的生活经历。小说人物以对话或独白形式轮番登场，通过对话、神态及心理描写等方式展现人物个性。这种写作方式使历史事件的呈现不再沉重，给读者身临

---

[1] 戴厚英：《戴厚英随笔全编》，广州：暨南大学出版社，1998 年，第 393-394 页。

[2] 戴厚英：《戴厚英随笔全编》，广州：暨南大学出版社，1998 年，第 426-429 页。

[3] 戴厚英：《人啊，人！》，广州：花城出版社，1980 年，第 358 页。

其境的机会，在阅读中直接参与感知人物的命运。”[1]《时代在线》于1987年11月6日刊登彼得·冯·贝克尔的评论文章《黑暗时期后的中国》，文中写道：“《人啊，人！》的创作取材于戴厚英的个人经历，对戴厚英来说是一本理想的自传。书中的女主人公孙悦也是一名大学教师，昔日恋人何荆夫（意指闻捷）创作出一部描写马克思主义与人道主义的政治哲学著作，一时激起争论波澜，在舆论中孙悦越发坚信他们共同追求的目标——人性。在西方读者眼中，戴厚英的语言和创作手法为他们开启了另一文化的窗口。但由于文学作品的翻译很难保持作品的原汁原味，《人啊，人！》德译本还是欠缺了原文的生动性和灵活性。”[2] 比如“游若水”这个名字，他在小说中是一个投机分子式人物，汉语名可以形象表达出他左右逢源的性格，同时饱含幽默感；德译本中，汉语拼音式人名无法传递人物性格，译者嵌入“fließend wie Wasser”（“如水般游走”）加以解释说明，相比之下，幽默感大打折扣[3]。

戴厚英及其作品的巨大争议性一方面将她推向舆论中心，带动了其作品的传播，但另一方面也使国外读者将注意力集中于政治事件与她的个人经历。戴厚英作品在德国的译介和传播是非常有限的，其文学价值有待德国汉学界继续发掘。

李英　文

[1] Agnes Hüfner: Vom Ausmaß der Not, in: *FAZ*, 15.06.1987, S. 30.

[2] Peter V. Becker: *Nach Chinas Sonnenfinsternis*, in: Zeit Online, Nr. 46, 1987. 参见 http://www.zeit.de/1987/46/nach-chinas-sonnenfinsternis/komplettansicht?print.

[3] Vgl. Ylva Monschein: *Dai Houying. Die große Mauer. Roman*, in: *Das Neue China*, Vol. 14, Nr. 3, 1987, S. 43.

第二节　陈丹燕：欧洲视角下的上海书写者

中国当代作家陈丹燕被莫言称为“中国作家中第一个走出国门的背包客”[1]，事实上，陈丹燕的作品比她本人更先走出国门。早在1991年，陈丹燕的第一部中篇小说《女中学生之死》被译成日文，由日本福武书店出版，被日本儿童文学协会选入20世纪最优秀的100部儿童文学作品[2]。1992年，陈丹燕作为访问学者前往德国国际青少年图书馆[3]，这是她的第一次欧洲之旅。1995年，陈丹燕的长篇小说《一个女孩》德文译本问世[4]，也正是这个德文译本为她赢得了国际声誉。中国作家大多是通过英语国家的译介为世界所熟知的，而陈丹燕则是通过德语译介走向世界。

一、《一个女孩》：敲开德语国家的大门

《一个女孩》由德国汉学家芭芭拉·王翻译，译名为《九生》，由瑞士纳格尔金奇出版社出版[5]。《一个女孩》一经出版，迅速在德语国家走红：1995年被德国之声电台评为最佳儿童书，德国《法兰克福汇报》《时代周刊》和瑞士《苏黎世日报》均有好评[6]；1996年作品先后荣获奥地利青少年文学奖[7]、德国青少年文学奖提名[8]和德国青少年评委金色书虫奖[9]；1997年获联合国教科文组

[1] 雪筠、陈殷：《陈丹燕和杭州人分享旅行哲学》，载《浙江画报》2014年第8期，第30页。
[2] 陈丹燕、贾艳文：访谈“作家在线：陈丹燕做客东方网”，东方网，2013年10月14日。
[3] 陈丹燕、贾艳文：访谈“作家在线：陈丹燕做客东方网”，东方网，2013年10月14日。
[4] 陈丹燕、贾艳文：访谈“作家在线：陈丹燕做客东方网”，东方网，2013年10月14日。
[5] Chen Danyan: *Neun Leben*. Übersetzt von Barbara Wang. Nagel & Kimche AG, 1995.
[6] 陈丹燕、贾艳文：访谈“作家在线：陈丹燕做客东方网”，东方网，2003年10月14日。
[7] https://www.hotelwedina.de/literatur/chen-danyan-liest-aus-der-shanghaier-bund/.
[8] https://www.literaturfestival.com/autoren/autoren-2001/chen-danyan.
[9] 陈丹燕、贾艳文：访谈“作家在线：陈丹燕做客东方网”，东方网，2003年10月14日。

织全球青少年倡导宽容文学奖[1]和德国柏林市政府了解外来文化图书特别奖[2]；1998年，《一个女孩》由德国费舍尔少年儿童袖珍图书出版社再版[3]。

《一个女孩》在德语国家一直被视为儿童文学作品，最初作为瑞士少年儿童文学系列“猴面包树”[4]中的一册出版，但德语国家的媒体和读者对《一个女孩》的接受和解读远超出或远异于对一本普通儿童文学作品的接受和解读。德国青少年文学奖评委会的提名理由是：“这部作品记叙了一个年轻女子对‘文革’时期童年生活的回忆，‘文革’摧毁了人们正常的生活秩序，导致人与人之间关系破裂。女孩亲眼看着身边的人一个个消失，看着自己的同学一个个变成狂热的红卫兵，看着自己的家一点点被拆散。在不幸和绝望中，女孩反而变得更加独立，还找到了知心朋友。从一个小女孩的视角出发，陈丹燕成功刻画出‘文革’中那幅人与人之间相互猜疑攻击、整个社会充满压抑气氛的画面。”[5]德国《时代周刊》对《一个女孩》的评价是：“这部作品是对‘底层人民书写的历史’深入人心的见证，它用记忆的碎石构建起一幅清晰的图景，里面有现实也有梦境，有细致入微的观察，也有痛彻心扉的领悟。”[6]

德国最大的网上书店——德国亚马逊网站，也是德国最有影响力的书评网站，一名德国读者给了《一个女孩》四星好评（满分五星），称《一个女孩》是一本“重要的历史教科书”[7]，他在书评里写道：“‘文化大革命’是中国一代人的噩梦……《一个女孩》虽然带有诗意色彩，却是一部自传性作品。书中讲了一个女孩的故事，‘文革’中她是受害者，‘文革’结束后她痛苦地意识到，

[1] https://www.goethe.de/ins/cn/de/kul/mag/20664490.html.

[2] 陈丹燕、贾艳文：访谈“作家在线：陈丹燕做客东方网”，东方网，2003年10月14日。

[3] Chen Danyan: *Neun Leben.* Übersetzt von Barbara Wang. FISCHER Kinder- und Jugendtaschenbuch, 1998.

[4] https://www.baobabbooks.ch/buecher/gesamtverzeichnis_a_z/chen_danyan_neun_leben/.

[5] https://www.jugendliteratur.org/buch/neun-leben-1527-9783312005048/?page_id=1.

[6] https://www.amazon.de/Neun-Leben-Kindheit-Shanghai-Jugendroman/dp/3312005043/ref=sr_1_4?dchild=1&qid=1598683695&refinements=p_27%3AChen+Danyan&s=books&sr=1-4&text=Chen+Danyan.

[7] https://www.amazon.de/Neun-Leben-Eine-Kindheit-Schanghai/dp/3596802156/ref=sr_1_4?dchild=1&qid=1598539742&refinements=p_27%3AChen+Danyan%2Cp_n_feature_three_browse-bin%3A15425222031&rnid=4192708031&s=books&sr=1-4&text=Chen+Danyan.

‘文革’剥夺了她多少机会和希望。这是一本重要的历史教科书，要读懂这本书，需要对毛泽东时代的中国有一定了解。”另一名德国读者给《一个女孩》五星满分好评，他评论道：“这部杰出的作品记叙了作者在‘文革’时期的上海度过的年少时光。陈丹燕运用层出不穷的对比画面，以轻松的笔触描述了女孩三三和她的家庭在‘文革’中的遭遇。”[1]

在德国第二大书评网 Lovelybooks 上，德国读者不仅给了《一个女孩》五星满分好评，还对其进行了详尽解读：“这本书虽然属于少年儿童读物，但其实更适合成人阅读，因为要读懂这本书，需要对中国的‘文化大革命’有一定了解……中国小女孩三三和她的家人生活在上海，‘文革’开始时，她才七岁，刚上小学一年级。三三虽然只是个孩子，却有着超强的理解力和敏锐的观察力，她亲眼看着周围的人一步步‘沉沦’下去，一步步丧失活着的勇气，一步步变得面目全非……”[2]

从上述评论可以看出，无论是德国的官方评委和媒体，还是德国的普通读者，他们实际上都没有把《一个女孩》仅仅当作一部普通的儿童文学作品来解读和评价。虽然主人公是一个孩了，整本书是以一个孩子的口吻讲述，但因为主题是“文化大革命”，这本书在德国人眼中成了“历史教科书”，而这样的“历史”恰恰符合德国人对中国的普遍认知，符合他们“阅读中国”的口味。可以说，《一个女孩》之所以在德国频频获奖和备受追捧，根本不在于它在少年儿童文学领域里的成就，而是因为它披着文学外衣对历史进行的批判，德国人感兴趣的不是小女孩三三，而是透过她和她天真无邪的眼睛看到的既不天真也不无邪的世界。

《一个女孩》虽是一部小说，在德国读者看来三三的原型就是作者陈丹燕本人，书中所讲述的故事就是陈丹燕本人的亲身经历。大部分阅读《一个女孩》的德国读者是成年人，他们不会把它作为儿童文学作品推荐给自己的孩子，他们甚至怀疑孩子是否能读懂这本书。与少年儿童文学相比，他们更倾向于把《一个女

[1] https://www.amazon.de/Neun-Leben-Eine-Kindheit-Schanghai/dp/3596802156/ref=sr_1_4?dchild=1&qid=1598539742&refinements=p_27%3AChen+Danyan%2Cp_n_feature_three_browse-bin%3A15425222031&rnid=4192708031&s=books&sr=1-4&text=Chen+Danyan.

[2] https://www.lovelybooks.de/autor/Barbara-Wang/Neun-Leben-142737390-w/.

孩》归为“历史文学”或“政治文学”，甚至直接归为“历史”或“政治”范畴。正如德国汉学家顾彬所述：“研究中国现当代文学好像基本上都是一种社会学角度，和其他汉学家们一样觉得通过研究中国当代文学可以多了解中国社会，当时研究工作的目的不一定在于文学本身，而是在政治、社会学，文学无所谓。”[1]

二、“上海系列”：欧洲人的回忆录

如果说“文革”是陈丹燕作品在德语国家的“历史符号”，那么“上海”便是陈丹燕作品在德语国家的“地域符号”。

《上海外滩：崛起，沉沦和重生》封面

2003年，陈丹燕的散文集《上海色拉》由瑞士汉学家拉斐尔·凯勒节选翻译，收录于德国记者曼玛琳主编的《陌生人眼中的陌生》[2]。2008年，陈丹燕与奥地利摄影师莉兹·马库兰合作摄影集《上海》（陈丹燕的文字为解说和旁白），由奥地利布兰德斯塔特出版社出版[3]。2014年，陈丹燕的散文集《外滩：影像与传奇》由德国汉学家玛蒂娜·哈斯（中文名：郝慕天）翻译，译名为《上海外滩：崛起，沉沦和重生》，由德国霍勒曼出版社出版[4]。

德国亚马逊网站这样介绍该书：“享誉世界的中国作家陈丹燕，通过对一条街（外

[1] 顾彬：《海外中国当代文学与文学史写作》，载《山西大学学报（哲学社会科学版）》2014年第1期，第30页。
[2] Chen Danyan: Der Shanghaier »Séla« . Übersetzt von Raffael Keller. in: *Das Fremde im Auge des Fremden. Reise in Texten und Fotografien durch China.* Herausgegeben von Margrit Manz. Basel: Literaturhaus 2003, S. 13–14.
[3] Chen Danyan, Lies Marculan: *Shanghai.* Brandstätter Verlag, 2008.
[4] Chen Danyan: *Der Shanghaier Bund: Aufstieg, Fall und Wiedergeburt.* Übersetzt von Martina Hesse. Horlemann Verlag, 2014.

滩）既虚构又真实的叙述，成功刻画出上海（她的故乡）风云变幻的历史……外滩——一个中国文化与欧洲文化相融相克的地方；上海——整个中国的缩影，却在一开始有着完全不一样的际遇。”一名德国读者在亚马逊网站给该书五星满分好评，认为这本书写出了“人们在现在的旅游指南里读不到的东西”，“陈丹燕成功地再现了上海那段刻骨铭心、跌宕起伏的历史”。另一名同样给出满分好评的德国读者评论道：“陈丹燕在这本书中写了上海外滩（Bund），而‘Bund’一词是英国人对当时欧洲人在上海的居住区街道的称呼。上海外滩也因为这个称呼而出名……这本书以外滩为起点，带领读者经历了一次时间旅行……上海外滩，这个曾经西方国家云集的地方，经历了一次又一次历史长河的洗礼。”

德语国家读者之所以喜欢陈丹燕笔下的上海，很大程度上是因为他们看到了他们想看到的上海模样。不管从历史层面还是社会层面，从叙述角度还是叙述情感，陈丹燕笔下的上海符合德语国家读者的阅读期待，符合欧洲人曾经怀有的“上海情怀”，对往日“租界”的“怀旧情绪”，陈丹燕笔下的上海犹如一个在20世纪旅居中国多年的欧洲人记忆中的上海，在乍一看陌生的文字和图像背后透着一种似曾相识的感觉。《上海外滩：崛起，沉沦和重生》出版人贝雅特·霍勒曼评价道：“只有地道的上海风格、上海气质和生命意识，才能产生这样地道的上海书写。”霍勒曼所说的“上海风格和上海气质”也正是大部分欧洲人眼中的“上海风格和上海气质”，他们认为的“地道”，与其说是上海风格和上海气质，不如说是上海残存的欧洲风格和欧洲气质，与其说是正宗的“上海味”，不如说是不那么正宗却让欧洲人喜闻乐见的“欧洲味”，是他们称上海为“东方巴黎”的“巴黎味”。

首先，在历史跨度方面，陈丹燕没有书写整个上海历史，而是选取从“洋泾浜”时代到21世纪初这段特定时期。国内批评者认为她“一厢情愿地将上海的历史上溯到20世纪初，抛弃了被殖民之前的那段历史，又忽略了同时期存在的很多侧面。陈丹燕们所谓的‘寻根’举动，只是将被殖民的旧上海成为上海之‘根’合法化，使得她们心目中的‘旧上海’成为她们历史意识的溯源地，而真正的历史在她们的塑造和梳理中渐渐变得面目模糊”[1]，但这种“寻根”却非常符合德语读者对上海历史的认知，在他们看来，真正意义上的上海历史就是从“洋泾浜”时代开始的。

其次，在主题方面，陈丹燕在她的上海系列作品中主要关注两个时期：租界时期和“文革”时期。在租界时期，上海外滩是不折不扣的欧洲缩影，西方国家云集一个城市，甚至一条街道，比邻而居，这般“盛况”在世界历史上都是绝无仅有的，而陈丹燕笔下的“十里洋场”更是让德语国家读者对大洋彼岸的“欧洲故土”产生了无限怀恋和遐想。在他们看来，租界时期是欧洲人为上海带来“繁荣”，而“文革”时期是中国人在“自我毁灭”。德语国家读者在同情中国人的遭遇时，也哀叹“欧洲故土”的凋零。令他们感到惊喜的是，他们的这些想法在陈丹燕的作品中得到印证，从小说的德语译名“上海外滩：崛起，沉沦和重生”中便可见一斑。

再次，在内容和选材方面，陈丹燕在她的上海系列作品中书写了“人们在现在的旅游指南里读不到的东西”，记叙了很多“历史细节”和小人物的故事，如陈丹燕所言：“在上海的大街小巷，以及日常生活和人群中呈现出的历史细节是怎样的，这是我有兴趣的。”[2]这些小人物没有英雄光环，贫穷落魄，在德语中被称作“苦力（Kuli）”，“与安德烈·马尔罗写作《人的命运》的方式相反，陈丹燕在她的书里除记录名人轶事外，还用了大量篇幅描写中国苦力的命运……她穿插运用多种文学体裁，以清澈的文字凸显事件的张力、人性和政治伦理”。正是这些小人物的故事令德语国家读者津津乐道，因为在他们看来，这些小人物才是真正的上海人，小人物的历史才是真正的上海历史。

最后，在文笔方面，陈丹燕的作品字里行间弥漫着对逝去时光的伤感，人

[1] 金洁明：《“物”的地图·中产阶级想象·镜像中的“上海”——陈丹燕怀旧系列创作分析》，上海大学硕士学位论文，2007年，第42页。

[2] 陈丹燕：《蝴蝶已飞》，杭州：浙江文艺出版社，2012年，第126页。

们打开书页，便被这种伤感所裹挟，“她的文字触动了人的所有感官：人们仿佛又听到昔日上海租界里工地上的嘈杂声，看到英国汽船从大洋远处缓缓驶来，闻到破败不堪的别墅里发出的一股股霉味，体会到 21 世纪现代商业街的熙熙攘攘”[1]。德国汉学家马克·赫尔曼（中文名：马海默）认为陈丹燕的文笔有几分张爱玲的味道，“人的情感世界以及人与自己所处环境的冲突是陈丹燕作品的主题。在陈丹燕笔下，人与自己所处环境的冲突不仅源于社会变迁，也因为人们固守过去的价值观。人们怀念过去，怀念记忆中的世界，但那个世界已经永远消失了。陈丹燕文字中流露的伤感令人不禁想到张爱玲的作品”[2]。

三、他乡亦故乡：陈丹燕的欧洲情结

陈丹燕笔下的上海之所以让德语国家读者感到熟悉和亲切，在一定程度上是因为她笔下的上海是她在欧洲发现的[3]，是她怀着对欧洲的迷恋而写作的，而这种迷恋从她的第一次欧洲之旅开始就再没有停息过。

2003 年，陈丹燕散文集《像鸟儿那样飞过》中的两篇散文由德国汉学家贝亚特·盖斯特翻译，发表在《袖珍汉学》上：《梦中之乡》，德语译名《破碎的梦》[4]；《等待出航》，德语译名《我想，我会回到故乡》[5]。从某种意义上来说，德语译名“我想，我会回到故乡”显得更贴切，因为陈丹燕的确一直把欧洲视为她的“精神家园”或“精神故乡”，“在悠长的欧洲旅行中，随时准备与一流

---

[1] https://www.amazon.de/Shanghaier-Bund-Aufstieg-Fall-Wiedergeburt/dp/3895023620/ref=sr_1_1?dchild=1&qid=1597971206&refinements=p_27%3AChen+Danyan%2Cp_n_feature_three_browse-bin%3A15425222031&rnid=4192708031&s=books&sr=1-1&text=Chen+Danyan.

[2] Marc Hermann, Weiping Huang, Henriette Pleiger, Thomas Zimmer: Geschichte der chinesischen Literatur. *Biographisches Handbuch chinesischer Schriftsteller: Leben und Werke. Band 9*. München: De Gruyter Saur, 1. Auflage, 20. Dezember 2010, S. 26.

[3] 小云、陈丹燕：访谈“移民陈丹燕的上海：带着箱子来，热烈爱世界”，澎湃新闻·澎湃号·湃客，2020 年 8 月 15 日。

[4] Chen Danyan: Zerbrochene Träume. Übersetzt von Beate Geist. in: *minima sinica*. Zeitschrift zum chinesischen Geist. Bonn. 15, 2, 2003. S, 116-132.

[5] Chen Danyan: Ich dachte, ich würde in meine Heimat zurückkehren. Übersetzt von Beate Geist. in: *minima sinica*. Zeitschrift zum chinesischen Geist. Bonn. 1, 2003. S. 127-139.

的大师偶遇：茨威格、但丁、歌德、萨特、加缪、施特劳斯、梵高、克里姆特、安徒生……寻访他们去过的咖啡馆，徜徉在他们走过的街道，观赏他们留在博物馆的人类文明的杰作。陈丹燕深深为欧洲散发出来的古老文化气息所折服，‘把在漫长暗夜里的成长中接触到的欧洲的碎片，一点一滴修补成了一个精神故乡’（《木已成舟》）”[1]。1994年，陈丹燕发表了她的欧洲旅行日记《精神故乡》[2]。

欧洲不仅是陈丹燕的“精神故乡”，也是她“上海书写”的精神源泉。陈丹燕虽然生活在上海，但她对上海的感情一直是游离陌生的[3]，“回想我在上海的生活，总有种浮在水面上的油的感受……没有过真正的对地域的认同，没有归属。”[4]是欧洲，是她在欧洲的经历让她开始关注上海，探索上海，“32岁时，我第一次到欧洲旅行，在德国、法国和奥地利，处处看到上海的影子，处处想起在上海的生活，这是我第一次睁开眼睛看我的文化背景，第一次意识到在我成长的过程中，上海作为我成长的城市，起到的潜移默化的作用”[5]。“我也认为自己走遍世界，并不只是为了看世界，而是为了更好地认识我所居住的城市。如果没有去过欧洲，我不会认识上海。”[6]“所以说，在欧洲的旅行，更多的并不在旅行，而是认识自己的过程，也是认识我所生活的城市的过程。”[7]

自20世纪90年代以来，20多年的旅行岁月，陈丹燕几乎每年都要去一次欧洲[8]，而她本人在欧洲，尤其在德语国家也是颇受青睐的：多次作为访问学者前往欧洲，受邀参加柏林国际文学节，接受德国对华电台NihaoTV专访，接受德国歌德学院访谈，受邀参加德国奥尔登堡举办的“中国年轻人讲述他们

---

[1] 马小康：《我的故乡在远方——浅析陈丹燕欧洲旅行散文系列》，载《大众文艺》2009年第23期，第79页。

[2] 陈丹燕、陈保平：《精神故乡：陈保平陈丹燕散文40篇》，上海：华东师范大学出版社，1995年。

[3] 郭晓敏：《陈丹燕城市书写研究》，湖南大学硕士学位论文，2019年，第37页。

[4] 陈丹燕：《城与人——陈丹燕自述》，载《小说评论》2005年第4期，第18页。

[5] 陈丹燕：《城与人——陈丹燕自述》，载《小说评论》2005年第4期，第18页。

[6] 小云、陈丹燕：访谈“移民陈丹燕的上海：带着箱子来，热烈爱世界”，澎湃新闻·澎湃号·湃客，2020年8月15日。

[7] 陈丹燕：《蝴蝶已飞》，杭州：浙江文艺出版社，2012年，第143页。

[8] 郑重：《〈行走时代〉20年行走，她在欧洲认识上海》，载《钱江晚报》2014年1月12日。

的家乡”座谈会，参加德国汉堡举办的“中国时间——陈丹燕作品朗诵会”，结交德国汉学家芭芭拉·王……陈丹燕大部分上海系列作品也正是在这段时间完成的：从《上海的风花雪月》到《上海的红颜遗事》，从《上海色拉》到《迷失上海》，可以说，没有欧洲之旅，就没有陈丹燕的“上海书写”，没有欧洲，就没有她笔下的“上海”。

概言之，不管是《一个女孩》还是“上海系列”，陈丹燕的作品在德语国家始终没有摆脱被“政治化”或“历史化”的命运，但与其他中国当代作家不同的是，陈丹燕在她的作品中一直有意无意地向西方、向欧洲靠拢，从这个意义上来看，我们只能说德语国家读者过度解读了陈丹燕作品中的“西方成分”或“欧洲成分”。

在德语国家，汉学家郝慕天或许是最理解陈丹燕的人，她说陈丹燕有很多视角：上海人的视角、中国人的视角、亚洲人的视角、西方人的视角，而且都有所不同[1]。如果今后能有更多人认识到这一点，那么陈丹燕作品在德语国家的译介和接受便能前进一大步。

甄江立　文

[1] 小云、陈丹燕：访谈“移民陈丹燕的上海：带着箱子来，热烈爱世界”，澎湃新闻·澎湃号·湃客，2020年8月15日。

第三节　马原：先锋文学在德国的译介与接受

马原，1953年出生于辽宁锦州，曾居西藏、上海，2007年当选上海市作家协会第八届作协理事。马原“是中国先锋派中最早把自涉叙事当作对貌似自足的宏大叙事的反讽分裂引进文学的作家”[1]，被誉为“最早的形式主义小说家”[2]。然而，相较莫言、余华、苏童三位在德国具有较大影响力的先锋作家[3]，无论在译介还是接受方面，马原都相形见绌。

第一位发现马原的德国学者是汉学家顾彬。1987—1988年，顾彬在其参与主编的《龙舟》杂志上相继发表《〈虚构〉导读》（载《龙舟》1987年第1期）和《〈错误〉导读》（载《龙舟》1988年第2期）[4]。后者发表第二年，就有了第一部马原作品译著——贝蒂娜·福格尔翻译的中篇小说《虚构》。这个“在20世纪80年代中期文学‘向内转’的趋向中”“不同寻常的文本”[5]收录于《袖珍汉学》1989年第1期。该杂志2005年第2期推出了另一篇译作：马克·赫尔曼翻译的“显示了马原与现实主义的告别”[6]的短篇小说《拉萨河女神》，赫尔曼在译作脚注中把马原称作“颠覆现实主义叙事传统的先锋文学的开拓者”[7]。另有两篇译作：阿莉塞·格林费尔德翻译的短篇小说《喜马拉雅古歌》和蒂默·艾德米勒翻译的短篇小说《游神》，分别收录于格林费尔德主编的小说集《喜马拉雅：人与神话》和《东亚文学杂志》2007年第1期。

---

[1] 杨小滨：《中国后现代：先锋小说中的精神创伤与反讽》，愚人译，上海：上海三联书店，2013年，第180页。

[2] 杨小滨：《中国后现代：先锋小说中的精神创伤与反讽》，愚人译，上海：上海三联书店，2013年，第165页。

[3] 参见陈民：《苏童在德国的译介与阐释》，载《小说评论》2014年第5期，第13页。

[4] 《〈虚构〉导读》和《〈错误〉导读》系顾彬和他的妻子张穗子 (Suizi Zhang-Kubin) 合作完成。

[5] 陈晓明：《“重复虚构”的秘密——马原的〈虚构〉与博尔赫斯的小说谱系》，载《文艺研究》2010年第10期，第27页。

[6] 何瑛：《“后现代游客”马原与先锋派小说的隐秘起源》，载《中国现代文学研究丛刊》2020年第11期，第66页。

[7] Ma Yuan: Die Göttin des Lhasaflusses, aus dem Chinesischen von Marc Hermann, in: *minima sinica*, Nr. 2, 2005, S. 128.

德国汉学界对马原的阐释始于“先锋文学”“藏地文学”等关键词。马原客居西藏期间，创作出的一系列以西藏为背景的小说，是当时新文学运动最具影响力的作品之一。顾彬在《二十世纪中国文学史》中，援引杨小滨和蔡荣的研究，评价马原是第一个将“元叙事”和“自涉性”引入中国文学的作家，同时肯定了博尔赫斯对马原的影响[1]。

《喜马拉雅：人与神话》封面

以上论述表明，德国学者不再囿于从意识形态角度评判中国文学，而是将其置于世界文学的语境中去审视和解读。然而，马原的“叙事圈套”和形式主义探险，对深谙博尔赫斯式“叙事迷宫”的德国文学研究者而言，并无太多新意和挑战。长期关注西藏和西藏文学的格林费尔德在马原那里看到，“一个汉族人永远无法真正理解西藏文化，也永远不可能成为那里的一分子，无论他有多么渴望”[2]。她同时指出，西藏当代汉语小说在80年代中期达到鼎盛。在马原身边就有一个自发形成的文学沙龙，该沙龙对当地文学发展产生深远影响，吸引作家们——如茨仁唯色、金志国——接连奔赴拉萨。

比古特·黑泽在《进入矛盾：〈收获〉杂志1979—1989年间中国女作家小说研究》中指出，西藏隐喻了一种古老神秘的、有别于儒家或共产主义价值取向的文化。自80年代中期以来，西藏特别受到中国青年作家的青睐[3]。黑泽将马原与他前妻冯丽（笔名：皮皮）的藏地书写进行了比较：

[1] Vgl. Wolfgang Kubin: *Die chinesische Literatur im 20. Jahrhundert.* München: K. G. Saur, 2005, S. 379.

[2] Alice Grünfelder (Hrsg.): *Reise in den Himalaya: Geschichten fürs Handgepäck.* Zürich: Unionsverlag, 2008, S. 251.

[3] Vgl. Birgit Häse: *Einzug in die Ambivalenz: Erzählungen chinesischer Schriftstellerinnen in der Zeitschrift Shouhuo zwischen 1979 und 1989.* Wiesbaden: Harrassowitz Verlag, 2001, S. 156.

马原藏地小说中的第一人称叙事者，以旁观者的身份观察景观和人物，将所见所闻描绘成一种前文明、原生态自然，可以说，马原的第一人称叙事者就是汉民族文明的化身。与此相对，冯丽将对自然与文明之间矛盾的体验移植到女主人公的身上。旅行——想象中的旅行——不过就是一个能使女主人公面对自我的自然一面的外在契机：这一面在被观察的同时，也被体验着……因此，冯丽的叙述关涉的不仅是一个陌生、真实的国度，还有未知、亟待了解的内心世界。[1]

另有学者关注到马原对冯丽的影响。冯丽长篇小说《所谓先生》德文版译者乌尔里希·考茨在其译者弁言中写到，马原将藏传佛教、神秘事件与西方文学形式和叙事技巧进行原创性的拼贴实验。马原的影响和西藏的经历是促使冯丽踏上创作之路的决定性力量[2]。

《从眩晕中醒来？》封面

沉寂20年后，2012年，马原携长篇小说《牛鬼蛇神》重返文坛，再度引起德国媒体的关注。托马斯·齐默尔在爬梳中国恐怖小说的发展脉络时指出，20世纪80年代中期，马原、莫言、余华、苏童等人，为揭示历史真相，探索生命与死亡的意义，在中国传统鬼文化领域进行了革新的冒险。遗憾的是，这场艺术革新不久后就因体制原因销声匿迹[3]。马原新作《牛鬼蛇神》虽

[1] Birgit Häse: *Einzug in die Ambivalenz: Erzählungen chinesischer Schriftstellerinnen in der Zeitschrift Shouhuo zwischen 1979 und 1989*. Wiesbaden: Harrassowitz Verlag, 2001, S. 174.

[2] https://www.ostasien-verlag.de/reihen/reihe-phoenixfeder/rpf/001.html, abgerufen am 7.8.2021.

[3] Vgl. Thomas Zimmer: *Erwachen aus dem Koma? Eine literarische Bestimmung des heutigen Chinas*. Baden-Baden: Tectum Verlag, 2017, S. 349.

然以“文化大革命”为历史背景，但真正要展现的却是对生命、对人性的探讨。这部小说提供了一种新的解读历史的可能性，一种更本真、更生活、更能抵抗遗忘的新视角[1]。

对德国译者和研究者而言，中国当代文学无疑是一片有待开垦的沃土。因内容形式多样，神话与幻想人物辐辏，中国当代文学展现出日趋强大的国际文化竞争力。马原，中国当代文学史上一个绕不开的名字，却仅有一部中篇和三个短篇小说被译成德语出版。马原余下多部作品，如《牛鬼蛇神》《冈底斯的诱惑》《西海的无帆船》，仍有待译介和研究。

张丽　文

[1] Vgl. Thomas Zimmer: *Erwachen aus dem Koma? Eine literarische Bestimmung des heutigen Chinas*. Baden-Baden: Tectum Verlag, 2017, S. 399.

第四节　王安忆作品在德语国家的译介与接受

新时期以降，中国最具国际声望的女作家大抵非王安忆莫属。尽管，她的小说“故事性不强”；全都是“精致的细节描绘与刻画”；“没有杨宪益、戴乃迭的本领，真是无法翻译”[1]，但是，因其在中国当代文坛举足轻重的地位，其作品的海外译介传播，可谓实绩斐然。然而，国内学界对其作品的译介研究却寥寥可数，与同属文坛“第一集团军”的莫言、余华等名家作品的译介研究数量相去甚远。德国作为世界第一翻译出版大国，在译入和译出图书总量上，一直非常可观，“中国当代文学最重要的作家作品几乎全部能有德文译作出版”[2]。而且，德国文学一贯保持庄重的正典叙事传统，对王安忆这样的纯文学作家自然青睐有加。早在 30 多年前，王安忆已获邀作为德国文化名城吕贝克的“驻城作家”，成为新时期中德文学交流史上的先行者。尤为重要的是，王安忆早期的代表性作品在德国几乎是以同传的速度被译介的，且不乏重译和多次出版。因而，王安忆作品在德国的译介自然不容忽视，值得梳理和研究。

王安忆的作品主要以小说集、译文集收录和期刊译文选登的形式在德国译介出版。据统计数据显示，20 世纪 80 年代是王安忆作品德语翻译的高峰，在 1984—1989 年间共有 13 本德语出版物以不同形式发表了《本次列车终点》、《小城之恋》、《小鲍庄》、《锦绣谷之恋》、《荒山之恋》、《流水三十章》（节选）和《新来的教练》等 19 篇 / 次。在 90 年代，有 7 种德语出版物发表了《喜宴》《米尼》《好姆妈、谢伯伯、小妹阿姨和妮妮》和《逐鹿中原》等 9 篇 / 次。在 21 世纪，亦有 4 种德语出版物发表了《遗民》《舞伴》《喜宴》等 6 篇 / 次。统

[1] 谢元振等：《呼唤伟大的文学作品与杰出的翻译（上）——首届中国当代文学翻译高峰论坛纪要》，载《东吴学术》2015 年第 2 期，第 33 页。

[2] 顾彬：《海外中国当代文学与文学史写作》，载《山西大学学报（哲学社会科学版）》2014 年第 1 期，第 27 页。

而观之，王安忆的作品总共有 34 篇 / 次在德国译出，数量非常可观；剔除重译和再版，也有 21 篇，作品数目还是相当可观的。此外，如果加上学术研究、评论推介的文章，译介总数肯定突破 50 篇 / 次，其中包括 2 部专著、4 篇长文专论等。

1984 年，是王安忆作品德语译介的开端。短篇小说《本次列车终点》首次由汉学家莱纳·穆勒翻译，收录于柏林人民与世界出版社的《探险：16 位中国作家》作品集中。年轻的王安忆与玛拉沁夫、冰心、王蒙、茹志鹃、欧阳山、陈国凯、莫应丰、李准、谌容、艾芜、陆文夫、高晓声、汪曾祺、张弦、邓友梅等重量级文学名家携手登陆德国文坛，足见德国翻译家的慧眼独具。1986 年作品集再版，1988 年由德国多罗莫尔出版社购买版权后第三次出版，更名为《大山飨宴》。"这 16 位中国作家的小说让读者形象地概览 40 年代以来中国当代短篇叙事散文和中国生活现状。"主编在封底对书名"探险"做出解释："1957 年，一群青年中国作家自称为'探险者'，热衷于探究现实生活中的积极与消极现象；1976 年后的中国文学重新继承并推进了这一中断多年的势头……个中代表是年轻的王安忆和谌容，她们开始追求自我实现，并以极大的热忱投身于社会经济关系和精神文化氛围的重塑之中。"[1] 该书展示了中国的文学景观和现实生活的复杂层面，备受瞩目。王安忆以自己不俗的文学创作实绩，借势中国文坛的超豪华阵容，令德国文坛印象深刻。

1985 年，《本次列车终点》被艾克·齐沙克重译，收录在拉穆芙出版社的《寒夜号泣：中国当代小说集》[2]（包括京夫、王润滋、高晓声、赵本夫、迟松年、陈国凯、王安忆的作品）。"本书所选八篇小说皆写于 1976 年毛泽

---

[1] Irmtraud Fessen-Henjes, Fritz Gruner, Eva Müller (Hrsg.): *Ein Fest am Dashan. Chinesische Erzählungen*. München: Droemersche Deutsche Verlagsanstalt Th. Knaur Nachf., 1988, S. 329.

[2] Wang Anyi: Die Endstation. Übersetzt von Eike Zschacke. in: Eike Zschacke (Hrsg.): *Das Weinen in der kalten Nacht: Zeitgenössische Erzählungen aus China*. Bornheim: Lamuv-Verlag, 1985, S. 171－214.

《寒夜号泣：中国当代小说集》封面

东逝世及‘四人帮’粉碎之后，以不同方式揭露和批判了新中国当下的社会发展问题，是中国政治和文化生活解放之后新兴文学的典范……本书所收录的各位作者是中国最具名望、也最著名的一批作家……而其中的年轻作家则是新一代中国批判作家的代表。”[1]齐沙克在序言中称赞王安忆“在其短篇小说《本次列车终点》中展现了对上海普通家庭日常生活的洞察……读者从中获得了丰富的信息：严重的住房紧缺、落后的交通设施、择偶问题、下乡知青返城问题、失业、环境污染、当下生活标准……体现了新一代作家的良知和尊严”[2]。

此外，艾克·齐沙克的译本还节选发表在《季节女神》1985 年第 2 期。《季节女神》创刊于 1955 年，作为德国老牌纯文学期刊，专注“文学、艺术和批评”，在译介世界文学新潮作家作品的基础上，也有针对性的高质量学术讨论，深具国际影响；伦敦《泰晤士报》称《季节女神》是德国最具判断力的长寿期刊之一。王安忆的小说被《季节女神》杂志推介，既是肯定，亦是褒奖。

1985 年，对王安忆的德语译介来说，是丰收的一年，也是突破的一年。是年，王安忆终于从名家群体中突围，以独立成书的姿态呈现于德国读者眼前。安娜·安格尔哈特出版了德语小说集《道路：王安忆小说选》，收入了王安忆三篇短篇小说，分别是安德里亚·杜特贝尔格和让·维特翻译的《新

[1] Eike Zschacke (Hrsg.): *Das Weinen in der kalten Nacht: Zeitgenössische Erzählungen aus China*. Bornheim-Merten: Lamuv-Verlag, 1985, S. 2.

[2] Eike Zschacke: Vorwort. in: Eike Zschacke (Hrsg.): *Das Weinen in der kalten Nacht: Zeitgenössische Erzählungen aus China*. Bornheim-Merten: Lamuv-Verlag, 1985, S. 9.

来的教练》、莱纳·海尔曼翻译的《本次列车终点》、艾克·齐沙克翻译的《B 角》。主编为小说集取名《道路》，可谓恰切至极，充分凝练了王安忆小说的“文眼”，“标题中的‘路’并非选自任何一部王安忆的作品。以此为标题是因为小说的重点部分，三篇小说的主人公对中国现实的理解有相同之处：他们按照各自的愿望和目标踏上了一条路，在这条路上，他们看到实现生活意义所在和希望”[1]。《道路》作为德国雅知出版社出版的“中国女性文学”翻译系列丛书之一（该套丛书还包括张辛欣的小说《我们时代的梦》、刘晓庆的自传《我的路》等），力图展示中国女性在新时代的崭新命运。安娜·安格尔哈特在序言中强调：“在中国，女性在文学中占有特殊的一席之地。然而，中国的女性文学直到今日仍很少被译介，也鲜为人知。本文集旨在为弥补这部分翻译作品的缺失而尽绵薄之力，同时也将潜力无限的中国女性文学介绍给大众。此外，由中国女性撰写的文学作品借由自身的感受、想法和视野反映了中国的社会生活，也为读者提供了另一种理解中国社会生活的可能。”[2] 需要特别指出的是，德国雅知出版社甘愿冒着巨大的风险和压力出版《道路》。“自 1984 年 3 月始，我们就在为出版此本王安忆短篇小说集而努力，彼时德国尚未有任何一篇王安忆短篇小说译作。然而在准备过程中，市场上已出版了两个不同译本的《本次列车终点》。但即便如此，我们也没有放弃这一计划。在业内看来，不同译本的重复出版令人遗憾，这是一件同市场利润本位背道而驰的事。但是不同的译本也给读者和专业人士一个进行比较的机会，并应能如我们所愿那般，激发起批判性的讨论并由此提高翻译水平，这一期望也正是中国文学翻译领域的合理诉求。”[3] 据此，足以显示王安

---

[1] Anne Engelhardt, Ng Hong-chiok: Vorwort. in: Anne Engelhardt, Ng Hong-chiok (Hrsg.): *Wege. Erzählungen aus dem chinesischen Alltag.* Bonn: Engelhardt-Ng Verlag, 1985, S. 8.

[2] Anne Engelhardt, Ng Hong-chiok: Vorwort zur Übersetzungsreihe: Chinesische Frauenliteratur. in: Anne Engelhardt, Ng Hong-chiok (Hrsg.): *Wege. Erzählungen aus dem chinesischen Alltag.* Bonn: Engelhardt-Ng Verlag, 1985, S. 4.

[3] Anne Engelhardt, Ng Hong-chiok: Vorwort. in: Anne Engelhardt, Ng Hong-chiok (Hrsg.): *Wege. Erzählungen aus dem chinesischen Alltag.* Bonn: Engelhardt-Ng Verlag, 1985, S. 7.

忆作品在德国文学翻译界已备受瞩目，在一定意义上已被视为中国文学的一个样本。

主编安娜·安格尔哈特能够力排众议，出版王安忆的小说集，是基于对王安忆小说的洞见："我们认为，这本王安忆短篇小说集不应被划入所谓'伤痕文学'的范畴，因为其中没有包含任何狭义上对'文革'的总结。王安忆的短篇小说是从中国日常生活的不同范围出发，对'文革'进行反思。经由巧妙的心理方面的观察，王安忆将普通人的问题、担忧和愿望作为她小说的核心，描写的人物与中国当代文学中常见的形象亦不同，并不是典型的英雄。就此而言，王安忆的作品可以被看成中国文学新现实主义的一种尝试。即使某些地方仍稍显笨拙粗糙，但其写作风格整体而言仍不失趣味，有些地方更充满幽默。"[1]"小说刻画的人物像凸透镜一般，从中展现出中国当代日常生活中生存抗争问题的方方面面。小说中并未给出理想的解决方法，恰是其难能可贵之处，这使得小说备受热议，并引人深思。"[2]作为译者，安娜·安格尔哈特的理解是准确的、恰切的，她读出了王安忆的小说中不仅有令人悲观的"现实主义"，更有给人以力量、信念和不断探索的"浪漫主义"。

同年，达格玛·斯博特翻译了王安忆散文《感受·理解·表达》（刊载于《腔调·文学期刊》1985年第2期），并给予积极评价："通过近年来在其叙事散文作品中对主题朴实的表达，王安忆变现为一位积极的发言人，为中国青年一代发声"，她笔下的人物"代表了许多中国青年人对崭新纯粹关系形式的欲望。以一种平铺直叙的语言，将一切掩饰除去"[3]。汉学家马汉茂也

---

[1] Anne Engelhardt, Ng Hong-chiok: Vorwort. in: Anne Engelhardt, Ng Hong-chiok (Hrsg.): *Wege. Erzählungen aus dem chinesischen Alltag.* Bonn: Engelhardt-Ng Verlag, 1985, S. 7.

[2] Anne Engelhardt, Ng Hong-chiok: Vorwort. in: Anne Engelhardt, Ng Hong-chiok (Hrsg.): *Wege. Erzählungen aus dem chinesischen Alltag.* Bonn: Engelhardt-Ng Verlag, 1985, S. 9.

[3] Wang Any: Fühlen, Verstehen zum Ausdruck, Übersetzt von Dagmar Siebert. in: *Akzente.* Zeitschrift für Literatur. Heft 2, 1985, S. 183.

高度评价了王安忆文学创作的意义及其对中国当代文学史的贡献。“1979 年后出版的中国文学作品是中华人民共和国政府改革开放政策的象征和产物。当下那些活跃的作家以自己的作品吸引了城里城外很大一批读者群。这一时期的作品和 1920—1950 年间产生的民国时期文学也截然不同。”[1]“许多作者不满足于历史角度的表述，转而希望通过某一特定人物的命运来表现新中国的历史。非常年轻的女作家如王安忆、张抗抗甚至有种野心，将典型代表置于历史回顾的焦点之中。”[2]

《七位当代中国女作家作品选》封面

1985 年，《小院琐记》由瓦尔特劳特·保尔萨克斯翻译，收入德文版《七位当代中国女作家作品选》[3]（包括茹志鹃、黄宗英、宗璞、谌容、张洁、张抗抗、王安忆），经由北京外文出版社的努力在慕尼黑结集出版。作品选前言中指出：“虽然女作家在年龄、经历和个人背景方面各不相同，但她们都不约而同地展现出了强烈的社会责任感……女作家在她们的作品中可以毫无顾忌地对爱、社会不公、个人价值、人道主义和其他之前被视为禁忌的主题展开抒写，绝大多数集中讨论‘文革’期间及‘文革’结束后存在着的社会问题。”[4]同时，“七篇小说的写作风格朴实无华而又直截了当。这样的风

[1] Helmut Martin: Zur Einführung. Ein Neuanfang in nur sechs Jahren: 1979–1984. in: *Akzente*. S. 98.

[2] Helmut Martin: Zur Einführung. Ein Neuanfang in nur sechs Jahren: 1979–1984. in: *Akzente*. S. 100.

[3] Waltraut Bauersachs, Jeanette Werning, Hugo-Michael Sum: *Sieben chinesische Schriftstellerinnen der Gegenwart*. Beijing: Verlag für fremdsprachige Literatur, 1985.

[4] Gladys Yang: Vorwort. in: Waltraut Bauersachs, Jeanette Werning, Hugo-Michael Sum: *Sieben chinesische Schriftstellerinnen der Gegenwart*. Beijing: Verlag für fremdsprachige Literatur, 1985, S. 1–2.

《中国妇女：小说集》封面

格很好地展现了中国如今的生活状况和王安忆这一代人的迥异想象”[1]。

同年，北京外文出版社还出版了《小院琐记》德语单行本。短短一年多时间，王安忆作品的德语译介集束性爆发，令德国汉学界为之瞩目。正如卢兹·彼格在《持续着的文学》中写道：“自 1978 年起，中国文学主要表现为短篇小说。但新中国的文学在西方世界一直鲜有人知，也极少被译介。对王安忆的翻译是一个突破和尝试。”[2]

1986 年，由赫尔穆特·黑泽尔翻译并主编的《中国妇女：小说集》收录了 6 篇女性小说，其中包括《小院琐记》。该书封底写道：“在这 6 篇小说中，中国当代女作家直率地、现实地重点探讨了中国妇女的生活。”小说集出版后，引发持续关注，于当年 4 月印刷了第二版。赫尔穆特·黑泽尔在序言中指出：“她们的写作方式别致，蕴含着极大的热忱和真情。这对欧洲的读者而言是一种陌生的敏感情绪”[3]，“使我们有机会从中国女作家们的视角出发，更深层地体会中国日常生活的忧虑和困苦”[4]。特别是“王安忆的《小院琐记》阐释了中国社会各阶层间价值观的差异，而这些不同的价值观不仅仅只是区分开了世代不同，……也是女性笔下的‘解放文学’”[5]。

1987 年 7 月 13 日，《小城之恋》节选翻译刊登于德国《日报》。1988 年，

[1] Waltraut Bauersachs, Jeanette Werning, Hugo-Michael Sum: *Sieben chinesische Schriftstellerinnen der Gegenwart.* Beijing: Verlag für fremdsprachige Literatur, 1985, S. 298.

[2] Lutz Bie: Weiterführende Literatur. in: *Akzente.* Zeitschrift für Literatur. Heft 2, 1985, S. 189.

[3] Helmut Hetzel (Hrsg.): *Frauen in China. Erzählungen.* München: Deutscher Taschenbuch Verlag, 1986, S. 11.

[4] Helmut Hetzel (Hrsg.): *Frauen in China. Erzählungen.* München: Deutscher Taschenbuch Verlag, 1986, S. 13.

[5] Helmut Hetzel (Hrsg.): *Frauen in China. Erzählungen.* München: Deutscher Taschenbuch Verlag, 1986, S. 15.

王安忆的两篇极具代表性的作品《锦绣谷之恋》和《荒山之恋》由德国卡尔·汉瑟出版社出版，取名为《小小的爱情·两部小说》[1]。译者是卡琳·哈赛尔布拉特。王安忆在《旅德散记》中这样描述卡琳："有一双十分严肃的眼睛，她的译笔非常之好。"[2]哈赛尔布拉特则这样形容王安忆："身材高挑，一旦熟悉了周围环境就整装出发；她十分自信，说起话来像机关枪一般语速飞快……如今，王安忆被视作中国年轻一代中最有天赋的女作家之一。"[3]德文版封底这样概括了两部小说："现实生活中女人的力量比男人更为强大，但却无处可证明此种优越，女人唯有与爱为伍。女人渴望男人依赖自己，因为男人的依赖可以丰富她的爱情和生活。出于爱与温柔，女人需要男人的依赖。女人希望男人安心，因为她相信她能够让男人和自己幸福。"[4]王安忆兴奋地描述道："汉瑟出版社是一个历史很久并有实力的大社，自从出版张洁的《沉重的翅膀》获得成功之后，他们便将中国当代文学的翻译出版列入了日程。他们拥有庞大的宣传网络，具有将作家与书推出去的力量。当他们决定出一个作家的一本书，他们就做好了准备，要将这个作家和这本书推上引人注目的位置。我碰巧在了这个位置上，我了解其中的偶然因素，也了解其中商业化的含义。可是，

《小小的爱情》封面

[1] Wang Anyi: Liebe im verwunschenen Tal. Liebe im Schatten des Berges. in: Karin Hasselblatt (Hrsg.): *Kleine Lieben. Zwei Erzählungen*. München: Carl Hanser Verlag, 1988.

[2] 王安忆：《波特哈根海岸》，北京：新星出版社，2013年，第221–222页。

[3] Karin Hasselblatt: Nachbemerkung. in: Karin Hasselblatt (Hrsg.): *Kleine Lieben. Zwei Erzählungen*. München: Carl Hanser Verlag, 1988, S. 266–267.

[4] Wang Anyi: Liebe im verwunschenen Tal. Liebe im Schatten des Berges. in: Karin Hasselblatt (Hrsg.): *Kleine Lieben. Zwei Erzählungen*. München: Carl Hanser Verlag, 1988, Buchdeckel.

我想无论出于什么原因，一个中国的作者，能够在一个世界性的书市上登场，应是一种幸运，至少我将此视作幸运。”[1] 这已经是王安忆三年内在德国出版的第二部小说集。

卡琳·哈赛尔布拉特在《小小的爱情》的后记中客观评价了两篇小说："王安忆笔下人物的失败不是由社会主义的浅滩和激流或是中国社会的特定结构之类的原因引起的，这在纽约、悉尼、加尔各答、开罗或是哈默费斯特，同样也会自然而然发生。人物失败背后的原因几乎与社会秩序的表象形式无关，皆因人类心灵和人们共同生活必然产生的矛盾所致……残忍也是王安忆的主题，残忍不仅主宰了性爱，而且也主宰了所有其他人与人之间的关系。她笔下的人物显得如此的绝望孤寂，就好像每个人都在勉强维持一座孤岛的痛苦存在……残忍、冷酷和孤寂是王安忆文学世界的核心，但其锋芒也没能盖过另一重要主题：女性的力量和坚毅。本书的两篇小说都有力地证明了这一点……两篇小说中的男性角色都是胆怯的男孩或极其无聊的丈夫，相反女性则都是勇敢的母亲、无畏的妻子和果敢的爱人。”[2] 她褒扬了王安忆的文学观："王安忆不过度激进碰触雷区，而是以一个女性的视角探讨在中国现代社会中的青年人问题、返城知青问题、传统相亲介绍的问题和无爱婚姻问题。”[3] 汉学家马汉茂对王安忆的这部小说集厚爱有加，他专门撰文评论道："《锦绣谷之恋》和《荒山之恋》这样的新恋爱故事表现了王安忆在深层次的创作力。王安忆用对于中国读者来说最具挑衅的方式描写了招致灾祸的性关系，或深沉的爱慕与阴郁的婚姻生活之间的冲突——这是一个在中国文学历史上一直被忽略的主题。在这两部短篇小说中，王安忆成功克服了罪恶感，不理会传统道德的约束。1988 年，这两部作品的译本在德国受到积极追捧。然而在中国，王安忆这种冷漠的存在

[1] 王安忆：《波特哈根海岸》，北京：新星出版社，2013 年，第 256 页。

[2] Karin Hasselblatt: Nachbemerkung. in: Karin Hasselblatt (Hrsg.): *Kleine Lieben. Zwei Erzählungen*. München: Carl Hanser Verlag, 1988, S. 265.

[3] Karin Hasselblatt: Nachbemerkung. in: Karin Hasselblatt (Hrsg.): *Kleine Lieben. Zwei Erzählungen*. München: Carl Hanser Verlag, 1988, S. 266.

主义风格却令许多读者惶恐不安，也招致评论家的不满。”[1]

1988年10月，王安忆应邀参加法兰克福国际书展，她在《又旅德国》中感慨道：“德国本来像一个古典的梦，而再次来到德国的旅行使这梦变成了现实。”[2]法兰克福书展隆重推出了《小小的爱情·两部小说》，王安忆回忆：“我将每一个小时接收一位报刊或电台或电视台的采访与摄像。我看见了我的书陈列在书架上，以一幅中国画作封面，题名为‘小小的爱情’，这‘小’的德语的含义有‘非法’‘私情’等内容，其中收集了《荒山之恋》和《锦绣谷之恋》。”[3]对书展上德国读者的热情，王安忆在《波特哈根海岸》中回忆道：“当无数照相机围绕了我，摄像机为我工作，记者静听着我朗诵我的作品并对自己作着解释和表白，我想我是快乐的，我想起了很多事情，其中有一件是八三年在美国，有一个人对我说：中国有什么文学？这时照相机的闪光灯组成一个耀眼辉煌的景象，我觉得自己成了这辉煌的中心。这是转瞬即逝的一刻，可是我想我为这一刻却做了长久的等待……我想我的声音终究是微弱和单薄的，转眼间被浩荡的风声卷没了。汉瑟出版社的经理先生问我：看见你的书在这样多的书里面，你有什么感想？我说，我骄傲。他又问，可是你的书几乎被淹没了啊！我逞强地说：再过几年，或十几年，我要我的书在这里不被淹没。他惊喜地说道：太好了！然后就拥抱了我，而我心中充满了疑虑。”[4]

1988年9月，王安忆的《小鲍庄》选段译文发表于沃尔夫·艾斯曼出版的《文学工作手册：中国特刊》[5]。该中国特刊是“汉堡—中国文学月”专为1988年9月27日至10月3日汉堡德中作家见面会推出的，特刊中包括阿城、

[1] Helmut Martin(Hrsg.): *Bittere Träume. Selbstdarstellungen chinesischer Schriftsteller*. Bonn: Bouvier Verlag 1993, S. 135.

[2] 王安忆：《波特哈根海岸》，北京：新星出版社，2013年，第251页。

[3] 王安忆：《波特哈根海岸》，北京：新星出版社，2013年，第253页。

[4] 王安忆：《波特哈根海岸》，北京：新星出版社，2013年，第256-257页。

[5] Wang Anyi: Das kleine Dorf Bao (Auszug). Übersetzt von Zhang Wei, Wang Bingjun. in: Wolf Eismann (Hrsg.): *Literarisches Arbeitsjournal*. Sonderheft China. Weißenburg: Verlag Karl Pförtner, 1988, S. 17-27.

程乃珊、邓友梅、刘索拉、鲁彦周、王安忆、张洁的叙事散文和北岛、马德胜的诗歌。

与此同时，作为“第一本致力于介绍中国文学与文化界最新发展概貌的德语期刊”——《龙舟：中国现代文学与艺术期刊》1988年第2期集中刊发了卡琳·哈赛尔布拉特翻译的《小城之恋》[1]、访谈《中国当代文学中的爱、性和寻根：王安忆访谈》[2]、评论文章《〈锦绣谷之恋〉的阅读笔记》[3]以及顾彬的《“我生命中的小玫瑰”——相遇王安忆》[4]。《龙舟》1988年第3期继续发表了《荒山之恋》。1988年5月，在“波恩—中国文学月”上，王安忆朗读了《小城之恋》和《荒山之恋》的片段。

1989年，德国汉学研究杂志《袖珍汉学》创刊号上，刊登了顾彬夫妇翻译的王安忆创作谈《〈流水三十章〉随想》[5]。该刊随即对王安忆进行了持续译介和关注，1990年第1期发表了卡琳·哈赛尔布拉特翻译的《好姆妈、谢伯伯、小妹阿姨和妮妮》[6]节选、1990年第2期发表米歇尔·聂黎曦的评论文章《罪孽的种子——杂谈戴厚英、张抗抗和王安忆的作家个性》。

1990年，德国平装出版社的《中国小说集》收录了由安德里亚·杜特贝尔格和让·维特在1985年共同翻译的小说《新来的教练》。主编安德烈娅·沃尔勒评价道：“通过中国文学的文学特质，西方读者可以从中读到中国对人类和自身历史的刻画，而且这种刻画现实且兼具批评性。本书包含从20世纪初到当代的

[1] Wang Anyi: Kleinstadtliebe. Übersetzt von Karin Hasselblatt. in: *Drachenboot.* Zeitschrift für moderne chinesische Literatur und Kunst, 2/1988, S. 5–41.

[2] Karin Hasselblatt: Liebe, Sexualitaet und die Suche nach den Wurzeln in der chinesischen Gegenwartsliteratur. Ein Gespraech mit Wang Anyi. in: *Drachenboot.* Zeitschrift für moderne chinesische Literatur und Kunst, 2/1988, S. 70–73.

[3] Suikzi Zhang-Kubin, Wolfgang Kubin: Lesehinweis auf „Liebe im verwunschenen Tal“. in: *Drachenboot.* Zeitschrift für moderne chinesische Literatur und Kunst, Nr. 2, 1998, S. 89–91.

[4] Wolfgang Kubin: „Die kleine Rose meines Lebens.“ Begegnungen mit Wang Anyi. in: *Drachenboot.* Zeitschrift für moderne chinesische Literatur und Kunst, Nr. 2, 1998, S. 60–69.

[5] Suizi Zhang-Kubin, Wolfgang Kubin: Gedanken zu „Dreißig Kapitel aus einem unwiederbringlichen Leben“. in: *minima sinica*, 1/1989, S. 135–146.

[6] Wang Anyi: Prima Ma, Onkel Xie, Fräulein Mei und Nini. Übersetzt von Karin Hasselblatt. in: *minima sinica*, Nr. 1, 1990, S. 105–139.

文学作品和传记文章。选录作者有现代文学经典巨匠巴金、极具批判性的女作家张洁，还有王安忆。”[1] 同时，该书后记指出：“女性一同主宰了80年代的新批评文学，本书第二部分的三位女作家可谓是其中表率，王安忆是最著名的年轻女作家之一”[2]，“她的小说主题从来都是围绕着女性视角、社会变迁、两性关系以及男女之间新型的交往关系。如今，王安忆是最具个性、最积极的代表之一”[3]。

1991年，卡琳·哈赛尔布拉特翻译的《锦绣谷之恋》节选——题为《似乎只是一场梦》收录在马汉茂和克里斯蒂安娜·哈默尔主编《中国现代作家作品——从改革到流亡》[4] 中。该书翻译了20世纪80年代30位中国作家[5] 的短篇小说、杂文和长篇小说节选，共计33篇，并按照九大主题分类，王安忆、张洁、遇罗锦、残雪的作品被列入“女性：欲望与实验”主题。“80年代，年轻的女作家非常成功，她们不仅触碰了性欲、爱情、伴侣关系等长期被禁忌的话题，而且还致力于全新的、受西方启发的表

《中国现代作家作品——从改革到流亡》封面

[1] Andrea Wörle: Über dieses Buch. in: Andrea Wörle (Hrsg.): *Chinesische Erzählungen.* München: Deutscher Taschenbuch Verlag, 1990, S. 1.

[2] Andrea Wörle: Nachwort. in: Andrea Wörle (Hrsg.): *Chinesische Erzählungen.* München: Deutscher Taschenbuch Verlag, 1990, S. 277.

[3] Andrea Wörle: Nachwort. in: Andrea Wörle (Hrsg.): *Chinesische Erzählungen.* München: Deutscher Taschenbuch Verlag, 1990, S. 298.

[4] Wang Anyi: Als sei es nur ein Traum gewesen. Übersetzt von Karin Hasselbaltt. in: Helmut Martin, Christiane Hammer (Hrsg.): *Die Auflösung der Abteilung für Haarspalterei. Texte moderner chinesischer Autoren. Von den Reformen bis zum Exil.* Reinbek bei Hamburg: Rowohlt Verlag, 1991, S. 195–202.

[5] 全书涉及的三十位作家是：多多、柏杨、古华、冯骥才、宗璞、刘宾雁、汪曾祺、杨绛、刘心武、蒋子龙、北岛、鲁彦周、王蒙、张洁、张辛欣、桑晔、韩少功、钟阿城、李锐、马建、遇罗锦、王安忆、残雪、王若望、巴金、陈若曦、白先勇、吴锦发、李昂、苏晓康。

现方式。”[1] 主编马汉茂在后记《留守在家、流亡梦想与通往对立文化的道路》中写道：“女性文学是由女性撰写并讲述中国妇女面对的首要问题的叙事作品，无疑是当代文学中的核心议题。此核心地位也表现出了女性文学的独特性和高质量，个中代表有遇罗锦的《一个冬天的童话》、张洁的小说《方舟》，以及王安忆和谌容的作品。本书所选王安忆小说《锦绣谷之恋》其中一章，就是关于这一引起极大关注的主题。”[2] 马汉茂、卡尔-因兹·波尔、米夏尔·克鲁格于 1991 年出版的《寻找光明的黑眼睛——80 年代中国作家创作谈》，特别强调了王安忆创作的意义：“这一时期许多作家的写作立场不再仅限于历史角度，转而试图通过特定的个人命运描写来记录中国的历史。年轻女作家如王安忆就在这种历史反思中重点表现出了这般雄心和典型的代表意识。”[3]

1993 年，马汉茂主编的《苦涩的梦：中国作家的自我书写》收录 20 世纪 20 年代至 90 年代的中国 43 位作家的创作谈。他在前言中写道：“有的作家对自己肩负中国新时代独立知识分子之领军人物的身份十分自觉，这类作家自然被优先考虑选入本书中。”[4] 在“反对自我满意：女作家们”的专题章节中，马汉茂选取王安忆和张洁为代表，并翻译王安忆 1986 年 8 月 25 日在上海作的报告《追问审查的勇气或是与自我的对抗》[5]，主要讨论 80 年代文学发展中的新方向和新潮流。“在王安忆 80 年代初叙事散文中探讨的一些主题中，王安忆表现为一位积极的发言人，为中国青年一代发声。近年来她敢于挑战禁忌领域：

---

[1] Wang Anyi: Als sei es nur ein Traum gewesen. Übersetzt von Karin Hasselbaltt. in: Helmut Martin, Christiane Hammer (Hrsg.): *Die Auflösung der Abteilung für Haarspalterei. Texte moderner chinesischer Autoren. Von den Reformen bis zum Exil.* Reinbek bei Hamburg: Rowohlt Verlag, 1991, S. 195.

[2] Helmut Martin, Christiane Hammer (Hrsg.): *Die Auflösung der Abteilung für Haarspalterei. Texte moderner chinesischer Autoren. Von den Reformen bis zum Exil.* Reinbek bei Hamburg: Rowohlt Verlag, 1991, S. 297.

[3] Helmut Martin (Hrsg.): *Schwarze Augen suchen das Licht: Chinesische Schriftsteller der achtziger Jahre.* Bochum: Brockmeyer, 1991, S. 100.

[4] Helmut Martin (Hrsg.): *Bittere Träume. Selbstdarstellungen chinesischer Schriftsteller.* Bonn: Bouvier Verlag, 1993, S. I.

[5] Wang Anyi: Mut zur Überprüfung gefragt oder die Konfrontation mit sich selbst. in: Helmut Martin (Hrsg.): *Bittere Träume. Selbstdarstellungen chinesischer Schriftsteller.* Bonn: Bouvier Verlag, 1993, S. 134–139.

在几部短篇小说中王安忆从弗洛伊德的视角探究被压抑的性欲，描绘现代中国通过肉体吸引确立的恋爱关系。”[1]

1995 年，德国项目出版社出版乌瑞克·索梅克的研究著作《内外世界之间：中国女作家王安忆的叙事文学 1980—1990》[2]，该书旨在研究王安忆创作的发展历程及其各个创作阶段的内容和形式特征。乌瑞克·索梅克将王安忆的创作生涯分为三个阶段：第一阶段，王安忆的早期作品意在对自己早年经历的再加工，如“雯雯小说”系列，以及《本次列车终点》《小院琐记》《B 角》《舞台小世界》《尾声》《墙基》《金灿灿的落叶》《新来的教练》《流逝》《69 届初中生》等；第二阶段，王安忆在“寻根文学”背景下的文学创作，以阐释中国人的文化认同及其对个体自我理解的重要性为第一要务，在内容和形式上有所创新，作品有《大刘庄》《小鲍庄》《海上繁华梦》等；第三阶段，王安忆的写作重在探索人与人之间的关系，其中重点探讨两性关系的话题，作品包括《荒山之恋》《小城之恋》《锦绣谷之恋》《岗上的世纪》《弟兄们》及其 1989 年后创作的短篇小说。作者通过作品分析进一步指出，王安忆的创作发生了两次根本性的转变，且每一次都在主题和形式上展现出新的定位。但这三个阶段又是共通的，那就是王安忆越来越聚焦在人物日常生活的细节上。通过精致描述日常生活和看似微不足道的细节，王安忆设法准确描绘其笔下人物的形象并捕捉小说背景中那种特有的氛围[3]。此外，作者在该书附录翻译了《逐鹿中街》节选[4]。

1997 年，王安忆的小说《米尼》由塞尔维亚·克特兰胡特翻译，取名《两岸之间》[5]出版。顾彬为该书撰写后记，德国的亚洲文化评论网站隆重推

---

[1] Helmut Martin (Hrsg.): *Bittere Träume. Selbstdarstellungen chinesischer Schriftsteller.* Bonn: Bouvier Verlag, 1993, S. 134.

[2] Ulrike Solmecke: *Zwischen äußerer und innerer Welt. Erzählprosa der chinesischen Autorin Wang Anyi 1980－1990.* Dortmund: Projekt-Verlag, 1995.

[3] Ulrike Solmecke: *Zwischen äußerer und innerer Welt. Erzählprosa der chinesischen Autorin Wang Anyi 1980－1990.* Dortmund: Projekt-Verlag, 1995, S. 134－135.

[4] Wang Anyi: Die Fährte. in: *Ulrike Solmecke: Zwischen äußerer und innerer Welt. Erzählprosa der chinesischen Autorin Wang Anyi 1980－1990.* Dortmund: Projekt-Verlag, 1995, S. 137－161.

[5] Wang Anyi: *Zwischen Ufern.* Übersetzt von Silvia Kettelhut. Berlin: Edition q. 1997.

介："《米尼》一书在中国出版时由于书中女主角'米尼'过度自由的行为而引起了严厉的批评。书中的'米尼'虽原本毫无此中意向，但因生活所迫而以偷窃和卖淫为业。这样一个可以激发人们无限想象的角色在书中却几乎没有主动的表达。米尼的生活已固化：一个除了花言巧语之外毫无是处的男人，米尼在精神上依赖他，也不对这一境况进行反思。故事的写作风格十分新颖……王安忆的这本小说是中国文学的重要组成部分，在其中已隐含关于90年代中国社会变革的深层描写。这一点在当时仍被讳言，爱、性和自我意识这类的女性解放话题也还是一个新奇的领域。王安忆引进了一种新的女性生活感触和情绪，由此一炮而红，成了知名的上海女作家，对卫慧等后来者也产生了影响。对中国文学和女性文学特别感兴趣的人而言，王安忆绝对值得一读；相反，对只想听一个有个性的现代绮丽故事的人来说，则会觉得《米尼》十分无聊。"[1] 小说《米尼》销量不错，2002年被再版。

1999年，《东方向》第2期刊登了王安忆的两篇小说译作，由爱娃·里希特翻译的《冷土》[2]、尤利娅·博格曼和芭芭拉·侯斯特翻译的《男人与女人一女人与城市》[3]（节选自《荒山之恋》）。同期刊发了哥廷根大学格尔林德·吉尔德撰写的专论文章《作家王安忆小说中的中国身份认同》，指出："最能触动中国作家的就是文学作品对国人的文化身份认同和特有性格特征的描写。"[4] "王安忆的短篇故事有一种关于中国身份认同的特殊自觉，而且这种自觉不是服务于外部利益。她十分成功地把文学中的身份认同探索与读者需求联系在一起。通过此种方式，王安忆在其小说作品中详尽地表明了中华民族思想中所隐含的东西。"[5] 吉尔德同样将王安忆的作品划分为三个阶段，而且论述各

---

[1] Dragonviews.de: *Kritik zu Wang Anyis „Zwischen Ufern"* http://www.dragonviews.de/kritik/buecher/zwischen-ufern/.

[2] Wang Anyi: Kaltes Land. Übersetzt von Eva Richter. in: *Orietierungen*, 2/1999, S. 81–118.

[3] Wang Anyi: Männer und Frauen — Frauen und Städte. Übersetzt von Julia Bergemann, Barbara Hoster. in: *Orientierungen*, 2/1999, S. 119–127.

[4] Gerlinde Gild: Chinesische Identität in den Erzählungen der Schriftstellerin Wang Anyi. in: *Orientierungen*, 2/2000, S. 99.

[5] Gerlinde Gild: Chinesische Identität in den Erzählungen der Schriftstellerin Wang Anyi. in: *Orientierungen*, 2/2000, S. 103.

阶段核心内容各不相同，并称赞“王安忆富有成效地开创了借助心理描写定义和呈现身份认同的创作手法，其笔下的人物探索在传统和现代之间矛盾突围的一条路径”[1]。

21世纪以来，尽管德国翻译界对中国文学的译介热情降至冰点，但仍保持着对王安忆的适度关注。小说《遗民》[2]由莫妮卡·甘斯保尔翻译，发表在《袖珍汉学》2001年第1期；小说《舞伴》[3]亦由莫妮卡·甘斯保尔翻译，发表在《东方向》2003年第2期。2004年，王安忆的短篇小说《喜宴》[4]被翻译刊登在《东亚文学杂志》上。

顾彬评论道：“王安忆的作品中融合了各种不同的文学思潮和影响，由此她不必被固定在某一单一方向上。但作品背后表现的基本主题几乎都是女性性欲。对王安忆作出公正评价的困难之处在于女作家至今都乐此不疲地把笔下内容当作自传性质的展示。”[5]顾彬多次表达了对王安忆作品的好评，并大胆预测王安忆是下一位中国诺贝尔奖的有力人选[6]。

2010年5月3日至6日，王安忆先后走访埃朗根、沃尔夫斯堡、奥尔登堡、柏林4座德国城市，朗读《启蒙时代》等小说片段，与专家读者见面交流。2012年汉学教授莫妮卡·甘斯保尔出版了《大山峡谷的孩子们：中国当代杂文集》，翻译了11位当代中国作家的25篇杂文，其中收录王安忆的三篇杂文《风筝》《中秋节》《思维》。2014年7月23日，汉堡市文化部和汉堡孔子学院联合为王安忆举办了一场文学之夜，她朗读了小说《长恨歌》片段。7月25日，在中国柏林文化中心，王安忆介绍小说《启蒙时代》并再次朗诵小说《长恨歌》片段。

---

[1] Gerlinde Gild: Chinesische Identität in den Erzählungen der Schriftstellerin Wang Anyi. in: *Orientierungen*, 2/2000, S. 110–111.

[2] Wang Anyi: Überlebende. Übersetzt von Monika Gänßbauer. in: *minima sinica*, 1/2001, S. 92–99.

[3] Wang Anyi: Der Tanzpartner. Übersetzt von Monika Gänßbauer. in: *Orientierungen*, 2/2003, S. 123–132.

[4] Wang Anyi: Geisterhochzeit. Übersetzt von Kathrin Linderer, Jan Reisch, Hans Kühner. in: *Hefte für ostasiatische Literatur*, 36/2004, S. 88–110.

[5] Wolfgang Kubin: *Die chinesische Literatur im 20. Jahrhundert*. München: K. G.Saur, 2005, S. 356.

[6] 潇潇：《诺贝尔奖下的中国文学——潇潇对话顾彬、陈晓明》，载《延河》2013年第1期，第88–106页。

1984—2017 年，王安忆作品在德国的译介总计 51 篇 / 次，具体情况见下图：

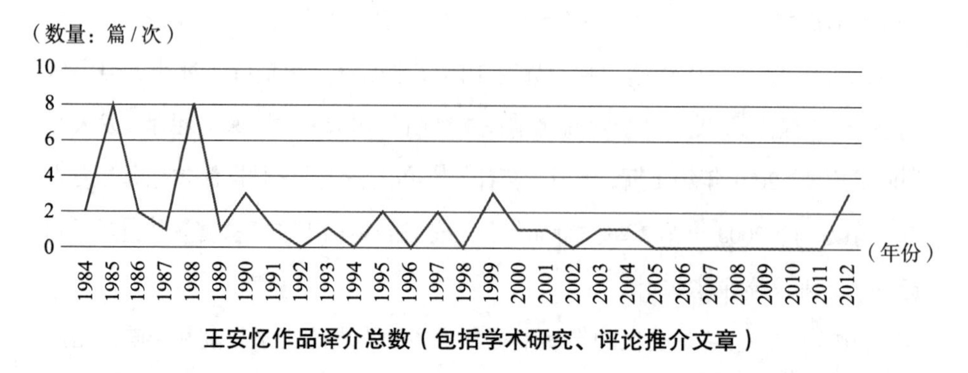

王安忆作品译介总数（包括学术研究、评论推介文章）

如果剔除评论推介文章，28 年间王安忆的文学作品翻译总量为 34 篇 / 次，具体情况见下图：

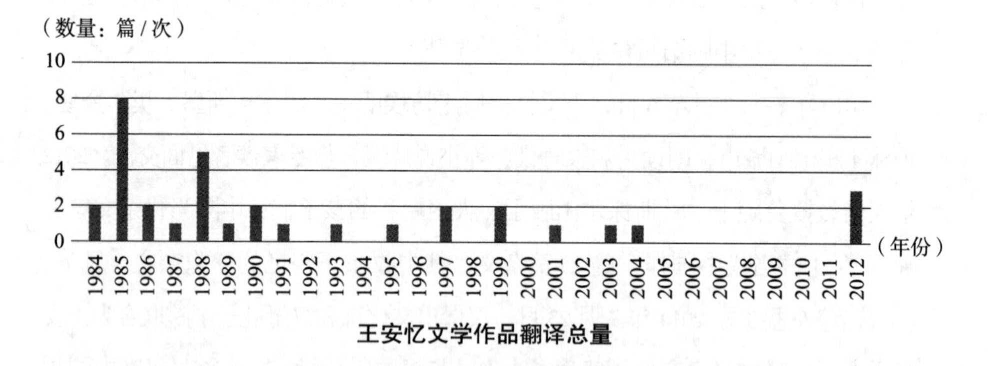

王安忆文学作品翻译总量

以上是对王安忆作品的德语翻译和研究状况所做的较为详尽的梳理。当然，如此罗列介绍显然并不令人满足。这需要我们对王安忆作品的德语译介在定量分析的基础上进一步做定性分析，并与整个中国现当代文学德译的大背景勾连，以王安忆为个案，点面结合，分析和反思译介过程中存在的问题及原因，从而推动中国文学更快地“走出去”，更好地“走进去”，更深地“扎下根”。据笔者爬梳统计，1949—2016 年，中国现当代文学共有 784 篇德语译文 [1]，如果按 50 年

[1] 孙国亮、李斌：《中国现当代文学在德国的译介研究概述》，载《文艺争鸣》2017 年第 10 期，第 104 页。

代、60年代、70年代、80年代、90年代和21世纪六个阶段分布统计，可清晰发现王安忆德译作品的走势和数据变化，恰好与中国现当代文学在德国的整体译介情况相吻合。

1949—2016年中国现当代作家德语译作数量统计

年　代	翻译作品篇数（篇）	年　代	翻译作品篇数（篇）
50年代	15	80年代	396
60年代	8	90年代	274
70年代	13	2000—2016年	78

上表显示，20世纪80年代是德国译介中国现当代文学的高峰期，映射出德国对重开国门的中国充满好奇和期待，文学在此扮演着增进国家、民族和个人之间了解交流的重要角色。最早的德国“驻城作家”王安忆，明显是作为中国女性文学和批判现实主义文学的代表作家被译介到德国的，特别是20世纪80年代，标签尤为鲜明，这一点在前文引述的其作品翻译的译序、后记和推介评论文章中显露无遗。正如德国汉学家雷丹所言：“中华人民共和国于1978年开始改革开放，在德国，公众对于中国的兴趣也随之重新高涨。除了‘中国经济’这个主题，中国的文学也在德国读者中激起了反响。尤其是‘新时期’文学作品在不同的出版社以单行本或者合集的形式出版；与此相应，在80年代中期，翻译作品数量至少在联邦德国达到了新的历史高度。”[1]“由中国作家撰写的文学作品借由自身的感受、想法和视野反映了中国的社会生活，也为德国读者提供了另一种理解中国社会生活的可能。”[2]这也恰好印证了费雷德里克·杰姆逊的“第三世界文学理论”，即“所有第

[1] 雷丹：《对异者的接受还是对自我的观照？——对中国文学作品的德语翻译的历史性量化分析》，载马汉茂等主编：《德国汉学：历史、发展、人物与视角》，郑州：大象出版社，2005年，第648页。

[2] Anne Engelhardt, Ng Hong-chiok: Vorwort. in: Anne Engelhardt, Ng Hong-chiok (Hrsg.): *Wege. Erzählungen aus dem chinesischen Alltag*. Bonn: Engelhardt-Ng Verlag, 1985, S. 4.

三世界的文本均带有寓言性和特殊性，我们应该把这些文本当作民族寓言来阅读”[1]。事实上，80年代早期的中国文学的确存在着政治与艺术、个人与集体、私人经验与民族历史高度杂糅的现象。亲历者莫言坦言：“政治问题、社会问题、历史问题永远是一个作家描写的最主要的一个主题。”[2]有鉴于此，德国对中国现当代文学的译介和研究一开始就在某种程度上偏离了文学审美的轨道，而具有社会科学的特征。对此，安德烈娅·沃尔勒坦言：“自70年代始，越来越多的人可以出于工作或私人原因来访中国并从内部探查它。但要最真正了解一个国家，不仅要去看去观察，还是要去理解这个国家的一切。要建立这种理解就要去阅读那些国家诗人、作家的作品。以此种方式理解中国有困难的地方也有便捷的地方，困难在于语言的障碍，因为大部分的西方读者只能看到翻译文本这一种理解，而便捷的地方则在于可以看到中国文学的特质。此种特质从20年代开始逐步成型，继承了数百年来叙事散文中具有的‘诗歌’和‘随笔’的特点。通过中国文学的文学特质，西方读者可以从中读到中国对于人类和自身历史的刻画，而且这种刻画现实且兼具批评性。”[3]当然，这一“批评性”在很大程度上必然符合德国人对中国的“想象性批评”，而80年代王安忆早期小说，紧扣时代脉搏而创作的一批作品，为德国社会了解中国变革提供了一幅时代跃动图。此外，20世纪七八十年代，西方女性主义文学蔚然成风，王安忆的女作家身份和叙事特征也是德国文学界持续关注的一个不可忽视的重要因素。

进入90年代，中国现当代文学的德语译介呈现明显颓势，王安忆作品的德译也相应地从80年代的19篇／次下降到9篇／次，两个逆转性的因素决定了80年代译介盛世的速衰。一是两德统一，许多大学取消汉学系，“处于私有化过

---

[1] 杰姆逊：《处于跨国资本主义时代中的第三世界文学》，张京媛译，载《当代电影》1989年第6期，第48页。

[2] 莫言：《千言万语何若莫言》，载莫言：《莫言作品精选》，武汉：长江文艺出版社，2013年，第310页。

[3] Andrea Wörle: Über dieses Buch. in: Andrea Wörle (Hrsg.): *Chinesische Erzählungen*. München: Deutscher Taschenbuch Verlag, 1990, S. 1.

程中的出版社和机构无法保证翻译和出版正常进行”[1]，许多与汉学有关的杂志也不得不关停，译介出版阵地陷落。本就不纯粹的文学译介，失去了政治热情和方向指引，汉学家集体“从中国当代文学这一关切现实的汉学研究领域向传统汉学的转向，这与其说是无奈的退回，毋宁说是文化传统影响的符号化过程中对中国当代文学及文化的无从判断”[2]。然而，这一被动转向和无奈退守并没有让德国汉学持守传统，随之而来的是德国汉学传统阵地的沦陷和更为激烈的蜕变。二是德国“学院派汉学转向”——定位于中国语言文学和历史研究的传统“汉学”被着眼于中国当代史的时事政治、经济、商贸的新派“中国学”取代。大学的汉学系纷纷走出象牙塔，变得“经世致用”和“媚俗务实”，更多的汉学家转换角色，成为政府资政、资商的智囊。他们不再通过文学曲折隐晦地“发现”中国，而是直接经由互联网直观介入中国，试图以理性的数据和案例取代感性的文学形象来“深描”中国，“单一的德国汉学传统已不复存在”[3]。这些新变化为21世纪以降中国现当代文学德语译介更加惨淡的窘况埋下了伏笔。

跨入21世纪，王安忆作品在德国的译介只有3篇短篇（其中1篇还是重译）和3篇杂文。与此同时，中国现当代文学的德语译介更是雪上加霜、一落千丈。据“中国主题图书在主要发达国家出版情况的调研”课题组发布的相关权威数据显示：1996—2006年，文学艺术类图书共译介出版了37部，其中纯文学不足10部，尤其是2005年德国从中国总共只引进了9种图书，纯文学类为0[4]。更为窘迫的是，“2004年只有一本中国书被译成德文”[5]。即使莫言获得了诺贝尔文学奖，对中国现当代文学在德国的译介和出版市场也提振不大。德国埃尔朗根—纽伦堡大学图书学系乌苏拉·劳滕堡教授带领

[1] 龙健：《中国文学德语翻译小史：视我所窥永是东方》，载《南方周末》2017年3月30日。

[2] 毕文君：《小说评价范本中的知识结构——以中国八十年代小说的域外解读为例》，载《当代作家评论》2015年第1期，第173页。

[3] 小白：《单一的德国汉学传统已不复存在》，《社会科学报》2011年8月29日。

[4] “中国主题图书在主要发达国家出版情况的调研”课题组：《中国主题图书在德国的出版情况概况》，载《出版广角》2007年第9期，第39-43页。

[5] 高立希：《我的三十年——怎样从事中国当代小说的德译》，载《外语教学理论与实践》2015年第1期，第11页。

团队，通过考察2006—2014年间德国图书出版渠道指出："65%出版过中文图书德语译本的出版社只出版过一本相关图书。"[1]其主要原因在于"中国文学在德国市场上的发展现状并不乐观，基本上没有畅销小说"，因此，"在德国书市出版中国文学作品，出版社恐怕都要赔钱"，即使中国一流的畅销书作家余华、莫言的德译小说也未能幸免[2]。如今，翻译稿酬偏低，致力于纯粹文学翻译的德国汉学家少之又少，"可能只有15个人左右"[3]，这直接导致"中国文学在德难觅，翻译成最大瓶颈"[4]。2014年7月，王安忆在汉堡的《长恨歌》朗诵会，不得不劳驾莫言的"专职"翻译郝慕天代劳，译者认为王安忆选定的第一章第一节《里弄》，若让德国观众只听这个部分，"王安忆非在汉堡栽跟头不可"，"一点情节都没有啊！"因为它太"王安忆"了，密密麻麻全是细节。这也是王安忆最具代表性的长篇小说《长恨歌》《天香》等一直没有德译的主要原因，这同时也削弱了王安忆在德国读者中的知名度和影响力。然而，王安忆对此已经相当释怀，因为写作对她来说，是兴趣和热爱，"我那么苦心经营的汉语书写，希望得到知已来了解，虽然我也很欢迎外国知已，但这很难"[5]。不过，在西方，《长恨歌》的英文版、法文版、西班牙文版，甚至意大利文版都已经上市多年了，德文版还会远吗？

孙国亮、李偲婕　文

---

[1] 劳滕堡、恩格、邱瑞晶：《德国图书市场上的中国形象——与中国相关的德语出版物研究》，载《出版科学》2015年第5期，第84页。

[2] 德国汉学家、翻译家乌尔利克·考茨直言："当代著名作家莫言、余华等人的书更多的是作为文学读物被翻译过去的，而不是畅销书。""余华的书在中国是畅销书，《兄弟》销量非常好。但是在德国，我把余华的《活着》翻译成德文了，但是在我看来不会超过四五千的销量，这在德国来看还是相当不错的，但是还是要赔钱的。"参见李晓：《中国作家在德国没有畅销书》，载《北京晚报》2007年9月5日。

[3] 李晓：《中国作家在德国没有畅销书》，载《北京晚报》2007年9月5日。

[4] 饶博：《中国文学在德难觅，翻译成最大瓶颈》，载《参考消息》2015年3月16日。

[5] 许荻晔：《圈内的共识是"莫言现在蛮苦的"》，载《东方早报》2014年3月12日。

第五节 余秋雨：德国汉学视阈下中华文化的传播使者

余秋雨，现当代艺术理论家、中国文化史学者、散文作家。20世纪80年代后期开始散文创作，在旅途中思索与追寻中华文明与世界历史之精髓。余秋雨的首部文化散文集《文化苦旅》甫一面世，立即引发整个华文世界的阅读热潮。随后出版的《山居笔记》《霜冷长河》《千年一叹》《行者无疆》《借我一生》等历史文化散文不仅深入挖掘出中国历史深厚的文化内涵，更以独创性"文化散文"范式对当代散文进行了一次重要的超越[1]。余秋雨作品长期位居全球华文书排行榜前列，作家白先勇曾评价道："余秋雨先生挖掘到了中华文化的DNA，因此能让全球华人读者莫名地获得普遍感应。"[2]余秋雨作品在华语世界的传播影响力研究成为国内学者关注的焦点，但其作品在英、美、德、法等国家的译介研究在很长一段时间内却寥寥无几。

2000年8月至2001年1月，余秋雨随香港凤凰卫视走遍欧洲26个国家96座城市，以长途旅行的方式考察西方文明，并在此过程中寻找和发现中华文明的优长与缺失。余秋雨一行从意大利出发，经由西班牙、奥地利、捷克，最终行至德国柏林，即刻感受到一种与罗马、巴黎、伦敦全然不同的气息："看不见，摸不着，却是一种足以包围感官的四处弥漫或四处聚合；说不清，道不明，却引起了各国政治家的千言万语或冷然不语……"[3]怀着对柏林城市性格的好奇，作家开启了对德国历史文化的追溯之旅，足迹涉及慕尼黑、波恩、魏玛、海德堡、汉诺威、迈森、科隆等主要城市。《追询德国》《墓地荒荒》《黑白照片》等

[1] 参见冷成金：《论余秋雨散文的文化取向》，载《中国人民大学学报》1995年第3期，第66页。
[2] 余玮：《余秋雨：走得最远的文人》，载《人民日报（海外版）》2007年5月31日。
[3] 余秋雨：《行者无疆》，北京：华艺出版社，2001年，第117页。

14 篇散文作为其德国之行的感悟随笔，收录于 2001 年出版的散文集《行者无疆》。余秋雨在《追询德国》一文中，不仅将柏林与欧洲其他著名城市加以横向对比，并从历史纵向发展层面对柏林城市特性进行寻根究源。其余 13 篇散文以德国之行所到城市为轴，以与城市相关的历史人文为线，从哲学巨擘、大学文化、历史反思、中德建交、文学精英、古典音乐等多个视角全方位呈现德意志文化精神。与其他德国游记所不同的是，余秋雨并非一味钦羡与追慕欧洲文化，而是通过对欧洲文明的考察来反思中华文明和中国文化。当谈及近代社会学巨匠马克斯·韦伯对中国古代社会的专论时，余秋雨对其深入与精妙的解读颇感惊讶，并表示“我们太少在世界视野中审视中国社会和中华文明”[1]。可以说，余秋雨在德国的集中之旅及其对德国文化的全方位反思与文学书写，成为余秋雨作品在德国传播的一个纽带和契机。事实上，德国作为世界第一翻译出版大国，早在 20 世纪 90 年代就已经开始了对余秋雨作品的译介，时至今日，德国已陆续译介余秋雨作品 7 篇 / 部，译文数量虽不及莫言、余华等当代实力派作家，但余秋雨别具一格的文化游记不仅为偏爱严肃文学的德国汉学界注入了一股清新质朴之风，亦为中德文学与文化交流提供了一个全新的文学范本。

一、余秋雨作品在德国的译介

余秋雨作品在德国的译介始于 1997 年，其论文《当代都市文化略论》[2] 被翻译成德语并收录于《袖珍汉学》。这部作品的译介标志着作为戏剧理论家、文化史学家的余秋雨开始进入德国汉学界的研究视野。自 20 世纪 90 年代散文集《文化苦旅》问世以来，余秋雨不仅成为国内读者关注的焦点，其作品中所蕴含的人文精神也吸引了德国学者的目光。据统计数据显示，2001—2011 年，

[1] 余秋雨：《行者无疆》，北京：华艺出版社，2001 年，第 158 页。

[2] Yu Qiuyu: Kleine Theorie der städtischen Gegenwartskultur. Übersetzt von Suizi Zhang-Kubin und Wolfgang Kubin. in: *minima sinica*. 2/1997, S. 158–161.

《文化苦旅》中的多篇散文由德国学者翻译并发表在报刊上。2001 年，《上海人》[1] 由陈韶云（音译）翻译，同张爱玲的《公寓生活记趣》与王安忆的小说《遗民》一起刊登于《袖珍汉学》“暮色中的上海”专栏中。是年，由译者罗斯维塔·贝特翻译的《道士塔》[2] 与德国汉学家福尔克尔·克勒普施教授（中文名：吕福克）翻译的《西湖梦》[3] 刊载于《东亚文学杂志》第 31 期。值得一提的是，吕福克教授根据散文主题别出心裁地甄选出三幅中国明清版画作为译文插图，《西湖全景图》让未曾到过中国的德国读者得以纵览西湖全貌风姿，《法海降伏白蛇》《雷峰夕照》与余秋雨笔下“白娘娘与雷峰塔的较量”交相辉映、相得益彰，这样一种图文并茂的译介，不仅对余秋雨文本的接受起到引导、阐释、补充和形象化的作用，还生动直观地呈现了西湖的地理、历史与风物，对

《西湖全景图》，收录于《天下名山胜概记》，1633 年

---

[1] Yu Qiuyu: Die Shanghaier. Übersetzt von Chen Shaoyun. in: *minima sinica*, Nr. 1, 2001, S. 57−83.

[2] Yu Qiuyu: Die Pagode des daoitischen Mönches. Übersetzt von Roswitha Bethe und Volker Klöpsch. in: *Hefte für ostasiatische Literatur*, Nr. 31, 2001, S. 25−32.

[3] Yu Qiuyu: Träume vom Westsee. Übersetzt von Volker Klöpsch. in: *Hefte für ostasiatische Literatur*, Nr. 31, 2001, S. 33−48.

《法海降伏白蛇》，收录于《西湖佳话古今遗迹》，1892 年

中国的风景名胜及其文化底蕴做了无形的宣传推广。

学术杂志《东方向》于 2006 年登载了科隆大学汉学系学生卡特琳·玛莲娜·奥皮奥翻译的散文《三峡》[1]。瑞士苏黎世大学东亚系现代汉学研究主任、汉学家安德烈亚·里门施尼特（中文名：洪瑞安）在其专著《上帝的狂欢：20 世纪中国神话、现代精神与民族》[2] 中对《道士塔》与《这里真

《雷峰夕照》，收录于《海内奇观》，1603 年

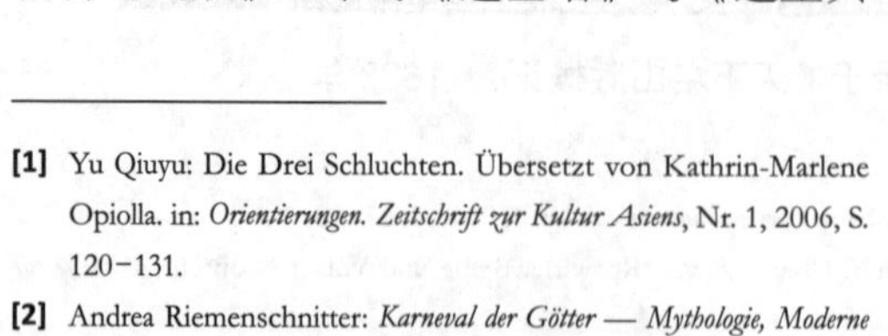

[1] Yu Qiuyu: Die Drei Schluchten. Übersetzt von Kathrin-Marlene Opiolla. in: *Orientierungen. Zeitschrift zur Kultur Asiens*, Nr. 1, 2006, S. 120–131.

[2] Andrea Riemenschnitter: *Karneval der Götter — Mythologie, Moderne und Nation in Chinas 20. Jahrhundert*. Bern: Peter Lang, 2011.

安静》的部分章节进行了翻译。如果说，作为余秋雨海外旅行文字之名篇的《这里真安静》被译介，更多的是因为作品本身的文学价值的话，那么，翻译《三峡》和《道士塔》恐怕并非德国学者的心血来潮，随意为之，而是经过精心选择的。三峡与莫高窟深厚的历史文化底蕴，因余秋雨的妙笔而得以鲜活，又因《三峡》和《道士塔》的译介而得以名扬世界。

除《文化苦旅》中的诸散文被较多地译介之外，余秋雨于2013年创作的品鉴中国文化精粹之作——《极端之美》，因其详述了中国三项“文化极品”：书法、昆曲、普洱茶，而自然而然地进入了对中国传统文化持有浓厚兴趣的德国学者眼中。德国汉学家、《红楼梦》德文全译本译者之一马丁·韦斯勒（中文名：吴漠汀）教授将作品集中的《昆曲纵论》[1]与《书法史述》[2]译成德语，由欧洲大学出版社分别于2018年和2019年付梓出版。这是余秋雨作品首次以

《昆曲纵论》封面　　《书法史述》封面

[1] Yu Qiuyu: *Geschichte der Kalligraphie in Erzählform*. Übersetzt von Martin Woesler. Europäischer Universitätsverlag, 2019.

[2] Yu Qiuyu: *Über die Kun-Oper*. Übersetzt von Martin Woesler. Europäischer Universitätsverlag, 2019.

单行本译著的形式亮相德国，得益于中国文化、文学“走出去”战略的推助。吴漠汀教授在谈及翻译余秋雨散文作品的缘由时说道：“随着这位知名作家、戏剧导演、戏剧研究专家在西方国家的知名度不断提升，越来越多的国外读者愿意选择用母语阅读其作品。他的作品在中国香港、澳门、台湾地区以及新加坡等地都引起了强烈反响，并携手联合国教科文组织登上世界舞台。然而他的译作却鲜为人知。”[1]

二、余秋雨作品在德国的评价

与余秋雨作品在德国的陆续译介相伴随，德国汉学界对余秋雨作品的评判也不一而足。众所周知，近 20 年来，余秋雨作品在国内文学评论界饱受争议，形成所谓的“余秋雨现象”。大部分评论家对余秋雨的文化散文做出肯定性评价，认为其作品“承载了同时代散文无法承担的重大心灵情节”[2]。也有不少评论者从学者散文的角度对余秋雨散文展开严厉批评甚至予以彻底否定。与余秋雨作品在中国文化界所引发的褒贬争议有所不同，德国汉学界对余秋雨作品多持肯定态度，普遍认为其在中国现当代文学中起到了开拓性作用，并认为这种“文化散文”呈现出不同于以往游记作品和一般散文作品的新面貌，为中国现当代散文创作提供了新的典范。

德国汉学家顾彬教授对余秋雨的散文作品给予高度评价：“余秋雨在 20 世纪 90 年代的散文创作使其成为中国现当代文学最具影响力的散文作家。凭借游历各国的切身感悟，通过对中国古代文化的深入思考以及对中国身份、时代精神、生态文明的探讨，余秋雨希图开创一种前所未有的散文类型，即从历史真实中寻觅现实问题的答案。散文集《文化苦旅》与《千年一叹》属于其最重

[1] 来自笔者对译者的采访。

[2] 王安忆：《重大的心灵情节》，载《新民晚报》1993 年 4 月 5 日。

要的作品。”[1] 与顾彬对余秋雨作品所做的宏观性、综合性评析不同，德国汉学家马克·赫尔曼（中文名：马海默）博士对余秋雨的写作风格做出了肯定性评价：“余秋雨的写作风格迥异且富有诗意。作家试图借助散文作品影射当今的现实问题，探寻中国历史与世界历史的某种关联。散文的开放式结局也为读者留下一定的阅读空间。”[2] 奥地利文学评论杂志《桑达米尔》则从创作目标的角度，言简意赅地道出了余秋雨作品之优长：“传承中华民族传统文化精神、汲取古典文学精髓、追求优美的语言表达成为中国现当代散文家与诗人共同的创作目标。这从余秋雨、李存葆、王充闾、梁衡等人的作品中便可管中窥豹。”[3]《西湖梦》的译者吕福克教授着眼于余秋雨作品的批判精神和文体特色，在他看来：“余秋雨对本民族文化具有深刻的认识，他用清醒的批判精神审视并不断质疑过去的陈腐思想。”[4] 吕福克指出，余秋雨的散文作品使中国明朝末年与20世纪二三十年代流行的文体“笔记”和“小品”重新焕发生机。

与莫言、余华等被德国多有译介的小说家有着明显不同，余秋雨在游历行走中寻觅中华文明的历史足迹与中国传统社会文人的人格构成，并在散文创作中将自然山水、历史文化与文化人格融为一体。因此，其作品独有的历史内涵与文化意蕴，自然受到德国读者的接受。比如，瑞士汉学家洪瑞安教授对余秋雨的散文给予较高评价：“《文化苦旅》作为一本畅销书，在中国乃至国际上都引起了巨大反响。《文化苦旅》是一部有关‘寻梦’的散文集。作家一方面在游历中反思中华民族曾经遭遇的屈辱历史，另一方面展现出对中国数千年辉煌文明的浩叹与自豪。”[5] 洪瑞安在另一篇散文《这里真安静》中读出了历史寓

[1] Marc Hermann, Weiping Huang, Henriette Pleiger, Thomas Zimmer: *Biographisches Handbuch chinesischer Schriftsteller. Leben und Werke*. Berlin/New York: De Gruyter Saur, 2011. S. 338.

[2] Marc Hermann, Weiping Huang, Henriette Pleiger, Thomas Zimmer: *Biographisches Handbuch chinesischer Schriftsteller. Leben und Werke*. Berlin/New York: De Gruyter Saur, 2011. S. 338.

[3] *Streifzüge durch die Zeitgenössische Literatur anderer Länder — China*, http://www.sandammeer.at/streifzuge/china2009.htm.

[4] Yu Qiuyu: Träume vom Westsee. Übersetzt von Volker Klöpsch. in: *Hefte für ostasiatische Literatur*, Nr. 31, 2001, S. 48.

[5] Andrea Riemenschnitter: *Karneval der Götter — Mythologie, Moderne und Nation in Chinas 20. Jahrhundert*. Bern: Peter Lang, 2011. S. 182.

意：墓园象征着战争给受害者带来的集体创伤性记忆，“在余秋雨看来，位于新加坡的日本人墓园是真实存在的跨国记忆。信息泛滥、文明消失、空间萎缩导致现代社会中的记忆定位越发困难……余秋雨的作品抢救了珍贵的战争历史记忆”[1]。洪瑞安认为：“余秋雨关注政治世界与自然世界之间的象征性交流，借用山水景观作为展现民族文化传统的镜子，其作品更新了传统的宇宙学话语并为历史学增加了重要的文学补充。”[2]正如余秋雨自己所言：“我发现自己特别想去的地方，总是古代文人留下较深脚印的所在，说明我心底的山水并不完全是自然山水，而是一种‘人文山水’。”[3]

除对余秋雨作品的风格特征、创作目标等进行评析之外，德国评论界对余秋雨为传播中华文化所做出的努力表示肯定。吴漠汀教授评价道：“余秋雨一生坎坷不平，却从未失去对中华民族文化的信心。余秋雨长期以来致力于世界民族文化交流，尝试用中华文明数千年兼收并蓄、博大包容的漫长进程证明塞缪尔·亨廷顿对文明冲突的错误判断。作家在和平理念下传播中华文明，并深知中华文化长寿的奥秘。一个多世纪以来，西方的中国研究者声称中国是落后且静止的。当中国经济驶入高速发展期，西方的中国研究者又预言中国经济濒临崩溃。中国已经用事实证明这些判断完全是荒谬的。余秋雨深知中国稳步向前发展的原因。”[4]2013年，余秋雨在纽约联合国总部大厦演讲时，从文化根源层面对中华文明千年不朽的原因加以总结和阐述，以文化学者的身份发出强有力的“中国声音”。针对国际上风传的“中国威胁论”和“文明冲突论”，余秋雨指出中华文化自古以来的非侵略本性与当今世界差异共存的必要性。

德国对余秋雨作品的研究呈现出如下三个值得注意的特点：其一，就研究

---

[1] Andrea Riemenschnitter: *Karneval der Götter — Mythologie, Moderne und Nation in Chinas 20. Jahrhundert.* Bern: Peter Lang, 2011. S. 180.

[2] Andrea Riemenschnitter: *Karneval der Götter — Mythologie, Moderne und Nation in Chinas 20. Jahrhundert.* Bern: Peter Lang, 2011. S. 182.

[3] 余秋雨：《文化苦旅》，武汉：长江文艺出版社，2017年，第2页。

[4] 引自笔者对译者的采访。

趋势而言，国外学界的余秋雨作品研究尚处于起始阶段，研究时间较短，研究成果也主要以译介为主。其二，国外学者对余秋雨作品的总体评价更多表现出审慎包容的态度，多从正面加以肯定和褒赞。其三，国外学界对余秋雨作品的研究在内容和方法上相对较为单一，更多还停留在单篇文章的译介或某一角度的评析上，缺少大部头文集的整体译介，缺少具有理论深度的全面评析。伴随着文化全球化进程的日益加快，余秋雨散文作品丰富的文化内涵、中国传统人文精神、别具一格的艺术特色，必将引起德国汉学界与文学界越来越多的关注。余秋雨文化散文在德国的推广，也必将为中国向世界展示中华文化独特的历史文化底蕴，为中国文化更好地实施“走出去”战略，提供一种可供选择的文学模式和文化方案。

唐洁　文

第五章
新世纪文学的译介传播

第一节　安妮宝贝：网络文学在德语国家的译介与接受

无论是“美女作家”的横空出世，还是对“70后女作家”的集体命名，现代传播媒介的运用对文学作品的传播和作家群体的影响彰明较著。与卫慧、棉棉通过传统纸质媒介的走红不同，同为70年代出生的女性作家，安妮宝贝则借助网络媒介一举成名。自20世纪90年代以来，随着信息化革命和互联网技术的发展，中国网络文学应运而生，并从一开始便呈现出繁盛的景象。作为中国最早的一批网络作家，安妮宝贝以其独特的叙事角度、独语式的文体风格，吸引了大量读者。她的作品不仅在日、韩、越等亚洲国家及英语世界广为传播，而且也走进了德语国家学者和读者的视野。本节以德国国家图书馆数据信息、德语国家主流报刊上的文献资料为依据，概论安妮宝贝作品在德语国家的译介与评述情况。

一、安妮宝贝作品在德语国家的译介

最早将安妮宝贝作品翻译到德语国家的是德国汉学家弗兰克·迈因斯豪森。2003年，弗兰克·迈因斯豪森翻译并主编的小说集《生活在此时》[1]由德

[1] Frank Meinshausen: Vorwort. in: Frank Meinshausen: *Das Leben ist jetzt. Neue Erzählungen aus China.* Frankfurt: Suhrkamp, 2003. S. 8.

国法兰克福苏尔坎普出版社出版。这部小说集囊括了11位中国年轻作家的11篇短篇小说，安妮宝贝的作品《七年》也被收录其中。弗兰克对“新生代、非传统的中国作家”颇有兴趣，尤其是那些在德国鲜为人知的年轻作家[1]。这部小说集的出版开创了中国网络文学作品的德译先河，以安妮宝贝为代表的网络作家在德语读者中激起反响。德国《法兰克福汇报》评论家艾米·施威格对这部小说集大加赞赏，认为这是一部“具有反抗意味且令人惊讶的崭新的小说集”[2]。《柏林日报》编辑苏珊娜·梅斯默亦感叹这部选集令人着迷，读者能从中了解到一些具有“轰动性的新鲜事”[3]。安妮宝贝在中国居高不下的关注度也促使她从一众年轻作家中脱颖而出，引起德国媒体和学者的关注。《法兰克福汇报》将安妮宝贝视为“中国网络文学的一颗新星”，向公众介绍了安妮宝贝的成长经历与叙事风格，并推介其风行一时的小说集《告别薇安》[4]。

初登德国文坛的安妮宝贝虽引起了一些关注，但其作品的风格主题和讨论热度都远不及同时代作家卫慧、棉棉等人。直到2009年德国法兰克福书展上，安妮宝贝的长篇小说《莲花》入选国家新闻出版总署推荐的作品，其本人作为中国作家代表出席“2009中国主宾国”系列活动，安妮宝贝的作品才再次走进德语读者的视野。德国杂志《出版展望》对这位中国新生代畅销书作家进行了详细介绍，法德公共电视台在新闻报道中称安妮宝贝“可能是当下中国最受欢迎的作家”。汉学家托马斯·齐默尔（中文名：司马涛）在《东方向》上刊文介绍安妮宝贝之于中国网络文学的重要性，并提及其小说集《告别薇安》[5]。同年10月，安妮宝贝出席瑞士中国文学节，并就“网

---

[1] Vgl. Frank Meinshausen: Vorwort. in: Frank Meinshausen: *Das Leben ist jetzt. Neue Erzählungen aus China*. Frankfurt: Suhrkamp, 2003. S. 8.

[2] https://www.perlentaucher.de/buch/frank-meinshausen/das-leben-ist-jetzt.html.

[3] https://www.perlentaucher.de/buch/frank-meinshausen/das-leben-ist-jetzt.html.

[4] Vgl. Zhou Derong: Anna Baby schreibt für die Studenten. Jugend ohne Glauben: Chinas Internet-Literatur hat mir Arbeiter- und Bauern-Dichtung nichts zu tun. in: *FAZ* v. 25. Juni 2003.

[5] Vgl. Thomas Zimmer: Zwischen Buch und Internet. Die Literatur aus der Generation der 80er. in: Berthold Damshäuser/Wolfgang Kubin: *Orientierungen*, Zeitschrift zur Kultur Asiens. Chinesische Gegenwartsliteratur zwischen Plagiat und Markt. Themenheft 2009. S. 59－94.

络时代的爱情”与读者进行座谈。2010 年 10 月，安妮宝贝的长篇小说《莲花·梦中花园》[1] 由安妮·卡塔琳娜·德罗普翻译成德语，刊登在《东亚文学杂志》上。《莲花》是安妮宝贝发表的第三部长篇小说，“被《亚洲周刊》评选为 2006 年十佳小说之一”[2]，这部小说的发行亦标志着她的创作迈入全新阶段。安妮宝贝的创作转向获得德语媒体和学者的认可，但其作品在德语读者中的传播却不尽人意。恰如司马涛所言：“在中国受到喜爱的作家，在德国不见得会受到读者的青睐。”[3] 总体来看，安妮宝贝作品的德译情况欠佳，且译介缺乏持续性。

二、安妮宝贝作品在德语国家的接受

安妮宝贝作为中国新生代女性文学和网络文学先锋作家的代表被译介到德国，整体看来，安妮宝贝作品在德语国家的接受呈现出以下几种倾向：

一是偏爱作品的纪实性和争议性，对其作品进行政治性和社会批评性解读。德国汉学界颇受认可的《中国小说选》的主编安德烈娅·沃尔勒坦言：“通过中国文学的文学特质，西方读者可以从中读到中国对于人类和自身历史的刻画，而且这种刻画现实且兼具批评性。”[4] 德国《法兰克福汇报》便称安妮宝贝是“为学生而写作”，认为以她为代表的中国网络文学与工农阶级诗歌无关，通过她的作品可以了解中国计划生育政策下成长起来的这一代年轻人[5]。德国汉学家弗兰克·迈因斯豪森表示，由于安妮宝贝等年轻作家的创作，使得

---

[1] Anne Baby: Padma — Lotos: Der Traumgarten. Übersetzt von Anne Katharina Drope. in: *HOL* 48, Mai 2010, S. 18–46.

[2] Anne Katharina Drope: *Von Licht und Dunkelheit — Eine Analyse des Romans Padma von Anne Baby unter besonderer Berücksichtigung der Konstruktion von Männlichkeit und Weiblichkeit.* Magisterarbeit im Fach Sinologie, 2010, S. 11.

[3] 托马斯·齐默尔：《中国当代文学在德国》，https://www.360doc.cn/article/8553846_252244152.html.

[4] Andrea Wörle: Über dieses Buch. in: Andrea Wörle (Hg.): *Chinesische Erzählung.* München: Deutscher Taschenbuch Verlag, 1990, S. 1.

[5] Vgl. Zhou Derong: Anna Baby schreibt für die Studenten. Jugend ohne Glauben: Chinas Internet-Literatur hat mir Arbeiter- und Bauern-Dichtung nichts zu tun. in: *FAZ* v. 25. Juni 2003.

“几十年来，中国文学第一次能够打破禁忌，公开处理性问题”[1]。他评述说，从安妮宝贝的小说《七年》里描写的同居现象可以看出，虽然“在中国，即使在大城市未婚同居仍不为人所理解”，但是自20世纪90年代以来，符合公序良俗的同居和性自由也呈现出谨慎的自由化趋势[2]。此外，德语国家也不乏对其作品内容进行过度政治性解读的行为，如瑞士中国文学节期间举办的安妮宝贝读者见面会上，读者追问安妮宝贝为何其长篇小说《莲花》中记载了一段关于西藏的旅程，却对西藏的现实和问题避而不谈[3]，安妮宝贝作答：“西藏只是我这本书的背景”，希望读者能着眼于作品的文学性。但正如德国汉学家高立希所言：“直到今天，在西方人们还是往往带着‘政治眼镜’阅读那些来自中国的文学作品。至于美学标准……在面对中国文学时好像就被降低了。”[4]

二是通过其作品探索网络文学这一新型文化产业形态。在弗兰克·迈因斯豪森看来，中国青年作家“渴望为自己的创作寻求更大的精神自由空间”，20世纪90年代互联网的发展恰好为他们提供了这样相对自由的平台[5]。网络文学的萌芽、发展打破了传统纸质文学形态的藩篱，“很快便受到广泛欢迎”，“互联网上有趣的文本引起了出版商的关注，长期存在的网络作家也不想放弃传统纸质出版物，因此像安妮宝贝……这样声名鹊起的网络作家也实现了向传统纸质出版的转型”[6]。德国汉学家马丁·韦斯勒（中文名：吴漠汀）亦注意到中国这一新型文化产业形态，他认为“中国文坛是网络文学的先

---

[1] Frank Meinshausen: Vorwort. in: Frank Meinshausen: *Das Leben ist jetzt. Neue Erzählungen aus China*. Frankfurt: Suhrkamp 2003. S. 27.

[2] Vgl. Frank Meinshausen: Vorwort. in: Frank Meinshausen: *Das Leben ist jetzt. Neue Erzählungen aus China*. Frankfurt: Suhrkamp 2003. S. 27.

[3] in: SWI. Online verfügbar unter: www.swissinfo.ch/chi/.

[4] 高立希：《我的三十年——怎样从事中国当代小说的德译》，载《外语教学理论与实践》2015年第1期，第8-11页。

[5] Vgl. Frank Meinshausen: Vorwort. in: Frank Meinshausen: *Das Leben ist jetzt. Neue Erzählungen aus China*. Frankfurt: Suhrkamp 2003. S. 17.

[6] Frank Meinshausen: Vorwort. in: Frank Meinshausen: *Das Leben ist jetzt. Neue Erzählungen aus China*. Frankfurt: Suhrkamp 2003. S. 17.

驱”[1]，并将安妮宝贝视为借助网络崭露头角的典型作家，“（安妮宝贝）第一次在互联网写作便建立了粉丝社区，成为一名网络作家，并突然间变成最炙手可热的后起之秀”[2]。汉学家司马涛称赞安妮宝贝在网络文学领域的开创性意义，“无论中国 80 后作家如何娴熟地通过互联网铺设自己的成名之路，他们都不是首批互联网上的中国作家，中国网络文学的开端与安妮宝贝密切相关……她是中国 80 后作家的先行者”[3]。此外，安妮宝贝多次被冠以“畅销书作家”“网络女性作家”等头衔出现在德语国家公众的视野里，而她的作品则作为这一产业形态下的成果被提及。

三是回归文学本身，专注于作品的主题内容和艺术审美。艾米・施威格认为，安妮宝贝等年轻作家“正毫不费力地在后现代主义的键盘上尽情弹奏”，他们的小说“不仅具有黑色存在主义的叹息，还伴随着幽默和讽刺”[4]。弗兰克・迈因斯豪森表示，安妮宝贝的作品侧重于表现现代城市生活中的边缘人物，她善于使用简短而冷静的句子塑造人物故事，刻画出他们“内心孤独、生活漂泊以及缺乏激情的杂糅交织的生命特征”[5]。《法兰克福汇报》在谈及安妮宝贝小说《告别薇安》的语言风格时写道：“她的句子甚至比她的偶像海明威更简短、更果决”，常常打破语法规则，“不使用逗号，却不吝惜句号”[6]。小说《莲花・梦中花园》的译者安妮・卡塔琳娜・德罗普不仅阐释安妮宝贝作品的语言风格与修辞手法，更着重探讨《莲花》中的性别问题，探究小说中男性与

---

[1] Martin Woesler: Online- und Blogliteratur in China. Bestseller und Trends der Gegenwartsliteratur. in: *Dianmo*. Nr. 12. Juli 2011. S. 6–13.

[2] Martin Woesler: Online- und Blogliteratur in China. Bestseller und Trends der Gegenwartsliteratur. in: *Dianmo*. Nr. 12. Juli 2011. S. 6–13.

[3] Thomas Zimmer: Zwischen Buch und Internet. Die Literatur aus der Generation der 80er. in: Berthold Damshäuser/ Wolfgang Kubin: *Orientierungen*. Zeitschrift zur Kultur Asiens. Chinesische Gegenwartsliteratur zwischen Plagiat und Markt. Themenheft 2009. S. 59–94.

[4] https://www.perlentaucher.de/buch/frank-meinshausen/das-leben-ist-jetzt.html.

[5] Anni Baby: Sieben Jahre. in: Frank Meinshausen: *Das Leben ist jetzt. Neue Erzählungen aus China*. Frankfurt: Suhrkamp 2003. S. 27.

[6] Zhou Derong: Anna Baby schreibt für die Studenten. Jugend ohne Glauben: Chinas Internet-Literatur hat mir Arbeiter- und Bauern-Dichtung nichts zu tun. in: *FAZ* v. 25. Juni 2003.

女性身份的构建并对主要人物形象进行分析[1]。瑞士《新苏黎世报》评论家克里斯蒂安·哈默则表示，他对安妮宝贝等人的小说中显露出的社会开放倾向感到高兴，但小说整体的故事性和文学性欠佳[2]。

德语国家对安妮宝贝作品的译介与接受之初虽受意识形态的影响，从“非文学”的起点出发，但并未刻意忽略作品本身的美学价值。安妮宝贝因网络成名，却也备受网络困扰。正如“瑞士资讯”网站上所言：“在文学的道路上，她不仅想摒弃政治的喧嚣，也想拒绝商业的腐化。”[3]此外，“70后女作家”被集体命名和定义后，这不仅限制了对作家写作的个人化理解，也使这一代中的部分作家被遮蔽了[4]，而这种遮蔽或许也是安妮宝贝作品德译传播过程中被边缘化的原因之一。

段亚男　文

---

[1] Vgl. Anne Katharina Drope: *Von Licht und Dunkelheit — Eine Analyse des Romans Padma von Anne Baby unter besonderer Berücksichtigung der Konstruktion von Männlichkeit und Weiblichkeit.* Magisterarbeit im Fach Sinologie, 2010.

[2] https://www.perlentaucher.de/buch/frank-meinshausen/das-leben-ist-jetzt.html.

[3] SWI. Online verfügbar unter: www.swissinfo.ch/chi/.

[4] 参见于文秀：《物化时代的文学生存——70后、80后女作家研究》，北京：中国社会科学出版社，2013年，第98页。

第二节　棉棉在德国的译介与接受

“70后作家”这一概念最早见于南京民间文学刊物《蓝黑》（1996年2月号），首次在文坛的集体亮相则是在1996年《小说界》发起的“70年代以后”专栏，后经1998年《作家》推出的“70年代出生的女作家小说专号”栏目而引发广泛关注，生逢其时的棉棉是“70后作家”的典型代表。

1970年，棉棉生于上海，是在世纪之交中国社会剧变背景下成长起来的一代人，是中国新生代女性文学的代表作家，其作品在德、法、葡、西、意、美等十几个国家出版。棉棉的写作特点及其作品的主题内容有悖于传统文学，因此她的作品一经付梓，争议便如影随行。本节通过梳理棉棉作品在德国的译介历程，概论其作品在德国的接受情况。

一、棉棉作品在德国的译介

棉棉作品在德国的译介始于2000年，德国汉学家卡琳·哈塞尔布拉特将棉棉的处女作《啦啦啦》译成德语，由德国科隆基彭霍伊尔-维驰出版社出版；德译本《啦啦啦》还收录了棉棉三篇具有自传色彩的小说《一个矫揉造作的晚上》《盐酸情人》《九个目标的欲望》[1]，展现了世纪之交中国青年亚文化的时代特征。棉棉作品在美学和艺术上标新立异，吸引了大量德国读者的关注，获得不俗反响，成为“德国图书市场的畅销书”[2]。

90年代末中国文坛棉棉和卫慧的抄袭纷争，引起德国学者和媒体的关注，

---

[1] Mian Mian: *La la la*. übersetzt von Karin Hasselblatt. Köln: Kiepenheuer & Witsch 2000.

[2] Lina Li: *Chinesische Gegenwartsliteratur in Deutschland*. Unveröffentlichte Dissertation, Boon, 2019, S. 37.

德国《焦点在线》杂志顺势发起“谁是真正的上海女皇？”[1]的讨论，一定程度上增加了棉棉在德国的曝光度，激发德国学者和读者对这位中国新生代女作家的好奇。据不完全统计，棉棉作品《啦啦啦》在德国一经发行便售出 53 000 余本。

《啦啦啦》封面

2002 年，德国《明镜》周刊评论家菲奥娜·埃勒斯在书评《迷茫的权利》中，将棉棉誉为“上海夜生活的记录者”“亚文化之王”，并介绍了由上海青年导演程裕苏导演、棉棉参演的电影《我们害怕》[2]；影片改编自 1998 年棉棉出版的同名小说《我们害怕》，展现了生活在现代化大都市上海的这群亚文化青年的生活状态。这部影片作为观摩影片参加了柏林、伦敦、洛杉矶等 20 多个电影节，斩获温哥华电影节“龙虎奖”的荣誉。

2004 年，棉棉的代表作《糖》在德国面世，该作由卡琳·哈塞尔布拉特翻译，德国科隆基彭霍伊尔-维驰出版社出版[3]；德文版本在原著基础上进行了扩展和编写，囊括棉棉自 1994—1998 年创作的 8 篇短篇小说，译著书名并未沿用原著，而是选用小说《你的黑夜，我的白天》的题目作为小说集书名。编者在前言中谈及小说集《你的黑夜，我的白天》的艺术手法和主题内容时，对棉棉颇为赞许：“简洁、清晰，同时充满一种无尽的渴望，这位上海人诉说着对生命和爱的渴望”[4]，肯定了棉棉作品彰显的青年亚文化意识和青年亚文化特质。德国

[1] Welche ist die wahre Königin von Shanghai? in: *Focus-Online*, 13.11.2013. Online verfügbar unter: https://m.focus.de/panorama/boulevard/boulevard-welche-ist-die-wahre-koenigin-von-shanghai_aid_191568.html.

[2] Ehlers Fiona: Das Recht auf Rausch. Jung, reich und häufig depressiv: Mian Mian, die Chronistin des chinesischen Undergrounds, schreibt über Jugendliche in Shanghai. Sie muss selbst noch lernen, frei zu sein. in: *Der Spiegel*, 09.12.2002, S. 148.

[3] Mian Mian: *Deine Nacht, mein Tag*, übersetzt von Karin Hasselblatt. Köln: Kiepenheuer & Witsch, 2004.

[4] Mian Mian: *Deine Nacht, mein Tag*, übersetzt von Karin Hasselblatt. Vorwort. Köln: Kiepenheuer & Witsch, 2004.

女性杂志《布里吉特》、《明镜》周刊、《柏林日报》等老牌报刊皆就该小说发表评论。正值《你的黑夜，我的白天》在德国出版之际，棉棉初次前往德国，连续在法兰克福、哥廷根、柏林、汉诺威、汉堡、慕尼黑和科隆举办巡回朗诵会，德国多家报刊、网络媒体对其进行采访报道。这部小说在德国首次印刷三万本，两次再版，成为中国青年文学在德国传播的经典。德国作家韦雷娜·卡尔慨叹，“尽管存在‘文化时差’，但这位令人捉摸不透的作家创作的故事在海外广受欢迎”[1]。由此可见，小说集《你的黑夜，我的白天》在德国获得热切关注和良好口碑，奠定了棉棉作品在德国作为中国青年亚文化的标识性存在，棉棉也被视为中国青年亚文化的见证者和书写者，德国出版界甚至评论她是中国最新亚文化写作的“文学女皇”。

《你的黑夜，我的白天》封面

基于小说集《你的黑夜，我的白天》的不俗反响，2009年基彭霍伊尔-维驰出版社继《啦啦啦》和《你的黑夜，我的白天》后，再次推出棉棉的小说《熊猫》，由德国汉学家马丁·韦斯勒（中文名：吴漠汀）译成德语。编者在前言中写道：“棉棉以微微柔和且忧郁的笔触，描绘了既渴望爱情又担心恋爱风险的这一代人的图景”[2]，肯定了棉棉作品的代表性。评论家约格·霍利德在《焦点在线》发文概述《熊猫》的故事内容与影响，记录他与棉棉在德国的会面，“直接、坦率、

[1] Verena Carl: Schriftstellerin Mian Mian: Kulturrevolution im Stundenhotel. in: *Spiegel-Online*, 11.18.2004. Online verfügbar unter: https://www.spiegel.de/kultur/literatur/schriftstellerin-mian-mian-kulturrevolution-im-stundenhotel-a-328342.html.

[2] Mian Mian: *Panda Sex*, übersetzt von Martin Woesler. Vorwort. Köln: Kiepenheuer & Witsch, 2009.

震撼”[1]，这位年轻的中国作家给霍利德留下了深刻印象。同年，在法兰克福国际书展上，中国作为主宾国主办了一场主题为“全球一体化中文学的独创性和融合性”的研讨活动，与会期间，汉学家吴漠汀特地推介了中国古典文学经典《红楼梦》和当代文学作品《熊猫》，借此机会让德国读者了解“中国文学的丰富多彩和多元性”[2]。2010年，由吴漠汀主编的《中国文学作品德译版》由欧洲大学出版社出版，文章《地下文学——棉棉的〈熊猫〉》详尽阐述《熊猫》德译本的主题内容和艺术手法[3]。

二、棉棉作品在德国的接受

棉棉作品具有一种非主流、非正统的艺术新质，呈现出全球化文化背景下青年亚文化承载的现代与后现代混搭的病态颓废的美学风格[4]，她“以一种令人着迷且开诚布公的方式诉说着谎言、忍耐和绝望”[5]。棉棉作品极富青年亚文化特色，被视为当代中国青年亚文化代表声音，她笔下的都市夜生活与传统城市文化大相径庭，她笔下的人物行为与主流价值取向截然相反，她笔下的社会圈子与主流社会保持着泾渭分明的界限，而这一切恰好满足了西方读者对东方文明，亦是对中国文化的好奇。研究表明，在中国当代文学中，以20世纪社会变化或当今中国现实为主题的文学，以及在特定时代中反映中国人生活和灵魂的作品最容易受到德国读者的青睐[6]。棉棉作品中呈现出的

---

[1] Jörg Rohleder: Au wei, Shanghai. Skandalautorin, zensierte Kulturikone und Stimme des jungen China: Mian Mian und ihr Buch „Panda Sex“. in: *Focus-Online*, 18.05.2009. Online verfügbar unter: https://www.focus.de/auto/neuheiten/pop-literatur-au-wei-shanghai_aid_208634.html.

[2] 龙健：《中国当代文学何时能成为世界文学？专访〈红楼梦〉德语译者吴漠汀》，载《南方周末》2017年6月8日。

[3] Woesler Martin: Underground-Literatur: Mian Mians Panda Sex. in: Martin Woesler (Hg.): *Chinesische Literatur in deutscher Übersetzung*. China Ehrengast der Frankfurter Buchmesse 2009. Symposiumsband. Symposium an der Hochschule für Angewandte Sprachen, SDI München 27.06.2009. Bochum: Europäischer Universitätsverlag, 2010, S. 119－136.

[4] 参见于文秀：《文学摇滚与伤花怒放——“70后”女作家棉棉小说评析》，载《文艺评论》2014年第1期，第98页。

[5] Mian Mian: *Deine Nacht, mein Tag*, übersetzt von Karin Hasselblatt. Vorwort. Köln: Kiepenheuer & Witsch, 2004.

[6] Vgl. Lina Li: *Chinesische Gegenwartsliteratur in Deutschland*. Unveröffentliche Dissertation, Boon, 2019, S. 38.

“另类”主题内容成为西方读者关注这位新生代中国女作家的敲门砖。

（一）消费社会下的都市文化——“另类”上海

汉学家吴漠汀在《地下文学：棉棉的〈熊猫〉》一文中写道：“棉棉是上海的一个产物，与此同时，上海也是棉棉笔下的一个产物。”[1]棉棉以其独特的成长经历展现了20世纪末另类的上海生活。对于西方读者而言，棉棉作品中的上海陌生且另类，甚至颠覆了他们对中国的固有印象。德国《青年世界报》评论家安娜·杜曼格在书评《彩虹地狱》中强调：“棉棉描写的中国不是（人们固有印象中的）中国，不是贫穷落后和遭受生态灾难的土地，不是仅有工人和农民的国度，她笔下的人物对这些毫无兴趣。”[2]在棉棉作品中，上海作为中国的金融中心，充斥着消费社会的符号，棉棉用消费时代产生的“时髦”元素书写着“另类”的上海形象。无论是德国《明镜》周刊评价“棉棉是上海夜生活的编年史家”[3]，抑或是德国广播电台“德国之声”称道“棉棉是上海的宝贝”[4]，皆肯定了棉棉对上海这座现代化大都市多元、立体形象的塑造。德国《世界报》评论家索伦·基特尔在有关小说《熊猫》的书评里写到，棉棉偏爱通过小说中塑造的角色表达对上海的看法[5]。评论家彼得·科勒则在《柏林日报》刊文称赞棉棉从内部描写城市边缘人视角下的上海，让德国读者认识到繁华都市背景下的“另类”上海。汉学家吴漠汀亦感叹道：“几乎没有其他作家像棉棉在《熊猫》中那样形容这座城市，在她的描述中，上海唤醒了自己的生

[1] Martin Woesler: Underground-Literatur: Mian Mians Panda Sex. in: Martin Woesler (Hg.): *Chinesische Literatur in deutscher Übersetzung.* China Ehrengast der Frankfurter Buchmesse 2009. Symposiumsband. Symposium an der Hochschule für Angewandte Sprachen, SDI München 27.06.2009. Bochum: Europäischer Universitätsverlag, 2010, S. 133.

[2] Anna Dumange: Schillernde Hölle. Mian Mian erzählt vom Schanghaier Nachtleben zwischen Sex, Partys und Beerdigungen. in: *Junge Welt*, 05.01.2010, S. 13.

[3] Ehlers Fiona: Das Recht auf Rausch. Jung, reich und häufig depressiv: Mian Mian, die Chronistin des chinesischen Undergrounds, schreibt über Jugendliche in Shanghai. Sie muss selbst noch lernen, frei zu sein. in: *Der Spiegel*, 09.12.2002, S. 148.

[4] Chun Cui: Chronistin des Nachtlebens. in: *Deutsche Welle*, 25.01.2005. Online verfügbar unter: https://p.dw.com/p/5j96.

[5] Vgl. Sören Kittel: Eine Reise durch China in fünf Bücher: Getrieben vom Exzess. in: *Die Welt*, 11.10.2009. Online verfügbar unter: https://www.welt.de/104735796.

活和意识。”[1] 诚如棉棉在电影《我们害怕》片尾独白所言：“上海很容易给人造成一种感觉，让你以为在这里可以实现所有的梦想。其实，也许你很快会被消灭，或者迅速被同化，成为上海的一部分而没有了自己。”

（二）都市镜像下的心灵投射——“另类”青年

棉棉在小说中所表明的生活态度和人生价值深受半个世纪前西方社会“垮掉的一代”的影响。“垮掉的一代”以粗俗的言行、狂野的摇滚乐等，反抗当时的主流社会和工业文明，而这些叛逆的行为，在棉棉笔下的人物身上都一一得以实践[2]。这一点从棉棉接受“德国之声”的专访中侧面得到了证实，她谈到在德国朗诵会上的感受时表示：“他们都感到非常惊讶，在我的书里找到了很多共同的东西。”棉棉在作品中刻画了边缘青年亚文化群的生存图景，他们与主流社会的青年群体截然相反。

在《啦啦啦》德译本出版之际，《明镜》周刊发文强调棉棉的小说具有不同于中国传统文学作品的另类视角与新鲜题材：“在她的短篇小说中，展现了游走在集体之外的边缘人物的价值”，呈现出一群年轻人“失控下的自由、令人陶醉的夜晚和陷入毒品的苦难”[3]，具有一种强烈的“异质性”，抵抗各种界限和禁忌，制造出一种与主流社会完全不同的文化景观与生活方式。苏珊娜·梅斯默在德国《西塞罗在线》杂志发文，对棉棉作品的大胆、真实不吝赞美之词：她“不想成为沉默寡言的观察者，而是作为其笔下疯狂现实世界中的参与者。”[4] 正如棉

---

[1] Martin Woesler: Underground-Literatur: Mian Mians Panda Sex. in: Martin Woesler (Hg.): *Chinesische Literatur in deutscher Übersetzung*. China Ehrengast der Frankfurter Buchmesse 2009. Symposiumsband. Symposium an der Hochschule für Angewandte Sprachen, SDI München 27.06.2009. Bochum: Europäischer Universitätsverlag, 2010, S. 133.

[2] 参见于文秀：《文学摇滚与伤花怒放——“70 后”女作家棉棉小说评析》，载《文艺评论》2014 年第 1 期，第 98 页。

[3] Fiona Ehlers: China hat den Kapitalismus entdeckt — und die jungen Pop-Literatinnen. Eine ehemalige Drogenabhängige ist die begabteste unter ihnen: Mianmian. in: *Kulturspiegel* 11, November 2000, S. 56.

[4] Messmer Susanne: Neues China. Revolution der nackten Tatsachen. Die neue chinesische Literatur, ihre Autoren, Verleger und Leser. Eine Erkundungstour. in: *Cicero-Online*. Online verfügbar unter: https://www.cicero.de/kultur/revolution-der-nackten-tatsachen/45340.

棉所说："我残酷的青春使我热爱所有被蹂躏的灵魂，我为此而写作。"[1]

虽然西方大多数主流媒体认为棉棉的作品敢于打破禁忌，是值得赞赏的文学革新，《明镜》周刊更是毫不吝啬称赞棉棉为"最有天赋的年轻作家"[2]，但是在德国，她的作品也受到一些争议和批评。德国汉学家卢茨·比格形容棉棉的小说"绝对糟糕！"，"只代表一小部分社会边缘状态"，"90% 的中国人生活中担心的都是别的一些问题"。诚然，棉棉并不代表主流，对此她本人也有着清醒的认知和明确的目的，"我通过一个很个人的镜子反射出……这群本来就不怎么多的人的亚文化"，"我更多想表现出一种我所代表的价值观和整体的情怀"[3]。

（三）病态混搭下的智性表达——"另类"审美

（1）激进明快与惨烈诗意。棉棉对青年亚文化的描写和表现，主要通过音乐、青春、成长、爱情、性、人生的意义等元素展现出来。尤其在摇滚乐与迷惘青年的人生变奏中，透射着棉棉笔下人物青春人生的执迷与对意义追求的执着[4]。音乐，更确切地说是摇滚乐，在棉棉的作品中扮演着举足轻重的角色。吴漠汀认为："实际上棉棉属于中国第一代摇滚乐音乐人和群众狂欢派对的发起人"，她最爱的两样标志性东西便是"音乐和性"[5]。棉棉曾表示："我的生命中可以不写作，但绝对不能听不到音乐，音乐在我的生活中就像空气、血液那样重要。音乐带着启示和安慰的力量，音乐给了我一个完美的世界，它对我的生活有拯救性。"[6] 她笔下的人物故事或多或少

---

[1] 陆梅：《70 年代出生的女作家登上文坛》，载中国社会科学院文学研究所《中国文学年鉴》编辑委员会编：《中国文学年鉴 1999—2000》，北京：作家出版社，2002 年，第 202 页。

[2] Fiona Ehlers: China hat den Kapitalismus entdeckt — und die jungen Pop-Literatinnen. Eine ehemalige Drogenabhängige ist die begabteste unter ihnen: Mianmian. in: *Kulturspiegel* 11, November 2000, S. 56.

[3] 棉棉、木叶：《我希望自己可以越来越光明》，载《上海文化》2010 年第 6 期，第 136 页。

[4] 参见于文秀：《文学摇滚与伤花怒放——"70 后"女作家棉棉小说评析》，载《文艺评论》2014 年第 1 期，第 99 页。

[5] Martin Woesler: Underground-Literatur: Mian Mians Panda Sex. in: Martin Woesler (Hg.): *Chinesische Literatur in deutscher Übersetzung.* China Ehrengast der Frankfurter Buchmesse 2009. Symposiumsband. Symposium an der Hochschule für Angewandte Sprachen, SDI München 27.06.2009. Bochum: Europäischer Universitätsverlag, 2010, S. 123.

[6] 棉棉：《关于文学、音乐和生活》，载张英：《网上寻欢——前卫作家访谈录》，吉林：时代文艺出版社，2002 年，第 294-295 页。

都与音乐相关，她的故事从内容到文字风格无一不受摇滚乐的影响。德国《城市杂志》评价棉棉的创作："粗糙而温柔，冷静而激情，宁静而梦幻，总是很强烈。"[1] 这种自由、强烈、狂野的摇滚乐融合在文字中，幻化出一种别样的惨烈诗意。德国女性杂志《布里吉特》认为棉棉"直言不讳地诉说着谎言和绝望，但这些故事在她的笔下却轻柔如风"[2]。韦雷娜·卡尔对棉棉的写作技巧赞赏有加："她的风格充满悲观厌世和冷漠消极，在诗意的瞬间和日记性散文之间波动不定。"[3]《明镜》周刊评论家菲奥娜·埃勒斯同样赞叹："棉棉……绝对坦率，保持冷漠的距离讲述所有的故事，但字里行间却充满了中国传统诗歌的诗性温柔。"[4] 德国巴伐利亚州电台则强调棉棉文字的寓意深长："她的语言言简意赅、客观冷静，与此同时这种具有共情能力的语言并没有仅停留在文字表面，而是深入她笔下的人物之中。"[5]

（2）感性特质与理性反思。世纪之交的中国女性文学以爱情、日常生活和微妙的内心变化为主题，但这并不意味着这些作品不反映政治生活和社会现象[6]。棉棉笔下的世界充斥着感官元素，无论是青春期的叛逆、反抗、迷茫、焦虑等带有情绪的符号化描写，还是有关生老病死、七情六欲问题的思考，都体现出棉棉细腻敏感的感性特质。正如学者陈思和所说："她的写作不仅使我们窥探到道德边缘上的生命体验，也看到了生命边缘上的道德的再生。当欲望与生命本体的意义紧紧拥抱在一起的时候，即产生了美学上的魅力。"[7] 棉棉通过写作实现对自己生存的反思和超越，对此，汉学家吴漠汀亦

---

[1] Online verfügbar unter: https://www.amazon.de/Panda-Sex-Roman-Mian/dp/3462041479.

[2] Mian Mian: *Deine Nacht, mein Tag*, übersetzt von Karin Hasselblatt. Deckel. Köln: Kiepenheuer & Witsch, 2004.

[3] Verena Carl: Schriftstellerin Mian Mian: Kulturrevolution im Stundenhotel. in: *Spiegel-Online*, 11.18.2004. Online verfügbar unter: https://www.spiegel.de/kultur/literatur/schriftstellerin-mian-mian-kulturrevolution-im-stundenhotel-a-328342.html.

[4] Fiona Ehlers: China hat den Kapitalismus entdeckt — und die jungen Pop-Literatinnen. Eine ehemalige Drogenabhängige ist die begabteste unter ihnen: Mianmian. in: *Kulturspiegel 11*, November 2000, S. 56.

[5] Online verfügbar unter: https://www.amazon.de/Panda-Sex-Roman-Mian/dp/3462041479.

[6] Vgl. Lina Li: *Chinesische Gegenwartsliteratur in Deutschland*. Unveröffentliche Dissertation, Boon, 2019, S. 36.

[7] 陈思和：《现代都市社会的"欲望"文本——以卫慧和棉棉的创作为例》，载《小说界》2000 年第 3 期，第 171 页。

有同感："她的生活经历了从成瘾到自我毁灭的危险再到自我实现的转变，这一旅程在她的文学作品中得以重现。"[1]棉棉通过颓废压抑的文学书写将读者引向高度物质文明的对立面，她表示："生命的本质是神圣的，必须以神圣的内涵和目的来活，我将努力接近和实现这一点，并把与此有关的信息与爱以一种天才的方式传递出去。"[2]"德国之声"评论小说《熊猫》时谈及棉棉的创作变化："从形式到内容，无论是风格还是表现，一切都已经完全改变了，这种变化是自发的，因为生活改变了，人也改变了。她并不是为了改变世界而写作。"[3]

棉棉并非高产作家，但其特立独行的写作风格在当代文坛独树一帜。德国对棉棉作品的关注不乏政治性解读和猎奇之嫌，德国汉学家顾彬抨击棉棉的作品是"垃圾"，[4]他在《二十世纪中国文学史》中提到棉棉时，亦对其嗤之以鼻，认为她是以"描写中国女性的性饥渴出名，而不是以叙述能力见长"[5]。但总体来看，德国文坛对棉棉作品的评判并未过多集中于身体化的写作方式，而是侧重于主题内容及语言风格的评述。至于棉棉作品引起的争议，正如汉学家吴漠汀所言："只有一个人能决定棉棉的文学作品是属于垃圾堆还是世界文学名人堂，那就是读者本人。"[6]

段亚男　文

---

[1] Martin Woesler: Underground-Literatur: Mian Mians Panda Sex. in: Martin Woesler (Hg.): *Chinesische Literatur in deutscher Übersetzung.* China Ehrengast der Frankfurter Buchmesse 2009. Symposiumsband. Symposium an der Hochschule für Angewandte Sprachen, SDI München 27.06.2009. Bochum: Europäischer Universitätsverlag, 2010, S. 127.

[2] 棉棉：《否定的只是方法》，载庄涤坤、于一爽主编：《很二》，北京：新星出版社，2012 年，第 200–201 页。

[3] Chun Cui: Chronistin des Nachtlebens. in: *Deutsche Welle*, 25.01.2005. Online verfügbar unter: https://p.dw.com/p/5j96.

[4] Martin Woesler: Underground-Literatur: Mian Mians Panda Sex. in: Martin Woesler (Hg.): *Chinesische Literatur in deutscher Übersetzung.* China Ehrengast der Frankfurter Buchmesse 2009. Symposiumsband. Symposium an der Hochschule für Angewandte Sprachen, SDI München 27.06.2009. Bochum: Europäischer Universitätsverlag, 2010, S. 134.

[5] 顾彬：《二十世纪中国文学史》，范劲等译，上海：华东师范大学出版社，2008 年，第 319 页。

[6] Martin Woesler: Underground-Literatur: Mian Mians Panda Sex. in: Martin Woesler (Hg.): *Chinesische Literatur in deutscher Übersetzung.* China Ehrengast der Frankfurter Buchmesse 2009. Symposiumsband. Symposium an der Hochschule für Angewandte Sprachen, SDI München 27.06.2009. Bochum: Europäischer Universitätsverlag, 2010, S. 123.

第三节　韩寒：德媒眼中迷人的上海“坏小子”

20世纪末，上海《萌芽》杂志为推动年轻作家写作创新主办首届新概念作文大赛，由此“80后”写作发展为一波强劲的青少年写作热潮，且大有星火燎原之势[1]。首届新概念作文一等奖获得者韩寒便以其不可复制的成功引发公众广泛关注、甚至狂热追捧。“80后”作家在文坛异军突起，在文化领域产生的社会影响不容忽视。作为中国“80后”青年作家的代表人物，韩寒擅用戏仿式的创作形式、狂欢化的话语方式批判社会弊端，调侃社会现象。他的作品不仅在国内广为流传，在亚洲乃至欧美国家也引发热议。

一、韩寒作品在德国的译介

韩寒凭借小说《三重门》一举成名，成为出版商和媒体眼中炙手可热的当红作家。随着声望日隆，“公共知识分子”“意见领袖”“当代鲁迅”等各种光鲜耀眼的头衔都成为韩寒的代名词，围绕他的话题与讨论不绝于耳。但这一时期，德国媒体和读者对这位中国年轻作家知之甚少。

直到2008年，韩寒初次走进德国读者的视线。德国历史学家汉斯·库纳将韩寒的博客文章《回答爱国者的问题》译成德语，刊登在《东亚文学杂志》上，向公众推介这位“年轻的明星作家”[2]。2009年，德国汉学家马丁·韦斯勒（中文名：吴漠汀）发文称赞韩寒“是一位令人耳目一新的作家”并介绍其作品年谱及围绕作家本人的焦点事件如“韩白之争”“韩高之

[1] 参见赵联城、王涛：《论80后创作的泡沫奇观》，载李斌编著：《郭敬明韩寒等80后创作问题批判》，长沙：湖南大学出版社，2015年，第251页。

[2] Hans Kühner: Unpatriotische Ansichten eines Popliteraten. in: *Hefte für ostasiatische Literatur*, Nr. 44, Mai 2008, S. 89–92.

争”等。此外，吴漠汀翻译了韩寒小说《光荣日》的开篇部分，并刊登在其个人网站上（后收录于《汉学论坛》杂志第23期，2010年由欧洲大学出版社出版发行[1]），由此拉开了韩寒作品德译的序幕。

同年，德国汉学家俪娜·亨宁森将韩寒杂文合集《零下一度》中的散文《小镇生活》[2]译成德语，收录于她主编的作品集《生活在别处：中国日常故事》，由德国波鸿项目出版社出版。在译者前言中，俪娜·亨宁森阐释了韩寒在《小镇生活》中对东西方艺术的影射和对高雅文化作品与通俗文化作品的态度。作品集《生活在别处：中国日常故事》还收录了韩寒带有自传色彩的散文《早已离开》[3]，译者伯恩哈德·曼格尔斯谈及这篇散文的主题内容和写作风格时写道："主人公是一位具有文学抱负的学生，很明显与他（韩寒）的成长经历息息相关。……韩寒写作风格的显著特征是偏爱使用双关语。"[4]此外，俪娜·亨宁森在《东方向》上刊文概述韩寒短篇小说《早已离开》和长篇小说《像少年啦飞驰》[5]。汉学家托马斯·齐默尔（中文名：司马涛）则在同期杂志梳理韩寒的创作经历，推介并简要阐述韩寒小说《三重门》《长安乱》《光荣日》与《他的国》的故事内容、社会意蕴与文学价值[6]。德国学者沃尔夫·康特哈德节选韩寒长篇小说《他的国》中的一段故事，将其译成德语，发表于德

[1] Han Han: Tage des Ruhms-Romananfang. Übersetzt von Martin Woesler. in: Martin Woesler (Hg.): *Chinesische Kultliteratur 2008/2009. Autoren, Werke, Trends.* Bochum: Europäischer Universitätsverlag, 2010, S. 51–85.

[2] Han Han: Kleinstadtleben. Übersetzt von Lena Henningsen. in: Lena Henningsen (Hg.): *Leben andernorts. Geschichten aus dem chinesischen Alltag.* Bochum: Projekt Verlag 2009, S. 58–73.

[3] Han Han: Schon lange weg. Übersetzt von Bernhard Mangels. in: Lena Henningsen (Hg.): *Leben andernorts. Geschichten aus dem chinesischen Alltag.* Bochum: Projekt Verlag 2009, S. 182–194.

[4] Han Han: Schon lange weg. Übersetzt von Bernhard Mangels. in: Lena Henningsen (Hg.): *Leben andernorts. Geschichten aus dem chinesischen Alltag.* Bochum: Projekt Verlag 2009, S. 182.

[5] Lena Henningsen: Reich der Fälscher — oder Land der Kreativen? Der chinesische Buchmarkt und (globale) Phänomene der Kreativität. in: Berthold Damshäuser/Wolfgang Kubin: *Orientierungen.* Zeitschrift zur Kultur Asiens. Chinesische Gegenwartsliteratur zwischen Plagiat und Markt. Themenheft 2009. München: edition global, 2009, S. 34–58.

[6] Thomas Zimmer: Zwischen Buch und Internet. Die Literatur aus der Generation der 80er, in: Berthold Damshäuser/Wolfgang Kubin: *Orientierungen.* Zeitschrift zur Kultur Asiens. Chinesische Gegenwartsliteratur zwischen Plagiat und Markt. Themenheft 2009. München: edition global, 2009, S. 59–94.

国商业杂志《第一品牌》[1]。可以说，2009 年是韩寒作品德语译介丰收的一年。

随着韩寒作品在德国的面世，其作品的批判性与“韩寒现象”在中国的影响力引发德国大众传媒的广泛关注。2010 年，美国《时代》杂志提名韩寒为“全球 100 位最具影响力人物”候选人。随即，德国《柏林日报》评论“韩寒是中国最受欢迎的博主之一”，他在榜单上远远领先于其他中国候选人[2]。《法兰克福汇报》赞誉韩寒“是他这一代人中最著名的代表”[3]。

中国学者和媒体对韩寒的评价亦是德国媒体关注的重点。德国贝斯塔曼基金会中国问题专家伯恩哈德·巴尔驰在《巴登日报》发文肯定韩寒在年轻一代中的广泛影响力[4]。德国学者尤莉亚·布德贝格将歌德学院官网文章《韩寒与中国“体制外”新青年》译成德语，以《韩寒与新个人主义》为题发布在德文版歌德学院官网上，文章对韩寒作品的创新性表达与多元化视角予以肯定，认为韩寒是“中国社会最成功的年轻人之一”，“是一个符号化的人物”[5]。

韩寒凭借其小说的讽刺批判性引发德国学者的关注，又因其“作家、赛车手、歌手、万人迷、出版商”[6]等多重身份使得这种关注不断升温，“德国媒体不顾一切为韩寒贴上标签……他要么是‘来自上海的迷人坏男孩’，要么是‘上海的嘲笑者’……”[7]。2011 年，司马涛在《东方向》上连续发文，剖析韩寒小说《他的国》的故事内容、语言特征与艺术手法[8]。2015 年，致力于中德文化交流的德国杂志《思想品德》详细介绍了韩寒代表作《三重门》的“青春

---

[1] Han Han: Die Karotte. Die Geschichte eines chinesischen Fernsehteams, das sich der Aufklärung durch „Schritte in die Naturwissenschaft“ verschrieben hat. Übersetzt von Wolf Kantelhardt. in: *brand eins*. Wirtschaftsmagazin 11, 2009, S. 148ff.

[2] Vgl. Jutta Lietsch: Blogger und Rennfahrer Han Han. Mit Humor gegen Chinas Zensur. in: *die Tageszeitung*, 22.04.2010.

[3] Till Fähnders: Blogger Han Han. Der charmante böse Junge von Schanghai. in: *Frankfurter Allgemeine Zeitung*, 06.08.2010.

[4] Bernhard Bartsch: *Der Schanghaier Blogger Han Han spottet über alles, was Chinas Kommunisten teuer und heilig ist. Eine Begegnung mit einem subversiven Superstar*. Online verfügbar unter: https://www.badische-zeitung.de/freund-frech--34945194.html.

[5] Julia Buddeberg: *Han Han und der neue Individualismus*. Online verfügbar unter: https://www.goethe.de/ins/cn/de/kul/mag/20733482.html.

[6] Till Fähnders: Blogger Han Han. Der charmante böse Junge von Schanghai. in: *Frankfurter Allgemeine Zeitung*, 06.08.2010.

[7] Felix Hille: Han Han und die „Dreifache Tür“. in: *Sinonerds Magazin*, 05.07.2015.

[8] Vgl. Han Han: Ta de guo. Rez. v. Thomas Zimmer. in: *Orientierungen 1*, 2011, S. 143ff.

故事”，向德国读者推荐韩寒的杂文作品集《通稿2003》[1]。该杂志还介绍了韩寒自编自导的电影作品《后会无期》，认为影片展示了一个与众不同、鲜为人知的中国，并表示文学成就斐然的韩寒在电影界也收获不俗口碑，该影片在德国电影节上备受好评[2]。此外，德国汉学家吴漠汀在《新编中国现代文学史》一书中再次全面解读韩寒及其作品，文章以“十六岁的韩寒闯入文坛”为题回顾韩寒在文坛从崭露头角到掀起波澜的过程[3]，该书集亚、欧、美共计143位作家、学者之力编著而成，2017年由美国哈佛大学出版社出版。

二、韩寒作品在德国的接受

自韩寒作品在德国面世以来，人们一般关注其思想与艺术创作的创新性和反叛性。韩寒用冷峻的语言评论中国日常生活中的荒谬事件，辛辣且正中要害[4]。“嘲讽者”和“挑战者”成为韩寒在德国的形象标签，对韩寒作品批判性的强调亦符合德国读者的阅读期待，这在一定程度上促进了韩寒作品在德国的译介与接受。

（一）超越文学范畴的韩寒效应

无论是对韩寒赞赏有加的吴漠汀，抑或是对韩寒持批判态度的顾彬，都对韩寒拥有广泛社会影响力这一事实表现认可。吴漠汀指出，韩寒以中学生视角创作的小说《三重门》，描写了困扰年轻人的问题，中学生把他视为偶像[5]。顾彬亦坦言，韩寒的书是写给年轻人的，他们代表一个时代[6]。“韩寒出

[1] Vgl. Felix Hille: Han Han und die „Dreifache Tür“. in: *Sinonerds Magazin*, 05.07.2015.

[2] Vgl. Felix Hille: The Continent 后会无期 -Han Hans Regiedebüt. in: *Sinonerds Magazin*, 05.07.2015.

[3] Vgl. Martin Woesler: Sixtenn-Year-Old Han Han Roughs Up the Literary Scene. in: David Der-wei Wang (Hg.): *A New Literary History of Modern China*, 2017, S. 879－882.

[4] Vgl. Jutta Lietsch: Blogger und Rennfahrer Han Han. Mit Humor gegen Chinas Zensur. in: *die Tageszeitung*, 22.04.2010.

[5] Vgl. Martin Woesler. http://martin.woesler.de/de/hanhan.html.

[6] 参见顾彬：《一个好作家不应考虑得诺贝尔文学奖》，载中国新闻网，2010年9月27日。

品”的品牌效应引发世人惊叹，这位“80后”青年作家已然“成为中国最有影响力的意见领袖之一”，“如果中国出现了什么大的新闻事件，很多年轻人会习惯性地去看韩寒的博客，去了解他的所思所想”[1]。德国《法兰克福汇报》对韩寒的号召力与影响力慨叹不已：“韩寒在博客上仅发表一个‘喂’字，就能引发13 900条评论。”[2] 德国评论家伯恩哈德·巴尔驰先后在《法兰克福评论报》和《巴登日报》发文感叹：“韩寒在学生和年轻都市精英中享有崇高地位”[3]，“他创作的十三部作品都是畅销书”[4]。德国《世界报》《星期日世界报》驻中国记者马克西米利安·卡克霍夫发文强调韩寒作为新生代代表的市场效应，“他的首部小说《三重门》发行量高达200万册，是中国过去20年来最畅销的小说”。

韩寒效应不仅局限于文学领域，还体现在韩寒涉足的各个领域。德国学者菲力克斯·希勒撰文写道：“韩寒电影《后会无期》上映当天的票房就高达1 200万美元，上映第一周收益达到5 000万美元。”显然，在商业资本的驱动下，“媒介对韩寒的广泛谈论已经超越了其人其事其文本身”[5]，“韩寒自身如何并不重要，重要的是他作为一种产生于体制外的现象彰显出来的社会意义”[6]。伯恩哈德·巴尔驰对韩寒长篇小说《一座城池》的出版人路金波的观点深有同感：“韩寒已经成为一个品牌，得到众多中国年轻人的认可。”[7] 在消费主义与媒体炒作的影响下，“韩寒已不再是那个独立思考的批判者，而是一个符号化

---

[1] Julia Buddeberg: *Han Han und der neue Individualismus*. Online verfügbar unter: https://www.goethe.de/ins/cn/de/kul/mag/20733482.html.

[2] Mark Siemons: Die Sonne von Schanghai. in: *Frankfurter Allgemeine Zeitung* v. 13.03.2011.

[3] Bernhard Bartsch: Blogger Han Han Subversiver Superstar. in: *Frankfurter Rundschau*. Online verfügbar unter: https://www.fr.de/panorama/subversiver-superstar-11703877.html.

[4] Bernhard Bartsch: *Der Schanghaier Blogger Han Han spottet über alles, was Chinas Kommunisten teuer und heilig ist. Eine Begegnung mit einem subversiven Superstar*. Online verfügbar unter: https://www.badische-zeitung.de/freund-frech--34945194.html.

[5] 参见熊伟：《韩寒现象的文化解读》，载李斌编著：《郭敬明韩寒等80后创作问题批判》，长沙：湖南大学出版社，2015年，第64-68页。

[6] Julia Buddeberg: *Han Han und der neue Individualismus*. Online verfügbar unter: https://www.goethe.de/ins/cn/de/kul/mag/20733482.html.

[7] Vgl. Felix Hille: Han Han und die „Dreifache Tür“. in: *Sinonerds Magazin*, 05.07.2015.

了的品牌，一个消费时代的奇观”[1]。

（二）基于文学层面的审美评述

尽管韩寒作品在德国的译介受意识形态和消费主义的影响，但针对其作品的文学审美逐渐成为主流，侧重于语言特色、创作特征等文学层面的阐释与思考日益增多。这主要从以下两方面展开：

一是兼具创新性和颠覆性的创作特征。在德国，韩寒往往被视为保持独立精神的个体。《东方向》指出：“韩寒巧妙地运用清晰简洁的语言、变化无常的风格，克服了当代中国文学中经常出现的模糊性。”[2]韩寒以边缘视角“试图用能给世界一些新意的眼光来看待世界”[3]。菲力克斯·希勒在书评《韩寒与〈三重门〉》中写道：“在其小说《三重门》中，韩寒使用大量年轻人热衷的伪格言和智慧，以幽默自嘲的方式和自传体元素，就‘文学和爱’与同龄人展开对话。”[4]司马涛在《他的国》的书评中亦强调韩寒小说创新性的语言形式、多元化的修辞手法，赞赏韩寒巧借小说主人公之口表达自己对中国文学发展出路的思考：“必须使用新的语言、新的形式和新的风格，这样才能创造出一种‘新’的艺术。”[5]

二是对现代社会的批判与反思。对于韩寒独到犀利的文风，吴漠汀对此赞赏有加，将韩寒视为“具有批判性的超现实主义的代表”[6]，在他看来，韩寒毫无保留地在作品中诉说社会现象，文风极具批判性。汉学家司马涛围绕韩寒小说《他的国》展开评述，“书名‘他的国’暗含作者的矛盾心理，具有多重隐

---

[1] 参见金浪：《剧场寓言与批评空间的局限——韩寒、韩寒现象及其他》，载李斌编著：《郭敬明韩寒等 80 后创作问题批判》，长沙：湖南大学出版社，2015 年，第 81 页。

[2] Han Han: Ta de guo. Rez. v. Thomas Zimmer. in: *Orientierungen 1*, 2011, S. 143ff.

[3] Julia Buddeberg: *Han Han und der neue Individualismus.* Online verfügbar unter: https://www.goethe.de/ins/cn/de/kul/mag/20733482.html.

[4] Vgl. Felix Hille: Han Han und die „Dreifache Tür“. in: *Sinonerds Magazin*, 05.07.2015.

[5] Han Han: Ta de guo. Rez. v. Thomas Zimmer. in: *Orientierungen 1*, 2011, S. 143ff.

[6] Martin Woesler (Hg.): *Chinesische Kultliteratur 2008/2009*. Autoren, Werke, Trends. Bochum: Europäischer Universitätsverlag, 2010, S. 14.

喻色彩”，韩寒将故事发生地亭林镇视为中国社会的缩影，在文中控诉工业化进程和经济飞速发展带来的巨大生态代价，以此反衬作者对美好、理想国度的渴望和追寻[1]。但亦有学者认为，韩寒的这种批判反思是空洞、没有张力的，无法对道德和人性的重构起到有效作用，也难以推动社会和文化的进步[2]。顾彬批判韩寒“用的中文是‘娃娃中文’‘孩子式的中文’”[3]，“没有过去，没有未来，只能写今天。这样的话，他们的语言没有张力。如果你不能思考未来和过去，只主张当代和现代，这个语言是空的。语言需要记忆”[4]。

整体看来，德国对韩寒作品的评述以书评为主，虽然对韩寒作品的关注具有持续性，但其作品受众面较窄，且无单行本出版。究其原因，恰如美国汉学家白亚仁所言：“他（韩寒）的很多文章写得犀利风趣，但……韩寒的幽默很有特色，很多时候利用谐音调侃一些社会现象，翻译起来比较困难。”[5]尽管如此，德国汉学家吴漠汀仍对韩寒作品的德译满怀期待：“我希望……韩寒的书被翻译成德语，到现在只有英文版的《1988》。”[6]

段亚男　文

[1] Vgl. Han Han: Ta de guo. Rez. v. Thomas Zimmer. in: *Orientierungen 1*, 2011, S. 143ff.

[2] 参见金浪：《剧场寓言与批评空间的局限——韩寒、韩寒现象及其他》，载李斌编著：《郭敬明韩寒等80后创作问题批判》，长沙：湖南大学出版社，2015年，第82页。

[3] 顾彬：《一个好作家不应考虑得诺贝尔文学奖》，载中国新闻网，2010年9月27日。

[4] 顾彬、张畅：《对话顾彬：是语言，让我找到我的路》，载《新京报》2017年11月4日。

[5] 白亚仁、杨平：《美国汉学家白亚仁谈中国小说在英美的翻译与传播》，载《国际汉学》2019年第4期，第18–24页。

[6] 吴漠汀：《中国当代文学何时能成为世界文学？》，载《南方周末》2017年6月12日。

第四节　郭敬明：德国汉学视野下中国青春文学“偶像派”作家

同韩寒一样，郭敬明最早为人所知亦是通过由上海《萌芽》杂志主办的新概念作文大赛；但与颇具愤世嫉俗之气的韩寒不同，郭敬明的出场给人以平和理智之感，他从容地在主流价值规范内书写着新锐一代的青春文学，在文学跨媒介传播领域进行开创性探索，将文学创作与商业运作发展到极致。郭敬明的作品随着中国当代文学“走出去”的浪潮被译介到美、日、德、意等多国，引发公众对中国“偶像派”作家的关注与热议。本节通过梳理郭敬明作品在德语国家的译介历程，力图勾勒郭敬明作品在德国汉学界视野下的接受情况。

一、郭敬明作品在德国的译介

2009年，中国作为主宾国出席德国法兰克福书展，以郭敬明为代表的中国当代“偶像文学”一经亮相便引发德国汉学界广泛讨论。德国汉学家马丁・韦斯勒（中文名：吴漠汀）在访谈中表示：“在中国有许多年轻作家如流行歌手般为人们津津乐道，像通过文学选秀出道的年轻作家郭敬明，他的小说《悲伤逆流成河》位居2007年中国文学畅销榜首位……但（他的作品）直到此次法兰克福书展才得以在德国面世。”[1] 同年，吴漠汀便将郭敬明小说《悲伤逆流成河》开篇章节翻译成德语，收录在由其主编的《汉学论坛》杂志第23期，即“2008—2009

[1] Martin Woesler: Strömungen chinesischer Gegenwartsliteratur heute. in: Martin Woesler (Hg.): *Chinesische Literatur in deutscher Übersetzung*. China Ehrengast der Frankfurter Buchmesse 2009. Symposiumsband. Symposium an der Hochschule für Angewandte Sprachen, SDI München 27.06.2009. Bochum: Europäischer Universitätsverlag, 2010, S. 139−159.

年当代中国明星文学——作家、作品、潮流”[1]专题期刊中，并于2010年由欧洲大学出版社出版发行。

尽管直到2010年郭敬明作品的德语译本才登陆德国图书市场，但此前中国文坛“80后”文学的“偶像化”写作潮流与郭敬明文学创作的巨大商业价值早已引起德国汉学家的注意。2008年，德国《法兰克福汇报》评论家马克·西蒙斯撰文推介郭敬明与其小说《小时代》，他写道：“郭敬明凭借迄今为止创作的多部描述抱负不凡的中产阶级的小说，一跃成为中国收入最高的作家。”[2]

法兰克福书展的举办推动了郭敬明作品在德国的译介。2009年，德国知名广播电台“德国之声”的评论员巴韦格·西尔克称郭敬明为“中国最富有的作家”，德国汉学家托马斯·齐默尔（中文名：司马涛）亦有同感，他将郭敬明视为“80后”年轻作家中“最富有”“最引人瞩目”的明星作家[3]。他在《在书籍与互联网之间：80后文学》一文中，细数郭敬明小说《幻城》《梦里花落知多少》《小时代》的创作历程、主题内容与写作风格，着重解读《悲伤逆流成河》的故事情节与人物形象，并介绍了由郭敬明创办的文学杂志《最小说》的风格特色。汉学家俪娜·亨宁森则将郭敬明的小说《梦里花落知多少》与庄羽的《圈里

《东方向·中国当代文学》特刊封面

[1] Guo Jingming: Tränen gegen den Strom-Romananfang. Übersetzt von Martin Woesler. in: Martin Woesler (Hg.): *Chinesische Kultliteratur 2008/2009*. Autoren, Werke, Trends. Bochum: Europäischer Universitätsverlag, 2010, S. 26–29.

[2] Mark Siemons: Überlebensstrategien und Währungskriege. in: *Frankfurter Allgemeine*, 22.11.2008. Online verfügbar unter: https://www.faz.net/-grb-10xuh.

[3] Vgl. Thomas Zimmer: Zwischen Buch und Internet. Die Literatur aus der Generation der 80er. in: Berthold Damshäuser/Wolfgang Kubin: *Orientierungen*. Zeitschrift zur Kultur Asiens. Chinesische Gegenwartsliteratur zwischen Plagiat und Markt. Themenheft 2009. München: edition global, 2009, S. 59–94.

圈外》进行比较研究，认为两部小说在“情节、人物塑造、环境与一些具体场景具有惊人的相似性”，但小说在“细节上的处理方式不同”，“两位作家的写作风格具有很强的个人风格”[1]。此外，俪娜·亨宁森在文中简述郭敬明基于安妮宝贝《七年》创作的短篇小说《七天》，并剖析郭敬明的艺术模仿观与创作理念，她认为，对这位中国新生代畅销书作家而言，“模仿是一种让自己的创造精神保持清醒的方法”[2]。

相较于德国媒体和学者对郭敬明作品的关注与评述，郭敬明作品并未借助法兰克福书展的东风在德国出版商那里激起更大的水花。对此，汉学家吴漠汀表示，中国当代文学畅销书与德国图书市场似乎很难相融，郭敬明的畅销小说《悲伤逆流成河》在德国出版商那里遭受冷遇[3]。2011 年德国学者李锐（音译）从图书出版市场层面剖析郭敬明作品在中国市场畅销的缘由[4]；2013 年瑞士《新苏黎世报》赞誉郭敬明的成功体现了“中国梦”——从底层做起，自力更生[5]；2015 年奥地利《南风杂志》刊文介绍这位“中国作家协会最年轻的成员”，提及由其同名小说改编的电影《小时代》，强调郭敬明与其作品的巨大争议性和商业价值[6]。

真正令郭敬明迈入德语图书市场的是其长篇小说《小时代》，而由同名

[1] Vgl. Lena Henningsen: Reich der Fälscher — oder Land der Kreativen? Der chinesische Buchmarkt und (globale) Phänomene der Kreativität. in: Berthold Damshäuser/Wolfgang Kubin: *Orientierungen*. Zeitschrift zur Kultur Asiens. Chinesische Gegenwartsliteratur zwischen Plagiat und Markt. Themenheft 2009. München: edition global, 2009, S. 34–58.

[2] Lena Henningsen: Reich der Fälscher — oder Land der Kreativen? Der chinesische Buchmarkt und (globale) Phänomene der Kreativität. in: Berthold Damshäuser/Wolfgang Kubin: *Orientierungen*. Zeitschrift zur Kultur Asiens. Chinesische Gegenwartsliteratur zwischen Plagiat und Markt. Themenheft 2009. München: edition global, 2009, S. 34–58.

[3] Vgl. Martin Woesler: Strömungen chinesischer Gegenwartsliteratur heute. in: Martin Woesler (Hg.): *Chinesische Literatur in deutscher Übersetzung*. China Ehrengast der Frankfurter Buchmesse 2009. Symposiumsband. Symposium an der Hochschule für Angewandte Sprachen, SDI München 27.06.2009. Bochum: Europäischer Universitätsverlag, 2010, S. 139–159.

[4] Li Rui: Krise oder Chance? Die Entwicklung und gegenwärtige Situation der privaten Publikationsunternehmen in der Volksrepublik China. in: Ursula Rautenberg/Volker Titel(Hg.): Alles Buch: Studien der Erlanger Buchwissenschaft. Buchwissenschaft/Universität Erlangen-Nürnberg, 2011.

[5] Vgl. Zhang Wie: *Seifenblasen vom chinesischen Traum*. in: Neue Zürcher Zeitung, 31.20.2013. Online verfügbar unter: http://www.nzz.ch/feuilleton/buecher/seifenblasen-vom-chinesischen-traum-1.18176426.

[6] Vgl. *Südwind Magazin*, 05.2015. Online verfügbar unter: https://www.suedwind-magazin.at/chinesische-stars.

小说改编的电影《小时代》对该小说的译介与传播无疑起到推波助澜之效。2016年，《小时代1.0》德语译本应运而生，德国汉学家马克·赫尔曼（中文名：马海默）将其翻译成德语并出版发行[1]，这是郭敬明作品迄今在德国的首部、亦是唯一一部单行本。德国学者彼得拉·蒂尔认为，《小时代》是跨媒介传播的产品，2018年在其博士论文《中国的青春期小说：1997—2008时期内曹文轩、杨红樱、郭敬明作品选的体裁争论和性别考察研究》里，他从性别维度就《小时代》的叙事策略、人物形象与艺术价值等展开翔实的阐述，并全方位介绍郭敬明的成长经历、创作履历与其创办的青春文学杂志《最小说》[2]。

二、郭敬明作品在德国的接受

郭敬明的文学创作侧重于对个人经验的反复书写，文学主题着重表现青春的迷茫与成长的疼痛[3]。这一点难以满足德国汉学界对中国当代文学作品猎奇性阅读与政治性解读的基本倾向。因此，相较于同期韩寒作品在德国汉学界收获的积极热情的评价，郭敬明作品在德国的接受呈现出截然不同的命运。

（一）传媒时代的商业化写作

在汉学家司马涛看来，“郭敬明的巨大名气绝不仅仅归功于他的文学才华”，他“同时作为企业家活跃在出版业与媒体行业”，“象征着商业和文学

[1] Guo Jingming: *Tiny Times: Kleine Lügen unter Freunden*, übersetzt von Hermann Marc. Köln: beHeartbeat by Bastei Entertainment, 2016.

[2] Vgl. Petra Thiel: *Ein Adoleszenzroman für China: Gattungsdebatten und genderorientierte Untersuchungen ausgesuchter Werke von Cao Wenxuan, Yang Hongying und Guo Jingming im Zeitraum 1997–2008*. Disseration: Universität Heidelberg, 2018.

[3] 参见袁龙：《从〈小时代〉看郭敬明创作的三个关键词》，载李斌编著：《郭敬明韩寒等80后创作问题批判》，长沙：湖南大学出版社，2015年，第27页。

之间的密切联系”[1]。德国汉学界在感叹郭敬明作品巨大商业价值的同时，亦对其创作动机与作品的文学审美性产生怀疑。瑞士《新苏黎世报》批判道："中国80后作家文学作品的社会政治力量逐渐减弱，他们似乎对商业上的成功更感兴趣，而不是探索新的美学可能性"，郭敬明"注重娱乐，把个人成功作为最高价值追求……即使是2012年诺贝尔文学奖获得者莫言，在商业上也无法与郭敬明相提并论"[2]。德国《南德意志报》则直截了当地指出，"郭敬明的小说与电影充斥着物质主义"，他"把中国孩子的梦想和欲望转化为票房大卖"，并且"依靠其小说的成功搭建起自己的文学帝国"[3]。德国汉学家顾彬更是断言："从文学角度看，这些书很肤浅，而且是简单的商业化，无须认真对待。"[4]实际上，关于写作的商业化问题，郭敬明本人坦言："我在写一个作品的时候，比其他作家考虑得更多的肯定是它的市场表现力，它是否具有大众覆盖力。"[5]他直言将自我分割成两半："写作、拍电影时我是艺术家的状态，创作完之后，怎么卖它，就是商人的状态。"[6]

（二）"独一代"生存成长问题的迎合展示

郭敬明从中学时期开始创作，以当下感性化的主观感受刻画"独生子女一代的孤独、在父母期望中成长的压力"[7]，展现青少年的迷茫与困惑，创作主题贴合中国80后"独一代"的生活经验，因此极易使同龄青少年读者产

[1] Thomas Zimmer: Zwischen Buch und Internet. Die Literatur aus der Generation der 80er. in: Berthold Damshäuser/Wolfgang Kubin: *Orientierungen*. Zeitschrift zur Kultur Asiens. Chinesische Gegenwartsliteratur zwischen Plagiat und Markt. Themenheft 2009. München: edition global, 2009, S. 59－94.

[2] Zhang Wie: Seifenblasen vom chinesischen Traum. in: *Neue Zürcher Zeitung*, 31.20.2013. Online verfügbar unter: http://www.nzz.ch/feuilleton/buecher/seifenblasen-vom-chinesischen-traum-1.18176426.

[3] Christian Helten: Das ist: Guo Jingming, Chinas Autoren-Regisseur-Superstar. in: *Süddeutsche Zeitung*, 07.2015. Online verfügbar unter: http://www.jetzt.de/das-ist/das-ist-guo-jingming-chinas-autoren-regisseur-superstar-593722.

[4] Vgl. Silke Ballweg: Zwischen Markt und Zensur. in: *Deutsche Welle*, 08.10.2019. Online verfügbar unter: http://p.dw.com/p/K1va.

[5] 郭敬明：《凶猛的商业潜力股？》，载《中国企业家》2010年第1期。

[6] 郭敬明：《我找不到哪个人可以参照》，载《南方周末》2013年12月19日。

[7] Zhang Wie: Seifenblasen vom chinesischen Traum. in: *Neue Zürcher Zeitung*, 31.20.2013. Online verfügbar unter: http://www.nzz.ch/feuilleton/buecher/seifenblasen-vom-chinesischen-traum-1.18176426.

生共鸣。对此，德国学者李锐深有感触：“郭敬明的文学作品反映或者至少满足了年轻人的心理状态，故而在十六至三十岁年龄段的读者中颇受欢迎”[1]；奥地利《新闻报》评述道：“这位作家与年轻人紧密交织在一起，他书写年轻人成长的困难、父母的无知与考试的压力。”[2] 德国学者彼得拉·蒂尔表示，郭敬明在《小时代》中展现了四位年轻女性在中国现代化大都市上海的职场生活，这一代都市青年的生活方式和审美价值极大地受到国外时代发展潮流的影响[3]。在他看来，小说中故事发生地上海在后现代文学背景下扮演着特殊角色，这座城市是当代中国社会经济和文化发展的显著表现形式，它本身就是一个国际化都市品牌[4]。《法兰克福汇报》则透过《小时代》解读中国当代年轻人面临的就业问题：从《小时代》中四位年轻女性在上海求职的故事可以看出，中国就业市场日趋艰难[5]。司马涛在《东方向》上刊文指出，郭敬明以近年来在中国引起公众轰动的、不断出现的学生自杀事件为主题，“重点刻画十六七岁学生的命运”，这些学生往往“最终会迷失方向，失去‘信仰’，

《小时代》封面

[1] Li Rui: Krise oder Chance? Die Entwicklung und gegenwärtige Situation der privaten Publikationsunternehmen in der Volksrepublik China. in: Ursula Rautenberg/Volker Titel(Hg.): Alles Buch: Studien der Erlanger Buchwissenschaft. Buchwissenschaft/Universität Erlangen-Nürnberg, 2011.

[2] https://www.diepresse.com/514391/frankfurter-buchmesse-china-kommerz-und-zensur.

[3] Vgl. Petra Thiel: *Ein Adoleszenzroman für China: Gattungsdebatten und genderorientierte Untersuchungen ausgesuchter Werke von Cao Wenxuan, Yang Hongying und Guo Jingming im Zeitraum 1997–2008*. Disseration: Universität Heidelberg, 2018, S. 259.

[4] Vgl. Petra Thiel: *Ein Adoleszenzroman für China: Gattungsdebatten und genderorientierte Untersuchungen ausgesuchter Werke von Cao Wenxuan, Yang Hongying und Guo Jingming im Zeitraum 1997–2008*. Disseration: Universität Heidelberg, 2018, S. 310.

[5] Mark Siemons: Überlebensstrategien und Währungskriege. in: *Frankfurter Allgemeine*, 22.11.2008. Online verfügbar unter: https://www.faz.net/-grb-10xuh.

丢失自信”[1]。他慨叹，作为一名着眼于青春期青少年问题的作家，郭敬明在吸引如此庞大的年轻读者群体并引发相当轰动效应上，同时代没有作家能与他相提并论，他在此方面极富“创造性与技巧性”[2]。在司马涛看来，“与其说是因其（郭敬明）文学艺术与语言技巧而脱颖而出，不如说是因其善于捕捉他那一代人的情绪、欲望与憧憬”[3]。彼得拉·蒂尔亦有独特见解，他认为“郭敬明的小说实际上揭示了对21世纪初中国城市社会日益增长的消费主义的批判”[4]。

（三）重画面感轻叙事性的艺术特征

德国汉学家吴漠汀与俪娜·亨宁森对郭敬明文笔的评价十分相似：吴漠汀赞叹郭敬明的文字“十分凄美，触动人心”[5]，俪娜·亨宁森认为他的文字“富有画面感，充满忧伤情绪”[6]。司马涛亦关注到郭敬明文字营造出的画面感，但对其华丽夸张的重复书写持批判态度。在对小说《梦里花落知多少》的评述中，他进一步指出：“过于简单的情节确实以一种典范的方式表达了一部分年轻人的现状，然而小说仍缺少一条共同的线索，一个真正的主题与必要的敏锐的洞察力。”[7]克里斯蒂安·黑尔腾借批评家之口亦加以批判，“据批评家所言，

---

[1] Thomas Zimmer: Zwischen Buch und Internet. Die Literatur aus der Generation der 80er. in: Berthold Damshäuser/Wolfgang Kubin: *Orientierungen*. Zeitschrift zur Kultur Asiens. Chinesische Gegenwartsliteratur zwischen Plagiat und Markt. Themenheft 2009. München: edition global, 2009, S. 59–94.

[2] Thomas Zimmer: *Erwachen aus dem Koma? Eine literarische Bestimmung des heutigen Chinas*. Baden-Baden: Tectum Verlag, 2017, S. 314.

[3] Thomas Zimmer: *Erwachen aus dem Koma? Eine literarische Bestimmung des heutigen Chinas*. Baden-Baden: Tectum Verlag, 2017, S. 314.

[4] Petra Thiel: *Ein Adoleszenzroman für China: Gattungsdebatten und genderorientierte Untersuchungen ausgesuchter Werke von Cao Wenxuan, Yang Hongying und Guo Jingming im Zeitraum 1997–2008*. Disseration: Universität Heidelberg, 2018, S. 259.

[5] Martin Woesler: http://martin.woesler.de/china_literature_bestseller_2007.html.

[6] Lena Henningsen: Reich der Fälscher — oder Land der Kreativen? Der chinesische Buchmarkt und (globale) Phänomene der Kreativität. in: Berthold Damshäuser/Wolfgang Kubin: *Orientierungen*. Zeitschrift zur Kultur Asiens. Chinesische Gegenwartsliteratur zwischen Plagiat und Markt. Themenheft 2009. München: edition global, 2009, S. 34–58.

[7] Thomas Zimmer: Zwischen Buch und Internet. Die Literatur aus der Generation der 80er. in: Berthold Damshäuser/Wolfgang Kubin: *Orientierungen*. Zeitschrift zur Kultur Asiens. Chinesische Gegenwartsliteratur zwischen Plagiat und Markt. Themenheft 2009. München: edition global, 2009, S. 59–94.

他的小说和电影中的故事相当肤浅与空洞，实际上只关乎消费与美丽”[1]。彼得拉·蒂尔的观点则与克里斯蒂安·黑尔腾大相径庭，他认为郭敬明在《小时代》中采用蒙太奇手法，塑造出不同画面的叠加，“文本语言在严肃与幽默间切换，时常显露讽刺之意，有时甚至具有愤世嫉俗的共鸣”[2]。

目前，郭敬明作品在德国的译文、译本数量极少，但得益于其作品的跨媒介传播，德国汉学界和媒体对郭敬明作品持续关注。就接受层面来看，德国汉学界对郭敬明作品的评价褒贬不一，且批判意味浓厚。

段亚男　文

---

[1] Christian Helten: Das ist: Guo Jingming, Chinas Autoren-Regisseur-Superstar. in: *Süddeutsche Zeitung*, 07.2015. Online verfügbar unter: http://www.jetzt.de/das-ist/das-ist-guo-jingming-chinas-autoren-regisseur-superstar-593722.

[2] Petra Thiel: *Ein Adoleszenzroman für China: Gattungsdebatten und genderorientierte Untersuchungen ausgesuchter Werke von Cao Wenxuan, Yang Hongying und Guo Jingming im Zeitraum 1997–2008*. Disseration: Universität Heidelberg, 2018, S. 309.

参考文献

艾青:《艾青诗选》，北京：人民文学出版社，1996 年。

艾青:《艾青诗选》，北京：作家出版社，2018 年。

巴金:《巴金文集（第十卷）》，北京：人民文学出版社，1961 年。

巴金:《巴金选集（第十卷）》，成都：四川文艺出版社，2010 年。

巴金:《随想录》，北京：人民文学出版社，2018 年。

白亚仁、杨平:《美国汉学家白亚仁谈中国小说在英美的翻译与传播》，载《国际汉学》2019 年第 4 期。

北塔:《艾青诗歌的英文翻译》,《中国现代文学研究丛刊》2010 年第 5 期。

毕文君:《小说评价范本中的知识结构——以中国八十年代小说的域外解读为例》，载《当代作家评论》2015 年第 1 期。

陈丹燕、陈保平:《精神故乡：陈保平陈丹燕散文 40 篇》，上海：华东师范大学出版社，1995 年。

陈丹燕:《城与人——陈丹燕自述》,《小说评论》2005 年第 4 期。

陈丹燕:《蝴蝶已飞》，杭州：浙江文艺出版社，2012 年。

陈锋:《中德关系 30 年》,《德国研究》2002 年第 3 期。

陈坚:《〈夏衍全集〉序》，周巍峙主编:《夏衍全集（第一卷）》，杭州：浙江文艺出版社，2005 年。

陈民:《苏童在德国的译介与阐释》,《小说评论》2014 年第 5 期。

陈思和:《现代都市社会的“欲望”文本——以卫慧和棉棉的创作为例》,《小说界》2000 年第 3 期。

陈晓明:《“重复虚构”的秘密——马原的〈虚构〉与博尔赫斯的小说谱系》,《文艺研究》2010 年第 10 期。

陈泽光:《论历史讽喻剧〈赛金花〉》,《文学评论》1980 年第 2 期。

陈子善:《海上文学百家文库（张恨水卷）编后记》，上海：上海文艺出版社，2010 年。

程亚丽:《毁誉浮沉六十载——苏青研究述评》,《聊城大学学报（社会科学版）》2003 年第 2 期。

戴厚英:《戴厚英随笔全编》，广州：暨南大学出版社，1998 年。

戴厚英:《第一次当“外宾”——欧行记叙》,《百花洲》1988 年第 1 期。

戴厚英：《人啊，人！》，广州：花城出版社，1980 年。
范劲：《民主德国的中国文学研究——一个系统论视角》，《中国文学研究》2019 年第 1 期。
方华文：《20 世纪中国翻译史》，西安：西北大学出版社，2008 年。
丰卫平：《论格尔哈特·豪普特曼〈汉蕾娜升天记〉〈沉钟〉和〈碧芭在跳舞〉对日常生活的呈现》，《德语人文研究》2021 年第 1 期。
冯小冰、王建斌：《中国当代小说在德语国家的译介回顾》，《中国翻译》2017 年第 5 期。
冯小冰：《80 年代中国现当代文学德译回顾——基于数据库的量化研究》，《德语人文研究》2016 年第 1 期。
弗朗茨·库恩：《德文版〈子夜〉前记》，郭志刚译，李岫编：《茅盾研究在国外》，长沙：湖南人民出版社，1984 年。
傅建安：《刘呐鸥小说与新时期都市书写》，《南方文坛》2010 年第 2 期。
傅雷、朱梅馥、傅聪：《傅雷家书》，南京：译林出版社，2018 年。
傅雷：《傅雷谈艺录及其他》，北京：北京联合出版公司，2019 年。
高方、吴天楚：《巴金在法国的译介与接受》，《小说评论》2015 年第 5 期。
高立希：《我的三十年——怎样从事中国当代小说的德译》，《外语教学理论与实践》2015 年第 1 期。
高利克：《冯至与歌德的〈浮士德〉——从靡非斯托非勒斯到海伦》，杨治宜译，《国际汉学》2005 年第 1 辑。
高利克著、刘燕编：《从歌德、尼采到里尔克：中德跨文化交流研究》，福州：福建教育出版社，2017 年。
顾彬、张畅：《对话顾彬：是语言，让我找到我的路》，《新京报》2017 年 11 月 4 日。
顾彬：《二十世纪中国文学史》，范劲等译，上海：华东师范大学出版社，2008 年。
顾彬：《一个好作家不应考虑得诺贝尔文学奖》，中国新闻网，2010 年 9 月 27 日。
顾文艳：《中国现代文学在德语世界传播的历史叙述》，《中国比较文学》2019 年第 3 期。
管乐、荣华：《全民阅读视野下〈傅雷家书〉的出版价值解读》，《出版广角》2019 年第 15 期。
郭敬明：《我找不到哪个人可以参照》，《南方周末》2013 年 12 月 19 日。
郭敬明：《凶猛的商业潜力股？》，载《中国企业家》2010 年第 1 期。
郭兰英：《文学翻译的关涉联立：译者、译场与译境——以夏衍翻译为例》，《外语与翻译》2016 年第 1 期。
郭兰英：《夏衍对西方文学的译介及其现代意义》，《中文学术前沿》2012 年第 1 期。
郭晓敏：《陈丹燕城市书写研究》，湖南大学硕士学位论文，2019 年。
何明星：《独家披露中国现当代女作家作品之欧美影响力》，《中国出版传媒商报》2014 年 3 月 7 日。
何瑛：《“后现代游客”马原与先锋派小说的隐秘起源》，《中国现代文学研究丛刊》

2020 年第 11 期。
何宇：《巴金在韩国的传播与接受研究》，南京大学硕士学位论文，2014 年。
侯金镜：《创作个性和艺术特色——谈茹志娟小说有感》，《文艺报》1961 年第 3 期。
胡仟慧：《刘呐鸥小说的女性嫌恶症分析》，《文学教育（下）》2021 年第 1 期。
胡天石：《〈子夜〉德译本记谈》，《世界图书》1981 年第 8 期。
黄振伟、阿来：《著名作家阿来：国内亟待建立经纪人出版代理制》，《财经时报》2006 年 5 月 7 日。
季红真：《萧红传》，北京：北京十月文艺出版社，2000 年。
姜娇娇：《"都市巡礼者"的视角政治——论穆时英"新感觉"小说创作特质》，浙江大学硕士学位论文，2019 年。
姜蕾、李碧玉、刘迪：《"东北作家群"文学作品在英语世界的译介与传播》，《理论界》2021 年第 1 期。
杰姆逊：《处于跨国资本主义时代中的第三世界文学》，张京媛译，《当代电影》1989 年第 6 期。
金昌镐：《萧红研究在韩国》，《呼兰师专学报》2003 年第 4 期。
金洁明："物"的地图 · 中产阶级想象 · 镜像中的"上海"——陈丹燕怀旧系列创作分析，上海大学硕士学位论文，2007 年。
金浪：《剧场寓言与批评空间的局限——韩寒、韩寒现象及其他》，李斌编著：《郭敬明韩寒等 80 后创作问题批判》，长沙：湖南大学出版社，2015 年。
金圣华：《傅雷与他的世界》，上海：上海三联书店，1997 年。
近藤光雄：《巴金研究在日本》，《大连大学学报》2020 年第 2 期。
劳滕堡、恩格、邱瑞晶：《德国图书市场上的中国形象——与中国相关的德语出版物研究》，《出版科学》2015 年第 5 期。
雷丹：《对异者的接受还是对自我的关照？——对中国文学作品的德语翻译的历史性量化分析》，李双志译，载马汉茂等主编：《德国汉学：历史、发展、人物与视角》，郑州：大象出版社，2005 年。
冷成金：《论余秋雨散文的文化取向》，《中国人民大学学报》1995 年第 3 期。
李超：《国民党"新生活运动"与女性形象》，《现代妇女》2010 年第 10 期。
李斐然：《傅聪：故园无此声》，《人物》2021 年 1 月 7 日。
李火秀：《与政治联姻——论茹志娟与杨沫五十年代的文学创作》，《江西理工大学学报》2012 年第 4 期。
李欧梵：《上海摩登：一种新都市文化在中国 1930—1945》，毛尖译，杭州：浙江大学出版社，2017 年。
李欧梵：《现代性的追求：李欧梵文化评论精选集》，北京：生活 · 读书 · 新知三联书店，2000 年。
李天福、林小琪：《"张爱玲热"的传播学解析及当代启示》，《当代文坛》2011 年第 2 期。

李晓：《中国作家在德国没有畅销书》，《北京晚报》2007 年 9 月 5 日。
林太乙：《林语堂传》，西安：陕西师范大学出版社，2002 年。
刘方政、黄云：《〈赛金花〉的评价问题及与“两个口号”论争的纠葛》，《山东社会科学》2013 年第 6 期。
刘江凯：《关于中国文学研究与中国当代文学——德国汉学家顾彬教授访谈》，《文艺现场》2011 年第 1 期。
刘庆隆：《叶圣陶和新华字典》，《语文建设》2000 年第 11 期。
刘绍铭：《爱玲说》，香港：香港中文大学出版社，2015 年。
刘再复：《评张爱玲的小说与夏志清的〈中国现代小说史〉》，刘绍铭等编：《再读张爱玲》，济南：山东画报出版社，2004 年。
龙健：《中国当代文学何时能成为世界文学？专访〈红楼梦〉德语译者吴漠汀》，《南方周末》2017 年 6 月 8 日。
龙健：《中国文学德语翻译小史：视我所窥永是东方》，《南方周末》2017 年 3 月 30 日。
楼适夷：《读家书，想傅雷》，傅敏编《傅雷家书》，南京：译林出版社，2018 年。
陆梅：《70 年代出生的女作家登上文坛》，中国社会科学院文学研究所《中国文学年鉴》编辑委员会编：《中国文学年鉴 1999—2000》，北京：作家出版社，2002 年。
罗清奇：《有朋自远方来：傅雷与黄宾虹的艺术情谊》，陈广琛译，上海：中西书局，2015 年。
罗昕：《“茅盾的文学黄金岁月在上海”：上海纪念茅盾先生诞辰 120 周年、抵沪 100 周年》，《东方早报》2016 年 8 月 9 日。
马汉茂：《〈红楼梦〉的德译者》，《读书杂志》1984 年第 10 期。
马汉茂等：《德国汉学：历史、发展、人物与视角》，李雪涛等译，郑州：大象出版社，2005 年。
马小康：《我的故乡在远方——浅析陈丹燕欧洲旅行散文系列》，《大众文艺》2009 年第 23 期。
马悦然：《想念林语堂先生（序言）》，载林语堂故居编：《跨越与前进：从林语堂研究看文化的相融 / 相涵国际学术研讨会论文集》，台北：林语堂故居，2007 年。
马占俊：《穆时英研究概述》，《时代文学》2011 年 11 月下半月。
马祖毅、任荣珍：《汉籍外译史》，武汉：湖北教育出版社，1997 年。
毛尖：《遇见》，合肥：安徽文艺出版社，2018 年。
茅盾：《谈最近的短篇小说》，《人民文学》1958 年第 6 期。
棉棉、木叶：《我希望自己可以越来越光明》，《上海文化》2010 年第 6 期。
棉棉：《否定的只是方法》，庄涤坤、于一爽主编：《很二》，北京：新星出版社，2012 年。
棉棉：《关于文学、音乐和生活》，张英：《网上寻欢——前卫作家访谈录》，吉林：时代文艺出版社，2002 年。
莫言：《千言万语何若莫言》，莫言：《莫言作品精选》，武汉：长江文艺出版社，2013 年。

钱振纲：《婚恋现象的现代审视——论张爱玲小说的思想价值》，《北京师范大学学报（社会科学版）》1995 年第 2 期。
饶博：《中国文学在德难觅，翻译成最大瓶颈》，《参考消息》2015 年 3 月 16 日。
沈从文：《从文自传》，北京：人民文学出版社，1997 年。
沈庆利：《以北京想象中国——论林语堂的北京书写》，《北京师范大学学报》2019 年第 1 期。
盛英：《二十世纪中国女性文学史（上册）》，天津：天津人民出版社，1995 年。
施蛰存：《关于〈黄心大师〉的几句话》，《中国文艺》1937 年第 1 卷第 2 期。
施蛰存：《黄心大师》，《文学杂志》1937 年第 1 卷第 2 期。
施蛰存：《小说中的对话》，《宇宙风》1937 年第 39 期。
史书美：《现代的诱惑：书写半殖民地中国的现代主义（1917—1937）》，何恬译，南京：江苏人民出版社，2007 年。
宋绍香：《走向现实的新中国文学——欧洲中国现代文学译介、研究管窥》，《国外社会科学》2012 年第 3 期。
苏青：《苏青文集》，上海：上海书店出版社，1994 年。
孙国亮、李斌：《中国现当代文学在德国的译介研究概述》，《文艺争鸣》2017 年第 10 期。
孙国亮、李斌：《德国〈东亚文学杂志〉对中国现当代文学的译介与阐释》，《小说评论》2019 年第 4 期。
孙瑞珍、王中忱：《丁玲研究在国外》，长沙：湖南人民出版社，1985 年。
覃江华：《马悦然与中国文学在海外的译介和经典化》，《中国翻译》2020 年第 1 期。
汀生：《海外文坛动态：林语堂的著作在德国》，《艺术与生活》1940 年第 2 期。
汪东发、张鑫：《艾青的诗学成就及其对中国新诗的美学构建》，《湖南社会科学》2004 年第 2 期。
汪珏：《沈从文先生四帖》，载《吉首大学学报（社会科学版）》1991 年第 Z1 期。
王安忆：《波特哈根海岸》，北京：新星出版社，2013 年。
王安忆：《重大的心灵情节》，《新民晚报》1993 年 4 月 5 日。
王立明：《夏衍与外国文学》，《锦州师范学院学报（哲学社会科学版）》2000 年第 1 期。
王梅香：《不为人知的张爱玲：美国新闻处译书计划下的〈秧歌〉与〈赤地之恋〉》，《欧美研究》2015 年第 1 期。
王苗苗：《英语世界的巴金研究》，北京：中国社会科学出版社，2019 年。
王邵军：《生命在沉思：冯至》，石家庄：花山文艺出版社，1992 年。
王顺勇：《淳而真的沈从文》，北京：北京工业大学出版社，2016 年。
王维江：《20 世纪德国的汉学研究》，《史林》2004 年第 5 期。
王文英：《赛金花剧情提要》，董健主编：《中国现代戏剧总目提要》，南京：南京大学出版社，2003 年。
王文英：《新感觉派论》，《上海社会科学院学术季刊》1998 年第 3 期。

王小曼、刘丽芬:《戴望舒与西班牙文学》,《中国社会科学报》2020 年 11 月 30 日。
魏韶华、韩相德:《中国现代作家研究在韩国》,北京:中国社会科学出版社,2016 年。
温育仙:《论傅雷的翻译思想及其翻译艺术》,《名作欣赏》2017 年第 9 期。
沃尔夫冈·顾彬:《德文版〈子夜〉后记》,郭志刚译,李岫编:《茅盾研究在国外》,长沙:湖南人民出版社,1984 年。
吴漠汀:《中国当代文学何时能成为世界文学?》,《南方周末》2017 年 6 月 12 日。
夏衍:《懒寻旧梦录》,北京:生活·读书·新知三联书店,1985 年。
夏衍:《历史与讽喻——给演出者的一封私信》,载会林、绍武编:《夏衍剧作集(第一卷)》,北京:中国戏剧出版社,1984 年。
夏志清:《中国现代小说史》,刘绍明等译,香港:香港中文大学出版社,2001 年。
潇潇:《诺贝尔奖下的中国文学——潇潇对话顾彬、陈晓明》,《延河》2013 年第 1 期。
小白:《单一的德国汉学传统已不复存在》,《社会科学报》2011 年 8 月 29 日。
小云、陈丹燕:访谈"移民陈丹燕的上海:带着箱子来,热烈爱世界",澎湃新闻·澎湃号·湃客,2020 年 8 月 15 日。
谢家顺、宋海东:《国际化:张恨水作品海外传播及其路径探究》,《新文学史料》2018 年第 3 期。
谢世诚:《民国文化名流百人传》,南京:南京出版社,2013 年。
谢元振等:《呼唤伟大的文学作品与杰出的翻译(上)——首届中国当代文学翻译高峰论坛纪要》,《东吴学术》2015 年第 2 期。
熊伟:《韩寒现象的文化解读》,李斌编著:《郭敬明韩寒等 80 后创作问题批判》,长沙:湖南大学出版社,2015 年。
徐志摩:《想飞:巴黎的麟爪》,上海:复旦大学出版社,2004 年。
许荻晔:《圈内的共识是"莫言现在蛮苦的"》,《东方早报》2014 年 3 月 12 日。
雪筠、陈殷:《陈丹燕和杭州人分享旅行哲学》,《浙江画报》2014 年第 8 期。
严家炎:《新感觉派小说选》,北京:人民文学出版社,1985 年。
严家炎:《中国现代小说流派史》,北京:人民文学出版社,1995 年。
颜敏、王嘉良:《中国现当代文学史(上册)》,上海:上海教育出版社,2009 年。
杨四平:《艾青在海外的接受》,《长沙理工大学学报(社会科学版)》2013 年第 28 期。
杨小滨:《中国后现代:先锋小说中的精神创伤与反讽》,愚人译,上海:上海三联书店,2013 年。
杨玉英:《马利安·高利克的汉学研究》,北京:学苑出版社,2015 年。
叶永烈:《文化巨匠傅雷》,北京:人民出版社,2018 年。
尹虹:《对民主德国中国文学翻译的回顾》,李雪涛译,马汉茂等主编:《德国汉学:历史、发展、人物与视角》,郑州:大象出版社,2005 年。
于文秀:《文学摇滚与伤花怒放——"70 后"女作家棉棉小说评析》,《文艺评论》2014 年第 1 期。

于文秀：《物化时代的文学生存——70后、80后女作家研究》，北京：中国社会科学出版社，2013。
余秋雨：《文化苦旅》，上海：知识出版社，1992年。
余秋雨：《行者无疆》，北京：华艺出版社，2001年。
余玮：《余秋雨：走得最远的文人》，《人民日报（海外版）》2007年5月31日。
袁龙：《从〈小时代〉看郭敬明创作的三个关键词》，李斌编著：《郭敬明韩寒等80后创作问题批判》，长沙：湖南大学出版社，2015年。
张爱玲：《流言》，北京：北京十月文艺出版社，2012年。
张爱玲：《流言》，广州：花城出版社，1997年。
张占国、魏守忠：《张恨水研究资料》，天津：天津人民出版社，1986年。
赵联城、王涛：《论80后创作的泡沫奇观》，李斌编著：《郭敬明韩寒等80后创作问题批判》，长沙：湖南大学出版社，2015年。
"中国主题图书在主要发达国家出版情况调研课题组"：《中国主题图书在德国的出版情况概况》，《出版广角》2007年第9期。
钟边：《叶圣陶生平》，《中国编辑》2014年第1期。
钟光贵：《论诗歌创作的想象》，《新疆师范大学学报（社会科学版）》1985年第2期。
钟玲：《记〈中国女性与文学〉会议》，《明报月刊》1982年10月第17卷第10期（总第202期）。
朱文斌：《"张爱玲神话"及其反思》，《文艺研究》2011年第1期。
邹进文：《近代中国经济学的发展：以留学生博士论文为中心的考察》，北京：中国人民大学出版社，2016年。
左怀建：《论艾青晚期诗歌中的异域都市想象》，《浙江工业大学学报（社会科学版）》，2016年第15期。

Agnes Hüfner: Vom Ausmaß der Not, in: FAZ, 15.06.1987.
Ahne Petra: Nachtgestalten. Mian Mian ist Schriftstellerin. Sie kommt aus Shanghai — der Boomtown. Sie gilt als Stimme der jungen Generation, und Berlin fand sie sehr entspannt, in: Berliner Zeitung, 23.10.2004.
Alexander Saechtig (Hrsg.): Meisterwerke chinesischer Erzählkunst des 20. Jahrhunderts: von Guo Moruo bis Zhang Jie, Offenbach a. M.: Weimarer Schiller-Presse, 2009.
Alexander Saechtig: Nachwort, in: Ba Jin: Herbst im Frühling, übersetzt von Alexander Saechtig, Beijing: Verlag für fremdsprachige Literatur, 2005.
Alexander Saechtig: Schreiben als Therapie. Die Selbstheilungsversuche des Yu Dafu nach dem Vorbild japanischer shishosetsu-Autoren, Wiesbaden: Harrassowitz, 2005.
Alexander Saechtig: Zwischen Instrumentalisierung und Eigenständigkeit: Die chinesische Literatur des 20. Jahrhunderts, in: Meisterwerke chinesischer Erzählkunst des 20.

Jahrhunderts. Von Guo Moruo bis Zhang Jie, übersetzt und hrsg. von Alexander Saechtig, Frankfurt am Main/München/London/New York: Weimarer Schiller-Presse, 2009.

Alexandra Leipold: Die Fünf Meister aus Sichuan: die posthermetischen Lyriker Bai Hua, Zhang Zao, Zhong Ming, Ouyang Jianghe und Zhai Yongming, Hamburg: disserta Verlag, 2011.

Almuth Richter: Mensch, oh Mensch. Auszug aus dem 4. Abschnitt des Romans, in: Das neue China, Nr. 2, S.24.

Andrea Puffarth: Grenzstadt. Die Übersetzungen von Ursula Richter (Frankfurt/M. 1985) und Helmut Forster-Latsch/Marie-Luise Latsch (Köln: Cathy-Verlag 1985) im Vergleich, in: Orientierungen 1/1992.

Andrea Riemenschnitter: Karneval der Götter — Mythologie, Moderne und Nation in Chinas 20. Jahrhundert. Bern: Peter Lang, 2011.

Andrea Wörle: Nachwort, in: Andrea Wörle (Hrsg.): Chinesische Erzählungen, München: Deutscher Taschenbuch Verlag, 1990.

Andrea Wörle: Über dieses Buch, in: Andrea Wörle (Hrsg.): Chinesische Erzählungen. München: Deutscher Taschenbuch Verlag, 1990.

Andreas Donath (Hrsg.): China erzählt, Frankfurt am Main: Fischer Verlag, 1964.

Anja Hirsch: Und immer verdunkelt sich die Welt, in: Frankfurter Allgemeiner Zeitung, 17.10.2009, Frankfurter Allgemeine Zeitung, Nr. 241, 17.10.2009.

Anke Heinemann: Die Liebe des Schamanen von Shen Congwen. Eine Erzählung des Jahres 1929 zwischen Ethnographie und Literatur, Bochum: Brockmeyer Verlag, 1992.

Anna Dumange: Schillernde Hölle. Mian Mian erzählt vom Schanghaier Nachtleben zwischen Sex, Partys und Beerdigungen. in: Junge Welt, 05.01.2010, S. 13.

Anna Gerstlacher: Frauen im Aufbruch. Ding Ling: Das Tagebuch der Sophia (Herausgeber: Wolfgang Arlt), Berlin: Verlag Ute Schiller, 1984.

Anne Baby: Padma — Lotos: Der Traumgarten. Übersetzt von Anne Katharina Drope, in: HOL 48, Mai 2010.

Anne Engelhardt, Ng Hong-chiok: Vorwort zur Übersetzungsreihe: Chinesische Frauenliteratur. in: Anne Engelhardt, Ng Hong-chiok (Hrsg.): Wege. Erzählungen aus dem chinesischen Alltag, Bonn: Engelhardt-Ng Verlag, 1985.

Anne Katharina Drope: Von Licht und Dunkelheit — Eine Analyse des Romans Padma von Anne Baby unter besonderer Berücksichtigung der Konstruktion von Männlichkeit und Weiblichkeit. Magisterarbeit im Fach Sinologie, 2010.

Ba Jin: Das Haus des Mandarins, übersetzt von Johanna Herzfeldt, Rudolstadt: Greifenverlag, 1959.

Ba Jin: Der Su-Deich, übersetzt von Volker Klöpsch, in: Christian Lux und Hans-Joachim Simm (Hrsg.): Insel-Almanach auf das Jahr 2009. China, Frankfurt am Main: Insel Verlag, 2008.

Ba Jin: Die Familie, aus dem chinesischen von Florian Reissinger, mit einem Nachwort von

Wolfgang Kubin. 2., durchges. Auflage, Berlin/St. Petersburg: Oberbaumverlag, 2002.

Ba Jin: Die Familie, übersetzt von Florian Reissinger, in: Andrea Wörle (Hrsg.): Chinesische Erzählungen, München: Deutscher Taschenbuch Verlag, 1990.

Ba Jin: Ein Hundeleben, übersetzt von Antje Bauer, Thomas Breetzke, in: Hefte für ostasiatische Literatur, Nr. 40, 2006.

Ba Jin: Garten der Ruhe, übersetzt von Joseph Kalmer, München: Carl Hanser Verlag, 1954.

Ba Jin: Geleitwort für die Zeitschrift Junge Autoren, übersetzt von Monika Basting, in: Akzente: Zeitschrift für Literatur, Heft 2, 1985.

Ba Jin: Gleitwort für die Zeitschrift Junge Autoren, in: Helmut Martin (Hrsg.): Schwarze Augen suchen das Licht. Chinesische Schriftsteller der achtziger Jahre, Bochum: Brockmeyer, 1991.

Ba Jin: Krankenzimmer Nr. 4, übersetzt von Alexander Saechtig, Beijing: Verlag für Fremdsprachige Literatur, 2009.

Ba Jin: Mein Protest, diesem todgeweihten System entgegengeschleudert: Von dem Zusammenbruch einer Gutsherrensippe in Sichuan, in: Helmut Martin (Hrsg.): Bittere Träume. Selbstdarstellungen chinesischer Schriftsteller, Bonn: Bouvier, 1993.

Ba Jin: Mein Zuhause, übersetzt von Ingo Schäfer, in: das neue China, Nr. 6, 1990.

Ba Jin: Meine Tränen, übersetzt von Thomas Kampen, in: die horen, Bd. 2, 1985.

Ba Jin: Nacht über der Stadt, aus dem Englischen von Peter Kleinhempel, Berlin: Verlag Volk und Welt, 1985.

Ba Jin: Niao de tiantang, Yi Lu Xun xiansheng, Duli sikao, Xiao gou Baodi, in: Martin Woesler (Hrsg.): Ausgewählte chinesische Essays des 20. Jahrhunderts in Übersetzung, Bochum: MultiLingua Verlag, 1998.

Ba Jin: Regen, übersetzt von Sylvia Nagel, in: China Erzählt. 14 Erzählungen, ausgewählt und mit einer Nachbemerkung von Andreas Donath, Frankfurt am Main: Fischer Taschenbuch Verlag, 1990.

Ba Jin: Shading, übersetzt Von Helmut Forster-Latsch, unter Mitarbeit von Marin-Luise Latsch und Zhao Zhenquang, Frankfurt am Main: Suhrkamp Verlag, 1981.

Ba Jin: Su-Deich, übersetzt von Volker Klöpsch, in: Volker Klöpsch und Roderick Ptak (Hrsg.): Hoffnung auf Frühling. Moderne chinesische Erzählungen. Erster Band 1919–1949, Frankfurt am Main: Suhrkamp Verlag, 1980.

Ba Jin: Über die Wahrheit, in: Helmut Martin, Christiane Hammer (Hrsg.): Die Auflösung der Abteilung für Haarspalterei, Reinbek bei Hamburg: Rewohlt Verlag, 1991.

Ba Jin: Vor dem Familienfest, übersetzt von Florian Reissinger, in: Jutta Freund (Hrsg.): Chinesische Geschichten, München: Wilhelm Heyne Verlag, 1990.

Ba Jin: Vorwort Ba Jins zu dieser Ausgabe, in: Ba Jin: Gedanken unter der Zeit. Ansichten — Erkundungen — Wahrheiten 1979 bis 1984, aus dem Chinesischen übertragen von Sabine

Peschel, Köln: Eugen Diederichs Verlag, 1985.
Barbara Hendrischke: Existenzielle Fragen — nicht nur aus dogmatischer Sicht. Ru Zhijuan's neuere Texte, in: die horen, Nr. 156, 1989.
Barbara Hendrischke: Ru Zhijuan, in: Lee, Lily Xiao Hong, Sue Wiles (ed.): Biographical Dictionary of Chinese Women. The Twentieth Century, 1912–2000. London: Routledge, 2015.
Barbara Hendrischke: Ru Zhijuan: Chinas sozialistische Revolution aus weiblicher Sicht, in: Wolfgang Kubin(Hrsg.): Moderne chinesische Literatur, Frankfurt a. M.: Suhrkamp, 1985.
Barbara Hoster: „Feng Zhi und sein Gedichtzyklus Reise nach Norden", in: Orientierungen, Heft 1, 1990.
Barbara Hoster: Ba Jin (1904–2005), in: China Heute, Nr. 6, 2005.
Beate Rusch: Kunst- und Literaturtheorie bei Yu Dafu (1896–1945), Dortmund: projekt verlag, 1994.
Brunhild Staiger: Deutschlandbesuch des chinesischen Lyrikers Ai Qing — Gedichte vom Rhein in: China aktuell, Nr. 4, 1979.
Chen Danyan, Lies Marculan: Shanghai, Brandstätter Verlag, 2008.
Chen Danyan: Der Shanghaier »Séla«. Übersetzt von Raffael Keller, in: Das Fremde im Auge des Fremden. Reise in Texten und Fotografien durch China. Herausgegeben von Margrit Manz, Basel: Literaturhaus 2003.
Chen Danyan: Der Shanghaier Bund: Aufstieg, Fall und Wiedergeburt. Übersetzt von Martina Hesse, Horlemann Verlag, 2014.
Chen Danyan: Ich dachte, ich würde in meine Heimat zurückkehren. Übersetzt von Beate Geist, in: minima sinica. Zeitschrift zum chinesischen Geist, Bonn. 1, 2003.
Chen Danyan: Neun Leben. Übersetzt von Barbara Wang, FISCHER Kinder- und Jugendtaschenbuch, 1998.
Chen Danyan: Neun Leben. Übersetzt von Barbara Wang, Nagel & Kimche AG, 1995.
Chen Danyan: Zerbrochene Träume. Übersetzt von Beate Geist, in: minima sinica. Zeitschrift zum chinesischen Geist, Bonn. 15, 2, 2003.
Christine Hammer: Rezension Gefahr und Begierde, in: Das neue China: Zeitschrift für China und Ostasien, Nr. 4, 2008.
Claire Roberts: Friendship in Art: Fou Lei and Huang Binhong, Hong Kong: Hong Kong University Press, 2010.
Clemens Treter: Männer ohne Gespür für die Zeit, in: Hans Kühner, Thorsten Traulsen, Wuthenow, Asa-Bettina (Hrsg.): Hefte für ostasiatische Literatur 37, München: Indicium Verlag, 2004.
Clemens Treter: Rez. zu (John, Ralf: zum Erzählwerk des Shanghaier Modernisten Shi Zhecun.

Komparatistische Untersuchungen und kritische Würdigung einer sinisierten „Literarischen Psychologie"), in: Orientalistischer Literaturzeitung 99, Nr. 1, 2004.

Constanze Elisabeth Dangelmaier: Zhang Ailing — Eine Schriftstellerin des modernen China. Übersetzung und Analyse ihrer Kurzgeschichte Liuqing, München: Universität München, 1994.

Dagmar Yu-Dembski: Genrebild einer kleinen Stadt, in: das neue China, Nr. 1, 1991.

Dagmar Yu-Dembski: Leben in Melancholie, in: Das neue China: Zeitschrift für China und Ostasien, Nr. 1, 2012.

Dai Houying: Die große Mauer. Roman aus dem Chinesischen von Monika Bessert und Renate Stephan-Bahle, mit einem Nachwort von Helmut von Martin, München: Hanser Verlag, 1987.

Dai Houying: Die große Mauer. Roman. Deutsch von Monika Bessert und Renate Stephan -Bahle. Mit einem Nachwort von Helmut Martin, München: Deutscher Taschenbuch Verlag, 1989.

Ding Ling: Das Tagebuch der Sophia, 28. Dezember. [Auszug] (übersetzt vom Arbeitskreis Moderne chinesische Literatur am Ostasiatischen Seminar der FU Berlin), in: Insel-Almanach auf das Jahr 2009. China [in Zeichen: nian jian] (Zusammengestellt von Christian Lux und Hans-Joachim Simm), Frankfurt am Main: Insel Verlag, 2008.

Ding Ling: Das Tagebuch von Mutter Yang (übersetzt von Carsten Storm), in: Wolf Baus, Volker Klöpsch, Otto Putz, Asa-Bettina Wuthenow (Hrsg.): Hefte für ostasiatische Literatur, Nr. 32, 2002.

Ding Ling: Das verstörte Herz (übersetzt von Diana Donath), in: Andreas Donath (Ausgewählt): China erzählt. 14 Erzählungen, Frankfurt: Fischer Taschenbuch Verlag, 1990.

Ding Ling: Ein kleines Zimmer in der Qingyun-Gasse (übersetzt von Anna Gerstlacher), in: Helmuth F. Fraun, Ruth Keen (Hrsg.): Die Horen, Jg. 30, Bd. 2, 1985 (Sonderheft der Literaturzeitschrift).

Ding Ling: Ein Tag. Aus dem Chinesischen von Diana Donath, in: minima sinica, Nr. 2, 2007(19. Jg.).

Ding Ling: Gedanken zum Tag der Frau. Aus dem Chinesischen von Livia Knaul und Bastian Broer, in: Orientierungen„ Nr. 2, 1999 (11. Jg.).

Ding Ling: Hirsekorn im blauen Meer: Erzählungen (übersetzt von Yang Enlin und Konrad Herrmann), Köln: Pahl-Rugenstein, 1987.

Ding Ling: Jahreszeiten einer Frau (übersetzt von Michaela Hermann), Freiburg: Herder, 1991.

Ding Ling: Shanghai 1930. [1930 nian chun Shanghai] (übersetzt von Michaela Link), in: minima sinica, Nr. 2, 2002.

Dominic Cheung: „Feng Zhi, Rilke und die chinesische Form des Sonnets", übersetzt von Klaus Sonnendecker, in: Zeitschrift für Kulturaustausch, 36. Jg, Heft 3, 1986.

Dominic Cheung: Feng Chih, New York: Twayne, 1979.

Dongshu Zhang: Seelentrauma. Die Psychoanalyse in der modernen chinesischen Literatur (1919–1949), Frankfurt a.M. et al.: Peter Lang, 1994.

Dorothee Ballhaus: Die moderne Frau im Frühwerk des Schriftstellers Mao Dun, Bochum: Studienverlag Dr. N. Brockmeyer, 1989.

Edward M. Gunn: UNWELCOME MUSE Chinese Literature in Shanghai and Peking 1937–1945, Newyork: Columbia University Press, 1980.

Egbert Baque: Kabale und Liebe, chinesisch, in: Merkur, Heft 462, Jahrgang 41, 1987.

Ehlers Fiona: Das Recht auf Rausch. Jung, reich und häufig depressiv: Mian Mian, die Chronistin des chinesischen Undergrounds, schreibt über Jugendliche in Shanghai. Sie muss selbst noch lernen, frei zu sein, in: Der Spiegel, 09.12.2002.

Eike Zschacke (Hrsg.): Das Weinen in der kalten Nacht: Zeitgenössische Erzählungen aus China, Bornheim-Merten: Lamuv-Verlag, 1985.

Eike Zschacke: Vorwort, in: Eike Zschacke (Hrsg.): Das Weinen in der kalten Nacht: Zeitgenössische Erzählungen aus China, Bornheim-Merten: Lamuv-Verlag, 1985.

Elke Junkers: Vorstöße in die wilde Zone, Chinesische Frauenliteratur 1920–1942 (Xiao Hong u. a.), in: Kurt Morawietz (Hrsg.): die horen. Wilde Lilien. Chinesische Literatur im Umbruch, 2. Bd., 1989.

Erol Güz: Dai Wangshu in Spain, in: minima sinica, Heft 1, 2001.

Eugen Feifel: Bibliographie zur Geschichte der chinesischen Literatur, Hildesheim: Olms, 1992.

Eva Müller: „Glücklich der Mensch, der Träume hat". Nachruf auf Ba Jin, in: Hefte für ostasiatische Literatur, Nr. 39, 2005.

Eva Wagner: Zhang Henshuis „Einundachzig Traume": Gesellschaftskritik Zwischen Tradition und Utopie. (Chinathemen, Bd. 56) Bochum: Brockmeyer Verlag, 1990.

Fang Weigui: Selbstreflexion in der Zeit des Erwachens und Widerstands. Moderne chinesische Literatur 1919–1949, Wiesbaden: Harrassowitz, 2006.

Fang Weigui: Zwischen Tradition und Moderne. Die „Ästhetik des Desolaten" von Zhang Ailing, in: minima sinica, Nr. 2, 2006.

Feng Zhi: „Als ginge ich über eine dünne Eisdecke. Briefe an Yang Hui, Teil I", übersetzt von Zhang Huiwen, in: minima sinica, Heft 2, 2007.

Feng Zhi: „Als ginge ich über eine dünne Eisdecke. Briefe an Yang Hui, Teil II", übersetzt von Zhang Huiwen, in: minima sinica, Heft 1, 2008.

Feng Zhi: „Erinnerung an Eichkamp", übersetzt von Ursula Stadler, in: minima sinica, Heft 2, 2004.

Feng Zhi: „Gedanekn zu Goethes Gedichten", „Du Fu und Goethe", in: Günther Debon u. Adrian Hsia (Hrsg.): Goethe und China — China und Goethe: Bericht des Heidelberger

Symposions, Bern, Berlin, Frankfurt, New York, Paris, Wien: Peter Lang, 1985.

Feng Zhi: „Sonette“, übersetzt von Wolfgang Kubin, in: das neue China, Heft 4, 2011.

Feng Zhi: „Sonette“, übersetzt von Wolfgang Kubin, in: Literaturstraße, Bd. 5, 2004.

Fiona Ehlers: China hat den Kapitalismus entdeckt — und die jungen Pop-Literatinnen. Eine ehemalige Drogenabhängige ist die begabteste unter ihnen: Mianmian, in: Kulturspiegel 11, November 2000.

Folke Peil: Chinesische Populärliteratur: (tongsu wenxue): das Werk der Shanghaier Erzählerin Cheng Naishan, Bochum: N. Brockmeyer, 1992.

Folke Peil: Zhang Henshui, in: Volker Klöpsch, Eva Müller (Hrsg.): Lexikon der chinesischen Literatur, München: Verlag C. H. Beck, 2004.

Frank Meinshausen: Vorwort, in: Frank Meinshausen: Das Leben ist jetzt. Neue Erzählungen aus China, Frankfurt: Suhrkamp, 2003.

Frank Stahl: Die Erzählungen des Shen Congwen: Analysen und Interpretation, Bern u.a: Peter Lang 1996.

Friederike Reents: Lyrik des 20. Jahrhunderts, Berlin: Springer-Verlag, 2017.

Fritz Fröhling: Nachwort, in: Lin Yutang: Festmahl des Lebens: Eine Geschichte und Gedanken aus China, übersetzt von Ursula Löffler und Wilhelm E. Süskind, Freiburg im Breisgau: Hyperion-Verlag, 1961.

Fu Jialing: Die haipai-Erzählliteratur, in: Hans van Ess, Roderich Ptak, Thomas O. Höllmann (Hrsg.): Lun Wen. Studien zur Geistesgeschichte und Literatur in China, Wiensbaden: Harrassowitz Verlag, 2004.

Gerlinde Gild: Chinesische Identität in den Erzählungen der Schriftstellerin Wang Anyi. in: Orientierungen, 2/2000.

Gladys Yang: Vorwort, in: Waltraut Bauersachs, Jeanette Werning, Hugo-Michael Sum: Sieben chinesische Schriftstellerinnen der Gegenwart. Beijing: Verlag für fremdsprachige Literatur, 1985.

Goatkoei Lang-Tan: „Der Geist der deutschen Dramatik in der Dichtung Feng Zhis“, in: Adrian Hsia, Sigfrid Hoefert (Hrsg.): Fernöstliche Brückenschläge: Zu deutsch-chinesischen Literaturbeziehungen im 20. Jahrhundert, Bern, Berlin, Frankfurt, New York, Paris, Wien: Peter Lang, 1992.

Goatkoei Lang-Tan: „Traditionelle Strukturen und west-östliche Begegnungen in der modernen Lyrik Chinas“, in: ASIEN: The German Journal on Contemporary Asia, Heft 20, 1986.

Gotelind Müller: Lin Yutang-Die Persönlichkeit im Spiegel des Werks, in: Martin Erbes, Gotelind Müller, Wuxingwen und Qing Xianci (Hrsg.): Drei Studien über Lin Yutang (1895–1976), Bochum: Brockmeyer, 1989.

Grünfelder, Alice (Hrsg.): Reise in den Himalaya: Geschichten fürs Handgepäck, Zürich:

Unionsverlag, 2008.

Guangchen Chen: Fu Lei and Fou Ts'ong: Cultural Cosmopolitanism and Its Price, in: David Der-Wei Wang (ed.): A New Literary History of Modern China, Cambridge/London: The Belknap Press of Harvard University Press, 2017.

Gudrun Fabien: Xiao Hongs Geschichten vom Hulanfluß. Ein Beitrag zum Problem der Gattung, in: Orientierungen, Nr. 2, 1990.

Günter Giesenfeld: Zu einigen Grundvoraussetzungen der Rezeption ausländischer Filme in der VR China, in: Augenblick 18: Deutschland im Spiegel der elektrischen Schatten. Herausgegeben von den Forschungsstellen: „Filmgeschichte" und „Bild und Sprache" im Institut für Neuere deutsche Literatur, Philipps-Universität Marburg, 1994.

Günter Lewin: Eine Sommernacht, Beijing: Verlag für fremdsprachige Literatur, 1963.

Günther Debon u. Adrian Hsia (Hrsg.): Goethe und China — China und Goethe: Bericht des Heidelberger Symposions, Bern, Berlin, Frankfurt, New York, Paris, Wien: Peter Lang, 1985.

Guo Jingming: Tiny Times: Kleine Lügen unter Freunden, übersetzt von Hermann Marc, Köln: beHeartbeat by Bastei Entertainment, 2016.

Guo Jingming: Tränen gegen den Strom-Romananfang. Übersetzt von Martin Woesler, in: Martin Woesler (Hrsg.): Chinesische Kultliteratur 2008/2009. Autoren, Werke, Trends, Bochum: Europäischer Universitätsverlag, 2010.

Han Han: Die Karotte. Die Geschichte eines chinesischen Fernsehteams, das sich der Aufklärung durch >Schritte in die Naturwissenschaft< verschrieben hat. Übersetzt von Wolf Kantelhardt, in: brand eins. Wirtschaftsmagazin 11, 2009.

Han Han: Kleinstadtleben. Übersetzt von Lena Henningsen, in: Lena Henningsen (Hrsg.): Leben andernorts. Geschichten aus dem chinesischen Alltag, Bochum, Freiburg: Projekt Verlag 2009.

Han Han: Schon lange weg. Übersetzt von Bernhard Mangels, in: Lena Henningsen (Hrsg.): Leben andernorts. Geschichten aus dem chinesischen Alltag, Bochum, Freiburg: Projekt Verlag 2009.

Han Han: Ta de guo. Rez. v. Thomas Zimmer, in: Orientierungen 1, 2011.

Han Han: Tage des Ruhms-Romananfang. Übersetzt von Martin Woesler. in: Martin Woesler (Hrsg.): Chinesische Kultliteratur 2008/2009. Autoren, Werke, Trends, Bochum: Europäischer Universitätsverlag, 2010.

Han Liu: Die Position des Übersetzers in der Rezeption: eine Studie über die Übersetzung und Rezeption der Dichtung Friedrich Hölderlins in China. Dissertation. Universität München, 2018.

Hans Kühner: Unpatriotische Ansichten eines Popliteraten, in: Hefte für ostasiatische Literatur, Nr. 44, Mai 2008.

Hans Mayer: Das Wiedersehen in China: Erfahrungen 1954–1994, Frankfurt: Suhrkamp, 1995.

Hartmut Walravens: Anna von Rottauscher, geb. Susanka (29. Dez. 1892, Wien — 12. Juni 1970): Leben und Werk, in: Oriens Extremus, Nr. 2, 1994.

Häse Birgit: Einzug in die Ambivalenz: Erzählungen chinesischer Schriftstellerinnen in der Zeitschrift Shouhuo zwischen 1979 und 1989, Wiesbaden: Otto Harrassowitz, 2001.

Hatto Kuhn: Dr. Franz Kuhn (1884–1961) Lebensbeschreibung und Bibliographie seiner Werke, Wiesbaden: Franz Steiner Verlag, 1980.

Heike Frick: Rettet die Kinder! — Kinterliteratur und kulturelle Erneuerung in China, 1902–1946, Münster: Lit, 2002.

Heike Münnich: Kein Papierdrachen in der Hand eines Herrn. Die Schriftstellerin Suqing (1917–1982), in: Orientierungen, Nr.2, 1990.

Heiner Frühauf: Von Menschen und Büchern. Autobiographie und die Suche nach ästhetischer Erfahrung im Werk Yu Dafus, in: Drachenboot. Zeitschrift für moderne chinesische Literatur und Kunst, Nr. 2, 1988.

Heiner Frühauf: Vorstellung zu Yu Dafu, in: die horen, Nr. 138, 1985.

Helmut Hetzel (Hrsg.): Frauen in China. Erzählungen, München: Deutscher Taschenbuch Verlag, 1986.

Helmut Martin (Hrsg.): Bittere Träume. Selbstdarstellungen chinesischer Schriftsteller, Bonn: Bouvier Verlag, 1993.

Helmut Martin (Hrsg.): Schwarze Augen suchen das Licht: Chinesische Schriftsteller der achtziger Jahre, Bochum: Brockmeyer, 1991.

Helmut Martin, Christiane Hammer (Hrsg.): Die Auflösung der Abteilung für Haarspalterei. Texte moderner chinesischer Autoren. Von den Reformen bis zum Exil, Reinbek bei Hamburg: Rowohlt Verlag, 1991.

Helmut Martin: Ba Jins Memoiren-Gedanken unter der Zeit, in: Helmut Martin (Hrsg.): Chinesische Literatur am Ende des 20. Jahrhunderts. Chinabilder II. Neuanfänge in den 80er und 90er Jahren, Dortmund: Projekt Verlag, 1996.

Helmut Martin: Chinas intellektuelles Gewissen — Zum 80. Geburtstag des nonkonformistischen Schriftstellers Ba Jin. Ohne Abstriche die Wahrheit sagen, in: Die Welt, 24.11.1984.

Helmut Martin: Ein Nachwort zu Ba Jin, in: Ba Jin: Gedanken unter der Zeit. Ansichten — Erkundungen — Wahrheiten 1979 bis 1984, aus dem Chinesischen übertragen von Sabine Peschel, Köln: Eugen Diederichs Verlag, 1985.

Helmut Martin: Leben im Protest. Zum Tode der chinesischen Schriftstellerin Ding Ling, in: Die Zeit, Nr. 12, 14. März, 1986.

Helmut Martin: Like a Film abruptly torn off: Tension and Despair in Zhang's writing experience, in: Ders.: Traditionelle Literatur Chinas und Aufbruch in die Moderne. Dortmund: Projekt-Verlag, 1996.

Helmut Martin: Nachwort, in: Dai Houying: Die große Mauer. Roman. Aus dem Chinesischen von Monika Bessert und Renate Stephan-Bahle. München: Karl Hanser Verlag, 1987.

Helmut Martin: Shen Congwen und seine Erzählung "Meine Erziehung", in: Helmut Martin: Taiwanesische Literatur — Postkoloniale Auswege. Chinabilder III, Dortmung: Projekt Verlag, 1996.

Helmut Martin: Zur Einführung. Ein Neuanfang in nur sechs Jahren: 1979–1984. in: Akzente, Nr.2, 1985.

Helmut Peters, Zhang Guangming (Hrsg.): Chinesische Weisheiten, Düsseldorf: Institut für Außenwirtschaft GmbH, 2008.

Helwig Schmidt-Glintzer: Geschichte der chinesischen Literatur, Bern, München, Wien: Scherz Verlag, 1990.

Helwig Schmidt-Glintzer: Geschichte der chinesischen Literatur. Von den Anfängen bis zur Gegenwart, München: Verlag C. H. Beck, 1999.

Huang Weiping: Melancholie als Geste und Offenbarung. Zum Erzählwerk Zhang Ailings, Bonn: Universität Bonn, 1999.

Huang Weiping: Melancholie als Geste und Offenbarung. Zum Erzählwerk Zhang Ailings, Bern u.a.: Peter Lang, 2001.

Huizhong Zheng: Yan Fu (1854–1921): Übersetzung und Moderne, Hamburg: Diplomica Verlag, 2009.

Ines-Susanne Schilling, John Ralf: Die Neuen Sensualisten (xin ganjuepai). Zwei Studien über Shanghaier Modernisten der zwanziger und dreißiger Jahre, Bochum: N. Brockmeyer, 1994.

Ines-Susanne Schilling: Modernistisch-experimentelle Prosa aus dem Shanghai der dreßiger Jahre. Mu Shiying (1912–1940) als Vertreter der Neuen Sensualisten, in: Ines-Susanne Schilling, Ralf John: Die Neuen Sensualisten (xin ganjuepai). Zwei Studien über Shanghaier Modernisten der zwanziger und dreissiger Jahre, Bochum: Brockmeyer, 1994.

Ingrid Krüßmann-Ren: Literarischer Symbolismus in China. Theoretische Rezeption und lyrische Gestaltung bei Dai Wangshu (1905–1950), Bochum: Brockmeyer, 1991.

Ingrid Krüßmann-Ren: Zur Struktur des „Lyrischen Ich" in der chinesischen Dichtung der zwanziger und dreißiger Jahre des 20. Jahrhunderts: Analysen der Theoriebildungen zu dieser Redesituation in der chinesischen Literaturwissenschaft und empirische Untersuchungen bei Dai Wangshu (1905–1950) und einigen Zeitgenossen, Frankfurt am Main, Berlin, Bern, New York, Paris, Wien: Lang, 1993.

Irma Peters: Eine falsch redigierte Geschichte, in: Irmtraud Fessen-Henjes, Fritz Gruner, Eva Müller(Hrsg.): Erkundungen: 16 chinesische Erzähler, Berlin: Verlag Volk und Welt, 1984.

Irmtraud Fessen-Henjes, Fritz Gruner, Eva Müller (Hrsg.): Ein Fest am Dashan. Chinesische Erzählungen, München: Droemersche Deutsche Verlagsanstalt Th. Knaur Nachf., 1988.

Jiaxin Zheng: Zeit, Geschichte und Identität in weiblichen Bildungsromanen der Moderne, Deutschland und China, Baden-Baden: Ergon Verlag, 2019.

Johanna Herzfeldt: Schlusswort der Übersetzung, in: Ba Jin: Das Haus des Mandarins, übersetzt von Johanna Herzfeldt, Rudolstadt: Greifenverlag, 1959.

Johnny Erling: Ba Jin, der große alte Mann der chinesischen Literatur, ist tot, in: Die Welt, 18.10.2005.

Julia Chang Lin: Modern Chinese Poetry: An Introduction, Seattle: University of Washington Press, 1972.

Jutta Freud (Hrsg.): Chinesische Geschichten, München: Wilhelm Heyne Verlag, 1990.

Kai-Yu Hsu: Twentieth Century Chinese Poetry: An Anthology, Doubleday, 1963.

Karin Hasselblatt: Liebe, Sexualitaet und die Suche nach den Wurzeln in der chinesischen Gegenwartsliteratur. Ein Gespraech mit Wang Anyi, n: Drachenboot. Zeitschrift für moderne chinesische Literatur und Kunst, 2/1988.

Karin Hasselblatt: Nachbemerkung, in: Karin Hasselblatt (Hrsg.): Kleine Lieben. Zwei Erzählungen. München: Carl Hanser Verlag, 1988.

Karl-Heinz Pohl: Vier Gedichte: „Morgenstern", „Bäume", „Quelle", „An einem verschneiten Morgen", in: die horen 138 Bd. 2, 1985.

Kathrin Ensinger: Frauen und Diaspora: Zur Konstitution weiblicher Subjektivität in der Diaspora am Beispiel der sino-helvetischen Autorin Zhao Shuxia, Zürich: Zurich Open Repository and Archive, 2013.

Lea Pao: Übersetzen als Transformation: Wang Jiaxins chinesischer Paul Celan, Wien: Diplomarbeit an der Universität Wien, 2013.

Lee, Leo Ou-fan: Modernism in Modern Chinese Literature: A Study (somewhat comparative) in Literacy History, in: Tamkang Review, Vol. 10, No.3 and 4.

Lena Henningsen: Reich der Fälscher — oder Land der Kreativen? Der chinesische Buchmarkt und (globale) Phänomene der Kreativität, in: Berthold Damshäuser/Wolfgang Kubin: Orientierungen, Zeitschrift zur Kultur Asiens. Chinesische Gegenwartsliteratur zwischen Plagiat und Markt. Themenheft 2009, München: edition global, 2009.

Li Rui: Alles Buch: Studien der Erlanger Buchwissenschaft. Krise oder Chance? Die Entwicklung und gegenwärtige Situation der privaten Publikationsunternehmen in der Volksrepublik China. Herausgegeben von Ursula Rautenberg und Volker Titel, Buchwissenschaft/ Universität Erlangen-Nürnberg, 2011.

Lin Yutang: Blatt im Sturm, aus dem Amerikanischen übersetzt von L. Rossi, Frankfurt am Main: Fischer, 1953.

Lin Yutang: Chinesenstadt, aus dem Amerikanischen übersetzt von Leonore Schlaich, Stuttgart: Deutsche Verlagsanstalt, 1953.

Lin Yutang: Die Botschaft des Fremden: Chinesische Geschichten, übersetzt von Ursula Löffler, Stuttgart: Deutsche Verlagsanstalt, 1954.

Lin Yutang: Die Kurtisane: Eine Liebesgeschichte aus der alten China, aus dem Amerikanischen übersetzt von Leonore Schlaich, Stuttgart: Deutsche Verlagsanstalt, 1964.

Lin Yutang: Die rote Peony, aus dem Amerikanischen übersetzt von Iris und Rolf Hellmut Foerster, Frankfurt am Main: Büchergilde Gutenberg, 1969.

Lin Yutang: Die Weisheit des Laotse, aus dem Amerikanischen übersetzt von Gerolf Coudenhove, Frankfurt am Main: Fischer-Taschenbuch-Verlag, 1994.

Lin Yutang: Ein wenig Liebe ... ein wenig Spott, aus dem Amerikanischen übersetzt von Ines Loos, Zürich: Rascher, 1953.

Lin Yutang: Eine Landschaft in der Schweiz, übersetzt von Thomas Fröhlich, in: Raoul David Findeisen, Thomas Fröhlich, Robert H. Hassmann (Hrsg.): Aus dem „Garten Europas". Chinesische Reisen in der Schweiz, Zürich: Neue Züricher Zeitung Buchverlag, 2000.

Lin Yutang: Festmahl des Lebens: Eine Geschichte und Gedanken aus China, aus dem Amerikanischen übersetzt von Ursula Löffler und Wilhelm E. Süskind, Freiburg im Breisgau: Hyperion-Verlag, 1961.

Lin Yutang: Glück des Verstehens: Weisheit und Lebenskunst der Chinesen, aus dem Amerikanischen übersetzt von Liselotte und Wolff Eder, Stuttgart: Klett Verlag, 1963.

Lin Yutang: Konfuzius, aus dem Amerikanischen übersetzt von Gerolf Coudenhove, Frankfurt am Main, Hamburg: Fischer Bücherei, 1957.

Lin Yutang: Kontinente des Glaubens: Mein Weg zurück zum Christentum, aus dem Englischen übersetzt von M. Hackel, Ch. Pfaff und A. M. Textor, Stuttgart: Deutsche Verlagsanstalt, 1961.

Lin Yutang: Lady Wu. Das ungewöhnliche Leben einer Kaiserin, München: Kindler, 1959.

Lin Yutang: Leb wohl Sunganor: Roman aus einem fernen Land, aus dem Amerikanischen übersetzt von Maria Wolff, Berlin & Frankfurt am Main: G. B. Fischer, 1954.

Lin Yutang: Peking: Augenblick und Ewigkeit (Band 1/2), aus dem Englischen übersetzt von L. Rossi, Frankfurt am Main: S. Fischer, 1939.

Lin Yutang: Schatzkammer Peking: Sieben Jahrhunderte Kunst und Geschichte, aus dem Englischen übersetzt von Irmtraud Schaarschmidt-Richter, Frankfurt am Main: Umschau Verlag, 1963.

Lin Yutang: Treten und Getretenwerden, in: Hefte für Ostasiatische Literatur, Nr. 20, Mai 1996.

Lin Yutang: Weisheit des lächelnden Lebens: Das Geheimnis erfüllten Daseins, aus dem Amerikanischen übersetzt von Wilhelm Emil Süskind, Reinbek bei Hamburg: Rowolt, 1963.

Lina Li: Chinesische Gegenwartsliteratur in Deutschland. Unveröffentlichte Dissertation, Boon, 2019.

Liu Xiaoqing: Writing as Translating: Modern Chinese Women's Writing in the Early Twentieth

Century, University of California, 2012.

Liu Zaifu: Zur Erzählkunst von Zhang Ailing und zur Geschichte des modernen chinesischen Romans von C. T. Hsia, übersetzt von Suiz-Zhang Kubin/Wolfgang Kubin, in: minima sinica, Nr. 1, 2003.

Lü Yuan, Winfried Woesler (Hrsg.): Chinesische Lyrik der Gegenwart. Chinesisch/Deutsch. Ausgewählt, Stuttgart: Philipp Reclam Jun., 1992.

Ludger Lütkehaus: Die Konterrevolution des Hungers, in: Neue Zürcher Zeitung, Nr. 285, 08.12.2009.

Lutz Bie: Weiterführende Literatur, in: Akzente. Zeitschrift für Literatur. Herausgeber von Michael Krüger, begründet von Walter Höllerer und Hans Bender, 2/1985.

Lutz Bieg: „Von Lassalle und Weerth zu Konsalik und Hesse“, in: ASIEN: The German Journal on Contemporary Asia, Heft 8, 1983.

Lutz Bieg: Shi Zhecun und seine Erzählung „Große Lehrerin Huangxin“, oder die bewußte Rückwendung zur Tradition, in: Das andere China. Festschrift für Wolfgang Bauer zum 65. Geburtstag, hg. von Helwig Schmidt-Glintzer, Wiesbaden: Harrassowitz, 1995.

Ma, Yuan: Die Göttin des Lhasaflusses, aus dem Chinesischen von Marc Hermann, in: minima sinica, Nr. 2, 2005.

Manfred Oster: Xiao Hongs Roman. Chinesische Kindheit, in: Die Zeit, 12.04.1991.

Manfred Reichardt, Shuxin Reichardt: Auf der Waage der Zeit, Berlin: Verlag Volk und Welt, 1988.

Mao Dun: Altes und Neues, übersetzt von Volker Klöpsch, in: Hefte für Ostasiatische Literatur, Nr. 35/2003.

Mao Dun: Der Laden der Familie Lin, übersetzt von Joseph Kalmer, Berlin: Verlag Volk und Welt, 1953.

Mao Dun: Der Selbstmord, übersetzt von Ima Schweiger, in: minima sinica, Nr. 2/2001.

Mao Dun: Der Selbstmord, übersetzt von W. Schmahl, in: Ostasiatische Rundschau, Nr. 13/1942.

Mao Dun: Desillusion, übersetzt von Nicola Dischert, in: minima sinica, Nr. 1/2003.

Mao Dun: Die Art des Ah Q, übersetzt von Bettina von Reden, in: Hefte für Ostasiatische Literatur, Nr. 35/2003.

Mao Dun: Die kleine Hexe. Erzählungen, übersetzt von Johanna Herzfeldt, Leipzig: Philipp Reclam jun., 1959.

Mao Dun: Eine Frau, übersetzt von Silvia Kettelhut, in: minima sinica, Nr. 1/1992.

Mao Dun: Erotik in der chinesischen Literatur, übersetzt von Rainer Schwarz, in: Sinn und Form, Nr. 5/1991.

Mao Dun: In einer Sommernacht um Eins, übersetzt von Heide Brexendorff, in: Die Horen, Nr. 2/1985.

Mao Dun: Poesie und Prosa, übersetzt von Silvia Kettelhut und Michaela Pyls, in: minima sinica,

Nr. 2/1990.
Mao Dun: Regenbogen, übersetzt von Marianne Bretschneider, Berlin: Verlag Volk und Welt, 1963.
Mao Dun: Schanghai im Zwielicht, übersetzt von Franz Kuhn, Dresden: Heyne, 1938.
Mao Dun: Schanghai im Zwielicht, übersetzt von Franz Kuhn, rev. von Ingrid und Wolfgang Kubin, Berlin: Oberbaum Verlag, 1979.
Mao Dun: Schanghai im Zwielicht, übersetzt von Franz Kuhn, rev. von Ingrid und Wolfgang Kubin, Frankfurt am Main: Suhrkamp Verlag, 1983.
Mao Dun: Schanghai im Zwielicht, übersetzt von Johanna Herzfeldt u.a., Berlin: Verlag Volk und Welt, 1966.
Mao Dun: Schanghai im Zwielicht: Roman aus dem gegenwärtigen China, übersetzt von Franz Kuhn, Berlin: Wigankow, 1950.
Mao Dun: Seidenraupen im Frühling. Erzählungen und Kurzgeschichten, übersetzt von Fritz Gruner u.a., Berlin: Verlag Volk und Welt, 1987.
Mao Dun: Seidenraupen im Frühling. Erzählungen und Kurzgeschichten, übersetzt von Fritz Gruner u.a., München: C. H. Beck, 1987.
Mao Dun: Seidenraupen im Frühling. Zwei Erzählungen, übersetzt von Josef Kalmer, Leipzig: Insel Verlag, 1955.
Mao Dun: Seidenraupen im Frühling: Erzählungen und Kurzgeschichten, übersetzt von Fritz Gruner u.a., Berlin: Verlag Volk und Welt, 1975.
Mao Dun: Über zwei Parolen, die eine Debatte hervorrufen, übersetzt von Claudia Puk, in: Orientierungen, Nr. 1/2009.
Mao Dun: Zündholzfabrikant Tschou, übersetzt von Franz Kuhn, in: Ostasiatische Rundschau, Nr. 12/1938.
Marc Hermann, Weiping Huang, Henriette Pleiger, Thomas Zimmer: Geschichte der chinesischen Literatur. Band 9. Biographisches Handbuch chinesischer Schriftsteller. Leben und Werke. München: De Gruyter Saur, 2011.
Marc Hermann: Anmerkung zu „Versinken“, in: minima sinica, Nr. 1, 2002.
Marc Hermann: Einleitung zu „nach dem Süden“, in: Marc Hermann, Christian Schermann (Hrsg.): Zurück zur Freude. Studien zur chinesischen Literatur und Lebenswelt und ihrer Rezeption in Ost und West. Festschrift für Wolfgang Kubin, Sankt Augustin: Institut Monumenta Serica, 2007.
Marc Hermann: Leib und (A-)Moral: Ideologie- und Moralkritik im Werk Von Zhang Ailing. Wiesbaden: Harrassowitz Verlag, 2013.
Marc Hermann: Zum Leben und Werk von Shi Zhecun, in: Geschichte Der Chinesischen Literatur: Band 9: Biographisches Handbuch Chinesischer Schriftsteller: Leben Und Werke,

De Gruyter Sauer, 2011.

Mariá Gálik: Yü Ta-fu's anarchistische Vorstellungen im gesellschaftlichen Leben und in der Literatur, in: Asiatische Studien: Zeitschrift der Schweizerischen Asiengesellschaft, Nr. 29, 1975.

Marián Gálik: Feng Chih's Sonnets: the Interlitrary Relations with German Romanticism, Rilke and van Gogh, in: Marián Gálik: Milestones in Sino-Western literary confrontation (1898–1979), Wiesbaden: Harrassowitz, 1986.

Marián Gálik: Feng Zhi and His Goethean Sonnet, in: Masayuki Akiyama and Yiu-nam Leung (Hrsg.): Crosscurrents in the Literatures of Asia and the West. Essays in Honor of A. Owen Aldridge. Newark: University of Delaware Press, 1997.

Marián Gálik: Prelimilary Remarks on the Reception of Rilkés Works in Chinese Literature and Criticism, in: Monika Schmitz-Emans (Hrsg.): Transkulturelle Rezeption und Konstruktion, Heidelberg: Synchron, 2004.

Mark Siemons: Die Zeit des Lesens ist vorüber. Traum und Albtraum einer Nation: Zum Tod des chinesischen Schriftstellers Ba Jin, in: Frankfurter Allgemeine Zeitung, 19.10.2005, Nr. 243.

Mark Siemons: Vom tragischen Schicksal der Hoffnung. Ein exemplarisches Leben: Der chinesische Schriftsteller Ba Jin wird hundert Jahre alt, in: Frankfurter Allgemeine Zeitung, 25.11.2004, Nr. 276.

Martin Woesler (Hrsg.): Chinesische Kultliteratur 2008/2009. Autoren, Werke, Trends. Bochum: Europäischer Universitätsverlag, 2010.

Martin Woesler: Der kritische politische Essay in China. Zhou Zuoren, Ba Jin und Zhu Ziqing in neuem Licht. Bochum: Europäischer Universitätsverlag, 2005.

Martin Woesler: Sixtenn-Year-Old Han Han Roughs Up the Literary Scene, in: David Der-wei Wang (Hrsg.): A New Literary History of Modern China, 2017.

Martin Woesler: Strömungen chinesischer Gegenwartsliteratur heute. in: Martin Woesler (Hrsg.): Chinesische Literatur in deutscher Übersetzung. China Ehrengast der Frankfurter Buchmesse 2009. Symposiumsband. Symposium an der Hochschule für Angewandte Sprachen, SDI München 27.06.2009, Bochum: Europäischer Universitätsverlag, 2010.

Martin Woesler: Underground-Literatur: Mian Mians Panda Sex. in: Martin Woesler (Hrsg.) Chinesische Literatur in deutscher Übersetzung. China Ehrengast der Frankfurter Buchmesse 2009. Symposiumsband. Symposium an der Hochschule für Angewandte Sprachen, SDI München 27.06.2009, Bochum: Europäischer Universitätsverlag, 2010.

Mechthild Leutner: Die merkwürdige Geschichte der Sai Jinhua (Book Review), in: Orientalistische Literaturzeitung, Berlin: Akademie-Verlag, etc, 1999–11–01.

Mian Mian: Deine Nacht, mein Tag. Aus dem Chinesischen von Karin Hasselblatt, Köln: Kiepenheuer & Witsch, 2004.

Mian Mian: La la la. Aus dem Chinesischen von Karin Hasselblatt, Köln: Kiepenheuer & Witsch 2000.

Mian Mian: Panda Sex. Aus dem Chinesischen von Martin Woesler. Vorwort. Köln: Kiepenheuer & Witsch, 2009.

Mingyuan Hu: Fou Lei: An Insistence on Truth, Leiden/Boston: Brill, 2017.

Mu Gu: „Entthronung" des Ausgangstextes, in: Zhang Yushu, Hans-Georg Kemper und Horst Thomé (Hrsg.): Literaturstraße: Chinesisch-deutsches Jahrbuch für Sprache, Literatur und Kultur. Band 4, Würzburg: Königshausen & Neumann, 2003.

Nhu-Thien Mac: Zhang Ailing und ihre Erzählkunst anhand des Kurzromans Jinsuo Ji (Das goldene Joch), Berlin: Freie Universität Berlin, 1991.

Nicolai Volland: Fu Lei jiashu: Kulturaustausch in der Volksrepublik China und die Strategien eines Mittlers zwischen zwei Welten, in: Antje Richter und Helmolt Vittinghoff (Hrsg.): China und die Wahrnehmung der Welt, Wiesbaden: Harrassowitz Verlag, 2007.

Olga Lang: Die chinesische Jugend zur Zeit der 4.-Mai-Bewegung. Ba Jins Romantrilogie „Reißende Strömung", in: Wolfgang Kubin (Hrsg.): Moderne chinesische Literatur, Frankfurt am Main: Suhrkamp Taschenbuch Verlag, 1985.

P. Peter Venne: Rezension von Xiao Hong: Der Ort des Lebens und des Sterbens, in: China Heute, Nr. 4, 1989.

Pearl S. Buck: Buchempfehlung für Weisheit des lächelnden Lebens von Lin Yutang, in: Lin Yutang: Festmahl des Lebens: Eine Geschichte und Gedanken aus China (am Umschlagrückseite), übersetzt von Ursula Löffler und Wilhelm E. Süskind, Freiburg im Breisgau: Hyperion-Verlag, 1961.

Peter Bonsen: Schriftsteller im „Kuhstall". Ba Jins „punktuelle Autobiographie", in: Rhein-Neckar-Zeitung, Samstag/Sonntag, 31.05.1986, Nr. 122.

Peter Gottwald: Zen im Westen-neue Lehrrede für eine alte Übung, Münster: Lit Verlag, 2003.

Peter Hoffmann: Ein Leben im Feuer. Zum Tod des chinesischen Lyrikers Ai Qing, in: Hans Kühner, Thorsten Traulsen, Wuthenow, Asa-Bettina (Hrsg.): Hefte für ostasiatische Literatur 21. München: Indicium Verlag, 1996.

Peter V. Becker: Nach Chinas Sonnenfinsternis, in: Zeit Online, Nr. 46, 1987.

Petra Großholtforth, Anne Gröning: Ai Qing: Die Schriftssteller verstehen und respektieren, in: Orientierung Nr. 2, 1999.

Petra Magor: Übersetzungskritik, in: Orientierungen, Nr. 1, 1996.

Petra Thiel: Ein Adoleszenzroman für China: Gattungsdebatten und genderorientierte Untersuchungen ausgesuchter Werke von Cao Wenxuan, Yang Hongying und Guo Jingming im Zeitraum 1997–2008. Disseration: Universität Heidelberg, 2018.

Qianyuan Gui: Praktische Übersetzungswissenschaft: mit chinesischen Prägungen und

Übersetzungsbeispielen (Stuttgarter Arbeiten zur Germanistik). Stuttgart: Heinz, 2001.

Ralf John: Die "Neue Sensibilität" (Xin ganjue pai). Zu Erzählungen einer Gruppe Shanghaier Modernisten, in: Ines-Susanne Schilling, Ralf John: Die Neuen Sensualisten (xin ganjuepai). Zwei Studien über Shanghaier Modernisten der zwanziger und dreissiger Jahre, Bochum: Brockmeyer, 1994.

Ralf John: Zum Erzählwerk des Shanghaier Modernisten Shi Zhecun (geb. 1905). Komparatistische Untersuchungen und kritische Würdigung einer sinisierten „Literarischen Psychologie", Frankfurt a.M. et al.: Peter Lang, 2000.

Ricarda Päusch: Fliegen und Fliehen. Literarische Motive im Werk Hsü Chih-mos, Dortmund: Projekt Verlag, 1995.

Richard Curt Kraus: Pianos and Politics in China: Middle-Class Ambitions and the Struggle over Western Music, Oxford: Oxford University Press, 1989.

Roderich Ptak: Rezension von Keen Ruth: Autobiografie und Literatur. Drei Werke der chinesischen Schriftstellerin Xiao Hong, München (Minerva) 1984 (Berliner Chinastudien 3), in: Asien, Nr. 14, 1985.

Roland Altenburger: Willing to Please: Zhang Henshuis Novel »Fate in Tears and Laughter« and Mao Duns Critique, in: Raoul D. Findeisen, Robert H. Gassmann (Hrsg.): Autumn Floods. Essays in Honour of Marián Gálik, Bern/Berlin/Frankfurt am Main/New York/Paris/ Wien: Peter Lang Verlag, 1998.

Rudolf G.Wagner (Hrsg.): Literatur und Politik in der Volksrepublik China, Frankfurt a. M.: Suhrkamp,1983.

Ruth Cremerius: Das poetische Hauptwerk des Xu Zhimo (1897–1931), Hamburg: Gesellschaft für Natur- und Völkerkunde Ostasiens, 1996.

Ruth Cremerius: Literatenalltag — Ein Auszug aus den Shanghai-Tagebüchern von Ba Jin, in: Michael Friedrich (Hrsg.): Han-Zeit. Festschrift für Hans Stumpfeldt aus Anlass seines 65. Geburtstages, Wiesbaden: Harrassowitz, 2006.

Ruth Keen, Fritz Gunther: Yu Dafu, in: Volker Klöpsch, Eva Müller (Hrsg.): Lexikon der chinesischen Literatur, München: C.H. Beck, 2004.

Ruth Keen, Wolfgang Kubin: Nachwort, in: Xiao Hong: Geschichten vom Hulanfluß, mit einem Nachwort von Ruth Keen und Wolfgang Kubin, unter Mitarbeit von Ruth Keen, Frankfurt am Main: Suhrkamp Verlag, 1990.

Ruth Keen: Autobiographie und Literatur. Drei Werke der chinesischen Schriftstellerin Xiao Hong, München: Minerva publikation, 1984.

Ruth Keen: Chinesen und Japaner, Macht und Ohnmacht, Frauen und Männer: Ein chinesischer Roman aus dem 30er Jahren, in: Neue Zürcher Zeitung, 26.10.1989.

Ruth Keen: Die Schriftstellerin Xiao Hong, in: das neue China, Nr. 6, 1981.

Ruth Keen: Information is all that counts: An introduction to Chinese Women' Writing in German translation, in: Modern Chinese Literature, Vol. 4 (1988).
Ruth Keen: Nachwort, in: Xiao Hong: Frühling in einer kleinen Stadt, übersetzt und mit einem Nachwort von Ruth Keen, Köln: Cathay Verlag, 1985.
Ruth Keen: Xiao Hong. 2.6.1919–22.1.1942: Hulanhe Zhuan; Shengsi chang; Xiaocheng sanyue, in: Walter Jens (Hrsg.): Kindlers Neues Literatur Lexikon, Bd. 17, München: Kindler, 1992.
Sabine Schloßer: Die Schriftstellerin Zhang Ailing: Kurzgeschichten und Essays (1943–1945), Bochum: Ruhr-Universität Bochum, 1989.
Sandra Richter: Eileen Chang: das goldene Joch. Party im subtropisch schwülen Weihrauchkessel, in: Frankfurter Allgemeine Zeitung, 13.1.2012.
Schmitthenner: Bücherbesprechungen vom Werk Mein Land und mein Volk von Lin Yutang, in: Geographische Zeitschrift, 12 (1937).
Shen Congwen: Der Regenbogen, aus dem Englischen von Simone Lakämper, in minima sinica, Nr. 2, 1992.
Shen Congwen: Die Sieben Wilden und das letzte Frühlingsfest, aus dem Chinesischen von Hans Kühner und anderen, in: Hefte für ostasiatische Literatur, Nr. 1, 2014.
Shen Congwen: Eine Frau aus der Großstadt, aus dem Chinesischen von Barbara Buri, in Hefte für ostasiatische Literatur, Nr. 46, 2009.
Shen Congwen: Fenghuang, aus dem Chinesischen von Jutta Strebe, in: minima sinica, Nr. 1, 1992.
Shen Congwen: Langer Strom, aus dem Chinesischen von Corinna Sagura, in minima sinica, Nr. 2, 1998.
Shen Congwen: Nach dem Regen, aus dem Chinesischen von Wolf Baus, in: Hefte für ostasiatische Literatur, Nr. 11, 2011.
Shi Zhecun: Des Teufels Weg, übersetzt von Alexander Saechtig, in: Meisterwerke chinesischer Erzählkunst des 20. Jahrhunderts. Von Guo Moruo bis Zhang Jie, übersetzt u. hg. von Alexander Saechtig, Frankfurt a.M. et al.: Weimarer Schiller Presse, 2009.
Shi Zhecun: Ein Abend in der Regenzeit, übersetzt von Marc Hermann, in: Kosmopolis Nr. 11–12, 2004.
Shi Zhecun: Hexenpfade, übersetzt von Marc Hermann, in: minima sinica, Nr. 2, 2009.
Shi Zhecun: Kumārajīva, übersetzt von Ralf John, in: minima sinica, Nr. 2, 1997.
Shi Zhecun: Ye-tscha — Gespenster, übersetzt von B.S. Liao, in: Sinica 13, Nr. 3/4 (1938).
Shirui Zhu: Entstehung und Entwicklung moderner professioneller chinesischer Musik und ihr Verhältnis zum eigenen Erbe und zum westlichen Einfluß, Aachen: Shaker Verlag, 2000.
Stephan von Minden: Die merkwürdige Geschichte der Sai Jinhua. Historisch-philologische Untersuchung zur Entstehung und Verbreitung einer Legende aus der Zeit des Boxeraufstands,

in: Wolfgang Bauer, Herbert Franke, Wolfram Naumann, Helwig Schmidt-Glintzer (Hrsg.): Münchener Ostasiatische Studien, Band 70, Stuttgart: Franz Steiner, 1994.

Suikzi Zhang-Kubin, Wolfgang Kubin: Lesehinweis auf "Liebe im verwunschenen Tal", in: Drachenboot. Zeitschrift für moderne chinesische Literatur und Kunst, Nr. 2, 1998.

Suizi Zhang-Kubin, Wolfgang Kubin: Gedanken zu „Dreißig Kapitel aus einem unwiederbringlichen Leben", in: minima sinica, Nr. 1, 1989.

Susanne Hornfeck: Nachwort zu Das goldene Joch: Erzählungen, in: Zhang Ailing: Das goldene Joch: Erzählungen, übersetzt von Susanne Hornfeck u.a., Berlin: Ullstein, 2011.

Susanne Hornfeck: Nachwort zu Gefahr und Begierde, in: Zhang Ailing: Gefahr und Begierde, übersetzt von Susanne Hornfeck u.a., Berlin: List, 2009.

Susanne Messmer: Chinas Greta Garbo: In den USA wird Eileen Chang verehrt, in: Tageszeitung, 27.10.2007.

Susanne Messmer: Die Gefühle sind gnadenlos, in: Die Tageszeitung, 7.6.2008.

Sylvia Nagel (Hrsg.): Die Eheschließung. Chinesische Erzählungen des 20. Jahrhunderts, Berlin/ Weimar: Aufbau-Verlag, 1988.

Thomas Heberer: Lin Yutangs „Mein Land und mein Volk". Eine Einführung, in: Lin Yutang: Mein Land und mein Volk, Esslingen: Drachenhaus Verlag, 2015.

Thomas Zimmer: Entwürfe des Fremden. Exotistische Versuche im Frühwerk von Lao She und Ba Jin, in: minima sinica, Nr. 1, 2005.

Thomas Zimmer: Erwachen aus dem Koma? Eine literarische Bestimmung des heutigen Chinas, Baden-Baden: Tectum Verlag, 2017.

Thomas Zimmer: Zwischen Buch und Internet. Die Literatur aus der Generation der 80er, in: Berthold Damshäuser/Wolfgang Kubin: Orientierungen, Zeitschrift zur Kultur Asiens. Chinesische Gegenwartsliteratur zwischen Plagiat und Markt. Themenheft 2009, München: edition global, 2009.

Tilman Spengler: Gegen alle Konventionen, in: Zeit online, 31.7.2008.

Tong Piskol: Die Entwicklung des Goethe-Verständnisses der chinesischen Intellektuellen im 20. Jahrhundert. Dissertation. Freie Universität Berlin. 2006.

Tong Piskol: Goethe und sein Faust in China: eine Analyse der chinesischen Interpretationen und Biographien zu Goethe und der chinesischen Faust-Rezeption, Saarbrücken: VDM Verlag Dr. Müller, 2007.

Tong Shiqian: Lin Yutangs Studienjahre in Deutschland und ihr Einfluss auf sein Werk und Leben, Aachen: Shaker Verlag, 2013.

Ulrike Baureithel: Unter einer alten Sonne, in: Tageszeitung, 11.01.2010.

Ulrike Solmecke: Zwischen äußerer und innerer Welt. Erzählprosa der chinesischen Autorin Wang Anyi 1980–1990, Dortmund: Projekt-Verlag, 1995.

Unbekannter: Shanghai in Krieg und Liebe, in: Der Spiegel, Nr. 31, 2008.
Ursula März: Aus der Zeit gefallen, in: Deutschlandfunk Kultur, 5.12.2011.
Ursula März: Literatur aus China: Welche Autoren sollte man dringend lesen, in: Zeit online, 12.10.2009.
Volker Klöpsch: Im Laden des Totengräbers. Xiao Hongs Berichte aus der Mandschurei, in: Die Welt, 27.4.1991.
Volker Klöpsch: Nachrichten zur Literatur aus China, in: Hefte für ostasiatische Literatur, Nr. 19, 1995.
Volker Klöpsch: Weinen und Kämpfen. Drei Bücher des chinesischen Schriftstellers Ba Jin, in: Die Zeit, 07.10.1983, Nr. 41.
Walter Donat: Nachwort, in: Mao-Tun: Chinesische Novellen, übersetzt von Wolfgang Schmahl, Berlin und Buxtehude: Hermann Hübener Verlag, 1946.
Waltraut Bauersachs, Jeanette Werning, Hugo-Michael Sum: Sieben chinesische Schriftstellerinnen der Gegenwart, Beijing: Verlag für fremdsprachige Literatur, 1985.
Wang Any: Fühlen, Verstehen zum Ausdruck, Übersetzt von Dagmar Siebert, in: Akzente. Zeitschrift für Literatur. Heft 2, 1985.
Wang Anyi: Als sei es nur ein Traum gewesen. Übersetzt von Karin Hasselbaltt, in: Helmut Martin, Christiane Hammer (Hrsg.): Die Auflösung der Abteilung für Haarspalterei. Texte moderner chinesischer Autoren. Von den Reformen bis zum Exil, Reinbek bei Hamburg: Rowohlt Verlag, 1991.
Wang Anyi: Das kleine Dorf Bao (Auszug). Übersetzt von Zhang Wei, Wang Bingjun, in: Wolf Eismann (Hrsg.). Literarisches Arbeitsjournal. Sonderheft China, Weißenburg: Verlag Karl Pförtner, 1988.
Wang Anyi: Der Tanzpartner. Übersetzt von Monika Gänßbauer, in: Orientierungen, Nr. 2, 2003.
Wang Anyi: Die Endstation. Übersetzt von Eike Zschacke, in: Eike Zschacke (Hrsg.): Das Weinen in der kalten Nacht: Zeitgenössische Erzählungen aus China, Bornheim: Lamuv-Verlag, 1985.
Wang Anyi: Die Fährte, in: Ulrike Solmecke: Zwischen äußerer und innerer Welt. Erzählprosa der chinesischen Autorin Wang Anyi 1980–1990, Dortmund: Projekt-Verlag, 1995.
Wang Anyi: Geisterhochzeit. Übersetzt von Kathrin Linderer, Jan Reisch, Hans Kühner, in: Hefte für ostasiatische Literatur, 36/2004.
Wang Anyi: Kaltes Land. Übersetzt von Eva Richter, in: Orietierungen, Nr. 2, 1999.
Wang Anyi: Kleinstadtliebe. Übersetzt von Karin Hasselblatt, in: Drachenboot. Zeitschrift für moderne chinesische Literatur und Kunst, Nr. 2, 1988.
Wang Anyi: Liebe im verwunschenen Tal. Liebe im Schatten des Berges, in: Karin Hasselblatt (Hrsg.): Kleine Lieben. Zwei Erzählungen, München: Carl Hanser Verlag, 1988.

Wang Anyi: Männer und Frauen — Frauen und Städte. Übersetzt von Julia Bergemann, Barbara Hoster, in: Orientierungen, Nr. 2, 1999.

Wang Anyi: Mut zur Überprüfung gefragt oder die Konfrontation mit sich selbst, in: Helmut Martin (Hrsg.): Bittere Träume. Selbstdarstellungen chinesischer Schriftsteller, Bonn: Bouvier Verlag, 1993.

Wang Anyi: Prima Ma, Onkel Xie, Fräulein Mei und Nini. Übersetzt von Karin Hasselblatt, in: minima sinica, Nr. 1, 1990.

Wang Anyi: Überlebende. Übersetzt von Monika Gänßbauer, in: minima sinica, Nr. 1, 2001.

Wang Anyi: Zwischen Ufern. Übersetzt von Silvia Kettelhut, Berlin: Edition q. 1997.

Werner Bettin, Erich Alvaro Klien, Fritz Gruner (Hrsg.): Märzschneeblüten. Chinesische Erzählungen, Berlin: Volk und Welt, 1959.

Werner Ross: Umgekehrt wie die „Buddenbrooks“. Ein Familienroman aus dem China der dreißiger Jahre, in: Frankfurter Allgemeine Zeitung, 30.05.1981, BuZ5.

Wilhelm Emil Mühlmann: Pfade in die Weltliteratur, Königstein/Ts.: Athenäum, 1984.

Wolf Baus und Volker Klöpsch: Geplante bzw. abgeschlossene Übersetzungen chinesischer Literatur (II), in: Hefte für ostasiatische Literatur, Nr. 3, 1985.

Wolf Baus: Geplante bzw. abgeschlossene Übersetzungen chinesischer Literatur, in: Hefte für ostasiatische Literatur, Nr. 1, 1983.

Wolf Baus: Nachrichten zur Literatur aus China, in: Hefte für ostasiatische Literatur, Nr. 21, 1996.

Wolf Baus: Shen Congwen: Türme über der Stadt. Eine Autobiographie aus den ersten Jahren der chinesischen Republik, in: Hefte für ostasiatische Literatur, Nr. 17, 1994.

Wolfgang Bauer: China und die Hoffnung auf Glück, München: Carl Hanser Verlag, 1971.

Wolfgang Bauer: Das Antlitz Chinas. Die autobiographische Selbstdarstellung in der chinesischen Literatur von ihren Anfängen bis heute, Wien: Karl Hanser Verlag, 1990.

Wolfgang Franke (Hrsg.): China-Handbuch, Düsseldorf: Bertelsmann-Universitätsverlag, 1974.

Wolfgang Kubin (Hrsg.): Moderne chinesische Literatur, Frankfurt a. M.: Suhrkamp, 1985.

Wolfgang Kubin: „Die kleine Rose meines Lebens.“ Begegnungen mit Wang Anyi, in: Drachenboot. Zeitschrift für moderne chinesische Literatur und Kunst, Nr. 2, 1988.

Wolfgang Kubin: „Die Philosophie des Weges: Die Sonette des Feng Zhi“, in: Drachenboot, Heft 2, 1987.

Wolfgang Kubin: Dai Wang-shu (1905–1950): Ästhetizismus und Entsagung, in: Hans Link (Hrsg.): China. Kultur, Politik und Wirtschaft. Festschrift für Alfred Hoffmann zum 65. Geburtstag, Tübingen und Basel: Horst Erdmann-Verlag, 1976,.

Wolfgang Kubin: Der junge Mann als Melancholiker, in: minima sinica, Nr. 2, 1994.

Wolfgang Kubin: Der Schreckensmann. Deutsche Melancholie und chinesische Unrast. Ye

Shengtaos Roman Ni Huanzh, in: minima sinica, Nr. 1, 1996.
Wolfgang Kubin: Die chinesische Literatur im 20. Jahrhundert, München: K. G. Saur, 2005.
Wolfgang Kubin: Geschichte der chinesischen Literatur Band 9, Berlin: Walter de Gruyter GmbH & Co. KG, 2011.
Wolfgang Kubin: Geschichte der chinesischen Literatur, Bd. 7: Die chinesische Literatur im 20. Jahrhundert, München: K · G · Saur Verlag, 2005.
Wolfgang Kubin: Nachrichten von der Hauptstadt der Sonne. Moderne chinesische Lyrik (1919–1984), Frankfurt: Suhrkamp, 1985.
Wolfgang Kubin: Nachwort, in: Ba Jin: Die Familie, aus dem Chinesischen von Florian Reissinger, mit einem Nachwort von Wolfgang Kubin, Berlin: Oberbaumverlag, 1980.
Wolfgang Kubin: Nachwort, in: Ba Jin: Kalte Nächte. übersetzt von Sabine Peschel und Barbara Spielmann, Frankfurt am Main: Suhrkamp Verlag, 1981.
Wolfgang Kubin: Nachwort, in: Xiao Hong: Der Ort des Lebens und des Sterbens, aus dem Chinesischen von Karin Hasselblatt, mit einem Nachwort von Wolfgang Kubin. Freiburg: Verlag Herder, 1989.
Wolfgang Kubin: Rezension zu Alexander Saechtig: Schreiben als Therapie. Die Selbstheilungsversuche des Yu Dafu nach dem Vorbild japanischer shishosetsu-Autoren, in: Orientierungen. Zeitschrift zur Kultur Asiens, Nr. 1, 2014.
Wolfgang Kubin: Rezension zu Gefahr und Begierde, in: Orientierungen: Zeitschrift zur Kultur Asiens, Nr. 1, 2010.
Wolfgang Kubin: Vorstellung zu Yu Dafu, in: Hefte für ostasiatische Literatur, Nr. 6, 1987.
Wolfgang Kubin: Yu Dafu (1896–1945): Werther und das Ende der Innerlichkeit, in: Günter Debon, Adrian Hsia (Hrsg.): Goethe und China, China und Goethe. Bericht des Heidelberger Symposions, Frankfurt a. M./New York: Peter Lang, 1985.
Wuneng Yang: Die chinesische Tradition des literarischen Übersetzens und mein Weg als Goethe-Übersetzer, in: Jochen Golz, Bernd Leistner und Edith Zehm (Hrsg.): Goethe-Jahrbuch. Weimar: Hermann Böhlaus Nachfolger Weimar, 2001.
Wuneng Yang: Goethe in China (1889–1999), Frankfurt a. M.: Peter Lang, 2000.
Xia Yan: Unter den Dächern von Shanghai. Stück in 3 Aufzügen, übersetzt von Walter Eckleben, Berlin [Ost]: Henschelverlag, 1960.
Xiao Hong: Auf dem Ochsenkarren, übersetzt von Ruth Keen, in: China Erzählt, ausgewählt und mit einer Nachbemerkung von Andreas Donath, Frankfurt am Main: Fischer Taschenbuch Verlag, 1990.
Xiao Hong: Auf dem Ochsenkarren, übersetzt von Ruth Keen, in: Hefte für ostasiatische Literatur, Nr. 1, 1983.
Xiao Hong: Der Ort des Lebens und des Sterbens, aus dem Chinesischen von Karin Hasselblatt,

mit einem Nachwort von Wolfgang Kubin, Freiburg: Verlag Herder, 1989.

Xiao Hong: Erzählungen vom Hulan-Fluss (Auszug), aus dem Chinesischen von Ruth Keen, in: Hefte für ostasiatische Literatur, Nr. 9, 1989.

Xiao Hong: Flucht, übersetzt von Roderich Ptak, in: Volker Klöpsch, Roderich Ptak (Hrsg.): Hoffnung auf Frühling. Moderne chinesische Erzählungen. Nur erster Band 1919–1949, Frankfurt am Main: Suhrkamp Verlag.

Yang Wuneng: „Goethe und die chinesische Gegenwartsliteratur", in: Debon, Günther Debon u. Hsia, Adrian (Hrsg.): Goethe und China — China und Goethe: Bericht des Heidelberger Symposions, Bern, Frankfurt, New York: Lang, 1985.

Ye Jun: „Die Wahrmehmung fremder Größe und ihr Wandel im Laufe der Zeit. Zur Schillerrezeption von Feng Zhi in den 1950er Jahren", in: Literaturstraße, Heft 8, 2007.

Ye Shengtao: Am Morgen, übersetzt von Birgit Ramsey, in: minima sinica, Nr. 7, 1995.

Ye Shengtao: Der Angeber, übersetzt von Katrin Bode, in: minima sinica, Nr. 1, 1999.

Ye Shengtao: Die Flut des Tjäntang. Übersetzt von Helmut Liebermann. Berlin: Rütten & Loening, 1962.

Ye Shengtao: Ein Leben, übersetzt von Roderich Ptak, in: Hoffnung auf Frühling. Moderne chinesische Erzählungen. Erster Band: 1919 bis 1949, Hrsg. von Volker Klöpsch u. Roderich Ptak, Frankfurt a.M.: Suhrkamp, 1980.

Ye Shengtao: Geigenspiel in der kalten Morgendämmerung, übersetzt von Sabine Löschmann, in: minima sinica, Nr. 1, 1997.

Ye Shengtao: Melonen, übersetzt von Ute Laschewski, in: minima sinica, Nr. 1, 1991.

Ye Shengtao: Zwei Märchen von Ye Shengtao, übersetzt von Friederike Wohlfahrth, in: Orientierungen, Nr. 2, 1993.

Ying Cai: Der deutsche Beitrag zur Modernisierung der chinesischen Dichtung: Feng Zhis Die Sonette. Dissertation. Universität München, 2011.

Ylva Monschein, Roderich Ptak: Die Shanghaier literarische Szene in den zwanziger und dreißiger Jahren, in: Englert, Siegfried; Reichert, Folker (Hrsg.): Shanghai: Stadt über dem Meer. Heidelberger Bibliotheksschriften, Bd. 17. Heidelberg: Heidelberger Verlagsanstalt.

Ylva Monschein: Dai Houying. Die große Mauer. Roman, in: Das neue China, Vol. 14, No. 3, 1987.

Ylva Monschein: Rezension zu Melancholie als Geste und Offenbarung: Zum Erzählwerk Zhang Ailings, in: Orientalistische Literaturzeitung, Nr. 97, 2002.

Ylva Monschein: Wir haben noch einen langen Weg vor uns. Interview mit Dai Houying, in: Das neue China, Vol. 14, Nr. 3, 1987.

Yo Ta Fu: Untergang, übersetzt und bearb. von Anna von Rottauscher, Wien: Amandus Edition, 1947.

Yu Dafu: „Diese paar seichten Wellen ...“: Schwache Klänge aus dem Norden, übersetzt von Heiner Frühlauf, in: die horen, Nr. 138, 1985.

Yu Dafu: Allein unterwegs, übersetzt von Kay Möller, in: Volker Klöpsch, Roderich Ptak (Hrsg.): Hoffnung auf Frühling. Moderne chinesische Erzählungen. Erster Band: 1919 bis 1949, Frankfurt a. M.: Suhrkamp, 1980.

Yu Dafu: Berauschende Frühlingsnächte, übersetzt von Gudrun Fabian, in: die horen, Nr. 156, 1989.

Yu Dafu: Blauer Dunst, übersetzt von Martina Niembs, in: Hefte für ostasiatische Literatur, Nr. 6, 1987.

Yu Dafu: Blut und Tränen, übersetzt von Heike Münnich und Ute Leukel, in: minima sinica, Nr. 1, 1991.

Yu Dafu: Der silbergraue Tod, übersetzt von Oliver Corff und Frank Stahl, in: minima sinica, Nr. 2, 1994.

Yu Dafu: Der Tanz der Geldscheine, übersetzt von Almuth Richter und Frank Stahl, in: minima sinica, Nr. 2, 1997.

Yu Dafu: Die Nacht, in der die Motte begraben wurde, übersetzt von Irmgard Wiesel, in: Hefte für ostasiatische Literatur, Nr. 6, 1987.

Yu Dafu: Die Nacht, in der die Motte begraben wurde, übersetzt von Irmgard Wiesel, in: minima sinica, Nr. 2, 1999.

Yu Dafu: Die späte Lorbeerblüte. Erzählungen, übersetzt von Yang Enlin, Beijing: Verlag für fremdsprachige Literatur, 1990.

Yu Dafu: Frühe Autobiographie: von Parias und japanischen Verlockungen, in: Helmut Martin (Hrsg.): Bittere Träume: Selbstdarstellungen chinesischer Schriftsteller, Bonn: Bouvier, 1993.

Yu Dafu: Grenzenlose Nacht, übersetzt von Klaus Hauptfleisch und Frank Stahl, in: minima sinica, Nr. 1, 1997.

Yu Dafu: Heimwehkrank, übersetzt von Ylva Monschein unter Mitarbeit von Frank Stahl, in: minima sinica, Nr. 1, 1994.

Yu Dafu: Im kalten Herbstwind, übersetzt von Ulrike Dembach, in: minima sinica, Nr. 1, 2000.

Yu Dafu: Meistererzählungen, übersetzt und hrsg. von Alexander Saechtig, South San Francisco: Long River Press, 2013.

Yu Dafu: Passè, übersetzt von Almuth Richter und Barbara Hoster, in: minima sinica, Nr. 2, 1990.

Yu Dafu: Vorrede zu „Yu Dafus Gesammelte Werke“, in: die horen, Nr. 138, 1985.

Yu Dafu: Wenn die Lantana blühn, übersetzt von Ylva Monschein unter Mitarbeit von Frank Stahl, in: minima sinica, Nr. 2, 1993.

Yu Dafu: Zwei Briefe, übersetzt von Heiner Frühauf, in: minima sinica, Nr. 1, 1993.

Yu Qiuyu: Die Drei Schluchten. Übersetzt von Kathrin-Marlene Opiolla, in: Orientierungen. Zeitschrift zur Kultur Asiens, Nr. 1, 2006.

Yu Qiuyu: Die Pagode des daoitischen Mönches. Übersetzt von Roswitha Bethe und Volker Klöpsch, in: Hefte für ostasiatische Literatur, Nr. 31, 2001.

Yu Qiuyu: Die Shanghaier. Übersetzt von Chen Shaoyun, in: minima sinica, Nr. 1, 2001.

Yu Qiuyu: Geschichte der Kalligraphie in Erzählform. Übersetzt von Martin Woesler. Europäischer Universitätsverlag, 2019.

Yu Qiuyu: Kleine Theorie der städtischen Gegenwartskultur. Übersetzt von Suizi Zhang-Kubin und Wolfgang Kubin, in: minima sinica, Nr. 2, 1997.

Yu Qiuyu: Träume vom Westsee. Übersetzt von Volker Klöpsch, in: Hefte für ostasiatische Literatur, Nr. 31, 2001.

Yu Qiuyu: Über die Kun-Oper. Übersetzt von Martin Woesler. Europäischer Universitätsverlag, 2019.

Zhang Ailing: Amüsantes aus dem Wohnalltag, übersetzt von Michaele Pyls, in: minima sinica, Nr. 1, 2001.

Zhang Ailing: Ausgangssperre, übersetzt von Wolf Baus, in: Hefte für ostasiatische Literatur, Nr. 25, 1998.

Zhang Ailing: Das goldene Joch, übersetzt von Wulf Begrich, in: Orientierungen: Zeitschrift zur Kultur Asiens, Nr. 7 (Literatur-Sonderheft), 1995.

Zhang Ailing: Das goldene Joch: Erzählungen, übersetzt von Susanne Hornfeck u.a., Berlin: Ullstein, 2011.

Zhang Ailing: Das Reispflanzerlied, übersetzt von Susanne Hornfeck, Berlin: Claassen, 2009.

Zhang Ailing: Das Reispflanzerlied. ein Roman aus dem heutigen China, übersetzt von Gabriele Eckerhard, Düsseldorf: Diederichs, 1956.

Zhang Ailing: Die Klassenkameradinnen, übersetzt von Susanne Hornfeck und Wang Jue, Berlin: Ullstein, 2020.

Zhang Ailing: Gedanken zur Musik, übersetzt von Cheng Shaoyun, in: minima sinica, Nr. 1, 2005.

Zhang Ailing: Gefahr und Begierde: Erzählungen, übersetzt von Susanne Hornfeck u.a., Saterland: Claassen, 2008.

Zhang Ailing: In der Jugendzeit, übersetzt von Wolf Baus, in: Hefte für ostasiatische Literatur, Nr. 23, 1997.

Zhang Ailing: Jugend, übersetzt von Xiaoli Große-Ruyken/Marc Hermann, in: minima sinica, Nr. 1, 2013.

Zhang Ailing: Meine Werke, übersetzt von Marc Hermann, in: minima sinica, Nr. 1, 2014.

Zhang Ailing: Shanghai international 1941: Café-Plauderei über Intimkontakte und den kindlichen Charme der Japaner, übersetzt von Heribert Lang, in: Bittere Träume: Selbstdarstellungen chinesischer Schriftsteller, hrsg. von Helmut Martin, Bonn: Bouvier, 1993.

Zhang Ailing: Traum vom Genie, übersetzt von Wolf Baus, in: Hefte für ostasiatische Literatur, Nr. 56, 2014.

Zhang Huiwen: Kulturtransfer über Epochen und Kontinente: Feng Zhis roman „Wu Zixu" als Begegnung von Antike und Moderne, China und Europa, Berlin, Boston: De Gruyter, 2012.

Zhang Zao: Auf die Suche nach poetischer Modernität: Die Neue Lyrik Chinas nach 1919. Dissertation. Universität Tübingen, 2004.

Zhou Derong: Anna Baby schreibt für die Studenten. Jugend ohne Glauben: Chinas Internet-Literatur hat mir Arbeiter- und Bauern-Dichtung nichts zu tun, in: FAZ v. 25, Juni 2003.

Zhou Derong: Sade-Schüler. Chinas letzter Avantgardist: Zum Tod von Shi Zhecun, in: Frankfurter Allgemeine Zeitung, 21.11.2003.

后　记

耗时两年，终于要为这本小书写几句结束的话了。

此书的缘起，要仰仗和感谢江振新老师。记得 2019 年国庆前后，江老师打来电话，动员我申报上海文化发展基金；抱着姑且一试的心态，拟定“上海文学海外译介传播 70 年”这个既学术又应景的选题。幸得江老师指点提携，大力举荐，终在 2020 年 4 月获批资助。在学术书籍出版日益困顿的当下，一位籍籍无名的老师能获得免费出书的机会，实属难得。

2020 年暑假，依据申报书设计的多语种译介传播，我多方联系英、法、日、韩等语种学者，商讨可行性研究方案，大家都认可该课题立意新颖，对助推上海文学走出去颇有针对性和现实性价值。但诸位师友日常教学科研任务繁重，导致课题研究工作整体进展缓慢。事实上，写作外语译介传播类文章是一个辛苦活，且不说资料搜集不易，就是千方百计挖掘到相关资料，接下来的爬梳阅读、翻译更是任务艰巨，往往写就一篇万字文章，需要至少阅读十数万甚至几十万字的原始资料，文章写得慢也就成必然了。

2021 年春，徐雁华编辑来电告知，该选题入选 2021 年上海市重点图书出版计划，年内必须出版。时间紧，任务重，对上海文学多语种译介传播作研究的宏大计划变得困难了。就我个人来说，又绝不情愿去捡拾牙慧，拼凑学者已在期刊中发表过的论文，主编一本了无新意的东西，去充抵文债。

关键时刻，一群德语界志同道合的教授、青年教师、博士生、硕士生表现出极大的学术热情，促使我修正了原有的宏大写作计划，拟定以“上海文学德语译介传播”为突破，确定入选作家作品、写作体例、格式规范等，购买德语图书、期刊资料，委托留德同学和朋友复印原始资料，大家互相帮助，在团队群里传阅资料，彼此共享，凝心聚力，团结协作，一篇篇初稿陆续完成。其间几经修改，完善润色，个别章节甚至几易其稿，终成现在模样。本书皆为原创，资料翔实，内容扎实，展示了年轻一代严谨的科学态度、求真的学术素养和不俗的科研能力。

交稿出版之际，要特别感谢上海外国语大学文学研究院书记宋炳辉教授、院长郑体武教授对我学术转型和成长的提携指导，国际文化交流学院院长张艳丽教授、副院长朱建军教授对我融入中文学科的关怀支持，以及学科点各位教授、同人的关心帮助；衷心感谢上海大学出版社江振新编审16年来的鼎力支持；诚挚感谢戴骏豪社长、傅玉芳副总编辑，以及王悦生、柯国富、黄晓彦、庄际虹、陈强和金鑫老师，博士毕业后在上海大学出版社短暂工作，和每位老师结下了深厚的感情，每次去出版社，就像回家般温暖；也要感谢徐雁华老师为审校和编辑付出的辛劳；还要感谢参与写作和校对的每一位团队成员，他们虽然水平有异，但专注、认真、负责的态度都值得称赞。最后，由衷感谢我的妻子张帆教授，“结发为夫妻，恩爱两不疑”，学术相助，生活相伴，情感相依，26年，幸而有你。

至于这本小书，作为上海文学海外译介传播研究之一种，虽然我们尽心耗时，细致考证，勉力而为，但粗疏错漏想必难免，敬请方家批评指正，见谅海涵。

2021年12月
于上海